Liliane

Nicole
lu

De mémoire de femme

DU MÊME AUTEUR AUX ÉDITIONS MIRA

La femme bafouée

PENNY JORDAN

De mémoire de femme

Roman

MIRA

Titre original :
THE HIDDEN YEARS
publié par MIRA®

Traduction de l'américain par MARIE-JOSÉ LAMORLETTE

Mira® est une marque déposée par le groupe Harlequin

Photos de couverture
Femme : © DIGITAL VISION / GETTY IMAGES
Plumes et écriture : © J. A. KRAULIS / MASTERFILE

83/85 boulevard Vincent Auriol 75646 PARIS CEDEX 13.
ISBN 2-280-85521-6 — ISSN 1765-7792

Prologue

Si l'on s'en tient à la pure logique, l'accident n'aurait jamais dû se produire.

Une petite rue tranquille au regard de la frénésie londonienne, une matinée de printemps claire et ensoleillée, un chauffeur de taxi prudent et attentif, se targuant de n'avoir jamais connu un seul ennui dans toute sa carrière, une belle femme svelte et élégante qui paraissait dix ans de moins que son âge et traversait la chaussée d'un pas ferme, sans prendre de risque apparent… Rien ne présageait ce qui advint en un instant. Le talon droit de la femme dérapa pour une raison quelconque sur le bord du trottoir qu'elle atteignait déjà, et elle tomba non pas en avant, ainsi qu'on aurait été en droit de le prévoir, mais en arrière, juste devant le taxi qui arrivait à cet instant à une allure raisonnable et en suivant correctement sa travée. Le chauffeur ne s'était pas arrêté, n'ayant *a priori* rien à redouter d'un piéton qu'il avait remarqué et qui avait pris les précautions nécessaires avant de traverser.

Quand il la vit perdre l'équilibre, il freina pile, mais il était trop tard : toute sa vie, il se souviendrait du choc sourd de ce corps contre son véhicule. Très vite, des gens étaient sortis des riches demeures qui bordaient la rue ; quelqu'un avait dû appeler une ambulance, car il entendait dans une sorte de brouillard une sirène assourdie, qui retentissait à ses oreilles comme un chant funèbre. Debout près de sa voiture, prostré, il n'osait pas regarder sa victime, persuadé de l'avoir tuée.

— Elle vit encore, mais c'est juste, déclara un infirmier.

L'homme songea alors à tous les inconnus dont l'existence se trouvait bouleversée en quelques secondes. Avant l'accident, cette passante l'avait frappé par son air calme et assuré, par l'espèce d'autorité sereine qui se dégageait d'elle. Elle devait être quelqu'un d'important pour sa famille, ses proches, ses amis ; pour un tas de gens qui vaquaient en cet instant à leurs occupations quotidiennes, tranquilles, sans se douter que leur univers venait de basculer avec le sien.

Sa mère, blessée dans un accident de la circulation et gisant entre la vie et la mort sur un lit d'hôpital, c'était à peine croyable… Cela paraissait même impossible, songeait Sofia avec stupeur. Liz lui avait toujours semblé invulnérable, indestructible, éternelle. Des pensées sans suite traversaient son esprit, mélange de souvenirs, de sensations, de craintes étranges. Néanmoins, le trouble qu'elle éprouvait n'affectait en rien la maîtrise avec laquelle elle se faufilait entre les véhicules au volant de sa luxueuse voiture de sport, une Porsche qu'elle s'était offerte pour son trentième anniversaire.

Le sentiment qui dominait en elle était une sorte de colère sourde, de rancœur qui lui rappelait son enfance et son adolescence : comment sa mère osait-elle lui faire cela, s'introduire une fois de plus dans sa vie, s'immiscer de cette façon inattendue dans l'indépendance qu'elle, Sofia, avait si chèrement conquise ? Pourquoi n'avait-on pas plutôt prévenu une personne avec laquelle la blessée entretenait de meilleures relations, Faye par exemple, la veuve du fils chéri de Liz ? Pourquoi était-ce elle-même qu'on avait appelée ? Sans doute parce qu'elle habitait plus près de l'hôpital. Et peut-être aussi parce qu'elle était tout de même la plus proche de Liz par le sang, songea-t-elle avec un choc. Soudain, l'idée de savoir sa mère mourante fit courir dans ses veines un frisson glacé qui la déconcerta : elle pensait depuis si longtemps ne plus rien éprouver pour cette femme qui lui avait donné la vie, hormis un ressentiment brûlant provoqué par les déceptions et les trahisons infligées par sa génitrice au fil des années… Convaincue qu'il ne pouvait exister entre elles qu'une hostilité réciproque, elle était doublement déroutée par cette angoisse subite qui la prenait à la gorge.

Elle pénétra dans l'enceinte de l'hôpital, gara sa voiture et en émergea d'un mouvement souple et vif, les sourcils froncés. La native type du signe du Lion, avait déclaré sa mère, un jour, dépeignant sombrement sa deuxième enfant : ardente, impétueuse, impatiente, coléreuse et très intelligente. En totale contradiction avec cette sagesse antique qu'exprimait son prénom.

Cela remontait à près de vingt ans. Depuis, Sofia avait appris avec le temps à arrondir les angles de sa personnalité flamboyante, que beaucoup trouvaient même corrosive, et à canaliser son énergie vers des buts possibles, au lieu de chercher désespérément à atteindre une mère inaccessible et à détruire le mur de réserve et de froideur qui les séparait. Elle avait fini par se résigner à l'idée qu'elle n'était pas la fille que Liz aurait souhaitée, c'est-à-dire à accepter ce qu'elle avait toujours obscurément ressenti.

Bien sûr, elle n'était pas et n'avait jamais pu être un autre David. David, ce frère merveilleux qui lui manquait encore cruellement dix-sept ans après sa mort et que tout le monde aimait pour ses innombrables qualités. Homme, il n'avait pas failli aux promesses de l'enfant qu'il était, tendre et fort à la fois, calme et solide, toujours prêt à comprendre, à aider, à conseiller avec une générosité sans bornes. Curieusement, en dépit des difficultés qu'elle rencontrait avec sa mère, Sofia n'avait jamais été jalouse de lui. Elle était convaincue que ce n'était pas l'amour de Liz pour son fils qui entamait si cruellement leurs relations. Non, la mésentente était plus profonde, prenait ses sources dans une autre réalité. Autrefois, elle avait souffert de savoir qu'il y avait en elle quelque chose qui rebutait sa mère à ce point, qu'elle était la seule à ne pouvoir bénéficier de cet amour que Liz répandait avec largesse sur tous les êtres et toutes les choses qui l'entouraient. Mais la maturité l'avait amenée à accepter ce fait, faute de mieux, et à prendre du recul par rapport aux éléments trop douloureux de son passé. Elle préférait éviter d'y repenser, de même qu'elle préférait s'en tenir avec sa mère aux contacts indispensables. Voilà pourquoi elle se rendait le plus rarement possible à Cottingdean.

Cottingdean : la maison, le jardin, le village... L'univers de sa mère, le domaine sur lequel celle-ci régnait en maîtresse incontestée et qui avait pris forme par sa seule volonté. Comme Sofia avait détesté cet endroit, autrefois, rejetant sur lui la jalousie qu'elle n'avait jamais éprouvée pour son frère. Enfant, il lui avait toujours semblé qu'elle ne pourrait jamais, aux yeux de sa mère, compter autant que ce coin de terre. Cottingdean prenait à Liz la majeure partie de son temps et de son énergie — et le domaine l'avait largement récompensée de ses efforts, bien plus qu'elle-même, sa propre fille ! Cottingdean, David et son père étaient sans aucun doute les piliers de l'existence de Liz Danvers. Quant à elle, sans comprendre pourquoi, elle s'était toujours sentie en marge, ou alors entrée dans ce monde par effraction, comme une intruse. Plus jeune, elle s'était rebellée avec violence.

Elle poussa la porte vitrée et entra dans le hall de réception.

— Votre mère se trouve aux soins intensifs, lui indiqua d'une voix nerveuse la jeune infirmière à laquelle elle se présenta. Si vous voulez patienter un instant, le chirurgien qui s'occupe d'elle aimerait vous parler.

Sofia avait appris depuis longtemps à se contrôler ; elle remercia la jeune femme et alla s'asseoir sans rien trahir des sentiments qui l'envahissaient brusquement. Pourquoi ce médecin voulait-il la voir ? Est-ce que sa mère était morte ? Une espèce de terreur panique la submergea, lui donnant envie de sangloter comme une enfant. « Non, pas encore..., songea-t-elle avec désespoir. Il y a trop de choses que je veux savoir, qui doivent être formulées ! »

Sofia ne comprenait pas sa propre réaction, qui lui semblait ridicule au demeurant, étant donné que sa mère et elle s'étaient dit depuis longtemps tout ce qu'elles avaient à se dire. Elle-même s'était sans doute trop livrée par le passé et en avait déjà beaucoup trop souffert.

Tandis qu'elle attendait, le corps tendu, le visage dénué de toute expression, sa nature bouillonnante transparaissait pourtant à son insu à travers sa chevelure auburn, éclatante de vie, ses traits vifs et bien dessinés, ses yeux verts aussi changeants que les profondeurs d'un lac nordique sous un ciel de printemps — et dont personne au juste ne savait de qui elle les tenait. L'infirmière, jolie mais un peu replette, jetait de temps à autre des regards d'envie à cette femme superbe dotée d'une classe exceptionnelle. Tout en l'inconnue était beauté, élégance et mystère : sa silhouette élancée, la finesse de ses articulations, le ton particulier de ses cheveux et de ses yeux, la grâce de ses gestes. Le moindre de ses mouvements attirait l'œil comme un aimant.

Sofia, de son côté, avait du mal à imaginer sa mère allongée quelque part dans cet immense bâtiment anonyme. Liz avait toujours été le pivot fier et droit autour duquel de nombreuses vies tournaient, y compris la sienne avant qu'elle ne prenne ses distances. Elle avait toujours paru aussi indestructible et immuable qu'une partie de l'univers, parfaite dans ses rôles d'épouse, de mère et de chef d'entreprise, un modèle que beaucoup de femmes de sa génération auraient voulu égaler. Elle pouvait se vanter d'avoir eu trente ans d'avance sur son époque : cette vraie pionnière avait assumé durant plus de vingt-cinq ans la charge d'un mari infirme tout en redressant de façon spectaculaire une maison et un domaine en ruine, donnant un exemple remarquable de ce qui peut être accompli avec une énergie inébranlable, la détermination, l'intelligence, l'esprit visionnaire et une volonté de fer…

Se pouvait-il que la brèche qui s'était ouverte dans leur relation vînt en réalité de là ? Pas du fait que sa mère ne l'ait pas assez aimée, mais qu'elle-même, inconsciemment, lui ait toujours envié ses talents et ses exploits ? Peut-être était-elle jalouse de l'extraordinaire réussite de Liz, au fond, et avait-elle trouvé le moyen de se disculper en accusant sa mère d'un manque d'amour et d'une foule de fautes dont elle était elle-même responsable au départ… Mais non ; cette explication était trop simple, elle avait eu assez de preuves de l'indifférence de Liz à son égard.

— Mademoiselle Danvers ?

Elle tourna vivement la tête, arrachée à ses pensées par une voix masculine teintée d'impatience.

Aussitôt, elle vit le chirurgien perdre pied un instant, subjugué par son physique. Elle était accoutumée à provoquer ce genre de réaction chez les hommes ; mais cette espèce d'emprise sexuelle obscure et sourde qu'elle exerçait sur eux sans le vouloir était un cadeau empoisonné. Elle suscitait le désir, la concupiscence, pas l'amour. Même dans ses relations avec les hommes, le manque de tendresse était là, comme une lame remettant à vif une ancienne blessure qui ne s'était jamais tout à fait cicatrisée. Elle se hâta d'écarter le malaise qu'elle sentait grandir en elle.

— Ma mère ? s'enquit-elle d'un ton bref.

— Vivante. Pour le moment.

Il la regardait normalement, à présent, ayant dominé le trouble qui l'avait pris de court quand il l'avait découverte. Grand et mince, il devait avoir six ou sept ans de plus qu'elle mais ses responsabilités l'avaient mûri prématurément. C'était de toute évidence un homme doué, intelligent, qui semblait en cette minute avant tout irrité et épuisé. La crainte qui empoignait Sofia prit le pas sur la sympathie instinctive qu'il lui inspirait et elle ne dit rien, attendant qu'il poursuive.

— Elle était inconsciente lorsqu'on l'a amenée ici. Nous n'avons encore aucune idée de la gravité de ses blessures internes.

La jeune femme ne put cacher le choc qu'elle éprouvait.

— Aucune idée ? Mais…

— Le plus urgent était de la maintenir en vie. Les examens approfondis viendront plus tard. Elle est très robuste, sans quoi elle n'aurait jamais survécu à ce traumatisme. Dès qu'elle a repris conscience, elle a demandé à vous voir.

— *Moi* ? s'exclama Sofia, stupéfaite.

Le médecin fronça les sourcils.

— Oui, et nous avons eu un mal fou à vous trouver.

Sa mère voulait la voir, elle… Sofia était interloquée. Comment se faisait-il qu'elle n'eût pas plutôt appelé Faye, la veuve de David, ou Camilla, leur fille ?

— Ma belle-sœur…, commença-t-elle.

— Nous l'avons prévenue, mais les visites doivent être limitées. Et votre mère semble très perturbée par quelque chose qu'elle tient absolument à vous dire. Son état est grave ; il est essentiel de l'écouter, de la rassurer, de lui permettre de rester le plus calme possible.

Il jeta à la jeune femme un regard qui exprimait ses doutes sur les facultés qu'il lui prêtait dans ce domaine. Des doutes que Sofia partageait amplement, reconnut-elle avec une pointe d'autodérision.

— Si vous voulez me suivre.

Il l'entraîna dans un long couloir désert, et elle ne put s'empêcher de noter avec un amusement désabusé qu'il maintenait entre eux une distance plus grande que nécessaire. Est-ce qu'elle l'intimidait ? Il ne serait pas le premier non plus à réagir de cette façon envers elle. Tous les hommes qui lui plaisaient, ceux qui auraient pu lui apporter un peu de paix et d'équilibre, maintenaient avec elle une certaine réserve, une sorte de distance prudente. Toujours à cause de son physique. Parce qu'ils semblaient incapables de voir ce qui se cachait derrière la sensualité involontaire qu'elle dégageait et qui la faisait paraître dangereuse à leurs yeux, telle une femme fatale qui n'aurait jamais besoin de leur tendresse et ne leur pardonnerait pas leurs faiblesses. Comme ils se trompaient ! Elle était bien trop vulnérable elle-même pour se moquer de la vulnérabilité des autres. Quant à la tendresse, ajouta-t-elle en son for intérieur avec un petit sourire amer, elle seule savait combien de fois et à quel point elle avait aspiré à en connaître le baume apaisant…

— Par ici, dit-il.

Ils se trouvaient devant l'entrée de la salle des soins intensifs et Sofia frémit lorsqu'il ouvrit la porte. Elle aurait bien tourné les talons pour s'enfuir en courant. Le fait que sa mère veuille la voir ébranlait le bouclier d'indifférence derrière lequel elle se protégeait depuis des années, depuis le jour où l'ultime trahison de Liz avait fini de détruire l'amour hésitant et douloureux qu'elle continuait alors à lui vouer en dépit de tout.

Quelque chose lui échappait, la déroutait. Quand une personne se sent au bord de l'abîme, ne souhaite-t-elle pas à son chevet les êtres qui lui sont les plus chers ? Or Sofia n'était pas dupe : sa mère avait pris soin d'elle, l'avait élevée à la perfection, n'avait jamais négligé ses responsabilités d'éducatrice, mais ne lui avait jamais prodigué non plus la moindre affection véritable. Une barrière mystérieuse, infranchissable, les avait toujours séparées. Alors pourquoi cette requête surprenante, tout à coup ?

Comme elle hésitait sur le seuil, le médecin lui jeta un coup d'œil impatient.

— Etes-vous certain qu'elle m'a demandée ? murmura-t-elle.

Il la contempla un instant, et vit cette femme à la sensualité explosive redevenir soudain une enfant inquiète, apeurée. Ce mélange était encore plus perturbant qu'il n'aurait pu l'imaginer, et il répondit avec une sécheresse involontaire.

— Vous n'avez rien à craindre. Les blessures de votre mère ne sont qu'internes. Extérieurement…

Sofia le fusilla du regard. La jugeait-il vraiment assez faible, assez lâche et égoïste pour reculer devant ce qu'elle risquait de *voir* ? Mais sa colère retomba aussitôt. Comment lui en vouloir ? Il ne pouvait deviner la complexité des relations qu'elle entretenait depuis si longtemps avec sa mère. Cette complexité, elle ne parvenait pas elle-même à la démêler… Elle avança et pénétra dans la salle occupée par quatre lits et quantité de dispositifs sophistiqués, impressionnants.

Sa mère était seule, allongée sur un lit étroit et haut, au milieu des appareils. Comme elle semblait petite et frêle ! constata Sofia avec étonnement. Ses cheveux autrefois blonds, qu'elle teignait maintenant dans un discret ton platiné, étaient dissimulés sous un bonnet ; sa peau très claire, si différente du teint mat de sa fille, était plus d'une femme de cinquante ans à peine que d'une sexagénaire confirmée. Son souffle était court, pénible, mais les yeux qu'elle fixait sur les siens n'avaient pas changé : des yeux froids, clairs, qui voyaient et savaient tout, des yeux d'un gris qui, selon l'humeur, pouvait prendre la nuance profonde de la lavande ou la couleur sombre et glacée de l'ardoise.

Elle fronçait les sourcils, comme cela lui arrivait souvent. Pourtant, Sofia ne reconnut pas l'expression hautaine et humiliante qui lui avait si fréquemment déchiré le cœur et infléchi le cours de sa vie. Elle n'y vit pas cette réprobation qui mettait en pièces l'orgueil de Sofia et l'emplissait d'une rage impuissante. Ce regard-là était différent, plus profond, voilé d'ombres inhabituelles.

— Sofia…

Instinctivement, ou peut-être poussée par d'autres sentiments qu'elle n'avait pas le temps de s'expliquer, la jeune femme s'assit près d'elle et posa une main sur la sienne.

— Je suis là, mère.

Quel terme froid, distant… Quand elle était petite, elle employait celui de « maman ». David, de dix ans son aîné, l'appelait « Ma » avec une familiarité espiègle autorisée par l'amour plein de tolérance que Liz lui portait. Un amour si différent de ce qu'elle avait connu… « Arrête », se dit Sofia. Elle n'était pas là pour revenir sur le passé.

— Tout va bien, murmura-t-elle doucement. Tu te remettras très vite, tu verras.

Une lueur moqueuse s'alluma dans les yeux gris de Liz, prouvant qu'elle n'était pas dupe de cette platitude, et Sofia se sentit une fois de plus redevenir une enfant maladroite prise en faute par une adulte.

— Sofia… j'ai une chose capitale à te demander…, reprit sa mère d'une voix altérée. Dans mon bureau, à Cottingdean… se trouve mon journal intime… Il faut absolument que vous le lisiez. Toutes les trois…

Elle referma les yeux et Sofia la contempla fixement, ahurie. Un journal intime ? Que signifiait cette histoire ? L'accident avait-il affecté la raison de Liz ? Cependant, celle-ci rouvrit les yeux et insista avec une intensité farouche.

— Promets-moi de faire ce que je te demande, Sofia… Promets-le-moi. Jure-le-moi…

— Je te le promets, répondit docilement la jeune femme, déconcertée.

Et soudain ses sentiments profonds reprirent le dessus.

— Mais pourquoi moi ? ne put-elle s'empêcher d'ajouter d'un ton douloureux, tout en serrant plus fort, à son insu, la main qu'elle tenait. Pourquoi n'as-tu pas appelé Faye ? Elle est tellement plus proche de toi !

De nouveau, les yeux gris prirent une expression ironique.

— Faye n'a pas ta force, ni ta discipline…

La voix de Liz s'éteignit dans un souffle et Sofia sentit le pouls faiblir sous ses doigts. Une terreur plus forte que tous les ressentiments du monde s'empara d'elle.

— Mère, non ! cria-t-elle avec un désespoir qu'elle ne mesurait pas elle-même.

La voix de sa mère s'éleva de nouveau, faible, mais calme et rassurante.

— Je suis là, Sofia… Quand tu auras lu ce journal, tu comprendras tout.

Elle referma les yeux, l'air épuisé, le visage tellement immobile que Sofia la crut morte. La main ferme que le chirurgien posa sur son bras et ses quelques mots de réconfort calmèrent sa panique.

— Elle veut que je lise son journal ! murmura-t-elle.

La stupeur qu'elle éprouvait la poussait de façon incongrue à se confier à lui.

— Elle juge sans doute que certains aspects de sa vie peuvent éclairer la vôtre et celle de vos proches. C'est un besoin fréquent chez les personnes qui se sentent en danger de mort.

— Mais j'ignorais même qu'elle en tenait un ! reprit Sofia, plus pour elle-même que pour lui. Je ne l'avais jamais su… Et elle m'a fait promettre… !

Elle savait qu'elle tiendrait cette promesse, qu'elle devait la tenir. En même temps, elle redoutait déjà ce qu'elle pourrait lire, craignant d'être confrontée à une vérité qui risquait de raviver les souffrances qu'elle croyait avoir depuis longtemps rejetées derrière elle.

Tandis que le médecin l'escortait hors de la salle, elle jeta un dernier long regard à sa mère.

— Est-ce qu'elle va…

Elle ne put aller au bout de sa phrase, refusant soudain de connaître la réponse, éprouvant un besoin fou de se raccrocher à un espoir. Il lui semblait brusquement que sa propre existence dépendait de la survie de Liz. Elle avait souvent entendu dire que la perte d'un parent, pour un adulte, était une expérience extrêmement douloureuse. Lorsqu'elle avait perdu son père, c'était différent. La mort avait été une délivrance pour lui. Et puis, elle était adolescente et cette disparition l'avait d'autant moins affectée dans sa vie que Liz, qui veillait sur lui avec une constance admirable, avait toujours paru vouloir les tenir éloignés l'un de l'autre. Pour Sofia, il semblait donc presque un étranger.

En revanche, si Liz succombait à ses blessures, les choses seraient bien plus difficiles à supporter. Cette constatation surprenait Sofia, qui était persuadée d'avoir cessé d'aimer sa mère quinze ans plus tôt, après le dernier cataclysme qui avait fini de les séparer. Pour survivre à ce choc, elle avait décidé de se construire une existence totalement indépendante et y était parvenue. Elle avait maintenant sa propre carrière, sa propre vie. Une vie passionnante qui l'emmenait de Londres à New York en passant par Rome, Los Angeles, Paris et tous les endroits du monde où des gens riches et snobs connaissant ses talents de peintre mural l'appelaient pour décorer leurs somptueuses demeures de fresques originales. On la recherchait, on la payait très cher, elle ne travaillait que pour une clientèle exclusive et choisie. Elle pensait donc être devenue totalement maîtresse de son destin. Et voilà que l'accident survenu à sa mère ébranlait curieusement toutes ses certitudes…

Certes, même au bord de la mort, Liz ne l'avait pas épargnée. Si elle l'avait choisie pour exécuter une mission aussi étrange que difficile, ce n'était pas par amour mais parce qu'elle la croyait « forte et disciplinée » ! De toute évidence, elle avait pensé que la douce et discrète Faye ne se résoudrait jamais à s'immiscer dans l'intimité d'une autre personne. Mais que pouvait contenir le journal en question de si important, que Liz insiste à ce point pour qu'elles le lisent toutes les trois ?

Il n'y avait qu'une façon de le savoir.

*
* *

En quittant l'hôpital, Sofia décida de se rendre aussitôt à Cottingdean malgré le peu d'envie qu'elle avait de retrouver la maison de son enfance. A quoi bon repousser ce qui de toute façon devait être fait ? Elle se trouvait en ce moment entre deux contrats, et n'avait donc pas d'excuse valable pour ne pas remplir sur-le-champ la promesse qu'elle avait faite à sa mère.

La demeure familiale se trouvait à la lisière d'un village anglais idyllique, blotti dans un paysage vallonné au sud-est de l'attrayante station balnéaire de Bath. Au sein de cette petite communauté rurale, Liz avait une autorité mêlée d'affection que tous appréciaient et respectaient.

Sofia n'avait jamais partagé l'amour de sa famille pour Cottingdean ; elle avait toujours eu l'impression d'y étouffer, et avait rêvé dès son adolescence d'horizons plus larges, de plus vastes cieux. Elle s'engagea sur l'autoroute M4 avec un soupir résigné.

Faye et Camilla devaient l'attendre avec inquiétude, brûlant de lui poser mille questions au sujet de Liz. Elle avait appelé de l'hôpital pour les prévenir de son arrivée, sans préciser le vrai motif de sa visite. Faye… En évoquant sa belle-sœur, Sofia songeait que la vie était bien ironique : une jeune femme étrangère à la famille avait su obtenir de sa mère l'amour qu'elle-même n'avait jamais reçu. Pourtant, elle ne lui en voulait pas. Pauvre Faye, si vulnérable, si malmenée par l'existence… Elle la revit le jour où elle avait épousé David, blonde et claire, fragile comme une rose, le visage illuminé par l'adoration qu'elle vouait à son mari. Leur bonheur avait été de courte durée ; David était mort dans un accident de la route aussi stupide que tragique, la laissant seule avec leur fille âgée d'un an.

Sofia n'avait pas été surprise quand Liz avait proposé à sa belle-fille d'habiter avec elle à Cottingdean ; de toute manière, le domaine serait revenu à David. Depuis que Faye avait accepté cette proposition, Camilla et elle n'avaient pas connu d'autre foyer, d'autre style de vie. La jeune femme sourit en pensant à sa nièce, qui allait avoir dix-huit ans. Camilla était le cadeau que David leur avait laissé, et qui avait un peu atténué la douleur cruelle de son absence. Un jour, Camilla hériterait de Cottingdean, et, discrètement, Liz avait commencé de la préparer aux lourdes charges qui lui incomberaient alors. Sofia ne la jalousait pas le moins du monde pour ce futur héritage, mais elle lui enviait son caractère égal, sa personnalité chaleureuse et enjouée qui lui attirait comme par enchantement toutes les sympathies. Pour l'instant, toutefois, Camilla était encore très enfant et n'avait pas conscience du pouvoir qu'elle détenait.

La jeune femme laissa encore échapper un soupir. D'elles trois, Camilla serait la plus affectée si jamais sa mère... Elle crispa ses mains fines sur le volant de la Porsche, incapable de formuler le mot « mourir », incapable d'en admettre même l'éventualité. En outre, quelque chose de totalement irrationnel la poussait à imaginer qu'une sorte de pacte secret la liait désormais à Liz, que la vie de sa mère reposait maintenant entre ses mains et que ce fil fragile se romprait si elle-même rompait sa promesse. C'était un de ces sentiments instinctifs, primitifs et dépourvus de toute logique qu'elle avait éprouvés plusieurs fois au cours de son existence, en des moments très particuliers. Le souvenir d'une telle acuité la faisait encore frémir.

Elle n'avait pas hérité du réalisme ni de la tempérance de sa mère ; ces qualités étaient passées directement à Camilla, avec toutes les autres. Il lui semblait souvent que Liz ne lui avait rien légué d'elle. Et pourtant, en ce bref instant où elle lui avait demandé un engagement qui semblait si capital pour elle, Sofia avait eu l'impression étrange qu'elles étaient soudain unies corps et âme par quelque chose d'essentiel, de primordial, qui transcendait tout ce qui les avait séparées jusque-là. Se pouvait-il qu'il existât entre elles un lien secret qu'elle avait toujours ignoré — ou la demande pressante de sa mère était-elle juste une réaction normale de l'être humain devant la mort ? A cette idée, un spasme douloureux lui contracta le ventre et lui paralysa le corps l'espace d'un instant.

Depuis des années, elle n'allait plus à Cottingdean qu'en de rares occasions : l'anniversaire de Liz, Noël, quelques visites ponctuelles de courtoisie. Elle avait même manqué le dernier Noël en famille : occupée à décorer l'appartement d'un riche Français dans les Caraïbes, elle avait saisi le prétexte pour ne pas rentrer. Une excuse que Liz avait acceptée calmement, sans commentaire.

Lorsqu'elle quitta l'autoroute pour prendre l'étroite route de campagne, elle fronça les sourcils, surprise par la densité du trafic et le nombre de poids lourds totalement inadaptés à l'endroit. Quand elle parvint à les doubler sur la bretelle qui contournait le village, elle poussa un soupir de soulagement, heureuse d'être libérée de leurs gaz d'échappement et de pouvoir enfin profiter du paysage printanier. L'hiver avait été rude, et la verdure toute neuve des haies et des champs était un plaisir pour les yeux. Dans le village, rien ne semblait avoir changé. Sofia nota avec amusement qu'elle en éprouvait un vrai bonheur et se demanda pourquoi cette permanence la rassurait, puisqu'elle avait toujours rêvé de fuir ce lieu trop parfait, trop coquet à son gré…

Le riche marchand de Bristol qui avait opté pour le site de Cottingdean pour y installer sa famille, à l'époque élizabéthaine, avait fait un bon choix : la maison était adossée aux collines, tournée vers le sud, abritée du vent de l'est par de vieux chênes plantés en bordure de la propriété. C'était une demeure solide, rationnelle, construite en forme de E comme le voulait le style de ce temps-là. Les générations suivantes avaient ajouté un fatras de bâtiments divers à l'arrière, dont aucun, par chance, n'avait déparé la façade de pierre, avec ses fenêtres à meneaux et sa lourde porte de chêne. Le chemin d'accès contournait la maison, donnant vue sur les superbes jardins qui entouraient la demeure, et qui étaient renommés pour leur élégance et leur beauté.

Liz disait toujours que la meilleure façon de découvrir Cottingdean était d'arriver à pied par le petit pont qui franchissait la rivière, de pousser le portail de bois ouvert dans le mur d'enceinte et de remonter l'allée bordée d'ifs taillés qui menait jusqu'à la terrasse et à la porte principale. En voyant les pelouses magnifiques, les parterres de fleurs et de plantes vivaces savamment composés, les haies sculptées qui conféraient à l'endroit son allure et son mystère, on imaginait difficilement que ce chef-d'œuvre était dû uniquement au travail acharné d'une jeune femme qui n'avait trouvé à son arrivée, juste après son mariage, qu'une jungle de mauvaises herbes et d'anciens carrés de légumes à l'abandon. Pourtant, Liz avait tout réalisé de ses propres mains, au fil des années, sans argent ni aide d'aucune sorte.

Dès qu'elle pénétra dans la cour arrière, Sofia fut accueillie par Faye et Camilla qui la prirent d'assaut.

— Comment va-t-elle ? demandèrent-elles ensemble.

— Le choc a été rude, mais pour l'instant elle tient bon, répondit la jeune femme en quittant sa voiture. J'ai parlé avec le chirurgien qui la suit, nous aurons des nouvelles ce soir.

— Quand pourrons-nous la voir ? insista Camilla.

— Il est préférable d'attendre un peu, le temps que son état se stabilise.

— On t'a permis de lui rendre visite, pourtant !

Sofia passa un bras autour des épaules de sa nièce, l'enfant de David si précieuse à leurs yeux.

— Parce qu'elle m'avait demandé de venir, Camilla.

— Pourquoi pas nous ?

— Camilla, laisse au moins entrer Sofia avant de la bombarder de questions, intervint Faye de sa voix douce. La route est longue et la circulation difficile, en ce moment.

Elle consulta sa belle-sœur du regard.

— Comme j'ignorais tes plans, j'ai demandé à Jenny de préparer ta chambre.

— Je ne sais pas encore ce que je vais faire, répondit la jeune femme en la suivant dans le long couloir revêtu de lambris qui traversait la maison.

Le bois sombre brillait d'un éclat doux et chaud. Il avait fallu plus d'un an à Liz pour le débarrasser de l'épaisse couche de peinture qu'elle avait trouvée en arrivant. Faye poussa une porte.

— Jenny va nous servir le thé dans le petit salon. J'ai pensé que tu n'avais peut-être pas eu le temps de déjeuner…

Sofia secoua la tête. En réalité, elle ne se sentait pas capable d'avaler quoi que ce soit.

Le salon était situé sur le côté ouest de la maison. Décorée dans différentes nuances de jaune, la pièce souvent ensoleillée, pleine d'une lumière dorée, présentait des meubles hétéroclites qui semblaient pourtant faits pour aller ensemble — à l'origine de cet arrangement miraculeux, un autre don de Liz. Des jacinthes du même ton de bleu que la moquette embaumaient, tandis qu'un feu brûlait dans la cheminée, accentuant encore l'impression d'hospitalité qui se dégageait de l'endroit. Quant aux radiateurs du chauffage central, ils étaient discrètement dissimulés par un grillage.

Dès que Sofia eut pris place dans un fauteuil, Camilla s'installa à ses pieds sur un pouf recouvert de tissu damassé.

— Parle-nous vite de Gran, Sofia ! Comment l'as-tu trouvée ?

C'était une très jolie fille, blonde comme sa mère, mais d'un blond moins pâle, plus chaud. De visage, elle ressemblait beaucoup à sa grand-mère dont elle avait les traits fins et élégants, et les yeux d'un gris bleuté.

— Est-ce qu'elle va s'en sortir, au moins ?

Sofia tourna le visage vers Faye.

— Je l'espère..., répondit-elle calmement. C'est quelqu'un de très fort, Camilla. Elle se battra.

— Mais pourquoi a-t-elle voulu te voir, toi, et pas nous ?

— En fait, elle avait quelque chose à me demander. Les deux femmes étaient suspendues à ses lèvres.

— Une chose curieuse. Elle veut absolument que nous lisions son journal intime. Toutes les trois. Elle me l'a fait promettre. Je ne savais même pas qu'elle en tenait un, ajouta-t-elle avec une pointe d'amertume.

— Moi je le savais, dit Camilla. Un soir où je ne pouvais pas dormir, je suis descendue et je l'ai vue dans la bibliothèque, en train d'écrire. Elle m'a confié qu'elle l'avait toujours fait, depuis l'âge de quatorze ans, mais qu'elle n'avait pas gardé ses premiers cahiers.

Sofia éprouva soudain une douloureuse impression d'exclusion, qu'elle jugea ridicule.

— Elle le tient enfermé dans un tiroir du bureau qui appartenait à grand-père, poursuivit Camilla. Personne d'autre qu'elle n'a la clé.

— Je l'ai, déclara Sofia d'un ton brusque.

On la lui avait remise à l'hôpital, avec tout ce que contenait le sac à main de sa mère. Elle avait détesté cette formalité qui consistait à remettre à un proche des objets personnels enveloppés froidement dans un sac en plastique, détesté aussi la raison pour laquelle on les lui confiait.

— Je me demande pourquoi elle souhaite que nous en prenions connaissance, murmura Faye d'une voix inquiète.

Sofia l'observa. Et pour la première fois, elle se demanda pourquoi cette femme de quarante et un ans, encore séduisante, avait choisi de vivre dans l'ombre de sa belle-mère, au lieu de chercher une voie plus personnelle. Certes, elle adorait David, le vénérait même. Mais son mari était mort depuis dix-sept ans, et, pour autant que le sût Sofia, durant toutes ces années il n'y avait pas eu d'autre homme dans la vie de Faye.

En apparence, elle semblait calme et maîtresse d'elle-même. Mais on sentait que ce calme était plutôt un bouclier derrière lequel elle cherchait à se protéger du monde extérieur ; l'inquiétude qui se lisait dans ses tendres yeux bleu clair la trahissait. Etait-ce aussi pour se défendre qu'elle refusait de se mettre en valeur, se maquillant à peine, serrant en un chignon classique les cheveux qu'elle portait autrefois libres sur ses épaules ? Naturellement belle, elle semblait faire le maximum pour paraître anodine, ordinaire. Pour la première fois, Sofia se demandait pourquoi. Puis, aussitôt après, elle songea que cette curiosité soudaine à l'égard de sa belle-sœur était peut-être un prétexte pour repousser ce qu'elle était venue faire.

Faye et Camilla la dévisageaient avec anxiété, attendant de sa part une explication qu'elle était incapable de leur donner. Elle choisit de les rassurer.

— Connaissant mère, déclara-t-elle d'un ton ferme, je suppose qu'elle tient à nous mettre au courant de tous les détails possibles pour nous aider à gérer le domaine pendant qu'elle se rétablit.

Faye fronça les sourcils.

— Gérer le domaine ? Avec Henry et Harry, la filature et le troupeau sont entre d'excellentes mains !

— Au fait, intervint Camilla, qui va présider la réunion du groupe d'action contre la nouvelle route, si Gran n'est pas là ?

Ce fut au tour de Sofia d'exprimer son étonnement.

— Quelle nouvelle route ?

— Une autoroute, plus exactement, expliqua Faye. Le tracé prévu doit traverser les terres de plusieurs fermes et passer tout près de ce côté-ci du village. Liz a organisé un comité de défense, et elle constitue un dossier afin de proposer un contre-projet acceptable. Nous avons eu une première réunion il y a quinze jours. Bien sûr, ta mère a été élue présidente.

De nouveau, Sofia fut déconcertée par le sentiment d'outrage qui la saisit à l'annonce des changements qui se préparaient dans le village : le sort de ce dernier n'aurait pas dû lui importer, et pourtant elle se rebellait fortement contre le projet qui menaçait de le dénaturer. Les racines qui la liaient à Cottingdean étaient-elles plus profondes qu'elle ne le pensait ?

— Qu'allons-nous faire sans elle, mon Dieu ?

La détresse de Faye était telle que Sofia fut soulagée quand Jenny arriva avec la table roulante chargée du copieux thé traditionnel, une institution instaurée par sa mère dès son arrivée dans la maison pour stimuler l'appétit défaillant de son mari infirme.

Jenny et Charles Openshaw étaient au service de Liz depuis plus de cinq ans et remplissaient respectivement les fonctions de gouvernante-femme de chambre et de jardinier-chauffeur-homme à tout faire. C'était un couple d'une cinquantaine d'années, originaire du Nord et d'un contact très agréable. Sofia les aimait beaucoup ; ils tenaient leur rôle avec discrétion et efficacité, sans la moindre servilité, et faisaient partie de la maison. Quant à Liz, elle les traitait avec le respect et les égards qu'elle réservait à toutes les personnes qui travaillaient pour elle.

Jenny informa la jeune femme que sa chambre était prête, puis elle lui demanda des nouvelles de sa mère. Sofia lui répondit brièvement, sachant qu'à la réserve qu'elle afficherait, la gouvernante devinerait beaucoup mieux que Faye et Camilla l'état critique de Liz.

— Oh, j'ai failli oublier ! s'exclama soudain Jenny.

M. Dimitrios a appelé juste avant votre arrivée.

— Alexi…, soupira Sofia.

Il devait être furieux. Ils avaient prévu de dîner ensemble ce soir, et elle avait laissé un message sur son répondeur, lui expliquant la situation en quelques mots et promettant d'essayer de le rappeler plus tard. Alexi la poursuivait de ses assiduités depuis près de deux mois, un temps qu'il n'avait encore jamais consenti pour attirer une femme dans son lit, avait-il observé lors de leur dernier rendez-vous. En fait, il n'y avait aucune raison valable pour que Sofia se refuse à lui : il était grand, athlétique et plutôt beau garçon, avec un visage doté d'une forte personnalité. Ils avaient été présentés à Sydney où la jeune femme exécutait un contrat. Lui faisait partie de cette nouvelle génération de Grecs d'Australie, riche, sûr de lui, « macho » avec une gouaille qui l'avait amusée au début.

Elle avait oublié ce qu'on éprouvait à être courtisée d'une façon aussi insistante, pour ne pas dire agressive. Sa dernière liaison remontait à deux ans. Depuis, elle avait vécu une existence quasi monacale, ce qui était plutôt difficile pour une femme passionnée qui admettait sans honte que le sexe pratiqué avec un partenaire agréable était l'un des meilleurs plaisirs de la vie. Mais voilà… plus les années passaient, plus elle devenait exigeante sur le choix de ses partenaires, et moins elle était encline à réagir sur une impulsion au charme d'un homme.

Sa carrière l'occupait beaucoup, lui laissant peu de temps libre pour sortir ou pour s'analyser, et elle préférait qu'il en soit ainsi. Elle avait perdu bien trop de journées, autrefois, à se torturer en vain, à se consumer de nostalgie pour ce qui lui avait été arraché, souffrant l'enfer à cause d'un idéal merveilleux mais hors d'atteinte. Jusqu'au moment où elle avait décidé de trancher avec le passé et d'entamer une nouvelle existence. De réapprendre à vivre autrement. Lentement, péniblement, comme une personne qui se remet à marcher après une longue paralysie.

En cet instant, elle songea que son indifférence à la colère d'Alexi en disait long sur la tiédeur du désir qu'elle éprouvait pour lui. Elle sourit à Jenny, lui déclarant qu'elle ignorait encore combien de temps elle allait rester à Cottingdean.

Le lendemain, elle devrait retourner à Londres pour prendre quelques vêtements à son domicile. Elle n'y avait pas songé en quittant l'hôpital, tant son esprit était occupé par la promesse faite à sa mère. Liz lui avait toujours dit qu'elle était trop impulsive, qu'elle ne prenait jamais le temps de réfléchir avant d'agir.

Jenny partie, elle but son thé avec impatience. Les appétissantes douceurs disposées sur un plat de fine porcelaine ne stimulèrent pas son appétit. En fait, pensa-t-elle un instant, elle était bel et bien en état de choc.

Faye nota sa nervosité et posa sa tasse.

— Ces cahiers..., commença-t-elle d'un ton gêné. Liz tient-elle vraiment à ce que nous les lisions toutes les trois ?

— Oui, Faye. Et je répugne autant que toi à les ouvrir, crois-moi, même s'ils ne contiennent que des détails pratiques sur la maison et le domaine. J'ignore pourquoi mère a tant insisté, mais j'ai donné ma parole. Nous devons le faire.

Elle hésita un instant à révéler à sa belle-sœur le pressentiment ridicule qui liait dans son esprit l'exécution de cette promesse à la survie de Liz, comme si la confession complète d'une mourante pouvait rattacher celle-ci à l'existence et lui donner la force de lutter. Finalement Sofia préféra s'en abstenir, jugeant inutile d'accroître encore l'anxiété de Faye.

— Ecoute, reprit-elle. Je pense que nous devrions nous libérer le plus vite possible de cette corvée. Ce journal doit comporter plusieurs cahiers... Dès que j'aurai fini d'en lire un, je te le passerai, et à ton tour tu le passeras à Camilla. D'accord ?

Faye acquiesça, l'air nerveux.

— Où veux-tu t'installer ? Ici, ou dans la bibliothèque ?

— Plutôt dans la bibliothèque. Je vais demander à Charles d'y allumer un feu.

Une fois de plus, Sofia supposa qu'elle invoquait un prétexte pour retarder le moment fatidique. Que redoutait-elle à ce point ? De voir se confirmer l'indifférence de sa mère à son égard ? Elle s'était accommodée de cette réalité-là depuis des années. Non… elle craignait plutôt que cette incursion dans le passé ne l'oblige à revivre la période la plus douloureuse de sa vie, à rouvrir une blessure profonde qui, malgré tous les efforts qu'elle avait déployés, lui faisait encore mal.

« Et alors ? » se dit-elle en rassemblant ses forces. Ce serait un moment pénible à traverser, rien de plus. Elle s'en sortirait comme elle s'était sortie de tant d'autres épreuves, avec en plus des éclaircissements provenant de la version de sa mère. Une version qui lui permettrait au moins de connaître les mobiles de Liz, à défaut de les admettre et de pouvoir pardonner… Après tout, celle-ci ne souhaitait peut-être que se justifier à sa façon pour se mettre en paix avec sa conscience. Sofia ne voyait pas quels secrets terrifiants pouvait comporter une existence aussi droite et aussi claire que celle de sa mère !

Elle prit sa veste en lin couleur café qu'elle avait quittée en arrivant et tira de la poche le trousseau de clés appartenant à sa mère.

— Les cahiers se trouvent dans les tiroirs du bureau, à gauche, indiqua Camilla. Est-ce que… est-ce que tu veux que nous venions avec toi ? ajouta-t-elle d'un ton hésitant, comme si elle avait deviné l'appréhension de sa tante.

Sur le point de sortir, Sofia lui sourit.

— Merci, mais je ne pense pas que cette lecture soit dangereuse à ce point, Camilla. Il ne s'agit tout de même pas d'un traité de sorcellerie ! Dînez-vous toujours à 8 heures et demie ?

— Oui, répondit Faye, mais nous pouvons avancer ou retarder, si tu le souhaites. Sofia secoua la tête.

— Non. Je vais lire jusqu'à 8 heures, puis nous appellerons l'hôpital. A plus tard.

Un instant, elle s'arrêta dans le vestibule pour contempler les rayons de soleil qui faisaient luire les lambris dorés et les grands vases pleins de fleurs posés sur des coffres. Le parquet ancien, aux lames inégales, était parsemé de tapis colorés. La bibliothèque se trouvait juste en face du salon. Sofia posa les yeux sur la porte fermée, puis elle tourna les talons pour aller trouver Charles. Ensuite, en attendant qu'il allume le feu, elle monta dans sa chambre, au premier étage.

Sa mère avait entièrement redécoré la pièce pour les dix-huit ans de Sofia, choisissant elle-même les meubles et les tissus dans l'intention de lui faire une surprise. Le résultat était parfait, reconnut la jeune femme. Liz avait évité les tons pastel, trop mièvres pour l'adolescente flamboyante qu'elle était déjà, et joué sur les couleurs franches qu'elle préférait : des bleus, des rouges, des verts qui mettaient en valeur les lambris foncés des murs. Le grand lit à baldaquin avait été taillé dans le bois de leurs propres arbres, et on y avait gravé son prénom et sa date de naissance. Une frise représentait même les animaux familiers qui avaient été les compagnons préférés de son enfance. Ce travail avait demandé beaucoup de soin et de réflexion. N'importe qui aurait vu là une grande preuve d'amour. Pour Sofia, cependant, ce n'était que l'expression pure et simple de ce que Liz avait dû considérer comme un devoir maternel : sa fille unique avait dix-huit ans, il fallait célébrer cet événement avec l'éclat qui convenait.

Sofia passa dans la salle de bains toute blanche, conçue avec la sobriété élégante du style edwardien des années 1900. Tandis qu'elle se lavait les mains et rafraîchissait son maquillage, elle ne put s'empêcher de penser qu'elle reculait encore l'échéance qui l'attendait. C'était vraiment risible, se dit-elle avec ironie. Elle connaissait par cœur l'histoire de sa mère, comme tout le monde ici la connaissait : c'était pratiquement une vie de sainte.

Tout le monde savait que Liz était arrivée ici très jeune, ayant épousé à dix-huit ans un homme brisé par la guerre, qu'elle avait rencontré lorsqu'elle était aide-soignante. Ils étaient venus s'installer à Cottingdean, la propriété que son père avait héritée d'un cousin et dont il gardait le souvenir ébloui depuis l'enfance. Malheureusement, la réalité était le plus éloignée possible de l'image magnifiée de son souvenir, et ils avaient trouvé un domaine en ruine que Liz avait restauré avec une volonté hors du commun. Elle avait même eu l'intuition de redonner vie à l'ancienne filature familiale : à partir du petit troupeau de moutons qui restait, et grâce à des sélections et des croisements, elle avait créé une race exceptionnelle dont la laine de haute qualité s'était ensuite vendue dans le monde entier.

Comment avait-elle pu imaginer en cette époque de privations que la production d'étoffes de qualité redeviendrait un jour une activité lucrative, Sofia l'ignorait — et cette question commença à exciter sa curiosité. Quoi qu'il en soit, Liz avait du même coup insufflé une nouvelle prospérité au village, dont elle était devenue l'héroïne adulée, la figure de proue… Personne n'ignorait non plus les épreuves personnelles qu'elle avait traversées.

Non, une telle existence ne pouvait comporter d'ombres capitales, ni de secrets justifiant l'angoisse que Sofia éprouvait à l'idée de fouiller le passé de sa mère. Que pouvait être Liz, sinon une leçon de courage et de persévérance ? Et c'était peut-être l'héritage qu'elle voulait lui laisser, leur laisser, tout simplement… Pourtant, Sofia avait beau tenter de se raisonner, elle ne pouvait s'empêcher de penser que cette clarté apparente recélait au moins un mystère : celui de ses relations avec sa mère. Et que ce mystère-là, à supposer que Liz ne fût pas seulement déçue par le tempérament indomptable de sa fille, pouvait bien avoir des origines plus obscures qu'on ne le supposait. D'où cette terreur instinctive que la jeune femme ne parvenait pas à dominer, même en cherchant à la nier par tous les moyens. Soudain, la dernière phrase qu'avait prononcée sa mère sur son lit d'hôpital lui revint : « Quand tu auras lu ce journal, tu comprendras tout. » Sofia frissonna. Comprendre quoi ? Si c'était tellement important, pourquoi sa mère l'avait-elle laissée si longtemps dans l'ignorance ? En outre, en quoi cela concernait-il aussi Faye et Camilla ?

Il fallait qu'elle pénètre dans cette bibliothèque, qu'elle ouvre ces tiroirs. Elle avait donné sa parole. Avec un soupir, elle redescendit au rez-de-chaussée. Après une dernière seconde d'hésitation, elle tourna la poignée et entra. Un grand feu crépitait dans la cheminée. Elle vit également que quelqu'un — sans doute Jenny — avait apporté à son intention un plateau avec du café.

Un instant, Sofia songea à l'époque où cette pièce lui était interdite. C'était autrefois le sanctuaire de son père, l'endroit où il se réfugiait pour contempler les jardins depuis son fauteuil roulant. Liz venait y passer de longues soirées avec lui. Sofia se sermonna. Elle n'était pas là pour évoquer des souvenirs, mais pour en avoir l'explication. Peut-être...

Les tiroirs s'ouvrirent sans peine, libérant des senteurs légères, le parfum de sa mère mêlé à celui de fleurs séchées. A présent, elle ne pouvait plus se dérober. Les cahiers composant le journal étaient là, devant elle, beaucoup plus nombreux qu'elle ne l'aurait pensé, tous soigneusement datés et numérotés. Comme si Liz avait depuis toujours préparé ce moment.

« Mais *pourquoi* ? » se demanda encore Sofia en s'emparant avec une tension extrême du premier volume.

Tandis qu'elle l'ouvrait, ses mains tremblaient. Le trouble qu'elle éprouvait brouillait son regard, et les mots semblaient danser sous ses yeux. Non. Elle ne voulait pas faire une chose pareille. Elle ne le pouvait pas. Et soudain, elle eut l'impression de sentir sa mère auprès d'elle, lui insufflant sa volonté, lui rappelant sa promesse. Elle cligna des paupières pour éclaircir sa vision et lut les premiers mots.

« Aujourd'hui, j'ai vu Kit pour la première fois... »

— Kit ? murmura la jeune femme.

Fronçant les sourcils, elle vérifia la date. Liz avait commencé ce journal à dix-sept ans. Un an plus tard, elle était mariée à son père. Qui était donc ce Kit ?

Une sorte de malaise s'insinua en elle tandis qu'elle contemplait la belle écriture régulière. Sofia avait l'impression d'être poussée malgré elle dans un corridor obscur qui l'effrayait. Mais que risquait-elle, après tout ? Il ne s'agissait que d'événements passés, qui ne pouvaient en rien affecter sa vie présente. Elle se répéta qu'elle était stupide, reprit le journal en main et se mit à lire.

1.

Printemps 1945.

« Aujourd'hui, j'ai vu Kit pour la première fois… »

C'était ce jour-là que Lizzie avait fait la connaissance de Kit, et le seul fait d'y penser en noircissant les pages de son journal, quelques heures après, l'étourdissait de bonheur.

La veille encore, sa vie se restreignait aux contraintes étouffantes de son métier d'aide-soignante : journées interminables, salaire de misère, sans parler de toutes les tâches rebutantes que les infirmières en titre trouvaient indignes d'elles et confiaient volontiers à leurs subalternes. Elle aurait tout donné pour pouvoir poursuivre ses études, mais la mort de ses parents dans un des nombreux bombardements de Londres ne lui avait pas laissé le choix : elle avait dû se soumettre au verdict de sa grand-tante et quitter l'école pour gagner sa vie.

Tante Vi ne s'était jamais mariée et n'avait rien d'une femme sentimentale. Souvent, sans vouloir être méchante, elle rappelait à Lizzie qu'elle ne l'avait recueillie que par devoir familial. Il fallait dire qu'elle-même n'avait pas joui d'une vie facile, étant entrée dès l'âge de treize ans comme servante dans la maison bourgeoise de son village, pour s'élever peu à peu dans l'échelle sociale, au prix d'un travail acharné. Elle avait achevé sa carrière en qualité de gouvernante de lord et lady Jeveson.

Au début, Lizzie avait beaucoup souffert de tous les changements survenus dans sa vie : ses parents lui manquaient terriblement, Londres aussi, et elle s'habituait mal à la sécheresse de sa tutrice, qui la harcelait de critiques incessantes. Les principales portaient sur ses manières et son accent, que Vi trouvait populaires et tenait absolument à corriger pour les rendre « distingués ». Elle avait fini par y arriver, de même que Lizzie avait fini par oublier peu à peu sa vie londonienne et l'adolescente de treize ans pleine de rébellion qu'elle était à son arrivée.

Tout cela remontait à quatre ans et elle était devenue depuis une jeune personne de « bonne éducation » à l'accent pointu, qui suscitait chez certaines de ses compagnes des remarques gentiment moqueuses. Quand sa tante lui avait trouvé la place d'aide-soignante qu'elle occupait aujourd'hui à l'hôpital, Lizzie, horrifiée, l'avait suppliée de la laisser à l'école. Tante Vi s'était montrée aussi acide qu'inflexible : non seulement elle ne pouvait continuer à nourrir une bouche inutile, mais il était du devoir de sa petite-nièce, en temps de guerre, d'apporter sa contribution au pays. La surveillante de l'hôpital était l'une de ses amies, et avant que Lizzie ait pu se rendre compte de ce qui lui arrivait elle s'était retrouvée installée dans une pension proche de l'hôpital, partageant un dortoir avec une douzaine de filles de son âge qui, une fois leur travail terminé, ne pensaient qu'à rire, à parler des garçons et à aller danser le samedi soir.

Elles se moquaient de Lizzie, qui se tenait à l'écart et qu'elles trouvaient « différente ». La jeune fille avait du mal à oublier les sermons de sa tante — Vi n'avait pas une très haute opinion des hommes et l'avait mise en garde maintes fois contre les pièges à éviter. En outre, très sensible, Lizzie était souvent choquée par les manières grossières et très directes des jeunes gens qu'il lui arrivait de voir avec ses compagnes ; en cette période de guerre, les garçons n'avaient pas de temps à perdre et voulaient profiter de la vie sans s'embarrasser de faire la cour aux filles.

A part eux, les seuls individus de sexe masculin qu'elle eût l'occasion de rencontrer étaient ceux dont elle s'occupait à l'hôpital, des hommes brisés physiquement et moralement par la guerre, souvent atrocement mutilés. La plupart des infirmières arrivaient à se durcir assez pour supporter le spectacle quotidien de la misère humaine, et elles se contentaient souvent de gestes mécaniques. Lizzie n'y parvenait pas. Elle s'attachait malgré elle à ces êtres déchirés, broyés par la machine infernale de la guerre, et son cœur saignait à chaque arrivée comme à chaque départ. En même temps, elle comprenait la réaction de ses camarades qui tentaient de s'étourdir pour oublier le malheur qu'elles côtoyaient chaque jour et cherchaient la compagnie d'hommes « sains et entiers », vivants, en pleine possession de leurs moyens.

D'après elles, les Américains étaient les plus amusants et les plus généreux. Quelques-uns étaient stationnés à l'autre bout du village, et une fois ou deux ils avaient essayé d'engager la conversation avec Lizzie lorsqu'elle allait poster sa lettre hebdomadaire à sa tante. Elle les avait toujours ignorés, se blindant contre leurs sourires engageants et leurs paroles enjôleuses ; néanmoins, dès qu'elle était hors de vue, ses dix-sept ans et sa nature romanesque la poussaient à rêver, à s'interroger avec nostalgie sur ce bonheur sublime que deux êtres qui s'aimaient vraiment devaient partager, et que ses lectures lui décrivaient.

Elle adorait lire, et grâce à une pleine malle de bouquins offerte par la femme du pasteur, elle avait pu échapper aux lectures « instructives » imposées par sa tante, et découvrir dans des romans les délices et les tragédies de l'amour courtois, les délicatesses des sentiments nobles et chastes. Sentiments qui n'avaient pas grand-chose à voir avec les confidences fort crues que ses compagnes échangeaient devant elle, lui enseignant malgré elle les secrets du « sexe », un mot qui n'était jamais prononcé sous le toit de sa tante et qui n'était même pas censé exister. Ces conversations lui ouvraient les yeux sur certaines réalités de l'existence, mais l'incitaient plutôt par leur verdeur à garder la ligne de conduite qui lui avait été inculquée. Et même si elle éprouvait parfois une sorte de trouble étrange, la sensation qu'elle était incomplète, qu'une part essentielle manquait à sa vie, elle n'avait jamais, au grand jamais, songé à partager avec un homme les expériences intimes et choquantes dont elle entendait parler autour d'elle.

Jusqu'à ce jour-là…

Elle contempla rêveusement son journal, ce journal que sa tante elle-même l'avait incitée à tenir, non pour la voir étaler ses pensées intimes, mais pour qu'elle y relate chaque soir avec discipline ce qu'elle avait accompli dans la journée. Or, depuis qu'elle travaillait à l'hôpital, il lui arrivait de plus en plus souvent d'y consigner des sentiments plus personnels.

Kit... Maintenant encore, elle était éblouie par le miracle de leur rencontre, s'émerveillait de pouvoir murmurer son prénom dans le secret de son cœur, tandis que son corps tremblait de joie.

Kit... Il était si différent, si spécial, si incroyablement merveilleux.

Elle l'avait su dès qu'elle l'avait vu. Il avait tourné la tête, lui avait souri, et brusquement le monde avait été inondé de chaleur et de magie. Et dire qu'elle ne l'aurait jamais rencontré si elle n'avait pas décidé d'aller rendre visite à ce pauvre Edward ! L'idée qu'une telle tragédie avait failli se produire la fit frémir d'horreur.

Edward Danvers se trouvait à l'hôpital depuis plusieurs mois ; commandant dans l'armée, il avait été grièvement blessé en Normandie et avait perdu l'usage de ses jambes, que l'on avait fini par amputer. Il était là sous le prétexte de se remettre d'une seconde opération, mais en réalité tout le monde savait qu'il n'avait personne pour l'accueillir. Il avait perdu ses parents, n'était pas marié, et Lizzie pensait qu'il n'avait plus envie de vivre. Il semblait calme et résigné à son sort, mais elle devinait qu'en réalité il se renfermait en lui-même, se coupait volontairement du monde et souhaitait mourir.

Il ne parlait jamais de ses blessures, ne se plaignait jamais, se laissait en silence installer dans un fauteuil roulant pour que Lizzie ou une autre aide-soignante le sorte dans les jardins. La jeune fille s'était attachée à lui, contrairement à ses compagnes qui le trouvaient trop taciturne. Le mutisme d'Edward Danvers ne lui pesait pas ; elle savait à quel point il appréciait ces promenades. Un jour, il lui avait confié qu'elles lui rappelaient le jardin de ses grands-parents. Un endroit qui s'appelait Cottingdean et qu'il semblait adorer, même s'il avait les larmes aux yeux en en parlant. Par discrétion, elle ne lui avait jamais demandé pourquoi il ne pouvait y retourner. La blessure que dissimulait l'émotion d'Edward semblait trop profonde.

Peu à peu, Lizzie avait pris de plus en plus de plaisir à leurs rencontres. Elle aimait le retrouver, lui tirer parfois un sourire furtif. Ils partageaient le même goût pour les livres. Une amitié hésitante s'était progressivement développée entre eux, et Lizzie se rendait souvent à l'hôpital même lorsqu'elle était de repos pour le sortir dans le jardin s'il faisait beau ou lui faire la lecture quand le temps les obligeait à rester à l'intérieur. Il était si faible que le seul fait de tenir un livre le fatiguait.

Elle n'avait jamais mentionné Edward dans ses lettres à sa tante, qui n'aurait pas approuvé cette relation. Il était d'un monde différent du leur, et tante Vi n'approuvait pas le mélange des classes. Cela finissait toujours par créer des problèmes, avait-elle prévenu sa nièce.

Le sang de Lizzie se figea dans ses veines à l'idée que ce jeudi-là elle avait failli se reposer à la pension au lieu d'aller voir Edward. Elle s'était éveillée dans un état bizarre, s'était sentie inhabituellement nerveuse, agitée. Mais le temps radieux et le fait que son protégé rêvait depuis des jours de voir les rhododendrons en fleur l'avait finalement décidée. Elle n'avait pas le droit de le priver de cette joie.

Afin de recouvrer un peu d'entrain et de bonne humeur, elle avait fait une longue toilette dans la lugubre salle d'eau commune et s'était même offert le plaisir de laver ses cheveux blonds, se demandant une fois de plus si elle oserait les couper. Elle était la seule du groupe à arborer une coiffure aussi démodée, deux nattes relevées en une couronne stricte et nette que sa tante tenait absolument à la voir conserver. Un instant, elle tenta de s'imaginer avec de jolies vagues souples dansant sur ses épaules comme certaines de ses compagnes ; ce style leur donnait une allure à la fois séduisante et décontractée. Puis elle contempla dans la glace tachée son visage dénué de tout maquillage et soupira.

Les autres filles portaient aussi de la poudre, du rouge à lèvres, des parfums bon marché offerts par leurs petits amis américains. Elles bouclaient leurs cheveux et épaississaient leurs cils avec du cirage noir ; si elles avaient la chance de posséder une paire de ces bas en Nylon si prisés, elles raccourcissaient aussitôt leurs jupes pour montrer leurs jambes. Mais ce genre de fantaisie n'était pas pour elle. Sa tante lui imposait des sous-vêtements blancs strictement fonctionnels qu'elle était tenue de frotter jusqu'à s'en user les mains, ainsi qu'une garde-robe de grande qualité, certes, mais taillée dans de vieux vêtements ayant appartenu à lady Jeveson, et qui semblaient malheureusement inusables. Aussi était-elle toujours vêtue de tweeds sombres et rêches, de chemisiers de crêpe ou de soie aux tons fades, de pulls de cachemire bruns qui n'avaient rien pour mettre en valeur son teint de blonde...

En lissant sa lourde jupe plissée, elle songea aux robes légères que portaient ses compagnes, à leurs tissus fleuris, à leurs décolletés échancrés qui auraient fait frémir tante Vi. Elle-même n'aurait jamais osé porter de toilettes aussi audacieuses, mais elle rêvait de tons pastel assortis à ses yeux lavande, de flanelles souples et douces glissant sur ses hanches minces. Quant aux bas de Nylon, inutile d'y songer. Ou bien elle sortait les jambes nues, supportant comme une torture le frottement des vêtements épais et râpeux sur sa peau tendre, ou bien elle devait se résigner à enfiler les lourds bas de laine tricotés à la main que sa tante lui envoyait pour Noël et qui faisaient paraître énormes ses chevilles pourtant si fines.

Ce jour-là, un élan inhabituel de coquetterie la poussa à renoncer à ces bas qu'elle détestait. Puis elle enfourcha la vieille bicyclette qui la transportait quotidiennement de son logement à l'hôpital. Elle avait l'estomac creux, car il était interdit de cuisiner à la pension. Lorsqu'elles travaillaient, les filles mangeaient à l'hôpital ; on leur servait des repas aussi détestables que bourratifs, qu'elles avalaient par faim mais qui étaient loin de compenser les efforts physiques qu'elles devaient fournir. Aussi étaient-elles toutes très minces, presque maigres, en particulier Lizzie dont l'ossature était plus délicate que celle de ses compagnes, et que la finesse de ses poignets et de ses chevilles faisait paraître plus frêle et plus fragile encore. Il lui arrivait souvent de regretter la cuisine de sa tante, qui, malgré sa parcimonie, s'arrangeait toujours pour obtenir des laitages, des légumes et des fruits frais chez les fermiers des environs.

Elle s'efforça de ne pas penser au délicieux porridge crémeux de tante Vi et se mit en route, choisissant de contourner le village pour profiter au maximum du chaud soleil printanier et des doux effluves de la campagne qui annonçaient déjà l'été à venir. Tandis qu'elle pédalait, de petites mèches souples s'échappaient de ses nattes et auréolaient son visage de légères boucles dorées. Ses cheveux étaient d'un blond si clair et si chaud à la fois que ses compagnes, au début, refusaient de croire cette couleur naturelle et soupçonnaient Lizzie de les teindre.

Tandis qu'elle circulait allègrement au beau milieu du chemin qui accédait à l'hôpital par la porte de service, elle crut entendre le bruit d'une voiture qui arrivait derrière elle. Mais cette route était peu fréquentée, et, perdue dans ses rêveries, la jeune fille n'y prêta pas attention tout de suite. Lorsqu'elle revint sur terre, il était trop tard : jetant un coup d'œil par-dessus son épaule, elle découvrit avec une succession de chocs une luxueuse voiture de sport décapotable vert foncé qui était déjà à sa hauteur, conduite par un jeune homme bronzé aux épais cheveux bruns décoiffés par le vent. Elle eut encore le temps de voir qu'il portait l'uniforme prestigieux des pilotes de la Royal Air Force, puis ce fut la catastrophe : dans une tentative désespérée pour lui céder le passage, elle donna un brusque coup de guidon sur la droite, perdit l'équilibre et tomba sur le bas-côté.

Le jeune homme s'arrêta pile dans un grincement de pneus, l'injuriant avec fureur.

Affalée sur la route poussiéreuse, les genoux écorchés et les larmes aux yeux, Lizzie aurait tout donné pour pouvoir disparaître sous terre. Alors qu'elle se relevait péniblement, écarlate, mortifiée, elle entendit claquer une portière.

— Je vous demande si ça va ! Vous avez fait une sacrée pirouette. Je pensais que vous m'aviez entendu !

— Oui, mais je n'y ai pas fait attention… Aucune voiture ne passe jamais par là…

Elle était debout, à présent, toujours cramoisie, parfaitement consciente du tableau qu'elle devait offrir à ce garçon incroyablement beau qui se tenait près d'elle et la toisait de sa haute taille ; il la regardait d'une telle façon qu'elle maudit une fois de plus lady Jeveson et ses vêtements si peu flatteurs.

Soudain, ses pommettes hautes s'enflammèrent de plus belle lorsqu'elle s'avisa de ce qui lui arrivait : pour la première fois de sa vie elle éprouvait cette sensation étourdissante, vertigineuse, ce trouble étrange et dangereux qu'elle avait si souvent entendu décrire par d'autres. Elle était en train de tomber éperdument amoureuse d'un étranger…

C'était tellement inattendu qu'elle en perdit un instant le sens des réalités et resta figée de stupeur, les lèvres entrouvertes. Son attitude poussa Kit Danvers à la contempler avec plus d'attention, par-delà les vêtements hideux dans lesquels elle était engoncée et en abstrayant son visage délicat de cette coiffure qui lui rappelait des photographies de sa grand-mère.

En l'étudiant mieux, il prit conscience qu'il avait devant lui, perdue dans des accessoires qui ne l'arrangeaient guère, une vraie beauté. Il tira cette conclusion avec l'expérience d'un maître en la matière. Découvrir des perles fines sous la terne coquille d'une huître était sa spécialité, un don que ses camarades admiraient et lui enviaient. Kit Danvers était aussi réputé pour son flair infaillible que pour l'ascendant irrésistible qu'il exerçait sur les femmes.

Lizzie ne pouvait s'en douter. Elle savait seulement, tandis qu'elle contemplait ce regard bleu à l'expression rieuse et ce beau visage hâlé et viril, au sourire plein de chaleur, que quelque chose en elle s'épanouissait et fondait de douceur ; quelque chose d'entièrement nouveau pour elle, mais qui devait être aussi vieux que le monde.

— Vous avez de la terre sur le nez.

Il se pencha vers elle pour frotter de son pouce sa peau salie et elle retint son souffle, la gorge serrée, avec l'impression que mille petites aiguilles la transperçaient de plaisir, tandis que son corps tendu était traversé d'une étrange langueur.

— Voilà, c'est parti.

Il jeta un coup d'œil à sa bicyclette.

— Vous ne pouvez plus monter sur ce truc-là, maintenant. Si je vous emmenais là où vous alliez ?

— L'hôpital. J'allais à l'hôpital, répondit distraitement Lizzie, à peine consciente des mots qu'elle prononçait tant ce visage superbe la subjuguait. J'y travaille.

— Vraiment ? Quelle coïncidence ! Je m'y rendais aussi. On m'a indiqué cette route discrète parce que je ne suis pas censé me servir de cette voiture, avec les restrictions d'essence. Une chance que les Yankees soient coulants de ce côté-là… Quand on se bat sur le front, on a bien droit à quelques petits plaisirs.

Soudain il s'interrompit et lui décocha un sourire charmeur.

— Mais qu'est-ce que je raconte ? Une jolie fille comme vous n'a rien à faire de ce genre d'histoire.

« Une jolie fille… » Il l'avait traitée de jolie fille ! Le cœur de Lizzie s'envola tandis qu'elle le contemplait avec adoration. Mais les mises en garde de tante Vi lui revinrent soudain à l'esprit et elle détourna la tête, s'arrachant à la dangereuse magie de ce sourire.

— Merci, répondit-elle d'une voix mal assurée, je crois que je peux reprendre ma bicyclette. Il faut que j'y aille, maintenant. Je suis désolée de cet incident.

— Vous craignez d'arriver en retard ? Vous êtes infirmière, je suppose ?

— Non, aide-soignante.

La surprise qu'elle lut dans ses yeux la blessa. En général, elle se moquait de ce que les gens pouvaient penser de la modestie de son travail. Mais là, brusquement, elle souffrit de ne pouvoir se vanter devant lui d'occuper un poste plus brillant.

— Acceptez mon offre, je vous en prie, insista Kit. Je n'aimerais pas que vous ayez des ennuis par ma faute. Montez ; je vais accrocher votre vélo à l'arrière.

Lizzie hésita. Se laisser emmener ainsi serait contraire à tous les principes de tante Vi ; néanmoins, elle désirait accepter plus qu'elle n'avait jamais rien désiré dans sa vie.

— En fait, je ne vais pas travailler, expliqua-t-elle. Je vais rendre visite à quelqu'un.

Aussitôt, le regard de Kit se fit plus acéré.

— Un petit ami ?

Elle rougit et secoua la tête.

— Non, un de mes malades. Lorsqu'il fait beau, je l'emmène en promenade dans le jardin ; il y tient beaucoup. Cela lui rappelle les souvenirs de son enfance.

— Quel petit cœur sensible ! Il est foutu, je suppose ?

Quelque chose dans l'ironie de son ton froissa la tendre conscience de Lizzie.

— Non, bien sûr que non…, rétorqua-t-elle vivement, bien qu'elle sût Edward Danvers condamné à une vie de souffrance et de solitude.

C'était peut-être le contraste cruel qui opposait ces deux hommes qui l'avait poussée à prendre ainsi la défense d'Edward. Edward si pâle, si frêle, vieilli avant l'âge, le corps mutilé, privé de sa virilité pour avoir voulu sauver un de ses hommes qui se noyait dans l'eau glacée lors du débarquement en Normandie. Il avait plongé et s'était retrouvé broyé sous un char amphibie. Maintenant encore, dans ses cauchemars, il en voulait à Dieu de l'avoir laissé en vie.

La jeune fille l'imagina dans son fauteuil roulant et le compara à ce beau garçon plein de santé, qui rayonnait d'une insolente joie de vivre, inconscient des dangers que le destin lui réservait peut-être. Alors, brusquement, elle ressentit à l'égard de cet homme si confiant en son étoile un élan instinctif qui la prit de court, un besoin urgent et fou de le protéger du sort, une sorte de terreur possessive, un désir irrépressible de le garder en sûreté auprès d'elle. C'était la première fois qu'elle éprouvait une émotion d'une telle violence, et celle-ci la frappa comme la foudre, lui ôtant toute résistance quand il insista pour l'installer dans sa voiture.

L'espace intérieur était si réduit que dès qu'il monta près d'elle, Lizzie perçut la chaleur de son corps puissant, le parfum viril de sa peau. Il incarnait pour elle un univers inconnu, terriblement tentant, dont la seule idée la parcourait de frissons exquis et faisait battre son cœur plus fort.

Il démarra, conduisant à une vitesse et avec une témérité qui effrayaient Lizzie et la ravissaient à la fois.

— Je suppose que vous n'êtes pas d'ici, déclara-t-il, quittant un instant la route des yeux pour la regarder.

Cette jeune inconnue l'emplissait de curiosité, avec son accent distingué, sa timidité, sa candeur naïve... Il aurait juré qu'aucun homme encore ne l'avait embrassée — sans parler du reste. Oui, il était rarement aussi intrigué.

— Non... Non, en effet, répondit Lizzie d'une voix troublée.

— Qu'est-ce qui vous a amenée ici, dans ce cas ?

Il était expert dans l'art de la séduction et savait exactement comment s'y prendre avec chaque type de femme. Celle-ci, mi-femme, mi-enfant, ne tarderait pas à tomber dans ses bras comme un fruit mûr, en dépit de sa totale innocence. Il suffisait de l'apprivoiser un peu, de la mettre en confiance, et le tour serait joué.

Lizzie lui jeta un regard surpris. Elle n'avait pas l'habitude qu'on s'intéresse ainsi à elle. Une douce chaleur se répandit dans ses veines, lui conférant soudain une assurance dont elle ne se serait pas crue capable.

— C'est ma grand-tante qui m'a trouvé ce poste. Elle est la seule famille qui me reste. Mes parents sont morts dans un bombardement, déclara-t-elle d'un trait, le regard soudain assombri par ce souvenir terrible.

Kit hocha la tête avec un grognement compatissant, tandis qu'il se félicitait de sa chance. Il avait vraiment touché le gros lot, cette fois. Une fille seule, sans protection... Il lui restait quelques jours de permission, et il pouvait très bien les passer là. Ce délai écoulé, il savait déjà qu'elle l'ennuierait à mourir. Mais en attendant...

Pendant qu'il entretenait avec elle une conversation légère et détendue, il s'amusait à imaginer quelle amante elle serait. Nerveuse, sans doute, mais docile. Il était sûr qu'elle lui donnerait tout ce qu'il voudrait à partir du moment où il lui dirait « je t'aime ». Il eut un petit sourire cynique. Il connaissait parfaitement l'effet qu'il produisait sur le sexe faible, et il avait reconnu dans les yeux de la jeune fille cette lueur d'adoration dont il avait l'habitude.

Les femmes étaient tellement stupides… Il suffisait de leur parler d'amour et elles étaient prêtes à tout.

— Quel dommage que vous ayez ce rendez-vous, murmura-t-il tendrement alors que l'hôpital apparaissait devant eux. Nous pourrions continuer à rouler ainsi sans fin, très loin, et ne jamais revenir… Est-ce que cela vous tenterait, ma douce ? Aimeriez-vous passer le reste de votre vie avec moi ?

Le cœur de Lizzie se mit à tambouriner violemment dans sa poitrine sous l'effet d'un bonheur immense.

Elle l'entendit rire. Le visage cramoisi, elle prit conscience qu'il pouvait lire ce qu'elle éprouvait sur son visage.

— Alors ? insista-t-il sans pitié. Puis-je vous enlever, vous emmener dans un endroit où nous serions seuls au monde ?

Sa voix avait pris une intonation sourde et caressante, à l'effet presque magnétique. Incapable de détacher les yeux de son compagnon, Lizzie se rendit compte qu'elle retenait son souffle depuis si longtemps que ses poumons lui semblaient prêts à éclater. Profitant de sa stupeur, Kit changea de registre et adopta un ton de regret.

— Mais nous savons bien que c'est impossible, n'est-ce pas ? Il y a une guerre à gagner…

Il assombrit son regard, prenant une expression grave et profonde. Il savait aussi à quel point certaines femmes étaient sensibles aux hommes d'honneur qui privilégiaient leur devoir au détriment de leurs sentiments, et celle-ci, il en était sûr, en faisait partie.

Une vive douleur traversa Lizzie. Bientôt leurs chemins se sépareraient et elle doutait de le revoir un jour, en dépit de ce qu'il lui avait dit. Elle éprouvait tout à coup une souffrance déchirante qui lui coupa le souffle et la fit pâlir.

— Il vaut mieux que vous me déposiez ici, déclara-t-elle alors qu'ils approchaient du portail. La surveillante est très stricte sur les rapports de ses employées avec les malades et les visiteurs.

— Fraternisation interdite, c'est ça ? lança-t-il en s'arrêtant.

Lizzie, le souffle court, le vit contourner la voiture pour venir jusqu'à elle. Mais au lieu de lui ouvrir la portière comme elle s'y attendait, il la saisit dans ses bras et la souleva hors de son siège. L'espace d'un instant, prise d'un délicieux vertige, elle se retrouva serrée contre lui, les yeux plongés dans son regard bleu pétillant de gaieté. Puis il la fit glisser lentement sans la laisser toucher terre, et la maintint un instant dans une attitude terriblement dangereuse, terriblement tentatrice, juste assez haut pour contempler sa bouche.

— Vous êtes une adorable petite chose, murmura-t-il, faite pour vibrer entre les bras d'un homme, et vos lèvres semblent si douces. Vous a-t-on déjà embrassée, mon cœur, ou vous êtes-vous gardée pour moi ?

Le cœur de Lizzie battait si fort, faisait un tel vacarme qu'elle entendait à peine ce qu'il disait. Elle se sentait la tête légère, légère, et en même temps tout, autour d'elle, lui apparaissait avec une telle précision, une telle netteté qu'elle avait l'impression de découvrir le monde avec un regard entièrement neuf.

— Vous devinez ce qui nous arrive, n'est-ce pas ? insista-t-il doucement. Vous savez que vous et moi...

Il s'interrompit, le visage soudain tendu, l'air farouche, les mains serrées sur sa fine taille avec une force qui lui faisait presque mal.

— Il faut que je vous revoie, dit-il avec une intensité qui transporta la jeune fille. Quand serez-vous libre ?

Libre... Elle lutta pour se cramponner à son bon sens, à sa raison, mais tous deux avaient été balayés et n'avaient plus aucun poids dans ses décisions. Une seule chose comptait désormais : cette félicité exquise, cette joie délirante qui lui donnait l'impression de flotter au-dessus du sol, de vivre pleinement sa vie, tout à coup... la conviction absolue qu'elle avait rencontré l'homme qui incarnait absolument tous ses rêves — tous —, un homme dont elle était tombée amoureuse sur-le-champ et pour toujours.

— Je... après le déjeuner, s'entendit-elle répondre d'une voix rauque, inhabituelle. Je devais écrire à ma tante. Je... je lui écris toutes les semaines. Elle ne me répond pas souvent, parce qu'elle a de l'arthrite, mais…

— Je passerai vous prendre ici à 2 heures et demie, répondit doucement Kit, ignorant ce flot de paroles précipitées, prononcées sur un ton étranglé.

Alors il la posa à terre, effleurant à peine ses lèvres des siennes, en un geste qu'une femme expérimentée aurait reconnu comme une provocation et que Lizzie, dans sa candeur, prit pour la plus tendre des marques de respect, pour le plus chaste des baisers. C'était ainsi que les héros, dans les romans qu'elle lisait, agissaient toujours, refrénant leurs désirs pour ne pas effaroucher leur bien-aimée dont ils révéraient la pureté. Lizzie ne connaissait rien au monde réel, rien au cynisme avec lequel les hommes tels que Kit Danvers s'emparaient de leurs conquêtes comme d'un droit qui leur revenait, sous prétexte qu'ils affrontaient journellement la mort.

— Une chose encore, ma douce…

Elle le contempla, muette, le regard plein d'adoration. Il toucha ses nattes.

— Laisse tes cheveux libres et mets une jolie robe. J'aime que mes petites amies soient coquettes…

Un instant, il sembla à Lizzie qu'un nuage obscurcissait le soleil. « Ses petites amies », avait-il dit. Elle fronça les sourcils, avec le sentiment que son rêve s'écroulait, mais il lui caressa le visage du bout des doigts et la lumière jaillit de nouveau, intense comme la chaleur qui lui inondait le corps.

Tandis qu'il décrochait sa bicyclette, elle se prit à souhaiter qu'il soit déjà 2 heures et demie, qu'elle n'ait pas à attendre si longtemps avant de le revoir, en se demandant s'il n'avait pas changé d'avis, s'il n'avait pas rencontré entre-temps une autre fille plus séduisante qu'elle. Sans le savoir, elle faisait ses premiers pas dans un univers redoutable qu'elle n'avait pas encore appris à connaître.

Edward l'attendait, le visage figé et tendu. Aussitôt, elle fut sensible à son désarroi et en souffrit pour lui.

— Je suis désolée d'être en retard, s'excusa-t-elle.

— Je pensais que vous aviez peut-être changé d'avis. Vous ne devriez pas passer votre temps libre avec moi. Une jolie fille comme vous devrait plutôt sortir et se distraire.

C'était la deuxième fois de la journée qu'un homme lui disait qu'elle était jolie, mais elle n'en éprouva pas la même joie débordante qu'un instant plus tôt. Au contraire, elle devina avec une acuité douloureuse qu'Edward ne se berçait pas d'illusions, sachant parfaitement qu'une femme ne pouvait plus éprouver de désir pour lui, mais seulement de la compassion. Quelle différence injuste avec l'homme qui habitait maintenant son cœur et dont elle ignorait encore le prénom, songea-t-elle avec stupeur, tout comme il ignorait le sien !

Une fois dans le jardin, elle installa Edward devant les parterres de rhododendrons. En se penchant vers lui, elle découvrit que des larmes roulaient sur ses joues.

— Ils sont magnifiques, murmura-t-il. Et ils ressemblent tellement à ceux de Cottingdean… Ma grand-mère adorait son jardin.

— Qui habite cette maison, maintenant ? demanda Lizzie moins par curiosité que parce qu'elle sentait le besoin qu'il avait de parler.

— Personne. Elle a été réquisitionnée au début de la guerre, mais à présent elle est vide. C'est une demeure qui se trouve à l'écart d'un petit village, dans les collines du Wiltshire. Et je suppose qu'elle appartient à mon cousin, désormais. Son père était l'aîné. Parfois, la nuit, je rêve que je retourne à Cottingdean. Mais à quoi ça servirait ? ajouta-t-il avec un sourire amer. Je ne pourrais plus m'y promener librement, je n'y serais plus qu'un infirme inutile…

Lizzie se mordit la lèvre, regrettant d'avoir provoqué sans le vouloir cette crise de mélancolie et de désespoir. Sans un mot, elle fit pivoter le fauteuil roulant pour remonter l'allée principale.

Ils étaient à mi-chemin quand elle le vit venir dans leur direction. Elle le reconnut aussitôt et, le premier choc passé, son cœur bondit de joie dans sa poitrine. Il avançait à contre-jour, le soleil auréolant ses cheveux bruns d'une lumière dorée, ses grandes enjambées viriles pleines d'une telle arrogance qu'un instant elle en fut cruellement peinée pour Edward, dont elle vit les mains pâles se crisper sur les bras de son fauteuil.

Elle aurait voulu courir vers lui, se jeter dans ses bras, sentir son corps pressé contre le sien, sa bouche s'emparer de la sienne. Tout à sa passion, elle ne se demanda même pas ce qu'il faisait là. Aussi fut-elle très surprise quand, sans paraître la voir, il s'adressa à Edward d'un ton dégagé :

— Salut, vieux. On m'avait dit que je te trouverais par là.

— Christopher…

Ainsi il s'appelait Christopher. Christopher… Ce prénom lui allait bien. Elle le savoura en silence.

— Je vais pousser ce fauteuil à votre place, voulez-vous ?

Lizzie sursauta. Elle ne l'avait pas vu la rejoindre et voilà qu'il se trouvait tout près d'elle. Cette proximité l'emplit aussitôt d'un trouble profond, d'un désir fou de le toucher, de sentir le parfum si particulier de sa peau. Elle tenta de le regarder mais ne put s'y résoudre, paralysée par une gêne soudaine. Et soudain elle entendit la voix d'Edward.

— Lizzie, voici Christopher Danvers, mon cousin. Christopher, je te présente Lizzie.

— Nous nous connaissons déjà. J'ai failli l'écraser sur la route, en venant.

Il lui tendit la main et serra ses doigts entre les siens. Cette pression la fit frissonner de plaisir.

— Appelez-moi Kit, dit-il doucement, tandis que ses yeux bleus pétillaient de malice.

Lizzie était tellement médusée par sa présence et subjuguée par son charme qu'elle ne se rendit pas compte tout de suite de la tension qui contractait le corps fragile d'Edward. Lorsqu'elle s'en aperçut, elle s'avança vers lui d'instinct, comme pour le protéger. Puis sa réaction lui parut stupide. Le protéger de quoi ? Kit était son cousin ; il était aussi l'homme qu'elle aimait, un être merveilleux. Elle ne comprenait pas la méfiance qu'Edward semblait éprouver à son égard.

— Tu conduis toujours comme un fou, déclara ce dernier d'un ton sec.

— Par chance, il n'y a pas eu de mal. Et quand ton ange gardien m'a dit qu'elle consacrait charitablement son temps libre à l'un de ses patients, je n'ai pas songé un instant qu'il pouvait s'agir de toi.

— Que viens-tu faire ici, Kit ?

De nouveau ce ton brusque, âpre, cette animosité qui déconcertait Lizzie.

— Question de devoir, vieux... Maintenant que mon paternel est mort et bien mort, me voilà bombardé chef de famille et tout le tralala. Je suis venu voir comment tu allais, ce que tu pensais faire plus tard...

— Je ne t'imposerai pas la charge de ma présence à Cottingdean, si c'est ce que tu crains, répondit Edward avec raideur.

Lizzie commençait à se sentir mal à l'aise. De toute évidence, ce qui opposait ces deux hommes n'avait pas à être étalé devant une tierce personne.

— Je crois que je vais vous laisser, déclara-t-elle d'un ton hésitant en regardant Kit. Il me semble que vous avez des affaires privées à régler.

Elle s'éloigna, mais à peine avait-elle fait quelques pas que Kit la rattrapa, lui cachant Edward.

— Vous n'avez pas oublié notre rendez-vous, n'est-ce pas ? murmura-t-il en se penchant vers elle. Je ne devrais pas en avoir pour trop longtemps avec ce vieil Edward. 2 heures et demie, souvenez-vous.

Le cœur de la jeune fille se gonfla d'une joie immense, qui lui sembla aussitôt se répandre en elle comme un millier de minuscules particules étincelantes.

— 2 heures et demie, répéta-t-elle d'une voix altérée. Les deux hommes la regardèrent disparaître dans l'allée.

— Joli petit bout de femme, pour une boniche.

— C'est une aide-soignante, pas une boniche, répliqua Edward. En temps normal, elle aurait dû continuer ses études. Elle est beaucoup trop intelligente pour ce genre de travail.

Il s'agita nerveusement dans son fauteuil.

— Foutue guerre…, dit-il avec amertume. Maudit soit tout ce gâchis…

— Du calme, vieux. Mais je te comprends. Attaché sur cet engin sans pouvoir rien faire, alors qu'une fille superbe te tourne autour sans arrêt… Je reconnais que je me sentirais sacrément frustré, moi aussi.

Avec un amusement cynique, il vit son cousin devenir cramoisi.

Edward avait toujours été d'une pruderie ridicule ; tout compte fait, ce travers lui rendait service dans les conditions où il se trouvait désormais.

Pour Kit, cette visite était une corvée. Tant que son père était encore en vie, il avait soigneusement écarté de son esprit la pensée de son cousin et de son infirmité ; il avait mieux à faire, entre cette guerre à gagner et un tas de jolies filles à conquérir pour se récompenser de ses actes de bravoure. Après tout, il était l'un des pilotes les plus valeureux de la Royal Air Force, et il avait un rang à tenir, compte tenu du prestige qui l'auréolait. Cette vie de devoir et de plaisir alternés ne lui coûtait guère d'efforts, en réalité. Mais à présent qu'il représentait la famille, et depuis que son commandant avait fait un vif commentaire au sujet d'Edward, victime héroïque du débarquement, une corvée supplémentaire s'était imposée à lui, et il s'était senti obligé de rendre visite à ce valeureux cousin. D'ailleurs, il était venu avant tout pour lui signifier sans ambages qu'une fois la guerre finie, il ne le prendrait pas en charge, et qu'ils suivraient chacun leur voie.

— Laisse-la tranquille, reprit soudain Edward d'un ton crispé. Elle n'est encore qu'une enfant, incapable de comprendre les jeux que tu pratiques. C'est l'innocence même…

Il s'interrompit, conscient qu'il ne faisait qu'amuser son cousin.

— Tu es toujours fiancé à Lillian, n'est-ce pas ?

— Bien sûr. On ne laisse pas passer une telle fortune. Surtout lorsqu'on n'a pas le choix, comme moi.

— Si tu ne l'aimes pas…

— L'amour ! Quelle baliverne, Edward ! Tu passes trop de temps seul, si tu veux mon avis… Ça ne sert qu'à t'enfoncer des idées ridicules dans la tête, répliqua Kit d'un ton plein de dérision. J'ai besoin d'une épouse comme Lillian, mais ce n'est pas une raison pour s'arrêter de s'amuser ailleurs.

— Tu n'as pas changé, Kit. Tu n'as jamais tenu compte des autres…

— Et toi tu en as toujours tenu compte plus qu'il ne fallait, voilà pourquoi tu te retrouves cloué dans ce fauteuil roulant ! Si tu ne t'étais pas montré aussi stupidement héroïque, tu serais encore un homme entier, au lieu d'être un pauvre impotent à la merci des autres ! Tu es stupide, Edward, tu l'as toujours été et tu le seras toujours. Au fait, vieux… quand tu parlais de ne pas m'imposer ta charge à Cottingdean, tout à l'heure, tu ne pouvais mieux dire. Ne t'attends pas à vivre en pension là-bas. De toute façon, j'ai l'intention de vendre cette maudite baraque — ou ce qu'il en reste. A la fin de la guerre ce ne sera plus qu'un tas de ruines juste bon à abattre, et Lillian veut un appartement à Londres.

Kit avait toujours été cruel, songeait Edward en silence. Enfant, déjà, son cousin prenait plaisir à faire du mal. Mais cela ne le touchait pas, à l'époque. Tandis que maintenant… Il mesura soudain combien il se sentait las, malade, impuissant et vulnérable. Des larmes de frustration et de désespoir embuèrent ses yeux et il souhaita une fois de plus, comme cela lui arrivait si souvent, avoir la force et le courage de mettre un terme à cet enfer.

2.

— Tu as un rendez-vous, pas vrai ?

Lizzie s'empourpra. Dès qu'elle avait quitté Kit et Edward, elle avait regagné la pension en toute hâte pour passer en revue sa maigre garde-robe, cherchant en vain quelque chose de « joli », afin d'obéir au vœu de Kit. Elle n'avait rien trouvé, bien sûr. Se résignant alors à la seule coquetterie qui restait à sa portée, elle défit ses nattes et laissa ses cheveux libres, après les avoir brossés jusqu'à ce qu'ils brillent comme un flot d'or pur.

Elle se sentait bizarre et légèrement mal à l'aise, mais elle décida de passer outre : Kit la voulait ainsi, et elle était prête pour lui plaire à tous les sacrifices.

Pourtant, sous le regard amusé de ses compagnes, qui étaient de repos comme elle avant de prendre leur service en fin d'après-midi, la gêne qu'elle éprouvait s'accentua. Le visage en feu, elle acquiesça timidement.

— Tu ne vas quand même pas sortir fagotée comme ça ? lança une autre fille avec une grimace éloquente.

Les joues de Lizzie s'embrasèrent plus vivement. Elle n'avait pas l'habitude de se confier, de partager avec d'autres une intimité que sa tante lui avait sévèrement appris à sauvegarder au nom de la réserve et de la bienséance.

— Je… je n'ai rien d'autre à mettre, balbutia-t-elle.

Cet aveu l'emplissait de honte et elle baissa la tête pour se protéger derrière le voile soyeux de ses cheveux.

— Je pourrais te prêter quelque chose, proposa une de ses compagnes. Nous sommes à peu près de la même taille.

— Tu plaisantes, Rosie, elle est beaucoup plus mince que toi.

— Pas tant que ça, tout de même ! Je suis sûre que la robe que Meg m'a donnée lui irait, avec une ceinture.

— On peut toujours essayer, mais dans ce cas il va falloir qu'elle se maquille un peu et qu'elle trouve des chaussures décentes. Quelle pointure fais-tu, Lizzie ?

Lizzie, interloquée, les regardait s'agiter autour d'elle avec un entrain bruyant.

— Dommage que tu n'aies pas pensé à mettre des papillotes, cette nuit. Tes cheveux auraient été tout bouclés. Quelle chance tu as, d'être aussi blonde ! Les hommes adorent ça. Qu'est-ce qu'il est, au fait ? Yankee ?

— Non, il est…

— Voici la robe, coupa Rosie. Vas-y, Lizzie, essaie-la.

Elle faisait partie intégrante de leur groupe, tout à coup. Elle ne se sentait plus en marge comme avant. Néanmoins, la gêne s'empara d'elle de nouveau, lorsqu'elle se dévêtit. Les autres s'esclaffèrent à la vue de son soutien-gorge blanc aussi lourd que disgracieux. Elle s'efforçait toujours de se déshabiller en cachette, même lorsqu'elle disposait d'une salle de bains à elle. Autrefois, sa tante lui avait inculqué un tel mépris de son corps, considéré comme un objet de honte, qu'elle évitait toujours scrupuleusement de se regarder. Elle devint de nouveau cramoisie quand l'une des filles s'écria d'un ton ironique :

— Sapristi ! Il va avoir un choc, quand il verra ça ! J'espère pour toi que c'est un artilleur ; eux, au moins, sont habitués aux blindés !

Les autres pouffèrent encore, mais Lizzie admit que ces rires joyeux étaient dénués de méchanceté.

— Il faut que tu l'enlèves, déclara Rosie d'une voix ferme.

Avant qu'elle ait pu protester, cette dernière passa derrière elle et défit la fermeture. C'était la première fois de sa vie que Lizzie se trouvait à demi nue devant d'autres personnes ; avec un choc, elle mesura la vitesse à laquelle elle se débarrassait soudain du carcan de règles imposées par sa tante.

— Regardez-la, commenta une fille. Je me demande pourquoi elle porte ce truc-là, elle n'a presque rien.

— Peut-être, mais le peu qu'elle possède est plutôt mignon et bien placé, répliqua Rosie. Elle sourit gentiment à Lizzie en ajoutant :

— N'écoute pas Mavis. Elle est jalouse parce que son petit ami trouve sa poitrine trop forte. Elle qui était si fière de ses mensurations et qui n'arrêtait pas de nous en rebattre les oreilles ! Tiens, enfile ça, ajouta-t-elle en lui tendant une robe de cotonnade légère.

Lizzie hésita un instant devant le tissu bon marché à fleurs rouges et jaunes, dont le fond blanc, délavé par de trop nombreux lavages, n'atténuait pas l'agressivité des couleurs. Puis elle se résigna, ne voulant pas décevoir ses compagnes ; après tout, elles ne cherchaient qu'à l'aider.

Quand elle eut fermé les boutons qui ornaient le devant, elle constata avec soulagement que la robe flottait autour d'elle. Impossible de sortir avec un décolleté que sa carrure mince rendait aussi plongeant, sans parler de la transparence de l'étoffe qui laissait deviner la pointe sombre de ses seins ! Soudain, elle éprouva une envie folle de retrouver les tenues archaïques de lady Jeveson ; celles-ci avaient au moins le mérite d'être décentes. Toutefois, elle s'efforça de cacher ses sentiments par égard pour sa camarade.

— Désolée, Rosie, mais je ne peux pas porter cette robe ; elle me va nettement moins bien qu'à toi.

— Attends ! protesta Rosie. Il suffit que tu mettes une ceinture. Jean, tu as bien une ceinture rouge ? Donne-la-moi.

Jean Adams, une grande fille brune aux yeux noirs, lui tendit une bande de plastique carmin, que lui avait offerte un admirateur américain. Lizzie, habituée à de douces ceintures de daim ou de cuir patinées par l'usage, toutes dans des tons bruns ou gris infiniment discrets, ne put s'empêcher de frémir à la vue de cette matière raide et trop brillante. Mais Rosie ne désarma pas.

— Retiens ton souffle pendant que je la boucle. Mon Dieu, ce que tu es mince ! Voilà, c'est fait. Encore quelques détails à régler et tu pourras te regarder. Tu es trop pâle, tu as besoin d'un peu de couleur : un joli rouge brillant sur les lèvres et du fard sur les joues.

— Et du noir sur les cils, ajouta l'une des filles. Pour les chaussures, quelle pointure fais-tu ?

— Du trente-six, répondit Lizzie d'une voix faible.

— C'est minuscule ! Tant pis, il va falloir que tu prennes les escarpins blancs de Mary. Elle chausse du trente-huit, mais on mettra du papier au bout. Où dois-tu le rejoindre ? Près de la pension ?

Lizzie secoua la tête.

— Non, à l'entrée arrière de l'hôpital.

— Elle ne va quand même pas marcher jusque-là avec mes escarpins ! objecta Mary d'un ton indigné.

— D'accord. Il suffira qu'elle garde ses chaussures pendant le trajet. Ensuite, elle les cachera dans un buisson et les reprendra demain matin, trancha Rosie avec autorité.

Lizzie aurait voulu intervenir, épargner à Mary un tel sacrifice, qui l'embarrassait elle-même plus qu'autre chose. Tante Vi lui avait toujours dit qu'une femme convenable ne portait jamais de chaussures blanches ; mais elle ne pouvait protester : Rosie lui tartinait la bouche de rouge tandis qu'une autre fille s'occupait de noircir ses cils clairs.

Enfin, au bout d'un bon quart d'heure, elle eut le droit de contempler le résultat de leurs efforts dans le miroir émaillé du dortoir. L'image qui lui apparut lui était si étrangère qu'elle la fixa avec stupeur, incrédule et pleine de confusion : elle paraissait tellement plus âgée, plus affectée, plus… commune ! ajouta en elle une petite voix railleuse. Mais les visages qui l'entouraient exprimaient une telle impatience joyeuse qu'elle n'eut pas la force de les décevoir ; ravalant son désarroi, elle les remercia d'une voix faible.

— Surtout, l'avertit Rosie avec une sollicitude toute maternelle, s'il cherche à brûler les étapes, n'oublie pas de le faire attendre. Montre-lui que tu exiges d'être traitée avec un minimum de respect. Ils sont tous les mêmes : ils ne pensent qu'à une chose et sont prêts à dire n'importe quoi pour l'obtenir.

Lizzie aurait voulu protester qu'elle se trompait, que Kit était différent. Mais ce qu'elle ressentait était trop neuf, trop précieux pour être partagé.

Mary lui donna encore un cardigan blanc qui par chance se boutonnait jusqu'au cou, puis toute la troupe l'escorta jusqu'à la porte, ne lui laissant pas le loisir de plaider que leur générosité la gênait, qu'elle ne pouvait l'accepter. Elle fut donc obligée de partir ainsi déguisée, alors qu'elle aurait tout donné pour se changer et remettre ses propres vêtements.

Dans une telle tenue, elle ne pouvait prendre sa bicyclette. Tandis qu'elle s'éloignait d'un pas vif, elle fut déconcertée de sentir ses seins bouger librement sous sa robe — et plus choquée encore de découvrir que la caresse du tissu sur sa peau nue n'était pas déplaisante. Soudain, l'idée de ce qu'elle allait éprouver quand Kit la serrerait dans ses bras la traversa comme un éclair et la fit frissonner. Tante Vi aurait trouvé ce genre de pensée aussi impudique que répugnante, elle le savait. Mais elle était loin de partager cet avis, tout à coup : une excitation merveilleuse pétillait dans ses veines, l'emplissait d'un trouble délicieux, d'une chaleur inconnue qui semblait partir du creux de son ventre et se diffuser dans son corps tout entier.

Un instant elle ralentit son allure, rouge de confusion, en devinant que ces émotions avaient un rapport très précis avec ce qui se passait entre les hommes et les femmes — choses qui lui avaient toujours paru inconcevables et dégoûtantes lorsqu'elle en entendait parler ses camarades. Mais elle les découvrait soudain sous un autre aspect en pensant à Kit, au miracle que devait représenter l'union totale de deux êtres qui s'aimaient vraiment, et cette fièvre étrange la portait vers lui avec une hâte pleine d'impatience.

Elle était partie en avance, et eut tout le loisir de quitter ses grosses chaussures basses pour enfiler les escarpins de Mary. Trop larges et mal adaptés à ses pieds fins, ils n'avaient rien de seyant mais elle n'avait pas le choix. Ses jambes minces et pâles ne l'enchantaient pas non plus ; néanmoins, personne ne lui avait offert de lui prêter une précieuse paire de bas en Nylon et elle avait fermement refusé que ses camarades dessinent une raie sombre à l'arrière de ses mollets pour les imiter. Cela lui aurait semblé aussi ridicule que les bas de laine de sa tante.

Arrivée au lieu du rendez-vous, elle commença à attendre. Dépourvue de montre, elle n'avait aucune idée de l'heure et le temps ne tarda pas à lui paraître très long. Et si Kit ne venait pas ? se demanda-t-elle, l'estomac crispé. Elle ne pourrait rester ici tout l'après-midi, même si cet endroit désert lui épargnait au moins l'humiliation d'être vue dans une telle situation. Mais en imaginant la réaction de ses camarades lorsqu'elle devrait leur avouer qu'il n'était pas venu, des larmes lui montèrent aux yeux. Elle n'avait pas songé un instant que cela pourrait arriver, pas après l'avoir revu à l'hôpital. Elle était tellement sûre qu'il partageait ses sentiments !

Au moment où elle s'apprêtait à remettre ses chaussures, désespérée, elle entendit soudain un bruit de moteur et son cœur bondit dans sa poitrine. Elle se figea, le pouls battant la chamade, attendant de voir apparaître le véhicule. Lorsqu'elle reconnut le coupé vert, elle faillit pleurer de soulagement, sans se douter que Kit lisait en elle comme en un livre ouvert et savourait au plus haut point sa réaction.

« Ce vieil Edward serait bien surpris en la voyant », songea-t-il avec cynisme tandis qu'il quittait sa voiture pour la rejoindre. La petite oie blanche s'était radicalement transformée !

Il contempla sa bouche rouge et une flèche de désir le traversa. Le sexe était comme une drogue, pour lui, et quand il ne volait pas c'était la meilleure façon qu'il connaissait de dépenser son trop-plein d'énergie.

— Navré d'être en retard, déclara-t-il avec ce merveilleux sourire qui liquéfiait Lizzie de bonheur.

Les yeux bleu-gris de la jeune fille étincelaient de joie et des larmes qu'elle avait failli verser.

— Vous êtes superbe, reprit Kit.

Il n'en pensait pas un mot, mais Lizzie le crut et commença à se dire qu'elle avait peut-être eu tort de douter du goût de ses compagnes.

— Si jolie, en fait, que je ne peux résister une seconde de plus…

Il la prit dans ses bras et la sentit trembler d'appréhension, ce qui ne fit qu'accroître sa flamme. L'idée d'être le premier à l'embrasser et à la toucher ajoutait un piment délicieux à l'expérience et accroissait l'excitation qu'il éprouvait. Quand il l'embrassa, ses hypothèses se confirmèrent ; elle était aussi candide que maladroite.

— C'est votre premier baiser, n'est-ce pas ? murmura-t-il, pressant son corps frêle contre le sien, ravi du pouvoir qu'il exerçait sur elle.

Son innocence et sa crédulité agissaient sur lui comme le plus puissant des aphrodisiaques. Il posa une main sur son cœur et perçut ses battements frénétiques. Quand il effleura sa poitrine du bout des doigts, elle se raidit, parcourue de frissons. Puis il caressa ses lèvres de la pointe de sa langue et elle vibra plus fort encore. La façon dont son corps réagissait sous ses caresses stupéfiait Lizzie, et en même temps elle s'y attendait : elle se sentait si proche de lui, l'attirance qu'elle éprouvait à son égard était tellement évidente, tellement vertigineuse… Dès le premier regard qu'ils avaient échangé, elle avait su qu'il en serait ainsi. Qu'ils étaient liés sans avoir besoin de mots, d'explications.

Kit mordait sa bouche, à présent, il lui faisait presque mal, mais elle pensa qu'il était dominé comme elle par la violence de leur amour. Quand il força de sa langue la barrière de ses lèvres, elle obéit, docile ; et loin d'éprouver la répulsion qu'elle avait imaginée en entendant ses compagnes décrire ce genre de baiser, elle découvrit que cette délicieuse intimité lui faisait tourner la tête, déclenchait en elle des vagues de plaisir qui déferlaient dans son corps tout entier avec une puissance de plus en plus forte, de plus en plus irrésistible.

— On ne peut pas faire l'amour ici, murmura Kit d'une voix rauque. Sapristi… sais-tu que tu es aussi explosive que de la dynamite, chérie ? Nous allons si bien nous entendre, tous les deux… Si bien, si fort ! Ce sera la perfection…

Lizzie prit ces paroles comme une déclaration d'amour passionné, une promesse de bonheur pour l'avenir qui les attendait ensemble. Avec son cynisme coutumier, Kit observait l'effet que ses mots produisaient sur elle ; il savourait avec un plaisir fou sa vulnérabilité, le pouvoir qu'il exerçait sur cette âme candide. Un bref instant, il regretta de ne pas avoir plus de temps à passer avec elle ; il aurait tant de choses à lui montrer, à lui apprendre. Cette pensée l'emplit d'un désir brûlant dont la violence le surprit lui-même.

— Viens… allons dans un endroit plus tranquille, déclara-t-il en la soulevant dans ses bras pour la porter jusqu'à sa voiture.

Pressée contre lui, Lizzie perçut l'excitation qui durcissait ce corps si intensément viril. Cette découverte ne la choqua pas, au contraire : elle se sentit vibrer d'une joie intense à l'idée que c'était *elle* qui produisait un tel effet sur l'homme qu'elle aimait. Et elle n'aurait jamais pensé que cette sensation pourrait lui donner à ce point l'envie farouche de l'accueillir en elle, de repousser toutes les limites afin de s'unir totalement à lui, de prolonger inlassablement le plaisir infini de le sentir le plus proche possible. Lorsqu'il la déposa dans la voiture, ses mains effleurèrent ses seins et elle frémit.

— Où pouvons-nous aller ? demanda-t-il. Je t'emmènerais bien dans ma chambre, mais je crains que ma logeuse…

Dans sa chambre ? Brusquement, Lizzie revint sur terre. N'allait-il pas un peu trop vite ? En dépit de ce qu'elle venait d'éprouver, elle n'était pas sûre d'être prête. Pas encore, pas tout de suite… Elle avait pensé qu'entre eux les choses seraient différentes, ne se passeraient pas avec une telle urgence, qu'ils prendraient le temps de se connaître, de s'attendre. Que cela ne ressemblerait pas aux aventures précipitées de ses camarades, qu'elle avait si souvent trouvées sordides. Puis elle se raisonna. Qu'allait-elle chercher ? Tout était différent entre Kit et elle, puisqu'ils *s'aimaient*, qu'après la guerre un avenir merveilleux les attendait… Une intense émotion gonfla son cœur, aussitôt suivie d'une crainte aiguë, terrifiante : et s'il mourait avant, si ces quelques heures étaient les seules qu'ils devaient passer ensemble ? Cette idée lui semblait inimaginable, intolérable ; elle ne voulait même pas y songer. Il fallait la conjurer à tout prix. Partager avec lui le plus intense des bonheurs pour avoir le courage de supporter ensuite l'angoisse de la séparation. Elle n'avait pas le droit de les priver de cette force qui les maintiendrait en vie par-dessus tous les obstacles.

— Je connais un endroit, répondit-elle d'une voix altérée. C'est dans l'enceinte de l'hôpital, mais tout au fond du parc. Personne n'y va jamais. On peut y arriver par-derrière, en passant par une brèche du mur.

Il s'agissait d'un ancien petit pavillon d'été abandonné depuis longtemps, enfoui au cœur des broussailles et d'une végétation luxuriante. Elle l'avait découvert un jour par hasard et s'y rendait souvent lorsqu'elle éprouvait le besoin de savourer un moment de paix. Au printemps, des églantines et des clochettes fleurissaient au bord d'un étang minuscule. Quelquefois, elle avait songé à y amener Edward ; mais elle y avait renoncé du fait des difficultés d'accès. Et en cet instant elle s'en réjouissait, car ce lieu protégé demeurerait leur secret, le temple sacré de leur amour.

Kit rangea sa voiture au bout du chemin, puis reprit Lizzie dans ses bras. Au regard qu'il posa sur sa bouche lisse dont il avait effacé le rouge à lèvres outrancier, et qui brillait maintenant de son éclat naturel, elle ne put s'empêcher de rougir. Il la taquina.

— Mmm… j'adore tes airs de jeune fille effarouchée…

Lorsqu'il la remit sur ses pieds, il la serra contre lui, plaquant ses mains sur ses reins et se frottant contre elle d'un geste suggestif. Lizzie se cramponna à ses épaules, envahie par un tumulte de sensations qui lui donnaient le vertige. Mais elle ne le repoussa pas, seulement avide de lui plaire et de le satisfaire. Quand il la relâcha, elle se sentit perdue et désorientée.

— Alors, où est cet endroit ? demanda-t-il.

Elle lui montra le sentier rocailleux envahi par les ronces, songeant avec effroi que les chaussures de Mary allaient être abîmées. Kit n'était pas vêtu non plus pour ce genre d'expédition ; il portait un blazer et un pantalon de flanelle, et se plaignit à plusieurs reprises qu'elle aurait pu le prévenir. Sa mauvaise humeur blessa un peu la jeune fille, mais elle s'empressa de chasser ce sentiment de son esprit. Lorsqu'ils arrivèrent enfin au bord de la clairière, les reflets du soleil jouant sur l'étang à travers les broussailles, le silence était total.

— Est-ce que cela te convient ? demanda-t-elle d'une voix oppressée.

— Nous ne serons pas dérangés, en tout cas, répondit-il en se dirigeant vers le pavillon délabré.

Il aurait préféré le confort d'un grand lit, mais les circonstances ne lui laissaient pas le choix.

— Dommage que tu n'aies pas pensé à apporter une couverture, reprit-il.

— Mais c'est tranquille, non ? insista Lizzie.

Elle se sentait responsable de son mécontentement, et tentait désespérément d'obtenir un mot de réconfort.

— Oh oui, c'est tranquille…, murmura-t-il.

Il la prit dans ses bras, et la chaleur de son sourire fit fondre aussitôt en elle toute trace d'inquiétude. De nouveau, elle avait l'impression d'être au paradis. Il l'embrassa avec passion, se moulant contre elle avec une ardeur qui la faisait trembler tout entière.

— Tu sais à quel point je te désire, n'est-ce pas ?

Elle hocha la tête, subjuguée. Elle flottait sur un nuage doré, aveuglée par sa candeur et son amour. Tout cela lui semblait miraculeux. Se pouvait-il qu'elle ne l'ait rencontré que le matin même ? Qu'elle ait oublié en quelques heures toutes les réticences qu'elle éprouvait autrefois, dans un autre monde, à l'égard de l'amour physique ? Elle n'était plus la même. Il ne pouvait y avoir de mal à éprouver un bonheur aussi infini. La force qui poussait Kit vers elle l'emplissait d'une tendresse immense, presque maternelle.

Elle le laissa ôter son cardigan sans protester, trop heureuse de lui offrir cette joie. Kit, de son côté, éprouva un trouble intense et inattendu en constatant qu'elle était presque nue sous sa robe. Ce mélange d'innocence et d'érotisme involontaire le déconcerta au point qu'il lui en voulut de le surprendre ainsi, de lui ôter un moment le contrôle d'un jeu dont il avait coutume d'être le maître. Pris d'une sorte de fureur, il écarta son corsage, enserra sa taille nue de ses deux mains, abaissa sa bouche vers ses seins et la mordit avec violence.

C'était la première fois que Lizzie sentait des mains d'homme, une bouche d'homme sur son corps. Cette sensation était déjà assez bouleversante en elle-même, la brusquerie de Kit la désorientait. Mais quand ses dents se refermèrent sur la pointe tendre d'un sein, elle se figea brusquement, effrayée, retenant un cri de douleur. C'était trop, trop vite.

Dès qu'il perçut sa tension et sa résistance, Kit, en lui-même, poussa un juron. Il s'était comporté comme un idiot. Malgré l'envie qu'il avait de la posséder sur-le-champ, il se retint ; elle était trop fine, trop délicate, il devait se montrer prudent. Une fois, déjà, il avait eu des ennuis en malmenant une très jeune fille de son village ; son père était venu se plaindre à ses parents, qui avaient dû payer pour éviter un scandale. Si jamais celle-ci s'avisait d'aller voir Edward… Le pauvre vieux ne pouvait pas grand-chose — sauf en informer Lillian.

Cette idée le refroidit brusquement. Il se calma, tandis que Lizzie tremblait contre lui. Malgré la chaleur du soleil, elle claquait des dents. Il lui avait causé un choc, mais il pouvait encore sauver la situation.

— Je suis navré, chérie, lui murmura-t-il à l'oreille. Mais tout est ta faute, tu sais…, ajouta-t-il habilement.

Elle s'écarta pour le regarder, les yeux assombris par la confusion. Il sourit.

— Quand je t'ai vue vêtue de la sorte, si tentante…

Elle s'empourpra violemment et mordit sa lèvre inférieure, horrifiée, se reprochant cette erreur ; elle se doutait bien qu'une telle vulgarité n'était pas de mise pour elle. Mais de là à en imaginer les conséquences…

— Je suis désolée, murmura-t-elle. Je regrette. Je ne me suis pas rendu compte…

Il avait gagné. La reprenant contre lui, il caressa ses cheveux.

— Je sais, je sais… Le problème est que je te désire très fort, et que tu n'as encore aucune expérience… Mais nous allons recommencer et nous y prendre autrement, d'accord ? chuchota-t-il, dosant savamment les critiques implicites et les encouragements, de façon à la mettre totalement à sa merci.

La tactique réussit : Lizzie ressentit une joie intense en découvrant qu'il la désirait encore en dépit de ses insuffisances. Elle se livra de nouveau à lui, s'obligeant à écarter ses craintes.

— Tu es parfaite, absolument parfaite…, murmura-t-il en se remettant à l'embrasser et à la caresser.

La jeune fille se laissait faire, passive, éprouvant un plaisir mêlé d'inquiétude et de remords. Elle se sentait au bord d'un monde dangereux et obscur. Malgré elle, les interdictions de sa tante lui revenaient en foule. Elle pressentait que ce moment aurait pu, aurait dû être merveilleux. Mais elle ne pouvait s'empêcher de trouver les caresses de Kit trop pressantes, trop audacieuses. La tendresse et la douceur n'étaient pas le fort de Kit Danvers ; la patience encore moins. Très vite, il se lassa de ces attouchements trop innocents pour lui. Le désir qu'elle lui inspirait l'agaçait, il brûlait de posséder ce corps mince et doux, de découvrir ses secrets. D'un geste brusque, il remonta sa jupe et voulut la dénuder complètement. En dépit de l'amour qu'elle éprouvait pour lui et de son inexpérience, Lizzie se crispa, reconnaissant d'instinct un égoïsme et une avidité qui ne correspondaient pas à son attente.

— Si tu m'aimais, tu me laisserais faire, déclara-t-il d'un ton irrité. Je croyais que nous partagions quelque chose de spécial.

Sans l'excitation que provoquait en lui cette candeur totale, une excitation qu'il n'avait pas éprouvée depuis longtemps, il l'aurait laissée choir. Mais la résistance qu'elle lui opposait ne faisait qu'attiser son désir et sa fureur.

— J'ai envie de toi, Lizzie… Laisse-moi te montrer à quel point c'est bon de se désirer ainsi…

Il l'embrassa, cherchant à affaiblir ses défenses, mais elle demeurait si tendue qu'elle en tremblait.

— Je ne te ferai pas mal, promit-il. Je veux juste te prouver que nous sommes faits l'un pour l'autre. Tu m'aimes, n'est-ce pas ?

— Oui…, murmura-t-elle avec désarroi, incapable de parjurer un sentiment aussi sacré à ses yeux.

— Alors pourquoi résister ? Tu n'es pas une de ces femmes incapables de satisfaire un homme, n'est-ce pas ? suggéra-t-il perfidement.

Ce soupçon fit courir un frisson glacial dans le dos de Lizzie. Elle savait ce qu'il voulait dire, que la frigidité était un défaut capital aux yeux d'un homme, presque une infirmité. Se pouvait-il qu'elle soit dans ce cas ? Non, protesta-t-elle en elle-même. Elle l'aimait ! Alors pourquoi éprou-vait-elle cette sensation de malaise, brusquement, quand ses baisers et ses étreintes l'avaient transportée de bonheur ?

Soudain, la cloche de l'hôpital sonna quatre coups. Elle devait reprendre son service à 5 heures. Un vif soulagement se mêla à la panique qu'elle éprouvait. Elle s'efforça de repousser Kit.

— Je dois partir, dit-elle d'une voix étranglée. Je dois être au travail dans une heure.

Lâchant un juron étouffé, il la libéra. Décidément, c'était une conquête moins facile qu'il ne l'avait escomptée. Mais il n'était pas homme à rester sur une défaite, et il finirait par en venir à bout. En outre, l'effet qu'elle produisait sur ses sens lui mettait les nerfs à vif ; il n'avait pas l'habitude de se laisser perturber à ce point par une femme, quelle qu'elle soit. Et elle lui laissait dans la bouche un goût de fruit vert qui l'agaçait étrangement.

— Je vais te raccompagner, déclara-t-il d'un ton bref.

Il se rendit compte que sa froideur la blessait et s'en réjouit. Cela ne lui ferait pas de mal de souffrir un peu. Elle serait plus docile la prochaine fois.

Le retour à la voiture se fit dans un silence tendu, une véritable torture pour Lizzie qui se consumait de chagrin et de regrets. Pourquoi s'était-elle conduite de façon aussi stupide alors qu'elle l'aimait, alors qu'elle était prête à faire l'amour avec lui ? Et voilà que dans quelques minutes il pouvait disparaître de sa vie…

Des larmes lui nouaient la gorge, tandis qu'une nouvelle vague de terreur la submergeait : peut-être avait-il raison, peut-être n'était-elle pas normale… L'idée de ne pouvoir connaître la plénitude du plaisir physique avec lui la dévasta ; lorsqu'ils arrivèrent à la voiture, elle était blême. Kit, en la voyant, se félicita de l'effet produit par sa réserve. Mais cela l'incita tout de même, malgré lui, à faire un geste envers elle. Il lui prit le menton dans la main et demanda doucement :

— Quand puis-je te revoir, ma douce ?

Le cœur de Lizzie bondit dans sa poitrine, gonflé d'espoir et de gratitude. Ainsi, il lui laissait tout de même une deuxième chance. C'était la preuve qu'il l'aimait.

— Je...

— A quelle heure finis-tu, ce soir ? Je peux passer te prendre.

Elle secoua la tête.

— Ce sera trop tard.

— Alors quand ? Demain ?

Le lendemain était son jour de congé. Le pouls battant à se rompre, incapable d'émettre un son, elle acquiesça d'un geste.

— Très bien. Dans ce cas, nous n'avons qu'à nous retrouver au pavillon à 11 heures. Ainsi personne ne risquera de percer notre secret..., murmura Kit, songeant surtout à sa propre sécurité.

De nouveau, Lizzie acquiesça en silence, se promettant cette fois d'accéder à tous ses désirs. Qui pouvait dire ce que leur réservait l'avenir, avec cette guerre capable de les séparer d'un instant à l'autre pour l'éternité ? Elle frissonna, glacée.

— Demain 11 heures, répéta Kit.

— A demain, murmura-t-elle, le regard voilé par les larmes qu'elle ne pouvait contenir.

Elle l'aimait tant... Elle aurait voulu le toucher, le lui dire, sentir ses bras autour d'elle, sa bouche sur la sienne, son corps uni au sien... Alors pourquoi l'avait-elle rejeté ainsi ? Elle le regarda s'éloigner, se sentant soudain plus seule, plus consciente de la précarité de la vie, plus déroutée par ses propres réactions qu'elle ne l'avait jamais été.

De retour à la pension, elle esquiva les questions de ses compagnes, encore trop meurtrie par la façon dont elle avait mis leur amour en danger par sa stupidité ridicule, et ne parla pas de leur rendez-vous du lendemain. Par chance, elle était pressée et personne n'insista.

Le service du soir était le plus prenant : il fallait installer les malades pour la nuit, leur donner leurs médicaments, nettoyer les salles pour le lendemain. Lizzie ne fit qu'apercevoir Edward en passant, mais elle remarqua à ses traits tirés qu'il devait souffrir beaucoup. Néanmoins, connaissant son orgueil et sa susceptibilité, elle n'osa pas lui proposer un calmant. Elle savait qu'il détestait toute référence aux terribles souffrances qu'il devait endurer et qui le diminuaient à ses yeux — surtout vis-à-vis d'elle. Elle jeta un coup d'œil hésitant à la sœur en fonction ce soir-là et renonça à lui glisser un mot au sujet de son protégé. C'était un vrai dragon d'une cinquantaine d'années, qui estimait que la douleur fortifiait l'âme et qui terrifiait tout le monde — y compris certains médecins. Les jeunes aides-soignantes se moquaient d'elle, la traitant de vieux sac sans sexe.

Sans sexe… Pour la première fois, cette expression la mit mal à l'aise et son cœur s'emballa sous l'effet d'une brusque anxiété. Non, elle n'était pas ainsi elle aussi, elle en était sûre. Alors pourquoi avait-elle réagi ainsi aux caresses de Kit, avec cette espèce de terreur irraisonnée ?

Trop jeune, trop inexpérimentée, elle ne pouvait savoir qu'elle avait été paralysée à la fois par l'éducation trop stricte de sa tante et par le manque d'amour de Kit à son égard, qu'elle avait obscurément deviné. Mais elle ignorait aussi quels germes destructeurs l'homme qu'elle aimait avait semés avec une telle cruauté dans son cœur.

11 heures. Lizzie se crispa en entendant sonner l'horloge de l'hôpital. Elle était arrivée depuis un quart d'heure et attendait Kit, l'estomac noué par l'appréhension, ses pensées s'éparpillant malgré elle dans mille directions.

Avant de venir, elle s'était lavée scrupuleusement à l'eau glacée, regrettant de n'avoir pas d'autre parfum à porter que celui du savon au phénol. Le temps avait changé, il faisait plus frais et les nuages annonçaient de la pluie. Elle avait remis ses habits, peut-être moins flatteurs que la robe de Rosie, mais dans lesquels elle se sentait plus à l'aise. Sa seule coquetterie avait été de renoncer à son soutien-gorge et elle l'avait fait en rougissant, comme si sa tante pouvait la surveiller par-dessus son épaule et se mettre à la sermonner sur sa vie dissolue et son manque de moralité.

Son sein gauche portait encore une marque douloureuse. Pourtant, la nuit dernière, allongée dans son lit, elle s'était souvenue des caresses plus tendres de Kit et une douce chaleur l'avait envahie, la faisant trembler d'un mélange d'attente et d'excitation. Cela l'avait rassurée.

Aujourd'hui tout allait bien se passer, elle en était certaine. Elle serait capable de prouver à Kit combien elle l'aimait, de toutes les façons possibles, pour bien le convaincre qu'elle ne mentait pas.

Elle inspira profondément pour se donner du courage. Malgré ses résolutions, elle se sentait encore nerveuse, vulnérable. Mais tout irait bien dès qu'il serait là, elle se l'était juré. Soudain, un bruit de pas la fit sursauter. Et si ce n'était pas Kit ? S'il s'agissait d'un intrus qui allait leur voler les quelques précieuses heures qu'ils avaient à passer ensemble ? Elle jeta un coup d'œil par un carreau brisé et l'aperçut. C'était bien lui, vêtu de son uniforme de pilote, et cette vue l'emplit d'une fierté sans bornes, mêlée d'une crainte qui lui rappela encore la précarité de leur bonheur.

Kit s'arrêta sur le seuil, parfaitement conscient du prestige que lui conférait sa tenue. Il l'avait revêtue à dessein, sachant à quel point elle accentuait encore son charme et sa virilité. Quand il vit le regard plein d'adoration que Lizzie lui jetait, il fut envahi par un sentiment de puissance et de triomphe.

— Viens ici, ordonna-t-il doucement.

Elle lui obéit, tremblante. Quand ses bras se refermèrent sur elle, elle leva vers lui un visage suppliant, quêtant à la fois son baiser et son pardon pour ses erreurs de la veille.

— Voilà qui est mieux, murmura-t-il avec approbation contre sa bouche frémissante. Beaucoup mieux…

Il approfondit son baiser, puis passa une main sous son pull et découvrit avec plaisir que sa poitrine était nue.

— Très bien, mon cœur…, murmura-t-il d'un ton rauque. Tu mérites d'être remerciée de cette attention.

Malgré les promesses qu'elle s'était faites, Lizzie ne put s'empêcher de frémir d'appréhension en percevant le désir sourd qui perçait dans sa voix. De nouveau, ses mains la parcouraient avec cette avidité qui la désemparait. Kit le sentit, mais il n'était pas d'humeur à se montrer tolérant, ce jour-là. Pas après la nuit blanche qu'elle lui avait fait passer, irrité, le corps tendu. Il la voulait et il l'aurait.

Lizzie luttait de toutes ses forces contre la crainte qui l'assaillait de nouveau, se répétant que c'était ce qu'elle désirait. Mais lorsqu'il serra entre ses lèvres les pointes encore trop sensibles de ses seins, elle eut envie de crier, de protester, de lui dire qu'il lui faisait mal. Une seule chose la retint : la peur de le mettre en colère et de lui prouver que ses accusations étaient fondées, qu'elle avait bien un problème, qu'elle n'était pas une vraie femme…

Pourtant c'était faux, se répétait-elle avec insistance. Elle était *normale* ! Mais elle avait beau faire, le doute s'insinuait en elle avec de plus en plus de force et elle sentait son corps se contracter malgré elle.

Kit lui ôta son pull rapidement, presque brutalement, pensa-t-elle, essayant de ne pas tressaillir sous la pression douloureuse de ses doigts qui s'incrustaient dans sa chair, refusant d'admettre ce que son esprit tentait de lui susurrer : que ce n'était pas ainsi que les choses auraient dû se passer, que d'une certaine manière elle était dupée.

De sombres pensées la traversaient, mêlées de doutes et de craintes. Elle savait qu'au regard de sa tante elle était en train de commettre une faute impardonnable. Qu'elle ne devait pas. Que ce n'était pas bien… Et pourtant elle désirait tellement prouver son amour à Kit ! La bataille qui se livrait en elle l'emplissait de confusion. Kit perçut son retrait. Il jura à mi-voix et lui demanda d'un ton abrupt :

— Qu'y a-t-il ? Qu'est-ce qui ne va pas ?

Lizzie lui jeta un regard nerveux, intimidée par son air sombre, ses sourcils froncés.

— Je ne devrais pas..., lâcha-t-elle d'une voix troublée. Ce n'est pas bien. Je...

Sans prendre la peine de cacher son irritation, il la serra de nouveau contre lui. Elle ne lui échapperait pas, cette fois ; il la désirait trop. Il l'embrassa avec fougue.

— Il n'y a rien de mal à cela, mon cœur, reprit-il d'une voix enjôleuse. Puisque nous nous aimons et que nous avons si peu de temps à passer ensemble. Tu m'aimes, n'est-ce pas ? insista-t-il sans pitié.

— Oui... Oui, je t'aime, Kit.

C'était la seule chose dont elle était sûre.

— Alors laisse-moi t'aimer, répéta-t-il comme la veille. Laisse-moi emporter ces souvenirs de toi pour plus tard, quand je me battrai là-haut pour ce pays, pour nous...

Il avait si souvent prononcé ces mots qu'il les formulait sans la moindre émotion, de façon mécanique. Mais ils ne manquaient jamais de bouleverser les femmes qu'il tenait dans ses bras, et bien sûr Lizzie n'échappa pas à la règle. Il lut son trouble dans ses yeux et l'embrassa de nouveau, bien décidé à profiter des craintes qu'il lui avait inspirées.

— Fais-moi ce cadeau, je t'en prie... Aime-moi, chérie. Aime-moi vraiment...

Cette supplication finit de l'ébranler, et il acheva de la dévêtir. Aucun être humain ne l'avait jamais vue nue depuis qu'elle était adulte, et Lizzie s'enflamma sous le regard de Kit. La trouvait-il belle, désirable, ou était-il déçu ? Elle était fine, mince, son corps délicat n'avait rien de voluptueux. Allait-il juger qu'elle manquait de féminité ? Elle finit par laisser échapper une sorte de plainte et voulut se cacher de lui, mais il lui prit les deux mains et les maintint dans son dos avec un rire moqueur.

Le malaise de Lizzie s'accrut ; elle n'aimait pas la façon dont il la tenait, comme si elle était sa prisonnière et qu'il éprouvait du plaisir à la garder captive.

— Tu n'as rien à craindre, petite, lâcha-t-il d'un ton rauque.

Elle aurait voulu lui dire que son attitude, l'examen scrutateur auquel il la soumettait la rabaissaient, rabaissaient leur amour, mais les mots ne purent franchir sa gorge nouée. Son expression l'angoissait.

Les paupières mi-closes, il se mit à la caresser. Lizzie essayait de ne pas trembler, mais elle se sentait nerveuse, glacée. C'était ridicule ; elle l'aimait, il l'aimait. Alors pourquoi le contact de ses mains sur sa peau lui semblait-il presque désagréable, tout à coup ? Pourquoi l'émotion qui dominait en elle était-elle la peur ? La peur de l'irriter, de provoquer sa colère ?

Elle se raidit lorsqu'il la coucha sur le sol, les yeux agrandis par l'appréhension. Puis il s'allongea sur elle, pesant de tout son poids sur son corps mince, et sa stupeur s'accrut encore quand elle vit qu'il ne se déshabillait pas, mais se contentait de défaire sa ceinture et le haut de son pantalon. Après quoi il lui écarta les jambes et s'installa entre elles.

Lizzie fit de son mieux pour s'accommoder à sa position. Un immense désarroi l'habitait, provoqué par sa propre incapacité à réagir et à lui faire part de sa tension, par sa crainte de lui avouer son manque de désir.

Le sol était dur et inconfortable sous son dos, et elle tressaillit de douleur quand il accentua sa pression sur elle pour la faire sienne. Après deux ou trois mouvements de reins, il jura, furieux de rencontrer une résistance inattendue.

— Tu ne peux donc pas te détendre ? grommela-t-il en la maintenant sous lui.

La barrière qu'elle lui opposait l'irritait et l'excitait à la fois ; il brûlait de la débarrasser de sa virginité, mais elle était trop crispée et il le lui dit sans ambages, excédé qu'elle lui gâche ainsi son plaisir. Lorsqu'il pénétra enfin en elle avec force, Lizzie se mordit la lèvre, terrifiée à l'idée qu'il devine combien elle se sentait mal. Bien sûr, elle avait entendu dire que la première fois pouvait être douloureuse, mais elle n'aurait jamais imaginé que son propre corps pourrait rester aussi tendu, aussi peu accueillant.

— Bonté divine, tu aurais dû te faire nonne ! maugréa-t-il quand il réussit à se frayer un passage entre ses muscles noués.

Il ne la regardait même plus, s'avisa soudain Lizzie, lacérée par la cruauté de ses mots, terrassée par la révélation écrasante qu'elle était bien une femme incomplète.

Elle savait qu'en cet instant elle aurait dû éprouver du plaisir, mais elle ne ressentait que souffrance et confusion, à la fois physiquement et moralement. La respiration hachée de Kit, ses mouvements farouches lui semblaient distants, étrangers à ce qu'elle vivait. Elle demeurait péniblement consciente que loin de former ce tout merveilleux dont elle avait rêvé, créé par l'intimité de l'amour, ils restaient deux individus totalement distincts.

Lorsqu'il s'effondra sur elle, le souffle court, elle ne connut ni soulagement ni bonheur ; rien qu'un vide glacé et une panique démesurée qui enflait en elle, de plus en plus forte. Elle l'avait déçu, n'avait pas répondu à ses attentes. Elle n'était pas une vraie femme.

Elle lut cette accusation dans ses yeux lorsqu'il se releva, puis dans la façon dont il lui tourna le dos sans un mot pour rajuster ses vêtements. Elle grelottait, glacée jusqu'à la moelle.

— Tu ferais bien de t'habiller, chérie. Je dois encore aller voir ce vieil Edward avant de partir.

Lizzie se releva et obéit, les mains tremblantes. Elle se sentait le corps anesthésié, la gorge nouée par les larmes.

— Tu dois vraiment partir si vite ? murmura-t-elle, ravalant ses sanglots.

— Oui, il faut bien, petite. L'appel du devoir…

— Mais je croyais…

Elle pensait qu'ils auraient plus de temps à passer ensemble, que leur rencontre ne serait tout de même pas aussi brève…

— Ne t'inquiète pas. Je ne tarderai pas à avoir une permission de vingt-quatre heures, mentit Kit.

La dernière chose qu'il souhaitait affronter était une crise de pleurs et de supplications. Déjà, son désir assouvi, il commençait à oublier à quel point il avait eu envie d'elle. Bientôt elle ne serait rien d'autre qu'un vague souvenir, une fille de plus parmi toutes les autres, un de ces instants de plaisir auxquels un soldat tel que lui estimait avoir droit.

Comme la veille, ils regagnèrent la voiture en silence. Lizzie contenait son chagrin, sachant que les hommes détestaient voir pleurer une femme. Elle devait se montrer forte, le quitter sur un sourire pour lui laisser un bon souvenir d'elle. Un désir douloureux l'habitait, elle brûlait de lui demander de renoncer à sa visite à Edward, de passer avec elle le temps qui lui restait, mais elle se reprocha son égoïsme. Elle n'avait pas le droit de se montrer exigeante, d'autant plus qu'il lui avait promis de revenir. Sauf s'il était envoyé en mission, bien sûr... Ce mot terrible qui faisait frémir tant d'autres femmes prenait soudain tout son sens pour elle, maintenant.

Elle avait changé de camp, appartenait désormais au nombre de celles dont la vie n'était plus qu'un mélange d'espoir et de peur, suspendue au destin d'un autre être humain. Elle savait qu'elle ne connaîtrait plus une seule nuit paisible, qu'elle ne pourrait plus entendre le grondement d'un avion sans trembler, que ses seuls moments de tranquillité seraient ceux que Kit passerait dans ses bras. Elle ne recouvrerait la paix de l'âme et du cœur qu'une fois la guerre terminée, lorsqu'ils pourraient enfin partager pleinement leur amour. Là, elle espérait qu'elle pourrait enfin se comporter comme une femme normale, éprouver ce plaisir indicible dont parlaient ses romans et ses compagnes. Il n'y avait aucune raison pour qu'elle soit différente, se répéta-t-elle. Mais elle avait beau chercher à se rassurer, l'angoisse qui la tenaillait ne voulait pas céder.

Ils étaient arrivés près de la voiture, et Kit se tourna vers elle.

— Il vaut mieux que nous nous quittions ici, déclara-t-il d'un ton léger. Inutile de provoquer des ragots, n'est-ce pas ? Je ne veux pas te causer d'ennuis avec ta surveillante.

— Oui, il vaut mieux, acquiesça Lizzie d'une voix faible.

Et soudain, renonçant à tout amour-propre, oubliant toute réserve, elle se jeta dans ses bras en sanglotant.

— Tu m'écriras, Kit, n'est-ce pas ? Et je voudrais t'écrire aussi. Je… je suis tellement désolée de… de t'avoir déçu !

Elle espérait qu'il allait la rassurer, la réconforter, mettre un baume sur sa blessure, mais il se contenta de hausser une épaule et s'écarta d'elle.

— Je suppose que tu es une de ces femmes qui ne sont pas douées pour le sexe, c'est tout… Donne-moi ton adresse. Je t'écrirai le premier. Si je suis envoyé en mission, tes lettres risqueraient de se perdre — d'autant plus que l'on parle de nous baser à l'étranger.

— A l'étranger ? Mais…

Il secoua la tête d'un geste bref.

— Je ne peux t'en dire plus, chérie. Secret militaire.

Lizzie prit un petit carnet dans son sac, en arracha une page et nota son adresse d'une main tremblante. Kit la mit dans sa poche et s'installa dans sa voiture.

— Garde la tête haute, petite, lança-t-il d'un ton détaché. Et ne t'inquiète pas, je reviendrai.

Il n'était pas homme à s'appesantir sur les conséquences de ses actes, sa conscience ne le tourmentait pas souvent. Pourtant, en contemplant le visage de Lizzie et en y voyant l'amour qui s'y reflétait avec une telle candeur, une sensation curieuse, à laquelle il n'était pas accoutumé, le traversa brièvement.

Il en éprouva un mélange de malaise et d'agacement. Pauvre petite idiote. Est-ce qu'elle ne comprenait pas ? Il la regarda encore, frappé par la pureté de son profil, la douceur de ses cheveux blonds, la clarté de sa peau, et quelque chose qui ressemblait à du regret l'envahit un instant.

Elle était adorable, la finesse et la fragilité de son corps tendre la rendaient touchante. Furieux, il s'aperçut qu'il la désirait encore — et à son habitude en rejeta la faute sur elle. Avec sa passivité et son manque d'expérience, elle n'avait pas su le combler, voilà tout. Néanmoins, en dépit de sa rancœur et de son désir de la quitter, une impulsion qu'il ne put réprimer le poussa à se pencher vers elle pour prendre son visage dans sa main et l'embrasser.

Le cœur de Lizzie s'emplit d'une joie frénétique. Ces dernières minutes, elle avait commencé à douter de lui, à se demander... Mais elle avait été ridicule. Il l'aimait comme elle l'aimait, c'était évident.

— Je t'écrirai dès que je le pourrai, dit-il d'une voix rauque.

Il savait qu'il mentait, que dès qu'il serait loin il oublierait vite cette sorte de trouble inhabituel et dérangeant qu'elle lui faisait éprouver. Soudain, une autre pensée le traversa.

— Surtout, pas un mot de tout ceci à Edward, ordonna-t-il.

Elle le dévisagea avec étonnement, et il se hâta de rectifier.

— Je veux dire... pas encore, pas tout de suite.

Il avait raison, reconnut Lizzie. Leurs sentiments étaient encore trop neufs, trop précieux pour les partager avec un tiers.

Quand il s'éloigna, elle resta figée jusqu'à ce que la poussière soulevée par les roues du coupé soit retombée sur le chemin.

A un kilomètre de là, Kit ralentit brusquement, les sourcils froncés. Il lui faisait confiance pour ne rien dire à Edward dans l'immédiat, mais que se passerait-il lorsqu'elle n'aurait aucune nouvelle de lui au bout de plusieurs semaines ? Inquiète, elle risquait de rompre sa promesse — et cet idiot d'Edward était bien capable de prendre contact avec son commandant afin de la rassurer et de la fixer sur son sort ! Le front plissé, il réfléchit, cherchant une parade. Il avait son adresse. De retour au camp, il lui adresserait une brève note l'informant de son départ pour l'étranger et du fait qu'il ne pourrait lui écrire de nouveau avant un moment pour des raisons de sécurité. Oui, cela devrait suffire.

Peut-être même écrirait-il deux ou trois fois, par sécurité. Il poussa un juron et se maudit, regrettant déjà l'imprudence qu'il avait commise avec elle. Avec Edward au milieu, il ne pouvait s'autoriser le moindre risque. Son commandant lui avait déjà adressé deux avertissements, et l'avait prévenu qu'en cas de troisième accroc à la discipline il lui interdirait purement et simplement de voler. Or Kit ne pouvait se passer de l'excitation qu'il éprouvait dans son appareil lorsqu'il était en mission, ce mélange de peur et d'exultation qui dépassait de loin pour lui tous les plaisirs de la terre, y compris le sexe.

Il écrirait donc à cette Lizzie, malgré le peu d'envie qu'il en avait. En omettant soigneusement de lui donner son adresse, bien entendu…

En rentrant, Lizzie était partagée entre la joie d'avoir rencontré Kit, de s'être donnée à lui, et le chagrin de n'avoir pu connaître dans ses bras cette union totale et merveilleuse dont elle avait rêvé. Mille questions la tourmentaient, auxquelles elle ne trouvait pas de réponses. Peut-être avaient-ils manqué de temps, tout simplement ? Pourtant, elle avait toujours cru que le plaisir physique était une chose immédiate et naturelle entre deux êtres qui s'aimaient. Qu'est-ce qui n'allait pas chez elle ? Elle aurait tellement voulu que Kit soit encore près d'elle, qu'il accepte de l'entendre, qu'il la décharge de ses doutes…

Brusquement, elle se sentit très lasse, très seule et très malheureuse. Lorsqu'elle arriva à la pension, déprimée, de larges cernes sombres sous les yeux, elle fut contente d'être seule. Elle n'avait aucune envie de parler de Kit à ses camarades ; leur relation n'avait rien d'une passade. C'était quelque chose d'important, de sacré.

Elle avait fait quelque chose qu'aucune femme convenable n'acceptait avant le mariage, sa tante le lui avait assez répété, mais elle n'en éprouvait ni culpabilité ni remords. En temps de guerre, quand la vie ne tenait qu'à un fil, les instants de bonheur étaient trop précaires et trop fugitifs pour les laisser passer. Avec son travail et les drames personnels qu'elle avait connus, elle était bien placée pour savoir qu'elle vivait dans un monde de cruauté et de destruction, et que Kit était plus que d'autres encore exposé au danger. Ce soir-là, avant de se coucher, elle pria comme elle ne l'avait jamais fait de sa vie.

— Je vous en supplie, mon Dieu, gardez Kit sain et sauf.

Mais elle savait que des millions d'autres femmes priaient comme elle, et que pour un homme épargné des centaines d'autres mouraient. Elle n'avait aucun mal à imaginer la douleur de celles dont le vœu n'était pas exaucé. Très vite, elle repoussa le spectre terrifiant du malheur. Elle devait se montrer forte, pour Kit et pour elle. Lorsqu'elle le reverrait, il lui faudrait sourire avec courage et ne rien laisser transparaître de ses craintes. Et surtout, surtout, faire en sorte de ne plus le décevoir. En serait-elle capable ? Pourrait-elle un jour lui offrir un amour total ? Cette angoisse-là la dévastait.

Une semaine après leur séparation, elle reçut la lettre de Kit. Elle effleura l'enveloppe de ses doigts tremblants, la tournant et la retournant avant de se décider à l'ouvrir, le cœur inondé de joie.

La brièveté du message la déçut ; elle se fit néanmoins une raison, se disant qu'un homme combattant pour sa patrie n'avait certainement pas le temps d'écrire une longue lettre d'amour. Elle lut les quelques phrases avec avidité, puis les relut encore et encore au point d'en graver chaque mot dans sa mémoire.

« Juste quelques lignes pour te dire que je ne pourrai te donner de nouvelles pendant quelque temps, petite. Ainsi que je te l'avais dit, il semble que l'on ait décidé de nous envoyer passer une période de "vacances" à l'étranger.

» Je t'écrirai de nouveau dès que je le pourrai. D'ici là, chérie, pense à moi comme je penserai à toi.

Tendrement, ton Kit. »

Lizzie pressa les derniers mots contre ses lèvres, partagée entre les larmes et une joie immense. Elle était follement heureuse d'avoir eu de ses nouvelles, et de voir que sa lettre ne contenait aucune trace de la froideur et de l'irritation qu'il lui avait témoignées avant de la quitter. En même temps, une terreur glacée l'empoignait à l'idée qu'il allait être en danger.

Elle fronça les sourcils en constatant qu'il ne lui donnait pas d'adresse, qu'elle ne pourrait lui répondre, mais se résigna : il l'avait prévenue. Sans doute lui dirait-il où le joindre dès qu'il en aurait la possibilité.

Puis elle remit la lettre dans l'enveloppe et la rangea dans son sac. Désormais, elle ne s'en séparerait plus. Elle ferma les yeux, tremblant d'émotion en imaginant Kit traçant ces mots pour elle de sa main hâlée, sa tête brune penchée sur le papier.

« Je vous en prie, mon Dieu, gardez-le en vie…, murmura-t-elle. Gardez-le en vie. »

Les jours suivants, Edward sentit Lizzie distraite, lointaine. Il aurait voulu lui demander si quelque chose la tracassait, mais se retint de le faire.

Depuis sa blessure, il était douloureusement conscient de son apparence physique, de la perte de sa virilité. S'il appréciait la sympathie que la jeune fille lui montrait, il n'était pas dupe et savait qu'elle était fondée sur la compassion. La nuit, quand il ne pouvait dormir, il regrettait amèrement de ne plus être un homme complet, mais une coquille vide incapable d'éveiller chez une femme une émotion autre que de la pitié.

Toutefois, Lizzie lui rendait son infirmité moins pesante que les autres infirmières ou aides-soignantes. Avec elle, il se sentait presque à l'aise. Sa candeur et son innocence évidente le protégeaient des humiliations que les autres femmes lui faisaient endurer, lorsqu'elles lui jetaient des regards où se mêlaient la pitié et le mépris pour ce qu'il était devenu.

De ce fait, le changement qui semblait s'être produit en elle depuis peu l'intriguait, l'inquiétait. Elle paraissait s'être retirée dans un monde à elle, perdue dans ses pensées. Pas un instant, cependant, il ne songea à associer cette transformation à la récente visite de son cousin.

Edward et Kit ne s'étaient jamais entendus, même enfants. Edward était l'aîné, mais le moins favorisé. C'était Kit qui hériterait de Cottingdean qu'il aimait tant, où il suppliait ses parents de lui laisser passer toutes ses vacances. Il s'efforçait de ne pas en vouloir à son cousin, mais ce sacrifice lui était d'autant plus pénible que Kit, contrairement à lui, n'éprouvait aucun attachement pour la maison et le domaine.

La propriété appartenait à leur famille depuis l'époque de Charles II. Alors que le souverain avait offert à leur ancêtre Philip Danvers, en récompense de ses bons et loyaux services, un titre de Gentilhomme de la Chambre du Roi, celui-ci avait refusé, sachant que dépourvu de toute fortune personnelle il ne pourrait assumer les charges financières inhérentes à un tel honneur. En échange, il avait demandé à Charles l'autorisation d'épouser une riche veuve pourvue de cinq filles, donc capable *a priori* de lui donner les fils qu'il espérait, d'un très beau troupeau de moutons qui paissait sur ses gras pâturages — et de Cottingdean.

La veuve avait bien été forcée d'accepter, même si elle ne se faisait aucune illusion sur les mobiles de son second mari. Or, à la surprise des deux époux, cette union n'avait pas tardé à devenir un vrai mariage d'amour et leur tendre passion avait duré longtemps après la naissance de leurs deux fils.

Mais ce n'était pas à ses ancêtres qu'Edward songeait, immobile dans son fauteuil roulant, le regard perdu dans le vide. Il pensait aux générations à venir, aux fils que Kit aurait un jour et qui hériteraient à leur tour de Cottingdean. Et il souhaitait de toutes ses forces qu'ils sauraient l'aimer et le conserver comme il aurait tant voulu être en droit de le faire lui-même si le destin l'avait permis.

Le destin... A quoi bon regretter ? Même si son père avait été l'aîné, même s'il avait hérité du domaine, il aurait de toute façon été incapable à présent d'engendrer des fils pour assurer sa succession. A cette idée, il serra violemment les poings et souhaita une fois de plus trouver le courage de mettre un terme à ce puits de misère qu'était devenue sa vie.

Kit lui avait déclaré clairement qu'il n'était pas question pour lui d'espérer trouver refuge à Cottingdean. Il avait même parlé de vendre le domaine pour vivre à Londres, ce jeune inconscient, comme si

Cottingdean n'était rien d'autre qu'un fardeau dont il ne songeait qu'à se débarrasser. Combien il lui en voulait d'envisager une chose pareille ! Cette idée l'emplissait d'une âpre rancœur vis-à-vis de son cousin, une rancœur qui était presque de la haine.

3.

— Sofia, je suis navrée de t'interrompre, mais Alexi est au téléphone et insiste pour te parler.

Sofia fixa Faye d'un air tellement absent que celle-ci, un instant, crut qu'elle ne l'avait pas entendue.

Lorsque Faye avait poussé la porte de la bibliothèque, elle avait découvert la jeune femme pelotonnée dans le grand fauteuil capitonné de sa mère, les genoux ramenés contre elle, ses cheveux soyeux voilant en partie son visage. Telle qu'elle était, profondément absorbée par sa lecture, elle lui avait rappelé la Sofia d'autrefois, la jeune fille sensible et vulnérable qu'elle avait connue lors de sa première visite à Cottingdean.

Mais dès qu'elle avait relevé la tête, l'illusion s'était évanouie, et Faye se demanda une fois de plus si sa belle-sœur avait conscience de l'expression hautaine et autoritaire qui était la sienne quand elle se murait derrière cette réserve froide et distante.

— Alexi ? répéta-t-elle, comme si ce prénom ne signifiait rien pour elle.

Elle jeta un coup d'œil involontaire au cahier qu'elle tenait, et Faye éprouva soudain une légère appréhension. Que contenaient donc ces pages de si captivant pour que Sofia soit restée ainsi enfermée pendant des heures à les lire ? Le feu s'était éteint dans la cheminée, et à part le rond de lumière projeté sur le bureau par la lampe de lecture la pièce était noyée d'ombres épaisses, presque sinistres.

— Oui. Il refuse absolument d'attendre que tu le rappelles. Oh, à propos… quand nous avons vu que tu ne venais pas dîner, nous n'avons pas voulu te déranger et j'ai appelé l'hôpital. L'état de Liz est stationnaire, mais il sera possible de la voir demain.

« Stationnaire… » Sofia referma lentement le journal et tressaillit sous l'effet des picotements qui envahissaient ses jambes. Elle était restée si longtemps immobile, blottie dans le fauteuil de sa mère, que son corps s'était engourdi à son insu.

Elle jeta un coup d'œil à sa montre et constata avec un choc qu'il était plus de minuit. Elle se souvint alors qu'elle pensait rappeler Alexi vers 11 heures, certaine qu'à ce moment-là elle aurait déjà une overdose de ce récit pour le moins édifiant qui devait relater avec une précision clinique la façon exemplaire dont Liz Danvers avait géré sa vie.

La réalité n'aurait pu être plus différente de ce qu'elle attendait. Elle avait du mal à se convaincre que la jeune fille qui s'était confiée si ouvertement et si douloureusement à ce journal, y déversant ses émotions et ses blessures les plus intimes, était bien sa mère. Et elle était plus étonnée encore que Liz ait insisté à ce point pour qu'elle en prît connaissance. A sa place, aurait-elle été capable d'autoriser une telle intrusion dans son passé, dans sa vie ? Si elle s'était sentie sur le point de mourir, peut-être… Si cette requête avait constitué à ses yeux sa dernière chance de tendre la main, de s'expliquer…

Un frisson la parcourut. Quand Faye était entrée, elle avait éprouvé une telle réticence à s'arracher à sa lecture qu'elle en avait presque voulu à sa belle-sœur ; mais brusquement l'idée de continuer la rebutait. Elle ne voulait plus lire la suite, plus savoir. Le début était déjà si déroutant… Que risquait-elle de découvrir encore ?

— Alexi, lui rappela Faye d'un ton crispé.

Pauvre Faye. Elle avait dû essuyer les foudres du terrible Grec ! Sous le vernis de son éducation, Alexi demeurait très exigeant, convaincu qu'il était que les femmes devaient aux hommes soumission et obéissance.

— Excuse-moi, Faye. Je suis désolée, déclara-t-elle.

Elle se leva et rangea le journal dans le tiroir qu'elle ferma à clé d'un geste automatique. Ainsi qu'elle s'y attendait, Alexi était furieux.

— Vous aviez dit que vous rappelleriez ce soir ! tonna-t-il. Où étiez-vous ?

Sofia sentit resurgir en elle le côté rebelle qu'elle avait depuis longtemps appris à maîtriser. Tout à coup, cette arrogance de mâle outragé, qui l'avait amusée au début de leur relation, lui parut insupportable.

— J'avais dit que *j'essaierais* d'appeler, Alexi, rectifia-t-elle d'un ton sec. Et j'ai été trop occupée pour le faire, voilà tout.

Elle l'entendit inspirer à fond pour se contrôler, et cela l'amusa de nouveau. Pauvre Alexi. Il fallait qu'il ait vraiment envie d'elle, pour qu'il accepte ainsi d'être remis à sa place. Mais cette tolérance ne durerait pas, elle le savait. Il brûlait de la dominer, de lui prouver sa force, sa puissance sexuelle. Si elle lui cédait, elle ne se faisait aucune illusion : il serait peut-être tendre au début, le temps de l'amadouer, mais ensuite il ne penserait qu'à assouvir égoïstement ses désirs, et la considérerait très vite comme sa chose.

Sofia connaissait ces jeux-là par cœur et, à l'idée d'une nouvelle aventure, elle se sentit très lasse, comme écœurée soudain par l'abus d'un mets qui lui avait un peu trop plu à une certaine époque. Pourquoi ? Etait-ce à cause des aveux candides d'une jeune fille trop naïve, trop confiante, qui lui avait rappelé celle qu'elle était autrefois et ouvert les yeux sur la femme qu'elle était devenue ? Combien de fois avait-elle couché avec un homme sans le désirer vraiment, pour le simple plaisir de lui prouver — et de se prouver à elle-même — qu'elle détenait un pouvoir sur lui, justement ? Elle avait mené une existence très libre qui ne laissait pas de place aux sentiments, satisfaisant ses instincts quand l'envie lui en prenait, au gré des occasions, se moquant de blesser ses partenaires. Brusquement, elle éprouva une sorte de dégoût pour elle-même.

Elle savait d'où lui venait cette dureté, cette fausse frivolité : c'était sa façon de se protéger, de se venger du destin qui lui avait arraché son seul amour. Sans parler de l'affront cuisant que lui avait infligé un autre homme, et qu'elle préférait oublier… Mais elle cherchait certainement aussi à choquer sa mère, en réaction contre la stricte moralité que celle-ci affichait et contre la vie austère qu'elle semblait mener. Depuis son adolescence, c'était plus fort qu'elle : elle ne cessait de se mesurer à Liz.

— Sofia ! Etes-vous là ?

De nouveau, l'irritation d'Alexi l'agaça. Elle se sentait soudain un goût amer dans la bouche, tandis que sa vie lui apparaissait tout à coup terriblement vide et creuse.

— Oui, Alexi, je suis là.

— Hélas, non, vous n'êtes pas là. C'est près de moi, que je vous veux… Dans mon lit… Tout de suite. Laissez-moi aller vous chercher et vous ramener à Londres. Laissez-moi prendre soin de vous, insista-t-il d'une voix qui s'était faite enjôleuse et douce comme du velours, et dont il jouait à merveille.

— Non, Alexi. Je suis désolée. On a besoin de moi ici.

Dès qu'elle eut prononcé ces mots, elle se tut, interdite.

En fait, n'était-ce pas plutôt elle qui éprouvait tout à coup le besoin de rester à Cottingdean ? Cette découverte dérangeante l'absorba un moment, l'amenant à se poser d'autres questions. Au bout du fil, Alexi continuait à insister, mais elle ne l'écoutait pas. Elle ne supportait plus la comédie qu'ils se jouaient. Elle avait peut-être beaucoup de défauts, mais contrairement à la Lizzie du journal elle ne se berçait pas d'illusions, ne cherchait pas à se duper. Et soudain ce cynisme lui prouva une fois encore à quel point elle était loin de ce que sa mère avait vécu, de ses principes, et loin aussi des idéaux de sa propre jeunesse.

— Inutile d'insister, Alexi, coupa-t-elle brusquement. Même si je regagnais Londres ce soir, ce serait pour rentrer seule chez moi. Le jeu est terminé. Trouvez quelqu'un d'autre.

Il explosa, protesta, se lança dans une série de reproches furieux. Elle en interrompit le flot en raccrochant, et se rendit compte qu'elle tremblait. Ce n'était pas la première fois qu'un homme l'insultait de la sorte, mais c'était la première fois qu'elle reconnaissait quelque chose de juste dans ces injures, et qu'elle admettait les avoir méritées par sa conduite.

Lorsqu'elle ressortit du salon, le couloir était silencieux et à peine éclairé. Elle s'arrêta devant la porte de la bibliothèque et posa sans réfléchir une main sur la poignée. Puis elle s'avisa de ce qu'elle faisait et se reprit : apparemment, ce journal exerçait sur elle une attraction plus forte que ses appréhensions. Si elle se remettait à lire maintenant, elle y passerait toute la nuit. Or le lendemain serait chargé : elle devrait rendre visite à sa mère, passer à son bureau pour s'organiser tant qu'elle resterait à Cottingdean. En outre, la journée qui se terminait avait été longue et traumatisante et son corps s'en ressentait, même si son esprit refusait d'admettre la dureté du choc qu'elle avait éprouvé.

Elle s'éloigna de la porte. Les cahiers n'allaient pas s'envoler ; après tout, ils attendaient depuis plus de quarante ans dans ces tiroirs. Quarante ans… Combien d'autres révélations surprenantes contenaient donc ces pages silencieuses ?

Sa mère avait décrit sa première expérience amoureuse dans des termes si crus, avec une franchise si douloureuse qu'elle avait eu l'impression de la vivre avec elle. Jamais, au grand jamais, elle n'aurait pu imaginer une chose pareille. Et de nouveau cette question qui la hantait : pourquoi révéler de tels secrets après tant d'années et surtout à sa fille, la personne au monde qui lui en voulait le plus, qui était la moins susceptible de lui témoigner de la sympathie ? Peut-être pour lui faire comprendre qu'elle avait souffert, elle aussi, qu'elle avait connu la douleur, la peur, l'humiliation. Peut-être parce qu'en se sentant proche de la mort elle pensait que tout cela n'avait plus d'importance, qu'elle pouvait se livrer à nu, sans égard pour son amour-propre, parce qu'elle éprouvait le besoin de lui montrer qu'elles n'étaient pas si différentes, au fond…

A mi-chemin de l'escalier, Sofia s'arrêta, assaillie par un nouvel accès de frayeur panique. Elle ne voulait pas que Liz meure. En dépit de tout ce qui les séparait elle avait besoin de la savoir en vie, désespérément, comme si la petite fille qu'elle était se réveillait dans la femme de trente-quatre ans qu'elle était devenue, avec un désir éperdu de se sentir protégée par la présence de sa mère.

Elle dormit mal, hantée par des rêves emplis de terreurs vagues, et refit même un cauchemar qui la poursuivait régulièrement autrefois et auquel elle croyait avoir échappé depuis des années. Dans ce cauchemar elle cherchait en vain, de toutes ses forces, à rejoindre l'homme qu'elle aimait : il se tenait au bout d'un long chemin plein d'ombres, mais chaque fois qu'elle voulait marcher vers lui, des silhouettes sortaient de l'obscurité pour l'en empêcher : sa mère, son père, parfois même David. Cette nuit-là, cependant, c'était sa mère qui se tenait au bout du chemin. Et contrairement à l'homme de sa vie, qui avançait toujours droit devant lui sans un regard en arrière, elle la vit soudain se retourner et venir les bras tendus à sa rencontre, ce qui l'emplit d'une joie immense.

Elle s'éveilla en sursaut et se redressa, tremblante, baignée de sueur. Ce rêve étrange jetait soudain sur son passé une lumière troublante, traumatisante, qui remettait en cause tout ce à quoi elle s'était toujours raccrochée. N'avait-elle pas, elle aussi, aimé à la folie, comme sa mère, un homme qui ne l'aimait pas autant qu'elle le croyait ? Avait-elle pu se montrer aussi naïve que Lizzie envers ce Kit qui ne songeait qu'à se jouer d'elle ? Cette idée la glaça ; elle frissonna et se drapa dans sa couverture.

« Non », protesta-t-elle avec violence, furieuse de se laisser aller à de telles pensées. Ces deux histoires étaient complètement différentes. Sa mère avait été honteusement séduite par un homme cynique qui n'éprouvait rien pour elle, hormis un désir passager. Alors que Scott et elle s'étaient passionnément aimés, et que cet amour n'avait jamais été consommé. Sinon... sinon tout aurait été différent, elle en était certaine.

Elle se mordit la lèvre, refoulant des regrets brûlants. Elle adorait Scott, il l'adorait, et on les avait cruellement, délibérément, arrachés l'un à l'autre. Elle n'avait jamais vraiment compris les raisons qui justifiaient une opposition aussi farouche à leur union, même si elle avait accusé sa mère, autrefois, de ne penser qu'à elle et de vouloir lui faire épouser le fils d'un pair pour couronner d'un titre sa réussite matérielle.

— Jonathan serait un excellent époux pour toi, Sofia, avait répondu Liz d'un ton calme. Il est plus âgé, plus mûr, et son tempérament posé compenserait le tien à merveille. Alors que Scott n'a que dix-neuf ans, comme toi. Vous êtes trop jeunes.

— Trop jeunes à tes yeux peut-être, mais pas au regard de la loi ! C'est pour cela que tu as laissé son père le ramener de force en Australie ! Nous nous aimons ! Est-ce que tu es incapable de comprendre une chose pareille ?

— Vous croyez vous aimer maintenant, mais dans cinq ou dix ans vous aurez changé tous les deux. Votre union ne durerait pas.

— Tu t'es bien mariée à dix-huit ans !

— C'était différent. C'était la guerre.

— La guerre était presque finie, quand tu as épousé père ! Oh, et puis à quoi bon ? Vous avez décidé de nous séparer, le père de Scott et toi. Je te hais, je vous hais tous les deux ! avait-elle explosé comme une enfant, grimpant l'escalier quatre à quatre pour aller sangloter dans sa chambre, terrassée par la colère, la rancœur et l'impuissance.

Non, Scott n'était pas comme Kit. Il était sincère, lui, et s'il ne s'était pas opposé à son père à ce moment-là, c'est qu'il n'était pas en état de le faire. Mais plus tard ? Plus tard, n'aurait-il pu revenir, reprendre contact avec elle ?

Pour la première fois, elle se trouvait confrontée à une vérité qu'elle avait cherché à occulter de toutes ses forces pendant des années — avec succès. Or l'évidence la frappait tout à coup comme une gifle.

Si Scott l'avait aimée aussi intensément qu'elle l'aimait, il aurait certainement trouvé un moyen de la rejoindre. Rien d'autre n'aurait compté alors : ni le fait qu'il était fils unique, élevé depuis toujours dans l'idée qu'il devrait reprendre l'élevage de moutons familial et l'immense entreprise qui allait avec, ni celui que son père souhaitait qu'il épouse la fille de leurs riches voisins afin de voir leurs terres s'unir aux leurs et constituer un domaine plus vaste encore. Non, aucun obstacle, pas même la volonté de son père, n'aurait dû être capable de les séparer. Il lui avait dit qu'il l'aimait et il le pensait, elle en était certaine. A ce moment-là, il l'aimait d'un amour infini, absolu, comme elle ; et il ne lui mentait pas lorsqu'il lui affirmait qu'il voulait l'épouser, passer le reste de sa vie avec elle.

A ce moment-là, mais après ? Avait-il changé d'avis, de retour en Australie ? Avait-il brusquement cessé de l'aimer, de la désirer ? L'avait-il délibérément chassée de son esprit, s'était-il mis à la haïr pour ce qu'elle lui avait fait ? Elle frémit, se souvenant comment le père de Scott avait refusé de la voir ce soir-là à l'hôpital, comment il avait donné des instructions pour qu'elle ne puisse entrer dans la chambre de son fils. Il la rendait responsable de l'accident, elle le savait. Mais Scott... Scott qui l'aimait si fort, qui la comprenait si bien, presque comme s'ils n'étaient qu'une seule et même personne... Il n'avait pu lui en vouloir, lui, même si elle *était* fautive et méritait d'être blâmée ! Mais alors pourquoi avait-il si aisément renoncé ?

Elle savait qu'il s'était marié. Il n'avait pas épousé l'héritière de la propriété voisine, mais un parti tout aussi intéressant aux yeux de son père : la fille d'un riche entrepreneur australien. Alors que c'est elle, Sofia, qui aurait dû être sa femme, la mère de ses enfants... Mais elle ne l'était pas. Et si, jusqu'à présent, elle n'en avait imputé la faute qu'à ses parents, elle était brusquement forcée d'admettre — à cause du journal de sa mère et de la révélation soudain aveuglante de ce cauchemar — que l'amour de Scott n'avait peut-être pas été aussi intense, aussi passionné et aussi inaltérable que le sien.

Choquée par cette prise de conscience aussi inattendue que bouleversante, elle ne put se rendormir. Elle était donc parfaitement réveillée à 7 heures, quand Jenny frappa pour lui apporter une première tasse de thé. Remarquant que la femme de chambre avait utilisé le délicat service en porcelaine de Sèvres que sa mère aimait tant, elle fut prise d'une impulsion irraisonnée.

— Jenny... J'aimerais emporter ce service à l'hôpital. Je sais que ma mère sera heureuse de l'avoir, lorsqu'elle ira mieux.

Jenny hocha la tête avec un petit sourire nostalgique.

— Elle disait toujours que son thé matinal lui semblait encore meilleur servi dans ces tasses.

« Elle disait… » Sofia sentit sa poitrine se comprimer sous l'effet de l'angoisse. Elle osa à peine regarder la femme de chambre.

— Est-ce que… Est-ce que l'hôpital…

— Non, personne n'a appelé, la rassura vivement Jenny. Et comme on dit, pas de nouvelles, bonnes nouvelles. Ne vous inquiétez pas. Si quelqu'un est capable de surmonter ce genre d'accident, c'est bien votre mère. Elle est si forte, moralement et physiquement…

— Oui, elle l'est, acquiesça Sofia. Mais même les plus robustes d'entre nous ont leurs faiblesses. Camilla et Faye sont-elles levées ?

— Camilla est déjà sortie faire du cheval ; elle rentrera pour le petit déjeuner. Quant à Faye, je pense qu'elle n'a pas très bien dormi. Une de ses migraines, encore, comme chaque fois qu'elle est stressée.

Sofia fronça les sourcils. Faye souffrait donc de migraines ? Elle l'ignorait. Mais il y avait si longtemps qu'elle s'était exclue du train de vie quotidien de la maison, pour suivre sa propre voie en solitaire…

Jenny sortie, elle se prépara rapidement, et ouvrit la fenêtre. C'était une superbe matinée de fin de printemps. De légères traînées de brume flottaient au ras du gazon, et l'on sentait déjà le soleil prêt à les dissiper. Soudain, le téléphone résonna au rez-de-chaussée. Sofia descendit répondre dans le vestibule, et entendit la voix anxieuse d'une inconnue lui demander des nouvelles de sa mère.

— Nous avons eu connaissance de l'accident hier soir, reprit-elle quand Sofia l'eut informée, mais nous n'avons pas voulu vous déranger plus tôt… En fait, tout ceci est très embarrassant. Votre mère devait présider ce soir la première réunion officielle au sujet de la nouvelle route… Je ne pense pas que nous puissions l'annuler, et nous ne voyons pas qui pourrait la remplacer.

La fameuse réunion dont avait parlé Camilla ! Sofia réprima un soupir d'irritation. Cette femme devait tout de même se rendre compte qu'elle avait d'autres soucis en tête en ce moment ! Puis elle réfléchit. Sa mère, à sa place, aurait sans doute réagi autrement. Avec son sang-froid habituel, elle aurait momentanément écarté ses problèmes immédiats — même graves — pour ne pas négliger un sujet qui risquait à long terme d'avoir de lourdes conséquences sur leur avenir. Si elle n'en faisait pas autant, elle risquait de le regretter plus tard.

— Faye m'a expliqué ce qu'il en était, répondit-elle, contenant son impatience. Je viendrai, ne serait-ce que pour représenter les intérêts de la famille et de la filature. Je crois que ma mère a préparé un dossier. J'essaierai de l'étudier d'ici à ce soir.

Elle perçut le soulagement de son interlocutrice.

— Oh, merci, merci infiniment. Nous sommes désolés de vous importuner dans de telles circonstances, mais votre mère tenait beaucoup à ce que nos positions soient précisées dès le départ. Or le ministère de l'Equipement délègue un représentant pour défendre son projet, et il y aura également le président de l'entreprise de travaux publics chargée du chantier. Si vous êtes sûre que cela ne vous pèsera pas trop, ce serait idéal que vous puissiez remplacer votre mère.

Un instant, Sofia se demanda avec une pointe d'acidité si cette femme continuerait à lui vouer une telle confiance lorsqu'elle la verrait, et si elle serait toujours aussi convaincue de ses aptitudes à remplacer l'efficace Liz Danvers.

— Aucun problème, répondit-elle automatiquement.

Elle nota l'heure exacte de la réunion et promit d'arriver un quart d'heure en avance afin de rencontrer les membres du comité. A cet instant, Faye descendit à son tour.

— Etait-ce l'hôpital ? s'enquit-elle d'un ton anxieux.

Elle avait le visage défait et semblait plus délicate, plus frêle encore que de coutume. A son côté, Sofia se sentit tout à coup terriblement lourde et massive. Une seconde, la pensée l'effleura que c'était elle, et non sa belle-sœur, qui aurait dû paraître affectée à ce point par l'accident de sa mère.

— Non, répondit-elle. C'était une certaine Mme Henderson qui téléphonait au sujet du comité. Elle m'a convaincue d'assister à la réunion de ce soir, si bien que je vais devoir passer l'après-midi à compulser les dossiers de ma mère et que tu vas être obligée d'assumer les visites et les appels téléphoniques. Jenny m'a dit que la moitié du village avait défilé ici, hier. Néanmoins, si tout cela te semble trop pénible, Faye, peut-être pourrais-tu t'absenter quelques jours…

Immédiatement, sa belle-sœur pâlit.

— Oh non, je préfère rester ! Sauf si je te gêne, bien sûr…

— Me gêner ? protesta Sofia. Voyons, Faye, ne sois pas ridicule. Tu sais bien que tu es chez toi, ici, beaucoup plus que je ne l'ai jamais été. En fait, c'est moi qui allais te demander si cela ne t'ennuierait pas que je m'installe à Cottingdean le temps que mère se remette. Tu risques d'être dérangée par les appels de mes clients, et il faudra que je trouve un endroit où travailler. Je peux m'arrêter quelque temps, mais…

— Mais le rétablissement de Liz risque d'être long, n'est-ce pas ?

Sofia hocha la tête.

— Oui. Hier nous nous sommes surtout réjouies de la savoir en vie. En fait, nous ignorons encore tout de la gravité de son état. Si le cerveau est touché…

Faye frémit.

— J'avoue que l'idée qu'elle ne se rétablisse pas complètement me terrifie. Cela fait si longtemps que je m'appuie sur elle… Cet accident m'a brusquement révélé à quel point j'étais dépendante, dans tous les domaines. J'aimerais tellement être comme toi…

Sofia comprenait mieux son abattement, tout à coup. Outre la peine qu'elle éprouvait, elle devait s'inquiéter pour son propre avenir. Il était facile de la réconforter sur ce point.

— Tu n'as pas à t'inquiéter pour des questions matérielles, déclara-t-elle abruptement. Même si le pire arrivait… je suis certaine que tu n'as rien à craindre. Ma mère a certainement déjà tout arrangé depuis longtemps, et il est évident que Cottingdean reviendra à Camilla.

Comme sa belle-sœur voulait protester, elle l'arrêta.

— Rassure-toi, je n'y vois aucun inconvénient, au contraire. Je te le répète, c'est moi qui me sens une intruse sous ce toit. Si tu préfères que je rentre à Londres, n'hésite pas à me le dire.

— C'est la dernière chose que je souhaite ! assura Faye avec une sincérité qui ne pouvait être mise en doute. Je ne serais jamais capable de me débrouiller seule. Et quand tu prétends être une intruse dans cette maison, ajouta-t-elle, rosissant d'indignation, tu sais très bien que c'est faux !

— Crois-tu ? riposta sèchement Sofia. Quoi qu'il en soit, j'exige que tu me promettes une chose, Faye : la finesse n'est pas mon fort, et si jamais quelque chose te pèse, t'ennuie ou te perturbe pendant mon séjour ici, je veux que tu me le dises sans hésiter.

Faye sourit.

— Ce discours concerne surtout Jenny, si tu veux mon avis. Après tout, c'est elle qui gouverne ici !

Sofia se tourna pour gagner le coin-repas ensoleillé où le petit déjeuner devait être servi. Faye la suivit.

— Et Alexi ? s'enquit-elle d'un ton hésitant. Que va-t-il penser de ta décision ?

— Depuis hier, ce qu'il pense n'a plus aucune importance, répondit Sofia d'un ton bref. Tout est fini entre nous. Si jamais il rappelle et te fait une scène, ne crains pas de lui raccrocher au nez.

Elle changea de sujet afin de mettre sa belle-sœur au courant de ses projets pour la journée, puis lui demanda si Camilla et elle préféraient l'accompagner à l'hôpital ou y aller de leur côté.

— Nous irons avec toi, si cela ne t'ennuie pas.

Elles passèrent dans la petite pièce plus intime, orientée à l'est, décorée dans les tons jaunes et bleus que Liz aimait tout particulièrement. Les portes-fenêtres ouvraient sur une petite terrasse, prolongée par de larges marches d'où l'on descendait jusqu'à une allée de gazon bordée de haies taillées. Au fond de cette perspective tranquille et reposante se dressait une statue du dieu Pan. Une nouvelle fois, Sofia se demanda ce qui avait pu pousser sa mère à s'engager dans une entreprise d'une telle envergure. Jusque-là, elle n'y avait vu qu'un orgueil démesuré, l'expression d'un entêtement et d'une volonté indomptables. Mais à présent les choses lui apparaissaient sous un autre angle : la jeune Lizzie ne s'était-elle pas lancée dans cette aventure comme elle aurait pu le faire elle-même, mue par une impulsion farouche, désespérée, une sorte d'instinct qui la poussait à nier tous les obstacles qui entravaient sa vie et auraient pu la briser si elle n'avait décidé de les vaincre à tout prix ? Oui, elle pouvait comprendre cette réaction-là…

— Sofia ? demanda Faye, posant une main sur son bras. Elle se tourna vers sa belle-sœur, le regard douloureux.

— Je pensais au jardin de ma mère, dit-elle d'une voix altérée, et à ce qui a pu lui donner une telle force, une foi pareille en l'avenir pour le réaliser.

Faye la contempla avec perplexité. De toute évidence, elle ne s'était jamais posé ce genre de question. Mais elle n'avait pas encore lu le journal, et tout à coup Sofia eut envie de la dissuader de le faire. « Pas encore, pas tout de suite… », songea-t-elle avec angoisse, comme si elle éprouvait soudain un désir irraisonné de protéger sa mère et ses secrets. Pourtant, Liz avait insisté pour qu'elles lisent ce journal toutes les trois. Il faudrait bien qu'elle tienne cette promesse…

— Voici Camilla, annonça Faye, mettant un terme à ces réflexions qui ne cessaient de la perturber depuis la veille.

La jeune fille arrivait par la terrasse, en tenue de cavalière.

— Chérie, tu devrais aller te changer, observa doucement sa mère. Je ne suis pas sûre que Sofia apprécie l'odeur de tes vêtements.

— Gran n'y a jamais vu d'inconvénient, rétorqua la jeune fille d'un ton brusque, comme si elle mettait sa tante au défi de lui opposer un autre avis.

Sofia et Camilla s'étaient toujours entendues à merveille, mais soudain la jeune femme découvrait dans les yeux de sa nièce une expression de révolte, de rejet. Comme si Camilla la soupçonnait tout à coup de vouloir prendre la place de Liz. L'adolescente connaissait l'hostilité qui séparait Sofia de sa grand-mère qu'elle adorait, et réagissait en son absence avec une loyauté farouche, avivée par son extrême sensibilité.

— Rassure-toi, moi non plus, déclara Sofia avec diplomatie.

Prudemment, elle évita de prendre le fauteuil de Liz et nota que la jeune fille se détendait un peu.

— Faye, veux-tu remplacer mère pour servir le café ? demanda-t-elle. Je suis incapable de faire ce genre de chose sans tacher la nappe.

— D'après Gran, c'est l'épreuve que les futures belles-mères imposent aux petites amies de leurs fils, déclara Camilla. Pour tester leurs qualités de maîtresses de maison.

— Voilà donc pourquoi je n'ai jamais réussi à trouver un mari ! lança Sofia avec bonne humeur. Je me suis si souvent posé la question…

Elles éclatèrent de rire, et l'atmosphère se fit soudain plus légère. Sofia laissa Faye annoncer à sa fille qu'elles allaient se rendre ensemble à l'hôpital dans la matinée, et quand Jenny arriva avec un carton contenant le service de Sèvres soigneusement enveloppé dans du papier journal, elle nota avec plaisir la surprise que cette attention inattendue de sa part causait à sa nièce.

— Nous devons nous dépêcher, maintenant, Camilla, reprit Faye. Il faudra que tu montes te préparer dès que tu auras fini ton petit déjeuner. Sofia veut partir le plus tôt possible pour Londres. Mme Henderson l'a convaincue d'assister à la réunion du comité ce soir, et elle aura besoin de s'y préparer cet après-midi en étudiant les dossiers de Liz.

— Autre chose, Camilla, intervint Sofia d'un ton calme. Je pense que dès demain tu devrais retourner en classe.

Elle feignit d'ignorer le regard plein de gratitude que sa belle-sœur lui jetait et continua avec fermeté, coupant court aux protestations qui montaient déjà aux lèvres de sa nièce :

— Je sais à quel point tu es inquiète pour Liz, chérie, mais tu dois penser à elle, justement. Elle est si fière de toi, à l'idée que tu puisses entrer à Oxford l'année prochaine ! Elle me le répète chaque fois que je la vois. Pour rien au monde elle ne voudrait que tu négliges tes études à cause d'elle, j'en suis sûre. Et sois tranquille : je t'emmènerai la voir le plus souvent possible.

Ces arguments pleins d'habileté eurent raison des réticences de la jeune fille.

— Si seulement elle pouvait être plus près de nous… Ne peut-elle être transportée à Bristol ou à Bath ?

— Pas pour l'instant, Cam, répondit Sofia avec douceur. A Saint-Gilles, elle bénéficie des meilleurs soins possibles et des techniques les plus avancées de tout le pays. Plus tard, peut-être, lorsqu'elle ira mieux…

Un instant, elle se demanda si elle devait préparer sa nièce au spectacle pénible de la salle de soins intensifs, avec tous ces appareils barbares et froids entourant le corps frêle de Liz. Puis elle y renonça. Camilla était d'une autre génération qu'elle. Peut-être serait-elle rassurée au contraire par la complexité de ces dispositifs destinés à maintenir sa grand-mère en vie.

Plus tard, alors qu'elles se faufilaient dans l'intense circulation londonienne, Camilla demanda brusquement :

— Et ce journal, au fait ? Où en es-tu ? J'aurais voulu te le demander hier soir, mais je suis allée me coucher avant que tu aies terminé ta lecture.

— Je suis encore loin d'avoir achevé le premier cahier, mentit Sofia, sachant pertinemment qu'elle reculait le moment de le transmettre à Faye ainsi qu'elles l'avaient décidé.

— Que raconte-t-il ? Des choses intéressantes ?

Prise de court, Sofia crispa ses doigts fins sur son volant.

Elle cherchait désespérément quoi répondre, quand Faye, de façon inattendue, vola sans le savoir à son secours.

— A mon avis, Liz tient à ce que nous le lisions chacune de notre côté, dit-elle à sa fille. Comme si elle s'adressait directement à nous. Nous devons en prendre connaissance individuellement.

— Oui, approuva Sofia avec soulagement. C'est ce qu'elle souhaite, en effet.

— Auras-tu terminé le premier cahier ce soir ? insista Camilla, comme si elle devinait la réticence de sa tante et la soupçonnait de vouloir garder pour elle ce qu'elle avait découvert.

De nouveau, la curiosité de Sofia l'emportait sur ses craintes et elle brûlait de poursuivre cette lecture qui lui révélait une Liz inconnue, malgré les chocs que cette découverte risquait encore de lui faire subir et qui ébranlaient sa propre vie. Néanmoins, avec la réunion qui l'attendait, elle doutait de pouvoir le faire le soir même. Il faudrait qu'elle prenne des notes abondantes, qu'elle rédige un compte rendu aussi exhaustif que précis pour mettre Liz au courant de ce qui avait été dit, plus tard.

Soudain, cette attitude raisonnable et disciplinée qui lui ressemblait si peu la dérouta. Il était tout de même étrange de voir comment elle se pliait d'elle-même à la rigueur de sa mère, maintenant que celle-ci n'était plus là pour la lui imposer — alors qu'elle se serait rebiffée si Liz l'avait fait ! Sa mère lui avait bien souvent reproché son manque de méthode et d'organisation qui faisait encore aujourd'hui le désespoir de sa secrétaire ! Sofia n'en avait cure. La plupart du temps, elle se fiait à ses impulsions du moment. Et voilà qu'elle s'apprêtait à suivre scrupuleusement les préceptes maternels, comme si le fait d'accomplir cette mission dans les règles faisait partie elle aussi d'une sorte de pacte secret, d'une promesse sacrée destinée à prolonger l'action de Liz, à… la garder en vie.

C'était ridicule, bien sûr. D'une sentimentalité puérile, presque risible. Néanmoins cette pulsion était si forte qu'elle se sentait incapable d'y résister.

4.

— Je ne me rendais vraiment pas compte…, murmura Camilla avec un frisson, en dépit de la chaleur qui régnait dans les couloirs de l'hôpital.

Elle parlait comme si Liz n'était pas là.

— Elle est sous l'effet des drogues, Cam, déclara Sofia avec douceur. L'infirmière nous a tout expliqué : il faut dans un premier temps aider son organisme à surmonter le traumatisme de l'accident.

Sa nièce lui jeta un regard plein d'angoisse.

— Elle ne va pas mourir, n'est-ce pas ? Je ne veux pas qu'elle meure ! s'écria-t-elle avec l'expression d'une petite fille terrorisée.

La sentant au bord de l'hystérie, Sofia la prit dans ses bras.

— Fais-lui confiance, Cam. Elle se battra de toutes ses forces dès qu'elle ira mieux.

De toute évidence, la jeune fille avait été choquée par la vue de sa grand-mère immobile, au milieu des appareils qui semblaient la couper du monde. L'amener si tôt avait sans doute été une erreur, songea Sofia.

— Partons, reprit Camilla d'une voix suppliante. Je ne supporte pas de demeurer ici plus longtemps.

— Je dois encore voir le médecin. Tu peux m'attendre dans la voiture, si tu préfères. Vous pouvez même y aller toutes les deux, ajouta-t-elle en se tournant vers sa belle-sœur.

Faye semblait tout aussi affectée que sa fille, sinon plus, mais elle secoua la tête d'un air résolu.

— Non, je reste avec toi.

Sofia tendit les clés de la Porsche à sa nièce et la regarda s'éloigner d'un pas mal assuré.

— Moi non plus, je n'avais pas mesuré la gravité de son état, déclara Faye d'une voix tremblante. Je la savais atteinte, mais à ce point...

Elle déglutit avant de pouvoir continuer.

— J'ai si peur, Sofia... L'idée de la perdre m'est insoutenable. Je pensais... que le pire était passé, que son rétablissement n'était plus qu'une question de temps. Mais à présent... Excuse-moi, je me montre tellement égoïste ! C'est ta mère, pas la mienne.

— Crois-tu que je doive l'en aimer plus que toi pour cela ? rétorqua Sofia avec un petit sourire amer. Voyons, Faye... Tu sais bien que nous ne nous sommes jamais entendues. Oh, quand j'étais petite tu ne peux savoir combien je désirais son amour. Puis j'ai fini par admettre que je ne serais jamais à la hauteur de ses attentes. Il n'y avait plus aucun espoir de voir se rétablir des relations normales entre nous. Je ne peux l'en blâmer, d'ailleurs. Après David, j'ai dû être une telle déception pour elle... Alors mes sentiments ont changé. Mais je ne pense pas que tu puisses comprendre. Tout le monde adore ma mère, la respecte, la vénère...

— Oh si, je comprends.

Ces mots avaient été proférés avec calme et conviction, et Sofia contempla sa belle-sœur, stupéfaite : elle lut alors dans ses yeux bleus une douleur si vive qu'elle détourna la tête, gênée. De toute évidence, Faye venait d'évoquer laconiquement une expérience tragique, tenue jusque-là secrète. Et Sofia répugnait à insister, avec cet instinct aiguisé des gens qui protègent trop leur propre intimité pour ne pas respecter celle des autres.

— Sofia...

De nouveau, le ton pressant de Faye la força à regarder sa belle-sœur. Mais à l'instant où celle-ci allait parler, se confier peut-être, la porte du vestibule s'ouvrit et le médecin parut. Alaric Ferguson semblait encore plus fatigué que la veille, constata Sofia. Ce fut sans doute pour cette raison qu'il alla droit au but.

— Je crois que la sœur vous a expliqué la situation, mademoiselle Danvers. Nous devons attendre que l'état général de votre mère s'améliore avant de tenter la moindre intervention.

— Avez-vous localisé toutes les blessures, maintenant ? demanda la jeune femme d'un ton anxieux.

Il la contempla un instant, pensif, puis il parut décider qu'elle pouvait supporter la vérité.

— Nous sommes à peu près certains qu'un hématome exerce une pression à un endroit du cerveau, mais nous ignorons encore son importance — et les suites qui pourraient découler de cette lésion éventuelle.

En quelques mots, il décrivit les différents cas qui pouvaient se présenter. Les chances d'un rétablissement total de Liz semblaient si faibles, à l'entendre, que Sofia dut se mordre l'intérieur de la bouche pour empêcher ses lèvres de trembler. Derrière elle, Faye laissa échapper une plainte sourde. La jeune femme se retourna vivement, devinant que sa belle-sœur allait s'effondrer, mais le médecin avait déjà réagi et tendait une main vers elle pour la retenir.

Ce qui se produisit alors les stupéfia tous les deux : le regard fixé sur la main de l'homme, Faye recula, livide, une terreur sans nom au fond des yeux, la bouche crispée en une grimace de révulsion. Cette réaction intense, primitive, laissa Sofia sans voix : elle savait Faye peu habituée aux contacts avec les hommes, mais de là à montrer une telle frayeur ! Et Alaric Ferguson n'avait vraiment rien de menaçant, au contraire… En dépit de son visage blême de fatigue, de ses cheveux roux en bataille et de son apparence négligée, il dégageait au contraire une sérénité et une force intérieure qui ne pouvaient que mettre en confiance.

Toujours incapable de prononcer un mot, Sofia regarda le médecin qui semblait aussi ébranlé qu'elle. Le premier choc passé, elle le vit observer sa belle-sœur avec un mélange de curiosité et de sollicitude.

— Je suis navré de vous avoir bouleversée à ce point, déclara-t-il sur un ton posé. Je n'ai fait que vous informer de ce qui pouvait arriver, mais vous n'avez pas lieu de vous inquiéter outre mesure. La malade est robuste.

Là-dessus, il tourna les talons et les laissa seules.

Une tension extrême régnait dans la pièce. Sofia, déconcertée, n'osa guère toucher Faye qui semblait faire un effort démesuré pour reprendre le contrôle d'elle-même. Ses yeux gardaient une expression traquée, et elle tremblait de tous ses membres. Enfin, au bout d'un moment, elle parut revenir sur terre et jeta à la jeune femme un regard empli de douleur et de désespoir.

— Je suis désolée…, murmura-t-elle avec peine. J'ai tellement honte de m'être conduite de la sorte… C'est l'effet du choc.

Sofia ne fut pas dupe. Pourtant, elle retint les questions qui lui montaient aux lèvres et fit mine d'accepter l'explication de sa belle-sœur.

— Il aurait pu se montrer moins brutal dans son diagnostic, dit-elle prudemment. Une chance que Camilla n'ait pas été là…

La souffrance mêlée de gratitude qu'exprimèrent les yeux de Faye emplit Sofia de mépris pour elle-même. Elle manquait singulièrement de courage. Liz, à sa place, n'aurait jamais laissé passer un tel incident sans chercher aussitôt à en connaître les raisons. Elle aurait insisté pour que Faye se libère d'un problème qui semblait aussi grave que profond, même si le fait d'en parler pouvait sur le moment lui paraître insurmontable. Mais elle n'était pas sa mère, elle n'avait pas sa générosité ni sa disponibilité aux autres. Egoïstement, elle préférait se protéger de leurs confidences ; en cet instant, elle était presque heureuse que sa belle-sœur se soit repliée derrière un mensonge, gardant pour elle des traumatismes qui la mettaient visiblement à vif.

— Je pense que je ferais mieux de remettre à demain mon passage au bureau, déclara-t-elle. Cette visite a été très éprouvante pour nous trois et rester ici plus longtemps ne servirait à rien. La sœur a promis de nous appeler au moindre changement dans l'état de ma mère.

— Si elle meurt, tu veux dire ! s'écria Faye avec une sorte de rage. Bonté divine, pourquoi personne n'ose jamais prononcer le mot, pas même ces médecins et ces infirmières qui sont confrontés tous les jours à la mort ?

Un instant, Sofia envia sa belle-sœur de pouvoir exprimer ainsi ses craintes les plus intimes. Elle aussi avait peur ; mais elle devait reconnaître que son angoisse était beaucoup moins noble que celle de Faye. Ne redoutait-elle pas surtout d'être obligée d'endosser malgré elle les charges et les responsabilités qui incombaient autrefois à sa mère, d'être entravée dans sa liberté par tous ceux qui chercheraient d'instinct à s'appuyer sur elle, à l'instar de Faye qui s'était toujours reposée sur David, puis sur Liz ? Soudain, elle fut sur le point de haïr cette femme qui incarnait le piège qu'elle sentait se refermer sur elle. Puis la bassesse de ses pensées la choqua et elle prit le bras de sa belle-sœur.

— Viens, murmura-t-elle. Camilla nous attend.

Comment pouvait-elle en vouloir à cet être fragile qui souffrait si visiblement de dépendre des autres, qui avait un besoin aussi éperdu de leur force, de leur affection ? Sofia ne comprenait pas pourquoi Faye, vu sa nature, ne s'était jamais remariée. Certes, trouver un autre David était pratiquement impossible. Mais Faye n'avait jamais cherché à rencontrer d'autres hommes, et ce mystère, apparemment, n'était pas le seul que recelait sa vie...

Faye, de son côté, repensait avec horreur à ce qui venait de se produire. En l'espace d'une seconde, quand elle avait vu cette main d'homme chercher à l'agripper, elle avait cédé à la panique et failli gâcher les efforts de toute son existence d'adulte. En un instant, le mur qu'elle avait patiemment, douloureusement construit autour d'elle s'était écroulé. Comment avait-elle pu se montrer aussi faible, aussi inconséquente ? Le choc provoqué par l'état de Liz y était sans doute pour quelque chose, mais ce n'était pas une excuse.

Grâce au ciel, Camilla n'avait pas assisté au spectacle, songea-t-elle avec une terreur rétrospective qui lui emplit la bouche d'amertume. Quant à Sofia... Elle jeta un coup d'œil à sa belle-sœur. Elle savait bien que la jeune femme n'avait pas été dupe, mais par bonheur elle ne lui avait pas posé de questions. Une nouvelle fois, elle se sermonna :

après toutes ces années, elle devrait pourtant être capable de mieux se contrôler ! Pourquoi avait-elle réagi avec une telle violence à l'égard d'un homme qui n'avait pas une once d'agressivité, qui ne lui voulait que du bien ? Et comment, mais comment donc oserait-elle se retrouver face à lui désormais ?

Elle avait parfaitement discerné chez le Dr Ferguson un étonnement et une perplexité, au demeurant parfaitement légitimes... Elle frémit. Si seulement il n'était pas le médecin traitant de Liz ! Mais elle ne pouvait tout de même pas renoncer à rendre visite à sa belle-mère par faiblesse, par lâcheté. Non, c'était impensable. Il ne lui restait qu'à espérer qu'il aurait mis son stupide sursaut d'horreur sur le compte du choc émotionnel. Après tout, il n'était pas psychiatre ; il n'avait pu deviner les raisons de sa réaction. L'anxiété qu'elle nourrissait était tout à fait démesurée. Elle n'avait de comptes à rendre à personne. Et personne, pas même lui, ne pourrait l'obliger à reparler de son passé. A s'y replonger, à le revivre...

Plus que tout, elle souhaitait se retrouver à Cottingdean, à l'abri de ces murs qui la protégeaient tel un ventre maternel. Lorsqu'elles atteignirent la voiture, Faye souffrait d'un point de côté sous l'effet de la tension qu'elle imposait à ses muscles, comme si elle venait d'exécuter une course éperdue.

Fuir, fuir... Parfois, il lui semblait qu'elle n'avait fait que cela toute sa vie. Avec David seulement, elle s'était sentie en sécurité. Avec David, et avec Liz qui connaissait elle aussi tous ses secrets, qui l'aidait à s'en défendre. Liz qui lui manquerait tellement, si jamais...

Elle se reprit, furieuse de se montrer aussi égoïste. C'était à Liz elle-même qu'elle devait penser, à sa santé, à son rétablissement, pas à ce qu'elle lui apportait ! A Liz, à Camilla, et peut-être même à Sofia..., songea-t-elle en regardant sa belle-sœur à la dérobée. Pour elles, elle devait se montrer forte. Un instant, elle se demanda si la jeune femme se savait animée par la même volonté farouche que sa mère. Une qualité à double tranchant, qui pouvait être utilisée soit pour le plus grand bien des autres, soit pour assouvir une dangereuse ambition personnelle au mépris des plus faibles...

Pour l'instant, elle remerciait le ciel d'avoir sa belle-sœur à son côté. Sans elle… Faye s'adossa à son siège et ferma les yeux, épuisée physiquement et mentalement. Elle n'avait qu'un désir : s'échapper, trouver enfin la paix. Mais elle savait combien ses chances d'y arriver étaient faibles.

En fin d'après-midi, Jenny insista pour leur servir le thé suivant le rituel inculqué par Liz. A sa façon, et à l'instar des autres, elle s'accrochait aux règles édictées par la maîtresse de maison dans l'espoir crédule qu'en prolongeant ses actions elle la maintiendrait en vie.

— As-tu lu le dossier de Gran concernant l'autoroute ? demanda Camilla à sa tante.

— Mmm…, répondit la jeune femme en fronçant les sourcils.

Elle avait étudié les documents en détail, mais n'y avait découvert aucun indice sur la manière dont sa mère espérait lutter contre ce projet, et ce fait la troublait.

— Tu ne penses pas que nous ayons les moyens de nous y opposer, n'est-ce pas ? insista Camilla, l'air soupçonneux.

— Pour l'instant cela me semble difficile, en effet. Si la route menaçait un site historique ou naturel, nous pourrions nous en servir comme d'un argument de poids, mais dans la situation actuelle…

— Gran aurait trouvé des arguments, elle ! s'exclama la jeune fille d'un ton accusateur. Le problème, c'est que Cottingdean ne t'intéresse pas !

— Camilla ! protesta Faye en s'empourprant légèrement. Tu es injuste. Ce que tu dis est faux.

— Non, elle a raison, répondit Sofia le plus calmement possible, tout en reposant sa tasse sur sa soucoupe. Je n'éprouve pas les mêmes sentiments que vous vis-à-vis de cette maison. Elle est très belle, mais pour moi ce n'est qu'une maison, pas un legs sacré. En outre, elle ne serait pas directement touchée par le projet en question. Ce qui m'inquiète davantage, c'est l'avenir de la filature, du village tout entier et des gens qui y vivent. Malheureusement je doute que les hauts fonctionnaires de Whitehall en tiennent compte, quand il s'agit de faciliter le transport à des millions de conducteurs en mal d'autoroutes.

— Gran veut leur proposer en échange un terrain situé de l'autre côté des marécages.

— Oui, je sais. Mais dans ce cas, l'exploitation du site entraîne d'énormes travaux supplémentaires qui pourraient se chiffrer en millions de livres.

— Je me demande pourquoi tu vas à cette réunion, si tu n'as pas l'intention de nous défendre !

— Cela suffit, Camilla ! répéta Faye d'un ton sévère.

— Je me sens concernée, Cam, reprit Sofia. Seulement je n'ai aucune idée de ce que mère a prévu pour convaincre les autorités. Elle a sûrement un plan, mais il ne figure pas dans ce dossier. Tout ce que je peux faire, c'est essayer de retarder la décision finale en espérant qu'elle pourra nous informer de sa stratégie ou reprendre l'affaire en main avant qu'il ne soit trop tard.

Elles se turent, mesurant toutes les trois à quel miracle elles devraient une telle issue au problème.

Un peu plus tard, Sofia monta se changer à contrecœur. Elle n'avait aucune envie de se rendre à cette réunion. Elle ne possédait pas la diplomatie de sa mère, et l'idée de négocier avec des autorités officielles la rebutait ; elle n'avait ni le goût, ni l'expérience de ce genre de relations. Combien de fois, en lui apprenant pour la énième fois à jouer aux échecs, David l'avait gentiment taquinée sur son impatience, son manque de logique, son incapacité à élaborer une stratégie froidement, de façon mathématique. Non, le rôle de négociatrice n'était pas fait pour elle. Pourtant il fallait bien qu'elle trouve le moyen de donner le change et d'offrir au moins une pâle image de ce que Liz aurait été à sa place…

En choisissant sa tenue, elle songea avec ironie qu'elle se coulait déjà dans le moule et modifiait d'instinct ses attitudes. En général elle privilégiait les vêtements décontractés, originaux, qu'elle achetait souvent sous le coup d'une impulsion ; séduite par la beauté des étoffes, de la coupe ou des couleurs, elle se rendait compte après coup qu'elle n'avait rien pour les compléter. Les garde-robes composées avec soin et efficacité dans le but de garantir une certaine image de soi n'étaient pas son fort. Mais ce soir-là, elle avait besoin de s'assurer un atout vestimentaire.

Lorsqu'elle eut passé tous ses vêtements en revue, elle choisit d'assembler un chemisier de soie crème et une jolie jupe en crêpe café de chez Alaïa. La jupe était certainement plus moulante que ce que sa mère aurait porté, mais Sofia songea qu'elle serait en partie cachée par la table de réunion... Une élégante veste Chanel en lainage, dans le même ton que son chemisier, ajouterait à l'ensemble la touche d'autorité adaptée aux circonstances, décida-t-elle pour finir.

7 heures... Il était temps qu'elle parte. Un instant, elle pensa au journal de Liz et s'arrêta sur une idée qu'elle avait délibérément écartée toute la journée. D'étranges réticences freinaient sa curiosité, son désir d'en savoir plus sur cette étrangère qui était sa mère. Craignait-elle donc de découvrir une Liz trop humaine, de ne plus avoir autant de raisons de la détester pour le mal qu'elle lui avait fait ? Peut-être... Peut-être aussi n'avait-elle jamais cessé, depuis son enfance, de réclamer en vain — et à tort — l'amour exclusif de sa mère.

Elle fronça les sourcils, troublée. Exclusive, possessive... Ne l'avait-elle pas été avec Scott aussi, en refusant farouchement de le partager avec son père ? Ils s'étaient souvent querellés à ce sujet. Scott insistait pour retourner en Australie avant leur mariage afin de clarifier la situation, et il lui avait demandé de l'y accompagner. Elle s'était toujours opposée à ce projet, alléguant que le père de Scott de toute façon la rejetterait... Ne pouvaient-ils décider tout simplement de se construire une vie à eux, sans tenir compte de leurs parents respectifs ?

— Mais tu ne vois donc pas qu'ils ont besoin de nous ? avait répliqué Scott.

C'était ce fameux soir, dans sa voiture. Elle avait laissé exploser sa colère. Quand Scott avait ralenti, elle s'était emparée de la poignée de la portière comme si elle voulait sauter du véhicule en marche. Elle ne l'aurait certainement pas fait, bien sûr, mais dans l'ardeur de la discussion elle s'était laissé emporter par son tempérament trop vif. Scott avait tendu le bras pour lui retenir la main et s'était déporté contre une voiture qui arrivait en face. Son geste l'avait protégée, elle, mais il avait par sa faute subi le choc de plein fouet…

Au nom du ciel, pourquoi se remettait-elle à évoquer tout cela maintenant ? songea-t-elle. Ce n'était pas le moment. N'avait-elle pas assez souffert, assez payé, assez nourri de regrets durant des années pour effacer même le plus noir des péchés ?

Au rez-de-chaussée, la vieille horloge sonna le quart. Sofia s'arracha avec soulagement à ces pensées douloureuses et descendit en hâte.

Les présentations faites, Anne Henderson lui expliqua qu'elle comptait l'installer à côté de l'entrepreneur dont elle ignorait le nom, et pour cause. La secrétaire du comité qui possédait toutes les informations avait été retenue au dernier moment chez elle par une urgence — son fils était en proie à une appendicite aiguë. En revanche, les envoyés du ministère se nommaient Stephen Simmonds et Helen Ordman et devaient arriver ensemble pour le début de la réunion, fixé à 19 h 45.

La salle municipale avait été offerte à la commune par Liz, ou plus exactement par la filature. C'était une ancienne grange, restaurée avec goût, et dissimulant sous un aspect rustique les dispositifs les plus modernes et les plus ingénieux, tels qu'une cuisine équipée pour les banquets et une scène escamotable qui faisait le bonheur de la troupe locale d'art dramatique. Ce soir-là, comme tous les soirs où il n'y avait pas d'événement social particulier nécessitant un autre aménagement, l'espace était occupé par des rangées de chaises de bois, solides et confortables, qu'avait également prévues Liz avec sa méticulosité habituelle.

Les gens commençaient à arriver. Sofia fut soulagée d'apprendre que le comité comptait des membres de qualité comme le pasteur, le brigadier de police, un avoué et un médecin généraliste — tous armés d'une volonté de fer et d'arguments structurés qui compenseraient avec bonheur ses propres insuffisances. En fait, la jeune femme se proposait surtout de représenter sa mère sans vraiment prendre part à l'affrontement. Son rôle de « présidente » serait très limité.

Les visages tendus des villageois exprimaient à la fois leur inquiétude et leur résolution. La réunion risquait d'être agitée. Soudain, il y eut un mouvement de foule près de l'entrée et Anne Henderson s'excusa.

— Je suppose que ce sont les opposants qui arrivent. Je vais les accueillir.

Depuis la longue table où elle était assise, Sofia vit arriver un couple — de toute évidence les représentants du ministère. La femme était une jolie brune mince et élégante de vingt-cinq ans à peine, vêtue d'un de ces tailleurs sobres et chers qui symbolisaient la femme moderne dans tous les magazines sur papier glacé. Pourtant, en dépit de cette tenue de parfaite femme d'affaires, Sofia devina aussitôt qu'il s'agissait avant tout d'une séductrice patentée dont le principal souci n'était pas sa carrière. Visiblement, elle ne s'était pas habillée pour une simple réunion de travail, mais pour un homme. Son chemisier de soie habilement dégrafé dévoilait le haut d'une poitrine provocante, sa jupe droite et courte faisait ressortir le galbe de ses jambes gainées de soie, sa coiffure et son maquillage accentuaient délibérément sa sensualité. Bien sûr, seule une femme pouvait remarquer ce genre de tactique ; les hommes étaient beaucoup plus naïfs. Et Sofia, se demandant avec amusement ce qui pouvait bien déclencher chez cette jeune femme de tels instincts de prédatrice, contempla spontanément le collègue qui l'accompagnait : Stephen Simmonds était plutôt banal ; vêtu d'un jean et d'un coupe-vent, il ressemblait plus à un villageois qu'à un envoyé officiel du gouvernement.

Anne Henderson les guida jusqu'à la table et fit les présentations. Sofia remarqua non sans ironie le regard incisif que lui jetait la jeune femme, et songea que celle-ci n'avait vraiment rien à craindre de sa part, sa proie ne l'intéressant pas le moins du monde.

Comme Stephen Simmonds s'apprêtait néanmoins à s'installer près d'elle, Anne l'arrêta :

— Excusez-moi, mais je pensais réserver cette place au président de la société de travaux publics.

— Ah oui, j'allais oublier, déclara le délégué. Il a été retenu au dernier moment et arrivera avec un peu de retard. Il souhaite que nous commencions sans lui, puisqu'il sera là surtout pour répondre aux questions concernant la construction de l'autoroute.

— N'est-il pas un peu prématuré de parler de construction ? s'entendit demander Sofia, s'attirant un regard glacé d'Helen Ordman. Le projet n'est pas entériné, que je sache !

Stephen Simmonds prit un air embarrassé.

— Nous sommes là pour en discuter et rassurer les habitants du village : tout sera prévu pour que le chantier les perturbe le moins possible.

— Et lorsqu'il sera terminé ? reprit Sofia d'un ton sec. Est-ce qu'une autoroute à six voies empiétant sur leurs terres et coupant presque le village en deux ne les perturbera pas, à votre avis ? Prévoyez-vous un gracieux viaduc en béton, un tunnel, ou devrons-nous faire le détour par Londres pour aller d'un côté à l'autre ?

Helen Ordman lui jeta un regard méprisant.

— Allons ! répliqua-t-elle d'un ton acide. Il est évident qu'une solution rationnelle a été envisagée.

— Je crois que nous devrions commencer, chuchota Anne, assise à la gauche de Sofia. Les gens s'impatientent.

Sofia ouvrit la séance, présenta les participants et passa la parole à sa voisine, plus au courant qu'elle du dossier. Tout se déroula comme elle s'y attendait : Stephen Simmonds expliqua l'importance vitale du projet pour le développement économique du pays, Anne Henderson défendit avec chaleur le point de vue des villageois, et les questions fusèrent. Sofia nota avec cynisme qu'Helen Ordman répondait toujours aux hommes, jouant à fond de son charme pour esquiver des problèmes souvent capitaux.

Ces petits affrontements n'étaient qu'un début, à peine une escarmouche, pensait la jeune femme. La vraie bataille restait encore à livrer, et elle n'ignorait pas que dans ce genre d'affaire les villageois auraient besoin d'appuis de haut niveau. Etait-ce dans ce but que Liz s'était rendue à Londres ? se demanda-t-elle soudain. A une certaine période, on avait poussé sa mère à devenir membre du Parlement. Elle avait refusé, alléguant qu'elle n'avait pas le temps de se consacrer à une carrière politique. Mais Sofia savait que Liz disposait de nombreux contacts, dont certains étaient très influents.

Plongée dans ses pensées, elle fronça soudain les sourcils quand la porte d'entrée s'ouvrit sur la silhouette d'un homme.

Grand, brun, il portait le genre de costume strict et impeccable qui aurait plutôt convenu au représentant du ministère ; pourtant, il se dégageait du nouveau venu une force physique propre aux gens qui passent plus de temps en plein air que derrière un bureau. Tandis qu'il avançait à grands pas, le front baissé, un frémissement d'intérêt parcourut l'assistance féminine et Sofia comprit soudain pour qui Helen Ordman s'était vêtue de façon si provocante. Cependant, l'homme qui venait de relever la tête ne regardait pas la jolie brune mais la fixait, elle. Il la fixait parce qu'il l'avait reconnue.

Daniel Cavanagh. La pièce se mit à tourner autour de Sofia. Elle s'agrippa au bord de la table, les doigts crispés, traversée d'une sorte de décharge électrique.

Daniel Cavanagh... Depuis combien de temps s'était-elle interdit de penser à lui, et même de se souvenir qu'il existait ? Depuis combien de temps n'avait-elle osé murmurer son nom ?

Elle se sentait glacée et ne pouvait s'empêcher de trembler, oubliant la raison de sa présence, assaillie par un tumulte de souvenirs aussi bouleversants que gênants. Lui, de son côté, après ce bref regard de reconnaissance, affichait maintenant à son égard une indifférence totale. On aurait pu croire qu'ils ne s'étaient jamais rencontrés.

Anne le présenta, puis Sofia l'entendit converser à voix basse avec Helen Ordman. Cette dernière lui parlait avec une sensualité charmeuse et possessive qui se mit soudain à irriter la jeune femme d'une façon aiguë, inattendue, totalement déplacée. Elle se raidit, choquée par cette réaction dénuée de tout fondement. Elle se sentait jalouse, et c'était vraiment ridicule. Comment pouvait-elle éprouver de la jalousie à propos d'un homme qu'elle n'avait jamais désiré, et qui ne lui avait même jamais plu ? Un homme dont elle avait seulement voulu se servir dans un moment d'amertume et de chagrin, et qui avait retourné cet égoïsme contre elle avec une telle dureté qu'elle préférait oublier cette partie de sa vie ?

Son existence n'était qu'une suite d'erreurs, mais Daniel Cavanagh avait été sans aucun doute la pire de toutes, au point que leur relation avait influencé durablement son comportement ultérieur.

Il prit place à côté d'elle. Ses mouvements souples, aisés, efficaces, dénotaient le caractère d'un homme en accord avec lui-même et la vie qu'il menait. Sofia le regarda à la dérobée. Il avait perdu la douceur de la jeunesse ; ses traits s'étaient affirmés, son corps ferme s'était développé, avait mûri. Il avait trois ans de plus qu'elle, et devait donc avoir environ trente-sept ans.

Quelques applaudissements la tirèrent de ses pensées. Il s'était levé pour s'adresser au public, et elle nota avec un brin d'agacement causé par sa réussite manifeste que son costume était coupé sur mesure, comme sans doute ses chemises. Il mesurait plus d'un mètre quatre-vingts et avait toujours été bien bâti, doté d'une large carrure.

Elle tenta en vain de se concentrer sur ce qu'il disait. Elle n'entendait que sa voix ferme et bien scandée, une voix qui éveillait en elle les échos d'un autre temps, d'un autre lieu. Il s'était exprimé alors avec la même concision, le même contrôle de lui-même, le même détachement. Mais c'était pour la dépouiller de tout son amour-propre, mettre son âme en pièces, la détruire tout entière. Puis il lui avait rendu les morceaux qui restaient avec une politesse glacée encore plus humiliante que tout ce qui avait précédé.

— Tu me fais pitié, avait-il dit.

Et il le pensait.

Lui plus que quiconque, plus que Scott même, avait été responsable de la disparition de la jeune fille fougueuse, emportée et égocentrique qu'elle était autrefois, au profit de la femme méfiante et réservée qu'elle s'était obligée à devenir, apprenant à ne compter que sur elle-même, à ne plus rien ressentir qui pût la rendre vulnérable.

Peut-être devait-elle lui en être reconnaissante, au fond... Reconnaissante. Ce mot-là lui rappela les derniers qu'il lui avait jetés, tranchants comme des lames.

— Tu penses sans doute que je devrais t'être reconnaissant de ce « cadeau » ?

Toutes ces années, elle avait refusé de se souvenir, d'évoquer ces instants, d'y repenser ; elle s'était coupée de ce passé d'une façon aussi absolue que si elle avait tracé une ligne de feu entre son ancienne vie et la nouvelle.

Elle était toujours transie et ne pensait plus qu'à quitter la salle, mais c'était impossible. L'exposé de Daniel avait suscité une foule de questions. Elle aurait dû l'écouter, se reprocha-t-elle. Oublier le passé, oublier qu'elle le connaissait. Après tout, elle était là pour travailler. Quand on lui demanda de clore la réunion, elle le fit sans avoir vraiment conscience de ce qu'elle disait. Elle ne revint sur terre qu'en entendant Anne parler d'une invitation au presbytère, pour terminer la soirée de façon amicale. Elle refusa d'un signe de tête, s'efforçant de paraître calme et sereine.

— Je suis désolée, je ne peux pas rester.

— Bien sûr, je comprends. Avez-vous d'autres nouvelles de l'hôpital ?

De nouveau, Sofia secoua la tête et éprouva une vive douleur, signe précurseur d'une de ces migraines auxquelles elle croyait avoir définitivement échappé.

Tout ce qu'elle souhaitait était de pouvoir s'isoler quelque part, loin, dans un endroit sombre et tranquille où elle n'aurait pas à penser, à jouer la comédie, un endroit où aucun homme grand et brun ne l'obligerait à se souvenir et à souffrir de nouveau.

Elle quitta la salle la première, d'un pas vif et tendu ; dès qu'elle fut dehors, elle inspira avec soulagement une bouffée d'air frais. Sa voiture était garée à quelques mètres, mais elle ne se sentait pas en état de conduire ; elle éprouvait une sorte de nausée, ses tempes battaient violemment… Il lui était déjà arrivé de s'évanouir lors de tels accès de migraine. Bien sûr, le plus raisonnable eût été de téléphoner à Cottingdean et de demander à quelqu'un de venir la chercher. Mais elle ne tenait pas à s'attarder au risque de revoir Daniel.

Soudain, elle entendit sa voix virile résonner derrière elle. Helen Ordman lui répondit d'un ton suave, caressant, presque un ronronnement de chatte. Cette femme n'avait-elle donc aucun orgueil ? se demanda Sofia avec fureur. Ne se rendait-elle pas compte de l'indécence de son comportement, ou se moquait-elle d'être aussi transparente ? Savait-elle que Daniel n'était pas un homme ordinaire, qu'il perçait à jour mieux que personne la psychologie féminine ?

— Sofia ! cria-t-il tout à coup, la faisant sursauter. Il paraît que tu dois partir, toi aussi ?

Elle le sentait tout près d'elle, parfaitement poli, infiniment convenable, mais elle était incapable de se retourner et encore moins de lui répondre.

— Faut-il vraiment que vous partiez ? insista Helen Ordman. Il nous reste encore tant de points à examiner ensemble…

« Bénies soient les femmes entreprenantes », pensa Sofia, soulagée, quand elle vit Helen s'intercaler entre eux et poser une main possessive sur le bras de Daniel. Mais il ne céda pas.

— Oui, je dois m'en aller. J'ai un monceau de dossiers à étudier ce soir, lui répondit-il d'un ton bref. Au revoir. Sofia… je suppose que ce bolide rouge est à toi ? Il est vrai que la discrétion n'a jamais été ton fort. A une autre fois, peut-être.

Il la quitta sur ces mots cuisants, la laissant figée et muette de stupeur. Tandis qu'elle le regardait partir, elle s'aperçut avec dépit que ses yeux étaient emplis de larmes de colère. Quel besoin avait-il de la blesser encore, après tout ce temps ?

Elle attendit qu'il se fût éloigné au volant de son Aston Martin gris métallisé, plus discrète peut-être que sa Porsche, mais beaucoup plus coûteuse. Puis elle se mit à marcher en direction de Cottingdean.

La maison n'était qu'à deux kilomètres à peine du village, une promenade agréable par une aussi belle soirée de printemps. Quand elle était jeune, elle avait souvent fait ce trajet plusieurs fois par jour. Mais elle ne portait pas de talons aiguilles, à l'époque, et elle ne tremblait pas non plus comme si elle était en proie à une grippe virulente ! Que lui arrivait-il, tout à coup ? Pourquoi le contrôle de sa vie semblait-il soudain lui échapper ? Tout avait commencé avec l'accident de sa mère. Il y avait eu la lecture du journal, sa rupture avec Alexi, ses interrogations sur sa vie personnelle et ses relations avec les hommes, des relations qui ne la satisfaisaient plus... Mais le fait de revoir Daniel Cavanagh avait mis une sorte de point d'orgue à tout cela, finissant de l'ébranler, et elle doutait à présent de pouvoir sortir indemne de toutes ces remises en question, de pouvoir reprendre comme si de rien n'était l'existence qu'elle menait auparavant.

Lorsqu'elle vit des phares venir dans sa direction, elle se rangea sur le bas-côté et se mit à marcher dans l'herbe. Ce fut seulement quand la voiture la croisa qu'elle reconnut l'Aston grise de Daniel. Une seconde plus tard, elle l'entendit ralentir et s'arrêter. Une panique noire l'envahit.

Elle aurait tout donné pour pouvoir s'enfuir en courant, ne pas avoir à l'affronter. Ce n'était pas l'homme, qu'elle redoutait. Elle savait bien qu'elle n'avait rien à craindre de lui, au moins sexuellement. Non. C'étaient ses propres souvenirs qu'elle voulait fuir, sa douleur, sa culpabilité.

Une portière s'ouvrit et se referma. Il l'avait reconnue, c'était certain. La fierté l'obligea à continuer son chemin, mais elle dut se résigner à se tourner vers lui lorsqu'il lui adressa la parole.

— Je pensais que tu rentrais en voiture.

— J'ai décidé de marcher.

— Avec ces talons ?

Il avait toujours été beaucoup trop observateur.

— Rien ne l'interdit, que je sache ! répliqua-t-elle d'un ton tranchant. Et si tu arrives à tes fins avec cette autoroute, nous n'aurons plus le loisir de nous promener. Autant en profiter maintenant.

— L'autoroute passera à près de deux kilomètres d'ici. Vous ne la verrez même pas de Cottingdean et elle ne gênera pas votre vie quotidienne. Mais tu as toujours préféré les réactions émotionnelles à la logique, n'est-ce pas, Sofia ?

La jeune femme, furieuse, esquiva sa remarque.

— Que fais-tu donc ici, Daniel ? Tu n'es pas sur la route de Londres !

— Je viens juste de m'en rendre compte. J'ai dû me tromper dans un croisement.

Sofia eut l'impression étrange qu'il mentait, même si son explication paraissait plausible. Peut-être parce qu'elle le connaissait, et savait qu'il n'était pas homme à commettre des erreurs.

Soudain, elle se rendit compte qu'il l'observait et détourna la tête pour ne pas céder au magnétisme de son regard. Il avait des yeux gris, du même gris métallisé que sa voiture, et elle se souvenait trop bien du pouvoir de ces yeux quand il se concentrait intensément. Elle se souvenait aussi de ses cils, longs et recourbés, étonnants chez un homme ; il lui était arrivé de penser qu'ils lui donnaient parfois un air vulnérable, ce qui confirmait la futilité de son propre jugement. « Vulnérable » était le dernier adjectif qui convenait à Daniel. Il était aussi solide que de l'acier trempé.

Les battements fous de ses tempes, qui s'étaient un peu estompés pendant qu'elle marchait, se déchaînèrent de nouveau. Elle pressa les doigts sur l'endroit douloureux.

— Une de tes migraines ?

Oubliant sa résolution, elle le regarda dans les yeux, stupéfaite.

— Comment…

Le regard ironique qu'il lui jeta empourpra ses joues, la dépouillant en une seconde de quinze ans de réserve patiemment acquise ; elle se sentit redevenir l'étudiante de dix-neuf ans qu'il avait connue.

— J'ai une excellente mémoire, répondit-il d'un ton sec.

— En effet, répliqua Sofia avec amertume.

— Je vais te raccompagner. Il n'est pas prudent pour une femme de se promener seule la nuit, même ici.

— Merci, mais je préfère marcher. L'air frais me fait du bien.

— Tu te contenteras d'un tour dans les jardins de Cottingdean en arrivant…

Le calme avec lequel il prenait ses décisions pour elle, et semblait certain qu'elle allait les suivre, la mit en rage.

— Je regrette, je ne veux pas que tu m'accompagnes, insista-t-elle d'une voix crispée.

Mais il l'avait déjà prise par le bras et l'entraînait vers sa voiture. Par bonheur l'épaisseur de sa veste Chanel empêchait Sofia de sentir ses doigts virils sur elle, et elle ne perçut rien d'autoritaire dans son geste. « Mieux vaut céder que d'essayer de discuter avec lui », se dit-elle lâchement tandis qu'il lui ouvrait la portière.

Il attendit avec sa courtoisie habituelle qu'elle fût installée, puis alla se mettre au volant.

— Tu n'avais vraiment pas besoin de te donner cette peine, déclara Sofia quand il démarra.

— Je sais.

Il conduisait bien, d'une manière sûre et ferme.

— C'est curieux, dit-il lorsqu'ils arrivèrent en vue de la maison. Je ne t'aurais jamais imaginée présidant un comité de protection de l'environnement.

— Rassure-toi, tu ne te trompes pas vraiment, rétorqua sèchement la jeune femme. Je ne fais que représenter ma mère.

— Tu es sérieuse ? La Sofia que j'ai connue aurait sauté sur l'occasion pour commettre un sabotage, au lieu de brandir l'étendard sacré de la famille !

Sofia se raidit. Voilà ce qu'elle avait redouté dès qu'elle l'avait aperçu : qu'il lui rappelle le passé, ses douleurs, ses ombres… et surtout la personne qu'elle était alors, qu'elle avait farouchement cherché à oublier. Cette remarque l'atteignait d'autant plus peut-être que le journal de sa mère, déjà, ravivait bien trop intensément la conscience qu'elle avait de ses défauts, de ses erreurs, de ses manquements.

— Pas de commentaire ? s'enquit Daniel d'une voix douce, tandis qu'il coupait le moteur.

— M'avais-tu posé une question ? répliqua-t-elle avec acidité en s'apprêtant à ouvrir sa portière. Je croyais qu'il s'agissait d'une simple constatation. Je n'ai pas de comptes à te rendre sur la vie que je mène, Daniel. C'est mon affaire.

— Une affaire assez agitée, d'après ce que j'ai entendu, ajouta-t-il d'un ton cynique.

Furieuse, Sofia voulut sortir, oubliant qu'elle n'avait pas décroché sa ceinture de sécurité. Elle se retrouva coincée et son courroux redoubla.

— Tu es toujours la même. Impatiente, irrationnelle. Tellement habituée à n'en faire qu'à ta tête que tu ne songes même pas à éviter les obstacles.

Il sortit et fut de son côté avant même qu'elle ait fini de se libérer. Quand Sofia émergea de la voiture, elle se rendit compte qu'elle tremblait de colère. Une colère sous laquelle pointait autre chose, un trouble étrange qui provoqua une décharge d'adrénaline dans son corps et calma subitement sa migraine.

— Merci pour le trajet.

— Je t'en prie.

Le visage de son compagnon était dans l'ombre, mais lorsqu'il s'éloigna pour reprendre sa place, un rayon de lune l'éclaira brièvement et Sofia, l'espace d'une seconde, eut l'impression de retrouver le Daniel d'autrefois. Celui qu'elle croyait si bien connaître, et dont elle se demandait soudain si elle l'avait jamais vraiment connu.

Daniel Cavanagh… Pourquoi avait-il fallu qu'il revienne dans sa vie ? Qu'il revienne en un instant pareil surtout, rouvrant des portes et des blessures qu'elle pensait scellées à jamais…

Daniel Cavanagh… Elle gagna la maison, frissonnante, repoussant de toutes ses forces l'avalanche de souvenirs qui menaçait de l'engloutir.

5.

Inutile d'insister, elle ne dormirait pas cette nuit. Sofia se redressa dans son lit. En fait, elle ne *voulait* pas dormir… Elle redoutait de s'abandonner au sommeil, de laisser libre cours aux souvenirs qui risquaient d'affluer lorsqu'elle ne contrôlerait plus son esprit.

Elle s'agita, nerveuse, et consulta sa montre : 2 heures. Autant faire quelque chose de positif plutôt que de rester allongée ainsi à s'efforcer de ne pas penser, de ne pas évoquer le passé. Se remettre à lire le journal de sa mère, par exemple… Car même redoutable, celui-ci ne pouvait contenir ces épisodes connus d'elle seule auxquels elle souhaitait désespérément échapper.

Elle descendit, accompagnée par les craquements familiers propres aux vieilles maisons. Quand elle eut pris dans le tiroir du bureau le cahier qu'elle avait commencé, elle remonta dans sa chambre, après avoir fait un détour par la cuisine où elle choisit deux pommes un peu acides, celles qu'elle préférait, contrairement à Liz qui ne supportait que les fruits très sucrés.

Sa mère expliquait son penchant pour les douceurs par les privations qu'elle avait subies pendant la guerre. Lorsqu'elle en parlait, elle semblait toujours sur la défensive, comme si l'on pouvait reprocher cette légère faiblesse à une femme aussi exemplaire. Pourtant, Sofia ne s'en était pas privée, autrefois. Elle songea avec remords aux multiples occasions où elle avait attiré l'attention, méchamment, sur la « faille » maternelle. Les enfants sont souvent cruels, songea-t-elle, et se servent sans scrupules de toutes les armes à leur portée. Surtout lorsqu'ils estiment avoir le droit de se venger…

Quel âge avait-elle, quand elle avait commencé à blâmer Liz de l'indifférence que lui témoignait son père ? Huit ou neuf ans. Peut-être moins. En réalité, il lui semblait avoir toujours eu conscience que David pouvait approcher son père librement, lui parler seul à seul, alors que dès qu'elle voulait faire la même chose sa mère s'interposait aussitôt entre eux.

Elle en avait éprouvé de la colère, de l'amertume, de la rancœur, mais ne s'était jamais vraiment demandé pourquoi Liz semblait aussi résolue à empêcher toute intimité entre elle et son père. Etait-elle jalouse, craignait-elle que sa fille n'empiète sur ses relations avec son mari ? Cela paraissait invraisemblable. Edward adorait sa femme, l'aimant même avec une intensité que Sofia, avec le recul, jugeait maintenant terriblement possessive. Sa mère, elle s'en souvenait, ne pouvait jamais quitter la maison sans dire d'abord à son mari où elle allait et combien de temps elle s'absenterait. Elle fronça les sourcils, troublée. A sa place, sans doute n'aurait-elle pas pu supporter longtemps le poids d'un tel amour ; elle aurait probablement fini par quitter un époux aussi exigeant. Mais elle n'était pas Liz, l'irréprochable Liz qui n'aurait jamais été capable, elle, d'abandonner un mari infirme et dépendant pour satisfaire ses propres désirs...

Le pli de son front s'accentua. C'était la première fois qu'elle réfléchissait ainsi au couple que formaient ses parents, qu'elle envisageait sous un autre angle une relation qui lui avait longtemps paru un idéal merveilleux. Combien de fois avait-elle envié sa mère pour le rôle qu'elle tenait dans la vie de son père ? A présent, devenue femme, elle se rendait compte qu'un lien aussi étroit lui aurait fait l'effet d'une prison. Elle aurait étouffé.

Apparemment, Liz n'avait pas éprouvé ce genre de sentiment. Mais cela n'avait rien d'étonnant. Sa mère était tellement différente d'elle, de toute façon... Qu'avaient-elles en commun, sinon l'accident de sa naissance ? Un accident qui les liait malgré elles sans que ni l'une ni l'autre ne tire le moindre plaisir de cette relation — même si Liz était plus habile qu'elle à cacher sa froideur et son antipathie. Et pourtant, en dépit de tout ce qui les avait séparées, en dépit de tous les griefs qu'elle nourrissait contre sa mère, Sofia se sentait étrangement attirée par la jeune fille qu'elle découvrait dans le journal.

Elle se mit à tourner quelques pages, s'obligeant à repousser les pensées tourmentées qui l'assaillaient depuis sa rencontre inattendue avec Daniel Cavanagh, une rencontre dont elle se serait bien passée. Un instant elle ferma les yeux, oppressée par la sensation qu'il était là, dans la chambre. Puis elle les rouvrit et se traita de folle. Qui était-il, après tout ? Un homme, rien de plus. Un homme comme tous les autres. En hâte, elle chercha l'endroit où elle avait arrêté sa lecture, et écarta son propre passé pour se replonger dans celui de sa mère.

Une semaine s'était écoulée, une autre encore, et Lizzie n'avait toujours pas de nouvelles de Kit. Chaque jour elle attendait avec impatience une lettre qui n'arrivait pas. Puis, un matin, en se levant, elle fut prise d'un vertige suivi d'une violente nausée qui la força à se ruer vers les toilettes où elle demeura un long moment, malade comme elle ne l'avait jamais été.

L'ignorante pruderie dans laquelle sa grand-tante l'avait élevée fit que la raison de ce malaise ne lui apparut pas tout de suite. Elle avait souvent eu mal au cœur à son arrivée à l'hôpital, à cause de la nourriture qu'on leur servait, et crut simplement que le même phénomène se reproduisait.

Cela dura plusieurs jours, jusqu'au moment où une de ses camarades se rendit compte de ce qui lui arrivait et lui en parla directement, pensant qu'elle avait compris. Cette révélation involontaire frappa Lizzie comme un coup de foudre. Un bébé… Mais non, pas *un* bébé, *le* bébé de Kit ! Le premier choc passé — causé principalement par l'idée qu'aux yeux de sa tante elle faisait maintenant partie de ces filles « déshonorées » qui s'étaient laissé « mettre dans l'embarras », et qu'elle se trouvait désormais au ban de la société —, elle éprouva un élan de bonheur. Elle portait l'enfant de Kit.

Seule dans le dortoir, tremblante, elle se laissa tomber sur son lit et posa ses mains sur son ventre. La tête lui tournait de nouveau, mais cette fois c'était de joie. L'enfant de Kit… Brusquement, elle eut une envie folle de lui annoncer la nouvelle, de s'émerveiller avec lui de cette vie qu'ils avaient créée ensemble. Kit ! Elle souhaitait tellement le revoir.

Elle resta immobile, les yeux perdus dans le vague, plongée dans un rêve merveilleux où il surgissait tout à coup devant elle et l'emportait dans ses bras, déclarant qu'ils devaient se marier sur-le-champ, qu'il l'aimait à la folie. Ils partiraient ensemble dans son coupé vert rutilant et ils se marieraient en secret, pleins de joie et d'excitation. Elle vivrait ensuite dans un adorable petit cottage couvert de roses, à l'écart du monde, mais assez près du front où il se battrait pour le voir à chacune de ses permissions. Là, bien cachée, elle attendrait la naissance de leur enfant. Ce serait un fils, elle en était certaine, et ils connaîtraient avec lui un bonheur infini…

Il fallut l'intervention d'une de ses compagnes, beaucoup plus terre à terre qu'elle, pour lui faire mesurer la brutale réalité de sa situation. Donna Roberts avait été déléguée par les autres pour lui parler, car ces filles qui connaissaient la vie, pour la plupart, trouvaient l'attitude de Lizzie ahurissante. Si elles s'étaient trouvées à sa place, elles ne seraient certainement pas restées sans rien faire, à attendre que le prince charmant vienne tout arranger ! Cette pauvre innocente mesurait-elle ce qui lui arrivait ? Ne comprenait-elle pas ce qui se passerait quand la directrice de l'hôpital découvrirait son état ?

Donna était l'aînée d'une famille de huit enfants. Bien trop souvent, elle avait vu sa mère enceinte contre son gré pour nourrir encore des illusions à l'égard des hommes et de leur attitude face à ces grossesses dont ils n'avaient que faire. Pourtant, malgré elle, elle fut ébranlée par la candeur de Lizzie et sa certitude absolue, lumineuse, qu'« il » reviendrait et l'épouserait.

— Ecoute…, commença-t-elle avec embarras. Nous savons toutes dans quelle situation tu t'es mise… Ce n'est pas facile, mais il faut que tu réagisses. Tu ne veux pas finir comme Susan Philpott, n'est-ce pas ?

Lizzie la regarda, ébahie.

— Susan Philpott ? Elle est rentrée chez elle, non ?

— Tu parles ! Sûrement pas. Elle m'avait dit que son père la tuerait, s'il apprenait qu'elle était enceinte. Et le dragon l'a mise à la porte dès qu'elle a découvert son état. Elle doit être sur le trottoir, à l'heure qu'il est.

Devant l'incompréhension évidente de Lizzie, elle lui expliqua ce qu'elle voulait dire.

— Il ne reviendra pas, reprit-elle brutalement. Ils ne reviennent jamais. Il faut que tu fasses quelque chose.

— Que je fasse quelque chose ? répéta Lizzie, jugeant inutile de la détromper sur Kit, de lui dire à quel point ils s'aimaient.

Elle l'avait su dès le premier instant, l'avait senti ensuite à la brutalité de ses étreintes, à l'incapacité attendrissante qu'il avait de refréner sa passion.

— Que veux-tu dire ? insista-t-elle doucement.

Ses camarades la regardaient avec pitié. Elle leur savait gré de leur sympathie, de leur inquiétude pour elle, mais elle n'en avait nul besoin. Même si elle ne voulait pas les blesser en rejetant leur aide sans les écouter.

Donna soupira et leva les yeux au ciel. Cela promettait d'être plus difficile encore qu'elle ne l'avait cru…

— Tu comprends bien qu'il faut t'en débarrasser, non ? Je sais ce que tu penses, mais il ne t'épousera pas. Mets-toi ça dans la tête, insista-t-elle avec dureté.

Les mots étaient terribles, mais Donna n'en avait cure. La vie qu'elle avait connue ne lui avait pas appris le tact ni la délicatesse. Pour sa part, elle était décidée à ne jamais mener l'existence de sa mère, usée avant l'âge, et remerciait cette guerre qui lui avait permis d'échapper à un destin tout tracé fait de naissances non désirées, de corvées épuisantes, de pauvreté, de promiscuité avec des hommes brutaux. La meilleure chose qu'elle pouvait faire pour cette jeune inconsciente était de la ramener à la raison et, s'il n'était pas trop tard, de l'asseoir dans un bain d'eau presque bouillante avant de lui remplir le ventre de tout le gin qu'elles pourraient trouver afin de provoquer un avortement spontané. Certaines fois cela marchait, d'autres non... Il existait bien d'autres méthodes, mais elles étaient plus risquées. Et de toute façon, elles auraient du mal à les lui faire accepter. Elle connaissait cette race d'oies blanches. En dépit de son air fragile et presque enfantin, celle-ci devait être aussi têtue qu'un âne — et aussi stupide.

Lizzie la regarda fixement, incrédule et choquée. Se débarrasser de l'enfant de Kit... D'instinct, elle s'écarta de Donna et croisa les bras sur son ventre.

— Petite idiote, déclara Donna d'un ton rude. Je te le répète, il ne reviendra pas, quoi qu'il t'ait dit. C'est toujours comme ça. Je suis sûre qu'il ne t'a pas donné son adresse. Et sais-tu ce qui va t'arriver, quand on découvrira que tu es enceinte ? Tu perdras ton travail et on te renverra chez toi !

Chez elle... Chez sa tante... Pour la première fois, la terreur glaça le cœur de Lizzie. Elle frémit, incapable d'accepter ce que Donna lui disait, mais terrifiée en même temps par les perspectives que sa camarade lui présentait. Un instant, elle tenta de s'imaginer rentrant chez sa tante enceinte et non mariée. Tante Vi ne voudrait jamais la reprendre, la déshériterait. Elle frissonna d'effroi, puis réagit. C'était ridicule. De quoi avait-elle peur ? Rien de tel ne se produirait. Kit l'épouserait, elle le savait. Elle n'avait rien à craindre. Tout ce qu'elle avait à faire était de garder confiance et courage, de se souvenir que Kit l'aimait.

— Allez, petite, sois raisonnable. Tu ne dois pas être très avancée. Avec un peu de chance, on réussira.

— Non ! répondit fermement Lizzie. Même si tu avais raison, même si Kit ne m'aimait pas — et je sais que c'est faux — je ne pourrais jamais tuer mon enfant.

Elle avait prononcé ces mots avec calme et dignité. Donna comprit que la cause était perdue. Maugréant contre la folie de son propre sexe, elle abandonna. Cette jeune insensée apprendrait à vivre à ses dépens... Elle avait beau proclamer qu'elle voulait garder son bébé, elle verrait, lorsqu'elle se retrouverait seule, sans abri, sans travail et sans argent. Elle tiendrait un autre discours, alors, comme toutes les autres qui s'étaient fait duper avant elle ! Furieuse, amère, elle se demanda si les femmes, un jour, pourraient échapper à l'injustice de leur sort et contrôler leur existence sans dépendre à ce point des hommes. Elle en doutait, même si elle était fermement décidée, elle, à ne jamais se marier et à ne jamais avoir d'enfants.

Cela faisait des semaines, maintenant, que Lizzie n'avait aucune nouvelle de Kit. Des semaines durant lesquelles elle s'était lentement accoutumée à l'idée qu'elle portait son enfant. La fin de la guerre en Europe avait donné lieu à de grandes fêtes dans tout le pays, mais Lizzie se sentait à peine concernée. Elle ne pensait qu'à ce qui se passait en elle et à Kit, au moyen de savoir s'il était rentré sain et sauf ou s'il était encore en danger quelque part. Tant qu'elle l'ignorerait, elle ne pourrait prendre part à la joie générale. Ce fut avec la même indifférence qu'elle vécut son dix-huitième anniversaire, marqué seulement par une carte et un petit cadeau de sa tante.

Parfois, dans son lit, elle pressait ses mains sur son ventre encore plat avec un étonnement émerveillé, un ravissement plein d'amour ; mais parfois aussi la panique la gagnait, et elle en éprouvait de la honte. Elle était certaine que Kit l'aimait, bien sûr, mais elle avait tant besoin de savoir où il était, ce qu'il faisait — et plus encore de le revoir ! Elle brûlait d'être rassurée par sa présence, souhaitait désespérément l'avoir auprès d'elle pour la protéger des regards apitoyés de ses compagnes ; car elle n'ignorait pas ce que toutes pensaient, ce qui minait parfois son propre courage et sa confiance.

Edward avait remarqué sa réserve, depuis quelque temps, et s'en inquiétait. Mais il n'osait pas l'interroger, pensant que sa compagnie commençait à lui peser.

Son médecin lui avait dit qu'en se montrant raisonnable il pouvait vivre encore vingt ans, et cette perspective le faisait frémir d'horreur. Encore vingt ans de cet enfer… Certains matins, l'idée de vivre seulement vingt heures de plus lui semblait insurmontable.

Lizzie, d'ordinaire si sensible aux humeurs des autres, n'avait pas conscience du désespoir de son protégé. Elle continuait à passer du temps avec lui, mais répondait souvent distraitement à ses tentatives de conversation, absorbée qu'elle était par la pensée de l'enfant qu'elle portait et par l'amour qu'elle vouait à son père.

Puis l'été arriva, un été froid accompagné de bourrasques de vent et d'averses ; la jeune femme arrivait souvent mouillée et transie à l'hôpital après son trajet à bicyclette. En dépit de sa grossesse, elle se mit à perdre du poids. Elle essayait désespérément de lutter contre l'anxiété qui lui coupait l'appétit, se disant qu'elle devait absolument se nourrir, pour elle et pour son enfant, mais elle avait beau se morigéner, son estomac se rebellait dès que l'on posait une assiette devant elle.

Edward se tourmentait aussi de la voir devenir si frêle. Il ne se cachait pas qu'elle avait trouvé une place dans son cœur, même s'il savait aussi, avec une lucidité teintée d'amertume, que ses sentiments ne pourraient déboucher sur rien. Lizzie était jeune, belle ; elle aurait toute la vie devant elle une fois que cette maudite guerre serait vraiment terminée, alors que son avenir à lui n'était que souffrance et néant... Il n'était plus qu'un invalide, n'ayant rien à offrir à une femme. Souvent, il se comparait avec rancœur à son cousin.

Ce matin-là, il avait reçu une lettre de leur notaire de famille, mais ne l'avait pas ouverte, pensant qu'il devait s'agir d'un avertissement officiel de Kit, l'informant qu'il n'avait plus aucun droit sur Cottingdean — ou que la maison avait été vendue. Car avec lui tout était possible. Avec fureur, il se remémora leur dernière rencontre. Pour qui le prenait donc son cousin ? Croyait-il vraiment qu'il lui imposerait sa présence ? Plutôt mettre un terme à ses jours que de vivre aux crochets de Kit, de subir son mépris et de devoir lui en être reconnaissant, de les voir pleins de vie, lui et ses enfants, tandis qu'il ne serait qu'un infirme inutile !

Il s'efforça de penser à autre chose. Lizzie allait arriver, et comme toujours il l'attendait avec impatience. Elle lui avait promis une sortie dans le parc. Il jeta un coup d'œil par la fenêtre ; la pluie s'était un peu calmée, mais le vent faisait ployer les arbres. D'ordinaire, le temps ne l'aurait pas arrêtée, mais elle était si pâle, si faible, en ce moment… Au bout de la salle, une soudaine agitation annonça le changement d'équipe. Il mit la lettre dans sa poche et s'efforça de dissimuler sous un masque impassible l'impatience avec laquelle il cherchait des yeux le visage familier de la jeune fille.

Il avait beaucoup plu pendant la nuit, et Lizzie avait marché par mégarde dans une flaque en arrivant à l'hôpital. Ses chaussures étaient trempées, ses pieds glacés ; ressortir était la dernière chose dont elle eût envie, mais dès qu'elle entra dans la salle la fille qu'elle remplaçait lui glissa à l'oreille avec ironie :

— J'espère que tu as ton imperméable. Ton protégé est prêt et ne tient plus en place. Si l'on peut dire !

Elle désigna l'infirme du menton. Le cœur de Lizzie se serra quand elle vit Edward enveloppé dans une couverture, sa chaise roulante munie d'une capote. Elle alla aussitôt vers lui. Mais Edward avait déjà remarqué la fatigue qui se lisait dans ses yeux.

— Ah, Lizzie… Je suis sûr que vous n'avez pas envie de sortir, ce matin. Il fait un tel temps…

Lizzie ne put s'empêcher de déceler la note mélancolique qui perçait dans la voix de son protégé. Elle s'imagina à sa place dans ce fauteuil roulant. Pourrait-elle supporter de rester emprisonnée dans cette salle sans autre perspective que des murs ? Luttant contre sa lassitude et le froid qui la pénétrait, elle répondit du ton le plus enjoué possible :

— Il ne fait pas très beau, c'est vrai, mais la pluie vient de s'arrêter. On y va !

Elle empoigna la chaise et se dirigea vers la porte. Dès qu'ils furent dehors, elle frissonna. Edward le sentit et fronça les sourcils. Le manteau qu'elle portait était à peine plus épais qu'une veste ; il lui aurait fallu quelque chose de chaud, un bon tweed confortable, pensa-t-il. Comme celui de sa mère, avec un grand col de fourrure…

Ils se dirigèrent vers son endroit préféré, un petit jardin tranquille avec un banc de pierre et une fontaine. Lizzie installa Edward et s'assit, tremblante. Elle se sentait faible et lasse. Ce matin-là, sa nausée avait été plus violente que de coutume. En outre, en s'éveillant, elle avait constaté qu'elle avait pleuré dans son sommeil. Toujours sans nouvelles de Kit, elle se sentait terriblement seule et commençait à avoir peur. Elle ne craignait pas qu'il l'ait abandonnée, c'était impossible, mais si quelque chose lui était arrivé ? En tout cas, quoi qu'il advienne, elle ne renoncerait jamais à son enfant. Jamais.

Edward se rendit compte qu'elle était plus pâle encore que de coutume et semblait au bord des larmes. Il aurait tout donné pour pouvoir l'aider. Soudain, il eut l'intuition que quelque chose n'allait pas. Il vit une larme rouler sur sa joue, suivie d'une autre, mais il se détourna avec pudeur, ne voulant pas l'importuner.

Tandis qu'il se mouvait maladroitement, il entendit l'enveloppe craquer dans sa poche et décida de l'ouvrir pour donner à Lizzie le temps de se remettre. Il se demandait ce qui pouvait la bouleverser ainsi. Il ne savait pratiquement rien de sa vie privée et ne s'était jamais senti le droit de l'interroger, retenu par la crainte d'abuser de sa gentillesse ; il ne voulait pas lui faire porter le poids de sa solitude, lui imposer son désir de nouer avec elle une relation plus profonde, fondée sur quelque chose qui ne pourrait jamais exister entre eux, il le savait. Elle avait beau se montrer tendre et douce avec lui, il avait son orgueil et son amour-propre.

Il tira la lettre de l'enveloppe et la parcourut rapidement. Lorsqu'il eut découvert ce qu'elle contenait, il s'arrêta, figé, et se remit à la lire avec lenteur pour se faire peu à peu au choc qu'elle lui causait.

Immobile à côté de lui, Lizzie lui savait gré de son tact. Elle serait morte de honte s'il lui avait demandé ce qui n'allait pas. Comment imaginer que cet homme pouvait être lié par le sang à l'enfant qu'elle portait ? Kit et lui étaient si différents… Que dirait-il, s'il était au courant ? Curieusement, elle était certaine qu'il ne la dénoncerait pas, qu'il ne réagirait pas avec la brutalité de ses camarades, qu'il ne verrait pas ce bébé comme une charge dont il fallait absolument se débarrasser, ni comme une punition qu'il fallait qu'elle assume pour s'être laissé aimer par un homme qu'elle aimait.

Qu'est-ce qui lui prenait, de pleurer ainsi ? Peut-être était-ce le contrecoup de la lettre mensuelle de sa tante, reçue le matin même.

Une lettre froide et sèche, comme toujours, lui recommandant de travailler dur et de bien se conduire, la mettant en garde une fois de plus contre les dangers d'une époque dissolue...

Si seulement elle osait demander à Edward des nouvelles de Kit... Mais elle avait promis à ce dernier de n'en rien faire.

— Oh, mon Dieu..., murmura soudain son compagnon d'une voix sourde.

Immédiatement, elle écarta ses propres problèmes et se pencha vers lui, ramassant la lettre qu'il avait laissée tomber.

— Que se passe-t-il ? demanda-t-elle d'une voix anxieuse. Est-ce que vous vous sentez mal ?

— Non, non, ce n'est pas ça.

Il posa une main sur la sienne. Elle était étonnamment chaude et ferme, étonnamment douce aussi, sans aucun rapport avec celle de Kit plus rêche, plus dure... Kit...

— C'est Kit, mon cousin..., reprit Edward d'un ton altéré. Vous vous souvenez peut-être de lui. Il était venu me rendre visite ici... Je viens d'apprendre que... qu'il est mort. Mort en mission. Il faut absolument que je rentre. Il va y avoir des choses à régler, des décisions à prendre pour Cottingdean... Je vais être obligé d'écrire à sa fiancée, aussi. Pauvre petite... Mais je suis sûr qu'elle trouvera vite quelqu'un d'autre, et en fin de compte cela vaut sans doute mieux pour elle. Kit n'aurait jamais fait un bon mari.

Il s'interrompit brusquement quand il aperçut le visage de Lizzie. Jamais il n'avait vu quelqu'un blêmir de la sorte. C'était comme si toute goutte de sang s'était retirée d'elle, donnant à son visage la pâleur de la mort. Un instant, il se demanda même avec panique si elle vivait encore : elle se tenait immobile, figée, ses lèvres pleines crispées en une ligne mince. Seuls ses yeux trahissaient un signe de vie ; ils brillaient d'une lueur sourde où se mêlaient l'effroi et l'incrédulité.

Elle essaya de dire quelque chose, sa bouche s'ouvrit mais aucun son n'en sortit. Elle tremblait maintenant de tous ses membres comme en proie à une forte fièvre, ses dents claquaient, et Edward craignit qu'elle n'ait un malaise. Il n'aurait jamais dû lui demander de sortir. Il faisait trop froid, trop humide. Il s'était montré égoïste. Une immense frustration le submergea, noire, amère, à l'idée d'être cloué sur ce fauteuil. Il aurait tout donné, tout, même Cottingdean, pour pouvoir se lever et la soutenir, pour pouvoir se comporter comme un homme. Mais il n'était plus qu'un déchet humain. Et il ne lui restait plus à espérer qu'ils parviendraient à temps à regagner l'hôpital.

Furieux de se sentir aussi impotent, il déclara d'une voix embarrassée :

— Vous n'êtes pas bien. J'aurais dû m'en rendre compte… Il faut que nous rentrions.

Lizzie lui obéit sans en avoir conscience. Tel un automate, elle desserra le frein et tourna le fauteuil en direction de l'hôpital, incapable de penser à autre chose qu'à l'agonie qu'elle était en train de vivre.

Kit était mort… Kit n'était plus là, il lui avait été arraché… Mais pire encore, bien pire, était ce qu'elle venait d'apprendre incidemment, cette nouvelle aussi incroyable qu'écrasante : il était fiancé à une autre. Car elle avait beau chercher à échapper à cette terrible vérité, elle savait qu'elle n'avait pas pu imaginer les paroles d'Edward. Et leur blessure n'était que trop réelle.

Elle ne se rendit compte qu'ils étaient arrivés à l'hôpital qu'en entendant Edward appeler quelqu'un d'une voix anxieuse.

— Pouvez-vous aider Lizzie ? Elle n'est pas bien.

Elle ouvrit la bouche pour protester, mais tout se mit à tourner autour d'elle, tout devint écarlate, puis noir, et elle se sentit engloutie dans un abîme de douleur.

Edward s'agita nerveusement tout l'après-midi, demandant à tout le monde comment allait Lizzie et ce qu'elle avait. A la fin, les infirmières en eurent assez et lui envoyèrent la directrice qui fondit sur lui du bout de la salle, les lèvres pincées.

— Voyons, commandant Danvers, il est inutile que vous vous mettiez dans un tel état. Mademoiselle Bailey n'a rien de grave. En tout cas, rien dont vous puissiez vous sentir coupable, ajouta-t-elle d'un ton sarcastique.

Sa poitrine se souleva sous son plastron amidonné et elle poussa un soupir exaspéré. Ces filles et leurs histoires d'hommes la mettaient en rage. D'habitude, il est vrai, elle pouvait deviner celles qui risquaient de s'attirer ce genre d'ennuis. Alors que jamais, au grand jamais, elle n'aurait pensé que cette petite Lizzie... Pourtant, les faits étaient là. Il fallait bien se rendre à l'évidence.

Elle pinça de nouveau les lèvres et Edward, mal à l'aise, devina qu'elle lui cachait quelque chose.

— Allons, commandant Danvers. Il est temps de prendre vos médicaments, maintenant.

La religieuse estimait avoir fait son devoir et pensait s'être montrée assez aimable. Après tout, que pouvait importer à ce pauvre homme la situation dans laquelle cette jeune écervelée s'était mise ? Ce genre d'histoire ne le concernait plus.

Au cours de la soirée, Edward continua à s'agiter et à interroger toutes les personnes qui passaient à sa portée. Mais aucune ne voulut lui parler de Lizzie.

La jeune femme était allongée, non loin de là, sous l'œil réprobateur d'une infirmière. Dès que le médecin avait découvert son état, on lui avait interdit de retourner à la pension et appris qu'elle allait être renvoyée chez elle. Au début, tout à sa douleur de savoir Kit mort — Kit qui était fiancé à une autre en dépit de l'amour qu'il avait pu éprouver pour elle — elle n'avait pas accordé une pensée à son propre sort. Mais à présent, incapable de dormir, elle commençait à mesurer ce qui lui arrivait.

Elle allait avoir un bébé, un bébé dont le père était mort sans qu'elle ait pu l'épouser... Un instant, elle envisagea de prétendre qu'ils s'étaient mariés en secret. Mais c'était impossible, ce serait malhonnête. Il ne lui restait donc plus qu'à affronter sa tante — si celle-ci lui laissait franchir le seuil de sa maison. A l'idée du matin à venir et des épreuves qui l'attendaient, elle se recroquevilla, tremblante sous la mince couverture, et se mit à pleurer en silence de peur et de chagrin.

Edward ne pouvait dormir non plus. Une jeune infirmière s'aperçut qu'il se tournait et se retournait sans arrêt dans son lit. Comme elle était nouvelle à l'hôpital, ne sachant que faire elle appela le médecin de garde.

— Quelque chose vous tracasse, mon vieux ? demanda celui-ci dès qu'il fut au chevet du malade.

Il aurait dû prendre sa retraite depuis longtemps, épuisé de devoir fournir en permanence le travail de quatre médecins jeunes et en pleine forme. Cette guerre l'avait confronté à tant d'horreurs et de souffrances qu'il avait appris à se murer derrière des gestes et des paroles mécaniques, sous peine de devenir fou. Mais avec Edward Danvers, c'était différent : il y avait entre eux une vraie sympathie.

— C'est à propos de Lizzie... Mlle Bailey, se reprit Edward en le voyant froncer les sourcils. Elle s'est sentie mal ce matin, alors que nous étions dans le parc. Personne ne veut me dire ce qu'elle a.

Le Dr Marshall n'avait rien d'un esprit étroit. Un seul regard à la pâle jeune femme que la sœur lui avait envoyée, à son expression tragique, avait suffi pour lui faire deviner son état. Il avait aussitôt éprouvé à son égard une immense compassion mêlée de colère. Ces gamines étaient vraiment stupides ; et plus elles étaient innocentes, plus elles se montraient imprudentes. En cet instant, tandis qu'il contemplait le visage tendu de son patient, une idée curieuse le traversa : s'il n'avait pas su qu'Edward était infirme, il aurait presque pu croire... Après tout, il existait peut-être encore une chance, infime, qu'il pût engendrer un enfant.

— Cette petite idiote s'est mise dans de vilains draps. Pour ne rien vous cacher, elle est enceinte, répondit-il d'un ton brusque. Ah, ces gosses... Elles se laissent tourner la tête par un garçon qui leur raconte des balivernes, qui leur assure qu'il les aime, et voilà. Je regrette, on ne peut rien faire pour elle. Le règlement est le règlement, elle doit retourner chez elle dès demain. Elle n'a plus qu'une grand-tante qui n'est pas commode, m'a-t-on dit, une amie de la surveillante qui ne va sûrement pas bien la recevoir, mais que voulez-vous ? Nous ne sommes pas un foyer d'accueil pour jeunes écervelées.

Edward le regardait fixement, choqué. Lizzie… La petite Lizzie enceinte… Il ne pouvait pas, ne voulait pas le croire.

— Et le père ? demanda-t-il dans un souffle. Va-t-il…

Le docteur secoua la tête.

— Il est mort, d'après ce que j'ai compris. Un pilote… C'est tout ce que la surveillante a réussi à lui tirer ; elle n'a pas voulu dire son nom. Il n'a sûrement jamais eu l'intention de l'épouser, mais la pauvre petite a dû le croire, elle, comme les autres…

Lizzie enceinte, Lizzie qui était presque une enfant elle-même…, se répétait Edward, bouleversé. Si pure, si candide qu'il aurait juré… Et brusquement la vérité l'aveugla.

Kit. Lizzie portait l'enfant de Kit. Tout s'éclairait, tout à coup. Une vive émotion l'envahit. Il éprouvait soudain un désir farouche de protéger la jeune femme, et une colère sans bornes contre ce cousin haï qui avait détruit son innocence, l'avait trompée, bernée, abandonnée. Car Kit lui avait menti, il en était sûr.

Il fallait qu'il la voie, qu'il lui parle.

Il passa le reste de la nuit à réfléchir et à mûrir des plans. Lizzie serait renvoyée chez elle dès le lendemain. Il n'avait aucune peine à imaginer l'accueil qui lui serait fait dans son village, si sa tante acceptait de la recueillir. Il ne pouvait admettre une chose pareille. Elle ne méritait pas de subir ce genre d'humiliation, de rejet. Quant à son enfant… Il se figea brusquement. L'enfant de Lizzie serait son neveu ! C'était à lui que devrait revenir Cottingdean, un jour, puisqu'il ne pourrait y avoir d'autres héritiers, puisque Kit était mort et que lui n'était plus bon à rien !

Plus bon à rien dans certains domaines peut-être, mais il pouvait encore aider Lizzie. Aux yeux de la loi, tout au moins, il était encore un homme. Et pas n'importe quel homme : celui qui possédait le domaine dont cet enfant devrait hériter plus tard… Le seul enfant qui pourrait jamais avoir du sang Danvers dans les veines. Sa tête bourdonnait. Il fallait qu'il épouse Lizzie.

Il éprouvait une sorte de vertige, comme s'il se trouvait soudain au seuil d'une découverte merveilleuse, presque mystique : brusquement, il prenait conscience que sa vie pouvait encore contenir de l'espoir, qu'il lui restait un avenir.

Tandis qu'il s'appuyait contre ses oreillers, écrasé par l'énormité de cette révélation et de ses projets, il lui vint à l'idée que le destin avait peut-être infléchi son cours, qu'il lui offrait enfin la planche de salut dont il avait si éperdument besoin pour faire quelque chose des restes de son existence brisée.

Contre toute attente, Cottingdean était à lui, maintenant. Qu'est-ce qui pouvait l'empêcher d'avoir tout le reste aussi ? S'il avait l'héritage de Kit, pourquoi n'aurait-il pas aussi son enfant ? Sous sa protection, entouré de son amour vigilant, cet enfant s'épanouirait beaucoup plus qu'il n'aurait pu le faire avec son véritable père.

Enfin — et ce n'était pas le moindre des éléments de son plan, loin de là — il aurait tout à lui la douce et belle Lizzie qui illuminait comme un arc-en-ciel la morne grisaille de sa vie, donnant à ses jours leur couleur et leur substance. Mais accepterait-elle de l'épouser ? Elle était jeune, séduisante, désirable... Et si elle l'épousait maintenant pour le quitter plus tard ? Elle avait à peine dix-huit ans. Etait-il juste de sa part de lui proposer le mariage ? Pourquoi ne pas lui offrir simplement un foyer, un abri ?

Certes, il savait que seule une union officielle la protégerait des ragots. Néanmoins, au fond de lui-même, il avait parfaitement conscience que ce mariage correspondait à ses vœux les plus secrets.

Lizzie ne dormait toujours pas. Car plus le matin approchait, plus ses craintes grandissaient. La surveillante ne lui avait laissé aucun doute sur la réaction de sa tante quand elle apprendrait son état. Et la pensée de Kit ne lui était plus d'aucun réconfort. Non, Kit n'était plus là, Kit n'avait jamais été à elle, contrairement à ce qu'elle croyait...

Son cœur s'emballa, lourd et douloureux. Elle se sentait si seule, et elle avait si peur. Pour la première fois, elle souhaita un instant la mort de cet enfant. Mais elle chassa aussitôt cette pensée, pleine de honte et de remords. Comment pouvait-elle rejeter ce bébé, le seul souvenir qui lui restait de Kit, Kit qu'elle avait aimé si fort, elle, et qu'elle aimait encore en dépit de tout… Elle pressa ses mains sur son ventre, implorant le pardon de son enfant. Oui, elle le voulait, elle le chérissait, et toutes les épreuves qu'elle aurait à traverser pour lui valaient largement la peine d'être endurées.

Elle se souvint alors des jeunes femmes de son village qui avaient mis au monde des enfants illégitimes, de la façon dont on les avait traitées, dont leurs enfants avaient été la risée de leurs camarades, et des larmes brûlantes lui montèrent aux yeux. L'une d'elles, une fille de son âge, avait même préféré se tuer plutôt que d'affronter les ragots. Elle frissonna, terrifiée pour son enfant et pour elle-même.

« Oh, Kit, comment as-tu pu me laisser ? J'ai tellement besoin de toi… » pensa-t-elle avec désespoir. Mais à quoi bon cette prière ? Même vivant, Kit n'aurait sans doute jamais été son mari. Il était fiancé à une autre. Cela avait beau lui sembler terrible, à peine concevable, elle devait bien envisager l'idée qu'il l'avait trompée. Ce qu'elle avait pris pour les preuves d'un amour passionné, infini, n'était donc rien d'autre que désir et concupiscence ? Etait-ce possible ? Un frisson la secoua encore tandis qu'elle se remémorait le peu de plaisir qu'elle avait éprouvé lorsqu'il l'avait possédée, n'acceptant ce don que par amour pour lui. Oui, il l'avait trompée, et elle avait cru ses mensonges. Cette désillusion était la pire des blessures.

Edward attendit le changement de service, un moment qui entraînait toujours une certaine confusion. Puis il demanda à un autre malade, valide, lui, de l'emmener jusqu'à la chambre où se trouvait Lizzie.

Lorsqu'elle entendit arriver son fauteuil, la jeune femme tourna vers la porte un visage rouge d'embarras. Aussitôt, la pitié et la colère l'envahirent. Voilà ce que son cousin avait fait d'elle, songea-t-il avec rancœur. Une femme blessée, marquée à vie par la trahison de celui qu'elle aimait.

Quand il fut à son chevet, il demanda à son compagnon de venir le chercher dix minutes plus tard. Lizzie avait détourné la tête. Des larmes lui brûlaient les yeux. Elle ne pouvait supporter de regarder Edward. Il savait, c'était évident. Et pour la première fois de sa vie, elle avait honte d'elle-même.

Elle se mit à sangloter doucement. Edward le devina au tressautement de ses épaules et une nouvelle vague de fureur le submergea. Rien que pour cela, il aurait pu tuer Kit.

— Lizzie, ne pleurez pas, murmura-t-il en posant une main sur son bras. Il s'agit bien de Kit, n'est-ce pas ? Et vous êtes ici par ma faute. Si je ne m'étais pas montré si maladroit, hier...

— Est-il vrai qu'il était fiancé ?

Edward se figea. Il aurait dû s'attendre à cette question. Elle l'aimait, la pauvre enfant... Il l'avait compris tout de suite, certain que Lizzie n'aurait jamais pu se donner à un homme sans croire à un amour partagé.

Une seconde, il fut tenté de lui dire la vérité. Il n'en eut pas la force et l'arrangea à sa façon.

— Il l'était, répondit-il. Toutefois, la dernière fois que je l'ai vu, il m'a dit qu'il pensait rompre ses fiançailles.

Ce n'était pas vraiment un mensonge. Même si Kit était décidé à épouser Lillian, il ne l'aimait pas. Edward pensa que son cousin n'avait jamais aimé personne que lui-même, en réalité. Mais il garda cette réflexion pour lui-même, et constata avec un soulagement mêlé d'amertume que ses paroles avaient atteint la jeune femme ; ses sanglots s'étaient brusquement calmés, elle retenait son souffle. De toute évidence, elle se raccrochait déjà à l'espoir qu'il venait de faire renaître dans son cœur.

— Ecoutez, reprit-il. Je n'ai que dix minutes et je dois vous parler. Essayez de m'accorder votre attention, je vous en prie. Je sais combien vous devez souffrir, mais c'est important. Pour vous et pour votre enfant.

Il la vit se raidir. Elle ne se retourna pas, mais il comprit qu'elle était prête à l'entendre.

— J'ignore si vous avez songé que cet enfant sera un jour mon héritier. Qu'il héritera de Cottingdean comme moi-même après Kit, et qu'il a le droit d'y être élevé. Même si je pouvais un jour avoir un enfant à moi, ce qui est fort improbable, on ne pourrait le priver de ce droit. Le Dr Marshall m'a dit que l'on allait vous renvoyer chez vous, et que vous risquiez d'y être très mal accueillie. J'aimerais pouvoir vous offrir la protection de ma maison en tant que veuve de Kit, mais c'est malheureusement impossible. Je veux vous ramener à Cottingdean avec moi, Lizzie. Si Kit n'était pas mort, c'est ce qu'il aurait fait.

Il savait bien que c'était faux, mais n'avait pas le courage de lui ôter ses illusions.

— Acceptez, Lizzie, reprit-il d'un ton pressant. Epousez-moi et venez vivre avec moi. C'est la seule solution, et je vous l'offre de grand cœur.

A ces mots, Lizzie s'assit dans son lit et le regarda avec ahurissement. Rêvait-elle, ou Edward venait-il de la demander en mariage ? Elle réprima le rire qui lui venait aux lèvres, plus douloureux qu'amusé. Elle avait si longtemps souhaité être la femme de Kit que cette proposition, tout à coup, lui semblait une parodie ridicule, la contrefaçon grotesque de tous ses rêves. C'était d'une telle cruauté, d'une telle dérision qu'elle ne pouvait en supporter l'idée.

Epouser Edward… Malgré sa douceur, sa délicatesse, il n'était qu'un invalide à vie. Il ne pourrait jamais être un vrai mari pour elle, en tout cas physiquement. Mais elle admit aussitôt que cela ne la dérangeait pas, au contraire. Pour elle, ce chapitre était clos. Plus jamais elle ne pourrait se laisser aimer par un autre homme que Kit.

Une petite voix insidieuse s'éleva en elle. Certes, Edward ne pourrait jamais remplacer Kit, mais il pourrait au moins la protéger… Il lui offrirait la respectabilité dont elle avait besoin pour elle-même et pour son enfant… Il lui éviterait d'avoir à rentrer chez elle et à affronter sa tante…

De toute façon, aucun homme ne remplacerait jamais Kit, se dit-elle encore. Elle frémit à l'idée de devoir partager avec un autre l'intimité qu'elle avait partagée avec lui. Une intimité qu'elle avait trouvée douloureuse et répugnante même dans les bras de celui qu'elle aimait, et à laquelle elle serait trop heureuse de pouvoir échapper définitivement.

Mais de là à partager toute son existence avec Edward…

— Songez à l'enfant, insista-t-il, devinant les pensées qui l'agitaient.

Son visage était si transparent qu'il pouvait lire dans ses yeux.

— Réfléchissez. Je sais quel sacrifice cela sera pour vous, mais c'est ce que Kit aurait souhaité pour son enfant, son fils. Il aurait voulu qu'il grandisse à Cottingdean.

Il savait pertinemment que son cousin se serait moqué de cet enfant, fille ou garçon, mais Lizzie ne le saurait jamais.

— Epousez-moi, Lizzie, reprit-il avec une témérité et une assurance qui rappelèrent soudain à la jeune femme celles de Kit, et la troublèrent profondément.

Elle se sentait perdue, tout à coup. Tellement faible, tellement impuissante… Elle avait eu si peur de l'avenir, et voilà qu'Edward lui offrait sa protection, un espoir pour elle-même et pour son enfant. Il avait raison, songea-t-elle en inspirant profondément. Son fils, le fils de Kit, devait grandir dans la maison de son père. Il devait à tout prix échapper à la honte de l'illégitimité.

— C'est ce que Kit aurait voulu, reprit Edward avec fermeté.

— Ce que Kit aurait voulu…

Oui, bien sûr, c'était évident… Elle avait eu tort de douter de lui. Comment avait-elle pu penser un instant qu'il ne l'avait pas aimée ? Brusquement tout lui paraissait si simple, si facile. Il fallait qu'elle accepte, qu'elle épouse Edward. Son bébé et elle seraient en sécurité, en sécurité pour toujours. Lui à l'abri des insultes, elle à l'abri des hommes. Une fois mariée, elle serait protégée de leurs désirs. Quant à Edward, il ne pourrait jamais lui demander cette intimité physique qui lui répugnait tant. Que pouvait-elle espérer de mieux ?

Elle venait d'avoir dix-huit ans, mais il lui sembla tout à coup qu'elle en avait quatre-vingts.

6.

« Aujourd'hui, Edward et moi nous sommes mariés. » Lizzie contempla ces mots comme s'ils étaient écrits dans une langue étrangère et ne signifiaient rien pour elle. Ils avaient dans son esprit une consonance plate et métallique, combien différente de la joie pleine d'exultation avec laquelle elle avait consigné sa rencontre avec Kit ! Tout s'était passé si vite. Comme elle était mineure, Edward avait dû obtenir le consentement de sa tante. Elle ignorait la façon dont il s'y était pris, tante Vi ayant refusé de la revoir. Maintenant, elle était Mme Danvers. Une douleur aiguë la traversa. Mme Edward Danvers, alors qu'elle aurait dû être Mme Christopher Danvers. Ses yeux étaient secs, irrités. Elle avait trop pleuré, il ne lui restait plus de larmes.

A présent elle brûlait de quitter l'hôpital, de s'échapper vers la nouvelle vie qu'Edward lui avait promise. Il était aussi excité qu'un petit garçon à l'idée de retrouver la maison de son enfance. Il la lui avait décrite avec un tel renfort de détails, sous des couleurs si éclatantes qu'elle n'avait aucun mal à l'imaginer. Elle se demandait avec une certaine appréhension comment elle s'intégrerait à un décor aussi élégant. Lorsqu'il lui était arrivé de visiter ce genre de demeure avec sa tante, elle s'était toujours sentie intimidée. Tous ces beaux meubles anciens, cette délicate vaisselle de porcelaine, ces tapis soyeux aux tons doux, ces parquets cirés si brillants…

Mais à Cottingdean ce serait différent. Là, elle serait chez elle. Elle serait la maîtresse de maison, une maison dont son enfant hériterait plus tard. Son enfant… Il n'était plus seulement à elle, désormais. C'était aussi celui d'Edward.

La seule personne qui avait essayé de la dissuader de ce projet était le Dr Marshall. Avait-elle bien mesuré ce que ce mariage signifiait pour elle ? lui avait-il demandé d'un ton bourru. Pas seulement maintenant, mais pour le reste de ses jours ! Savait-elle qu'Edward pouvait encore vivre très longtemps ?

Comme elle le regardait sans réagir, il avait ajouté avec brusquerie :

— Bonté divine, petite, vous savez bien qu'il ne pourra jamais être un vrai mari pour vous ! Cela vous est peut-être égal actuellement, c'est souvent le cas pour les femmes enceintes, mais après ? Durant toutes ces années ?

Quand Lizzie avait compris ce qu'il voulait dire, elle s'était empourprée. Non de gêne, mais parce qu'elle avait le sentiment de le tromper. S'il savait quel soulagement elle éprouvait à l'idée d'échapper à l'amour physique entre époux ! Puisqu'elle n'y avait pris aucun plaisir avec Kit, comment pourrait-elle avoir envie de le connaître avec un autre ? De toute évidence, elle était l'une de ces femmes que la nature avait privée de cette faculté-là. Kit le lui avait laissé entendre, et elle était convaincue à présent qu'il avait raison.

Elle était vaguement consciente de la gentillesse d'Edward, des attentions dont il l'entourait, de son désir de la protéger, mais sa souffrance intérieure était telle, le poids de son deuil si lourd qu'elle était incapable de penser à autre chose. L'idée qu'elle était obligée de renier Kit pour le bien de l'enfant qu'ils avaient conçu ensemble l'obsédait, et cette douleur la rongeait.

Par une sorte d'alchimie dont les femmes ont le secret, elle avait balayé ses doutes à l'égard de Kit et le revoyait à présent non tel qu'elle l'avait entrevu un moment, égoïste, arrogant et cynique, mais tel qu'elle avait toujours voulu le voir : un être merveilleux, rayonnant, dont elle se souviendrait toute sa vie et qui resterait son seul amour. A côté de l'éblouissement de cet amour, Edward, son mariage avec lui et le genre de vie qu'ils mèneraient ensemble ne restaient que des ombres bien floues.

Le pasteur, qui avait pourtant procédé durant cette guerre à plus d'unions précipitées qu'il ne voulait s'en souvenir, n'avait pu s'empêcher d'être choqué à la vue de ce couple tragique : la fiancée était si jeune... Beaucoup trop jeune, à coup sûr, pour se charger d'un mari tellement plus âgé qu'elle et dans un tel état...

Lizzie, elle, avait été très surprise en découvrant qu'Edward avait demandé à un photographe d'immortaliser le moment où ils sortaient de l'église face à un groupe de spectateurs étrangement silencieux.

— C'est pour l'enfant, lui avait-il murmuré.

L'enfant. La jeune femme avait froncé les sourcils, froissée, brûlant tout à coup de préserver les droits de Kit sur son fils. C'était son enfant à *lui*, qu'elle portait, pas celui d'Edward ! Un jour, quand il serait assez grand, elle lui parlerait de son véritable père. Et soudain, avec un choc, elle avait mesuré le peu de choses qu'elle savait de Kit... Kit qu'Edward avait beaucoup mieux connu qu'elle, et qui était le seul à pouvoir lui apprendre ce qu'elle avait tant besoin de savoir. Or il tenait à élever cet enfant comme le sien, il le lui avait précisé sans ambages. Lorsqu'il avait exprimé ce désir, elle l'avait écouté sans réagir, trop bouleversée encore par la mort de Kit pour penser à autre chose. Mais brusquement cette exigence lui avait donné la chair de poule et elle avait frémi, figée au côté de son nouveau mari dans la fine robe de cotonnade qu'il lui avait demandé d'acheter pour l'occasion.

Lorsqu'il lui avait tendu l'argent et les coupons, expliquant avec maladresse qu'il souhaitait qu'elle se procure « quelque chose de joli », elle s'était sentie gênée et mal à l'aise. Elle avait failli lui dire de réserver cet argent pour l'enfant, mais s'était retenue, devinant obscurément qu'il en serait blessé. La seule robe qu'elle avait pu trouver était trop grande, coupée dans un tissu bon marché bien trop léger pour la protéger contre le vent froid qui soufflait ce jour-là.

Tandis qu'ils passaient au milieu des personnes venues les saluer, Lizzie avait soudain pris conscience de la désolation et de la tristesse qui régnaient autour d'eux, symbolisées par les pierres tombales entourant l'église. Toutes ces générations qui s'étaient succédé et qui n'étaient plus... Brusquement, elle avait songé que Kit n'avait pas de tombe, lui, que rien ne marquait son passage sur cette terre. Frissonnant de nouveau, elle s'était tournée vers Edward et lui avait demandé d'une voix altérée :

— Edward... est-ce qu'il y a une église, à Cottingdean ? Serait-il... serait-il possible de faire faire quelque chose pour Kit ?

Edward avait tapoté sa main, partagé entre la pitié et la jalousie. Elle était si jeune, si vulnérable, si crédule... Il savait bien qu'elle n'avait aucune idée de l'être cynique et dur qu'était son cousin, et devinait qu'elle s'apprêtait à chérir sur une fausse tombe la mémoire de l'homme qu'elle vénérait. Ainsi, même mort, Kit continuerait à l'emporter sur lui. Mais il n'aurait pas la cruauté de lui arracher ses rêves, de lui ôter les illusions sur lesquelles elle avait tant besoin de s'appuyer. Il avait trop souffert lui-même pour ne pas éprouver de compassion à l'égard des faiblesses des autres.

En ce qui concernait l'enfant, en revanche, il ne le laisserait jamais grandir dans l'adoration d'un père merveilleux qui n'avait pas existé. Cela, il ne le tolérerait pas. L'enfant de Kit serait son enfant et rien d'autre. Il avait jeté un coup d'œil à sa jeune épouse. Il lui faudrait du temps, sans doute, pour faire admettre à Lizzie sa détermination sur ce point-là. Personne d'autre qu'eux ne devrait connaître la véritable filiation du bébé à naître, jamais. Mais il y arriverait. Il l'aimait de toutes ses forces, et peut-être qu'un jour... qui sait ? Peut-être finirait-elle par l'aimer aussi...

Il n'y avait pas eu de réception, non seulement à cause des rationnements, mais aussi parce que la surveillante vouait un ressentiment féroce à Lizzie. Elle était vexée, outragée de voir comment cette fille au cœur trop tendre envers les malades avait réussi à ruser pour échapper à la honte de sa situation et s'élever du même coup dans l'échelle sociale. Edward Danvers était peut-être invalide et sans le sou, mais il faisait partie de « l'élite », des classes supérieures. Que cette petite oie blanche qu'elle méprisait pour sa sensibilité excessive ait pu la duper ainsi la mettait hors d'elle. Ce n'était qu'une intrigante, une hypocrite. Elle ne pouvait lui pardonner de l'avoir trompée à ce point.

Edward et Lizzie quittèrent l'hôpital avec une valise chacun, des valises au cuir fatigué qui se ressemblaient beaucoup, mis à part le fait que celle d'Edward lui venait de son père et portait ses initiales, alors que celle de Lizzie lui venait de lady Jeveson comme l'épais tailleur de tweed qu'elle avait revêtu afin de se protéger du temps glacial pour la saison.

L'unique taxi du village les déposa à la gare. Le quai était bondé, encombré surtout de soldats américains accompagnés de jolies filles qui portaient du rouge à lèvres éclatant et des bas en Nylon venus tout droit des Etats-Unis.

Le train était surchargé, même dans le wagon de première classe qu'Edward avait tenu à prendre. Lizzie n'avait jamais voyagé en première auparavant, et s'attendait à y trouver des gens de la « haute société », riches, arrogants et imbus de leur personne. En fait, leurs compagnons étaient des soldats américains et leurs petites amies. L'un d'eux lui rappela Kit, et une vague de désespoir et de tristesse la submergea.

Edward était installé près d'elle dans son fauteuil, silencieux. Ils ne s'étaient pas adressé la parole depuis qu'ils étaient montés dans le train, et la jeune femme songeait avec remords qu'elle n'avait pas envie de lui parler. Elle souhaitait rester seule avec ses souvenirs de Kit et la pensée qu'elle portait son enfant. Elle se sentait désorientée, troublée. Trop de choses étaient arrivées en trop peu de temps ; elle ne parvenait pas encore à en mesurer l'étendue.

En face d'eux, les jeunes Américains et leurs amies riaient et fumaient. Quand celui qui ressemblait à Kit prit sa compagne par la taille et glissa une main dans son corsage avant de se mettre à l'embrasser avec une impudeur totale, Lizzie se crispa, mal à l'aise, traversée d'une douleur sourde. Elle eut brusquement l'impression de se voir avec Kit, et l'image que lui renvoyaient ces deux étrangers la révulsa par son côté choquant et vulgaire. « Plus jamais ça », songea-t-elle, secouée d'un frisson.

Une fille, qui l'avait vue trembler, se pencha vers elle avec sympathie.

— Ça va ? demanda-t-elle.

Lizzie hocha la tête.

— Votre père n'a pas l'air en forme, lui, reprit la fille. Enfin... il s'est endormi. C'est sans doute la meilleure chose qu'il puisse espérer.

Lizzie la regarda, stupéfaite. Son *père* ? Elle pensait qu'Edward était son père ? Il n'avait que trente ans... Cela lui semblait vieux, c'est vrai, mais ce n'était que quelques années de plus que Kit, songea-t-elle, prise de vertige. Certes, il paraissait plus que son âge, avec ses cheveux gris, son visage émacié, son corps amaigri crispé par les souffrances. Mais son père, tout de même...

Du coin de l'œil, elle apercevait le soldat qui plaquait son amie contre la banquette avec un empressement empreint d'une telle sexualité qu'elle détourna la tête, pleine de dégoût. Quel bonheur elle avait de ne plus devoir subir ce genre d'assaut, de ne plus être obligée de feindre d'y prendre du plaisir ! Elle était peut-être « anormale », mais elle se préférait ainsi..., se dit-elle encore, ne pensant pas un instant que ses réactions épidermiques pouvaient avoir d'autres raisons qu'une frigidité dont elle avait pris son parti. Trop naïve, trop inexpérimentée, il ne lui était jamais venu à l'idée qu'elle aurait pu réagir autrement dans les bras d'un homme aimant, ou si elle avait été élevée avec d'autres préceptes que ceux de sa tante.

Soudain, une brusque impulsion la poussa à regarder la fille qui s'était adressée à elle. Elle n'aurait su dire ce qui la motivait en cet instant, orgueil, désir de franchise ou sentiment de loyauté vis-à-vis de l'homme qui l'avait sauvée de ce qui lui répugnait tant.

— Edward n'est pas mon père, dit-elle, baissant les yeux sur l'alliance qu'il lui avait donnée, un anneau d'or usé, trop grand, qui lui venait de sa mère. C'est mon mari.

Elle releva la tête avec courage, mettant sa compagne au défi de paraître choquée ou de lui témoigner de la pitié. Sans le savoir, elle avait fait ses premiers pas vers la maturité en acceptant la vie qui était désormais la sienne.

Edward ne dormait pas, il souffrait trop pour ça. Il avait tout entendu, et se demandait avec angoisse ce que l'avenir leur réservait. Avait-il commis une folie, en épousant Lizzie ? Pour l'instant, elle était trop choquée par la mort de Kit pour se préoccuper de ce qui lui arrivait. Il savait qu'elle lui était reconnaissante de l'avoir tirée d'une situation dramatique. Mais une fois que le choc serait passé, qu'elle ouvrirait les yeux sur la réalité de leur mariage ? Lui saurait-elle encore gré de son geste, ou se mettrait-elle à le haïr, à le considérer comme un fardeau ? Elle n'avait que dix-huit ans. C'était beaucoup trop jeune pour être liée à un homme comme lui. Mais il l'aimait tant, il avait tellement besoin d'elle...

A Bath, ils durent descendre et attendre plus de trois heures le petit train local qui les emmènerait jusqu'à Cottingdean. Lizzie se rendait compte qu'Edward était épuisé et souffrait terriblement. Le Dr Marshall lui avait donné les remèdes qui convenaient, ainsi qu'une lettre pour le médecin personnel de son mari. Il l'avait également avertie des soins dont Edward aurait besoin, de sa fragilité, du fait qu'il devrait en permanence être traité comme un grand malade. Lizzie avait acquiescé sans faire de commentaires, ni mesurer vraiment l'étendue de ce que cela signifiait pour elle.

Tandis que le train cheminait lentement à travers une succession de petits villages, il était évident que seule l'idée de retrouver bientôt la maison où il avait été heureux soutenait Edward. Pour sa part, elle redoutait la grandeur imposante qu'il lui avait fait miroiter et se sentait de plus en plus nerveuse. Quand le train s'arrêta enfin dans une petite gare envahie par les mauvaises herbes, elle était à bout de forces et son anxiété augmenta encore lorsqu'ils se retrouvèrent seuls sur le quai.

Edward avait télégraphié pour prévenir le couple de gardiens de leur arrivée, mais personne ne les attendait. Lizzie dut se rendre dans le bureau poussiéreux et s'adresser à l'employé, un petit homme sec qui fronça les sourcils quand elle lui eut expliqué ce qu'elle voulait.

— Un taxi ? Nous n'avons pas ça par ici, ma petite dame... Les gens utilisent le cabriolet du vieux John Davis ou leurs propres jambes ! La seule personne qui possède une automobile est le docteur, mais pour l'instant il est à la ferme des Miller, en train de mettre au monde le cinquième de Maisie…

Lizzie ressortit pour mettre Edward au courant. Quand elle l'aperçut de loin, son apparence lui causa un choc et elle comprit pourquoi la fille du train l'avait cru beaucoup plus âgé. Il avait le teint cendreux, l'air terriblement fragile. Cette fragilité qui semblait aller de soi à l'hôpital ressortait brutalement, maintenant qu'ils étaient à l'extérieur et qu'elle pouvait le comparer à d'autres hommes en pleine santé. Soudain, elle mesura avec une conscience aiguë à quel point il était malade.

— A quelle distance se trouve Cottingdean ? lui demanda-t-elle.

— Environ trois kilomètres.

— Ce n'est rien, nous pouvons nous y rendre par nos propres moyens, lança-t-elle sans lui montrer combien elle se sentait tout à coup découragée, effrayée et affreusement seule.

Car elle venait de comprendre qu'elle n'aurait pas seulement la charge d'un enfant, désormais, mais aussi celle d'Edward… La charge d'Edward… Elle était sa femme, pourtant, il était son mari ! C'était lui, qui aurait dû s'occuper d'elle ! Son angoisse et son désarroi s'accrurent encore.

Edward protesta, mais elle voyait bien qu'il n'en pouvait plus et mourait d'envie de se retrouver chez lui. Elle se dit que marcher prendrait moins de temps que de chercher un autre moyen de locomotion, qu'elle l'avait déjà poussé sur des distances aussi longues. Mais elle n'était pas enceinte, à l'époque. Ni aussi faible, ni aussi isolée, privée de toute aide extérieure… Elle n'était pas la femme d'Edward, alors…

Ils se mirent en route. En cette fin d'après-midi, le village était désert. Toutefois son unique rue était aussi pittoresque que Lizzie l'avait imaginée, aussi jolie, et il avait un air accueillant que rehaussait encore la luxuriance estivale de la campagne. Edward lui désigna un chemin qui partait à angle droit de la route principale. Il était bordé de champs très bien cultivés. Des coquelicots ponctuaient les blés de leur rouge vif, des églantines pâles émaillaient les haies. Mais le chemin lui-même était envahi d'herbes folles, comme s'il n'avait pas été utilisé depuis longtemps. Sa surface était inégale, le fauteuil butait sans cesse sur des pierres. Lizzie était épuisée ; ses jambes tremblaient, ses bras étaient crispés sous l'effort qu'elle devait fournir. Elle brûlait d'envie de s'arrêter, mais elle résista.

Une force invincible la poussait soudain à continuer en dépit de sa fatigue, en dépit des obstacles, comme si elle avait brusquement une bataille essentielle à livrer et à gagner. Quelque chose l'avertissait obscurément qu'il était temps pour elle de renoncer à ses craintes et à ses faiblesses, à la fois physiques et morales. Qu'elle devait maintenant prendre sa vie en main et l'assumer, quoi qu'il lui en coûtât. Même si cela devait lui paraître âpre et difficile.

Perdue dans ces pensées dont la nouveauté la surprenait, elle sursauta et s'arrêta pour regarder autour d'elle quand Edward s'exclama d'un ton joyeux :

— Regarde, Lizzie ! On arrive ! Voici Cottingdean.

Sa voix vibrait d'un tel bonheur, d'une telle fierté, que la jeune femme chercha automatiquement des yeux autre chose que le fouillis de bâtiments décatis, hérissés de cheminées tordues, qui venait de lui apparaître. Mais il n'y avait rien d'autre..., constata-t-elle avec stupeur au bout d'un moment. Ces bâtisses aux toits délabrés et aux murs fissurés étaient bien le Cottingdean si cher au cœur d'Edward...

Plus tard, elle fut heureuse qu'il n'ait pas pu voir son expression incrédule, ce qui aurait ajouté le choc de sa propre déception à ceux qu'il devait surmonter. Mais pour l'instant, tout à son bonheur, il semblait aveugle à ce qu'il voyait : ce portail béant à moitié démoli, cette maison aux murs humides couverts de mousse, aux fenêtres borgnes, enfouie dans un amas de broussailles et ceinte de terrains à l'abandon. Tel était donc Cottingdean, le paradis qu'Edward lui avait dépeint avec enthousiasme, le domaine dont son enfant était l'héritier, songeait la jeune femme, pétrifiée. Un tas d'ardoise et de pierres, alors qu'elle s'attendait à être impressionnée par son luxe et sa grandeur... Elle n'en croyait pas ses yeux.

— Cottingdean, enfin ! répéta Edward. Je suppose que le portail a dû servir de bois de chauffage… C'est bien dommage, mais les choses vont s'arranger, maintenant que la guerre est finie.

Lizzie était ahurie. Comment pouvait-il réagir ainsi ? Pour sa part, elle ne pensait qu'à leurs besoins immédiats. De quoi manger et se reposer, un endroit où passer la nuit. Car ils ne pourraient sûrement pas dormir dans cette ruine déserte… Où était le couple de gardiens dont Edward lui avait parlé ? Edward, en écho, se posa la même question.

— Je me demande ce qui est arrivé aux Johnson, murmura-t-il, les sourcils froncés, tandis que Lizzie le poussait dans l'allée pleine d'herbe. Kit m'avait dit qu'ils resteraient tant qu'il n'aurait pas pris de décision concernant la maison… Elle a été réquisitionnée au début de la guerre, mais ensuite… En fait, personne de la famille n'y a vécu depuis la mort de ma grand-mère.

Commençait-il à se rendre compte ? se demandait la jeune femme. Tout à coup, elle éprouva un besoin presque maternel de le protéger, de lui permettre de s'accrocher un moment encore à ses rêves. Elle savait si bien ce que c'était, que de perdre ce à quoi on tient le plus… Désormais, elle n'avait plus que l'enfant de Kit.

Ils se trouvaient face à la porte d'entrée, à présent, et son cœur se serra quand elle vit qu'elle était ouverte. De toute évidence, la maison était vide depuis longtemps. Elle s'arrêta, attendant qu'Edward lui suggère de retourner au village, d'y trouver un abri pour la nuit. Mais il ne dit rien. Se penchant vers lui, elle vit son visage crispé par le chagrin comme celui d'un enfant.

— Je ne comprends pas… Pourquoi n'y a-t-il personne ? La maison semble abandonnée…

Une sorte de supplication perçait dans sa voix, comme s'il espérait que Lizzie allait le contredire. Elle ne put le faire, mais n'eut pas non plus le courage de lui déclarer qu'ils devaient renoncer, qu'il était inutile de pénétrer à l'intérieur.

— Nous pouvons toujours entrer, lança-t-elle avec un entrain qu'elle était loin d'éprouver.

La porte était moisie par endroits et festonnée de toiles d'araignées. Au-delà se trouvait un long couloir sombre, dallé de pierres ; l'odeur rance qui s'en dégageait fit reculer Lizzie. Depuis sa grossesse, elle était plus sensible encore aux odeurs et celle-ci lui sembla insoutenable. Mais Edward attendait qu'elle avance, et en le faisant elle s'aperçut que l'obscurité était due aux toiles de camouflage grossièrement clouées sur les fenêtres pendant la guerre.

Quand ses yeux se furent accoutumés à la pénombre, elle distingua une immense cheminée de pierre. En face partaient des escaliers, surmontés d'une galerie sur laquelle ouvrait apparemment une grande baie. Les lambris qui recouvraient autrefois les murs avaient été arrachés en partie, le reste était moisi. Plusieurs portes donnaient sur le couloir. Tandis que Lizzie contemplait ce décor en silence, un gros rat traversa devant eux en poussant des couinements furieux.

— Voilà déjà une chose que nous devrons faire, déclara-t-elle d'un ton bref, imitant sa tante sans en avoir conscience.

— Laquelle ? demanda Edward d'une voix douloureuse.

Il semblait écrasé par ce qu'il découvrait, maintenant, et Lizzie, loin de lui en vouloir comme elle l'avait fait au début, ne pensait plus qu'à le rassurer.

— Trouver un bon chat de ferme pour nous débarrasser de ces rats…

— Je suppose que le vieux Vic, notre berger, saura nous en trouver un. Si nous avons toujours un berger et un troupeau, bien sûr… Qu'est-il arrivé à cet endroit ? Je ne comprends pas.

Ses épaules s'affaissèrent. Il paraissait âgé, tout à coup, usé et presque enfantin en même temps. Instinctivement, Lizzie s'agenouilla près de lui et prit une de ses mains dans les siennes.

— La situation n'est pas si grave, tu verras… Après un bon nettoyage, tout ira mieux. Cela semble terrible parce qu'il n'y a personne, mais quand les Johnson reviendront…

Edward eut un rire sauvage.

— Réfléchis donc un peu, Lizzie ! Les Johnson n'ont *jamais* habité ici ! Regarde l'état de cette maison. Personne ne pourrait vivre dans un délabrement pareil !

— Peut-être que certaines pièces sont mieux conservées, suggéra la jeune femme sans y croire. Si nous allions voir ?

Une demi-heure plus tard, après avoir fait le tour du rez-de-chaussée, ils se regardèrent en silence, consternés. Partout régnait la même désolation, la même humidité.

Aucune pièce n'était vraiment habitable, et même si elles avaient été saines et propres le mobilier manquait... Lizzie faillit éclater d'un rire hystérique en se souvenant des richesses qu'elle avait imaginées. Les soies et les damas étaient remplacés par des moisissures et des toiles d'araignées, les papiers de prix pendaient en lambeaux, les plafonds s'effondraient. Tout ce qui restait étaient des tables sur tréteaux et des chaises abîmées qui avaient dû être mises à la disposition des soldats lors de la réquisition.

Seule la cuisine ressemblait un peu à l'image qu'elle s'était faite de la maison. Elle comportait un énorme poêle démodé, une table de travail usée, deux fauteuils installés de chaque côté du poêle et un grand vaisselier rempli de faïences et de cuivres poussiéreux. Dans un coin se trouvait un évier garni d'un robinet. Lizzie le tourna à tout hasard, grimaçant devant sa saleté ; il commença par cracher de l'eau trouble, mais celle-ci s'éclaircit bientôt et la jeune femme la goûta avec précaution sur son doigt : fraîche et limpide, elle devait provenir d'une source.

Tandis qu'elle regardait autour d'elle, elle appliquait sans s'en rendre compte les principes de bonne ménagère de sa tante : elle avait déjà vu que le poêle, s'il marchait, devait alimenter une chaudière ; qu'il pouvait être utilisé pour faire la cuisine grâce à ses plaques et à son four, et chauffer la grande pièce caverneuse si on laissait sa porte ouverte. Le bois devait être rangé dehors, dans l'une des multiples dépendances. Avec un peu de chance, peut-être en restait-il...

Soudain, un son la fit se retourner. Edward était affalé dans son fauteuil, la tête entre les mains, et laissait libre cours à son chagrin. Elle le constata sans émotion. Comme elle, il pleurait son amour perdu, l'amour qui l'avait soutenu si longtemps et qui lui était brusquement révélé dans sa cruelle réalité.

Rester là semblait hors de question, mais ils ne pouvaient pas repartir non plus... Elle se sentait incapable de le ramener au village, d'attendre un autre train qui les emmènerait où ? A Bath ? Pour y faire quoi ? Elle savait qu'ils n'avaient presque pas d'argent. Le domaine, dont la richesse provenait autrefois d'un troupeau renommé pour la qualité de sa laine, ne rapportait plus rien. L'ancienne filature avait été fermée. Les seules ressources d'Edward étaient sa pension et les revenus d'un maigre fonds de placement.

— Mon Dieu, qu'est-ce que je t'ai fait ? l'entendit-elle s'écrier d'un ton âpre. Kit devait savoir tout cela ! Maudit soit-il !

Une protestation monta aux lèvres de Lizzie, mais elle la retint. Ce n'était pas le moment de défendre l'homme qu'elle aimait. Edward réagissait comme un amant qui vient de découvrir que sa maîtresse le trompe. Elle ne pouvait le raisonner. Et si Kit, pour une raison ou pour une autre, ne l'avait pas averti de la situation, on ne pouvait lui imputer non plus le délabrement de la maison, qui remontait manifestement à des années avant qu'il en ait hérité...

— Nous ne pouvons pas rester ici..., reprit Edward.

— Je crois que nous y sommes obligés, rétorqua doucement la jeune femme. Au moins pour cette nuit. Si je peux trouver du bois, j'allumerai le poêle. Il est possible qu'il reste des matelas laissés par les soldats, en haut. Nous... Je peux en descendre deux. Je les aérerai devant le poêle.

— Dormir ici ? s'exclama Edward, la regardant comme si elle avait perdu l'esprit. C'est impossible, voyons !

Tout à coup, Lizzie ne put contenir son irritation.

— Nous n'avons pas le choix ! répliqua-t-elle avec violence. Est-ce que tu ne comprends pas ? Je ne peux pas te ramener au village ! Et de toute façon où irions-nous, sans argent ? Tu m'as dit toi-même que nous devrions essayer de nous suffire, de produire notre propre nourriture !

Quand il lui avait dit ça, elle avait imaginé une vie pleine des délices rustiques qu'elle avait connues chez sa tante : du lait fourni par une vache de Jersey, de beaux légumes frais, des fruits, des œufs pondus par leurs poules… En se remémorant la jungle qu'elle avait aperçue à son arrivée, elle pensa avec amertume qu'il faudrait bien longtemps avant qu'un tel jardin ne parvienne à les nourrir…

— J'ignorais ce que nous trouverions…, lâcha Edward dans un souffle.

Il ressemblait à un vieil enfant, terriblement fragile. Lizzie se força à reprendre une attitude enjouée pour résister à l'abattement qui menaçait de la submerger.

— Attends-moi ici, dit-elle. Je vais essayer de trouver du bois. Si nous parvenons à allumer ce poêle…

— Nous ! releva Edward avec un rire amer.

Nous ! La jeune femme ne l'écoutait plus ; elle tira les verrous de la porte de derrière et sortit dans la cour.

Les dépendances étaient dans le même état de décrépitude que la maison. Elle doutait de découvrir une réserve de bois ; les lambris du couloir avaient sans doute été arrachés parce qu'il ne restait plus rien à brûler. Néanmoins, elle se lança dans une inspection méthodique des lieux et passa en revue plusieurs appentis sombres et bas, avant d'arriver dans une étable encore imprégnée d'une odeur de foin, de fumier et de cuir. Une bâche recouvrait quelque chose dans un coin ; Lizzie la souleva surtout par curiosité. Quand elle découvrit, médusée, un énorme tas de bûches, ce fut comme si elle venait de tomber sur un filon d'or. Elle cligna des yeux, se demandant si elle n'avait pas des visions. Mais les bûches étaient toujours là. En hâte, elle regarda autour d'elle pour voir dans quoi elle pourrait les transporter : un grand seau en fer-blanc ferait l'affaire…

Lorsqu'elle pénétra dans la cuisine d'un pas vacillant, Edward leva à peine les yeux. Il avait le teint grisâtre, et se frottait les mains d'un geste nerveux qui exprimait son désarroi. Lizzie s'adressa à lui sur un ton qu'elle voulait joyeux, plein d'espoir ; il la regarda sans paraître la voir. Il ne réagit pas non plus quand elle lui demanda ses allumettes, et elle dut les prendre elle-même dans sa poche. Sans papier ni hache pour couper du petit bois, allumer un feu n'allait pas être facile. Lizzie contempla le mauvais tissu qui pendait devant la fenêtre et décida de l'utiliser. Pour le décrocher, il lui fallut grimper dans l'évier. Edward fronça les sourcils d'un air affolé, mais elle ne dit rien et se contenta de lui sourire. Tout ce qui lui fallait pour parvenir à admettre la nouvelle réalité de Cottingdean, c'était du temps. Du temps, du calme, de la tranquillité.

Lizzie, pour sa part, se sentait beaucoup mieux depuis qu'elle avait de quoi s'occuper. Tout à coup, il lui semblait que rien ne pourrait lui résister. Et tandis qu'elle contemplait le feu en train de prendre, elle s'avisa soudain avec étonnement que pour la première fois de sa vie elle était sa propre maîtresse, qu'il n'y avait plus ni tante ni surveillante pour diriger son existence. Juste Edward. Et ce pauvre Edward… Il était déjà péniblement évident que ce serait lui qui s'appuierait sur elle, et non le contraire…

En l'espace de quelques heures, sa vision du monde avait changé. Elle se retrouvait face à son destin, un destin qu'il lui appartenait de prendre en main. Et elle mesurait aussi, brusquement, à quel point était fondée une vérité toute simple que ses parents et sa tante lui avaient inculquée : rien, dans la vie, n'était gratuit. Tout avait un prix. Elle avait eu le bonheur de rencontrer Kit, mais avait dû payer ce bonheur de sa mort. L'enfant qu'il lui laissait était en prime… Elle avait eu la chance qu'Edward veuille bien l'épouser, qu'il lui offre un toit, la respectabilité, un avenir. Même si elle se rendait compte à présent que ce serait à elle de construire cet avenir, de donner un vrai foyer à son enfant, en échange de ce privilège elle savait qu'elle aurait le devoir de se consacrer à Edward, de le protéger, de le chérir, de rebâtir Cottingdean pour en refaire un domaine à la hauteur du souvenir qu'il en gardait.

D'où lui venaient ces nouvelles certitudes, elle n'aurait su le dire. C'était un flot de pensées qui s'enchaînaient les unes aux autres et prenaient forme dans son esprit tandis qu'elle s'activait, rajoutant du bois dans le poêle, testant l'humidité des murs, sortant dans la cour pour vérifier que la cheminée fonctionnait bien. Elle parlait à Edward, lui disait que la cuisine serait bientôt chaude, qu'elle allait monter au premier voir si elle trouvait des matelas, qu'il fallait s'assurer que le poêle alimentait bien une réserve d'eau chaude ; sinon, elle avait déjà remarqué de grandes bassines qui permettraient d'en faire chauffer, ainsi qu'une baignoire en fer-blanc.

Mais alors qu'elle semblait absorbée par ces détails pratiques, intérieurement ses plans continuaient à mûrir. Et une conviction toujours plus forte grandissait en elle, celle qu'elle devait à tout prix faire de sa vie quelque chose d'assez solide pour résister désormais à tous les coups du sort. Curieusement, cette conviction en entraînait une autre : il lui semblait que son avenir et celui de son enfant étaient liés à cette maison, que si elle était capable de lui rendre vie elle serait capable aussi de contrôler sa propre existence, d'en bannir la souffrance provoquée par la mort de Kit. Et ce défi, soudain, l'exaltait.

Aucune chambre n'était utilisable. Ils durent dormir dans la cuisine, sur les matelas que Lizzie avait trouvés, enroulés dans des couvertures qu'elle avait aérées et réchauffées près du poêle. Tandis que la jeune femme restait allongée sans trouver le sommeil, son mari couché à un bon mètre d'elle, elle se remémora la façon dont il avait voulu l'embrasser, un peu plus tôt. C'était un geste dicté par la gratitude et non par le désir, elle le savait, mais le contact de ses lèvres sèches sur sa joue l'avait emplie d'une telle répulsion qu'elle avait réussi de justesse à lui cacher ce qu'elle ressentait…

Pelotonnée sur son lit, soulagée d'y être seule, elle ne put s'empêcher de frissonner à ce souvenir. Et elle se dit une fois de plus qu'elle s'estimait très heureuse de pouvoir échapper aux contraintes du devoir conjugal.

Elle avait eu beaucoup de chance de trouver Edward, songea-t-elle encore. D'épouser un homme aussi attentionné et aussi délicat qui non seulement acceptait d'accueillir son enfant comme le sien, mais ne pourrait jamais lui reprocher son manque d'ardeur comme Kit l'avait fait.

Leur mariage n'était peut-être pas conventionnel et débutait d'une façon assez surprenante, mais elle était déterminée à être une bonne épouse pour Edward, à l'entourer de tous les soins et de tout le dévouement dont il aurait besoin, à le chérir tendrement comme son mari. Elle s'endormit sur cette promesse, décidée à lui prouver sa gratitude pour ce qu'il avait fait pour elle. A eux deux, ils trouveraient le moyen de rendre Cottingdean habitable, d'en faire une vraie maison chaleureuse et pleine d'amour, car c'était ce qu'elle souhaitait pour son enfant. Elle voulait lui donner un vrai foyer, le foyer qui lui avait tant manqué lorsqu'elle avait dû aller vivre chez sa tante.

7.

« Aujourd'hui, le Japon a annoncé officiellement qu'il se rendait. La guerre est terminée. »

Liz regarda ce qu'elle venait d'écrire et pensa avec remords que depuis son arrivée à Cottingdean sa vie avait été tellement remplie, hérissée de tant d'obstacles et problèmes divers à régler d'urgence, que la guerre était passée pour elle au second plan.

L'isolement dans lequel ils vivaient y était aussi pour quelque chose ; ils n'avaient ni radio ni journaux, et les visiteurs étaient rares.

Au début, elle s'était cru la cause de cet état de fait, pensant que les gens l'évitaient parce qu'ils avaient deviné la vérité au sujet de l'enfant qu'elle attendait ; mais les quelques personnes qui étaient venues les voir l'avaient rassurée sans s'en douter. Elle avait été étonnée de constater avec quelle facilité ils l'acceptaient comme la femme d'Edward, ignorant les cruelles disparités qui les séparaient. Certes, le pasteur avait évité un peu trop longuement de regarder Edward en face, et sa gêne s'était sentie. Mais le médecin Ian Holmes, un solide homme du Nord âgé d'une cinquantaine d'années, semblait être le seul à vouloir reconnaître ouvertement la gravité de son état. Et si les villageois la traitaient encore avec une certaine réserve, elle savait maintenant que ce n'était pas en raison de sa grossesse, mais tout simplement parce qu'Edward et elle étaient pour eux des étrangers.

Par Ian Holmes, ils avaient appris que le couple de gardiens censé s'occuper de la maison était parti depuis plus d'un an. Edward était certain que Kit devait être au courant de la situation, mais comment savoir maintenant pourquoi il avait laissé le domaine se dégrader de cette façon ?

Vingt-quatre heures avaient suffi à Liz pour se rendre compte qu'elle allait avoir grand besoin de tout ce que sa tante lui avait enseigné. Ce qu'elle ne mesurait pas encore, c'était à quel point elle avait hérité de la volonté indomptable de sa tutrice. Le premier matin, lorsqu'elle s'était réveillée dans la cuisine de Cottingdean, le corps raidi par l'humidité de son matelas, le cœur soulevé par l'odeur de renfermé, elle avait pensé avec désespoir qu'il fallait être fou pour vouloir vivre dans un endroit pareil.

Mais quel autre choix avaient-ils ? Quand Edward s'était éveillé à son tour, elle avait lu dans ses yeux le choc qu'il éprouvait, son désarroi, son humiliation. Alors, en cet instant, elle avait sans le savoir endossé le fardeau qu'elle porterait le reste de ses jours.

Il ne lui avait pas été facile de mettre son mari de meilleure humeur, de le décider à se rendre avec elle jusqu'au village pour y acheter quelques provisions, se renseigner au sujet des Johnson, aller voir le médecin afin de lui remettre la lettre de l'hôpital. Elle avait été surprise d'entendre Edward l'appeler Liz, et non Lizzie, mais très vite ce nouveau nom lui avait plu ; il faisait plus mûr, plus adulte. Il lui donnait moins l'impression d'être une enfant faible et dépendante.

Tant bien que mal, grâce à l'aide de Ian Holmes qui leur avait indiqué des fermiers pouvant leur prêter de la main-d'œuvre pour un jour ou deux, ils étaient parvenus à rendre une petite partie de la maison habitable. Il s'agissait surtout de la cuisine, dans laquelle Liz avait frotté sans discontinuer pendant huit jours, et des deux pièces les plus sèches du rez-de-chaussée qu'elle avait également nettoyées à l'eau chaude et au savon noir afin d'en faire des chambres à peu près convenables. Les lits de camp qu'ils utilisaient étaient encore moins engageants que ceux de l'hôpital ou de la pension, mais ils fournissaient de quoi se coucher. Et la jeune femme était si fatiguée, le soir venu, que son matelas bosselé ne parvenait pas à l'empêcher de dormir.

Pour Edward, les choses étaient différentes. Ian Holmes avait dû lui prescrire un soporifique ; au bout d'une semaine d'un sommeil régulier, il allait déjà beaucoup mieux. Toutefois, s'ils n'avaient pas eu la chance d'avoir enfin du beau temps et si Liz n'avait pu le sortir dans le jardin pendant qu'elle travaillait à l'intérieur, elle ne savait ce qu'elle serait devenue. L'état de la maison l'avait grandement affecté. Au début, il restait plongé dans une telle prostration que Liz s'était demandé avec angoisse s'ils devaient rester à Cottingdean. Mais où auraient-ils pu aller ?

Ils étaient installés depuis près d'un mois, quand la jeune femme disposa enfin d'un peu de temps pour dépasser les frontières du jardin et explorer leur domaine. La découverte d'une ancienne carte d'état-major roulée dans un placard lui avait donné cette envie. Lorsqu'elle l'avait trouvée, elle avait proposé à Edward de l'accrocher au-dessus de la cheminée dans l'ancienne bibliothèque. Aussitôt, à la façon dont son regard s'était empreint de douleur, elle s'était reproché son manque de discernement.

Cette pièce était celle dont il gardait le souvenir le plus ébloui. Il la lui avait dépeinte dans des termes émerveillés, évoquant l'ambiance chaleureuse qui y régnait, le feu de cheminée, l'odeur mêlée du tabac et des reliures de cuir, les lourds rideaux de velours grenat, les fauteuils confortables, le grand bureau ciré de son grand-père sur lequel trônait toujours un bouquet de fleurs fraîches préparé par sa grand-mère… De toute évidence, il y avait passé des moments magiques. Or plus rien n'en subsistait, ou presque. Les meubles avaient disparu, les rayonnages avaient été arrachés par endroit, les livres précieux gisaient par terre, leurs pages moisies ou rongées par les souris. Liz s'était efforcée d'y remettre de l'ordre, dans l'espoir de rendre à l'endroit un soupçon de son ancien confort et d'atténuer quelque peu la souffrance de son mari, mais elle était encore loin du compte…

Pas un jour ne passait sans qu'Edward ne se reprochât amèrement de l'avoir épousée et amenée à Cottingdean. Il supportait très mal de la voir travailler, alors qu'elle y prenait de plus en plus de plaisir. Pour Liz, récurer et nettoyer n'était pas une corvée, au contraire. Elle passait des heures à faire l'inventaire de ce qui restait, à trier les objets disparates entassés un peu partout et à les mettre de côté, se disant que plus tard ils pourraient leur servir, ou qu'Edward retrouverait peut-être avec joie d'anciens trésors de son enfance.

Personne ne semblait savoir ce qu'était devenu le mobilier. La jeune femme en était arrivée à la conclusion que les Johnson avaient dû le vendre. Edward, lui, était convaincu que le seul responsable de cette dilapidation était Kit, qui avait dû essayer de tirer le plus d'argent possible du contenu de la maison. Toutefois il avait gardé cette opinion pour lui, afin de la ménager, comme il lui avait caché d'autres découvertes tout aussi sordides : la mise à sac de la précieuse cave soigneusement constituée par son grand-père, par exemple. Il l'avait trouvée jonchée de bouteilles cassées, de verres brisés et d'autres preuves attestant que Kit y avait organisé nombre de parties fines en galante compagnie... A ses yeux, la jeune femme avait déjà assez été flouée pour lui imposer des désillusions supplémentaires. Il lui avait promis une maison confortable, un intérieur accueillant où son enfant et elle seraient choyés, et au lieu de ça elle occupait ses journées à des besognes infâmes... Ce spectacle le choquait profondément, allait à l'encontre de son éducation traditionnelle. Pour lui, son épouse était un être fragile et précieux ; elle n'aurait jamais dû être contrainte de s'abaisser à des tâches aussi humiliantes.

Liz ne partageait pas ses vues. Le défi que lui offrait la maison la stimulait chaque jour un peu plus et elle le relevait avec une sorte de bonheur, malgré les difficultés rencontrées. En outre, elle était libérée de ses nausées matinales et se sentait beaucoup mieux.

Un jour, le fermier qui leur avait fourni des hommes pour arranger le toit lui indiqua incidemment le meilleur moyen de remettre le jardin en état : une paire de chèvres.

— Et non seulement elles vous débroussailleraient le terrain pour le printemps, mais en plus elles vous fourniraient du bon lait, avait-il ajouté de son ton bougon.

L'idée parut presque trop belle pour être vraie à la jeune femme. Elle aurait aimé demander l'avis d'Edward, mais elle s'était aperçue qu'il ne connaissait rien à la vie de la campagne et répugnait à s'intéresser à de tels sujets. Et quand, pour sa part, elle rêvait de savoir quelles poules donnaient les beaux œufs mouchetés que Mme Lowndes leur avait offerts lors de sa première visite à la ferme, il estimait que ce genre de préoccupation ne convenait pas à une « dame ».

Une dame… Un instant, Liz avait failli rire et lui rappeler qu'elle n'en était pas une. Mais elle s'était retenue, sachant qu'elle le blesserait. Elle commençait à découvrir chez son mari un certain nombre de choses qui lui avaient échappé au départ, et en particulier un snobisme inné qui le poussait naturellement à respecter les différences entre les classes. Sans méchanceté aucune, il s'estimait d'un autre rang que les fermiers, même si ceux-ci vivaient bien mieux qu'eux, et jugeait que sa femme devait elle aussi respecter cette hiérarchie sociale en marquant à leur égard une réserve polie. Ces distances à maintenir pesaient à Liz. Elle se sentait mal à l'aise d'être appelée Mme Danvers par des gens qu'elle jugeait ses égaux, alors qu'en dépit de sa jeunesse elle devait les appeler par leur prénom. Néanmoins, elle s'efforçait d'exaucer les désirs d'Edward tout en restant le plus possible elle-même.

Par son mariage, elle était entrée dans un monde qui lui était étranger, un monde où l'argent n'était pas le principal critère de jugement. C'était l'univers que sa tante lui décrivait avec vénération, et qu'elle découvrait à présent de l'autre côté de la barrière séparant les gens habitués à être servis de ceux qui les servaient.

Jack Lowndes lui avait également appris une chose surprenante, à savoir que certains champs très fertiles situés à l'autre bout du village appartenaient au domaine. Ces prairies, inondables, étaient louées depuis plus de quarante ans à un certain Jimmy Sutton qui payait autrefois un très bon loyer au grand-père d'Edward. Il devait y avoir des arriérés importants… Prudemment, Liz avait interrogé son mari. Comme elle commençait à connaître sa fierté et sa susceptibilité, elle se doutait qu'il n'apprécierait guère d'être informé de ses droits par un simple fermier. Elle lui avait donc menti, déclarant qu'elle avait découvert l'existence de ces champs grâce à la carte.

— Peut-être nous doit-on de l'argent, avait-elle ajouté en s'efforçant de prendre un ton léger. Le notaire de ta famille pourrait sans doute te renseigner à ce sujet…

Edward, sa première irritation passée, avait acquiescé et retenu sa suggestion. Il admettait mal de ne pas tout savoir, et les initiatives de Liz le blessaient dans son amour-propre. Il se sentait tellement inutile, tellement perdu devant l'étendue du gâchis qu'il découvrait, qu'il lui en voulait parfois des efforts qu'elle déployait pour arranger leur situation. Pourtant il savait bien qu'il n'avait pas le droit de réagir ainsi. Elle travaillait si dur, se montrait si attentionnée à son égard, faisant toujours passer ses besoins avant les siens… Et si elle le traitait davantage comme un vieil oncle infirme que comme un époux tendrement chéri, comment lui en tenir rigueur ? Il avait toujours su qu'elle ne pourrait jamais éprouver pour lui du désir ou de la passion — sentiments auxquels il eût d'ailleurs été bien en peine de répondre… En même temps, tandis qu'il la voyait mûrir sous ses yeux et devenir une vraie femme sous le poids des soucis et des responsabilités, le regard plus grave, le visage moins juvénile, la culpabilité le taraudait. D'une certaine façon, il avait agi comme Kit en lui faisant miroiter de fausses promesses.

Seul Ian Holmes savait la vérité au sujet de l'enfant qu'elle portait. Le médecin avait connu Kit et désapprouvait l'entêtement de son patient à préserver l'image du jeune homme.

— Votre femme est intelligente, avait-il déclaré en secouant la tête. Tôt ou tard, elle finira par comprendre. Il n'était pas très populaire, ici. Pour l'instant les gens se taisent, mais d'ici à quelque temps, quand ils la connaîtront mieux… Il avait l'habitude de venir ici avec des femmes. Je sais que c'était la guerre et que ces jeunes soldats avaient besoin d'oublier le danger, mais dans le cas de votre cousin…

Edward, néanmoins, restait sur ses positions. Il tenait à lui laisser ses illusions le plus longtemps possible. La pauvre enfant avait si peu de choses auxquelles se raccrocher… Quand il voyait ses mains rougies, ses bras écorchés parce qu'elle avait voulu cueillir des fruits dans les broussailles du jardin, son cœur se serrait. Il se rappelait les douces mains blanches de sa mère, de sa grand-mère, et se maudissait une fois de plus.

— J'écrirai à Peter Allwood, avait-il promis. Avant lui, son père et son grand-père se sont occupés de nos affaires. Mais ne nourris pas trop d'espoir, tu risquerais d'être déçue.

Là encore, il redoutait sans le dire que Kit ait vendu les terrains qu'elle avait découverts.

Un après-midi, donc, la jeune femme se mit en chemin après avoir installé son mari dans la cuisine, près du poêle. Elle savait qu'au fond de lui il détestait vivre dans cette pièce, réservée à ses yeux aux domestiques, mais il refusait obstinément de se rendre dans la bibliothèque.

Sa grossesse était bien visible, à présent, et faisait ressortir sa fragilité. La nourriture était loin d'être abondante. Liz, en bonne maîtresse de maison, se désolait de ne pouvoir mieux profiter des ressources du jardin. Elle avait persuadé Mme Lowndes de lui vendre quelques poules, mais pour l'instant celles-ci ne voulaient pas pondre. Quant aux chèvres… elle se renseignait discrètement à leur sujet, sans succès pour l'instant. D'après la fermière, le jeune Vic, leur berger, serait sans doute le mieux à même de les conseiller.

Tout en marchant, Liz se remémora l'unique fois où elle avait rencontré le jeune homme. Il était venu se présenter trois jours après leur arrivée et l'avait prise de court : elle s'attendait à voir le vieillard dont Edward lui avait parlé et non un grand et beau garçon brun, bien bâti, à peine plus âgé qu'elle. Elle n'avait pu cacher un mouvement de recul, comme si d'une certaine façon sa jeunesse et sa force la menaçaient. Lorsqu'il lui avait demandé d'une voix hésitante à voir Edward, elle l'avait introduit dans la cuisine et s'était tenue près du fauteuil de son mari, sur la défensive. Vic connaissait aussi peu les femmes qu'elle connaissait les hommes ; néanmoins, son expérience des brebis lui avait permis de deviner sous cette attitude agressive la crainte qu'il lui inspirait, mêlée à une sorte de rancœur. De toute évidence, elle le comparait à son mari infirme et en était blessée pour lui.

Loin de lui en vouloir, il avait éprouvé pour elle de la compassion. D'instinct, avec cette sensibilité qu'il avait développée en grandissant seul auprès de son grand-père, il avait aussi deviné son courage et sa ténacité ; immédiatement, il avait compris que c'était cette femme qui reprendrait en main le destin de Cottingdean.

Depuis le décès de son grand-père, il vivait seul dans la petite ferme qui avait toujours été l'apanage des bergers du domaine. Il accordait tous ses soins à ce qui restait du troupeau et rêvait de lui rendre sa grandeur d'autrefois. Passant ses soirées à lire, il connaissait tout de l'art des croisements et des endroits où il pourrait se procurer les seuls béliers capables de rendre à ses bêtes une laine d'exception, adaptée aux machines modernes : l'Australie, la Nouvelle-Zélande... Un jour, peut-être, ce rêve se réaliserait. Mais sûrement pas grâce à cet homme brisé, usé avant l'âge, avait-il songé en regardant Edward avec pitié. Et d'instinct, encore, il avait deviné que l'enfant à venir ne pouvait être le sien. Cette certitude ne s'était accompagnée d'aucun jugement de sa part. C'était leur affaire. Pas la sienne ni celle de quiconque.

En voyant arriver Vic, Edward s'était lui aussi senti agressé — mais pour des raisons différentes de celles de Liz. D'emblée, il avait reconnu un être d'exception, bon, généreux, plein de qualités. Quelqu'un qui ne se laisserait jamais détruire par la vie, parce qu'il n'accuserait jamais la vie de l'avoir détruit. Un homme sain et entier. Cette pensée l'avait irrité, et il avait demandé d'un ton sec au jeune homme pourquoi il n'avait pas fait la guerre.

Vic lui avait souri, comprenant ce qu'il éprouvait, et avait expliqué avec sa patience habituelle que l'armée n'avait pas voulu de lui : des rhumatismes articulaires lui avaient affaibli le cœur. Il se ressentait de cette infirmité, parfois, lorsqu'il devait passer des nuits entières à s'occuper des brebis qui mettaient bas. Alors il attendait que la douleur s'estompe et se remettait au travail, trop heureux de se consacrer à un métier qu'il aimait pour s'attarder sur un problème auquel il ne pouvait rien.

Il avait parlé simplement, sans s'excuser ni se plaindre, avec une honnêteté et une franchise impossibles à mettre en doute. Ce garçon était la droiture même. Et pourtant, alors qu'il aurait été si facile à Liz d'aller le voir pour lui demander de lui faire visiter le domaine, de lui montrer le troupeau, de lui expliquer comment rendre son jardin aussi beau et aussi productif que le sien, elle se retenait de le faire.

Malgré elle, elle éprouvait des réticences à l'égard du jeune berger. Elle savait qu'elle avait tort. Que, sans lui, le troupeau aurait disparu depuis longtemps. Elle se doutait aussi qu'il ne devait plus être payé, et cela la gênait, mais elle n'osait aborder la question avec Edward. Plus tard, peut-être…

En attendant, elle passa cet après-midi-là à explorer seule la propriété en s'aidant de la carte qu'elle avait recopiée, évitant soigneusement Vic et son troupeau sans bien comprendre pourquoi elle se comportait ainsi. En elle-même, elle reconnaissait qu'il s'agissait d'un homme doux et sensible dont elle n'avait rien à craindre. Mais c'était un homme, justement, et la conscience qu'elle avait de sa virilité la dérangeait plus qu'elle ne l'aurait voulu.

Quelques jours plus tard, le notaire vint leur rendre visite. Il leur confirma que les terres inondables faisaient toujours partie du domaine, et fut très choqué d'apprendre que les loyers n'étaient plus versés depuis des années. Il recommanda à Edward de régler ce problème sans tarder. En revanche, s'il fut choqué aussi par l'état de la maison, par la jeunesse de Liz et par sa grossesse, il n'en montra rien.

Dès qu'il fut parti, Edward consulta Ian Holmes sur la meilleure façon de toucher ses arriérés. Liz était heureuse de le voir témoigner une telle confiance au médecin, dont elle appréciait aussi les manières franches et directes. Il leur déclara qu'il préviendrait Jim Sutton et le leur enverrait ; après quoi, au vif soulagement de la jeune femme qui s'inquiétait déjà de l'hiver à venir, il suggéra discrètement d'utiliser l'argent des loyers pour payer un homme à tout faire qui leur couperait du bois, nettoierait le jardin, allumerait le poêle le matin et effectuerait divers travaux d'entretien. Il en avait déjà parlé à Vic, avait-il ajouté.

Liz souhaitait depuis longtemps aborder ce sujet avec Edward, car elle était lasse de devoir demander l'aide de leurs voisins. Mais elle s'était retenue, sachant qu'il accepterait mal une telle suggestion de sa part. Il avait une conception très démodée du rôle des femmes ; pour lui, leur place était dans le salon d'où elles régnaient sur les domestiques et la bonne marche de la maison… Et même si, dans leur cas, le salon en question n'était plus qu'une pièce complètement délabrée, elle savait à quel point il se raccrochait désespérément à ses principes. C'était tout ce qui lui restait du monde qui avait été le sien. Elle se contenta donc d'espérer en silence que les sages paroles de Ian porteraient leurs fruits.

En vertu des mêmes principes, elle ne put assister à l'entrevue de son mari avec Jim Sutton, un homme à l'air fuyant qui lui déplut aussitôt et qui manifestement était là plus par souci du qu'en-dira-t-on que par devoir. Edward se contenta de lui dire que les arriérés seraient payés, sans autre commentaire. Liz aurait parié qu'il n'avait pas fait valoir tous leurs droits, mais elle n'osa pas insister. Il tenait trop aux domaines dans lesquels il pouvait encore se comporter en homme.

La première neige tomba en novembre. La jeune femme le devina tout de suite à la clarté insolite qui brillait derrière les carreaux de sa fenêtre, un matin. Elle était à son septième mois de grossesse et regrettait souvent que son enfant doive naître en janvier, au cœur de l'hiver, et non au printemps, moment où la nature reprenait vie.

Edward et elle occupaient des chambres séparées. Ils ne partageaient qu'une grande salle de bains inconfortable, pleine de courants d'air. Liz, qui redoutait toujours autant la moindre intimité physique entre eux, avait honte de ces sentiments et les cachait de son mieux. Depuis leur arrivée, Edward avait reconquis une certaine autonomie et n'avait plus besoin de son aide pour s'habiller. Il avait appris aussi à se déplacer tout seul au rez-de-chaussée dans son fauteuil roulant. Mais le froid et l'humidité ravivaient les douleurs de ses amputations, le rendaient irritable et renfermé. Aussi, ce matin-là, elle poussa un soupir anxieux. Qu'ils lui semblaient loin, les jours où la première neige l'emplissait d'une joie émerveillée ! A présent, les soucis d'ordre pratique prenaient le pas sur tout le reste. Leur réserve de bois s'épuisait de façon dramatique, les poules devraient être abritées pour l'hiver…

Edward ne parlait toujours pas d'employer quelqu'un. Quant aux chèvres, Liz y avait renoncé.

Alors qu'elle allumait le poêle, des aboiements sonores retentirent dans le jardin et elle se releva, tendue. Ces chiens ne pouvaient appartenir qu'à Vic. Jetant un coup d'œil par la fenêtre, elle le vit arriver, tirant un traîneau lourdement chargé. Elle ouvrit la porte, les sourcils froncés. Le jeune homme rayonnait de santé, il semblait imperméable au froid qui la transperçait.

— J'ai apporté les bûches, déclara-t-il d'un ton calme. Je vais les ranger à l'endroit habituel. Je suis désolé de ce retard, mais j'ai eu quelques problèmes avec les brebis.

Tandis que Liz le contemplait avec stupeur, il tira le traîneau jusqu'à l'étable et ôta la bâche qui le recouvrait. La jeune femme aperçut alors un énorme tas de bûches qui durerait largement tout l'hiver. Des larmes lui montèrent aux yeux. La gorge serrée, elle songea qu'elle n'avait plus pleuré depuis bien longtemps, depuis ces jours atroces qui avaient suivi la perte de Kit. Kit... Elle se permettait rarement de penser à lui, désormais. A quoi bon ? Il était mort. Jamais plus il ne la reprendrait dans ses bras, jamais plus il ne lui dirait qu'il l'aimait. Jamais...

Elle ne pouvait se douter que Vic avait travaillé toute la nuit pour couper ces bûches, que cet approvisionnement de bois ne faisait pas partie de ses attributions habituelles, comme pouvait le laisser penser son attitude, mais qu'il avait fait ce geste pour elle, par compassion pour sa faiblesse physique et par respect pour sa force morale. Il avait déjà vidé la moitié du traîneau quand Liz trouva enfin le courage de lui porter un gobelet de thé brûlant et une tranche de pain qu'elle avait cuit elle-même.

Il la remercia d'un sourire chaleureux, lui montrant à quel point il appréciait son attention. Une nouvelle fois Liz pensa combien il était gentil, même si sa présence la mettait mal à l'aise. Quand il eut terminé, il vint lui rapporter le gobelet vide.

— Je crois que je ferais bien de retourner voir le troupeau, dit-il simplement, coupant court aux remerciements de la jeune femme.

La couche de neige fondit vite, mais c'était un signe précurseur de l'hiver qui les attendait. Un hiver auquel ils n'étaient pas préparés, songeait Liz en frissonnant dans sa chambre glacée.

Pendant la deuxième semaine de décembre, le temps redevint très beau. Le soleil brillait, et elle éprouva soudain une envie folle d'être dehors, de profiter de la nature et du grand air. Au cours de l'automne, elle avait passé tous ses moments libres à tenter de restaurer les lambris du couloir ; mais depuis quelques semaines son ventre rebondi l'empêchait de se baisser, et elle avait dû renoncer à cette tâche. Rien ne lui interdisait de partir se promener.

Quelque temps plus tôt, elle avait reçu la visite de la femme du pasteur, venue gentiment s'enquérir de ses préparatifs pour la naissance. En cette période de pénurie et de rationnements, et sans famille proche, il ne devait pas être facile de constituer un trousseau, avait suggéré Louise Ferndean avec tact.

Elle avait raison. Liz avait passé des heures à fouiller dans les vieilles malles entreposées au grenier, regrettant de ne pas avoir de machine à coudre pour transformer les draps jaunis et les vêtements d'enfants démodés qu'elles contenaient. Elle avait également trouvé un berceau couvert de poussière et de toiles d'araignées, mais il était trop lourd pour qu'elle puisse le descendre seule. Comme elle en parlait à Louise Ferndean, celle-ci déclara aussitôt qu'elle lui enverrait son jardinier. Quant à la machine à coudre, elle pouvait sans problème lui en prêter une. La femme du pasteur cachait la pitié que lui inspirait ce couple tragique, elle si jeune, lui si cruellement mutilé. Quel courage ils avaient, de vivre dans cette maison délabrée… Le presbytère était loin d'être en bon état, mais au moins il était sec et sain.

Liz, déjà, connaissait assez bien Edward pour ne pas lui révéler d'emblée que Louise Ferndean lui avait proposé son aide. Elle avait laissé passer quelques jours, préférant le mettre devant le fait accompli quand le jardinier de Louise était venu chercher le berceau, puis l'avait ramené un peu plus tard tout propre et garni d'une literie complète. Une vraie merveille, que la femme du pasteur avait adroitement présentée comme un petit cadeau pour le bébé…

La jeune femme avait parfaitement conscience de l'orgueil de son mari, du fait qu'il détestait dépendre des autres et même de la jalousie qu'il montrait lorsqu'il lui arrivait de nouer des amitiés qui ne l'incluaient pas. La possessivité qu'elle percevait chez lui la contrariait, mais elle préférait ne pas y penser, n'ayant ni l'énergie ni le désir de s'appesantir sur ce travers. Elle trouvait plus simple de s'en accommoder, comme elle s'accommodait de tout le reste. Financièrement, les choses iraient sans doute un peu mieux pour eux avec les loyers des terres. Mais l'époque était dure pour tout le monde, et pour certains plus que pour d'autres.

Au village, les hommes commençaient à rentrer de la guerre et cela ne se faisait pas sans heurts. Les femmes se plaignaient que leurs maris avaient changé, qu'ils ne semblaient bien nulle part… Les bras ne manquaient pas, mais Edward ne semblait toujours pas décidé à employer quelqu'un.

Tandis qu'elle s'éloignait de la maison et prenait l'étroit sentier qui montait vers les collines, Liz songeait à quel point sa vie avait changé en moins d'un an. Parfois elle était effrayée en se rendant compte que Kit, qui avait été à l'origine de tous ces bouleversements, devenait une ombre de plus en plus floue dans sa mémoire. Il lui arrivait souvent de se réveiller en larmes, la nuit, parce qu'elle avait cherché en vain dans un rêve à se remémorer son visage. Elle l'aimait toujours aussi fort, bien sûr. Cela, rien ne pourrait jamais le changer. Néanmoins les souvenirs qu'elle avait de lui s'estompaient, lui échappaient peu à peu. Ils étaient brouillés sans qu'elle le veuille par Cottingdean, les problèmes quotidiens à résoudre, sa vie avec Edward, Edward lui-même…

Et depuis peu toutes ces choses-là étaient elles-mêmes repoussées au fin fond de son esprit par la présence de plus en plus forte de l'enfant qui grandissait en elle. Un enfant auquel elle avait cessé sans s'en rendre compte de penser avec passion comme au fils de Kit, mais qui était lié maintenant à Cottingdean et à ce qu'elle en ferait, comme si sa naissance et la vie qu'elle voulait à tout prix insuffler à cette maison étaient désormais inextricablement mêlées.

8.

Le sentier montait plus abruptement qu'elle ne le pensait et elle dut s'arrêter, souffrant d'un point de côté douloureux. Personne, au village, ne savait exactement à quelle époque elle avait épousé Edward. Le fait qu'ils se soient connus plusieurs mois auparavant leur avait permis de laisser croire que leur mariage était déjà bien établi, et si les gens s'étonnaient de voir une aussi jeune femme liée à un infirme, ils étaient trop polis pour le montrer. Certains, pensait Liz, supposaient sans doute qu'ils s'étaient mariés avant le drame qui avait mutilé Edward ; ni l'un ni l'autre n'avait cherché à corriger cette impression.

Liz savait à quel point il était important pour Edward que l'enfant soit accepté comme le sien. Elle en avait pris son parti, non seulement parce qu'elle se sentait redevable envers son mari, en dépit de leur vie difficile, mais aussi parce que en mûrissant elle devinait qu'il serait plus simple pour son fils de grandir en se croyant le véritable fils d'Edward, plutôt que de se voir rappeler sans cesse qu'il avait été engendré par son cousin.

En outre, la jeune femme avait compris qu'Edward en voulait à Kit. Pour leur bien à tous, elle devrait faire en sorte que ce ressentiment ne vienne pas à toucher l'enfant.

La promenade lui parut plus fatigante que la première fois où elle l'avait faite ; mais cela remontait à trois mois, par un bel après-midi d'automne. Il faisait beaucoup plus froid, maintenant, et en dépit du soleil elle frissonnait, mal protégée par son manteau trop léger. Pourtant elle tenait à monter jusqu'en haut. Du sommet, elle aurait une vue d'ensemble sur Cottingdean et ses alentours. Sans savoir pourquoi, elle éprouvait un besoin irrépressible de revoir ce paysage.

Alors qu'elle était presque arrivée et qu'elle abordait une zone pierreuse, le souffle court, les jambes et le dos douloureux, elle glissa soudain sur une plaque d'ardoise friable et perdit l'équilibre, incapable de se retenir. Le choc fut si violent qu'elle resta un moment allongée sur le sol, tremblante, le cœur battant à se rompre. Il lui fallut quelques minutes pour oser bouger et s'assurer avec soulagement qu'elle ne s'était rien cassé. Mais elle n'était pas seule en cause, songea-t-elle en se redressant avec peine. Et si elle avait pris des risques inconsidérés, elle en avait aussi fait courir à son enfant.

Elle se remit à descendre d'un pas prudent, se demandant quelle folie l'avait saisie. Brusquement, elle ne pouvait plus attendre de se retrouver à Cottingdean, saine et sauve, en sécurité. Elle dut se contraindre à ne pas courir. Sans cesse, elle touchait son ventre pour se rassurer et parlait à mi-voix à son enfant, lui disant qu'il avait une mère bien imprudente, lui demandant de lui pardonner. C'était une habitude qu'elle avait prise depuis quelque temps, en particulier lorsqu'elle s'asseyait près du berceau tout prêt à accueillir le bébé.

A mi-chemin de la colline, alors qu'elle se remettait juste à respirer normalement et à détendre ses muscles crispés, une douleur violente lui traversa le ventre, si forte qu'elle se figea sur place, tremblante. Elle eut beau se répéter pour se rassurer que ce n'était qu'un point de côté, elle devinait déjà qu'il s'agissait de tout autre chose.

Elle repartit d'un pas plus rapide, suppliant son bébé de lui laisser le temps d'arriver, se reprochant une fois de plus sa folie. En même temps, elle tentait de se raisonner ; elle se disait qu'elle s'affolait pour rien, que la naissance n'était pas prévue avant quatre semaines, que c'était sans doute une fausse alerte provoquée par sa chute. Mais à l'instant où elle commençait à se calmer et à reprendre espoir, une seconde douleur aussi aiguë que la première l'assaillit.

*
* *

Vic l'avait aperçue et la suivait du regard, les sourcils froncés. Que faisait-elle si loin de chez elle, dans son état ? Elle n'aurait jamais dû se trouver là. En lui-même, il la compara à ses jeunes brebis écervelées prêtes à mettre bas pour la première fois, et qui n'avaient encore aucune conscience de leurs devoirs de mère.

Tandis qu'il l'observait, il la vit se plier en deux, les mains sur son ventre. Il était trop loin pour voir son expression, mais n'avait aucun mal à la deviner. Et tout à coup il se rendit compte qu'il s'était élancé vers elle sans réfléchir. Il s'arrêta une seconde pour siffler ses chiens et leur ordonner de garder le troupeau à sa place, puis se remit en marche d'un pas vif. Ils étaient à plus de trois kilomètres de Cottingdean, à cinq cents mètres à peine de sa ferme. Sans doute aurait-elle juste le temps d'arriver chez lui.

Liz, trop absorbée par ce qui lui arrivait, ne vit pas approcher le jeune berger. Elle ne pensait qu'à essayer de dominer les ondes de douleur qui la submergeaient. Il fallait à tout prix qu'elle parvienne jusqu'à Cottingdean. Mais chaque nouvelle crampe la forçait à ralentir, à s'arrêter, et son désarroi était de plus en plus grand. Quand Vic l'atteignit, elle était recroquevillée sur elle-même, les bras croisés sur son ventre, les yeux agrandis par la souffrance et la stupeur. Elle l'aperçut sans le distinguer vraiment, obnubilée par la terreur qui l'envahissait, incapable de penser à autre chose qu'à ce qui se passait en elle.

Vic l'appela par son nom et lui prit doucement le bras. Au bout d'un moment, il se rendit compte qu'elle émergeait peu à peu de sa léthargie et prenait conscience de sa présence. Elle parut d'abord surprise, puis choquée, et enfin soulagée. Il ne se trompait pas. Quand Liz le reconnut, elle sentit aussitôt fondre toute réserve à son égard. Elle était si heureuse de ne plus être seule ! Elle le laissa l'enlacer et la guider le long du sentier.

— Vic… le bébé… Je crois qu'il arrive, balbutia-t-elle en luttant contre une autre vague de douleur.

Il lui jeta un regard indulgent. Elle était si jeune, en dépit de la force qu'elle montrait… Beaucoup trop jeune pour être mariée à quelqu'un comme Edward Danvers. Il fronça les sourcils. Il n'avait pas le droit d'avoir ce genre de pensée. Ils étaient mariés. Elle était sa femme.

— Je dois rentrer à Cottingdean. Je...

Vic avait vu à quel point les douleurs étaient rapprochées. Il savait qu'un travail aussi rapide était rare pour un premier accouchement, et que souvent ce genre de chose s'accompagnait d'hémorragies qui pouvaient être fatales. Sans rien dire, il l'entraîna vers la ferme. Quand Liz comprit où il voulait l'emmener, elle s'arrêta brusquement et lui jeta un regard angoissé.

— Non, Vic. Je dois rentrer chez moi. Le bébé...

— Il ne vous laissera pas le temps d'arriver, déclara-t-il d'un ton calme. La ferme est plus près.

Le cœur de Liz bondit dans sa poitrine quand elle comprit ce qu'il voulait dire. Elle savait qu'il avait raison. De nouveau, elle céda à la panique.

— Il faut appeler le docteur..

Cela non plus, ils n'auraient pas le temps de le faire. Mais Vic, empli de pitié, ne le lui dit pas et se contenta de la reprendre par le bras. Sa main ferme rassura la jeune femme qui le suivit passivement, sans résister davantage.

Liz n'était jamais entrée chez lui. Elle découvrit avec étonnement une cuisine parfaitement rangée, luisante de propreté ; le fumet d'un ragoût en train de mijoter sur le poêle caressa ses narines, et elle se rendit compte qu'elle avait faim. Mais une nouvelle douleur la transperça, plus pressante que les précédentes, et de nouveau elle oublia tout le reste. Vaguement, elle se rendit compte que Vic l'entraînait dans l'escalier, jusqu'à la petite chambre qu'occupait jadis son grand-père et qui ne contenait plus qu'un lit. Elle sentit le matelas s'enfoncer sous son poids, puis deux mains fermes la dépouillèrent de sa jupe. Une voix calme et assurée ne cessait de lui parler et de la réconforter, tandis que des douleurs fulgurantes la déchiraient, s'apaisaient, reprenaient aussitôt avec une violence sans cesse plus forte.

Elle s'entendit crier, quelqu'un lui répondit, et elle sentit soudain la force de cette nouvelle vie qui voulait s'arracher à elle pour prendre son autonomie. Elle eut brusquement conscience du danger qu'elle courait et que son enfant courait avec elle. Elle dut hurler sa terreur, car la voix s'éleva de nouveau pour la calmer et la rassurer.

Dehors, il commençait à faire sombre ; l'après-midi d'hiver laissait place au crépuscule. Pour Vic, chaque naissance était magique et unique. C'était toujours un instant hors du temps, un miracle qui lui donnait le sentiment merveilleux d'être immortel. Mais il n'avait jamais connu quelque chose d'aussi intense, d'aussi émouvant que la venue au monde de ce petit garçon. Et il se sentit tout à coup plein d'humilité.

Liz avait souvent pensé à cette naissance avec appréhension, imaginant qu'elle serait terriblement gênée. Or elle n'éprouva pas le moindre embarras quand Vic lui tendit son fils, mais au contraire une gratitude immense et une émotion qui dépassait tout ce que les mots pouvaient exprimer, comme s'ils étaient brusquement unis par quelque chose qui les dépassait. Elle ne ressentit aucune gêne non plus lorsqu'il plaça l'enfant contre son sein nu, tant ses mouvements étaient simples, naturels, empreints d'une tendresse instinctive. Puis il lui déclara qu'il devait relever les pieds du lit et elle acquiesça sans poser de question, inconsciente du fait qu'elle saignait abondamment. Quand il eut enveloppé le bébé dans une peau de mouton, elle le serra contre elle et murmura d'une voix endormie :

— Je crois que je vais l'appeler David…

— C'est un beau nom, approuva Vic. Un nom de roi.

Liz était épuisée. Pourtant, dans l'euphorie d'avoir donné le jour à son fils, elle refusait de s'abandonner au sommeil et tenait à tout prix à rester consciente.

Vic, ne voulant pas l'alarmer, s'assit près d'elle tout en surveillant l'hémorragie qui durait toujours, même si elle faiblissait un peu. Sans doute aurait-elle besoin de quelques points de suture. Il fallait qu'il prévienne le Dr Holmes et Edward, qui devait être fou d'inquiétude. Il le lui dit, mais elle s'accrocha à son bras.

— Non, je vous en prie… Restez avec nous. Il y a tant de choses…

Elle s'interrompit brusquement et secoua la tête, les sourcils froncés. Que voulait-elle lui dire ? Que souhaitait-elle partager avec lui, tout à coup ? Il n'était qu'un étranger pour elle, plus encore qu'Edward. Pourtant ils avaient vécu ensemble une chose si belle et si forte, une expérience tellement profonde, tellement intime, que désormais ils resteraient liés jusqu'à la fin de leurs jours. Un frisson la parcourut.

— Parlez-moi..., murmura-t-elle. Dites-moi ce que vous voulez faire de votre vie, Vic.

Il lui obéit sans cesser de la surveiller, et lui cacha son soulagement lorsqu'il vit que les saignements cessaient peu à peu et que son visage reprenait des couleurs. Elle ferait une bonne mère, pensait-il avec joie en voyant la façon dont elle serrait son fils contre elle. Quant à ce dernier, en bonne santé et parfaitement formé malgré son arrivée prématurée, il tétait avidement.

Elle ressemblait à une madone, se dit-il encore lorsqu'elle se pencha en souriant vers le bébé pour caresser sa joue. Une flèche d'envie le traversa. Brusquement, les projets et les rêves qu'il était en train d'exposer à Liz ne lui suffisaient plus. Il voulait davantage. Il la voulait, elle... Il tenta de repousser cette idée aberrante, de la nier, mais il était trop tard ; déjà, il avait le cœur à vif en pensant qu'il ne la verrait jamais bercer ainsi un enfant à eux.

— Continuez, demanda Liz en relevant les yeux vers lui. Vous disiez, à propos de ce bélier...

Edward accueillit son fils avec une joie débordante. Il approuva même le nom que Liz avait choisi, mais la jeune femme se doutait qu'il devait mal lui pardonner de l'avoir fait naître dans un endroit aussi humble, avec un berger pour seul témoin.

Durant quelques semaines, il se montra assez sec avec Vic. Liz se sentait coupable, pensant qu'il dirigeait sur le jeune homme la colère qu'il éprouvait à son égard. Elle ne pouvait imaginer que son mari réagissait en mâle, conscient de l'intérêt qu'un autre mâle portait à sa compagne.

Ian Holmes, en revanche, encensa le jeune homme et parla de l'accouchement avec une aisance et un naturel qui emplirent la jeune femme de gratitude.

— Vous avez eu beaucoup de chance que Vic soit là. Vous ne pouviez rêver d'une meilleure sage-femme. Après tout, il a assisté à bien plus de naissances que moi…

Ce commentaire déplut à Edward, qui déclara d'un ton pincé que l'on ne pouvait comparer une brebis à une femme.

— Elles se ressemblent plus que vous ne croyez, quand il s'agit d'accoucher, répliqua le médecin avec son franc-parler habituel.

Il n'ajouta pas que, sans l'intervention de Vic, Liz aurait pu perdre beaucoup plus de sang qu'elle ne l'avait fait. La jeune femme, qui s'était remise très rapidement de son accouchement, rayonnait de santé et de fierté. A juste titre, car son fils était un bébé magnifique.

Quelqu'un, quelque part, leur avait trouvé deux chèvres. Liz s'obligeait à boire leur lait dans l'intérêt de David, car Ian Holmes l'avait prévenue que le régime alimentaire carencé auxquels ils étaient tous soumis risquait de rendre le sien insuffisant pour nourrir un enfant.

9.

David venait d'avoir six mois, lorsque survinrent trois événements qui devaient, à des degrés divers, profondément affecter leur vie.

Le premier se concrétisa sous la forme d'une visite inattendue au début d'un bel après-midi de juin.

Liz venait d'installer David et Edward pour leur sieste, devenue un rituel quotidien. Elle songeait une fois de plus à l'amour plein de tendresse que son mari vouait à « leur » fils, un amour qui ne cessait de l'étonner et de la ravir et qui à ses yeux justifiait pleinement leur mariage. S'il lui arrivait de se souvenir avec douleur du beau garçon rieur qui avait donné la vie à David, elle gardait ces pensées pour elle. Et elle était la première surprise de la facilité avec laquelle elle pensait au bébé comme à « leur » enfant.

David était bien le fils d'Edward à part entière. Son père était toujours en train de s'occuper de lui, et s'inquiétait bien plus qu'elle-même à son sujet. Au début, elle s'était rendu compte qu'il n'appréciait pas de la voir le nourrir ; dans son monde, les « dames » ne faisaient pas ce genre de chose. Mais Ian Holmes, avec son solide bon sens de terrien, s'était montré inflexible ; il avait fermement déclaré à Edward que le lait de Liz était un aliment bien plus économique et bien plus sain que les reconstitutions chimiques achetées en magasin, et qu'il n'y avait pas à discuter. De fait, David était un bébé superbe, calme et potelé, avec de belles boucles brunes et de grands yeux bleus à l'expression sérieuse qui viraient lentement au gris. Sa peau fine était hâlée par les longues heures qu'il passait au soleil, dans un panier, pendant que Liz travaillait dans le jardin.

Les chèvres avaient rempli leur tâche. Puis quelqu'un — Ian ou Vic — leur avait fait envoyer au début du printemps deux ouvriers de Jack Lowndes qui avaient fini de nettoyer et bêché le potager. Liz, consciente de leur manque d'argent, avait insisté pour conserver les arbres fruitiers dressés en espaliers le long des murs. Les arbres avaient été taillés, soignés. Et chaque matin, quand elle traversait son domaine après avoir nourri les poules ou vérifié que les chèvres ne s'étaient pas échappées, elle contemplait avec fierté le résultat de ses efforts. Déjà, fidèle aux préceptes de sa tante, elle pensait à l'automne et à tout ce qu'elle pourrait engranger pour l'hiver suivant : compotes, conserves, confitures…

Elle en était là de ses rêveries, quand un coup de sonnette impérieux la fit sursauter. Personne n'utilisait jamais la porte de devant ; en outre, les visiteurs étaient rares. Les villageois se montraient d'un naturel plutôt réservé, chacun préférant rester chez soi, et Liz avait trop conscience de l'ambiguïté de sa position sociale pour oser faire le premier pas. Mais une visite un lundi après-midi, moment où toute maîtresse de maison se devait d'être absorbée par sa lessive hebdomadaire, était vraiment surprenante.

Les sourcils froncés, la jeune femme enleva prestement son tablier. Puis elle s'engagea dans le vestibule, qu'ils n'empruntaient jamais, vivant à l'arrière de la maison, et jeta un coup d'œil critique aux lambris dont elle avait cessé de s'occuper depuis la naissance de David. La lumière d'été, très vive, faisait terriblement ressortir leur délabrement. Tant pis, se dit-elle en tirant sur le lourd verrou de la porte d'entrée. Si ce visiteur avait choisi d'arriver par là, il devrait en assumer les conséquences.

Quand elle ouvrit, le soleil éclatant l'éblouit un instant. Elle cligna des yeux, puis contempla avec stupeur la personne qui lui faisait face. C'était une grande femme maigre aux boucles grises relevées en un chignon désordonné, et à la peau aussi tannée que celle d'une Gitane. Elle devait avoir près de soixante-dix ans, pensa Liz tout en lui décochant un sourire hésitant.

— Harriett Fane, annonça la visiteuse d'un ton brusque, avant de donner à Liz une poignée de main d'une vigueur presque masculine. Du manoir Fane.

Elle s'avança dans le vestibule, n'accordant aucune attention à l'état des murs.

— Je vis seule dans cette baraque, maintenant que j'ai enterré mon frère. Il avait été mis en pièces à Dunkerque, le pauvre bougre, et il aurait mieux valu pour lui qu'il y reste. Enfin… C'est pour cela que je suis ici. J'ai entendu parler de votre mari. Je ne l'ai jamais rencontré, mais je connais la famille…

Liz l'écoutait, stupéfaite. Elle aussi avait entendu parler de Harriet Fane, ou plus exactement de *lady* Harriett Fane. Ian Holmes leur avait appris le décès de lord George Fane. Les Fane passaient au village pour un couple excentrique, vivant dans un manoir encore plus délabré que Cottingdean si c'était possible. Ni l'un ni l'autre ne s'était marié. Lady Harriett vivait pour ses chevaux et son jardin ; fort peu féminine, elle était connue pour son franc-parler et un manque de tact dénué de toute méchanceté. Louise Ferndean, un jour, avait avoué à Liz qu'elle lui faisait un peu pitié.

— Je crois que sous ses manières bourrues elle est très timide, avait ajouté la femme du pasteur. Son frère et elle ont toujours mené une existence solitaire, dans cette grande maison vide. Ils n'ont pratiquement pas de famille et très peu d'amis. Ce pauvre George ne quitte plus son lit et souffre terriblement.

Avec embarras, Liz expliqua à cette visiteuse de marque qu'ils vivaient pour l'instant encore dans la cuisine, et la conduisit jusque-là. Elle aurait nettement préféré qu'Edward pût la recevoir à sa place.

— Ça sent bon en tout cas, déclara Harriett en pénétrant dans la pièce étincelante de propreté, à laquelle les efforts de Liz avaient réussi à donner un air accueillant et confortable.

La jeune femme lui décocha un sourire hésitant. Le sol ciré, le vaisselier nettoyé et décapé, les cuivres rutilants, ainsi que les deux fauteuils recouverts de housses taillées dans de vieux rideaux et cousues avec la machine Singer prêtée par Louise, composaient un décor chaleureux. Sur la cuisinière, un poulet était en train de rôtir dans une cocotte en fonte, et une bonne odeur de pain chaud flottait dans la pièce. Chez sa tante, les jours de lessive, un repas froid était de rigueur. Mais Edward mangeait si peu et se montrait si délicat qu'elle se sentait tenue de stimuler son appétit en cuisinant le mieux possible.

Elle invita sa visiteuse à s'asseoir et lui offrit une tasse de thé.

— Je vais vous dire pourquoi je suis venue, annonça Harriett. C'est au sujet de Chivers.

— Chivers ? s'enquit Liz, perplexe, se demandant s'il s'agissait d'un de ses chevaux.

— Oui. L'ordonnance de mon frère. Il n'a pas quitté George pendant des années. C'est lui qui l'a maintenu en vie, les derniers temps. La meilleure infirmière qu'un homme puisse avoir, disait George. Il sait tout faire. Il faut que je lui trouve une place, maintenant que George n'est plus là. Et comme j'ai entendu dire que vous cherchiez quelqu'un…

Liz comprit brusquement et se sentit pâlir. Certes, elle avait enfin réussi à convaincre Edward d'engager un homme à tout faire pour l'aider dans ses tâches les plus lourdes et exécuter les réparations les plus urgentes de la maison, ainsi que divers travaux d'entretien. Mais elle avait pensé à un homme jeune et fort, adroit de ses mains et ingénieux à la fois, pas à un vieux soldat en retraite qui risquait de regarder de haut les besognes qu'elle avait à lui proposer… En outre, les gages qu'ils pourraient lui donner ne seraient pas très généreux. Cette idée la soulagea : c'était le meilleur prétexte qu'elle pouvait trouver pour refuser l'offre de lady Harriett. Elle lui expliqua brièvement la situation.

— Oh, ce n'est pas grave, répliqua Harriett à sa grande stupeur. Chivers n'est pas exigeant. George ne l'a pratiquement jamais payé. Non, le problème est plutôt de lui trouver quelqu'un qui lui convienne. Il se retrouve seul, maintenant, et le devoir m'impose de le recaser correctement. C'est un type en or.

Il s'agissait donc d'une question de principes..., songea Liz, au désespoir. Elle chercha en vain une excuse valable, se retranchant finalement derrière la seule qu'elle put trouver :

— Vous êtes très aimable d'avoir pensé à nous, murmura-t-elle d'une voix faible, mais je ne peux prendre cette décision seule. Mon mari...

— Chivers est tout à fait ce qu'il lui faut, ma chère, coupa Harriett en se levant. Il lui fera le plus grand bien, vous verrez. Bon. Je suis heureuse que l'affaire soit réglée. Je vous amènerai Chivers demain matin.

— Demain matin ? se récria Liz. Mais votre... Chivers ne souhaite peut-être pas travailler pour nous...

— Sornettes ! trancha Harriett de sa voix sonore. Il ne peut rêver mieux. Il se ronge les sangs, depuis que George n'est plus là. Je vous laisse. Il faut que j'aille nourrir mes chevaux.

Totalement déconcertée, Liz raccompagna sa visiteuse jusqu'au perron et la regarda s'installer dans une vieille Morris qui démarra en toussant et crachotant. Quand elle fut partie, la jeune femme se refit une tasse de thé et s'effondra dans un fauteuil. Edward allait être furieux et il aurait le droit de l'être..., songeait-elle avec nervosité. Mais aucun argument, manifestement, ne serait venu à bout de lady Harriett...

Elle attendit la fin du dîner pour informer son mari. Loin de se montrer mécontent, Edward parut même très flatté que Lady Harriett Fane l'ait jugé digne de recueillir l'ancienne ordonnance de son frère. Décidément, il y avait beaucoup de choses qui lui échappaient encore dans les codes sociaux de la classe à laquelle appartenait son mari, pensa Liz. Non seulement Edward ne semblait pas choqué que l'on fît passer quelqu'un d'une maison à l'autre comme un paquet, mais il paraissait prendre ce geste comme une faveur. Ce qui n'était certainement pas le cas, ajouta-t-elle en elle-même avec acidité.

Cette opinion se renforça le lendemain, quand Chivers arriva en compagnie de lady Harriett. C'était un petit homme rond, à la peau rose et au crâne dégarni. Il pouvait avoir entre cinquante et soixante ans, estima Liz, en le saluant avec une certaine raideur. Elle s'était levée de bonne heure pour lui préparer une chambre, tout en espérant qu'un seul coup d'œil à la maison lui ôterait l'envie de rester. Lorsqu'elle l'introduisit dans le vestibule, elle le vit examiner les lambris qu'elle avait elle-même nettoyés, et dont le bois sec avait grand besoin d'être nourri. Il aurait fallu de l'huile de lin, mais où trouver un produit aussi luxueux en cette période de restriction ?

Liz avait déclaré à Edward que c'était à lui d'engager Chivers s'il y tenait. Elle conduisit donc le petit homme dans la bibliothèque propre, mais vide, où celui-ci l'attendait. Un feu brûlait dans la cheminée, seule concession de la jeune femme aux lois de l'hospitalité. « Qu'il voie donc la maison telle qu'elle est », pensa-t-elle. Au moins saurait-il dans quel dénuement ils vivaient…

Pourtant, en dépit de la contrariété qu'elle éprouvait à être placée de force dans une situation qui lui avait été imposée, l'éducation qu'elle avait reçue prit très vite le dessus et elle fit en sorte de se montrer aimable avec ses visiteurs.

Il fallut moins de trois jours à Liz pour changer complètement d'avis à propos de Chivers et se demander avec étonnement comment Harriett Fane avait pu se résoudre à se passer de lui. Déjà, Louise Ferndean était venue la voir dès qu'elle avait appris la nouvelle.

— Vous avez réussi à avoir Chivers ? s'exclama-t-elle. Quelle chance vous avez ! Comment vous y êtes-vous prise ?

Liz lui expliqua qu'elle n'y était pour rien… Seul Chivers aurait pu révéler pourquoi il avait choisi de rester à Cottingdean.

Dès le lendemain, la jeune femme le trouva à genoux dans le vestibule, en train d'oindre les lambris d'un produit dont l'odeur rappelait fortement l'huile de lin. Elle lui posa la question et il répondit que c'était effectivement de l'huile de lin, mais ne voulut pas lui dire où il l'avait trouvée. Il resta également muet sur la provenance de tous les objets et matériaux qui se mirent soudainement à apparaître dans la maison. Le trou dans le toit de l'étable, que Liz désespérait de voir réparé, disparut comme par enchantement. Et dans la bibliothèque, des rayonnages neufs remplacèrent bientôt ceux qui étaient abîmés et pourris…

— Chivers, votre place n'est pas ici, lui dit-elle quelques jours plus tard avec admiration. Vous devriez gouverner le pays !

— Je préfère de loin rester chez vous, madame, répondit-il avec la déférence qu'il lui montrait et que Liz appréciait, ayant craint au début qu'il ne lui fasse sentir sa différence de classe. Quand j'ai entendu raconter tout ce que vous faisiez chez vous, je me suis dit que cela me conviendrait tout à fait. Et quand le bébé est né… cela a précipité les choses, pour ainsi dire.

Il ne s'expliqua pas davantage, et Liz n'osa pas l'interroger. Néanmoins, elle pensa que sous ses apparences revêches Harriett Fane avait dû vouloir jouer les bonnes fées et cela la toucha. En tout cas, le cadeau qu'elle lui avait fait en lui offrant Chivers était sans prix.

Brusquement, sa vie devint plus facile. Elle riait plus souvent, et chantonnait fréquemment en travaillant dans le jardin. Des journées entières, et parfois même plusieurs jours de suite, passaient sans qu'elle pensât à Kit. Pour son anniversaire, Chivers confectionna un gâteau et elle reçut un nombre surprenant de cadeaux. Elle commençait même à se sentir parfaitement heureuse dans son nouvel univers, lorsque, un matin de juillet, elle reçut une deuxième visite inattendue.

Il s'agissait encore d'une femme, qui se présenta elle aussi à la porte d'entrée, mais ne pouvait être plus différente de la masculine Harriett.

Liz ouvrit la porte un sourire aux lèvres, enchantée par le nouvel aspect des lambris qui luisaient maintenant d'un éclat de miel. Une seconde plus tard, cependant, ce sourire disparaissait pour faire place à une expression de stupeur : face à elle se tenait une jeune femme brune, grande et mince, très élégante. Ses cheveux étaient coiffés en un chignon impeccable, son visage maquillé avec soin. Liz nota une certaine dureté dans son regard, mais préféra glisser sur ce détail. L'inconnue fumait une cigarette avec de petits gestes nerveux et portait des vêtements de prix, comme l'étaient l'alliance en or et la bague de fiançailles ornée de diamants qui brillaient à sa main gauche.

On l'aurait crue sortie d'un magazine de mode que la fille de Louise Ferndean lui envoyait parfois de Londres : riche, sophistiquée, distante et très, très peu à sa place dans le vestibule de Cottingdean. Derrière elle, garée dans l'allée, une grosse voiture flambant neuve étincelait au soleil.

Comme Liz la regardait avec stupeur, la jeune femme lança d'un ton acide :

— Un cadeau de mon nouvel époux. Superbe, n'est-ce pas ? Puis-je entrer ? Je suis Lillian Chalmers.

Liz la dévisagea sans comprendre. Visiblement, sa visiteuse s'attendait que son nom lui soit familier.

— J'étais fiancée au cousin d'Edward, avant qu'il ne se fasse tuer, précisa-t-elle sèchement.

Elle écrasa sa cigarette avec brusquerie, comme pour assouvir sa colère.

— C'est vraisemblablement le plus beau cadeau qu'il m'ait jamais fait..., ajouta-t-elle d'une voix sourde. Avez-vous connu Kit, à propos ? J'ai appris votre mariage à mon retour des Etats-Unis, par ma mère. Avant de repartir pour New York, j'ai eu envie de venir faire un tour par ici. Un pèlerinage, en quelque sorte... Kit organisait de vraies orgies, dans cette maison. Je n'y étais pas invitée, bien sûr. Ce n'est pas le genre de soirées auxquelles un homme invite sa fiancée, surtout quand il ne l'épouse que pour l'argent de son père...

Liz fut prise d'un vertige. Une étrange sensation de déjà-vu l'envahit. Elle avait l'impression d'être attirée malgré elle dans un lieu sombre et glacé où ne régnaient que douleur et désespoir. Cette femme avait été fiancée à Kit, l'avait aimé, apparemment, avait été blessée par lui... Il lui semblait être prisonnière d'un cauchemar. Lillian ne pouvait se douter qu'il y avait eu quelque chose entre elle et Kit. Ce n'était pas sur elle, qu'elle déversait son amertume et son venin ; elle cherchait plutôt à se débarrasser du poids de ce passé, à l'exorciser, à en conjurer les ombres avant de partir vers sa nouvelle vie. Mais le résultat était le même pour elle.

Dans une sorte de brouillard, Liz l'invita à la suivre jusqu'à la cuisine.

— Je l'aimais, vous savez, reprit Lillian d'un ton cinglant, en allumant une autre cigarette. C'était bien cela le pire... Je l'aimais, et il m'a laissé croire un moment qu'il m'aimait aussi. Juste le temps de m'amener dans son lit. Pour lui, bien sûr, tout cela n'était qu'un jeu. Il savait que je l'adorais et que je ne pourrais jamais me résigner à le quitter. Me faire souffrir l'amusait. Il prenait plaisir à me dire qu'il ne m'épousait que pour ma fortune.

Liz avait envie de lui crier de se taire, de lui dire qu'elle ne voulait plus l'écouter, que ses paroles détruisaient ses propres rêves, ses propres souvenirs. Elle aurait tout donné pour mettre un terme à cette scène. Si seulement Edward avait été là... Mais il était parti au village avec David et Chivers, qui avait fixé un vieux panier à bicyclette dans le fauteuil roulant de manière à pouvoir les emmener tous les deux. Ils ne seraient pas de retour avant longtemps. Et Lillian continuait, impitoyable...

— J'avais beau le connaître, savoir qui il était, quand il est mort j'ai souhaité mourir aussi. Absurde, non ? ajouta-t-elle, un pli amer marquant ses lèvres rouges. J'ai même regretté de ne pas avoir eu un enfant de lui. Ridicule, quand on sait ce que Kit en pensait... Une fois, j'ai cru être enceinte. Il était furieux et m'en a rendue responsable, alors que j'ignorais tout de ces choses-là et qu'il était le premier...

Elle se mordit la lèvre et se tut, tirant férocement sur sa cigarette. Liz se sentait de plus en plus mal. Elle n'avait pas demandé à entendre tout cela ! C'était trop dur, trop insupportable... Elle se rendit compte qu'elle tremblait et qu'elle était glacée. Pourquoi ? gémit-elle alors en elle-même. Pourquoi avait-il fallu que cette chose horrible lui arrive ? Pourquoi n'avait-elle pas eu le droit de rester dans l'ignorance ? Mais Lillian, inconsciente de l'effet que produisaient ses paroles, reprit son récit :

— Il m'avait donné une adresse pour me débarrasser du bébé. Un endroit atroce. Et cette abominable matrone… Par chance, c'était une fausse alerte.

Elle haussa une épaule.

— En fait, Kit détestait les femmes. Oh, vous ne l'auriez jamais pensé en le voyant ! Il avait un charme fou, trouvait toujours les mots qu'il fallait… Mais en réalité il était cruel, il aimait faire souffrir. Edward me l'avait dit, une fois, mais je n'avais pas voulu le croire. Je pensais qu'il était jaloux… Kit avait un tel succès… Toutes les femmes qu'il rencontrait l'adoraient. Le problème venait peut-être de là, au fond. Il ne pouvait qu'avoir du mépris pour toutes ces femelles qui se jetaient à sa tête… En tout cas, je suis sûre qu'il n'a jamais aimé personne dans sa vie — sauf lui-même.

Elle regarda autour d'elle et fit une grimace.

— Dès que son père est mort, il a vendu tout ce qui pouvait se vendre dans cette maison. Ensuite, il s'est mis à y amener des copains et des filles. C'étaient des beuveries sans fin. Les gardiens payés par son père n'ont pu le supporter et sont partis. Pauvre Edward… Cet héritage est plus une charge qu'autre chose, pour lui. Quand on sait que tout l'argent de la famille est allé à Kit…

Soudain, ses yeux bleus se fixèrent sur Liz.

— Vous êtes bien jeune, pour avoir épousé un infirme…

Sa voix n'exprimait aucune compassion, aucune douceur. Liz retrouva aussitôt sa fierté et son amour-propre.

— Je connaissais Edward avant, déclara-t-elle posément.

— Et quand on vous l'a renvoyé dans cet état, vous n'avez pas eu le cœur de l'abandonner… Quelle noblesse ! Et… que pensez-vous du mariage ?

Surprise par sa question, Liz la dévisagea. Soudain, elle se rendit compte qu'en dépit de son vernis et de sa sophistication Lillian semblait inquiète.

— C'est comme la vie, répondit-elle. Il vous revient d'en faire ce que vous décidez.

Immédiatement, la jeune femme retrouva sa dureté.

— Vraiment ? lança-t-elle d'un ton traînant. Dans ce cas, pour moi la question est réglée… J'ai épousé Lee pour sa fortune, après la ruine de mon père. Chacun son tour, n'est-ce pas ? ajouta-t-elle avec un sourire éclatant. Je suppose que je dois vous choquer…

— Je n'ai pas à vous juger, déclara Liz d'une voix calme.

Kit était sans doute largement responsable de ce cynisme glacé. De combien d'autres blessures, d'autres destructions s'était-il rendu coupable ?

Beaucoup plus tard, elle se rendit compte qu'elle n'avait pas songé une seconde à mettre les paroles de Lillian en doute. Pas un instant elle n'avait pensé à protester. Et elle savait pourquoi : au fond d'elle-même, obscurément, elle avait toujours pressenti quel genre d'homme était Kit. Mais elle avait refusé cette vérité, s'était cramponnée à ses rêves comme un enfant qui a peur du noir.

— Je dois partir, annonça Lillian. En fait, je me demande pourquoi je suis venue…

— Pour exorciser un fantôme, peut-être…, suggéra Liz avec compassion.

Après son départ, Liz resta longtemps immobile, les yeux perdus dans le vague. Elle avait toujours senti qu'Edward n'aimait pas son cousin. Elle comprenait pourquoi, à présent. Et elle était soudain très heureuse de lui avoir promis que David serait son enfant sans partage, de savoir que son fils ignorerait toujours qui avait été son vrai père, qu'il aurait pour le guider un homme aimant et responsable. Oui, elle était heureuse que la vie l'ait poussée vers Edward, lui ait permis de l'épouser.

Avec un frisson, elle songea aux détails sordides que Lillian lui avait révélés et remercia le ciel de n'avoir pu informer Kit de sa grossesse.

Tandis que les heures s'écoulaient et qu'elle restait assise, murée dans ses pensées, elle refermait sans le savoir la porte de sa jeunesse. Une porte qu'elle condamnait à jamais en se jurant de passer le reste de son existence à rendre à son mari ce qu'il avait fait pour elle, à ne plus avoir comme seuls objectifs que David, Edward et Cottingdean. Kit l'avait spoliée à tout jamais de sa vie de femme, il la spoliait maintenant de ses rêves.

Une dernière fois, comme pour se punir de sa naïveté, elle se remémora chaque seconde passée avec lui. Chaque mot, chaque geste, chaque baiser, chaque étreinte. Mais pour la première fois elle les revit tels qu'ils étaient vraiment, et non tels qu'elle avait voulu les voir dans sa candeur. Le résultat l'emplit de dégoût et de mépris pour elle-même. Comment avait-elle pu se laisser tromper à ce point ? Kit ne l'avait jamais aimée. Et sans doute se serait-il moqué d'elle, s'il avait su ce qu'elle éprouvait pour lui.

Un instant encore, elle revécut ce qu'elle avait ressenti quand il l'avait possédée. Non, ce n'était pas du plaisir ; rien que de la douleur, de l'humiliation et de la crainte.

Savoir qu'elle était condamnée avec Edward à une vie de chasteté ne lui donnait aucun regret. Elle avait son fils, un mari tendre et attentionné, une maison à laquelle elle voulait rendre sa splendeur passée. Les chérir et les protéger tous les trois seraient son but, sa destinée.

Elle venait juste d'avoir dix-neuf ans.

La troisième surprise n'arriva pas sous la forme d'une visite, mais d'une lettre. Une lettre tapée à la machine, adressée à son nom, qu'elle ouvrit et parcourut avec un froncement de sourcils de plus en plus accentué.

— Quelque chose ne va pas ? s'enquit Edward.

Ils prenaient leur petit déjeuner dans une pièce ensoleillée que Chivers et Liz avaient nettoyée et aménagée à l'aide de meubles trouvés dans le grenier.

Ce grenier se révélait une vraie source de trésors. Les meubles qu'il contenait étaient démodés et endommagés, mais ils retrouvaient vie sous les doigts magiques de Chivers et la jeune femme leur trouvait de plus en plus de charme, même s'ils étaient souvent mal assortis.

Leur patine lui semblait cent fois plus belle que les meubles modernes, qu'elle jugeait laids et froids.

— C'est une lettre du notaire de ma tante, répondit-elle à son mari.

Liz avait continué à écrire régulièrement à tante Vi depuis la naissance de David, mais n'avait jamais reçu de réponse. Apprendre qu'elle était morte, et qu'elle avait demandé de n'informer sa nièce de son décès qu'après ses obsèques, lui causa un choc. Mais ce qui la bouleversa plus encore, ce fut de découvrir que sa tutrice lui léguait tout ce qu'elle possédait : sa maison, son contenu et une somme d'argent qui lui arracha un cri de surprise.

— Un peu plus de mille livres ? répéta Edward. C'est un joli petit pécule...

— C'est une fortune ! répliqua Liz, indignée.

Edward se contenta de sourire et de secouer la tête.

Il était heureux de vivre, plus qu'il n'aurait jamais pensé l'être après ses blessures. Il souffrait encore, mais cela ne comptait presque plus à côté de tout ce qu'il possédait à présent : l'espoir en l'avenir, Liz, David et Cottingdean qu'il aimait tous les trois avec ferveur. Il s'était promis, cependant, de ne jamais révéler ses sentiments à sa femme. A quoi bon lui imposer le poids d'une passion qui ne pouvait s'exprimer ? Cela ne l'empêchait pas de l'observer et de la surveiller avec une attention jalouse, se demandant si un jour elle n'aurait pas envie de nouer une relation physique avec un autre homme, ou, pire encore, si elle ne tomberait pas amoureuse... Même si cette simple idée le révulsait.

— Qu'allons-nous faire de cet argent ? lui demanda Liz.

Elle avait songé à une petite voiture d'occasion, qui rendrait la vie plus facile et plus agréable à Edward. Quand elle le lui dit, il refusa d'un ton sec.

— Non, Liz. Cet argent est à toi. Utilise-le pour t'acheter quelque chose. De jolis vêtements, par exemple...

Liz se mit à rire. De jolis vêtements ? A quoi lui serviraient-ils ? Non... Quelque temps plus tôt, elle aurait souhaité acheter une machine à coudre, afin d'utiliser tous les tissus et vieux habits entreposés au grenier. Elle ne pouvait garder éternellement celle de Louise. Mais elle en avait parlé à Chivers et un jour la machine était apparue, aussi mystérieusement que le reste. Elle avait cessé de lui demander où il trouvait tout ce qu'il lui apportait, et se contentait de lui en savoir gré.

Quelque chose pour elle… Mais quoi ? Un peu plus tard, alors qu'elle se trouvait dans le jardin et contemplait rêveusement les collines, une idée lui vint brusquement. Elle savait à quoi elle allait utiliser l'héritage de sa tante.

— Un… un bélier ? s'exclama Vic, ahuri, lorsqu'elle alla le voir pour lui exposer ses projets.

— Pas n'importe lequel, Vic. Le meilleur qui soit. Si vous pouviez vous rendre n'importe où dans le monde pour le trouver, où iriez-vous ?

— En Australie, répondit le jeune berger sans hésiter. Mais c'est impossible…

— Non, ce n'est pas impossible du tout.

Il fallut beaucoup d'efforts à Liz pour le convaincre, et plus encore pour convaincre Edward, mais elle finit par parvenir à ses fins. Un fermier voisin accepta de s'occuper du troupeau pendant l'absence de Vic. Des correspondances furent échangées, des rendez-vous pris.

— On dirait Jason à la poursuite de la toison d'or, lança Liz en riant, un jour.

— Ce n'est pas si faux… Notre laine vaudra de l'or, si j'arrive à acheter un de ces béliers australiens. Mais cela ne sera pas facile.

— Je sais, Vic, mais vous réussirez, déclara la jeune femme avec un sourire.

Elle lui enviait un peu l'aventure qui l'attendait, mais elle avait son propre univers à sauvegarder. Et si Cottingdean lui semblait parfois un peu étriqué, un peu étouffant, elle écartait vite ces pensées et se rappelait tout ce qu'elle avait la chance de posséder.

10.

Une ombre passa devant la lune. Par-delà les champs, la renarde s'immobilisa, humant le vent. Ses petits étaient indépendants, maintenant, mais elle avait pris l'habitude de les nourrir, de les veiller... Ses flancs creusés trahissaient la mère attentive qui faisait passer sa faim après celle de ses enfants.

Sofia fronça les sourcils dans son sommeil ; ses rêves étaient confus, embrouillés. Le journal gisait près de son lit, ouvert à l'envers sur le tapis, tel qu'il était tombé lorsqu'elle s'était endormie, recrue de fatigue ; elle avait lutté aussi longtemps que possible contre le sommeil, tant ce qu'elle lisait la captivait, la bouleversait. Elle rêvait qu'elle se trouvait dans le vestibule de la maison, mais ce n'était pas le lieu accueillant qu'elle avait toujours connu avec ses lambris cirés, ses beaux meubles anciens, ses tapis persans et ses bouquets de fleurs ; il était vide et froid, envahi par les moisissures et les toiles d'araignées, tel que sa mère l'avait découvert à son arrivée.

Dehors la renarde se mit à hurler, et son long cri plaintif pénétra les rêves de la jeune femme. C'était l'appel éternel de la femelle avide de soutien, de compagnie, d'amour, qui réclamait son mâle... Sofia endormie se mit à sangloter.

— Scott... Non... non, ne me quitte pas...

Mais le visage de l'homme qu'elle aimait s'estompait, recouvert par celui d'autres hommes, beaucoup trop nombreux, tous ces amants d'un soir ou de quelques nuits qu'elle avait accueillis dans son lit mais jamais dans son cœur. Des hommes dont elle s'était servie pour oublier qu'elle avait été abandonnée, rejetée. Des hommes qui n'avaient été que trop heureux de partager avec elle ces plaisirs de la chair qu'elle n'avait jamais eu la joie de connaître avec Scott…

Dans leur vanité, ils avaient cru qu'ils comptaient pour elle. Elle méprisait leur sottise, leur orgueil, leur aveuglement. Ils la dégoûtaient. Tous. Non, pas tous… L'un d'eux avait vu clair en elle, avait compris ses mobiles, l'avait repoussée. Elle le revoyait encore, dressé devant elle, si furieux qu'elle avait pensé un instant qu'il allait la frapper. Mais il s'était contenu, luttant contre sa colère, et lorsqu'il avait tourné les talons elle avait éprouvé une envie folle de le rappeler. Le rappeler pourquoi ? Pour s'excuser ?

Elle s'agita dans son sommeil comme pour échapper à ces rêves qui la dérangeaient, qui ébranlaient la barrière qu'elle avait toujours dressée entre elle et les autres. Des rêves provoqués par le journal d'une femme qui la forçait malgré elle à reconsidérer sa vie sous un autre angle. Une femme vulnérable, courageuse, attirante, qu'elle ne voyait plus comme sa mère, soudain, mais comme quelqu'un qu'elle aurait aimé avoir pour amie.

Dans son étroit lit d'hôpital, Elizabeth Danvers venait d'émerger du sommeil artificiel induit par les calmants. L'infirmière de garde se porta aussitôt à son chevet ; à ce stade, il était capital que sa malade reste endormie. Elle enregistra d'un coup d'œil les mouvements agités de ses mains et consulta les écrans qui l'entouraient.

Elizabeth ouvrit les yeux, sentant d'instinct qu'elle se trouvait dans un lieu étranger, hostile. Elle avait quelque chose à faire… quelqu'un à voir… un problème très important à régler… Mais déjà l'infirmière glissait une aiguille sous sa peau et elle coula de nouveau dans l'inconscience.

Faye ne parvenait pas à dormir. C'était toujours ainsi le premier lundi du mois, et parfois plusieurs nuits avant et après. Sofia lui avait donné le premier cahier du journal de Liz ; elle avait commencé à le lire, et pendant un moment il l'avait distraite de ses tourments.

La jeune Lizzie, avec ses espoirs et ses rêves, l'avait touchée. Néanmoins, contrairement à Sofia, elle n'avait pas eu un choc en découvrant qu'Edward n'était pas le vrai père de David. Peut-être avait-elle toujours senti obscurément que la vie de sa belle-mère n'était pas aussi lisse qu'elle ne le paraissait, qu'elle avait souffert, elle aussi, et que c'étaient ces souffrances qui la rendaient si réceptive aux siennes. Elle aimait profondément Liz et l'aimerait toujours. Elle lui avait tant donné… Non seulement David et Camilla, mais son affection, son soutien, son aide ; c'était Liz qui lui avait appris à prendre ses distances par rapport à son passé, à cesser de se sentir coupable, à comprendre qu'elle n'avait été qu'une victime. Savoir que cette femme remarquable avait elle aussi été trahie, trompée, blessée, qu'elle avait, elle aussi, enfreint les codes de la moralité ne faisait que la lui rendre plus proche encore. Et découvrir que David, son merveilleux, son précieux David qui lui avait apporté tant de bonheur n'était pas le fils d'Edward n'altérait en rien l'amour qu'elle lui portait, ni celui qu'elle portait à sa mère.

Cependant, comme Sofia, ce journal la captivait, lui donnait une envie irrépressible d'en savoir davantage encore sur la femme qui l'avait rédigé, même si leurs points de vue étaient très différents.

A 3 heures, elle posa le cahier et ouvrit le tiroir de sa table de nuit. Le flacon était là, tentant… Un cachet, et elle dormirait d'une traite jusqu'au matin. Elle serra les poings. Non. Il ne fallait pas. Elle ne devait pas se laisser glisser de nouveau sur cette pente.

Après la mort de David, le Dr Palmer lui avait prescrit ces somnifères. Peu à peu, au fur et à mesure que leur effet diminuait, elle avait augmenté les doses et passait ses journées dans un état second, proche de la léthargie. C'était Liz qui l'avait obligée à arrêter, lui rappelant que si elle avait perdu son mari elle avait encore sa fille, et que Camilla avait besoin d'elle. Nuit après nuit, sa belle-mère était restée à son chevet, lui parlant, l'écoutant. Grâce à elle, elle avait gagné l'une des plus dures batailles de sa vie.

Mais il en restait une autre à gagner : celle contre l'obsession familière qui la torturait toujours cruellement, qui ne lui laissait que de rares moments de répit. Et Liz n'était plus là, ne serait peut-être plus jamais là pour l'aider à affronter la panique qui montait, la terreur angoissante qui l'envahissait en dépit de tout, les cauchemars qu'elle n'avait jamais réussi complètement à endiguer et qui resurgissaient ces nuits-là.

Son cœur battait la chamade, elle avait du mal à respirer. Elle s'efforça de se calmer, d'inspirer profondément, de se rappeler que ce malaise n'avait pas lieu d'être. Après tout, rien ne l'obligeait à se rendre là-bas. Rien, sauf ce sentiment profondément ancré en elle qu'elle devait accomplir cette corvée mensuelle pour expier, pour apaiser la colère du ciel. Comme si ce rite inutile pouvait d'une certaine façon protéger Camilla, éviter à sa fille les épreuves qu'elle avait dû endurer. Si quelqu'un devait payer, c'était elle et elle seule. Même si Liz l'avait convaincue qu'elle n'avait rien à se reprocher, même si d'autres étaient coupables. C'était aussi ridicule qu'irrationnel, elle le savait, mais elle n'y pouvait rien. Une sorte de peur superstitieuse l'obligeait mois après mois à accomplir ce pèlerinage aussi vain que redouté.

En bas, dans la cuisine, il y avait la tisane calmante qu'elle buvait en compagnie de Liz durant ces nuits d'insomnie où le passé revenait la hanter. Elle contempla encore le flacon et résista. Plus que quelques heures à attendre. Demain soir à la même heure, tout serait fini. Pour un mois de plus.

Tremblante, elle se leva et prit son peignoir posé sur le lit. David la taquinait souvent sur ce besoin qu'elle avait de se couvrir. Il la taquinait, mais ne l'avait jamais obligée à renoncer à cette habitude. Lorsqu'ils faisaient l'amour, seulement, elle lui permettait de lui ôter sa chemise de nuit. Ensuite venait le bain rituel, un bain qu'elle prenait en cachette au début, taraudée par la culpabilité. Puis ils en avaient parlé et David l'avait rassurée, lui avait dit qu'il comprenait. Après le bain, elle enfilait une chemise propre et se recouchait…

Un jour, elle avait demandé à David si le fait qu'elle reste paralysée par son passé et ne puisse réagir à ses caresses, malgré toute la douceur et la tendresse qu'il lui montrait, ne le gênait pas trop.

— Je t'aime, avait-il répondu. Toi tout entière, la personne que tu es.

Puis il lui avait décoché son sourire lumineux, ajoutant avec une pointe d'autodérision :

— De toute façon, le sexe n'est pas primordial pour moi, Faye. Dans d'autres circonstances, j'aurais très bien pu mener une vie de célibat. Toi et moi, nous formons un couple. Notre intimité ne regarde que nous. Si nous ne désirions pas tous les deux fonder une famille, nous pourrions très bien nous passer de relation physique.

Une famille. Oui, c'était leur vœu partagé. Ils avaient été fous de joie quand elle avait conçu pour la première fois, bouleversés lorsqu'elle avait perdu cet enfant. David avait dû la rassurer, lui affirmer que ce n'était pas un châtiment du ciel… Par la suite, quand Camilla était née, elle avait eu du mal à croire à sa chance. Elle avait connu alors le vrai bonheur, un bonheur bien trop court. La mort de David l'avait frappée de plein fouet, renforçant l'idée morbide qu'elle devait expier sa faute. Liz l'avait trouvée un jour, les doigts crispés sur un mouchoir, au bord de l'hystérie, incapable de supporter sa douleur. Et brusquement elle avait tout raconté à sa belle-mère, sans se ménager, sans épargner aucun détail.

Dans la cuisine, elle fit bouillir de l'eau et chercha le pot de tisane. Sa solitude lui pesait terriblement. L'angoisse et la peur lui nouaient la gorge. Mais elle devait y aller. Pour Camilla.

Alaric Ferguson consulta sa montre : 8 heures du matin. Il aurait dû être en congé depuis la veille, mais un homme avait été amené en urgence au moment où il allait partir et il avait tenu à l'opérer lui-même. Rien ne l'obligeait à le faire, il aurait pu laisser un interne le remplacer. Cependant, comme toujours, il avait cédé aux principes hérités de son grand-père maternel, un protestant écossais pour qui le devoir et le sens des responsabilités passaient avant tout. Cette éducation était profondément ancrée en lui : le travail venait avant les distractions, les autres avant lui-même.

Jancis, sa femme, l'avait souvent accusé d'aimer jouer les martyrs, de prendre plaisir à se sacrifier. Les autres chirurgiens trouvaient du temps pour leur femme, leur famille, et cela ne les empêchait pas de réussir des carrières plus brillantes que lui !

— Regarde-toi, lui avait-elle lancé un jour avec acidité. Tu es le seul de ta promotion à moisir encore dans un hôpital délabré de l'Assistance publique, et à vivre chichement alors que tu travailles sans arrêt. Sapristi, Alaric ! Tu es sorti premier et tu n'as rien su tirer de ton talent !

A travers sa colère, il avait deviné sa frustration et compris plus clairement que jamais à quel point leur mariage l'avait aigrie et déçue. Elle était étudiante en médecine lorsqu'il l'avait rencontrée ; il venait d'avoir son diplôme, et avait été à la fois surpris et flatté de l'intérêt qu'elle lui montrait. La vie stricte et difficile qu'il avait menée jusque-là ne lui avait guère permis de s'amuser. Sa mère était restée veuve de bonne heure, et tous deux avaient dû faire de nombreux sacrifices pour qu'il puisse réaliser sa vocation. Aussi, quand cette jolie blonde aux yeux bleus s'était mise à flirter ouvertement avec lui, il avait eu l'impression de découvrir un autre univers.

Ils s'étaient mariés six mois plus tard. Fou amoureux, il avait laissé Jancis diriger leur vie, riant tendrement quand elle lui exposait ses rêves : il deviendrait un chirurgien célèbre dans le monde entier, ils auraient une grande maison où elle recevrait ses collègues et ses riches patients… Par la suite, il avait compris qu'il aurait dû prendre ces désirs au sérieux ; qu'il ne s'agissait pas de simples fantaisies, mais que c'était ce qu'elle attendait réellement de lui. Malheureusement, il était déjà trop tard pour qu'il change, et le style de vie qu'elle souhaitait était diamétralement opposé à ses propres projets. Aussi, le jour où en rentrant plus tôt que prévu il l'avait trouvée couchée avec un de ses collègues, un chirurgien ambitieux et déterminé qui s'était déjà créé une clientèle privée florissante, il avait compris que leur mariage était terminé.

Il n'avait pas blâmé sa femme, sachant qu'ils s'étaient trompés l'un sur l'autre dès le départ. Et s'il avait été plus sincère et plus loyal qu'elle, il avait préféré ne pas s'attarder sur le sujet. Par bonheur, ils n'avaient pas d'enfants.

Son divorce avait bouleversé sa mère. Il allait avoir quarante-deux ans, et chaque fois qu'elle le voyait elle insistait pour qu'il se remarie. Il se contentait de sourire sans rien dire. S'il lui arrivait de se sentir seul, c'était son choix. Pour lui, son métier était une vocation, un devoir ; il voulait l'exercer au profit de tous, y compris des plus pauvres et des plus faibles, et non pour une petite minorité de privilégiés. Cela l'entraînait souvent à travailler plus qu'il ne l'aurait dû, à n'avoir d'autre horizon que l'hôpital pendant des semaines et des mois, mais il n'avait pas de vrais regrets.

Après le départ de Jancis, il avait quitté la grande maison inconfortable qu'ils occupaient pour acheter un petit appartement. Il ne s'y sentait pas vraiment chez lui, mais il y passait trop peu de temps pour s'en soucier. Et quand il s'éveillait parfois avec la nostalgie d'une présence à ses côtés, il lui suffisait de se rappeler l'échec de son mariage pour se raisonner. Les relations modernes étaient trop superficielles pour lui, manquaient trop de cette union totale, presque spirituelle, dont son âme celte était assoiffée.

Il sortit de l'hôpital, songeant au malade qu'il venait d'opérer. L'homme avait été victime d'une agression au couteau. Par chance, il ne garderait qu'une cicatrice ; les lésions internes que même le plus habile des chirurgiens ne pouvait réparer lui avaient été épargnées. Souvent, les limites de son art désespéraient Alaric. Il aurait voulu sauver tous ceux qui tombaient entre ses mains. Cette femme accidentée, par exemple… Au début, il n'aurait jamais cru qu'elle survivrait. Mais elle avait tenu bon. Bientôt, elle serait assez forte pour subir l'intervention qui devrait libérer son cerveau. Certaines personnes possédaient une volonté de vivre qui leur permettait de surmonter les plus graves blessures, tandis que d'autres…

Il soupira. Dehors, le ciel clair promettait une belle journée. Brusquement, alors qu'il montait dans la voiture banale qu'il possédait depuis quatre ans, il décida d'aller voir sa mère. Elle vivait sur la côte Sud, dans une petite ville tranquille habitée en majorité par des retraités. Alaric trouvait l'endroit assez déprimant, mais elle s'y plaisait. Le petit pavillon qu'il lui avait acheté lui semblait sans doute luxueux, à côté du HLM qu'elle avait longtemps occupé dans un quartier pauvre de Manchester. Parfois, il avait des remords en songeant à sa solitude. Mais elle ne lui demandait jamais rien, pas même de venir la voir plus souvent. Toute sa vie, elle s'était sacrifiée pour lui sans rien dire. Il ne saurait jamais si à un moment donné elle avait rêvé d'une autre existence, d'un autre homme pour remplacer son père, d'autres enfants…

Soudain, alors qu'il allait quitter Londres, il s'arrêta net devant la boutique d'un fleuriste, se moquant pour une fois d'être en stationnement interdit. Une jeune fille installait d'énormes bouquets encore tout frais dans des vases ; elle l'accueillit en souriant. Cinq minutes plus tard, se sentant un peu ridicule, il ressortit du magasin chargé d'une brassée de fleurs. La jeune fille le regarda partir avec un soupir ému, se demandant si son fiancé aurait un jour l'idée de s'arrêter ainsi à la sauvette pour lui acheter pareil bouquet…

Quand Sofia se leva, Faye était déjà partie. Lorsqu'elle demanda à Camilla si elle savait où était sa mère, la jeune fille consulta sa montre et répondit d'un air distrait :

— Oh, c'est le jour de ces réunions féminines où elle se rend chaque mois avec Gran…

Sofia fronça les sourcils. Certes, elle n'était plus très au courant des activités de sa mère, mais l'idée que Liz, à la tête des fameuses Laines de Cottingdean réputées dans le monde entier, prenne un jour par mois pour participer à une quelconque ligue féminine la surprenait.

— Et où ont lieu ces réunions ? insista-t-elle.

— Je n'en sais rien. Tout ce que je sais, c'est qu'elles y vont depuis des années. Demande à Jenny, elle a peut-être une idée…

Jenny, qui arrivait avec le petit déjeuner, lui confirma que Liz et Faye partaient bien ensemble le premier mardi de chaque mois, pour la journée. Mais elle ignorait, elle aussi, où elles se rendaient. De toute évidence, ce rituel était si bien installé que personne ne se posait plus de question à son sujet. Sofia était plus curieuse, elle, et ce mystère l'agaçait. En outre elle comprenait mal que Faye, si sensible et si attachée à sa mère, pût disparaître ainsi sans indiquer où la joindre en cas d'urgence…

Quoi qu'il en soit, elle avait d'autres chats à fouetter pour l'instant, se dit-elle en dépliant le journal local et en y découvrant un article sur la future autoroute. D'autres réunions avaient eu lieu dans les villages environnants, rassemblant des partisans du projet qui plaidaient en faveur du développement économique que l'autoroute apporterait à la région, et des opposants, comme sa mère, inquiets de ses répercussions sur l'environnement et sur leur style de vie. Avec cynisme, Sofia se demanda si Daniel assistait à toutes ou seulement à celles qui incluaient Helen Ordman… Elle se ravisa aussitôt. Pour être honnête, elle devait reconnaître que si le charme et la virilité de Daniel ne faisaient aucun doute, il n'avait rien d'un séducteur agressif du type d'Alexi. Et, dans ce cas précis, il semblait plus gibier que chasseur… Mais à quoi rimaient ces rêvasseries ridicules ? Elle se traita d'idiote et finit de regarder son courrier, avant d'avaler une seconde tasse de café et d'annoncer à Camilla qu'elle l'accompagnerait à l'école.

Sans doute allait-elle passer cette journée enfermée dans le bureau de sa mère, songea-t-elle encore avec un soupir. Non pour lire ce journal qui la captivait comme une drogue, ainsi qu'elle aurait aimé le faire, mais pour essayer de se mettre à la place de Liz, et trouver le moyen d'écarter de Cottingdean les bulldozers de Daniel Cavanagh…

Faye arriva à Fellingham à 9 heures. Beaucoup trop tôt, comme d'habitude… Liz acceptait cette manie avec bonne humeur, et elles passaient généralement l'heure qui restait à prendre un thé dans l'un des nombreux salons installés en bord de mer. La petite ville s'adaptait au rythme de ses habitants, pour la plupart retraités. Ici, point de drugstores ni de fast-foods à la modernité agressive. Tout était tranquille et feutré. Les enseignes, « La vieille boîte à thé » ou « La bouilloire en cuivre », surmontaient des panneaux offrant Earl Grey et pâtisseries maison.

Mais Faye, ce matin-là, se sentait incapable d'avaler quoi que ce soit. Tendue, elle resta assise dans sa voiture face à la mer. La Manche était calme, reflétant le bleu clair immaculé du ciel. Dans les allées bordées de fleurs, des personnes âgées commençaient déjà à se promener. Tout était propre, joli, coquet, et pourtant ce décor avait quelque chose d'étrangement déprimant, se dit-elle, tout en évitant de regarder la pendule du tableau de bord.

Pourquoi arrivait-elle toujours si tôt ? Ce n'était pas l'impatience qui la poussait, loin de là… Elle pouvait très bien remettre sa voiture en route, faire demi-tour et rentrer chez elle. Personne ne le saurait. Elle faillit céder à la tentation, puis se reprit : elle était une adulte, pas une enfant. Et elle était là, maintenant. Mais le plus dur restait encore à faire… 9 h 45. Elle devait y aller. En marchant lentement, elle serait juste à l'heure.

Elle sortit de sa voiture, jolie petite femme mince qui paraissait soudain très jeune comparée aux habitants de Fellingham. Certains lui jetèrent un regard jaloux, mais leur expression changea quand ils virent où elle se rendait. La maison était l'une des plus grandes de cette rue tranquille. C'était un ancien hôtel particulier, maintenant protégé par des grilles qui n'étaient pas que décoratives, et par un système de sécurité que Faye redoutait. Pendant de longues secondes elle devait attendre l'ouverture de la lourde porte, sachant qu'une fois à l'intérieur elle serait prisonnière. Pourtant le cadre était agréable, les jardins soignés ; Liz le lui avait fait remarquer la première fois qu'elle l'avait accompagnée. Mais cela ne changeait rien à la cruelle réalité, une réalité qui l'assaillait toujours avec la même violence lorsqu'elle se présentait à la gardienne. Il s'agissait d'une femme d'âge moyen, au regard perçant et dur. Ses fonctions se lisaient clairement sur son visage, et Faye, chaque fois, ne pouvait s'empêcher de frémir comme une enfant placée devant une vérité inacceptable.

La femme la salua par son nom et lui adressa un sourire chaleureux.

— Je crois que vous allez avoir une bonne surprise, aujourd'hui. Avec ce beau temps, ils sont toujours plus calmes.

Elle parut chercher quelqu'un des yeux, et Faye comprit qu'elle cherchait Liz.

— Je suis seule, aujourd'hui. Ma belle-mère a eu un accident, déclara-t-elle d'une voix altérée.

La gardienne prononça quelques mots de sympathie qu'elle n'entendit pas. Tout recommençait. La panique, l'angoisse, la nausée... et par-dessus tout la colère. Une colère qui la suffoquait, qui lui donnait envie de hurler. Ses genoux fléchissaient sous elle, elle se sentait de plus en plus mal.

— Voulez-vous que quelqu'un vous accompagne ? demanda la femme d'un ton neutre.

Combien de fois devait-elle poser cette question, à tous les malheureux qui arrivaient comme elle torturés par la même révulsion et la même culpabilité..., songea Faye. Elle se ressaisit et secoua la tête avec un sourire crispé.

— Non, merci. Ce ne sera pas nécessaire.

Après tout elle n'était pas violente, ni dangereuse... Elle ne pouvait lui faire de mal, comme certaines de ces femmes qu'elle entendait hurler, quelquefois, et dont les cris lui transperçaient le cœur. Les pauvres malheureuses n'y pouvaient rien. Elles ne se rendaient pas compte de ce qu'elles faisaient, lui avait dit une infirmière, un jour. Piètre consolation dans un océan de douleur et de misère... Comment accepter la démence, sénile ou non ? C'était comme un monstre invisible qui dépouillait ses victimes de tout ce qu'elles avaient d'humain. On ne pouvait en contempler le spectacle sans souffrir, sans se demander pourquoi l'humanité était affligée d'un tel fléau.

Faye dédaigna l'ascenseur et prit l'escalier, afin de retarder un moment encore l'instant de la confrontation. Une infirmière se tenait devant la porte. Quand elle vit la jeune femme, elle lui sourit d'un air approbateur. Celle-là, au moins, venait régulièrement. Elle n'était pas comme certains qui enfermaient leurs malades et ne revenaient jamais plus les voir. Elle insistait toujours pour entrer, même si la vieille était agitée. Mais chez elle ce n'était jamais trop grave ; elle était plutôt pathétique, blottie dans un coin comme un bébé, marmonnant des mots sans suite, pleurant et criant quand on voulait la mettre debout. Il y avait bien pire. Et encore, cette maison n'avait rien d'un asile public. C'était un établissement privé, réputé et cher, où chaque malade avait sa chambre et sa salle de bains — même si cette dernière ne servait pas dans la plupart des cas.

— Voulez-vous que j'entre avec vous ? demanda-t-elle.

Faye secoua la tête. L'infirmière haussa une épaule et tourna la clé dans la serrure. Qu'elle fasse comme elle voulait. Pourtant, elle semblait terrifiée ; cela se lisait dans ses yeux. Elle détestait venir, c'était évident. Néanmoins, elle le faisait. Une aussi belle femme, si distinguée… Comment pouvait-elle supporter ça ? A sa place…

Elle ouvrit la porte. Faye hésita une seconde sur le seuil, puis rassembla tout son courage et entra.

— Bonjour, maman. Comment vas-tu, aujourd'hui ? demanda-t-elle d'une voix enjouée.

La clé joua de nouveau dans la serrure et elle s'efforça d'oublier qu'elle était enfermée, pour se concentrer sur la petite silhouette frêle recroquevillée sous la fenêtre. Sa mère tourna la tête vers elle, la regarda, mais elle savait bien qu'elle ne la reconnaissait pas. Elle ne l'avait jamais reconnue. C'était bien ce qui rendait ces visites absurdes. Et pourtant elle se sentait une telle responsabilité envers cette femme qui l'avait mise au monde, même si elle la haïssait aussi de toutes ses forces…

Comme toujours, en la voyant reculer avec de petits cris effrayés, Faye fut prise de colère et de rancœur — sa mère, au moins, avait réussi à échapper à ce passé qu'elles avaient partagé ! — mais elle avait appris à se contrôler. Durant de longues, douloureuses, insupportables séances chez un psychiatre, elle avait cherché à recouvrer son équilibre, pour David et pour Camilla. Elle en était sortie plus forte, mais son sentiment de culpabilité n'avait pas disparu complètement, ni le ressentiment qu'elle vouait à sa mère. Et pourtant, qu'avait-elle fait ? N'avait-elle pas été une victime, comme elle ?

Non... Non, se répétait Faye. Elle aurait pu agir autrement. A sa place, elle aurait tout fait pour préserver Camilla. Elle aurait mordu, griffé, tué. Mais sa mère était différente. Elle avait eu une vie difficile, on ne pouvait la blâmer. Et puis à quoi bon revenir là-dessus ? Cela ne changeait rien ; le passé ne pouvait être modifié. Elle y avait survécu, elle avait eu la chance de trouver David, d'avoir Camilla. A présent, elle connaissait une certaine paix. Et si elle s'imposait ces visites, c'était uniquement par devoir. Pour avoir le sentiment d'être en règle, pour éviter à son enfant de payer ses fautes à sa place.

Elle resta quatre heures, parlant à sa mère de choses et d'autres, l'apaisant, la mettant en confiance. Mais pas un instant l'autre femme ne la reconnut. Faye assista à son repas, la regarda émietter ses aliments comme un bébé. Par bonheur, sa dégénérescence s'arrêtait là. Elle était absente, mais parvenait encore à se suffire à elle-même. Les racines de sa folie étaient mentales, et faciles à identifier. Sa fille, au moins, n'avait pas devant elle le spectre de ce qui risquait de lui arriver un jour.

Elle quitta la maison en début d'après-midi, tremblant comme une feuille, la migraine lui labourant les tempes. Il lui pressait de regagner le sanctuaire de sa voiture. Elle traversa la rue sur un passage clouté et jeta un sourire absent au conducteur qui s'était arrêté pour la laisser passer. Alaric Ferguson la reconnut aussitôt, et fut frappé par son état. Il l'avait déjà vue en état de choc, mais en cet instant, pâle et crispée, elle semblait prête à s'évanouir. S'il ne s'était pas arrêté, sans doute se serait-elle jetée sous ses roues. Comme il était seul dans la rue, il prit le temps de l'observer. Lorsqu'il la vit se diriger vers sa voiture, il fronça les sourcils, inquiet à l'idée de la voir conduire dans cet état.

Mais elle se laissa tomber sur le siège du passager, prostrée. Alors il regarda d'où elle venait, et comprit.

Cet établissement était l'un des meilleurs de Fellingham. On y soignait surtout des femmes frappées de la maladie d'Alzheimer. Que Faye Danvers ait le courage d'y venir en visite le surprenait. Il avait eu l'impression en la voyant avec sa belle-sœur qu'il s'agissait d'une femme fragile, dépendante et hypersensible. En général, ce genre de personnes trouvaient des prétextes pour ne pas venir voir leurs malades, les installant même assez loin de chez elles pour se réfugier derrière l'excuse de la distance. Apparemment, elle était plus forte qu'il ne le pensait. Même si cette visite, de toute évidence, l'avait ébranlée.

Il se gara non loin d'elle sans analyser les mobiles qui le poussaient à agir ainsi, se disant seulement qu'il valait mieux la surveiller. Si jamais elle faisait mine de se mettre au volant, il était de son devoir de l'en empêcher.

Faye n'avait pas reconnu le médecin, et ne fit pas attention à la voiture qui venait se ranger à quelques mètres de la sienne. Elle était épuisée, vidée. Il lui semblait que si elle fermait les yeux sa vie s'échapperait lentement d'elle. Sa tête tournait, elle se sentait aussi faible que lorsqu'elle avait perdu son bébé. Cette idée la fit frémir. Glacée, elle se dit qu'elle devrait se mettre au volant, démarrer, mais elle n'en avait pas la force ni l'envie. Elle voulait juste rester ainsi, recroquevillée sur elle-même, se retenant de respirer comme une proie attendant le coup de grâce.

Et elle savait ce qui la guettait… Pourquoi, pourquoi ne pouvait-elle chasser ces souvenirs horribles de son esprit ? C'était si loin, dans une autre vie… Et pourtant tout était là, net et clair, plus précis que les souvenirs de David, de tous les moments heureux qu'ils avaient vécus ensemble et derrière lesquels elle essayait en vain de se réfugier.

L'inceste… C'était un mot que l'on ne craignait plus d'employer, aujourd'hui. Pour elle, cependant, il représentait l'enfer. Il lui semblait gravé dans sa chair en lettres de feu. Mais elle ignorait ce terme, quand elle était enfant. Elle croyait être seule au monde à devoir subir cette torture. Parce qu'elle était une mauvaise fille, parce que son beau-père lui disait que c'était sa façon de la punir pour ses bêtises... La seule petite fille de six ans à guetter dans le noir, terrorisée, le bruit des pas qui annonçaient son martyre...

Cela avait duré pendant des années. Le mari de sa mère lui répétait qu'elle était méchante, que c'était à cause d'elle que son père était mort, qu'il avait été envoyé, lui, par le ciel pour la châtier. Mais qu'il ne fallait surtout rien dire à personne. Sinon, le bon Dieu se mettrait en colère et lui enlèverait sa mère.

Plus grande, Faye avait fini par comprendre qu'il mentait, qu'il abusait d'elle pour son plaisir. Chaque nuit, elle priait pour que sa mère se rende enfin compte de ce qui se passait et le force à arrêter. Mais cela n'était jamais arrivé. Et elle devait se soumettre, nuit après nuit, de peur d'être envoyée dans le foyer dont son beau-père la menaçait si elle osait parler.

Plus tard encore, quand son corps s'était transformé, elle en était venue à se dire qu'elle était vraiment mauvaise, que ce qu'elle lui laissait faire était mal, qu'elle avait tort d'accepter. Lorsqu'elle entendait ses camarades plaisanter au sujet du sexe, à l'école, elle se sentait pleine de dégoût pour elle-même. Mais elle n'avait toujours aucun moyen de l'empêcher de venir jusqu'à sa chambre, jusqu'à son lit.

Puis était arrivé le dernier drame. Le matin de son quatorzième anniversaire, elle s'était réveillée malade, avec une terrible envie de vomir. Ces nausées avaient duré plus d'une semaine. Lorsqu'elle croisait le regard nerveux de sa mère, elle la suppliait d'un air douloureux de dire quelque chose, d'ouvrir les yeux, de se rendre compte ! Elle n'avait rien voulu voir.

D'autres, par chance, s'étaient aperçus de son état. Elle n'avait jamais su lequel de ses professeurs avait compris qu'elle était enceinte. Elle avait été envoyée chez la directrice, qui l'avait questionnée avec gentillesse et fermeté pour savoir qui était le garçon responsable. Faye avait refusé de répondre. Mais quand l'autre femme l'avait menacée de faire appeler ses parents, elle s'était effondrée et avait tout avoué. Par chance encore, la directrice l'avait crue et tout mis en œuvre, aussitôt, pour la protéger. Elle avait subi un avortement. Les infirmières qui l'avaient entourée s'étaient montrées douces et compréhensives. Pourtant rien n'avait pu atténuer l'horreur de ce qu'elle avait dû vivre, sa souffrance, le choc brutal de son passage à l'état de femme.

On l'avait placée dans un foyer, et elle avait découvert que ce n'était pas la prison dont la menaçait son beau-père. Puis elle avait été confiée à une famille d'accueil, un couple affectueux et attentionné spécialement formé pour recevoir des enfants molestés. Elle avait sa propre chambre, avec une porte qui fermait à clé, et sa propre salle de bains. Personne n'entrait chez elle sans y avoir été invité ; M. Masters, devenu oncle Bob, ne la touchait jamais. Un moment, elle avait cru son cauchemar terminé. Puis le procès avait eu lieu… Traumatisée, elle avait découvert que sa mère avait toujours su ce qui se passait. Elle l'avait su et n'avait rien fait, pendant des années, pour l'aider.

A cette époque-là, Faye était trop jeune pour comprendre que certaines femmes étaient incapables de s'opposer à des hommes tels que son beau-père. Elle l'avait compris par la suite. Mais c'était dans ce tribunal que sa douleur, sa terreur, l'agonie qu'elle avait vécue s'étaient changées en colère, en amertume et en rancœur contre sa mère.

11.

En repensant à cette époque, Faye reconnaissait qu'elle avait été privilégiée — dans une certaine mesure tout au moins. Ses parents adoptifs s'étaient montrés merveilleux avec elle, lui donnant beaucoup plus d'amour qu'elle n'était capable de leur en offrir en retour. Elle leur savait gré de leurs soins, de leur tendresse, mais la trahison de sa mère lui avait causé un tel choc que toute réponse émotionnelle lui était devenue impossible. Elle se sentait isolée des autres par une sorte de barrière invisible qui l'empêchait de communiquer avec eux, de réagir à leurs marques d'affection. Et même si cela pouvait paraître choquant, elle en voulait beaucoup plus à sa mère qu'à son beau-père.

Le reste de son adolescence s'était écoulé dans une sorte de néant. Elle avait continué ses études dans une autre école, où personne ne savait ce qui lui était arrivé. Elle avait travaillé très dur, et avait si bien réussi ses examens qu'elle avait pu entrer à l'université. En surface elle se comportait normalement, agissait comme elle devait le faire. Mais intérieurement c'était une autre histoire... Pour une raison quelconque, sans doute partie des meilleures intentions, ses parents adoptifs n'avaient jamais abordé avec elle le drame qu'elle avait vécu. Elle s'était repliée sur elle-même, et quand les garçons avaient commencé à lui faire des avances, elle n'avait su comment gérer la crainte et le dégoût qu'ils lui inspiraient.

Si elle sortait, c'était toujours avec un groupe de filles, et seulement quand elle était sûre que l'on ne lui attribuerait aucun cavalier. Une fois seulement, pour les dix-huit ans d'une amie, elle avait été prise de court et s'était retrouvée dans les bras d'un camarade de classe. Lorsqu'il avait essayé de l'embrasser, elle était devenue rigide, paralysée par la terreur. Par chance, il n'avait pas insisté et l'avait laissée partir. Elle était rentrée chez elle aussitôt, s'était enfermée dans sa salle de bains et s'était frottée à s'en arracher la peau.

Jusque-là, elle n'avait jamais voulu penser à ce que seraient son avenir, sa vie. Mais ce soir-là, allongée dans son lit, la veilleuse dont elle ne pouvait se passer éclairant doucement sa chambre, elle s'était obligée pour la première fois à regarder la vérité en face.

Elle ne pourrait jamais être comme les autres filles ; ne pourrait jamais flirter, s'amuser, et encore moins faire l'amour. Faire l'amour… Ces seuls mots lui donnaient envie de hurler de rage. Quand elle entendait ses camarades plaisanter à ce sujet, alors qu'elles en ignoraient encore tout, elle aurait voulu leur dire à quel point c'était dégradant, humiliant, comment les hommes s'en servaient dans le seul but d'assouvir leurs instincts les plus bas. Qu'une femme puisse trouver du plaisir à ce genre de chose lui semblait impossible.

Pourtant, comme elle était intelligente et lisait beaucoup, elle comprenait que son jugement sur les hommes et le sexe était faussé par l'expérience qu'elle avait vécue. Tout ce qui était écrit ou dit à ce sujet ne pouvait être complètement inventé. Mais l'idée de laisser un homme lui faire ce que son beau-père lui avait fait l'emplissait de répulsion. Et toujours, par-dessus tout cela, subsistait l'idée qu'au fond elle était coupable. Que si cet homme avait abusé d'elle, c'était certainement sa faute, d'une façon ou d'une autre. Elle ne pouvait se débarrasser des accusations et des doutes que son beau-père avait sadiquement, pendant des années, semés dans son esprit et dans son cœur.

Ce fut à l'université que ses camarades commencèrent à s'apercevoir de son attitude curieuse vis-à-vis des hommes. Lorsque Faye découvrit ce que l'on racontait à son sujet — qu'elle était frigide ou lesbienne — elle se replia davantage sur elle-même et ne se consacra plus qu'à ses études. Alors qu'elle était en dernière année, le sort s'acharna sur elle une fois de plus : ses parents adoptifs moururent dans un accident de la route. Elle en éprouva une sorte de vague regret, sans plus, tout en sachant qu'elle aurait dû ressentir autre chose ; mais elle était incapable de tout sentiment.

Au début du second semestre, l'un de ses directeurs d'études s'en alla et fut remplacé par un jeune professeur nommé Jeremy Catesby, âgé de trente-cinq ans, marié et père de deux jeunes enfants. Dès le début, Faye se sentit mal à l'aise avec lui sans savoir pourquoi. Rien, dans ses manières, ne justifiait la gêne qu'elle ressentait. Contrairement à beaucoup de ses collègues, il ne faisait aucun mystère de sa vie privée et parlait souvent de sa famille dont les photos ornaient son bureau. La plupart de ses étudiantes, pourtant, étaient amoureuses de lui et fantasmaient à son sujet, se demandant à quoi ressemblerait une aventure avec lui.

Comme toujours pendant ce genre de discussions, Faye se taisait. Elle redoutait de plus en plus les entrevues privées qu'elle avait avec son professeur, mais il n'était pas question pour elle d'y renoncer. Elle tenait à obtenir une mention, afin de trouver plus tard un bon métier. Elle rêvait de devenir documentaliste, de préférence dans un domaine qui lui permettrait de s'isoler le plus possible. Avoir une profession était capital à ses yeux, puisqu'elle ne se marierait pas, n'aurait jamais d'enfants...

Ce dernier point était le plus douloureux pour elle. En dépit de ce qui lui était arrivé à quatorze ans, elle aurait aimé fonder une famille. Elle se sentait profondément maternelle, éprouvait un besoin inné d'aimer, de protéger. Avoir été privée de ce bonheur l'emplissait d'amertume et de ressentiment.

Un matin, alors qu'elle s'apprêtait à quitter Jeremy Catesby, il la retint.

— Ne partez pas tout de suite, Faye, la pria-t-il d'une voix douce. J'aimerais parler de quelque chose avec vous.

Immédiatement elle se mit à trembler, pressentant un danger. Elle aurait voulu s'enfuir en courant, mais elle restait figée sur place. Son professeur contourna son bureau et vint se placer devant elle. Il était grand, musclé, avec un sourire carnassier qui lui donnait des airs de prédateur.

— Asseyez-vous, ordonna-t-il.

Faye brûlait de refuser, mais il se tenait entre elle et la porte. Si elle ne bougeait pas, il risquait de tendre la main vers elle, de la toucher… Cette idée la fit frissonner. Les genoux flageolants, elle choisit le siège le plus éloigné de lui.

— Vous n'avez aucune raison de paraître aussi inquiète, reprit Jeremy en souriant. Savez-vous que vous m'intriguez, Faye ? Vous êtes l'une de mes meilleures élèves. Vous n'avez pas à redouter un sermon de ma part au sujet de votre travail. Cependant, mon rôle de tuteur ne se borne pas à assister mes élèves dans leurs études. J'ai aussi le devoir de me préoccuper de leurs problèmes, de leur vie personnelle…

Faye se mit à transpirer abondamment. Son cœur tambourinait violemment dans sa poitrine, une terreur sans fond s'emparait d'elle. Il savait. D'une manière ou d'une autre, il avait deviné. C'était ce qu'elle avait toujours redouté. Que quelqu'un, un jour, découvre la vérité à son sujet et cherche à s'en servir pour la dominer, comme son beau-père l'avait fait.

— Vous êtes une jolie fille, Faye. Très jolie, même, continua-t-il. Et pourtant… comment dire ? Vous semblez mener une vie d'ascète.

La jeune fille se sentit devenir écarlate. Elle aurait voulu hurler, protester contre cette atteinte à son intimité. Elle détestait la façon dont il la regardait, le sourire ambigu et calculateur qui incurvait sa bouche. Visiblement, il semblait penser qu'il pouvait remédier à son problème et qu'elle aurait tout lieu de lui en être reconnaissante !

— Mon rôle est de vous aider à profiter le plus possible de votre séjour ici, insista-t-il. Dans tous les domaines. Si vous avez des difficultés, je suis là pour vous écouter et essayer de les résoudre avec vous.

Faye ne pouvait plus supporter de le regarder. Elle se sentait brûlante et glacée à la fois, consumée de rage et de haine, mais figée de terreur. Elle aurait voulu lui cracher au visage comme une chatte en colère, lui dire à quel point il se trompait, lui révéler tout ce qu'elle savait de la sexualité et comment elle l'avait appris. Mais surtout elle souhaitait disparaître, se cacher, l'empêcher de la torturer plus longtemps, de raviver sa douleur. Il poursuivit, imperturbable :

— Ecoutez, Faye… Il se trouve que j'ai entendu certains commentaires désobligeants à votre sujet. Je suppose que vous les connaissez aussi, et qu'ils vous font du mal. A votre âge, on est très sensible à certaines choses, notamment dans le domaine de la sexualité.

Il s'interrompit un instant. Faye gardait les yeux baissés, redoutant de lire dans les siens le plaisir immonde qu'elle avait lu autrefois sur le visage de son beau-père, et qu'elle percevait dans sa voix. Il savourait cet instant, c'était évident. Cette pensée lui donnait la nausée.

— Je sais, vous trouvez sans doute choquant que j'aborde cette question avec vous. Mais c'est pour votre bien. Votre virginité vous pèse, j'en suis sûr. Même si vous aviez décidé de la conserver jusqu'à votre mariage, vous ne pouvez ignorer que vos camarades se moquent de vous, et font des paris sur celui qui vous en débarrassera… Plus vous avancerez dans la vie, plus cette innocence vous entravera. Mais il y a une solution.

De nouveau, il s'interrompit. Faye percevait la jouissance amusée que lui procuraient ces propos, son assurance de mâle certain de séduire, et plus nettement encore le désir brutal qui l'habitait. Sans savoir comment, elle réussit à se lever et voulut gagner la porte. Comme elle l'avait craint, Jeremy fut plus rapide qu'elle et lui barra le passage, la prenant par les épaules. Elle lâcha ses livres, submergée par la panique. Mais lorsqu'il abaissa sa bouche vers la sienne, une violente nausée la souleva et elle réagit d'instinct, le griffant avec fureur. Il la libéra aussitôt avec un flot d'insultes.

Faye n'écouta pas. Elle se rua vers la porte et l'ouvrit en coup de vent, heurtant presque l'homme qui arrivait à cet instant. Derrière elle, elle entendit Jeremy Catesby grommeler d'une voix rauque :

— Espèce de petite salope !

Cette injure ne la toucha pas. Seul comptait le fait qu'elle lui ait échappé, qu'il n'ait pu aller au bout de ses projets, qu'elle n'ait pas eu à subir ce que son beau-père lui avait fait subir. Arrivée dans sa chambre, elle s'effondra sur son lit, tremblant de tous ses membres. Elle s'était fait un ennemi, elle le savait. Jeremy Catesby était un homme vaniteux, qui ne lui pardonnerait pas de l'avoir repoussé. Mais elle s'en moquait. La seule idée d'être touchée par lui — ou par un autre — la révulsait tellement que n'importe quelle brimade lui semblait encore préférable à ce supplice.

Jeremy Catesby se vengea sans pitié. Il fit courir une rumeur selon laquelle Faye s'était offerte à lui, ajoutant qu'il avait dû la repousser et la réprimander. La jeune fille devint plus que jamais la risée de ses camarades. Leurs quolibets la blessaient profondément, mais elle s'efforçait de ne pas trop y penser. Elle vivait de plus en plus seule, et travaillant d'arrache-pied pour obtenir son diplôme et partir, fuir enfin vers un endroit où on la laisserait en paix.

Elle rencontra David quatre jours après ses examens, alors qu'elle cherchait un ouvrage à la bibliothèque. Nouvellement arrivé, le jeune homme la prit d'abord pour une documentaliste et lui demanda si elle pouvait l'aider. Il était grand et bien bâti, mais il avait quelque chose de si doux, de si rassurant que Faye, pour une fois, n'éprouva aucun mouvement de recul. Au contraire... Comparée à l'hostilité de ses camarades, la gentillesse qui émanait de lui l'attirait comme une brise fraîche, apaisante. Spontanément, elle vint vers lui.

Il lui expliqua qu'il était assistant, et qu'il avait promis à sa mère de profiter de son passage à l'université pour lui trouver des livres sur la vie rurale anglaise au Moyen Age, un sujet qui la passionnait.

« Assistant... » Il n'en avait pas l'air, pensa Faye. Mais il n'avait pas l'air non plus d'un étudiant comme ceux qu'elle avait l'habitude de fréquenter. En fait, il ne ressemblait à personne. Et pour la première fois de sa vie, elle se rendit compte qu'elle avait envie de mieux connaître un autre être humain.

Quand elle lui eut indiqué la section qui l'intéressait, elle le regarda à la dérobée, se demandant ce qui la fascinait à ce point dans ce garçon. Puis il trouva ses livres, et la remercia d'un sourire si lumineux qu'elle en fut subjuguée. Il possédait vraiment quelque chose de spécial, un charme qui le rendait totalement différent des autres hommes.

Elle découvrit bientôt qu'elle n'était pas la seule à le juger ainsi. Les autres étudiants le surnommaient « Saint David » et le traitaient avec un mélange d'affection et de léger mépris. Son domaine était la géographie. Faye en fut surprise ; elle l'aurait plutôt cru philosophe, sans doute à cause de son aspect calme et réfléchi. Ce qu'elle ignorait, c'était qu'elle l'avait déjà rencontré le jour où elle avait subi les assauts de Jeremy Catesby... Dans sa hâte à s'enfuir, elle n'avait pas fait attention à lui. Mais David, lui, l'avait reconnue tout de suite après lui avoir adressé la parole. Il avait entendu les rumeurs qui circulaient à son sujet. Néanmoins, connaissant par hasard la mauvaise réputation que Jeremy Catesby s'était faite à Oxford, et sachant que le professeur avait été chassé de son dernier poste pour avoir mis une de ses étudiantes enceinte, son opinion était faite. Il était désolé pour Faye, et furieux contre cet homme sans scrupules qui semait le malheur partout où il passait.

Pour sa part, flirter avec ses étudiantes ne le tentait pas le moins du monde. Les jeux de la séduction le laissaient froid. Un jour, bien sûr, il se marierait, mais ce serait d'abord pour donner un héritier à Cottingdean. Il sourit légèrement à cette idée. Cottingdean, ce bien si précieux aux yeux de ses parents... A les entendre, on aurait pu croire qu'il s'agissait d'un vrai fief féodal. Un jour, alors que sa mère parlait des enfants qu'il aurait plus tard, il lui avait fait gentiment remarquer qu'il n'était pas seul, et que s'il ne se mariait pas les enfants de Sofia pourraient tout aussi bien hériter du domaine. La réaction de sa mère avait été aussi instantanée que violente. Non, avait-elle répliqué. Seuls ses enfants à lui, *son fils,* pourraient prétendre à la succession. Il s'était tu, gêné de cette préférence marquée qu'elle lui avait toujours montrée. Chaque fois qu'il le pouvait, il essayait de faire oublier à sa jeune sœur la façon si différente dont leurs parents les traitaient, et qu'il jugeait aussi injuste qu'embarrassante pour lui.

Oui, un jour il se marierait, puisqu'il le devait. Mais alors il essaierait de trouver une femme calme et réservée, comme l'était cette petite Faye. Les autres filles étaient trop délurées à son goût, et beaucoup trop portées sur le sexe.

A une certaine époque, il s'était demandé si son manque d'attirance physique pour ses compagnes ne pouvait pas venir d'une homosexualité non avouée. Mais il avait eu beau scruter son cœur et son esprit, il n'avait trouvé en lui aucune trace de ce genre de penchant. Pas une fois, la vue d'un autre garçon ne l'avait troublé ou ému. Il aimait profondément les femmes, les admirait, appréciait leur compagnie. Quand il écoutait parler ses étudiantes, il souriait souvent, les comparant en lui-même à sa mère qui avait réussi tout ce qu'elles rêvaient d'entreprendre, et à une époque où les femmes n'étaient pas censées faire carrière dans le commerce…

Il avait perdu sa virginité à l'université, dans les bras d'une camarade qui l'avait gentiment taquiné sur son innocence, mais s'était montrée ravie de faire son éducation. Il se souvenait d'elle avec gratitude et affection, tout en sachant qu'il n'était pas fait pour une femme hautement motivée par les plaisirs de la chair.

Le couple formé par ses parents était peut-être à l'origine de cette tiédeur, pensait-il parfois. De toute évidence, quelle qu'ait pu être leur vie amoureuse au début de leur mariage, ils ne partageaient plus la moindre relation physique. Loin d'en être choqué, David admirait leur entente. Fondée sur le respect, l'amitié, l'attention à l'autre, elle semblait bien plus durable que d'autres mariages basés sur la passion et qui ne résistaient pas à la disparition du désir — même si, parfois, la tension d'avoir à supporter en per-manence un mari invalide transparaissait malgré elle sur le visage réservé de sa mère.

David avait conscience de ne pas être tout à fait de sa génération, cette génération turbulente d'après la guerre qui était assez nombreuse et assez puissante pour faire entendre sa voix. Parfois, il se demandait avec curiosité comment ces jeunes gens des années soixante évolueraient plus tard, s'ils resteraient fidèles à leurs idéaux, continueraient à refuser aussi énergiquement de se plier à toute convention… Il se rendait compte aussi que Faye lui ressemblait, sur ce point-là. Elle n'avait pas l'agressivité de ses compagnes, ne proclamait pas comme elles ses droits à toutes les libertés, y compris et surtout la liberté sexuelle. Avec sa modestie et sa réserve, elle lui inspirait le désir de l'aider, de la protéger, un désir qu'il éprouvait pour la première fois.

Peu à peu, il se mit à rechercher sa compagnie, à bavarder de plus en plus souvent avec elle, la forçant gentiment à sortir de la coquille dans laquelle elle se retranchait.

Pour Faye, David représentait une expérience complètement neuve. Elle n'aurait jamais imaginé que des hommes tels que lui pouvaient exister. Il était doux, tendre, attentionné, sans l'ombre d'une menace. Quand il s'adressait à elle, il lui parlait vraiment, et lorsqu'elle lui répondait il l'écoutait.

Lorsqu'il parlait de lui, de sa famille, de sa maison, elle ne pouvait s'empêcher de l'envier. Elle aurait tout donné pour avoir vécu une enfance comme la sienne, auprès de parents attentifs et affectueux. Une enfance dont elle aurait pu se souvenir avec tendresse et bonheur... Pour sa part, elle évitait soigneusement toute allusion à son passé. Une fois seulement, elle avait mentionné par inadvertance ses parents adoptifs. Elle s'était interrompue, tendue par l'appréhension, attendant que David réagisse, lui pose des questions. Mais il n'avait pas semblé y prêter attention, ni paru remarquer sa panique.

Plus elle le connaissait, plus elle l'estimait — et plus elle se disait qu'elle ne pourrait jamais lui raconter son histoire. Jamais elle ne pourrait supporter qu'il la regarde avec dégoût, qu'il s'écarte d'elle comme si elle était souillée. Elle ne pensait pas à lui comme à un amant potentiel ; cette idée lui aurait paru sacrilège, même si elle avait été capable de son côté d'envisager une telle relation. C'était un ami, quelqu'un qu'elle regardait avec admiration et vénération. Un être dont elle appréciait hautement la gentillesse, et dont la sympathie l'attirait irrésistiblement.

Elle savait que leur amitié serait de courte durée. Bientôt, elle quitterait l'université. Le poste de David était temporaire. Il ne tarderait pas à rentrer chez lui pour reprendre en main l'entreprise que sa mère avait créée. Faye avait du mal à imaginer cette femme exceptionnelle, que David adorait mais qu'elle ne pouvait s'empêcher de trouver intimidante, un peu écrasante. Le temps qu'ils avaient à passer ensemble était compté et elle le savourait d'autant plus, prenant plaisir à ces rencontres parfois imprévues qui débouchaient sur de longues heures de discussion en tête à tête — mais toujours dans des endroits publics. Ils n'avaient jamais été vraiment seuls. Pas une fois, David ne l'avait invitée dans sa chambre ou suggéré qu'elle l'invite dans la sienne. Pourtant, s'il l'avait fait, elle savait qu'elle n'en aurait pas été effrayée. Avec lui, elle se sentait en sécurité. Elle savait aussi que les autres étudiants étaient à la fois amusés et intrigués par leur relation, mais elle s'en moquait.

Puis d'un seul coup tout bascula. Les résultats des examens furent affichés et Faye découvrit, incrédule, qu'au lieu de la mention attendue elle n'obtenait qu'un score passable. Le choc fut terrible. Un instant, elle se demanda si Jeremy Catesby n'y était pas pour quelque chose. Mais elle écarta aussitôt cette pensée. Non. Jamais un professeur n'aurait utilisé son pouvoir de façon aussi vile, aussi basse.

Elle s'était trompée sur sa valeur, tout simplement. Son niveau avait dû baisser à son insu…

David l'avait aperçue de loin, livide. Il se fraya un chemin dans la foule pour la rejoindre, mais ne put la rattraper que dans le couloir menant à la bibliothèque. Lorsqu'il la prit par le bras, elle sursauta violemment et poussa un cri terrible, où se mêlaient la colère et la peur. David en ressentit l'écho jusqu'au fond de lui-même.

— Non !

Puis elle le reconnut et s'empourpra.

— David… Je…

— Qu'est-ce qui ne va pas ?

Elle secoua la tête, incapable d'articuler un son.

— Viens, allons dans ma chambre. Nous ne pouvons pas parler ici.

Faye se laissa entraîner passivement dans un dédale de corridors. La chambre de David était nue, presque monacale. Cette austérité lui parut rassurante. Il l'installa dans un fauteuil, puis s'agenouilla près d'elle.

— Qu'y a-t-il ? C'est ton diplôme ?

— Oui… J'ai juste eu la moyenne, alors qu'il me fallait une mention, lâcha-t-elle d'une voix altérée. Je pensais…

David fronça les sourcils. Lui aussi était étonné. Tout le monde savait que Faye était brillante. Soudain, il se souvint d'avoir surpris une conversation entre Jeremy Catesby et le nouveau tuteur de la jeune fille. Sur le moment, il n'y avait pas prêté attention. Mais à présent…

— Attends-moi un instant, déclara-t-il, le visage tendu. Je reviens.

Faye ne sut jamais ce qu'il avait fait, mais elle eut la certitude qu'il était allé trouver Jeremy Catesby et l'avait menacé d'une manière ou d'une autre. Quoi qu'il en soit, il revint un moment plus tard en disant :

— J'ai vu le bureau des professeurs. Il y a eu une erreur, cela se produit quelquefois. Tu avais raison, tu as la mention très bien. Félicitations !

Au début, elle ne put le croire. Mais il lui répéta que c'était bien vrai, qu'elle ne rêvait pas, et son soulagement fut si grand qu'elle en eut presque le vertige.

— Que vas-tu faire, maintenant ? s'enquit David.

Elle secoua la tête.

— Je ne sais pas encore. Je vais chercher un travail pour l'été en attendant de trouver quelque chose de permanent…

— Un travail pour l'été ? Je crois que je peux t'aider. La bibliothèque de Cottingdean n'a jamais été répertoriée. Ce ne sera sûrement pas très drôle ni très bien payé, mais cela te donnera le temps de te retourner et de chercher mieux. Nous ne sommes pas très loin de Londres…

Faye le dévisagea, perplexe. Travailler à Cottingdean, le Cottingdean dont il lui avait tant parlé ? Vivre chez lui, dans sa maison, rencontrer ses parents ? Aussitôt, elle fut partagée entre deux émotions contradictoires. D'un côté, elle mourait d'envie d'accepter ; elle était si heureuse qu'il l'invite chez lui, qu'il la juge digne de ce travail ! Mais de l'autre elle ne pouvait s'empêcher de penser à ce qu'elle était réellement. Une fille souillée, impure… Elle imagina comment il réagirait s'il connaissait la vérité. Il lui ôterait son amitié, la considérerait avec mépris et dégoût… Pouvait-elle le tromper à ce point ?

Il perçut son hésitation :

— Prends le temps de réfléchir, dit-il encore. Rien ne presse, le trimestre n'est pas terminé. Si tu as une offre plus tentante d'ici là, n'hésite pas.

« Plus tentante ? » Que trouver de mieux que ce qu'il lui proposait ? Et soudain elle se rendit compte qu'au fond d'elle-même elle rêvait de passer le reste de ses jours près de David, protégée par sa gentillesse et son amitié. Mais ce genre de chose était impossible, pensa-t-elle en regagnant sa chambre. Et elle ne pouvait imaginer une quelconque relation sexuelle avec lui. Non, pas même avec lui… Le sexe changeait trop les hommes, les rendait cruels et brutaux. Certes, David serait peut-être différent… Oui, sans doute le serait-il. Mais justement. Il était pur et droit. Si jamais il apprenait ce qu'elle avait vécu, il se détournerait d'elle avec dégoût. Elle frémit. Son passé devait rester secret, un secret honteux qu'il lui fallait cacher au reste du monde. Elle ne le révélerait jamais à quiconque.

Malheureusement, quelqu'un d'autre s'en chargea pour elle. Jeremy Catesby ne lui avait pas pardonné sa réaction, et encore moins les griffures qui lui avaient valu les sarcasmes de ses collègues — sans parler d'une semonce supplémentaire de la part de sa femme qui, si elle ne se faisait plus aucune illusion sur lui depuis longtemps, se montrait néanmoins de plus en plus acariâtre. Mais quand cet angelot de David Danvers avait eu le toupet de venir lui demander des comptes, le menaçant de le dénoncer au Conseil s'il ne modifiait pas la note de cette oie blanche, sa fureur et sa vexation n'avaient plus connu de bornes. Il avait décidé de se venger et avait cherché tous les moyens possibles d'atteindre son ancienne élève. Sa détermination était telle qu'il n'avait pas tardé à trouver comment le faire.

Un jour, une réflexion du Conseil à propos de Faye et de ses mérites, compte tenu de son mauvais départ dans la vie, excita sa curiosité. Il mena son enquête et n'eut aucun mal à remonter jusqu'à son adolescence, à son placement dans un foyer d'accueil. La suite lui prit plus de temps, mais il parvint à ses fins. Et là, sa joie atteignit son comble. La petite garce... Elle l'avait bien eu. Dire qu'elle jouait les vierges effarouchées, avec un passé pareil ! Elle si fière, si intouchable... Saint David allait avoir un choc, quand il apprendrait la vérité. Il éclata d'un rire sadique. Saint David et sa putain ! Quel beau couple ! Car ce n'était rien d'autre qu'une putain, comme toutes les femmes. Et certaines étaient précoces ! Elle avait dû y prendre du plaisir, pour que cela dure des années. Et après, bien sûr, elle n'avait rien trouvé de mieux que de détruire la vie et la réputation du pauvre homme qu'elle avait aguiché... Le sexe faible ne lui inspirait que mépris. Un mépris qui attisait violemment son plaisir lorsqu'il humiliait une femme, la possédait avec férocité comme pour la punir de l'avoir tenté.

Sa victoire en poche, il prépara avec un soin maniaque le dénouement final, cajolant sa femme pour qu'elle organise une petite fête chez eux en l'honneur des étudiants qui partaient. Faye y était invitée, ainsi que David. Un moment la jeune fille pensa refuser, mais sa fierté l'emporta ; après tout, elle n'avait pas à reculer devant un homme qu'elle méprisait. Elle avait réussi brillamment, et Jeremy Catesby ne pouvait plus rien contre elle.

La tenue à mettre pour une telle soirée lui posa un problème. Ce serait sans doute une soirée habillée, et sa bourse ne lui permettait aucune fantaisie. L'hiver elle se contentait de son uniforme, jupe plissée et pulls épais, l'été elle portait des jeans et des hauts légers. Cet été-là, comme il faisait très chaud, elle avait ajouté à sa maigre garde-robe une jupe de coton imprimé et deux ou trois T-shirts à manches courtes — tenues qui lui semblaient terriblement audacieuses.

D'ordinaire, elle s'arrangeait toujours pour cacher son corps au maximum. Très mince, presque trop, elle choisissait en outre des vêtements amples qui l'étoffaient, mais effaçaient complètement sa silhouette. Son maquillage se réduisait à une touche de rouge à lèvres, ses cheveux blonds étaient toujours strictement tirés en arrière. Ses camarades, à la longue, s'étaient habitués à son manque de coquetterie et ne la taquinaient plus à ce sujet. Néanmoins, ce soir-là, quand elle s'avança sur la pelouse immaculée des Catesby, elle se sentit tout à coup très mal à l'aise sous leurs regards amusés et condescendants.

Ce fut David, le tendre, le gentil David qui vint à son secours. Il ne la toucha pas, mais la rassura par sa seule présence, lorsqu'il lui sourit et lui demanda ce qu'elle pensait du jardin. Faye contempla les gazons nus, les parterres où les roses semblaient alignées avec une précision mathématique.

— Il ne me plaît pas, avoua-t-elle. Je le trouve… trop sec, trop strict.

— Bravo, approuva David. Toi, en revanche, je sens que tu vas plaire à ma mère. Elle déteste ce genre de jardin. Attends de voir ceux de Cottingdean…

Il lui sourit encore et une étrange sensation parcourut Faye, un mélange de tendresse et de gratitude, une sorte… d'attirance qui lui donnait soudain envie de tendre la main vers lui, d'effleurer sa bouche pour capturer l'essence et la magie de ce sourire merveilleux. Tandis qu'elle demeurait figée devant lui, désorientée par ce qu'elle éprouvait, Jeremy les rejoignit.

— Eh bien, eh bien… Saint David et sa dévouée servante. Quel tableau touchant. Mais tellement trompeur ! N'est-ce pas, David ? A votre place, j'avoue qu'une femme au passé de Faye m'inquiéterait un peu. Il n'y a pas de fumée sans feu, dit-on… êtes-vous toujours en relation avec votre beau-père, Faye ?

David entendit le petit cri étranglé qu'elle poussa et la vit blêmir, secouée de frissons incontrôlables. Il ressentit dans son propre corps la panique et la peur qui la saisissaient. Spontanément, il se porta vers elle et la prit dans ses bras. Il voulait la protéger, la réconforter, la tenir à l'écart du danger.

— Je suppose que vous êtes au courant, David ? continua Jeremy avec un plaisir cynique. A moins qu'elle ne vous ait caché ses petits secrets… Dois-je lui parler pour vous, Faye ? Lui dire que sous vos airs de sainte-nitouche se cache une femme qui a avorté à quatorze ans ? Cette petite est pleine de surprises, vous savez, David… Non seulement elle a couché avec son beau-père, mais elle l'a fait envoyer en prison pour ça. Sa propre mère l'a rejetée, ce qui se comprend. Quelle mentalité… Séduire le…

— Non… non… non !

Faye entendit quelqu'un hurler. Etait-ce elle, ou quelqu'un d'autre ? Elle n'aurait su le dire. Sa tête lui semblait sur le point d'exploser, son corps vibrait sous le choc qui venait de lui être causé. Le jardin et ses couleurs heurtées se mirent à tourner autour d'elle, à se déformer, à se muer en un dragon de feu qui ouvrait la gueule pour l'engloutir. Puis elle vacilla, avalée par un gouffre noir.

— Faye… C'est fini. Tout va bien, maintenant…

Elle ouvrit les yeux. Elle se trouvait dans la voiture de David, à moitié allongée sur ses genoux. Sa main fraîche lui caressait doucement le front. De l'autre main, il lui tenait le poignet, suivant les battements frénétiques de son pouls.

— David… Oh, David…, gémit-elle.

Sa gorge douloureuse la brûlait comme si elle avait hurlé durant des heures…

— Est-ce que vous vous sentez mieux ?

Faye releva la tête et fixa la vitre de la voiture. Un homme se tenait de l'autre côté et la regardait. Il lui semblait le connaître, mais… Au bout d'une ou deux minutes, elle émergea de sa torpeur. Le chirurgien de l'hôpital. Son cœur bondit dans sa poitrine. Liz ! Quelque chose avait dû arriver à Liz ! Encore à moitié prostrée, elle ne se demanda même pas comment il avait pu la retrouver, si loin de chez elle.

— Madame Danvers… Allez-vous bien ?

Elle baissa la vitre en tremblant. Il l'avait arrachée si brutalement au passé qu'elle ne savait plus où elle était.

— Liz… Ma belle-mère…

Alaric Ferguson comprit tout de suite ce qu'elle pensait et se maudit d'être intervenu. Pourquoi ne l'avait-il pas laissée tranquille ? Il détestait se mêler de la vie des autres, mais il n'avait pu s'empêcher d'être inquiet.

— Tout va bien, ne craignez rien.

Faye le contempla d'un air égaré. Tout allait bien ? Alors pourquoi… Que faisait-il là ? Il vit son mouvement de recul et la sentit se crisper, le regard apeuré.

— Je suis désolé, je n'aurais pas dû vous déranger. Mais j'ai craint que vous ne soyez malade.

— Une migraine, répondit Faye d'un ton sec.

— Je vois… Une tasse de thé vous soulagerait peut-être ? Il y a un salon pas très loin d'ici. Je sais par ma mère qu'on y sert d'excellentes pâtisseries.

Faye ouvrit la bouche pour refuser. Elle n'avait vraiment aucune envie d'aller prendre le thé en compagnie de cet étranger. Il commençait à se faire tard, et elle devait rentrer. Un frisson la parcourut.

Alaric nota son expression effrayée et se maudit encore. Manifestement, elle pensait qu'il essayait de la draguer. Les femmes étaient vraiment impossibles, pensa-t-il avec une pointe de cynisme. Il ne fut pas étonné lorsqu'elle refusa d'une voix altérée.

— Merci, mais je dois rentrer. Ma fille va se demander où je suis.

Parce qu'elle l'ignorait…, songea le médecin. Mais si ces visites la mettaient dans un tel état, pourquoi venait-elle seule ?

Faye, de son côté, le contemplait, attendant avec impatience qu'il s'en aille. Par deux fois, cet homme l'avait vue à nu, vulnérable et sans masque. Cela l'angoissait, l'effrayait. Par quelle coïncidence fatidique fallait-il qu'il l'ait aperçue au moment où elle quittait la maison de soins ?

Elle l'entendit répondre avec froideur :

— Bon. Si vous êtes sûre que ça va…

— Oui, oui. Je me sens parfaitement bien, maintenant, mentit-elle.

Pourquoi ne s'en allait-il pas ? Ne voyait-il pas qu'elle ne supportait pas sa présence ? Il insista une dernière fois.

— Vous savez, si vous… n'êtes pas encore dans votre état normal, il pourrait être dangereux pour vous de conduire.

Faye sortait rarement de ses gonds, mais elle était prête à le faire. Toutes les émotions qui venaient de la bouleverser lui avaient mis les nerfs à vif.

— Vous êtes le médecin de Liz, pas le mien, rétorqua-t-elle d'un ton cinglant, les yeux étincelants et le corps tendu. Je ne vous ai pas demandé votre avis.

— Et vous n'avez pas besoin non plus de ma compagnie. Très bien. Je vous laisse.

Elle vit qu'il était furieux lui aussi, et des remords l'effleurèrent tandis qu'elle le regardait s'éloigner.

Alaric roulait depuis plusieurs kilomètres, quand il se rendit compte qu'il dépassait largement la vitesse autorisée. Il ralentit, essayant de détendre ses muscles noués. Quelle femme stupide ! Et il avait été tout aussi stupide de chercher à l'aider ! Bon sang… Pensait-elle qu'il se jetterait ainsi à sa tête, s'il la trouvait attirante ? Attirante… Il fronça les sourcils, rebuté par les sentiments contradictoires qui l'assaillaient.

Après tout, il la connaissait à peine. Il ne la connaissait même pas du tout.

12.

Sofia fronça les sourcils. Elle avait décidé de passer la matinée à faire quelques croquis pour la prochaine commande qu'elle devait réaliser, mais elle avait le plus grand mal à se concentrer. Sa réputation ne s'était pas faite en un jour et elle ne pouvait se permettre de négliger trop longtemps son travail — même si, à choisir, elle eût préféré continuer la lecture du journal de Liz.

Son esprit vagabondait malgré elle autour de ces pages et des surprises qu'elles recelaient. Elle était stupéfaite de découvrir, sous les étiquettes de « mère parfaite » et d'« épouse dévouée » qu'elle avait toujours accolées à sa mère, une jeune femme étrangement proche d'elle, qui lui inspirait compassion et sympathie. Curieux, quand elle songeait à quel point elles avaient toujours eu du mal à s'entendre... Liz se rendait-elle compte de tout ce qu'elle révélait dans ces cahiers ? Etait-elle consciente de ce qui transparaissait entre les lignes ? Avait-elle jamais tenu à Edward comme il tenait à elle ?

Elle contempla fixement sa planche à dessin. La fresque qu'on lui avait commandée était destinée à orner un pavillon abritant une piscine, et devait représenter un jardin italien du XVIIe siècle. Rien de très compliqué ni de très original en soi. Elle soupçonnait ses clients de l'avoir choisie non pas pour son talent, mais plutôt pour se vanter de posséder une œuvre d'elle... Pourtant, malgré la facilité de la tâche, ni statues ni larges allées sablonneuses ne prenaient forme sous ses doigts. Elle se retrouva soudain en train de griffonner des bordures de fleurs pleines d'exubérance, se détachant sur la douceur ocre d'un mur de briques anciennes. Elle reconnut le jardin de sa mère et posa son crayon, furieuse.

Elle ferait mieux de passer à autre chose, décida-t-elle. La question de l'autoroute la préoccupait. Les villageois avaient affaire à forte partie, et elle voyait mal comment ils pourraient gagner. Après tout, il fallait bien que cette voie passe quelque part — et partout où elle passerait elle provoquerait des bouleversements. Dans le cas de Cottingdean, cependant, il y avait une alternative ; au lieu de couper le village de ses terres, comme prévu, il serait tout de même plus logique de le contourner. Mais comment faire admettre les coûts supplémentaires entraînés par ces quelques kilomètres de plus, et surtout par les travaux de drainage et d'assainissement qu'ils exigeraient ?

L'air absorbé, elle se leva pour aller consulter les dossiers posés sur le bureau de sa mère. Liz avait collectionné des coupures de journaux relatives à des cas similaires, séparant les affaires qui s'étaient bien terminées des autres. Le second dossier, qui rassemblait les cas d'échecs, était bien plus conséquent que le premier...

Afin de réfléchir sur des bases concrètes, elle déroula une carte à grande échelle du comté et l'épingla sur sa planche à dessin, ne pouvant retenir un petit sourire amusé. Si ses professeurs la voyaient... En classe, on lui reprochait toujours de ne pas faire suffisamment d'efforts pour utiliser son intelligence, qui était vive. Question de stimulation... Lorsqu'elle était motivée, rien ne lui résistait. Mais souvent cet enthousiasme ne durait pas longtemps ; dès que l'attrait de la nouveauté s'estompait, elle se lassait vite. Elle fit une grimace en songeant à sa nature turbulente et fantasque. Cette incapacité à se fixer, à poursuivre un but, était son principal défaut. Elle avait appris à le dompter. Maintenant, elle s'efforçait de mener ses projets à leur terme, en dépit des efforts et de l'ennui que cela pouvait lui coûter. Ayant découvert le plaisir qu'il y avait à terminer quelque chose, elle s'était libérée peu à peu de son travers naturel. Mais avant d'y parvenir, que de tentatives inachevées elle avait laissées derrière elle...

Elle avait beaucoup changé, ces dernières années. Elle avait mûri... Cette pensée lui tira une autre grimace désabusée. Dans certains domaines, tout au moins. Au fond d'elle-même, elle savait bien que l'ancienne Sofia subsistait encore, avec son tempérament rebelle, impulsif et désordonné.

Sofia... quel prénom, pour quelqu'un comme elle ! Sa mère l'avait-elle baptisée ainsi dans l'espoir d'influer sur sa personnalité à venir ? Non, sûrement pas. Liz ne pouvait savoir quelle enfant difficile elle allait être, quels problèmes elle allait lui causer...

Cette interrogation en entraîna une autre, cruciale pour Sofia. Sa mère avait-elle ressenti sa conception et sa naissance comme elle avait vécu celles de David ? David qui n'était pas l'enfant d'Edward, et qui pourtant était entouré d'une telle tendresse par ses deux parents... Il fallait dire qu'il eût été difficile de ne pas l'aimer ! Il avait toutes les qualités. Sofia avait été choquée d'apprendre qu'ils n'avaient pas le même père — d'autant plus qu'une telle idée ne l'avait jamais effleurée.

Souvent, elle s'était demandé si la froideur que lui témoignait son père ne venait pas de la façon dont elle avait été conçue. Du fait qu'elle était née grâce aux premiers miracles de cette branche de la médecine et non d'un acte d'amour, d'une union charnelle entre Liz et lui. Pourtant ses parents avaient dû la désirer autant l'un que l'autre, pour accepter ce genre de procréation...

Elle quitta sa table à dessin, nerveuse, et gagna la fenêtre qui donnait sur le jardin. Il n'y avait pas de soleil ; le gris doux du ciel anglais s'harmonisait merveilleusement avec les tons pastel des massifs et des bordures. Combien de fois s'était-elle tenue en ce même endroit, murée dans un silence hostile, tandis que sa mère lui tenait un sermon calme et mesuré sur l'une ou l'autre de ses bêtises... Pourtant, ce jour-là, il lui semblait voir le jardin pour la première fois. Elle découvrait avec admiration le mélange savant des bleus, des roses, des mauves, des blancs. Comment sa mère avait-elle pu trouver le temps de réaliser une œuvre aussi parfaite ? Plus encore, comment avait-elle su s'y prendre ? Liz était vraiment une femme extrêmement douée, dans tous les domaines. Douée, mais aussi modeste et diplomate. Si elle se montrait forte et déterminée dans la gestion de ses affaires, elle se gardait toujours de froisser la susceptibilité de ses interlocuteurs masculins — ce que Sofia n'était jamais parvenue à faire.

Oui, sa mère avait été une pionnière, qui avait réussi à s'imposer avec tact et compétence dans un univers d'hommes... En outre, elle y était arrivée sans se départir aucunement de sa féminité ni de ses principes ; mais elle n'avait jamais joué non plus de son charme pour convaincre ses adversaires, comme tant de femmes le faisaient. Elle se montrait toujours droite et loyale ; elle avait trouvé le moyen, tout en menant sa carrière, de rester fidèle à elle-même. Un bel exemple... En fait, songea Sofia avec étonnement, sa mère ressemblait à ce jardin : sous sa discrétion tranquille se cachait une vraie beauté, une perfection savante qui était le fruit de beaucoup de travail et de savoir-faire...

Brusquement, la jeune femme fut prise d'une terrible nostalgie, d'un désir poignant de la voir de nouveau à sa place, dans cette maison. Elle avait peur... Peur de perdre cette femme qu'elle commençait juste à découvrir et à estimer, peur aussi, plus que jamais, de ne pas être à la hauteur de ses attentes et de ses idéaux.

En quelque sorte, les problèmes soulevés par cette autoroute symbolisaient ce qui les séparait. Pour monter une campagne d'opinion efficace, il lui fallait toutes les qualités que Liz possédait : ténacité, constance, persévérance, diplomatie... qualités qui lui faisaient cruellement défaut. Non qu'elle n'en eût pas elle-même, mais c'étaient des qualités différentes. Et à présent il lui incombait de remplacer sa mère et de protéger Cottingdean. Elle ne pouvait se permettre d'échouer.

Un frisson parcourut Sofia devant l'ampleur de ses nouvelles responsabilités. Elle devait tout mettre en œuvre pour préserver l'environnement de la maison, des jardins. Il avait fallu des années de patience et d'amour pour leur rendre la gloire d'autrefois, pour en faire, au lieu d'un musée froid et compassé, une demeure vivante et chaleureuse habitée par les souvenirs de plusieurs siècles d'histoire. Même si le projet ne présentait pas de risque direct pour le domaine, il menaçait l'équilibre et l'harmonie du village. Un village dont sa mère se sentait aussi responsable, qu'elle se faisait un devoir de préserver. Maintenant ce devoir était devenu le sien…

Elle regagna son bureau, tenaillée par les doutes et l'angoisse. Soudain, alors qu'elle contemplait la carte d'un œil absent, un détail attira son attention : au nord, juste à côté du site prévu pour les travaux, un grand morceau de terrain était coloré en gris foncé — ce qui signifiait qu'il n'appartenait pas à quelqu'un de Cottingdean. A qui était-il donc ? Intriguée, Sofia essaya de rassembler ses souvenirs, puis, sa mémoire ne lui restituant rien de précis, elle décida de consulter les cartes de sa mère, certainement plus explicites. Elle les trouva soigneusement rangées et étiquetées, et soupira en songeant au désordre de son propre bureau, qui faisait le désespoir de sa secrétaire. Mais ce désordre lui convenait, elle le trouvait sympathique et rassurant.

Tandis qu'elle localisait la section qui l'intéressait, elle eut l'idée que son propriétaire allait réaliser une affaire en or, si le projet de l'autoroute se concrétisait. Le terrain se trouvait à l'intersection de la voie prévue avec l'actuelle route nationale ; quel meilleur endroit pour implanter ces nouvelles activités tant prônées par certains, mais qui, pour d'autres, risquaient de défigurer Cottingdean… ?

Liz avait noté un nom à la main. Agnes Hazelby… Sofia mordilla distraitement son crayon. N'était-ce pas cette femme âgée et malade dont sa mère lui avait parlé, et qui devait vendre sa propriété pour aller dans une maison de retraite ? Apparemment, la transaction avait eu lieu… Le seul moyen d'en avoir le cœur net était d'appeler Henry Brading, à la filature. En tant que conseiller juridique de Liz, il devait être au courant.

Elle prit le téléphone et composa le numéro. Henry Brading lui confirma que le terrain avait bien été mis aux enchères. Liz avait essayé de l'acquérir mais, devant le prix prohibitif qu'il avait atteint, elle y avait renoncé.

— Il s'est vendu beaucoup plus cher que des terres agricoles, précisa-t-il. J'ignore à qui, mais je vous rappellerai un peu plus tard pour vous donner le renseignement. Comment va votre mère, dites-moi ?

— Son état se maintient, répondit mécaniquement la jeune femme, pour la énième fois depuis deux jours. On doit l'opérer bientôt, dès qu'elle sera assez résistante pour subir l'intervention. Une pression subsiste au niveau du cerveau…

Sa voix se brisa brusquement. Elle savait combien les chances de réussite étaient minces. Le fil qui rattachait Liz à la vie était si fin, et pouvait se rompre si facilement…

— Ne soyez pas inquiète, Sofia, déclara le juriste. Votre mère est une battante. Elle s'en sortira. Je vous rappelle dans un moment.

En attendant, Sofia décida d'étudier les actions qui avaient réussi pour voir ce qu'elles avaient en commun. Des appuis haut placés, de grandes campagnes d'information pour sensibiliser les médias, mais surtout, dans chaque cas ou presque, un élément précis d'ordre historique ou écologique qui permettait de s'opposer au projet. Un village avait même gagné en alléguant la beauté unique de son site et le fait qu'il y poussait une fleur sauvage extrêmement rare…

Sofia passa ses mains dans ses cheveux cuivrés. Pour autant qu'elle le sache, Cottingdean ne possédait rien de tel… Objectivement, rien ne les autorisait à refuser le projet. Le mieux qu'ils pussent faire était de trouver des arguments dans le but de détourner légèrement l'autoroute pour éviter le village. Elle réfléchissait quand le téléphone sonna.

— J'aurais dû m'en douter…, annonça Henry Brading d'un ton sec. « Hever Homes », ça vous dit quelque chose ?

— Non, répondit Sofia. Sauf qu'il doit s'agir d'un constructeur ou d'un promoteur, apparemment.

— Exact. Cette société est réputée dans les milieux financiers de Londres pour mettre la main sur des emplacements de premier choix. Pour y construire non pas de grands immeubles, mais des maisons individuelles de qualité. En tant qu'entrepreneurs, ils jouissent d'une réputation exceptionnelle. Mais ce n'est pas le plus important. Il se trouve que « Hever Homes » est une branche des Constructions Cavanagh…

Sofia retint un cri de surprise. Ses doigts se crispèrent sur le récepteur.

— Mais il s'agit de l'entreprise de Daniel Cavanagh ! s'exclama-t-elle. Et c'est lui qui est chargé de la construction de cette autoroute !

— Tout à fait... Etrange coïncidence, n'est-ce pas ? M. Cavanagh n'a pas encore obtenu le permis de construire, mais cela ne saurait tarder... Si cette autoroute se fait, il va réaliser une opération juteuse, c'est le moins qu'on puisse dire. Les Londoniens vont se jeter sur ses maisons : un joli petit village bien conservé, non loin de la capitale... Le luxe, le calme, la verdure et le pittoresque, que demander de plus ? Mais il est évident que cette invasion va changer la vie de Cottingdean... Un seul point semble encore litigieux pour l'instant : l'acte de vente stipule fermement que le Manoir ne doit pas être détruit. J'ignore si Cavanagh espère pouvoir contourner cette clause... En tout cas, votre mère a affaire à forte partie.

Plus encore qu'il ne le pensait, se dit Sofia, accablée, en revoyant la main possessive d'Helen Ordman posée sur le bras de Daniel... Brusquement, elle se demanda avec cynisme si l'attitude de cette jeune femme n'était pas subtilement encouragée par l'entrepreneur. Des rapports privilégiés avec la représentante du Ministère ne pouvaient qu'aider ce dernier dans ses projets personnels...

Elle remercia Henry Brading et reposa le téléphone, en état de choc. Elle était à la fois surprise et offusquée. En dépit de tout ce qu'elle pensait de Daniel, elle l'avait toujours cru droit et intègre. Après tout, n'était-ce pas lui qui l'avait accusée de duplicité, de tromperie, de vouloir se servir des autres en ne pensant qu'à elle ? Apparemment, il avait bien changé...

Elle arpentait la pièce d'un pas nerveux quand Camilla frappa et entra.

— Maman n'est pas rentrée ? demanda-t-elle d'un ton inquiet. C'est drôle... D'habitude, Gran et elle sont toujours à la maison, à cette heure-ci.

— Ne t'inquiète pas, répondit Sofia d'une voix rassurante. Elle a dû être retardée, c'est tout. Je suppose que tout le monde a voulu lui demander des nouvelles de Mère. Tu ne sais vraiment pas où elles vont ?

Elle était heureuse de cette diversion, qui lui permettait de penser à autre chose qu'à Daniel Cavanagh. Pourquoi avait-il fallu que ce soit lui qui s'occupe de cette autoroute ? Il lui aurait été tellement plus facile de traiter avec un étranger…

— Non, répondit Camilla, les sourcils froncés. Je ne me suis jamais posé la question. Maman et Gran ne parlent jamais de ces réunions.

Sofia lui jeta un coup d'œil intrigué. Pour un peu, si Faye n'était pas toujours partie en compagnie de sa mère, elle aurait pu croire que sa belle-sœur entretenait une liaison clandestine… Mais cela ne ressemblait pas à Faye. Bien sûr, le fait que la veuve de David ne fût pas coquette et ne cherchât aucunement à se mettre en valeur n'était pas un argument suffisant pour penser qu'elle ne pouvait pas plaire. Bien des femmes en apparence anodines exerçaient un charme étonnant sur certains hommes… Pourtant, elle était persuadée que ce n'était pas le cas de sa belle-sœur. Pour une raison obscure, celle-ci semblait plutôt refuser obstinément tout contact avec le sexe opposé. Sofia comprenait mal cette abstinence volontaire. Après tout, sans refaire sa vie, une femme pouvait très bien satisfaire des désirs physiques tout à fait naturels. Pour sa part, elle se flattait de ne montrer aucune hypocrisie dans ce domaine. Mais elle n'était pas Faye…

En revanche, ces disparitions régulières lui posaient un problème. Sans savoir pourquoi, elle avait l'intuition qu'elles cachaient un mystère…

Elle regarda sa nièce, qui semblait toujours aussi inquiète.

— Ne crains rien, Cam, répéta-t-elle fermement. Les mauvaises nouvelles vont toujours très vite. S'il était arrivé quelque chose à ta mère, tu peux être sûre que nous le saurions déjà.

— Oui, tu as sans doute raison. Je vais faire un peu de cheval.

Sa nièce sortie, Sofia se replongea dans ses réflexions. Possédant ce terrain, Daniel renâclerait encore plus à changer le tracé de l'autoroute — et Helen Ordman était manifestement prête à le soutenir avec ardeur dans tous ses projets. Cela n'arrangeait pas le parti de Cottingdean… Mais soudain, alors qu'elle commençait à désespérer, elle eut une brusque illumination : si ce qu'elle venait d'apprendre était révélé au grand jour, quel scandale ce serait ! Une telle publicité porterait un rude coup à la belle réputation du groupe Cavanagh...

Elle fit la grimace. A coup sûr, sa mère rejetterait d'emblée une manœuvre aussi basse. Mais Daniel Cavanagh, après tout, n'était pas un enfant de chœur. Pourquoi prendre des gants avec quelqu'un qui cherchait à s'enrichir illicitement ? « Quelquefois, il faut savoir combattre le feu par le feu », trancha-t-elle avec énergie. Aussitôt formulée, cette pensée la mit mal à l'aise. Elle ne pouvait se cacher que certaines vieilles blessures n'étaient pas complètement cicatrisées, et qu'en fait de stratégie pour la défense de Cottingdean, elle envisageait surtout le plaisir de pouvoir retourner à Daniel les insultes qu'il lui avait lancées autrefois... Elle se rappelait amèrement son mépris et son arrogance, pendant qu'il lui assenait ses sermons bien-pensants. L'idée de renverser les rôles l'excitait assez. Oui, elle serait très heureuse de l'embarrasser à son tour. Et peut-être qu'une campagne publique ne serait pas nécessaire, en fin de compte. Elle lui laisserait seulement entendre qu'elle détenait des informations gênantes, qui *pourraient* être révélées s'il ne cédait pas...

Elle écarta volontairement d'autres souvenirs qu'elle avait de lui. Le Daniel fier et plein d'amour-propre qu'elle avait connu quinze ans plus tôt n'aurait certainement jamais plié sous ce genre de pression, au contraire. Mais elle ne risquait rien à l'appeler, à suggérer une rencontre pour tâter le terrain, en quelque sorte. Et elle était tout à fait en droit de lui faire part de ce qu'elle avait découvert.

Sa décision prise, elle compulsa le dossier et y trouva le numéro de téléphone de sa société à Londres. Tandis qu'elle appuyait sur les touches, elle se rendit compte qu'elle avait l'estomac noué. C'était ridicule. Pourquoi redouterait-elle de lui parler ? Après tout...

La voix nette et efficace d'une standardiste l'interrompit dans ses pensées. Sofia se présenta, demanda Daniel Cavanagh et expliqua qu'il s'agissait du projet d'autoroute à Cottingdean. La rapidité avec laquelle elle l'eut en ligne la prit de court.

— Sofia... que puis-je pour toi ?

Entendre sa voix la troubla plus que de raison. La familiarité avec laquelle il prononçait son prénom et la tutoyait lui rappelait avec une précision déconcertante leurs conversations d'autrefois, et elle découvrait brusquement qu'elle n'avait oublié ni son intonation, ni son timbre chaud et grave. Cela l'irrita profondément, d'autant plus qu'en dépit de tous ses efforts elle ne parvenait plus à se souvenir de la voix de Scott…

— Je pense que nous devrions nous rencontrer, Daniel, déclara-t-elle d'un ton bref.

Le silence qui suivit la fit rougir, lui donnant l'impression qu'elle était en train de relancer un ancien amant. Elle crispa alors les doigts sur l'appareil, et, oubliant toute tactique, précisa froidement :

— Il s'agit d'affaires.

— Bien entendu…

Il avait répondu d'un ton poli, détaché, mais elle aurait juré qu'il se moquait d'elle. « Espèce d'idiote », pensa-t-elle. N'avait-elle eu rien d'autre à dire ? Bien sûr, qu'il s'agissait d'affaires ! De quoi d'autre aurait-elle pu vouloir l'entretenir ?

— Et de quoi veux-tu discuter ? reprit-il calmement.

— Je… Il faut que nous nous voyions. Je ne peux pas t'en parler au téléphone.

Qu'est-ce qui lui prenait ? Elle se comportait comme une adolescente maladroite essayant de décrocher un rendez-vous… Furieuse contre elle-même et contre lui, elle faillit raccrocher et renoncer à son plan. La façon dont elle s'était lancée tête baissée dans cette entreprise, sans prendre le temps de réfléchir, lui ressemblait bien. A sa place, sa mère aurait pris des notes, calculé ce qu'elle devait dire et ne pas dire… Elle aurait habilement jeté l'hameçon, attendant qu'il morde avant de révéler quoi que ce soit. Alors qu'elle… Elle était stupide, se dit-elle, grinçant des dents tant elle était vexée.

Il y eut une autre pause, éloquente, suivie d'une réponse pensive.

— Je vois… Dans ce cas, je peux t'accorder une demi-heure demain après-midi, si tu peux être à mon bureau vers…

Dans *son* bureau ? Pas question ! Elle n'allait pas se rendre dans son territoire, lui donner l'avantage…

— Je suis désolée, c'est impossible, l'interrompit-elle vivement. Ma belle-sœur sera absente, et je dois rester à la maison pour le cas où on nous appellerait de l'hôpital.

Ce n'était pas vraiment exact, mais elle avait saisi le premier prétexte qui lui était venu à l'esprit.

— Je vois, répéta Daniel. Et à t'entendre, cette question concernant l'autoroute paraît urgente. Elle ne peut pas se régler par la voie habituelle, à travers votre comité…

Il se montrait tellement posé, tellement suave… Pourquoi se sentait-elle ainsi menacée ?

— Quand tu sauras de quoi il s'agit, je pense que tu seras d'accord pour en débattre d'abord en privé, rétorqua-t-elle sur un ton qu'elle espérait aussi suave que le sien. Cela nous fera gagner beaucoup de temps.

D'abord la menace implicite, ensuite l'argument rassurant. N'était-ce pas ainsi que l'on procédait ? Elle n'avait pas l'habitude de ce genre de relation, précautionneuse et calculatrice. Cela allait à l'encontre de toutes ses convictions, et les détours n'étaient pas son fort.

— Bien… Veux-tu que je vienne te voir à Cottingdean ce soir ? Ou ailleurs, si tu préfères une rencontre plus discrète…

La façon dont il s'exprimait lui mit les nerfs à fleur de peau. Pourquoi utilisait-il ces termes-là, comme s'il s'agissait d'un rendez-vous galant ? Cherchait-il à la déstabiliser ?

— Rien ne nous empêche de nous retrouver à Cottingdean, répondit-elle fraîchement. De mon point de vue, en tout cas.

S'il voulait des sous-entendus, il serait servi… Elle n'avait rien à cacher, elle. Tandis que lui… La demoiselle du ministère risquait-elle, en apprenant cette visite, d'en prendre ombrage ? Elle faillit lui jeter cet argument au nez, puis elle y renonça à regret. Ce n'était pas le moment de le braquer ; si elle y allait trop fort, il risquait de ne plus vouloir la rencontrer.

— Merci de te montrer aussi coopérative, répondit Daniel d'un ton railleur.

Sofia contempla l'appareil avec fureur. Pour un peu, elle lui aurait révélé sur-le-champ ce qu'elle pensait de lui et de ses tractations clandestines. Mais elle avait intérêt à ne pas céder à ses humeurs, elle le savait maintenant. Combien de fois, par le passé, avait-elle provoqué des catastrophes irréparables pour la simple beauté du geste, le plaisir de triompher un instant ? Ensuite elle regrettait, effondrée, en mesurant ce que son impulsivité lui avait coûté…

— Généralement, nous finissons de dîner vers 9 heures, déclara-t-elle en s'efforçant de reprendre un ton calme et détaché.

— 9 heures donc, répondit Daniel avec cette courtoisie qui l'agaçait prodigieusement. A plus tard, Sofia. Je dois dire que j'attends cet entretien avec impatience. On n'a pas souvent l'occasion de croiser le fer avec un ancien adversaire, n'est-ce pas ? J'espère, Sofia, que ta lame est bien aiguisée… La dernière fois que nous nous sommes vus, je crois me rappeler que tu as délaissé la logique au profit de la passion. Ce n'est jamais une décision très sage…

Sofia raccrocha violemment, n'osant prendre le risque de lui répondre. Comment osait-il ? Comment avait-il le front de faire allusion à cet incident ? Comment se permettait-il d'insinuer que leurs anciens rapports pouvaient avoir des conséquences sur le présent ? A l'époque, ce qui les avait opposés était personnel. *Très* personnel. La situation était complètement différente aujourd'hui, et elle espérait bien en sortir gagnante, cette fois !

13.

Quand Daniel eut raccroché, il regarda devant lui d'un air absent. Son bureau était une très belle pièce. Les murs s'ornaient d'antiques lambris en pin trouvés sur un chantier de démolition, et le sol était recouvert d'une épaisse moquette vert sombre, assortie à la tapisserie au petit point des deux grands fauteuils installés de part et d'autre de la cheminée.

Son conseil d'administration s'était montré quelque peu réticent, lorsqu'il avait choisi d'installer le siège de ses sociétés non dans un immeuble ultramoderne des nouveaux quartiers d'affaires, mais dans un vieil hôtel particulier de quatre étages, situé en un endroit de Londres fort peu prisé à l'époque. A force d'habileté, il avait fini par convaincre ses collègues un à un, les amenant avec diplomatie à partager un point de vue qui s'était révélé hautement valable par la suite — à la fois esthétiquement et financièrement. Ce quartier était devenu très recherché. Daniel avait ajouté au premier bâtiment les deux immeubles anciens qui le flanquaient, si bien que les trois plus belles façades de briques donnant sur le square abritaient maintenant tous les services administratifs de son groupe.

Il se considérait comme un constructeur, pas seulement par métier mais aussi par inclination naturelle, et dans le domaine des relations humaines tout autant que dans celui du bâtiment. Car il était aussi doué pour édifier des ponts entre les gens qu'il l'était pour construire des maisons ou des routes. Néanmoins, en ce qui concernait Sofia Danvers, il doutait de parvenir un jour à établir des fondations assez solides pour jeter un pont sur l'abîme qui les séparait…

Une confrontation avec elle était la dernière chose qu'il souhaitait en ce moment, mais apparemment elle brûlait de s'opposer à lui... Pourquoi diable voulait-elle le voir ? A coup sûr, ce n'était pas pour parler du bon vieux temps.

Le bon vieux temps. Sa bouche prit un pli dur, cynique. Depuis le choc que lui avait causé leur rencontre inattendue, le soir de cette maudite réunion, il ne cessait de repousser les souvenirs de cette époque. Peut-être ferait-il mieux de céder et de les affronter carrément, en fin de compte... Cela lui ferait sans doute du bien. Il se flattait de se connaître, d'évaluer sans se leurrer les mobiles qui le poussaient à agir. Contrairement à beaucoup d'hommes, il ne jugeait pas futile ce genre d'auto-examen, et ne dédaignait pas de se fier à ses intuitions. Alors pourquoi se mettrait-il à jouer les autruches, tout à coup ?

Sa table de travail était installée entre deux hautes fenêtres, face à la cheminée au-dessus de laquelle était accroché un grand portrait de Robert Cavanagh, le second mari de sa mère, l'homme qui l'avait adopté comme son fils et lui avait donné son nom. Daniel avait fait exécuter ce portrait après sa mort, d'après une photo. Curieux comme Robert lui manquait, maintenant encore. Leurs chemins ne s'étaient pas croisés longtemps, mais cette rencontre avait eu un effet déterminant sur sa vie — tout comme ses passes d'armes avec Sofia. Sur bien des points, ils étaient les deux personnes qui avaient fait basculer son existence d'une façon radicale.

Tandis qu'il contemplait le portrait de son beau-père, il se demanda ce que celui-ci aurait pensé de l'évolution des sociétés qu'il lui avait léguées. Le groupe Cavanagh était devenu quelque chose d'énorme, allant des travaux publics à la construction de maisons individuelles. En tant que président, Daniel n'avait plus guère le loisir de travailler sur le terrain ; en revanche, il passait beaucoup trop de temps à son gré dans des réunions où les réactions passionnées l'emportaient sur la logique. Tout le monde voulait des autoroutes, mais personne ne les voulait près de chez soi...

Le dernier tronçon qu'il avait à construire était particulièrement controversé. Il fronça les sourcils. Lui-même hésitait encore. Pourtant...

Tout à coup, il se rendit compte qu'il griffonnait distraitement sur son bloc, et était en train de dessiner le contour d'une ancienne demeure anglaise en forme de E. Cottingdean, songea-t-il avec agacement. Perplexe, il jeta son crayon. Qu'est-ce qui lui prenait ? Il n'avait quand même pas peur de rencontrer Sofia !

Il se leva d'un geste excédé et alla se planter devant la cheminée. En hiver, un feu de bois brûlait dans l'âtre. Dès le printemps, il était remplacé par un gros bouquet livré régulièrement par l'horticulteur qui s'occupait des jardinières ornant la façade des immeubles. Tandis qu'il contemplait le bel arrangement rustique installé dans un pot de cuivre, il prit un air sombre. Sa mère adorait les fleurs fraîches. Elle n'en avait pas reçu souvent, en tout cas pendant longtemps…

Etait-ce à cause de sa mère qu'il s'était caché la vérité à propos de Sofia ? A cause d'elle qu'il avait cru… Agacé, il crispa un instant les paupières. Puis il les rouvrit et appuya d'un geste sec sur l'Interphone qui le reliait à sa secrétaire.

— J'ai terminé pour aujourd'hui, Heather. En cas d'urgence, vous pourrez me joindre à l'appartement. Mais seulement si c'est important. Oh, et puis vous pouvez partir plus tôt aussi, si vous en avez envie.

Par « l'appartement », il désignait les deux étages supérieurs de l'immeuble central, qu'il avait fait aménager pour son usage personnel et auxquels on accédait soit par un ascenseur privé partant du grand vestibule octogonal, soit par un escalier dérobé qui donnait dans son bureau. Prenant l'escalier, Daniel émergea dans un hall spacieux dont les murs crème et le parquet ciré, d'époque, mettaient en valeur un superbe tapis ancien qu'il avait acheté dans une vente aux enchères de campagne. Tous ses meubles étaient des pièces authentiques acquises de la même façon. Le salon donnait sur les arbres et le jardin du square ; il était prolongé par une salle à manger, assez vaste pour accueillir de nombreux convives, elle-même suivie d'une belle cuisine confortable qui ouvrait sur un petit jardin en terrasse.

Il n'avait aucun domestique à demeure, préférant se débrouiller seul et préserver sa vie privée. Lorsqu'il recevait, il faisait appel à des traiteurs. Aucune des femmes qui avaient occasionnellement traversé sa vie n'était restée chez lui deux nuits de suite. Aucune, non plus, n'avait été invitée à partager son toit. Il ne se considérait pas pour autant comme un homme à femmes, et n'avait aucune envie de le devenir.

Les femmes lui plaisaient beaucoup, mais il appréciait leur compagnie, leur conversation, leur personnalité, au moins autant que leurs charmes physiques. De temps à autre, lorsqu'ils étaient en manque de sujets, les journaux mondains lui consacraient un article et nommaient sa dernière conquête, se demandant si cette fois il irait jusqu'au mariage. En fait, il n'avait rien contre l'institution, au moins en théorie. Mais la pratique était hérissée de tant de pièges… En revanche, il était farouchement opposé au divorce, surtout lorsqu'il y avait des enfants.

Il marcha jusqu'à la grande bibliothèque encastrée, ouvrit une porte, sortit une bouteille de whisky et un verre.

Puis il se reprit, fronçant les sourcils, et les reposa. Après quoi il se rendit dans la cuisine pour prendre une bouteille d'eau minérale dans le réfrigérateur.

Pour un homme de trente-sept ans, qui passait de longues heures assis à son bureau, il était en parfaite forme physique. Suer des heures dans un gymnase ou trotter dans Hyde Park n'était pas son style, mais il passait le plus de temps possible en plein air, à marcher ou à faire du cheval, et il se rendait deux ou trois fois par semaine à la piscine d'un club voisin.

Il quitta sa veste et prit la bouteille d'eau, ses muscles fermes jouant sous la toile fine de sa chemise. Ouvrant la porte, il sortit sur la terrasse et alla s'accouder à la rembarde pour contempler les toits de Londres. Lorsqu'il était enfant et vivait dans l'un des pires quartiers de Liverpool, le luxe dont il jouissait à présent lui aurait semblé inimaginable. Sa mère, cependant, lui avait appris à aimer les belles choses ; elle lui décrivait les maisons bourgeoises dans lesquelles elle faisait le ménage, les gens qui les habitaient… Le cœur déchiré par son impuissance, le petit garçon qu'il était alors comprenait qu'elle n'était pas heureuse, et que sa tristesse n'était pas seulement due au fait qu'elle n'habitait pas l'une de ces riches demeures.

Sa mère était galloise, une jolie fille brune à l'accent chantant de sa vallée natale, dont la voix mélodieuse vous allait droit au cœur. Son père, lui, était irlandais ; c'était un grand homme corpulent et brutal, qui travaillait quand il trouvait une place et passait son temps au pub, à boire, quand il n'en trouvait pas. Sa mère lui avait raconté comment elle l'avait rencontré, lorsqu'il était venu travailler sur le chantier d'une nouvelle route près de l'endroit où elle habitait. Après leur mariage, ils étaient venus vivre à Liverpool où toute la famille de son père était installée depuis deux générations.

Les Ryan venaient du comté de Cork. En dépit des années passées à Liverpool, ils demeuraient farouchement irlandais. Les grands-parents de Daniel avaient élevé sept enfants dans une minuscule maison jumelée proche du port, d'où ils avaient essaimé pour fonder à leur tour des familles nombreuses et turbulentes. Parfois, Daniel avait l'impression que la ville entière était peuplée par ses oncles, tantes et cousins Ryan. Il ne leur ressemblait pas, à cause des origines galloises de sa mère et se sentait différent du reste de la tribu, irlandaise pur-sang. En outre, ses parents étaient les seuls à n'avoir qu'un enfant — ce qui était vu d'un mauvais œil par les autres.

Bizarrement, il avait l'impression que cette « faute » lui était imputable, que c'était à cause de lui que son père n'avait pas voulu d'autre enfant. Il devait lui en vouloir pour une raison quelconque, puisqu'il ne le prenait jamais sur ses genoux, ne l'embrassait jamais, ne le taquinait pas comme ses oncles taquinaient leurs fils… Et sa mère devait se sentir fautive aussi. Elle était si différente, lorsqu'ils allaient rendre visite à grand-mère Ryan, le dimanche. Elle se taisait et elle semblait triste, alors que lorsqu'ils n'étaient que tous les deux elle chantait, riait et lui racontait avec son accent gallois des histoires de dragons et de chevaliers qui lui faisaient ouvrir des yeux grands comme des soucoupes.

Mais ce n'était pas le seul mystère qui l'intriguait. Daniel n'avait jamais vu ses grands-parents maternels. Il savait qu'ils vivaient au pays de Galles, mais ses parents et lui n'allaient jamais les voir. Ils n'avaient des nouvelles d'eux qu'à Noël, sous la forme d'une carte et d'un billet d'une livre que l'on déposait aussitôt sur son livret de Caisse d'épargne. Il avait souvent envie d'interroger sa mère à leur sujet. Mais comme elle n'en parlait jamais, il n'osait pas le faire.

C'était un enfant sensible, plus petit et plus frêle que ses cousins qui le traitaient de sainte-nitouche. Daniel les craignait. Surtout les filles, qui le pinçaient et le tourmentaient, puis poussaient des cris d'orfraie en clamant qu'il leur avait fait mal. La plupart du temps, il recevait une gifle de l'adulte venu à la rescousse. Un jour, il avait entendu sa grand-mère lancer à sa mère d'un ton sec :

— Ce Daniel que tu nous as ramené est une vraie peste.

Il aurait voulu protester, se récrier que ce n'était pas vrai, mais il n'avait pu sortir un mot. Et, au fond, il sentait que sa grand-mère était heureuse de pouvoir le blâmer. Mais il ne comprenait pas pourquoi, ni la raison pour laquelle personne, dans cette famille, ne semblait l'aimer. Son propre père lui-même paraissait préférer les autres enfants. Il le grondait sans cesse lorsqu'ils étaient dehors, mais l'ignorait généralement quand ils étaient chez eux.

Daniel, de toute façon, ne le voyait pas beaucoup. Il ne rentrait pas pour le thé comme la plupart des autres pères, mais se rendait directement au pub et n'en revenait que tard dans la soirée, alors que son fils était déjà couché. Daniel l'entendait rentrer. Il criait, lançait des jurons, insultait sa mère, exigeait son dîner. Le petit garçon frissonnait, terrifié, et tirait ses couvertures sur sa tête pour échapper à cette voix qui le glaçait. Il se disait qu'il n'aimait pas son père, en tout cas pas comme il aimait sa mère, et que celui-ci ne l'aimait pas non plus. Cette idée l'emplissait de chagrin.

Quand il eut onze ans, il passa si brillamment l'examen d'entrée en sixième qu'il obtint une bourse pour entrer dans le meilleur collège privé de la ville, un établissement prestigieux. Sa mère en fut enchantée, mais nullement son père…

Lorsque celui-ci rentra ce soir-là, il puait la bière. Daniel et sa mère étaient dans la cuisine. Il la vit se crisper, et soudain il se rendit compte à quel point elle était petite et menue par rapport à son mari. Son père était de méchante humeur, il s'était querellé une fois de plus avec le contremaître. Les places qu'il avait dû quitter pour s'être battu ne se comptaient plus. Sa mère lui servit aussitôt son repas ; comme d'habitude, il se mit à table sans même monter se laver les mains, un détail qui choquait Daniel lorsqu'il voyait ses doigts souillés, ses ongles noirs et cassés. Alors que sa mère et lui s'étaient contentés de sandwichs à la crème de poisson, il avait droit à une tourte à la viande. Daniel savait aussi qu'il ne donnait pratiquement pas d'argent à sa mère, et que celle-ci faisait des prouesses pour les nourrir et payer le loyer grâce à ses ménages. Son cœur saignait lorsqu'il la voyait marcher dans la rue, l'air épuisé, les épaules courbées, le regard morne — ce même regard qu'elle avait, chaque fois que son père rentrait ivre.

Daniel l'entendit jurer et s'exclamer que ce genre de plat n'était pas ce qu'on devait servir à un homme qui travaille. Puis il se mit debout en titubant, et cria encore en gagnant la porte :

— Je vais manger chez ma mère. Elle, au moins, elle sait me nourrir. Tu te prends peut-être pour une dame, avec tes grands airs, mais tu es incapable de t'occuper d'un homme ! Tu ferais bien de te rappeler certaines choses, petite mijaurée : sans moi, ton bâtard de fils et toi, vous…

— John, je t'en prie ! coupa sa mère avec un désespoir qui lui fendit le cœur. Attends, j'ai quelque chose à te dire… Daniel… Daniel a été accepté au collège Drapers. C'est magnifique, non ?

Il y eut un grand silence, puis le père de Daniel se tourna vers lui et lui jeta un regard tellement haineux que le jeune garçon en eut le souffle coupé.

— Magnifique… c'est tout ce que tu trouves à dire. Eh bien, moi, je n'apprécie pas, figure-toi. Le fils de John Ryan ne mettra jamais les pieds dans un collège de luxe pour bourgeois huppés et fils de bonnes familles ! Il ira à Mile End, comme son père et comme tous ses cousins !

« Mile End »… Daniel blêmit. C'était le plus grand établissement secondaire du district, et le pire. Un univers de rixes et de règlements de comptes, dominé par des bandes. Un de ses cousins en dirigeait une.

— Non, John, s'il te plaît, supplia sa mère. Tu ne comprends pas… C'est une occasion formidable pour Daniel. S'il travaille bien, il pourra aller à l'université, plus tard. Il pourra…

— Il pourra quoi ? S'élever au-dessus des Ryan, c'est ça ?

Sa mère s'était accrochée au bras de son père. La tension qui régnait dans la cuisine était terrible. Daniel était mort de peur.

— Je t'en prie, John… Il faut lui laisser cette chance.

Une expression hideuse traversa le visage de son père.

— Cette chance ! Il aura celle que je voudrai, tu m'entends ? Tu as voulu que je sois son père, après tout ! C'est moi qui commande ! Le problème, c'est que tu n'as que lui. Tu sais ce que dit toujours le père Leary…

Sa femme lui jeta un regard craintif. Le père Leary était un prêtre qui venait chaque dimanche chez les Ryan. Il parlait à tous et à toutes, les félicitait pour leurs nombreuses familles, mais ignorait Daniel et sa mère qui n'avait pas embrassé la foi catholique en se mariant. En cet instant, Daniel aurait voulu prendre sa mère dans ses bras, la consoler et la protéger.

— John…, insista-t-elle encore.

— Il n'ira pas dans ce collège ! Les Ryan n'ont que faire de belles écoles. Dès qu'il sera assez grand pour ça, il ira sur les chantiers comme ses cousins, et gagnera sa pitance !

Sur ces mots, il repoussa sa femme avec brutalité. Celle-ci alla heurter le poêle de la hanche et resta où elle était, très pâle, les traits contractés par la douleur, tandis qu'il claquait la porte. Il ne revint que tard dans la soirée. Daniel fut réveillé par ses vociférations et les pleurs de sa mère. Le lendemain matin, pour la première fois, elle ne se leva pas avant son départ pour l'école. Quand il se rendit dans la petite chambre où elle était couchée, le visage tourné vers le mur, elle prétendit qu'elle avait une migraine et lui demanda de ne pas ouvrir les rideaux. Sans savoir pourquoi, Daniel sentit l'angoisse l'envahir. Le soir, à son retour, elle n'était pas là ; une note lui disait de ne pas s'inquiéter, qu'elle rentrerait tard. Son père rentra tôt, en revanche, et se montra furieux.

— Elle espère toujours me convaincre de te mettre dans ce foutu collège, cria-t-il, mais tu peux lui dire qu'elle se fait des illusions ! On ne dépensera pas un sou pour ces sornettes, c'est compris ? Fais-le-lui savoir de ma part !

Là-dessus, il regagna la porte.

— Où vas-tu ? demanda Daniel, tremblant.

— Cela ne te regarde pas. Bonté divine… Un homme a le droit de se payer quelques bons moments, non ? Le père Leary lui-même le dit.

Il était plus de 7 heures quand sa mère rentra. Elle semblait à la fois ravie et morte de fatigue. Une tache sombre marbrait sa pommette et elle se déplaçait avec raideur, comme si son corps entier la faisait souffrir. Quand Daniel lui demanda si elle était tombée, elle se retourna brusquement.

— Oui, je suis tombée dans l'escalier en me levant, ce matin. Je devais être mal réveillée… Oh, je t'ai apporté un beau hareng, pour ce soir. Mme Silverstone l'avait acheté pour son mari, mais il est sorti dîner en ville.

Daniel sentait sa tension, sa nervosité. Il lui fit part du message de son père et guetta sa réaction.

— Ce n'est pas grave, mon petit, répondit-elle de sa voix douce. Tu vas accepter cette bourse. Mais n'en dis pas un mot à ton père, surtout.

— Et l'argent pour l'uniforme, pour les livres ?

— Ne t'inquiète pas pour ça. Ce n'est pas ton problème. Tout est arrangé. Ta grand-mère va nous aider. Daniel la regarda, ahuri.

— Nan ? Elle va faire ça ?

Il vit que sa mère se mordait la lèvre.

— Non, pas ta grand-mère Ryan, Danny. Je parlais de ta grand-mère Rees. Je… je lui ai téléphoné de chez Mme Silverstone, ce soir. C'est pour cela que je suis rentrée tard ; j'ai attendu l'heure du tarif de nuit.

— Grand-mère Rees ? Mais…

— Ne pose pas de questions, Danny, je t'en prie. Et rappelle-toi : pas un mot à ton père.

Daniel avait presque seize ans quand son père mourut sur un chantier. Il n'en éprouva aucun chagrin, il le haïssait trop. John Ryan n'avait pas réussi à l'empêcher d'aller au collège, mais il l'avait largement fait payer à sa mère en échange. Il la battait, Daniel en était certain, même si elle s'en défendait avec force. Souvent, il s'était demandé pourquoi elle restait, pourquoi elle ne partait pas — elle ne pouvait aimer un homme aussi brutal, aussi méprisant —, mais il savait aussi que la religion des Ryan n'admettait pas le divorce. Par ailleurs, il avait découvert en surprenant des conversations à mi-voix que son père avait une liaison, qu'il rendait régulièrement visite à une autre femme avec laquelle il lui arrivait même de passer la nuit. Mais, là aussi, c'était sa mère que l'on blâmait. Parce qu'elle n'avait pas su le retenir…

Imaginer une quelconque intimité physique entre ses parents le révoltait. L'idée qu'il ait pu naître d'une étreinte entre ces deux êtres aussi mal assortis, qu'il doive la vie à un homme aussi bestial, aussi rude que son père, dépassait son entendement.

Il ignorait si John Ryan avait eu vent de l'argent prêté par sa grand-mère Rees. Tout ce qu'il savait, c'était qu'il voulait, lui Daniel, pouvoir la dédommager un jour et la remercier, comme il espérait rendre au centuple à sa mère les sacrifices qu'elle avait consentis pour lui. Mais ils n'allaient toujours pas voir son autre famille, même s'il savait à présent que sa mère avait encore ses deux parents, ainsi qu'un frère qui était marié et avait des enfants.

Ces cousins ne l'intéressaient guère. Il avait assez de ses cousins Ryan, qui le traitaient à tout bout de champ de bâtard gallois. Il supportait leurs insultes sans rien dire, car il s'était juré avec force de ne jamais, jamais, user de violence physique envers un autre être humain. L'exemple de son père l'avait trop marqué. Il se tint à cette résolution durant toutes ses années de lycée, non sans mal, car il dut subir longtemps les sarcasmes de ses compagnons, issus de milieux beaucoup plus favorisés que le sien. Pour eux, il était « le type à la bourse ». Puis il avait fini par se faire reconnaître à sa vraie valeur, et les barrières avaient commencé à tomber. Avec la mort de son père, il se trouva enfin libéré du dernier fardeau qui pesait sur ses épaules, un fardeau de colère et de haine.

Lors des obsèques, il ne put éprouver la moindre émotion. Sa grand-mère, elle, était éplorée. A un moment donné, elle se tourna vers sa mère et lui cria sauvagement :

— Tout est ta faute ! C'est toi qui l'as tué, avec tes manières et ta froideur ! Il n'aurait jamais dû t'épouser. Ah non, alors... Et il ne l'aurait jamais fait, si tu n'avais pas réussi à l'embobiner...

Cette accusation avait troublé Daniel. Comment sa mère aurait-elle pu tromper son père ? Le contraire lui paraissait plus plausible. Il fallait que John Ryan l'ait bien trompée sur sa véritable nature, pour qu'elle consente à l'épouser. Quelle femme aurait pu accepter sciemment de lier sa vie à un monstre pareil ? Pourtant, en dépit de tout, il ne pouvait s'empêcher de se sentir honteux et coupable de son absence de chagrin.

Au début, leur vie continua sans grand changement, mis à part le soulagement qu'ils éprouvaient à être libérés de la présence de John Ryan. Ils étaient toujours aussi pauvres, mais sa mère chantait de nouveau. Elle riait, même, et les week-ends, lorsqu'elle ne travaillait pas, elle emmenait Daniel visiter des musées et des galeries d'art. Parfois aussi, ils prenaient le train pour se rendre dans des banlieues résidentielles où le jeune homme, médusé, contemplait avec admiration des demeures de rêve. Mais quand sa mère lui disait qu'un jour, s'il continuait à bien étudier, il posséderait une maison comme celles-là, il se contentait de sourire.

En tout cas, si cela devait lui arriver, elle y vivrait avec lui, pensait-il. Il voulait lui offrir tout ce que son père ne lui avait jamais donné.

Il voulait la voir vêtue de jolies robes, il voulait qu'elle s'arrête de travailler aussi dur, qu'elle cesse d'être aussi fatiguée.

Mais, trois mois seulement après la mort de son père, alors que les vacances d'été commençaient juste, survint un autre décès qui acheva de transformer son existence.

14.

La lettre arriva un lundi matin, rédigée d'une écriture inconnue et visiblement masculine.

— C'est de mon frère, déclara sa mère.

Elle l'ouvrit et devint soudain très pâle.

— Ton grand-père… Il est mort… On l'a enterré la semaine dernière. Ton oncle Gareth souhaite que nous allions leur rendre visite. Maman a besoin de moi.

Elle ne donna pas d'autre explication, et Daniel comprit à son intonation qu'il valait mieux ne pas lui en demander.

Ils prirent le train jusqu'à Aberystwyth, puis, de là, un car les emmena jusqu'au petit village qui dominait la baie de Cardigan. Pour Daniel, qui ne connaissait de la côte que les docks de Liverpool et quelques stations balnéaires situées dans des endroits mornes et plats, la découverte des vertes collines du Pembroke et de leur beauté fut un véritable émerveillement.

Le car s'arrêta sur une petite place poussiéreuse, dont le calme absolu lui parut presque surnaturel à côté du bruit de Liverpool et de son atmosphère polluée, chargée de vapeurs d'essence. La route continuait à descendre vers la mer, et, depuis l'endroit où ils se trouvaient, ils apercevaient un joli petit port plein de bateaux de pêche.

— Suis-moi, dit sa mère. C'est par ici.

Elle avait retrouvé l'accent chantant du pays de Galles, qu'il avait écouté avec ravissement dans le bus. Elle était chez elle… La rue qu'ils empruntèrent était déserte, mais il remarqua le frémissement des rideaux de dentelle qui s'écartaient sur leur passage. Soudain, alors que sa mère lui indiquait un chemin entre deux maisons, une voiture arriva en vrombissant et s'arrêta pile près d'eux.

L'homme qui en sortit était assez grand, avec des cheveux bouclés du même châtain que ses yeux. Son visage parut étrangement familier à Daniel, mais il ne comprit pourquoi qu'un instant plus tard. Près de lui, sa mère poussa un cri étranglé. Puis l'homme s'avança vers eux, les bras ouverts, avec un sourire éclatant.

— Gareth…, s'exclama sa mère d'une voix nouée par les larmes. Cela fait si longtemps… Je ne pensais pas que tu viendrais nous chercher.

— Je serais arrivé plus tôt, si Becky Saunders n'avait pas décidé de me retarder avec la naissance de son cinquième. Tu te souviens d'elle ? Elle s'est mariée avec Simon Carruthers. Et voilà le jeune Daniel ! Sapristi. Mes fils ne vont pas en revenir. Il les dépasse déjà d'une bonne tête, alors qu'il a un an de moins ! Grimpez vite dans la voiture, tous les deux. Maman se ronge les sangs à l'idée que vous ne veniez pas.

— Comment va-t-elle ?

— Elle se remet plutôt bien. Tu la connais, et tu sais comme moi que papa n'était pas toujours facile à vivre…

— Daniel, monte devant avec ton oncle, déclara sa mère.

Son oncle… Ce Gareth était donc le frère de sa mère, se dit Daniel en le regardant monter dans la voiture — un véhicule d'un luxe inouï pour lui. Personne ne possédait de voiture chez les Ryan. Et celle-ci, une grande Volvo aux plaques neuves, ressemblait à celles qui déposaient ses camarades au collège, le matin.

— J'aurais voulu te prévenir avant l'enterrement, reprit Gareth, mais maman n'a pas voulu. D'après elle, papa ne l'aurait pas souhaité.

Daniel perçut une pointe d'excuse dans sa voix. Une fois de plus, il se demanda pourquoi sa mère avait été tenue ainsi à l'écart de sa propre famille. Comme elle avait toujours refusé de lui en parler, et qu'il n'avait pas osé insister, il en avait conclu que cela devait avoir un rapport avec son père.

— Alors, Megan, il paraît que ton fils est un excellent élève… Maman ne cesse de chanter ses louanges dans tout le village.

Il avait dit ça avec une telle affection, en lançant à Daniel un sourire si chaleureux, que le jeune garçon l'avait regardé avec stupeur. Il était habitué à des réactions tellement différentes de la part de son père… Mais il ne pouvait se douter des pensées qui agitaient son oncle en cet instant. « Pauvre gamin, songeait-il. Une chance pour lui que son père soit mort, et que papa soit mort aussi, finalement… Si j'avais été là au lieu de faire ce stage en Amérique, j'aurais empêché papa de traiter Megan de cette façon… Mais tout cela est du passé, maintenant. En tout cas, à part ses cheveux bruns, le petit ne semble pas avoir grand-chose de ce John Ryan. Tant mieux pour lui… »

— Tu sais que Sarah et moi nous sommes installés dans la maison, quand papa a pris sa retraite, poursuivit-il à voix haute. Maman et lui avaient acheté un pavillon dans un nouveau lotissement.

— Oui, maman me l'a écrit. Elle me disait que papa ne pouvait plus monter les escaliers.

— C'est vrai. Il avait le cœur faible depuis des années, et son caractère n'arrangeait pas les choses.

— Voilà, nous arrivons.

Il ralentit pour s'engager dans une allée bordée de rhododendrons. Au bout se dressait une grande maison de pierre, solide, avec de larges baies de chaque côté de la porte d'entrée. Daniel était stupéfait. Etait-ce bien là que sa mère avait grandi ? Il pensa à leur propre logement, si modeste, avec sa porte qui donnait dans la rue, ses linos craquelés, sa douche et son évier pleins d'éclats… Cette maison-ci possédait un jardin immense et même un terrain de tennis !

La porte s'ouvrit sur une petite femme mince et brune, qui se précipita sur sa mère pour l'enlacer. Il devait s'agir de la femme de son oncle. Elles avaient à peu près le même âge, mais comme elles étaient différentes… L'autre femme était beaucoup plus élégante, elle ne semblait pas fatiguée. Ses ongles vernis étaient lisses et nets, elle avait de beaux cheveux épais et brillants.

— Megan… cela fait si longtemps. Viens, maman t'attend. J'ai envoyé les garçons chez des amis pour la nuit, cela te donnera le temps de te retourner un peu. Tu iras dormir chez elle, bien sûr, mais nous avons pensé que pour ton arrivée… Bref : elle est là.

— N'oublie pas ce jeune homme, Sarah, lança Gareth qui avait passé un bras sur les épaules de Daniel, conscient qu'il devait se sentir gêné, étranger à cet endroit.

— Bien sûr que non ! Entre, Daniel. Maman nous rend fous, à force de nous répéter quel bon élève tu es !

Ils pénétrèrent dans un vestibule encombré de vieux meubles, puis dans un salon lumineux un peu trop chargé aussi, mais confortable et accueillant. Une petite femme d'une soixantaine d'années, aux cheveux encore noirs, était assise face à la porte. Elle ne se leva pas pour venir à leur rencontre, et Daniel se rendit compte alors qu'elle se trouvait dans un fauteuil roulant. Ses mains, croisées sur ses genoux, étaient déformées par les rhumatismes.

— Maman…

L'émotion qui vibrait dans la voix de sa mère, tandis qu'elle courait vers le fauteuil, lui fit monter les larmes aux yeux. Il vit qu'elle pleurait aussi.

— Là, là, ma Megan chérie… Il n'y a pas de quoi pleurer, tu sais… Assieds-toi et dis-moi plutôt pourquoi tu as mis seize ans à te décider à m'amener mon petit-fils.

— Je ne pouvais pas venir, maman. Je ne pouvais pas, avec papa et John…

Sa voix se brisa. Daniel, se souvenant des coups que John Ryan avait si souvent donnés à sa mère, de la peur qui luisait si souvent dans ses yeux, se sentit envahi de nouveau par une bouffée de haine envers son père, envers tous ces hommes qui osaient porter la main sur de plus faibles qu'eux. Et soudain il se demanda quel genre d'homme était donc son grand-père pour avoir ignoré les souffrances subies par sa fille, refusé de s'enquérir de la vie qu'elle menait.

La voix de sa mère le tira de ses pensées.

— Daniel, viens dire bonjour à ta grand-mère.

Docilement, il la rejoignit.

— Voici mon Daniel…

Des yeux gris de la même couleur que les siens scrutèrent son visage, une main déformée s'empara de ses doigts. La peau fine était brûlante ; il devina que sa grand-mère devait beaucoup souffrir, et que derrière ce calme sourire se dissimulaient de nombreuses peines.

— C'est un beau garçon, Megan. Beau et intelligent, de surcroît.

Daniel se sentit rougir. Il n'avait jamais oublié que l'aide de sa grand-mère lui avait permis de poursuivre ses études. Il aurait voulu la remercier, mais aucun mot ne put sortir de sa gorge. Il resta debout devant elle, embarrassé, avec l'impression d'être totalement ridicule.

— Allez-vous rester quelque temps ? demanda son oncle.

— Ce serait volontiers, mais…

— Tu as toujours été chez toi ici, Megan. Tu le sais. Cela n'a jamais changé, intervint sa grand-mère.

Daniel vit sa mère secouer la tête.

— Non. Non, maman. Pas tant que papa était là. Je l'avais tellement blessé, en épousant John…

— Oui… Il nourrissait de tels espoirs pour toi… Il aurait aimé que tu suives les traces de Gareth, que tu deviennes médecin, toi aussi.

Sa mère, médecin ? Daniel la regarda, stupéfait. Il n'avait jamais soupçonné qu'elle fût capable de faire de telles études. —Pourtant, que de temps elle avait passé à l'aider dans son travail, à l'encourager sans relâche… Il découvrait tout à coup les horizons qui se seraient ouverts à elle, si elle n'avait pas épousé son père. Ou plutôt, si elle n'avait pas été contrainte de le faire.

Il n'était pas idiot. A seize ans, il savait compter. Il était né cinq mois après le mariage de ses parents. Cette pensée lui déchirait le cœur. Qu'avait ressenti sa mère, lorsqu'elle avait découvert qu'elle devait se marier avec John Ryan ? Pourtant, aussi incompréhensible que cela pût paraître aujourd'hui, elle avait dû l'aimer, à l'époque.

Autour de lui, les adultes parlaient. Sa grand-mère proposait de prendre un thé avant de partir, Sarah insistait pour qu'ils restent à dîner. Daniel alla se poster devant la fenêtre, pensif.

— Tout va bien, petit ?

La voix douce de son oncle et le contact de sa main le firent sursauter.

— Oui... Oui. Je me demandais si vous pouviez voir la mer, d'ici. Ce pays est tellement différent de Liverpool...

— On l'aperçoit de la fenêtre du grenier. Je te montrerai, un jour. Je suis désolé pour ton père, tu sais. Je ne l'ai pas connu, mais...

— Je ne le regrette pas.

Ces mots lui avaient échappé, amers, douloureux, prononcés de cette voix rauque qui le gênait tant. Il rougit et serra les poings, embarrassé, redoutant que son oncle ne lui pose d'autres questions. D'instinct il devinait que sa mère, dans sa fierté, ne souhaitait pas révéler à sa famille quel mari brutal avait été John Ryan.

Huit jours passèrent. Ils logeaient chez sa grand-mère. Daniel, déjà, avait noué une solide amitié avec les jumeaux de son oncle ; pour la première fois de sa vie, il se sentait enfin accepté quelque part. Un matin où il lisait dans la cuisine, la voix de la vieille dame le fit sursauter.

— Tiens, voici Robert Cavanagh ! Il a dû passer voir la famille de Nora. Daniel, lève-toi et invite-le à entrer, veux-tu ? Tes jambes sont plus agiles que les miennes.

En obéissant, Daniel aperçut par hasard le visage de sa mère. Elle était livide. D'un coup, elle avait perdu les belles couleurs que ces quelques jours de repos lui avaient données, et qui enchantaient son fils. Elle avait tellement changé, depuis son arrivée ici : elle chantait, riait, ses yeux brillaient. Elle se mouvait même d'une façon différente, plus légère, plus gracieuse, comme si un poids avait été ôté de ses épaules. Mais voilà qu'en quelques secondes elle avait retrouvé son air angoissé et tendu de Liverpool. Que lui arrivait-il ?

Il ouvrit la porte avant même que le visiteur ait eu le temps de frapper. L'homme était grand, bien bâti, avec des cheveux noirs et les yeux bleu-gris les plus clairs et les plus perçants que Daniel eût jamais vus. Il avait la peau hâlée de quelqu'un qui travaille au grand air ; pourtant, il était vêtu d'un costume sombre, d'une chemise blanche et d'une cravate qui devaient être sa tenue habituelle. Il les portait avec la même aisance que les pères de ses camarades, au collège. Manifestement, cet homme était riche et puissant. Et, pour une raison quelconque, il terrifiait sa mère.

Elle tournait le dos à la porte, occupée à peler des pommes de terre pour le déjeuner. Daniel vit l'homme sourire à sa grand-mère. Puis il aperçut sa mère et se raidit légèrement. Il marqua une seconde d'hésitation, avant de lancer d'une voix chaude :

— Megan ! Quelle merveilleuse surprise ! J'ignorais que tu étais revenue.

— Elle n'est là que depuis une semaine, Robert. Et voici son fils, Daniel.

— Daniel.

La poignée de main ferme, le sourire d'homme à homme, la brève rencontre de leurs regards indiqua à Daniel qu'il avait affaire à un être intelligent et mesuré. Impossible de déceler en lui la moindre trace de cette violence qui émanait de John Ryan. Sa grand-mère semblait l'apprécier. Alors pourquoi sa mère persistait-elle à lui tourner le dos, comme si elle ne pouvait souffrir de le regarder ?

Le visiteur resta une dizaine de minutes, le temps d'offrir ses condoléances à Nanny Rees et de refuser poliment une tasse de thé. Pas une fois, malgré les efforts de chacun, sa mère n'accepta de se mêler à leur conversation. Mais dès qu'il fut parti, elle demanda d'une voix étrangement dure et froide, qui choqua les oreilles sensibles de son fils :

— Où est donc sa femme ? Il ne l'emmène pas, quand il rend visite à sa famille ?

— Mon Dieu, Megan, où ai-je la tête ? J'ai oublié de te le dire, elle est morte. Ses crises étaient de plus en plus fréquentes, les derniers temps. Elle était à l'hôpital pour suivre un traitement, quand un jour elle s'est enfuie et s'est jetée sous les roues d'un camion. La mort a été instantanée, a dit le docteur. Ce pauvre Robert s'en est terriblement voulu. Pourtant il n'y était pour rien, le malheureux. Bien peu d'hommes se seraient montrés aussi gentils et attentionnés, à sa place. Que veux-tu… La perte de leur enfant l'avait complètement chavirée. Elle n'a plus jamais été la même, après ça. Combien de fois ton père a-t-il été appelé en pleine nuit pour la calmer… Un vrai malheur. Elle était si mignonne, lorsqu'ils se sont mariés. Et ils étaient tellement jeunes, tous les deux…

Quand Daniel se retrouva seul avec sa mère, il lui demanda de quoi souffrait la femme de Robert Cavanagh. En réalité, il aurait voulu savoir pourquoi cet étranger la troublait à ce point, alors que toute la famille ne tarissait pas d'éloges à son sujet. Ils avaient encore parlé de lui quand ils étaient allés prendre le thé chez Gareth et Sarah. Son père était le maçon du village. Robert avait repris son affaire et si bien développé ses activités qu'il était devenu un entrepreneur de renom, installé à Cardiff.

— Mais il n'a jamais oublié son pays, avait précisé Sarah avec chaleur. Quand le toit du temple a dû être refait, Robert a envoyé une équipe et s'est chargé gratuitement des réparations.

Daniel attendait toujours la réponse de sa mère. Après un silence, elle lui expliqua d'un ton calme :

— Elle avait un bébé, une petite fille adorable. Je devais avoir quinze ans, à l'époque. Robert et elle vivaient encore ici. Nora était une jolie fille, toujours prête à rire et à plaisanter avec les garçons. Les gens du village la trouvaient même un peu légère. Quoi qu'il en soit, un jour elle est allée sur la falaise promener son bébé dans le landau. Une fois là-haut, elle a rencontré un garçon, par hasard ou non, je n'en sais rien. Ils se sont mis à discuter. Nora avait dû oublier de serrer le frein du landau, car un instant plus tard, horrifiés, ils l'ont vu glisser le long de la pente et tomber dans le vide. Ils ont essayé de le rattraper, mais il était trop tard. La marée était haute, et l'à-pic faisait bien cinquante ou soixante mètres. La pauvre fillette n'avait aucune chance de s'en sortir… Cet accident a complètement changé Nora. Elle s'est mise à longer la falaise, la nuit, en criant et en se tordant les mains. Il a fallu l'envoyer quelque temps dans un hôpital spécialisé…

Elle secoua la tête.

— Ce qui lui est arrivé est vraiment terrible. Pauvre femme… Enfin. Grâce au ciel, elle est en paix, maintenant.

— Et Robert ? Je veux dire M. Cavanagh… Comment a-t-il réagi, lui ?

— Il a eu le cœur brisé. Il adorait sa fille. Mais c'est différent pour un homme…

— Est-ce qu'ils ont eu d'autres enfants ?

De nouveau, Megan secoua la tête.

— Nora ne pouvait plus être enceinte. Elle avait eu des complications lors de sa première grossesse, et les médecins l'avaient avertie. Cela ne l'a pas aidée à supporter la perte de sa fille…

Plus tard, en repensant à cette conversation, Daniel se rendit compte que pour la première fois ce jour-là, sa mère lui avait parlé comme à un adulte, et non plus comme à un enfant. D'une certaine façon, maintenant que son père n'était plus là, il était devenu l'homme de la famille.

Cet été dans le pays de Galles marqua un tournant dans sa vie. Ce fut aussi l'un des plus heureux de toute son existence.

Ses cousins Andrew et Anthony étaient très contents de l'avoir avec eux, même s'ils avaient presque deux ans de plus que lui. Comme ils n'avaient pas d'amis sur place, les plus proches habitant Aberystwyth, ils se rendaient à vélo à la petite station balnéaire. Là, ils retrouvaient une bande de garçons et s'amusaient avec eux à regarder les filles sur la plage. De temps à autre ils se risquaient à leur lancer des compliments, se demandant ensuite comment ils réagiraient si elles y répondaient. Pour finir, à sa vive surprise, ce fut Daniel qui obtint le plus de succès. Il échangea son premier baiser à l'ombre de la digue, connut ses premiers émois en glissant une main maladroite sous un corsage…

Comme il était grand et bien bâti, et sans doute aussi à cause de ses cousins, on lui donnait plus que ses seize ans.

En quelques semaines, il s'épanouit avec bonheur. Il perdit sa timidité et se libéra totalement de l'anxiété qui le crispait lorsqu'il vivait avec son père. Lorsqu'il regagna Liverpool avec sa mère, il avait encore grandi et s'était développé. Il devait même se raser, à présent — tous les jours ou presque...

Il retourna au lycée nimbé d'une nouvelle assurance. Il n'était plus le gamin pauvre d'autrefois. Après tout il avait un oncle médecin, et sa mère aurait pu l'être aussi... Mais le pays de Galles lui manquait, ainsi que ses cousins. Il avait hâte d'être à Noël pour y retourner, comme sa grand-mère le leur avait demandé.

Un soir où il rentrait de l'école, il eut la surprise de découvrir Robert Cavanagh en grande conversation avec sa mère dans la cuisine. Son premier mouvement fut de la protéger, mais il se rendit vite compte qu'elle souriait, les yeux brillants et les joues roses. Elle était très jolie, avec ses cheveux bruns qu'elle avait coupés court et qui bouclaient gracieusement autour de son visage. Depuis quelque temps elle paraissait plus jeune, plus heureuse. Ils avaient un peu plus d'argent, sans doute grâce à son frère. En outre, Daniel travaillait tous les week-ends comme manutentionnaire dans un supermarché et insistait pour lui donner presque tout ce qu'il gagnait.

— Bonjour, Daniel, lança Robert en lui serrant la main avec un grand sourire.

Il expliqua qu'il se trouvait à Liverpool pour ses affaires et qu'il avait décidé de venir leur rendre visite.

— J'étais en train de dire à ta mère que j'aimerais vous inviter à dîner, tous les deux. Cela te tente ?

Robert resta plus d'une semaine à Liverpool, et les invita chaque soir. Daniel se rendait compte qu'il plaisait à sa mère. Elle était souriante et détendue, sauf quand il arrivait à Robert de mentionner John Ryan.

La veille du jour où il devait repartir, Daniel eut la stupeur de découvrir Robert devant le lycée, au volant de sa Jaguar grenat. Un instant, il hésita à monter près de lui.

— Je voulais te parler en tête à tête, Daniel, annonça l'entrepreneur après l'avoir invité à prendre place à son côté. D'homme à homme, si tu veux. Voilà : j'aime ta mère et je désire l'épouser. Elle n'en sait rien encore. Je tenais d'abord à t'en parler, pour savoir ce que tu en penses… Tu es un bon garçon, Danny. Je veux que tu saches que si j'épouse ta mère tu seras un vrai fils pour moi. Je n'ignore pas que la vie n'a pas toujours été facile pour toi, avec ton père, et je comprendrais tout à fait que tu ne veuilles pas d'un autre homme dans la vie de ta mère. Les Ryan se sont mal conduits avec elle… Ecoute : je pars demain, mais je vous verrai tous les deux à Noël. D'ici là, je ne dirai rien à Megan. Je ne veux pas la brusquer, tu comprends…

— Et si je refuse que vous l'épousiez ? rétorqua Daniel d'un ton un peu raide.

Robert se tourna vers lui pour le regarder en face, le visage grave.

— Tu en as le droit, Danny… Néanmoins, je ne te demande pas ton autorisation. Ce sera à ta mère et à elle seule de décider. Plus tard, quand tu seras un homme, tu comprendras que lorsqu'on aime une femme comme j'aime Megan, cette femme est ce qu'il y a de plus important au monde. Je souhaite que nous soyons amis, Danny. Du fond du cœur. A toi de voir si tu acceptes cette amitié…

Sa mère épousa Robert au printemps. Il avait acheté une maison dans la banlieue de Cardiff, et il fut décidé que Daniel terminerait dans cette ville ses études secondaires. Mais cette fois il ne serait plus boursier…

Cette nouvelle vie inquiétait un peu Daniel. Robert Cavanagh lui plaisait, mais il ne pouvait s'empêcher de lui en vouloir de l'intimité qu'il partageait avec sa mère. Quand il voyait le visage de Megan s'illuminer en le regardant, il en était presque fâché. Il était jaloux, le savait mais n'y pouvait rien.

Sa mère et lui passèrent l'été suivant chez sa grand-mère. Les jumeaux avaient commencé leurs études de médecine, mais ils étaient aussi en vacances ; cette année-là, le champ de leurs expériences féminines s'élargit grandement. Son oncle et sa tante l'emmenèrent camper avec eux en France, sur la côte bretonne, et pour la première fois de sa vie il découvrit les joies et les dangers des jolies étrangères. Il mûrissait rapidement. Contrairement à ses cousins, il ne savait pas encore ce qu'il voulait faire ; il pensait étudier l'économie, sans autre idée précise. Robert, dont l'affaire connaissait un essor remarquable, lui avait proposé de travailler avec lui. Mais Daniel souhaitait rester indépendant ; en outre, le métier du bâtiment lui rappelait trop son père et demeurait lié pour lui à un univers d'agression et de violence.

A la fin des vacances, il rentra à Cardiff deux jours plus tôt que prévu. La maison était silencieuse. C'était un superbe manoir du début du siècle qui dominait la mer, avec des plafonds hauts, de grandes pièces carrées pleines de lumière, des jardins en terrasses dans lesquels sa mère travaillait lorsqu'il faisait beau. Megan adorait son nouveau cadre de vie. A présent, c'était elle qui employait une femme de ménage. Elle avait aussi un jardinier qui venait deux fois par semaine tailler les haies et tondre les pelouses. Elle semblait plus heureuse qu'elle ne l'avait jamais été, et cependant, de temps à autre, Daniel lui surprenait un air triste et inquiet qui le tourmentait.

Il n'était pas encore totalement sûr de Robert. Une espèce de barrière subsistait entre eux, qu'il n'avait pas envie d'abattre. Pourtant, son beau-père lui était sympathique ; souvent, même, il se sentait coupable de le préférer aussi nettement à son propre père. Mais quelque chose le retenait encore, qu'il n'aurait su définir.

Ce jour-là, donc, il entra avec sa propre clé et déposa sa valise dans le vestibule, qu'embaumait le parfum d'un énorme bouquet de roses. Il sourit en les voyant : sa mère lui avait avoué une fois, qu'avoir assez d'argent pour acheter des fleurs fraîches lui semblait le comble du luxe. Lorsqu'il monta au premier pour prendre une douche et se changer, il passa devant la chambre de sa mère. Soudain, des bruits curieux le firent s'arrêter. Il distingua la voix de sa mère, très sourde, puis celle de Robert qui lui parlait à mi-voix. Cela dura un moment, puis Megan, brusquement, poussa un cri rauque qui lui glaça le sang ; sans réfléchir un instant, il ouvrit la porte et se rua dans la pièce, persuadé que Robert la battait.

Les deux époux étaient allongés sur leur lit, le corps nu de Robert cachant celui de sa mère. Trop tard, il comprit. Ils étaient en train de faire l'amour… Cramoisi, il marmonna une vague excuse et s'enfuit.

Robert et sa mère… Jusque-là, il avait repoussé l'idée qu'ils pussent être amants. Il préférait croire qu'ils partageaient une sorte d'amitié amoureuse, de complicité fondée sur l'estime. Pourtant, Robert lui avait avoué à quel point il aimait Megan…

Lorsqu'il arriva dans sa chambre, il se rendit compte qu'il tremblait. Il avait la nausée. D'une certaine façon, il se sentait trahi. Etre confronté à la sexualité de sa mère le mettait mal à l'aise, et il était gêné de sa propre stupidité. Incapable de se retrouver face à eux, il ressortit et alla errer dans Cardiff jusque tard dans la nuit.

Lorsqu'il rentra, une lampe était allumée dans le salon. Robert l'attendait.

— Avant que tu ailles te coucher, Danny, j'aimerais te dire un mot, déclara-t-il en s'avançant sur le seuil.

Robert était le seul à l'appeler Danny, comme s'il était encore un petit garçon, songea-t-il avec une pointe d'irritation en suivant son beau-père à contrecœur.

— Si c'est à propos de cet après-midi, rétorqua-t-il d'un ton agressif, j'ai cru…

Il s'interrompit aussitôt et secoua la tête, confus, renonçant à expliquer l'idée ridicule qui lui avait traversé l'esprit. Mais Robert termina à sa place :

— Qu'as-tu pensé, Danny ? Que je maltraitais ta mère, comme John ?

Daniel s'empourpra. Il garda les yeux baissés, se demandant soudain s'il n'avait pas hérité l'agressivité et le caractère impulsif de son père.

— Je suis au courant, tu sais, reprit Robert d'un ton calme.

— Je voulais l'en empêcher, je voulais l'arrêter, mais je ne le pouvais pas. J'avais si peur…

Daniel se tut de nouveau, stupéfait. Ces mots lui étaient venus il ne savait d'où… Il découvrait brusquement à quel point il avait souffert de ne pas pouvoir défendre sa mère. Jusqu'alors il n'en avait pas eu conscience.

— Bien sûr, que tu ne le pouvais pas. En outre…

Robert s'approcha de lui et posa une main sur son bras, d'un geste rassurant, comme s'il comprenait son désarroi.

— Il valait mieux que tu n'interviennes pas, Danny, reprit-il doucement. Cela n'aurait fait qu'aggraver la situation. John n'était pas complètement responsable. J'y étais pour quelque chose, moi aussi.

Il s'interrompit un instant.

— Viens t'asseoir, Danny. Il faut que je te fasse un aveu. Il s'agit d'une chose que ta mère et moi aurions dû t'apprendre quand nous nous sommes mariés, mais je voulais attendre un peu. Te laisser le temps de me connaître, avant que tu me juges…

Daniel le contemplait, ébahi, ne comprenant pas de quoi il parlait ni pourquoi il avait l'air aussi grave.

— Tu sais que j'ai déjà été marié, n'est-ce pas ?

— Oui…

— Bien. Après la mort de notre fille, Nora a fait une dépression nerveuse. Le médecin a estimé qu'il valait mieux qu'elle s'éloigne un certain temps, et elle est retournée chez ses parents. Je suis resté seul pour m'occuper des chantiers. A l'époque, je connaissais vaguement ta mère. J'étais allé à l'école avec Gareth, et un jour il est venu me rendre visite avec elle. Il me l'a présentée… Elle avait juste dix-sept ans, et c'était la plus jolie fille que j'avais jamais vue. Timide, mais lorsqu'elle souriait… c'était comme si le soleil transperçait les nuages. La faire sourire était si agréable que je me suis pris au jeu. Comme ton oncle avait une course à faire en ville, j'ai décidé de la raccompagner chez elle. En chemin elle m'a parlé, m'a dit qu'elle voulait être médecin. Elle était encore au lycée à Aberystwyth ; c'est là qu'elle avait rencontré ton père, qui travaillait à la nouvelle route. Il avait eu le coup de foudre et avait insisté pour l'inviter à prendre un café avec lui, après les cours. Je crois qu'il lui faisait déjà un peu peur…

« Bref. Quand nous nous sommes quittés, ce soir-là, je me suis rendu compte que je ne pouvais plus penser qu'à elle. Les jours suivants je me suis arrangé pour aller voir ton grand-père, dans l'espoir de la rencontrer… J'ai découvert qu'elle aimait marcher, et j'ai persuadé ta grand-mère de la laisser venir se promener avec moi un dimanche, le long de la côte. C'était un jour d'été, très chaud. L'air semblait immobile, le ciel était si bleu… Je n'ai pas de mots pour t'expliquer ce qui s'est passé alors. Elle était encore une enfant, ou presque, j'étais un homme marié. Mais lorsque je l'ai embrassée elle m'a répondu avec une telle douceur que j'ai perdu la tête…

« Pas un instant je n'avais songé à lui faire l'amour, je te le jure. Tout ce que je voulais, c'était la voir sourire… Après coup, j'ai été anéanti par ce que j'avais fait, par ce que j'avais ressenti. Je croyais avoir de l'expérience, j'avais connu deux ou trois femmes avant Nora, mais avec ta mère… c'était quelque chose d'indicible. Bien sûr, elle avait été bouleversée, comme moi. J'aurais voulu lui dire à quel point je l'aimais, je souhaitais vivre avec elle, mais comment le faire, dans ma situation ? Je l'ai ramenée chez elle. J'avais l'intention de passer la voir le lendemain pour lui parler, m'excuser… mais le soir même j'ai eu un appel de ma belle-mère m'apprenant que Nora avait fait une nouvelle tentative de suicide et qu'elle était à l'hôpital. Je devais me rendre à son chevet, c'était évident. Elle était très malade, mentalement et physiquement. Les médecins m'ont conseillé de l'emmener loin de la région, dans un endroit où rien ne pourrait lui rappeler notre enfant.

« Nous sommes partis passer quatre mois dans le sud de la France… Quand je suis rentré, ta mère avait déjà épousé John Ryan. Elle s'était mariée enceinte, disait-on.

« J'ai mesuré à ce moment-là à quel point je l'aimais. J'étais jaloux, furieux qu'elle se soit donnée à un autre homme. Je n'ai demandé aucun détail sur son mari. Plus tard, seulement, j'ai appris que ton grand-père était fermement opposé à ce mariage, qu'il avait juré de ne jamais revoir sa fille. C'était un homme très strict, très sévère, et Megan était sa préférée… Au fil des années, il m'est arrivé d'entendre parler de ta mère. J'essayais de ne pas écouter. Je ne pouvais supporter l'idée qu'elle soit heureuse avec un autre. Le temps apaise un peu les souffrances, mais ne les supprime jamais complètement… Puis Nora est morte, et ton père aussi. Le jour où je suis entré chez ta grand-mère et où j'ai revu Megan, j'ai su que je n'avais jamais cessé de l'aimer. »

— Mais elle semblait avoir si peur de vous…

— Pas de moi, Danny, rectifia Robert d'une voix douce. Ce qu'elle craignait, c'était qu'en te voyant je découvre que tu étais mon fils, et non celui de John Ryan…

Daniel eut l'impression que la pièce se mettait à tourner autour de lui. Il dut pousser un cri, car Robert le prit par l'épaule.

— Pardonne-moi, petit… C'est un choc pour toi, je sais… J'ai été bouleversé, moi aussi, quand j'ai appris que ta mère avait supporté des années de malheur pour me protéger, qu'elle avait épousé Ryan parce qu'elle attendait un enfant de moi… Elle redoutait un scandale qui nous aurait tous brisés. Je me dis que si j'avais été au courant j'aurais fait la seule chose à faire, divorcer de Nora pour l'épouser. Je l'aurais voulu, j'en suis sûr. Mais Megan elle-même était convaincue que c'était impossible, que je ne pouvais abandonner ma femme dans l'état où elle était. Quand je pense à ce qu'elle a subi à cause de moi, à tout ce que vous avez enduré par ma faute, tous les deux… Tu es mon fils, Daniel. Tu n'as pas à craindre de ressembler à John Ryan.

Le fils de Robert… Daniel était encore sous le coup de cette nouvelle, mais il ne songeait pas à protester, à nier. Au contraire, l'idée qu'il n'avait rien à voir avec John Ryan l'emplissait soudain d'un immense soulagement. D'un autre côté, il découvrait avec douleur que sa mère avait souffert à cause de lui, et cela le révoltait. Mais surtout, d'un seul coup, il avait l'impression terrible de ne plus savoir qui il était.

— Ne me juge pas trop durement, fils. Nous accomplissons tous des actions que nous regrettons, un jour ou l'autre. Mon plus grand remords est d'avoir fait souffrir ta mère, de lui avoir imposé sans le savoir le poids de ma faute. Cela dit, d'avoir un enfant d'elle me paraît une merveille, c'est ma plus belle réussite. Et que tu sois cet enfant, Danny, est un don du ciel. Je ne te demande pas de m'aimer comme ton père, il n'y a aucune raison pour que tu le fasses. Il m'est plus facile à moi de t'aimer comme un fils. Mais je *suis* ton père, et je te jure de toutes mes forces que je ferai toujours tout ce qui sera en mon pouvoir pour épargner la moindre peine à ta mère.

Il était le fils de Robert… pas un Ryan, mais un Cavanagh… Pas un demi-Irlandais, mais un vrai Gallois. Un peu plus tard, allongé sur son lit, Daniel ferma les yeux, essayant de se faire à cette nouvelle réalité, mais se demandant s'il y parviendrait un jour…

15.

C'était à l'université, alors qu'il suivait un cours de perfectionnement en génie civil, que Daniel avait rencontré Scott McLaren — et par son entremise, Sofia Danvers.

Il avait alors déjà un diplôme de sciences économiques, obtenu avec mention. Toutefois, après avoir travaillé plusieurs étés de suite pour son beau-père, il s'était aperçu qu'en fin de compte, et malgré ses préjugés, le secteur du bâtiment lui plaisait.

— Ce doit être dans le sang, lui avait dit Robert, lorsqu'il lui avait annoncé qu'il avait changé d'avis et qu'il était prêt à collaborer avec lui.

Au fil des années, ils étaient devenus beaucoup plus proches. Leur relation n'était pas tout à fait celle d'un père et d'un fils, elle n'était pas aussi forte que celle qui liait Gareth aux jumeaux, par exemple, mais ils s'entendaient bien et éprouvaient du respect et de l'estime l'un pour l'autre.

Daniel devait donc passer une année sur le campus d'Alcester avant d'accomplir encore deux années de stages pratiques. Il était un peu plus âgé que les autres étudiants. En outre, son passé difficile l'avait mûri. Il se félicitait d'être le fils de Robert Cavanagh, et non celui de John Ryan. Néanmoins, il gardait de ses années de jeunesse une vulnérabilité profonde, une sorte de rancœur qu'il ne pouvait complètement exorciser.

Au cours de sa première année d'études, il avait eu une relation intense et passionnée avec une camarade de son âge. Il était sûr de l'aimer. Pourtant, lorsqu'elle avait commencé à lui réclamer un engagement durable, il avait reculé d'instinct et découvert qu'il avait peur de se lier pour la vie. Ses craintes, il s'en rendait compte, venaient pour beaucoup du mariage de sa mère avec John Ryan. Car même s'il comprenait les motifs de Megan, même s'il l'admirait de s'être sacrifiée de la sorte, il n'en gardait pas moins une vague méfiance à l'égard des femmes et des raisons qui les poussaient à vouloir se marier.

Scott et lui faisaient partie du même groupe de travail. Le jeune homme, qui avait trois ans de moins que lui, venait d'Australie ; c'était la première fois qu'il quittait son pays, et il souffrait un peu de cet éloignement. Néanmoins, c'était lui qui avait insisté pour profiter d'un échange entre son université et une université anglaise. Son père, qui possédait un vaste élevage de moutons, s'était d'abord fermement opposé à ce projet, avant de céder devant son insistance.

— Papa me manque beaucoup, avait confié Scott à Daniel, un jour. Nous sommes très proches, tous les deux. Sans doute parce que nous avons toujours vécu seuls… Ma mère est morte peu après ma naissance. Elle était anglaise. Mon père l'avait rencontrée lors d'un séjour d'un an en Angleterre. Je suppose que c'est ce qui m'a donné envie de venir ici…

Alors que Daniel louait une petite maison jumelée en ville, Scott disposait d'une chambre sur le campus. Quelque temps après son arrivée, il avait rencontré Sofia. Très vite, il s'était mis à parler d'elle à tout propos. Daniel, plus expérimenté et plus cynique que lui, n'avait pu s'empêcher d'être amusé par son romantisme. Il n'avait pas encore rencontré la jeune fille, mais soupçonnait cette créature de rêve de n'être qu'une étudiante de première année comme les autres, assez insignifiante, drapée dans les longs vêtements informes qui étaient à la mode en ce début des années 70… Scott en parlait toujours comme si elle était fragile et vulnérable. Daniel l'imaginait pâle et frêle, les yeux ourlés de khôl, suivant vaguement des cours d'histoire de l'art ou de sociologie. Lorsqu'il fit sa connaissance, il constata avec un choc qu'il n'aurait pu se tromper plus lourdement.

La première chose qu'il aperçut fut une chevelure ardente, couleur de cuivre sombre, soulevée par la brise. Sofia arrivait face à lui dans la grand-rue d'Alcester, suspendue au bras de Scott, et il remarqua sa réticence quand le jeune homme voulut s'approcher pour la lui présenter. Lorsqu'il lui serra la main, il fut surpris par la fermeté de ses longs doigts fins. Elle était grande et mince, et portait des vêtements classiques et élégants.

Elle semblait suprêmement agacée par leur rencontre, nota-t-il avec amusement. De toute évidence, il ne lui plaisait pas. Et les extraordinaires yeux verts qu'elle dardait sur lui tandis qu'il l'observait devaient lancer des flèches mortelles, lorsqu'elle ne se contenait pas comme elle paraissait le faire, non sans mal, en cet instant... Immédiatement, il se demanda comment Scott, si calme, si posé, si organisé dans tout ce qu'il entreprenait, avait pu tomber amoureux d'une fille aussi volcanique... Car elle possédait manifestement un tempérament aussi vibrant que sa chevelure en bataille. Elle avait de petites dents pointues, carnassières, et la douceur apparente de sa bouche ne le trompait pas. Pour sa part, il était fixé ; cette fille n'était pas faite pour Scott, même si elle semblait en adoration devant lui.

En cet instant, il lisait sur son visage décidé qu'elle voulait le jeune homme tout à elle, et n'avait aucune envie de le partager avec une tierce personne. Alors, par défi, il lança d'un ton faussement badin à son ami :

— J'allais prendre un pot à la Couronne. Voulez-vous venir avec moi ?

Il n'eut pas besoin de regarder Sofia pour sentir qu'elle le fusillait du regard. Mais Scott, candide, accepta avec empressement.

— Excellente idée. Sofia me disait justement qu'elle avait envie de boire quelque chose.

Sofia... Daniel réprima une soudaine envie de rire. Celui qui l'avait baptisée ainsi devait l'avoir bien souvent regretté, à moins qu'il n'ait précisément cherché par ce prénom à atténuer la flamboyance de son tempérament de rousse... En tout cas, elle n'était pas du tout son style, et il comprenait mal l'aveuglement dont son ami faisait preuve. Ses goûts à lui le poussaient vers de belles filles blondes et lisses, distinguées, bourgeoises de préférence. Le choix typique d'un ancien gamin des quartiers pauvres, issu de la classe ouvrière, pensait-il souvent avec dérision. Même s'il était en réalité le fils d'un des promoteurs les plus florissants et les plus riches de Grande-Bretagne, et si l'éducation qu'il avait reçue avait effacé depuis longtemps les traces de son enfance difficile.

Non seulement il avait perdu complètement l'accent de Liverpool, mais il possédait maintenant tous les attributs d'un fils de famille. Robert l'avait envoyé en Allemagne, en France, en Italie, en Espagne, aux Etats-Unis, au Canada... Il avait de l'argent, une voiture de sport reçue pour ses vingt et un ans. Mais il préférait laisser la petite Morgan décapotable chez lui et se servir de l'ancienne BMW de sa mère, que Robert venait de remplacer. Il bénéficiait donc d'une position enviable, comme la majorité des étudiants inscrits à Alcester. Scott recevait d'importants subsides de son père, lui aussi, et Sofia ne devait pas être à plaindre non plus, même si elle le toisait en ce moment avec le mépris d'une jeune communiste nouvellement convertie par un capitaliste bon teint.

— J'avais juste envie d'une tasse de café, déclara-t-elle d'un ton sec, cramponnée au bras de Scott.

Possessive et passionnée..., songea Daniel, amusé.

— On en sert à la Couronne, rétorqua-t-il d'un ton suave, comme s'il n'avait pas deviné les vraies raisons de sa réticence.

Il vit qu'elle mourait d'envie de protester. Ses yeux verts lançaient des éclairs de colère. Un instant, il fut pris de pitié pour elle. Sous son arrogance, il la devinait vulnérable. Ne se rendait-elle donc pas compte que Scott ne rêvait que de paix, d'harmonie, qu'il risquait de se lasser assez vite de ses humeurs volatiles et de ses élans tumultueux ? Plus tard, lorsqu'elle deviendrait une vraie femme, elle aurait besoin d'un homme à sa mesure ; quelqu'un qui saurait la dompter, la dominer, tout en étant capable de répondre à sa fougue. Or Scott n'était pas ce genre d'homme. Et il y avait de fortes chances qu'elle soit la plus blessée des deux, lorsqu'elle s'en aviserait...

Ils se mirent en route vers le pub. Scott, totalement imperméable à la tension qui vibrait entre Sofia et Daniel, parlait avec enthousiasme du dernier cours auquel il avait assisté. Daniel l'écoutait, mais en même temps il ne pouvait s'empêcher d'observer la jeune femme. Elle se déplaçait d'un pas nerveux, saccadé, mais ses mouvements étaient empreints d'une grâce particulière. Les gens qui les croisaient se retournaient sur eux — sur elle. Elle n'était pas d'une beauté classique, et cependant elle attirait le regard par ce mélange de sensualité et d'innocence, de flamboyance et de vulnérabilité qui la caractérisait. C'était le genre de femme à tenter n'importe quel homme..., songea-t-il. Elle donnait envie de la capturer, de la soumettre, de la faire plier. Et si elle ne lui plaisait pas *a priori*, il devait reconnaître qu'il n'avait encore jamais rencontré une fille capable d'éveiller en lui des instincts aussi primitifs. Cette constatation l'amusa et le surprit à la fois.

Sans l'ombre d'un remords à l'égard de Scott, il se demanda comment elle était au lit. Tout homme devait se poser la même question en la regardant. Pourtant, curieusement, elle n'avait rien d'une séductrice aguerrie. Au contraire, cette féminité exacerbée semblait plutôt la gêner, l'embarrasser. Etait-ce pour cela qu'elle avait choisi Scott ? Par sécurité, pour se protéger contre elle-même des déferlements de passion dont elle se sentait capable ? Peut-être... Néanmoins, il était persuadé qu'un jour ou l'autre elle connaîtrait les sommets et les abîmes d'un amour enflammé. Il n'y avait qu'à regarder ses yeux et sa bouche pour s'en convaincre.

Tout à coup, il se rendit compte qu'il la désirait. Pourtant il la connaissait depuis cinq minutes à peine, et elle était beaucoup trop fantasque, trop impétueuse à son goût. Mais il ne pouvait nier le trouble brûlant qui l'habitait... Ce dont il était sûr, en revanche, c'était qu'il n'épouserait jamais une femme de ce type-là. Lorsqu'il se marierait, il choisirait une compagne tendre et docile, facile à vivre. Et il n'avait aucune honte de ce calcul.

Pour lui, mariage et passion étaient incompatibles. Il avait vu les ravages que des sentiments trop forts pouvaient causer... Car John Ryan était amoureux de sa mère, cela ne faisait aucun doute. Au moins au début. Et c'était cet amour déçu, sans nul doute aussi, qui l'avait rendu si violent avec elle... Même s'il n'était pas le fils biologique de cet homme, il savait qu'il avait été marqué par ce qu'il avait vécu. Pour rien au monde il ne voulait risquer de se retrouver dans la même situation que lui. Et comme il n'avait aucune prédisposition pour le célibat, il comptait bien, un jour, fonder un couple sur le respect et l'estime réciproques. Mais il ferait passer la raison avant la passion, même si ce genre d'union risquait quelquefois de lui paraître un peu fade. Il aurait une maison, des enfants, une vie heureuse et tranquille... D'ici là, il prenait plaisir à sortir avec des filles sans problèmes, avec qui il aimait discuter, et pour qui le sexe était simplement une chose agréable impliquant les corps, pas les cœurs.

Sofia n'était certainement pas ce genre de fille, pensa-t-il encore. Elle devait être terriblement dangereuse. Sans doute exigeait-elle tout d'un homme. Une attention exclusive, un amour de tous les instants... De quoi devenir fou. Et cependant, alors qu'il s'écartait pour la laisser pénétrer devant lui dans le pub, il se laissa enivrer par le parfum de sa peau et de ses cheveux. Oui, il avait envie de coucher avec elle. De lui faire l'amour jusqu'à ce que ses yeux verts perdent leur éclat meurtrier, brillent de désir et de passion, jusqu'à ce qu'elle crie son nom sous l'empire du plaisir qu'il lui donnerait... Par bonheur, il avait assez de contrôle sur lui-même pour dissimuler ce qu'il ressentait, et ne rien trahir de ses pensées.

Au fond de lui, il était tout de même un peu choqué de cette espèce de trahison vis-à-vis de Scott. Chasser sur les terres de ses amis n'était pas son style — et il n'en avait d'ailleurs aucun besoin. Il était le genre d'homme qui attire spontanément les femmes, sans le chercher ; à tel point qu'il avait dû édifier une tactique pleine de diplomatie pour les repousser sans les blesser ni les vexer...

Une tactique dont il n'aurait pas à user, au moins, avec celle-là, ajouta-t-il pour lui-même avec une pointe de sarcasme. Manifestement, elle le détestait. Mais cette antipathie signifiait aussi qu'il ne lui était pas indifférent...

Combien de temps lui faudrait-il pour prendre conscience de la tension sexuelle qui vibrait si intensément entre eux ? Il écarta cette idée. Même si une telle pensée effleurait Sofia, elle ne voudrait certainement jamais l'admettre.

Il n'était pas méchant, ni homme à porter des jugements hâtifs sur les autres. Pourtant, en dépit du jeune âge de Sofia — elle ne devait avoir guère plus de dix-huit ans —, il aurait juré que Scott n'était pas son premier amant. Elle était beaucoup trop femme, et il se dégageait d'elle une sensualité qu'elle ne pouvait ignorer. Curieusement, cependant, elle agissait comme si cette sensualité n'existait pas. En tout cas en ce qui le concernait... Et, alors qu'une femme habituée à séduire se serait trahie d'un regard, aurait montré d'une façon ou d'une autre qu'elle percevait l'espèce d'émotion latente qui perçait sous un antagonisme aussi vif, elle y semblait quant à elle totalement insensible.

Délibérément, il prolongea leur rencontre en les invitant à déjeuner. Il faillit éclater de rire en voyant la mine de Sofia : pleine de rage, elle semblait prête à le griffer ou à lui jeter son assiette à la tête. Scott, ignorant pour sa part ce qui se passait près de lui, se montrait ravi de passer ce moment en sa compagnie. Pour la première fois, Daniel se sentit irrité contre son ami. Etait-il donc aveugle ? Ne se rendait-il pas compte qu'il risquait de la perdre, si un autre homme moins scrupuleux que lui s'attaquait à elle ?

Un moment plus tard, il se demanda si ce serait aussi facile qu'il le croyait, en fin de compte. Sofia se blottissait contre Scott comme si elle recherchait sa protection, son appui. Près de lui, elle ressemblait à un jeune animal effrayé par le monde qui l'entourait. Lorsqu'il se leva pour aller au bar, elle le suivit des yeux, comme si elle ne pouvait supporter d'être séparée de lui même un instant. Quand il revint, son visage s'illumina. Visiblement, elle brûlait de le toucher, de le caresser. Et aussi étrange que cela puisse paraître, il ne subsistait plus rien en elle d'arrogant ni de violent. C'était comme si le jeune Australien, par sa seule présence, la comblait totalement ; lui permettait de se sentir entière, apaisée, en sécurité — mais aussi terriblement seule dès qu'il menaçait de s'éloigner...

Ces réactions intriguèrent Daniel. Il était étonnant de sentir quelqu'un aussi dépendant d'un autre être. Cela trahissait une telle insécurité...

Il se prit à s'interroger sur son passé, sur sa vie, sur les événements qui avaient pu la rendre vulnérable à ce point. Mais il se demandait surtout pourquoi Scott, et lui seul, semblait pouvoir lui apporter le soutien qu'elle paraissait chercher aussi désespérément. Il se rendit compte alors qu'il brûlait d'en savoir plus sur elle. Beaucoup plus.

Il attendit d'être seul avec Scott pour lui poser les questions qui le taraudaient.

Le jeune homme, incidemment, lui avait dit qu'il n'était pas satisfait de sa chambre et cherchait un autre logement. Daniel, jusque-là, n'avait jamais voulu prendre quelqu'un chez lui. Ses petites amies elles-mêmes n'avaient pas droit de cité sous son toit. Pourtant, un soir, il invita Scott et lui proposa d'occuper la chambre qu'il avait en trop. Ce dernier accepta avec joie, mais refusa de s'attarder trop longtemps.

— J'ai promis à Sofia de passer la voir, déclara-t-il d'un air gêné.

— Elle est très possessive, non ? lança Daniel. Méfie-toi, Scott. Les femmes possessives sont infernales. Même lorsqu'elles sont aussi séduisantes que Sofia. Si tu veux mon avis, tu ferais bien d'être prudent. Elle semble avoir un caractère assez emporté.

Aussitôt, Scott prit la défense de la jeune femme.

— Elle a eu beaucoup de problèmes, et n'a pas été très heureuse. Cela la rend susceptible. Elle est souvent sur la défensive, c'est vrai, mais quand on la connaît, elle est adorable. C'est la douceur même.

La douceur même ? Daniel se demanda comment son ami pouvait se tromper à ce point sur Sofia. Il retint Scott plus longtemps que prévu, se disant avec mauvaise foi qu'il leur rendait ainsi service à tous les deux. Cela ne ferait pas de mal à Sofia d'avoir à attendre un peu. Même si Scott prétendait qu'elle avait été malheureuse, il ne pouvait s'empêcher de la considérer comme une enfant gâtée, habituée à voir exaucés tous ses caprices. Pour sa part, il était convaincu qu'elle n'avait jamais eu à souffrir beaucoup, ni émotionnellement ni matériellement.

Quand Scott vint s'installer chez lui, il attendit avec un mélange d'impatience et de cynisme la réaction de la jeune femme. Ils s'étaient rencontrés plusieurs fois, à cette époque-là, ces rencontres ayant été soigneusement orchestrées par ses soins, et il était certain que Sofia lui reprochait l'influence qu'il avait sur le jeune homme. Elle le voulait tout à elle, rien qu'à elle, comme elle voulait n'être qu'à lui. Cette attitude l'agaçait. Scott, à son avis, n'était pas fait pour une relation aussi passionnée. Leur romance ne durerait probablement pas. Et alors… il ignorait ce qui se passerait. Mais une chose était sûre : il désirait Sofia avec une intensité qu'il avait rarement éprouvée.

Plusieurs mois s'écoulèrent. Au début du troisième trimestre, Sofia emmena Scott chez elle pour un week-end, afin de lui faire connaître Cottingdean. Lorsqu'il revint, le jeune homme était enthousiaste. Il ne tarissait pas d'éloges sur la maison de Sofia et sur sa mère.

— C'est une femme merveilleuse, et pourtant Sofia et elle ne semblent pas parvenir à s'entendre. Quel dommage… Elle a vraiment quelque chose de spécial.

Daniel le regardait avec attention. Scott n'allait quand même pas se lasser de Sofia pour tomber amoureux de sa mère ? La femme qui avait donné le jour à cette fille flamboyante devait être à la fois belle et forte. Il était naturel que Scott, n'ayant pas eu de mère, se sente attiré par elle.

— Est-ce qu'elle est rousse ? demanda-t-il.

— Non, elle est blonde. Nous avons eu de la chance de la voir. Elle rentrait juste de Hong Kong, où elle était allée négocier des marchés pour la laine qu'ils fabriquent. Ce qu'elle a réalisé est incroyable. Et toute seule, à la force du poignet… Le père de Sofia est invalide depuis le début de leur mariage.

— Pas si invalide que ça, s'il a pu engendrer une fille pareille.

Scott secoua la tête.

— Non, il ne l'a pas engendrée… Enfin, pas normalement. Sofia m'a dit qu'elle avait été conçue de manière artificielle. Elle n'en parle pas beaucoup. C'est un sujet sensible pour elle. Elle pense que son père ne l'a jamais acceptée, ne l'a jamais considérée comme sa véritable enfant. Il préférait de loin son frère aîné, David, qui est mort dans un accident alors qu'elle terminait le lycée. Il avait dix ans de plus qu'elle.

Daniel fronça les sourcils avec irritation. Scott se montrait très indiscret. Sofia serait certainement offusquée, si elle savait qu'il révélait ainsi ses secrets. Mais après tout, c'était son affaire, pas la sienne. Il n'avait pas besoin de prendre sa défense ; elle était parfaitement capable de le faire toute seule.

Il était vexé que la jeune femme ne soit jamais venue voir Scott chez lui. Elle s'était toujours arrangée pour lui donner rendez-vous à l'extérieur. Mais il savait à présent qu'ils ne passaient jamais la nuit ensemble. Comment Scott pouvait-il supporter l'idée de la savoir seule loin de lui ? A sa place, il n'aurait jamais pu. Pourtant, elle l'aimait — ou croyait l'aimer.

Quatre jours après la visite des jeunes gens à Cottingdean, Scott reçut un télégramme d'Australie lui demandant de rentrer d'urgence. On avait besoin de lui à la propriété. Daniel resta près de lui pendant qu'il téléphonait pour en savoir plus. Qu'on le rappelle n'avait rien de surprenant. Il était prévu qu'il travaille avec son père plus tard, et ces quelques mois en Angleterre n'avaient qu'un but culturel pour lui. Mais avait-il pensé à la réaction de Sofia, quand il lui apprendrait son départ ?

Cet appel exaspéra le jeune homme. Il ne put parler à son père, qui était en déplacement. La gouvernante lui dit simplement que le contremaître avait eu une crise cardiaque, qu'il était à l'hôpital et que son père attendait son retour le plus rapidement possible pour s'occuper avec lui de l'élevage. Scott promit de prendre le premier avion.

— Et Sofia ? s'enquit Daniel.

— Sofia..., murmura Scott, les sourcils froncés. Il faut que je lui parle, bien sûr... Je vais aller la voir. Elle comprendra, je pense. J'aimerais la ramener avec moi, mais...

Sofia, vivre dans l'immensité sauvage et désertique du bush australien ? Daniel se demanda s'ils avaient sérieusement envisagé leur avenir en commun. La jeune femme était nerveuse, active. Il doutait qu'elle ait assez de ressources intérieures pour supporter ce genre de vie. Si elle épousait Scott pour partir avec lui, elle le quitterait dans moins d'un an. Quant au jeune homme, comment imaginer qu'il puisse rester en

Angleterre alors qu'il avait été préparé depuis toujours à prendre la suite de son père, et qu'il envisageait cette tâche avec bonheur ? Certes, l'amour passe pour être aveugle. Mais à ce point... En fait, Sofia était peut-être prête à tout. Pour Scott, son avis était plus réservé. Il l'aimait certainement, mais cet amour n'était pas aussi intense, aussi passionné, aussi déterminé que celui de la jeune femme. Il céderait sans doute assez vite devant des considérations pratiques.

— J'y vais, déclara Scott.

Daniel entendit la voiture de sport démarrer. Scott avait un père généreux, mais possessif aussi, et autoritaire. Le genre de père qui sait exactement quelle jeune fille doit épouser son fils — et Daniel doutait que ce soit quelqu'un du style de Sofia.

Quand minuit arriva, puis 1 heure, le jeune homme commença à se demander ce qui se passait. Scott était parti à 8 heures. Ses adieux à Sofia n'avaient pas dû être faciles... Au moment où il allait se coucher, le téléphone sonna. A l'autre bout du fil se trouvait Sofia, qui criait son nom et hurlait d'une façon complètement hystérique.

Il lui fallut plusieurs minutes pour arriver à la calmer et comprendre ce qui était arrivé. Quand il eut enfin compris, ce fut un choc terrible. Il se sentit brutalement écrasé par les remords et l'inquiétude.

— Dans quel hôpital est-il ? demanda-t-il d'un ton brusque.

Sofia l'informa.

— Ne bouge pas, j'arrive. Je serai là-bas le plus vite possible.

Il bondit dans sa voiture, priant le ciel que les choses ne soient pas aussi graves qu'elles semblaient l'être. D'après ce que Sofia lui avait dit, ils étaient partis faire une balade en voiture — Scott avait sans doute décidé de l'emmener dans un endroit tranquille pour lui parler de son départ. Ils s'étaient querellés, elle s'était mise en colère, et Scott, distrait, n'avait pas vu la voiture qui arrivait en face et fonçait sur eux. Le chauffeur était ivre. Il était mort dans l'accident. La jeune femme n'avait eu que quelques éraflures, mais Scott était dans le coma. Les gens de l'hôpital lui demandaient le nom et le téléphone de ses parents les plus proches.

*
* *

En moins d'une demi-heure, Daniel régla tous les détails pratiques. Il donna aux infirmières le nom et le numéro de téléphone du père de Scott, puis il se chargea d'emmener Sofia, folle de chagrin et de colère quand les médecins déclarèrent qu'elle ne devait pas rester. Elie se débattait comme une furie, luttant des poings et des ongles, mais il parvint à la traîner jusqu'à sa BMW et verrouilla en hâte les portières pour l'empêcher de sortir.

Cela fait, il décida de la conduire chez lui. Non pour le plaisir de l'avoir sous son toit, mais parce qu'il ne voulait pas courir le risque de la laisser seule à la résidence. Lui faire avaler le calmant que le médecin lui avait prescrit ne fut pas une mince affaire ; il dut la ligoter d'un bras et l'obliger à desserrer les mâchoires, recouvrant d'instinct les gestes qu'il utilisait quand il voulait administrer un vermifuge à son jeune chien… Hors d'elle, Sofia le fusillait de ses yeux verts emplis de haine et d'amertume.

Ensuite il la porta jusqu'à la chambre de Scott, à l'étage, et la laissa tomber sur le lit après l'avoir avertie qu'il allait verrouiller toutes les portes et garder les clés sur lui. Au matin, cependant, il découvrit qu'elle s'était enfuie… par une fenêtre du rez-de-chaussée.

Durant plusieurs jours, malgré ses fréquentes visites à l'hôpital, il ne la revit pas. Le père de Scott avait pris le premier avion pour venir voir son fils ; quand Daniel lui demanda s'il avait des nouvelles de la jeune femme, il répondit d'un ton ferme qu'il avait prévenu les médecins qu'il ne pouvait pas la voir.

Pourquoi *pouvait*, et non voulait ? Cette réaction laissa Daniel perplexe, mais il était clair que le père de Scott n'était pas disposé à répondre à ses questions. C'était un homme grand et fort, aux cheveux encore bruns et aux yeux verts. Sa peau tannée par le soleil et le grand air était tendue sur l'ossature ferme et sèche de son visage, lui donnant une expression austère et réservée. De toute évidence, c'était quelqu'un qui avait souffert. Une humanité indéniable perçait sous cette froideur apparente, ce qui rendait plus énigmatique encore la dureté qu'il montrait envers la jeune femme. Peut-être la blâmait-il d'avoir causé l'accident, pensa Daniel.

— Si vous la voyez, déclara l'Australien, ayez l'obligeance de lui dire qu'elle ne doit pas venir rendre visite à Scott. Les médecins estiment que cela serait néfaste pour lui.

S'il la voyait… Cela semblait peu probable à Daniel. Pourtant, ce soir-là, il eut la surprise de la découvrir devant sa porte. Elle était très pâle, terriblement amaigrie. Dans son visage émacié, ses grands yeux avaient perdu leur flamme ; ils ne reflétaient qu'une immense douleur. Ses cheveux eux-mêmes n'avaient plus le même éclat. Sa fragilité était telle que Daniel en eut le cœur serré.

— Entre…, proposa-t-il.

— Ils m'empêchent de voir Scott…, gémit la jeune femme, la voix pleine de larmes. Il faut que je le voie, Daniel. Il le faut ! Je l'aime, et il m'aime aussi…

Daniel la prit par un bras et la conduisit jusqu'à son petit salon, où il l'installa dans un fauteuil.

— Scott est dans un état critique, Sofia, déclara-t-il calmement. Il est capital pour l'instant de le ménager, de le laisser en paix. Son père pense qu'il se rétablira mieux chez lui. Il va le ramener en Australie dans un avion sanitaire.

— Non !

Elle avait hurlé comme un animal pris au piège. Ce son bouleversa Daniel, l'emplit d'un désir fou de la protéger, de l'aider. Il aurait tout donné pour pouvoir la serrer dans ses bras, mais le moment était mal choisi pour céder à ce genre d'émotion.

— Si, Sofia, insista-t-il avec fermeté. Et je crains que tu n'y puisses rien.

Elle se leva brusquement et se jeta sur lui, lui frappant la poitrine de ses poings serrés.

— C'est ta faute ! Ta faute ! cria-t-elle. Tu as toujours souhaité que nous soyons séparés ! Tu voulais que Scott rompe avec moi, je le sais !

Un instant, Daniel se demanda si elle allait ajouter qu'elle n'était pas dupe, qu'elle avait deviné qu'il la désirait. Il s'apprêtait déjà à nier farouchement, même si c'était la vérité. Oui, il l'avait désirée pendant des mois et il la désirait encore. Mais il n'aurait jamais accepté de laisser libre cours à ce désir au détriment de Scott. Comme il ne pouvait supporter l'idée, maintenant, de profiter de son accident et du chagrin poignant qui ravageait la jeune femme. En fait, ce ne fut pas du tout ce qu'elle déclara.

— Je sais que tu ne m'as jamais estimée ! lança-t-elle d'une voix furieuse. Je le sais depuis le premier jour ! Tu as toujours pensé que je n'étais pas faite pour Scott !

— C'est vrai, reconnut Daniel. Mais je n'ai jamais essayé d'écarter Scott de toi. C'est un homme, Sofia, pas un gamin. Il lui appartient de prendre ses propres décisions.

— Plus maintenant…, rétorqua-t-elle, la voix nouée. Maintenant, c'est son père qui décide pour lui. Si seulement je pouvais le voir… Le faire sortir de son coma, l'obliger à réagir !

— Tu ne peux pas, trancha Daniel. Son état est trop instable. Et c'est peut-être mieux ainsi, en fin de compte… De toute façon, Scott avait décidé de rentrer chez lui. La vie doit continuer, Sofia. Dans quelque temps, tu verras que…

— Je ne verrai rien du tout ! riposta-t-elle avec rage. Je ne peux pas imaginer ma vie sans Scott ! Sans lui, je n'ai plus rien… Je ne suis plus rien…

La profondeur de son désespoir atteignit Daniel, même si son entêtement l'irritait. Elle ne comprenait donc pas que la bataille était perdue d'avance ? Il cacha la pitié qu'il ressentait sous une remarque caustique :

— Tu le considères comme l'âme sœur, c'est ça ?

— Oui. Ou plutôt non, corrigea-t-elle d'une voix rauque et sourde. Il n'est pas mon âme sœur, il est mon âme, tout court. L'autre moitié de moi-même. Il fait partie de moi. Sans lui, je ne peux pas exister. Tu ne comprends donc pas ?

Daniel la contemplait, ébranlé. Il ne pouvait pas la laisser se détruire ainsi pour un amour idéal qui n'existait pas. Soudain, il éprouva le besoin de lui ouvrir les yeux, de la ramener à la réalité.

— C'est fini, Sofia, dit-il doucement. Quand Scott se remettra, il entamera une autre vie chez lui, en Australie. Il faut que tu l'acceptes.

— Non ! hurla-t-elle encore. Non, ce n'est pas fini ! Tu ne sais pas de quoi tu parles. Ce ne sera jamais fini, tant que nous serons en vie tous les deux. Il m'aime, et je l'aime !

— Non, tu ne l'aimes pas vraiment. C'est toi que tu aimes. Tu voudrais l'avoir à toi comme un enfant gâté qui désire un jouet. C'est ton égoïsme qui a failli le tuer. Car c'est toi qui as provoqué cet accident, non, en refusant qu'il reparte ?

Sofia le regarda, stupéfaite.

— J'ai raison, n'est-ce pas ? Tu t'es emportée, il a voulu te calmer, et l'accident est arrivé… Par ton aveuglement et ton entêtement, tu as failli lui faire perdre la vie. Sa place est là-bas, chez lui. Laisse-le partir avant de le détruire complètement.

A ces mots elle se jeta de nouveau sur lui, toutes griffes dehors, des larmes de chagrin et de fureur ruisselant sur ses joues. Daniel parvint non sans mal à la maîtriser ; il la serra contre lui, si étroitement qu'il sentait les battements frénétiques de son cœur résonner dans sa propre poitrine. Elle était si mince, si frêle… Et pourtant ses seins étaient tendres et ronds, leur masse chaude terriblement voluptueuse sous son pull. Brusquement, une flèche de désir le traversa ; son corps réagit malgré lui, se durcit. Un instant, il fut tenté par l'envie sauvage de céder à ses pulsions ; puis ses réflexes d'homme civilisé prirent le dessus et il repoussa la jeune femme. Mais il était trop tard. Sur son visage livide se lisait un mélange de stupeur, de colère et d'outrage.

— Traître !

Il eut l'impression qu'elle crachait cette insulte. Il la maintint à bout de bras et tenta de la calmer.

— Sofia… écoute-moi.

— Je ne le laisserai pas partir ! Je l'aime !

— Soit…, acquiesça Daniel. Mais es-tu sûr qu'il t'aime aussi fort que tu l'aimes, Sofia ?

Il n'aurait su dire ce qui l'avait poussé à prononcer ces mots. Scott ne lui avait jamais laissé entendre que son amour était moins intense que celui de la jeune femme, et pourtant il avait l'intuition qu'il ne se trompait pas. Quand Sofia perdit soudain sa raideur entre ses bras, quand il vit son visage devenir d'un gris de cendre, ses lèvres trembler comme celles d'un enfant sur le point de fondre en larmes, il comprit qu'il avait touché un point sensible. Cette vérité qu'il avait obscurément devinée était donc son talon d'Achille…

— Il m'aime, protesta-t-elle d'une petite voix. J'en suis sûre…

C'était une plainte, une supplication. Visiblement, elle essayait de se convaincre elle-même avec un désespoir déchirant. Daniel, bouleversé, mesura combien elle avait besoin de cet amour. Comme si Scott était le seul être au monde qui l'ait jamais aimée… Alors, brusquement, il éprouva une rage folle contre ceux qui l'avaient blessée à ce point, qui avaient miné son assurance, sa fierté, pour en faire une femme meurtrie et assoiffée de tendresse. Une remarque de Scott lui revint. « Elle a toujours eu le sentiment d'être moins aimée que son frère, surtout par son père », lui avait-il dit un jour. A l'époque, il avait accueilli cette phrase avec une sorte de dédain amusé. Les idées fixes d'une pauvre petite fille riche ne le touchaient guère… Sans doute prenait-elle plaisir à s'apitoyer faussement sur son sort, avait-il pensé. Mais soudain les choses lui paraissaient beaucoup moins simples.

Il éprouva une terrible envie de la reprendre contre lui, de la consoler, de la garder à l'abri de tout ce qui pouvait l'atteindre. Il aurait voulu l'emporter dans ses bras jusqu'à sa chambre, la cajoler, l'aimer à n'en plus finir pour lui faire oublier tout le reste… Perdu dans ses pensées, il desserra l'étreinte de ses doigts ; Sofia en profita pour lui échapper et se ruer vers la porte. Il ne chercha pas à la retenir. A quoi bon ? Pourtant, curieusement, il eut l'impression de faillir à ses devoirs envers elle. Aussitôt, il se reprit. Ses devoirs ? S'il avait des devoirs, c'était envers Scott, son ami. Pas envers elle. Scott qui avait déjà décidé de rentrer en Australie avant cet accident. S'il le fallait, il empêcherait Sofia de le déstabiliser, de le faire revenir sur cette décision.

Chez lui, il serait entouré de soins constants, d'une attention permanente. Il ne jugeait pas la jeune femme assez solide, ni assez stable, pour lui offrir l'aide dont il aurait besoin pour se rétablir. Elle restait tellement enfant, dans certains domaines… Une enfant gâtée, il n'en démordait pas. Pourtant, ce soir-là, il s'était rendu compte que venir d'une famille riche, d'un environnement privilégié, n'empêchait pas quelqu'un d'être désespérément sevré d'amour et de tendresse…

Tandis que Daniel revivait ainsi le passé, Sofia, de son côté, s'attardait aussi sur ses souvenirs et se demandait en frissonnant si elle était destinée à perdre tous les êtres qu'elle aimait. D'abord David, puis Scott, et maintenant sa mère en danger de mort… Soudain, elle s'avisa de ce qu'elle venait de penser et ferma les yeux. Sa mère, un être aimé ? C'était bien la première fois qu'elle pensait à elle en ces termes… Et comment pouvait-elle aimer une femme qui l'avait toujours si cruellement rejetée ?

Pendant un moment, elle revécut avec douleur les sentiments d'agonie et d'impuissance qu'elle avait si souvent éprouvés durant sa jeunesse. Le jour des obsèques de David, par exemple… Elle s'était sentie si seule, si abandonnée, tandis que sa mère s'occupait avec diligence de son père et de Faye… Elle les revoyait, étroitement serrés les uns contre les autres tandis que le cercueil de son frère était descendu dans la tombe. Personne ne faisait attention à elle. Elle assistait à la scène en étrangère, en marginale, rejetée hors du tableau familial. En cet instant, elle avait eu la certitude terrible que si elle quittait le cimetière, aucun d'eux ne se rendrait compte de son départ.

La mort de David avait été pour elle l'occasion de mises au point tragiques, qui restaient imprimées au fer rouge dans son cœur et dans sa chair. Le matin encore, son frère lui avait parlé, l'avait consolée après l'une de ses nombreuses disputes avec leur mère. L'après-midi, il était mort.

Souvent, elle s'était demandé comment sa mère avait pu survivre à cette disparition aussi cruelle qu'inutile. Si David avait été son enfant, sans doute aurait-elle perdu la raison… Elle frémit à ce souvenir, et songea soudain que cette crainte irraisonnée était peut-être à l'origine de sa réticence à avoir des enfants. Oui, si jamais un tel malheur la frappait, elle redoutait de ne pouvoir le supporter avec le courage de Liz… Et pourtant sa mère aimait David, bien plus qu'elle ne l'avait jamais aimée…

Le destin avait fait qu'ils étaient tous réunis dans la bibliothèque de Cottingdean lorsque la terrible nouvelle était arrivée. Sofia était rentrée du lycée, Faye et David étaient passés les voir avec Camilla, qui n'était encore qu'un bébé. Puis David s'était absenté pour se rendre à une réunion paroissiale. Il n'en aurait pas pour longtemps, avait-il déclaré en partant. Il ne devait jamais revenir.

Moins d'une heure plus tard, la police s'était présentée pour leur annoncer qu'il avait eu un accident. David s'était déporté pour éviter un enfant qui traversait la route, il avait perdu le contrôle de sa voiture et avait été tué sur le coup.

Ce jour-là, son père était d'assez bonne humeur, ce qui ne lui arrivait pas souvent. Dès qu'ils avaient appris le drame, Sofia avait regardé ses parents, terrassée. Sa mère était restée digne, très calme. Mais son père… Il s'était écroulé sur lui-même, ravagé par le chagrin. Sofia s'était portée vers lui, bouleversée, envahie par un besoin fou de le réconforter et d'être réconfortée par lui. Edward l'avait repoussée avec une telle force qu'elle avait trébuché, se meurtrissant l'épaule contre le bureau de sa mère.

— Va-t'en ! Sors d'ici ! avait-il hurlé. Oh, mon Dieu, pourquoi a-t-il fallu que ce soit David qui disparaisse… C'est toi qui aurais dû mourir ! Toi !

Sa voix vibrait de rancœur et de mépris. Pour Sofia, cette blessure avait été bien pis que s'il l'avait frappée. Elle avait lutté pour ravaler ses larmes. Certes, elle avait toujours su qu'il préférait David. Mais le lui entendre dire ainsi, dans ces termes… Soudain, le gouffre qui existait entre son frère et elle dans le cœur de ses parents lui avait paru sans fond. Dix-sept ans après, elle se souvenait encore de la douleur qui lui traversait l'épaule en cet instant, et de la souffrance déchirante qui lui lacérait le cœur.

Sa mère était venue vers elle, l'avait prise par le bras. Elle s'était débattue, livide, en proie à une violente nausée.

— Monte dans ta chambre, lui avait dit Liz. Je vais m'occuper de ton père.

Elle avait les yeux secs, son visage restait calme et composé. Un instant, elle avait paru sur le point d'ajouter quelque chose. Mais Sofia l'avait interrompue, ivre de colère et de chagrin.

— Mais oui, bien sûr, débarrassez-vous de moi ! Je sais bien que je vous pèse, que vous n'avez jamais voulu de moi ! Je sais que vous préféreriez que je sois morte à la place de votre précieux David ! Eh bien, je ne veux pas de vous non plus. Je vous déteste, tous autant que vous êtes ! Et je me moque de ce que vous pensez. Je m'en moque...

Elle s'était enfuie, étouffée par les sanglots. Loin d'éprouver cette indifférence qu'elle proclamait, elle souffrait de tout son être.

Plus tard, Chivers était venu lui apporter du thé. Elle s'était rendu compte qu'il avait pleuré.

— Votre mère a dit que vous deviez rester en haut, mademoiselle Sofia, avait-il déclaré d'un ton gêné. Elle a appelé le médecin. Le commandant Danvers ne va pas bien...

Sofia s'était bouché les oreilles. Elle ne voulait plus entendre parler de son père, jamais. Elle voulait l'ignorer comme il l'ignorait, elle.

Seule dans sa chambre, elle avait pleuré toutes les larmes de son corps sur David et sur elle-même. Et là, du fond de son désespoir, elle s'était juré qu'un jour elle trouverait quelqu'un qui l'aimerait enfin. Qui l'aimerait vraiment.

L'enterrement avait été un calvaire. Faye s'était évanouie, et Edward paraissait si mal en point que Sofia s'était demandé pourquoi leur médecin lui avait permis de venir au cimetière. Seule Liz était restée fidèle à elle-même, droite et digne.

Plus tard, quand tout le monde avait quitté la maison, Sofia s'était retrouvée seule avec elle. Faye était au lit avec un somnifère et son père s'était enfermé dans la bibliothèque. Soudain, la jeune fille avait ressenti un besoin furieux de la toucher, de l'ébranler, de lui montrer à quel point elle souffrait.

— David était à moi aussi, tu sais ! avait-elle lancé d'une voix douloureuse. C'était mon frère ! Mon seul et unique frère ! Le seul dans cette maison pour qui je comptais…

Liz n'avait rien répondu.

Sofia, alors, s'était réjouie de devoir partir bientôt pour l'université. Elle se moquait éperdument de ne plus jamais revenir à Cottingdean, se disait-elle. Mais six semaines après la mort de David, son père était tombé gravement malade. Et elle s'était retrouvée en larmes devant la porte fermée de sa chambre, brûlant de pouvoir l'atteindre, lui parler, de lui demander pourquoi il ne lui avait jamais permis de l'aimer… Elle ne comprenait pas pourquoi il l'avait toujours rejetée, ni ce qu'il y avait en elle qui rebutait ainsi ses parents, les deux êtres au monde qui auraient dû l'aimer le plus tendrement. Ces questions sans réponses la mettaient au supplice, l'emplissaient d'une angoisse sans fond.

Moins d'un an plus tard, Edward s'était éteint dans son sommeil.

Faye et Camilla s'étaient installées à Cottingdean. Sofia, autrefois, leur en avait voulu de l'amour que David leur portait. Elle ne pouvait se résigner à partager la seule personne qui lui témoignait tendresse et affection. Mais à ce moment-là elle s'était sentie plus seule et plus indésirable que jamais. Elle était mieux à l'université, loin de Cottingdean, qui ne signifiait plus rien pour elle, désormais. Sa mère n'était qu'une étrangère ; une étrangère pour laquelle elle n'éprouvait ni estime ni affection. Du moins, c'était ce qu'elle croyait.

Elle se leva et se mit à arpenter la pièce, bouleversée par ces souvenirs.

Pourtant, en dépit de ce qu'elle ressentait, elle avait amené Scott à Cottingdean quelques mois plus tard… Mais c'était parce qu'il rêvait de connaître la maison, et seulement pour ça. Elle avait choisi un week-end où sa mère n'aurait pas dû se trouver là. A leur arrivée, ils avaient découvert que Liz était rentrée de voyage plus tôt que prévu… Bien sûr, elle n'avait fait aucune remarque, n'avait montré aucune irritation devant ce manque d'égards. Au contraire, elle avait accueilli Scott avec chaleur et l'avait rapidement mis à l'aise. Elle avait aussi fait en sorte de l'installer à l'autre bout de la maison, le plus loin possible de sa fille…, se rappela la jeune femme avec une pointe de rancœur.

Très vite, Scott avait succombé au charme de Liz. Sofia avait été très jalouse de les voir si bien s'entendre, de constater à quel point le jeune homme était sensible aux attentions de sa mère. Furieuse et blessée, elle avait réagi en donnant le moins possible de détails sur son ami. C'est Scott lui-même qui s'était présenté, qui avait expliqué qu'il faisait ce séjour en Angleterre pour acquérir un peu de culture et de raffinement…

— McLaren ? avait répété Liz avec un froncement de sourcils, lorsqu'il avait indiqué son nom.

— Oui, avait répondu le jeune homme. Je crois que mes ancêtres étaient écossais.

— Sans doute, sans doute…

Après cette conversation, Liz avait carrément monopolisé le jeune homme, empêchant Sofia de rester un seul instant en tête à tête avec lui. Scott en semblait ravi, ce qui l'irritait au plus haut point. Il répondait avec empressement aux nombreuses questions que sa mère lui posait sur sa vie, sur sa famille. Et la jalousie de la jeune fille ne faisait que croître.

Curieusement, alors que Liz semblait éprouver la plus grande estime pour Scott, c'était pourtant elle qui avait appelé son père en Australie dès le dimanche soir, et déclenché les événements qui devaient aboutir à leur séparation. Quand Sofia avait découvert qu'elle avait téléphoné à M. McLaren pour lui dire qu'il fallait mettre un terme à la relation entre leurs enfants, elle l'avait haïe de toutes ses forces. A l'époque, elle avait pensé que sa mère avait agi ainsi parce qu'elle envisageait un autre mariage pour elle. Et, dès cet instant, elle avait décidé que, quoi qu'il advienne, elle n'épouserait jamais un homme choisi par Liz.

Lorsqu'elle avait accusé sa mère de vouloir sciemment la séparer de Scott, celle-ci ne l'avait pas nié. De son propre aveu, elle estimait agir dans leur intérêt à tous les deux.

— Je suis une adulte, pas une enfant ! avait répliqué la jeune fille avec amertume. Je l'aime et il m'aime !

— Tu l'aimes maintenant, ou du moins tu crois l'aimer, avait répondu Liz, soudain pâle et les traits tirés. Mais ce n'est pas un garçon pour toi, Sofia. Si tu l'épousais, tôt ou tard tu le détruirais. Est-ce ce que tu souhaites ? Il lui faut une femme plus douce, plus calme que toi, avait-elle ajouté, cruelle.

— Comment peux-tu savoir ce qu'il lui faut ou ce qu'il souhaite ? s'était récriée Sofia, livide de rage. Tu ne sais rien de lui !

— Et toi, que sais-tu ? Comme toujours, tu ne vois que ce que tu veux voir. Pour être heureuse, ma fille, tu as besoin d'un homme bien plus fort que Scott.

— Pour me dompter, c'est ce que tu veux dire ? Je n'oublierai jamais ce que tu m'as fait. Jamais. Et si tu espères me voir épouser Jonathan, tu peux toujours attendre !

Sa mère s'était mise à rire, augmentant sa fureur.

— Epouser Jonathan, toi… Si tu y parvenais, tu aurais beaucoup de chance. Mais je ne pense vraiment pas qu'il y songe. Il est trop raisonnable pour ça, et il choisira à coup sûr une épouse docile que sa mère pourra commander à sa guise…

En dépit de ce démenti, Sofia n'avait pas voulu la croire. Liz était assez machiavélique pour vouloir cacher son jeu, et la pousser par défi à épouser cet aristocrate de salon.

Quatre jours plus tard, l'accident avait eu lieu. Liz était de nouveau en voyage d'affaires, mais à son retour elle s'était montrée bouleversée. Elle avait questionné sa fille, lui demandant comment allait Scott, s'il avait des chances de se remettre.

— Pourquoi n'appelles-tu pas son père ? avait répliqué Sofia d'un ton amer. Tu l'as bien appelé l'autre jour pour lui demander de nous séparer ! Je me demande encore comment tu es parvenue si vite à tes fins… As-tu usé de ton célèbre charme, ou t'es-tu contentée de lui dire que le fils d'un éleveur de moutons n'était pas un parti pour une Danvers ?

Sa mère avait coupé court à la discussion.

— Ne sois pas ridicule, avait-elle répondu froidement, refusant d'ajouter quoi que ce soit.

Pourtant, un peu plus tard, c'est Liz qui était venue la chercher à l'université pour la ramener à Cottingdean. Daniel l'avait prévenue, lui disant que la jeune fille restait prostrée dans sa chambre, recroquevillée sur son lit, sans dormir ni manger. Elle se laissait mourir, abîmée dans le désespoir que lui avait causé le départ de Scott.

Sofia n'était pas restée longtemps à Cottingdean. Très vite, son orgueil avait repris le dessus. Elle n'avait pu supporter plus longtemps de voir sa mère, son ennemie, assister à sa défaite et au spectacle de sa faiblesse. A ce moment-là, elle avait décidé de reprendre sa vie en main et de cacher sa souffrance derrière un masque soigneusement composé.

Elle était retournée à l'université, déterminée à réussir coûte que coûte et à ne plus *jamais* aimer quelqu'un comme elle avait aimé Scott, pour ne plus souffrir comme elle avait souffert. Son but, désormais, était de devenir complètement indépendante ; de se couper de sa mère, de l'exclure définitivement de sa vie pour l'empêcher d'influer de nouveau sur son destin. A cette époque-là, Daniel avait quitté Alcester, et elle était soulagée de ne plus avoir à le rencontrer.

Elle avait repoussé le plus loin possible le souvenir de leur dernière entrevue ; les blessures qu'il lui avait infligées étaient encore trop douloureuses pour qu'elle se risque à les rouvrir en revoyant celui qui se prétendait l'ami de Scott.

16.

Après que la jeune femme se fut enfuie de chez lui, plusieurs jours passèrent sans que Daniel ait revu Sofia. Puis, un soir, il reçut de l'hôpital un coup de téléphone lui demandant d'intervenir. Les sourcils froncés, il écouta le récit de l'infirmière ; après quoi il prit sa veste et ses clés et gagna sa voiture.

Peiné pour elle, il se demanda quel genre d'homme était le père de Scott pour se montrer aussi impitoyable et refuser à une fille si amoureuse et avec une telle constance de voir son fils. Il aurait tout de même pu lui accorder quelques minutes au chevet du jeune homme avant leur séparation définitive...

S'il avait pensé au départ que Lewis McLaren jugeait Sofia responsable de l'accident, Daniel était revenu sur cette opinion. Il était presque certain à présent d'être le seul à avoir deviné que l'emportement de la jeune femme avait indirectement provoqué la collision. L'Australien, sans nul doute, rechignait à voir l'héritier de son domaine épouser une jeune Anglaise inconnue ; mais empêcher Sofia de dire adieu à Scott était d'une cruauté bien inutile.

L'infirmière qui l'avait appelé lui avait appris que la jeune femme, depuis plusieurs jours, hantait les couloirs. Elle avait beau savoir que Scott était toujours plongé dans un coma profond et ne pourrait réagir à sa présence, elle les suppliait sans désemparer de la laisser le voir. A plusieurs reprises on avait dû la chasser de force, mais elle était revenue à la charge. Comme Lewis McLaren refusait de lui parler, Daniel leur avait paru le seul recours possible ; ils espéraient qu'il pourrait lui faire entendre raison.

Le trajet jusqu'à l'hôpital dura plus longtemps que prévu en raison d'un accident qui bloquait la rue principale d'Alcester. Quand Daniel arriva enfin, il pensa que Sofia serait sans doute partie. Mais non, elle se trouvait toujours dans la salle d'attente, l'informa la jeune infirmière qui lui avait téléphoné.

— Et Scott, comment va-t-il ? s'enquit Daniel.

— Toujours dans le coma, bien qu'il ait semblé à plusieurs reprises sur le point de reprendre conscience... Son père est très impatient de le rapatrier en Australie. Sauf contrordre de dernière minute, ils doivent s'envoler demain. Il a loué un avion sanitaire. Il fait bon être riche, parfois..., ajouta-t-elle en haussant les sourcils d'un air éloquent.

Soudain, Daniel ne put résister à une impulsion.

— Sofia ne pourrait-elle voir Scott au moins quelques minutes ? demanda-t-il. Cela ne changera pas grand-chose, s'il part demain.

— Eh bien... il semble justement que M. McLaren se soit adouci, ce soir. Il a déclaré qu'elle pourrait passer cinq minutes à son chevet — pas une de plus — à condition qu'une infirmière soit avec elle. Il ne serait peut-être pas mauvais que vous l'accompagniez...

Immensément soulagé, Daniel la remercia et se dirigea vers la salle d'attente du service. Il découvrit Sofia dans une petite pièce confinée, dénuée de toute ouverture, qui ressemblait à un cube ; avec sa table basse recouverte de vieilles revues cornées et ses quelques chaises, l'endroit était terriblement déprimant. Lorsqu'il entra, la jeune femme contemplait le mur d'un regard fixe. Daniel s'arrêta, impressionné, le cœur serré ; jamais encore il n'avait vu quelqu'un changer aussi radicalement en si peu de temps. Toute vie, toute couleur semblaient s'être retirées de Sofia. Elle avait encore perdu du poids, et cette maigreur excessive lui donnait un air hagard. Quand elle s'aperçut de sa présence, elle leva une main en un geste de défense ; son poignet était si fin qu'il paraissait prêt à se briser.

Qu'il s'agisse ou non d'un choix délibéré, elle était entièrement vêtue de noir. Ces vêtements sombres, qui rehaussaient encore sa pâleur, accentuaient tellement son expression tragique qu'on eût presque dit un clown, pathétique et blême... La souffrance qui émanait d'elle paraissait trop vive, trop patente pour être vraie. L'intensité de sa douleur constituait une telle agression pour qui la regardait, pensa Daniel, qu'il était aisé de comprendre les sentiments de rejet et de crainte qu'elle devait susciter. Dans un monde dit civilisé, n'est-il pas de bon ton de cacher qu'on a mal ? Le contraire, souvent, passe pour amoral ou provocateur. Quiconque manque à ce devoir de discrétion élémentaire gêne, quand il n'est pas en plus taxé de faiblesse…

Sofia ne pleurait pas, mais ses yeux rougis trahissaient la fatigue, le manque de sommeil. Lorsqu'elle tourna la tête vers lui, son regard éteint était morne et vide. Disparus, la flamme combative et l'espoir qui y brillaient jadis. On n'y lisait plus rien.

— Sofia ?

Elle plissa les paupières, mais ne sembla pas le reconnaître. Un instant, Daniel craignit que le chagrin n'ait atteint ses facultés mentales.

— Daniel… que fais-tu ici ? demanda-t-elle alors d'une voix lente, sourde, comme si elle était sous l'effet de tranquillisants.

— On m'a appelé. Les gens de l'hôpital sont inquiets à ton sujet.

Elle ne réagit pas.

— Tu dois cesser de traîner ainsi dans les couloirs, Sofia ! s'exclama Daniel d'un ton furieux.

Il voulait l'arracher à son apathie, mais il était surtout fou de rage contre ceux qui l'abandonnaient dans un tel état, la laissaient se comporter de la sorte. Où étaient donc sa famille, ses amis ? S'ils s'inquiétaient de son sort, ils auraient dû savoir ce qui se passait ! Personne ne se souciait donc d'elle ? Cette solitude était déchirante.

En cet instant il aurait tout donné pour qu'elle réagisse, se jette sur lui avec fureur, essaie de le griffer comme il lui était arrivé de le faire. Mais elle ne bougeait pas ; immobile, elle le fixait avec une indifférence totale. Il tenta autre chose.

— Ecoute, Sofia… Le père de Scott a changé d'avis. Il te permet de voir Scott cinq minutes pour lui dire au revoir. Je peux t'accompagner.

Déjà elle se levait, muette, une telle joie se peignant soudain sur son visage livide que c'en était terrifiant. Tel un automate, elle se dirigea vers la porte.

— Sofia, attends !

Daniel l'attrapa au passage ; son bras était si maigre sous sa main qu'il en frémit.

— Ecoute-moi : Scott est encore dans le coma, il ne te reconnaîtra pas. Surtout, reste calme. Sais-tu qu'il doit partir demain pour l'Australie ?

Sofia hocha la tête, puis se tordit les mains. Ses lèvres esquissèrent un mouvement.

— Cela… ne compte pas, dit-elle enfin. Je l'aime et il m'aime. Lorsqu'il ira mieux, il reviendra me chercher.

Daniel l'escorta jusqu'à la chambre où le jeune homme se trouvait seul, sous la surveillance discrète d'une infirmière. Quand Sofia l'aperçut, relié à un tas d'instruments barbares, elle trembla de tous ses membres. Près du lit, un magnétophone tournait sans bruit. Comme Daniel le contemplait avec étonnement, les sourcils froncés, l'infirmière murmura :

— Nous lui diffusons des messages de son père pour essayer de stimuler son cerveau. Il porte des écouteurs…

Sofia se tenait près du lit, figée. Puis elle se pencha vers Scott avec un mélange de crainte et de tendresse, dans un mouvement presque maternel.

— Comment va-t-il ? demanda-t-elle doucement, sans le quitter des yeux.

— Toujours assez mal, répondit l'infirmière.

— Est-ce qu'il… a des chances de se rétablir ?

— Il est encore trop tôt pour le dire. Mais il est jeune et résistant. Nous avons vu de nombreux malades plus fragiles que lui se remettre de façon spectaculaire.

Une chaise se trouvait près du lit. Daniel l'approcha et invita Sofia à s'asseoir. Elle obéit, docile, mais il se rendit compte qu'elle tremblait toujours. Lorsqu'elle tendit la main pour lisser le drap, doucement, avec précaution, il en eut la gorge serrée. Elle était si seule, pour affronter une telle épreuve… Tout à coup, il aurait voulu la prendre dans ses bras et la serrer contre lui, lui offrir l'amour et la sécurité dont elle avait tant besoin. Car il reconnaissait en elle, d'instinct, la solitude et la vulnérabilité qui avaient été les siennes autrefois. En même temps, il se demandait où il allait chercher cette idée. Leurs histoires respectives étaient tellement différentes… Sofia Danvers n'avait pas eu une enfance difficile, elle. Elle n'avait pas eu à affronter la brutalité d'un John Ryan, les sarcasmes d'une famille entière. Elle ne s'était certainement jamais sentie en marge, différente des autres…

Pourtant, il ne pouvait s'empêcher d'éprouver de la pitié à son égard. Elle se tenait penchée sur Scott, la tête inclinée ; ses cheveux roux s'écartaient sur sa nuque et laissaient voir sa peau claire, trop claire, sous laquelle transparaissaient ses vertèbres. La vivacité radieuse qui la rendait si belle et si vibrante autrefois avait disparu, et cependant Daniel se rendit compte qu'il la trouvait toujours aussi désirable. Simplement, ce désir était tempéré à présent par la compassion et l'inquiétude. S'il devait lui faire l'amour un jour, se dit-il, ce serait avec douceur, avec tendresse, en la câlinant longuement pour l'apprivoiser, et non avec l'intensité farouche dont il avait rêvé jadis.

Soudain, il s'aperçut qu'elle pleurait ; des larmes silencieuses tombaient sur ses mains. A cet instant l'infirmière toussota pour attirer leur attention et désigna sa montre. Daniel toucha doucement l'épaule de Sofia, mais avant qu'il ait pu dire un mot elle se pencha plus encore sur Scott, lui ôta ses écouteurs et se mit à lui murmurer d'une voix suppliante :

— Scott, je t'en prie, essaie d'aller mieux… J'ai tellement besoin de toi… Il ne faut pas que tu me quittes, je ne peux pas vivre sans toi… Scott, Scott…

Déjà l'infirmière s'avançait, les sourcils froncés. Afin d'éviter une scène, Daniel prit la jeune femme par les épaules et l'obligea à se relever.

— Assez, Sofia. Il est temps de partir, maintenant, dit-il d'un ton calme.

Il l'entraîna vers la porte, suivi de l'infirmière. Tandis qu'ils approchaient du seuil, tournant le dos au lit, la silhouette immobile entre les draps esquissa un léger mouvement. Un pli se creusa sur le front de Scott, comme s'il scrutait le silence.

Une fois dans le couloir, Sofia garda la tête baissée. Elle cherchait visiblement à cacher ses larmes. Daniel, avec tact, regarda ailleurs. Il aperçut alors, caché dans l'ombre, un homme grand et robuste qui les observait. Ses lèvres se pincèrent. Le père de Scott… A son attitude, il devina qu'il contemplait la jeune femme avec une attention féroce. Que faisait-il là ? Voulait-il vérifier qu'ils n'avaient pas dépassé le temps imparti ? En tout cas, une chose était sûre, se dit Daniel. Si jamais Lewis McLaren menaçait de passer sa douleur et son amertume sur Sofia, il serait là pour l'en empêcher.

Mais rien ne se passa. Sofia semblait si mal en point qu'il se demandait s'il pourrait l'amener jusqu'à sa voiture avant qu'elle ne s'évanouisse. Il y parvint pourtant. Lorsqu'elle fut installée, il dut boucler lui-même sa ceinture de sécurité. Elle ne pleurait plus, mais un instant leurs regards s'effleurèrent et Daniel lut dans celui de la jeune femme un tel enfer qu'il détourna aussitôt les yeux ; il se sentait aussi gêné que s'il lui avait arraché ses vêtements pour contempler son corps nu.

Il la ramena chez lui comme il l'avait fait le soir de l'accident, ne sachant que faire d'autre. Même si elle n'était pas suicidaire, ce dont il avait à peu près la certitude, il ne voulait pas la laisser seule. En outre, en la gardant sous son toit, il pourrait la surveiller et l'empêcher de retourner à l'hôpital.

Tandis qu'il se garait devant la maison, il décida qu'il l'installerait de nouveau dans la chambre de Scott. Lorsqu'il lui ouvrit la portière pour l'aider à sortir, elle se laissa faire, inerte ; cette apathie prolongée inquiétait Daniel. Une fois chez lui, tout en se disant que ce n'était pas son problème et qu'il ferait mieux de ne pas se mêler de ce qui ne le regardait pas, il décrocha le téléphone et appela son médecin personnel.

— Elle est en état de choc, et c'est sérieux, déclara le généraliste, arrivé deux heures plus tard. A quand remonte l'accident, m'avez-vous dit ?

Daniel le lui répéta.

— Mmm… Bien. Je vais lui faire une piqûre de tranquillisant. Elle va sans doute dormir pendant vingt-quatre heures au moins, mais ne vous inquiétez pas. Cela ne lui fera pas de mal. Elle a grand besoin de se reposer — et de manger. Pour le repos, aucun problème. En ce qui concerne la nourriture, ce sera sans doute plus difficile…

Le calmant fit l'effet prévu. Sofia dormit même plus de vingt-quatre heures, tant son corps réclamait un sommeil réparateur pour recouvrer sa résistance. Lorsqu'elle s'éveilla au milieu de la nuit suivante, Lewis McLaren et Scott avaient déjà décollé depuis plusieurs heures dans leur avion privé. Daniel, qui venait la voir régulièrement, la découvrit assise sur son lit.

— Quel jour sommes-nous ? demanda-t-elle aussitôt, sans même se préoccuper de savoir où elle était et ce qu'elle faisait là.

Devinant la direction de ses pensées, Daniel répondit d'un ton calme :

— Peu importe, Sofia. Scott est parti, maintenant. Il s'est envolé hier soir à 9 heures.

Cette réponse pouvait sembler cruelle, mais il était persuadé d'agir pour son bien. Tôt ou tard, elle devrait se faire à l'idée de ce départ ; mieux valait lui ôter tout de suite de vaines illusions, et l'empêcher de vouloir retourner à l'hôpital.

— J'allais me préparer quelque chose pour dîner, déclara-t-il en mentant effrontément. Cela te tente ?

Elle secoua la tête, mais il fit comme s'il n'avait rien vu.

— C'est une omelette, rien de plus. Je vais t'en monter un peu, d'accord ?

Elle s'était détournée, et il aurait pu jurer qu'elle pleurait. Réprimant un soupir, il quitta la chambre et descendit préparer l'omelette à laquelle aucun d'eux n'aurait sans doute envie de goûter. Quand ce fut fait, il en déposa la moitié sur une assiette, emplit un verre de lait, et quitta la cuisine avec un plateau. Alors qu'il passait devant la porte du salon, il se rendit compte qu'elle était fermée et fronça les sourcils, surpris. Il aurait juré qu'il l'avait laissée ouverte un moment plus tôt, avant de monter voir Sofia. Intrigué, il entra — et se figea aussitôt sur le seuil.

Sofia se tenait à l'autre bout de la pièce, immobile dans la pénombre. Seule brillait la petite lampe de lecture restée allumée près du fauteuil, mais cela suffit à Daniel pour se rendre compte que la jeune femme avait enfilé son peignoir — sans en nouer la ceinture — et qu'en dessous elle était nue. Ses cheveux mouillés bouclaient autour de son visage ; quelques gouttes d'eau roulaient le long de son cou, entre ses seins à moitié dissimulés par le peignoir en éponge, descendaient sur son ventre blanc pour aller se perdre dans un triangle plus sombre…

Daniel la contemplait, fasciné, et soudain une fièvre brûlante se mit à courir dans ses veines. Il aurait tout donné pour pouvoir courir jusqu'à elle, la dévêtir complètement, savoir enfin si la pointe de ses seins était du joli rose délicat qu'il avait toujours imaginé, enfouir son visage et ses lèvres au creux de ses cuisses, dans cette toison rousse qui le subjuguait comme une flamme… Il aurait voulu l'aimer, la caresser, l'inciter lentement de ses doigts et de sa langue à s'ouvrir à lui, attiser dans ce corps deviné un désir aussi violent que celui qu'il éprouvait, l'entendre gémir et murmurer… Mais il rêvait, bien sûr. Il ignorait pourquoi elle était descendue, mais ce n'était certainement pas pour faire l'amour avec lui.

Pourtant, tandis qu'il posait le plateau et s'apprêtait à lui parler, il vit avec stupeur qu'elle laissait glisser le peignoir de ses épaules, le long de ses bras. Lorsqu'elle fut nue, elle vint vers lui, lentement, les yeux rivés sur son visage comme s'il l'attirait à la façon d'un aimant.

— Sofia…

Plus tard, il se dit qu'il avait simplement voulu la repousser, la ramener à la raison. Mais quand elle vint se plaquer contre lui, quand elle l'enlaça et que sa voix faible résonna doucement près de son oreille, suppliante, il se demanda s'il devenait fou.

— Fais-moi l'amour, Daniel... Je t'en prie, fais-moi l'amour... J'en ai tellement besoin...

Alors il oublia toutes ses résolutions et ne songea plus qu'aux dizaines de nuits qu'il avait passées seul dans son lit à rêver d'elle en vain, à l'imaginer venant ainsi vers lui, déchiré par ce rêve impossible, lacéré par un désir si violent qu'il se refusait à en mesurer l'ampleur...

Son cerveau se trouvait assailli de signaux contradictoires : tout avertissement était annihilé aussitôt par les flèches de désir qui montaient de son corps. Il referma les bras sur elle et découvrit qu'il tremblait comme un garçon étreignant son premier amour. En fait, il était beaucoup plus ému, beaucoup plus bouleversé que cette première fois-là. Le corps de Sofia était toujours à demi caché par la pénombre, mystérieux et tentateur. Il devina la courbe de ses lèvres, se laissa subjuguer par le regard sombre et intense, plein de promesses et de sortilèges, qu'elle dardait sur lui comme une déesse maléfique sortie de la nuit.

Il la toucha, caressa sa peau de ses deux mains pour s'assurer qu'elle n'était pas un fantôme, qu'il ne s'agissait pas d'une vision issue de son esprit, que cette magie était bien réelle... Elle était bien faite de chair et de sang, sa peau gardait la fraîcheur humide de la douche qu'elle venait de prendre... Elle était pâle, évanescente, presque translucide. Et tellement immobile, comme si elle attendait de lui qu'il lui donne vie...

Volontairement, il se refusa à toucher ses seins. Il se contenta d'en effleurer le contour en laissant remonter les doigts vers ses épaules, vers son cou... Il caressa d'un pouce l'artère qui battait au creux de sa gorge tandis qu'il déposait un baiser sur la ligne de son menton. Et soudain, un besoin violent de l'étreindre et de l'embrasser l'envahit ; il s'empara de sa bouche.

Depuis une éternité, lui semblait-il, il rêvait de connaître le goût de ces lèvres pleines, sensuelles, de savoir si ces petites dents de renarde le mordraient dans le feu de la passion. Mais brusquement Sofia détourna la tête, lui dérobant son visage ; surpris, il la sentit se raidir tout entière.

Il ne comprenait pas ce qui lui arrivait. Les femmes, en général, aimaient être embrassées. Elles goûtaient autant que lui les prémices de l'amour, ces caresses pleines de ferveur qui menaient peu à peu au partage d'une intimité plus profonde. Daniel aimait les femmes. Il les aimait vraiment, pour elles, et non comme ces séducteurs seulement avides de prouesses techniques. Il aimait les entendre gémir doucement, soupirer, aimait sentir le satin de leur peau contre la sienne, aimait ces différences qui rendaient tellement exquise l'union d'un homme et d'une femme. Il aimait les désirer tout autant qu'il aimait enflammer leur désir. Mais jamais, jamais, il n'avait désiré une femme aussi profondément qu'il désirait celle-là.

Lorsqu'elle voulut lui retirer son visage pour la deuxième fois, il l'en empêcha en prenant son menton dans sa main et explora enfin, avec un bonheur infini, la douceur presque insupportable de ses lèvres. Leur tremblement le secoua d'un frisson. Il dut lutter pour garder le contrôle de lui-même et ne pas l'allonger sur la moquette pour lui faire l'amour avec violence, férocité, afin de la marquer à jamais de son sceau, afin que nul homme après lui, jamais, ne parvienne à effacer le souvenir de leur étreinte.

Ces instincts n'avaient aucune commune mesure avec sa volonté de se montrer civilisé, compatissant, de lui témoigner tendresse et respect. Il les contint.

Doucement, il dessina le contour de sa bouche du bout de sa langue et tenta de s'introduire entre ses lèvres pour connaître enfin la chaleur secrète de ce corps révéré. Sofia ne le laissa pas faire. Elle tremblait contre lui comme si elle avait peur, mais c'était lui, peut-être, qui était le plus terrifié des deux. Il redoutait de ne pas être à la hauteur de ses amants passés, redoutait qu'elle ne change d'avis, redoutait... quoi ? Qu'elle ne le réclame comme un simple substitut de Scott ? Scott qu'elle aimait avec passion, même s'il était sûr qu'elle se trompait elle-même sur cet amour ?

Il refusa de s'abandonner à ce genre de pensée et se mit à lui murmurer qu'il la désirait, qu'il voulait l'emporter dans son lit, l'aimer à l'en faire crier de plaisir. Il lui dit à quel point il avait envie d'elle, combien elle le comblait, et ces mots s'accompagnaient à son insu de caresses de plus en plus urgentes, de plus en plus passionnées. Il embrassait le creux de sa gorge, la ligne de son cou, la courbe délicate de ses oreilles. Sofia tremblait toujours, les yeux fermés dans la pénombre qui voilait son corps nu.

Daniel s'écarta pour la contempler et son ventre se noua tandis qu'il caressait du regard la blancheur diaphane de sa peau, son éclat de nacre et d'opaline, la rondeur ferme de ses seins qui tranchait sur sa maigreur, le rose tendre des aréoles si semblable à ce qu'il avait imaginé… Leur pointe était dure et gonflée. De toute évidence, malgré sa froideur apparente, elle le désirait aussi… Elle était parfaite. Absolument, merveilleusement parfaite.

Il commença à se dévêtir, arrachant sa chemise d'un geste maladroit tant il craignait de la perdre, de la laisser s'échapper. Il brûlait de sentir ses seins sous ses paumes, d'entendre son souffle s'accélérer, de percevoir la pression de son corps excité se soulevant contre le sien tandis qu'il savourerait entre ses lèvres les boutons de rose de sa poitrine, qu'il stimulerait sa sensation de plaisir en les caressant de sa langue humide… Il voulait sentir ses mains fines agrippées à lui pour prolonger cet instant délicieux, il voulait l'écouter gémir et le supplier de l'embrasser encore, de la mordre, de la prendre…

Ce faisant, il continuait à ignorer les messages répétés de son cerveau qui lui serinait sourdement que quelque chose n'allait pas, n'était pas normal, que Sofia restait trop figée, trop silencieuse, qu'elle tremblait non pas d'une excitation sensuelle, mais du froid qu'elle ressentait, que ces frissons qui faisaient se dresser ses seins n'étaient pas dus à sa présence, mais qu'elle était glacée dedans comme dehors…

Il ne voulait pas prêter l'oreille à des arguments aussi rationnels. Il voulait…

Avec un grognement agacé, il finit de se déshabiller. Le regard que Sofia lui jeta, la façon dont elle tressaillit à la vue de son corps mâle tendu par le désir l'emplit d'une fierté toute virile ; il y voyait la preuve de leur complémentarité : lui fort, hâlé, musclé, très brun, elle fragile, pâle, tendre et rousse. Si fragile et si fine en dépit de ses courbes voluptueusement féminines..., songea-t-il, le cœur serré. Sa taille était si mince qu'il pouvait sans peine l'enserrer de ses deux mains. Poussé par une impulsion qu'il ne prit pas le temps d'analyser, il se courba pour déposer un baiser sur son ventre rond, juste au-dessus du nombril délicat. Un frisson violent la parcourut. Prenant cette réaction pour une réponse, une attente, il la souleva dans ses bras et se tourna vers la porte.

— Non !

Le cri guttural qu'elle lâcha le prit de court. Il se figea sur place.

— N'aie pas peur, déclara-t-il doucement. Je ne te brusquerai pas, je ne te ferai pas mal. Je veux seulement te porter dans ma chambre ; nous serons mieux sur mon lit.

— Non.

Le refus était farouche, violent.

— Non, pas en haut. Ici, tout de suite. Maintenant.

Daniel la fixa, stupéfait, avant de parcourir du regard la pièce obscure qui les entourait. Curieuse enfant..., pensa-t-il. Mais en pareil instant elle méritait qu'il exauce ses caprices. Plus tard, quand ils seraient rassasiés, quand elle serait plus détendue, moins crispée, il l'emporterait au premier.

Un sourire flotta sur ses lèvres à la perspective du plaisir qu'ils allaient enfin partager. Il se pencha sur elle, écarta ses cheveux encore humides, promena sa bouche entrouverte sur sa peau, s'amusa à lui taquiner l'oreille. Elle réagit aussitôt comme sous l'effet d'une morsure de serpent, comme si personne encore ne l'avait caressée ainsi. Daniel en fut attendri, mais ce sentiment ne dura pas, car elle se raidit brusquement entre ses bras, se débattant, exigeant qu'il la lâche.

— Assez ! cria-t-elle avec fureur. Cela suffit. Ce n'est pas ce que je veux. Prends-moi maintenant, tout de suite.

Il la dévisagea, les sourcils froncés. Etait-elle excitée à ce point, ou... Un doute le traversa en voyant la colère qui brillait dans ses yeux verts.

— Tu as envie de moi, n'est-ce pas ? reprit-elle d'un ton sec. Parce que si je ne te tente pas...

Daniel ne put retenir un sourire. Son désir était assez évident... Ce fut à ce moment-là qu'il commit sa plus grande erreur. Au lieu de continuer à écouter la petite voix qui lui susurrait d'être prudent, de ne pas se fier aux apparences, il persista à ne voir que ce qu'il voulait voir, à prendre les paroles de Sofia pour argent comptant. Il l'empoigna par les épaules pour lui prouver enfin physiquement, charnellement, ce désir qu'elle lui inspirait depuis le premier instant où il avait posé les yeux sur elle.

S'il était déçu par la hâte qu'elle lui imposait, frustré de ne pouvoir l'aimer longuement comme il avait toujours espéré le faire sans même oser y croire, s'il se sentait sevré des baisers qu'elle lui refusait si obstinément, il fit taire ces sentiments en se disant qu'elle le désirait trop fort pour attendre, qu'elle souhaitait sur-le-champ le sentir, l'absorber en elle. Plus ou moins consciemment, il écarta la pensée désagréable qu'elle le traitait un peu comme un vulgaire étalon. Il tenta de se convaincre — et y parvint au prix d'une belle dose d'aveuglement — qu'elle partageait son impatience d'être unie à lui.

Une fois de plus, il fut surpris par sa tension, par la passivité avec laquelle elle le laissa l'étendre doucement sur le sol, par son immobilité qui le força à écarter lui-même ses jambes minces pour se faire une place. Mais là encore il était trop pris par son propre désir, et il se persuada qu'elle prenait plaisir à se livrer totalement à lui. Après tout, n'était-elle pas venue s'offrir, ne l'avait-elle pas supplié de lui faire l'amour ? Sans chercher plus loin, il obéit à ses ordres et pénétra en elle.

Aussitôt, la crispation et l'étroitesse de son corps lui révélèrent enfin ce qu'il aurait dû deviner dès le début — et plus encore le cri rauque qu'elle poussa à cet instant :

— Arrête !

En état de choc, il comprit alors qu'elle ne lui demandait pas de contenir son désir pour prolonger leur union ; elle réagissait plutôt comme une enfant se préparant à avaler un médicament détesté, ou comme une adulte s'apprêtant à accomplir une corvée... Si elle s'était montrée aussi passive, ce n'était pas par jeu, pour attiser le désir de son compagnon. C'était tout simplement parce qu'elle ignorait tout de ce qu'elle devait faire...

— Tu es vierge ! marmonna-t-il d'une voix rauque, tendue par la colère.

Ces mots lui avaient échappé. Immédiatement Sofia se dégagea, l'obligeant à rouler sur le côté, puis elle s'assit en serrant ses genoux contre elle comme pour se protéger. Ses yeux verts le foudroyaient.

— Et alors ? rétorqua-t-elle.

Daniel la contempla, figé, à mi-chemin entre la fureur et l'incrédulité. Elle était vierge. Vierge, cette femme qui le faisait fantasmer depuis des mois, à qui il avait stupidement prêté toute l'expérience du monde... Brusquement, une rage brûlante l'envahit. Il s'en voulait, en voulait à Scott, mais lui en voulait surtout à elle. A quoi jouait-elle, bonté divine ? *Que cherchait-elle ?*

— Tu ne fais jamais l'amour à des vierges, c'est ça ? reprit-elle avec une provocation acerbe.

Ses sarcasmes le touchèrent au vif.

— Non, sûrement pas ! répliqua-t-il d'un ton cinglant. D'abord parce que si je veux faire l'amour à une femme, c'est à une vraie femme, pas à une petite fille effarouchée qui crie « arrête » dès qu'on la touche. Ensuite...

Il se tut brusquement, conscient de s'être montré plus brutal qu'il ne le voulait. Il aurait aimé rattraper les paroles qu'il venait de prononcer, mais sa frustration fut la plus forte et il continua presque malgré lui :

— Ensuite, je suppose que tu ne prends pas la pilule. Te rends-tu compte que je n'allais prendre aucune précaution ? N'as-tu donc aucun bon sens ?

Furieux, il se redressa et l'attrapa par les épaules, la forçant à se mettre à genoux.

— Ce n'était quand même pas ce que tu souhaitais, Sofia ? Hein ? poursuivit-il, soudain impitoyablement, impardonnablement cruel. Qu'attendais-tu de moi ? Que je te fasse un enfant ? Ou que je sois un substitut de Scott ? Parce que maintenant, j'en suis sûr, ce n'était pas moi que tu désirais. Bon sang… tu ne sais même pas ce que l'on fait d'un homme ! Quand je pense à tous tes beaux discours sur Scott, sur votre bel amour… Pourquoi ne t'a-t-il pas aimée, lui ? Dis-le-moi !

Sofia le fixait, livide.

— En tout cas, ce n'était pas parce que j'étais vierge, riposta-t-elle d'un ton acide, en dépit du tremblement de sa voix et des larmes qui perlaient à ses paupières.

Soudain, trop tard, Daniel comprit le mal qu'il venait de lui faire. Comme elle se remettait péniblement debout, il voulut la retenir. Mais elle le repoussa et saisit le peignoir qu'elle drapa autour d'elle pour se protéger.

— Scott m'aimait, lui… Il me respectait. Il voulait… il voulait qu'on attende. Peut-être pas le mariage, mais au moins que nos familles…

Sa voix s'étrangla.

— Il *m'aimait,* tu m'entends ? reprit-elle dans un cri.

Daniel, tout à coup, s'avisa qu'elle parlait au passé. Il perçut sa terreur, sa panique, les doutes qui la tourmentaient, et il sentit de nouveau son cœur s'emplir de douleur et de pitié. Bon sang… ! Si seulement il avait été capable de discerner son appel, au lieu de céder aveuglément à son propre désir… Si seulement il avait attendu, s'il l'avait questionnée, écoutée…

— Pourquoi es-tu venue à moi ? demanda-t-il calmement, sachant qu'elle comprendrait le sens de sa question.

— Pourquoi ?

Elle se tourna vers lui, le visage crispé en un masque de haine et d'amertume.

— Pourquoi ? Tu le demandes ? J'ai perdu Scott ! Le seul homme que j'aimerai jamais ! Et tu avais raison, je l'ai perdu par ma faute. C'est bien moi qui ai provoqué l'accident ! J'aurais pu le tuer... Après ça, j'ai prié le ciel de le sauver, j'ai promis de payer le prix qu'il faudrait pour sa guérison. Mais pas un instant je n'ai imaginé qu'en échange de sa vie je devrais le perdre... Est-ce que tu y vois plus clair, à présent ? En venant à toi, comme tu dis, je voulais me punir de cette erreur. Je voulais souffrir comme je mérite de souffrir, en plus de la douleur que j'éprouve. Voilà pourquoi j'ai voulu me servir de toi. Parce qu'il n'y avait pas de plus grande humiliation possible à mes yeux, pas de pire dégradation physique, pas de souffrance émotionnelle plus vive que de *te* donner ce qui lui revenait...

Elle se mit à rire, d'un rire hystérique, suraigu, qui blessa les oreilles de Daniel tandis qu'il essayait d'assimiler ce qu'elle venait de lui dire. A travers la rage et l'outrage, à travers la blessure d'amour-propre la plus cuisante qu'il eût jamais connue, il sentait la haine de la jeune fille, son mépris. C'était insupportable. En cet instant, il sut que s'il la touchait il risquait de la détruire. L'image de son père adoptif passa devant ses yeux et il s'écarta, lui tournant le dos pour échapper à la vision de violence qu'elle lui offrait. Ce visage n'était que mensonge... Ce qu'il éprouvait là, John Ryan l'avait-il ressenti face à la Megan qu'il avait épousée par amour ? Peut-être... même s'il ne pouvait imaginer que sa mère ait menti, trompé, trahi comme cette femme venait de le faire. Pourquoi, pourquoi avait-il cru aux fausses promesses qu'elle lui avait fait miroiter ?

— Daniel !

Son cri le fit tressaillir. Il contenait une telle peur, une telle incertitude, une telle douleur... Elle ressemblait soudain à une enfant terrifiée par la violence de ses propres émotions, une enfant qui appelait à l'aide, qui réclamait du fond de son être consolation et réconfort. Pourtant il s'endurcit contre elle et demeura le dos tourné pour lui répondre avec froideur :

— Quoi que tu veuilles me dire, Sofia, je refuse de l'entendre. Tu me fais pitié. Tu penses peut-être que je devrais t'être reconnaissant du don — non, du *sacrifice* — que tu t'apprêtais à m'offrir ? Je n'en veux pas. Je ne veux pas de ton corps de vierge immolée. Tu peux passer la nuit ici si tu le souhaites, mais demain à la première heure j'exige que tu t'en ailles.

— Daniel, je t'en prie...

— Non, Sofia. Quoi que tu désires, je suis incapable de te le donner. Ni sexuellement, ni émotionnellement, ni d'une autre façon. Tu es une fille à problèmes avec un grand P, et si tu veux mon avis, Scott l'a échappé belle. Tu détruiras tous les hommes qui t'approcheront. Tu es de ces femmes-là.

— Mais tu avais envie de moi...

— Non. Je désirais ton corps, point, répliqua-t-il brutalement, conscient du gros mensonge qu'il faisait là. Ce n'est pas toi que je voulais, Sofia. Maintenant, va te coucher.

Aussi incroyable que cela pût paraître, elle obéit. Et le matin, comme prévu, elle était partie. Elle n'avait pas quitté seulement la maison de Daniel, mais aussi le campus. Du moins le crut-il pendant plusieurs jours, jusqu'à ce qu'il découvrît par hasard qu'elle s'était simplement enfermée dans sa chambre sans rien dire à personne. Plus tard, elle ne s'expliqua pas ; mais la plupart des gens qu'elle connaissait pensèrent évidemment que sa claustration était liée au départ de Scott.

Après une longue semaine d'hésitation, il finit par téléphoner chez elle. Sa mère, lui dit-on, était en voyage d'affaires et ne rentrerait pas avant la fin du mois. Mais on préviendrait Mme Danvers dès son retour.

Il tenta d'oublier sa culpabilité en se plongeant dans ses études. En vain. Elle continua à le tarauder, à le tourmenter sourdement comme une mauvaise blessure qui se serait aggravée. Quinze ans après, la plaie était toujours béante.

17.

Daniel avait largement le temps de se préparer pour son rendez-vous avec Sofia et d'effectuer sans se presser le trajet en voiture jusqu'à Cottingdean, mais il s'avisa soudain qu'il traînait comme s'il souhaitait se mettre en retard… Qu'espérait-il ? Qu'elle se lasserait de l'attendre ? Non, il n'irait tout de même pas jusque-là.

Une chose, cependant, était certaine : s'il avait pu se douter qu'elle aurait un jour à interférer dans cette affaire, il aurait fait représenter sa société par quelqu'un d'autre. Dale Hughes, son directeur des relations publiques, par exemple ; ou son adjoint Matthew Petrie. En fait, aucune raison capitale ne l'avait obligé à s'impliquer personnellement dans ce dossier ; simplement, le jour où il avait étudié le tracé potentiel de l'autoroute, il était tombé sur le nom de Cottingdean et avait éprouvé une envie irrésistible de se rendre sur place. C'était bien avant que le projet ne devienne public. Il s'était persuadé alors qu'il n'agissait que par intérêt professionnel, même si au fond il n'était pas dupe de ses véritables mobiles.

Avec étonnement, il avait découvert un village qui était resté intact, fidèle à son passé. Un petit coin perdu de la vieille Angleterre, calme et tranquille en apparence. En apparence seulement, car les étoffes de laine que l'on y fabriquait étaient vendues dans le monde entier, séduisant une clientèle haut de gamme qui appréciait à juste titre leur qualité. Bavardant avec les villageois, il n'avait entendu que louanges à propos de l'artisane de cette réussite extraordinaire, Liz Danvers, qui avait apporté une prospérité inespérée à Cottingdean et à ses habitants. Sa fille, en revanche, leur était pratiquement inconnue.

Il avait été surpris de constater qu'il en savait beaucoup plus qu'eux à son sujet. Mais cela n'était guère étonnant, au fond : sous maints aspects, Londres n'était qu'un amalgame de petits villages dont les habitants finissaient par se connaître, au moins de réputation, surtout dans certains cercles en vue.

Or Sofia faisait partie de ces cercles-là, et l'existence débridée qu'elle menait défrayait souvent la chronique. Quelques années plus tôt, en tout cas. Depuis un certain temps, sa vie privée semblait s'être calmée, tandis qu'en parallèle son renom de peintre ne faisait que croître.

L'été précédent, Daniel avait pu voir l'une de ses fresques chez des amis d'amis à lui, dans une somptueuse villa située en un endroit encore assez préservé d'Ibiza. Il avait été stupéfait par l'intensité, la profondeur et la créativité qui se dégageaient de cette composition. Même sans connaître Sofia, il aurait deviné à son travail qu'il s'agissait d'une artiste passionnée, à la personnalité terriblement sensible et vulnérable. Il aurait tant aimé pouvoir lui commander une œuvre pour son propre compte... Mais il savait bien que c'était impossible.

D'après les derniers potins de la presse londonienne, elle était poursuivie par les assiduités d'un riche Australien d'origine grecque qui avait même poussé le zèle jusqu'à venir la relancer en Angleterre. Toutefois, il semblait que cette cour empressée n'ait pas encore abouti.

Souvent, il se demandait quel cours aurait pris leur vie s'il avait cédé à ses désirs, la dernière nuit où ils s'étaient vus avant leurs retrouvailles inattendues. S'il l'avait faite sienne, s'il avait été son premier amant, s'ils avaient — pourquoi pas — conçu un enfant ensemble... Un pli railleur arqua ses lèvres tandis qu'il prenait ses dossiers et quittait son appartement. Un enfant... C'était bien la dernière chose qu'il souhaitait à cette époque-là, et de n'importe quelle femme. Alors pourquoi, tout à coup, imaginait-il si nettement et avec une telle précision celui qu'ils auraient pu avoir ?

En montant dans sa voiture, il constata qu'il devrait conduire très vite s'il voulait arriver à l'heure. Cette rencontre en tête à tête l'ennuyait au plus haut point. S'il avait pu savoir ce qui l'attendait, il aurait remué ciel et terre pour y échapper. Non que Sofia lui fût devenue antipathique — mais parce que en dépit de tout et aussi fou que cela puisse paraître au bout de quinze ans, il la désirait encore...

Il grommela un juron, appuya à fond sur le frein. Il n'avait qu'à faire demi-tour, après tout ; il lui suffirait de téléphoner et de prétexter un empêchement. Mais il savait bien qu'il ne le ferait pas. Quelque chose de plus fort que la logique et la raison le poussait à aller jusqu'au bout.

Il jura encore à mi-voix. A trente-sept ans, le seul fait de penser à elle lui donnait l'impression d'en avoir dix-sept. Lui qui se montrait si prudent dans ses relations féminines, d'habitude, qui écartait tout à la fois les partenaires ayant eu une vie amoureuse agitée, et les femmes qui ne recherchaient que des échanges purement basés sur le sexe... Or Sofia correspondait à cette double description.

Une grimace moqueuse lui échappa. Peut-être était-ce son célibat prolongé qui le mettait dans cet état... Depuis des années, il n'avait pas eu de maîtresse attitrée. Il était bien sorti avec quelques jolies femmes, avait eu quelques brèves aventures, mais la luxure n'était vraiment pas son fort. Pour vibrer, il avait besoin de sentiments. Or, actuellement, sa vie sentimentale était désertique. Helen Ordman lui avait certes laissé deviner qu'elle serait disposée à transposer leurs relations d'affaires sur un autre plan, mais s'il admirait son talent de négociatrice et la trouvait plutôt séduisante, les choses, pour lui, s'arrêtaient là.

Un instant, il s'interrogea sur une question souvent débattue dans les magazines, à savoir si le stress d'une carrière professionnelle dans le monde moderne inhibait la libido. Mais non, sûrement pas. Il n'avait qu'à penser à Sofia pour se convaincre du contraire... et il y pensait décidément beaucoup trop pour sa tranquillité d'esprit.

Découvrir qu'elle s'occupait de ce dossier l'avait surpris. Il l'avait toujours prise pour une solitaire, une individualiste soucieuse avant tout de préserver ses activités personnelles. Si quelqu'un se préoccupait de l'intérêt général dans la famille, c'était sa mère. Jamais, au grand jamais, il n'aurait imaginé que Sofia remplacerait Liz Danvers avec une telle conviction. Ce fait le perturbait, l'obligeait à remettre en question l'idée qu'il se faisait d'elle. Mais pourquoi n'aurait-elle pas changé, après tout ? En quinze ans, les gens avaient le temps de mûrir. Lui-même n'avait-il pas mûri ? Pourtant, devoir envisager la jeune femme sous un autre angle l'agaçait, l'irritait étrangement. Comme s'il lui en voulait d'être devenue quelqu'un d'autre à son insu… Une femme plus mesurée, moins fantasque, qu'il était moins facile de condamner…

Il s'était toujours reproché son attitude à son égard, cette nuit-là, ne s'était jamais pardonné son manque de compréhension et de finesse, n'avait jamais cessé de regretter que les choses se soient passées ainsi. Il était plus âgé qu'elle, plus expérimenté. Il aurait dû deviner son désarroi, se frayer un chemin entre les mille épines douloureuses hérissées autour d'elle, l'aider à s'en dégager et à se relever du traumatisme causé par la perte de Scott. Peu à peu, avec patience, il aurait dû établir entre eux une relation de confiance, l'amener à le considérer au moins comme un ami, à venir vers lui pour résoudre ses problèmes. Mais son mépris et sa haine l'avaient tellement choqué, tellement bouleversé, qu'il avait été incapable de réagir rationnellement et de se demander pourquoi elle l'attaquait avec pareille violence. Sans cela, peut-être aurait-il discerné sous ce déluge d'injures sa façon à elle de rejeter avec répulsion le désir qu'il lui inspirait, un désir qui la terrifiait et qu'elle refusait d'admettre.

Trop tard, maintenant, pour regretter tout cela… Et il possédait en lui assez d'héritage celtique pour penser qu'au-delà de toute logique il existait peut-être un destin, un destin qu'aucune volonté humaine ne pouvait changer.

Enfin, il arrivait sur l'autoroute. Si le ciel le lui permettait — ainsi que les policiers — il serait à l'heure. Brusquement, cela lui parut capital.

8 h 30. Sofia commençait à paniquer. Cela ne se voyait pas, elle avait appris depuis longtemps à déguiser ses émotions… Mais au fond

d'elle-même elle avait un trac fou. Crispée, tendue, elle attendait avec angoisse cette confrontation qu'elle avait elle-même provoquée.

Elle avait les mains moites. Que se passerait-il si Daniel refusait de céder à ses menaces ? Et même s'il cédait, à quoi aboutirait cette « victoire » ? Elle ne se faisait aucune illusion : certes, la défection du principal entrepreneur gênerait considérablement le gouvernement. Mais des solutions seraient trouvées, et l'autoroute serait construite quand même… La seule chose qu'elle avait à gagner, pensa-t-elle, c'était du temps. Un temps précieux, qui permettrait peut-être à sa mère de se rétablir pour régler l'affaire comme elle l'entendait…

Mais se rétablirait-elle jamais ? Cette question la fit frémir. Tremblante, elle serra ses bras autour d'elle. Les médecins comptaient toujours sur sa résistance, mais le dernier diagnostic en date n'était guère rassurant : la fameuse « pression » détectée depuis le début était due semble-t-il à un caillot. Un moment les médecins avaient espéré pouvoir le dissoudre sans avoir recours à la chirurgie ; ces tentatives s'étaient révélées infructueuses, et l'on attendait maintenant que le corps de Liz ait recouvré un équilibre presque complet pour procéder à l'opération… En fait, cela se résumait « simplement » à une question de vie ou de mort.

Sofia frissonna encore. Sa mère ne pouvait se douter à quel point elle pensait à elle. Combien elle souhaitait son rétablissement. Non à cause d'un quelconque sentiment de culpabilité, ou de remords. Ni peut-être même d'amour… Mais par un besoin fou de mieux la connaître, tout à coup, de lui parler, de découvrir pourquoi — par quelle calamité, quel coup du sort — cette connaissance lui avait été refusée jusque-là. Elle avait soif de confidences jamais partagées. Elle voulait lui dire, enfin, combien elle l'admirait, combien elle regrettait que leur relation difficile les ait empêchées d'être des amies.

Soudain, le bruit d'une voiture s'arrêtant dans l'allée la fit sursauter. Elle se rua dans le vestibule, pour découvrir avec soulagement — et une curieuse pointe de déception — qu'il ne s'agissait que de Faye.

— Je suis désolée de rentrer aussi tard, déclara sa belle-sœur d'un ton crispé qui ne lui ressemblait pas. Ce contretemps n'était pas prévu. Sans cet homme stupide…

Sofia la dévisagea, suffoquée. Elle n'avait jamais vu Faye aussi agitée, aussi nerveuse. Un étrange changement semblait s'être opéré en elle ; une vive rougeur colorait ses joues, et même sa démarche en était affectée. Elle arpenta le vestibule d'un pas vif, avant de pivoter brusquement sur elle-même.

— Ai-je l'air d'une gamine incapable de prendre ses responsabilités ? J'ai plus de quarante ans, bon sang !

Les yeux de Sofia s'élargirent encore. C'était la première fois qu'elle entendait jurer cette femme si douce, si rangée. Que lui arrivait-il ? Contenant sa surprise et sa curiosité, elle se contenta de déclarer avec calme :

— Je suis soulagée de te voir. Nous étions inquiètes.

— Et voilà ! explosa Faye. Un exemple de plus que l'on me considère en permanence comme une enfant ! Je suis adulte, sapristi ! Est-ce que tu trouverais normal que je m'inquiète si tu rentrais avec un peu de retard ?

— Peut-être, si j'avais disparu une journée entière sans dire à personne où l'on pouvait me joindre, rétorqua la jeune femme d'un ton plus sec.

Avant que sa belle-sœur n'explose de nouveau, elle se hâta de préciser :

— Loin de moi l'idée de me montrer indiscrète, Faye. Ce que tu fais de ta vie te regarde. Mais Cam était dans tous ses états. Elle passe une période difficile, l'accident de mère l'a fragilisée… Elle imaginait déjà le pire.

Les yeux de Faye lancèrent des éclairs.

— S'agirait-il d'un sermon sur mes devoirs maternels ?

— Non, pas du tout. Pourtant, je dois te dire que pour la première fois, apparemment, elle s'est posé des questions. Elle m'a appris que tu t'absentais régulièrement avec ma mère pour assister à des réunions féminines ou je ne sais quoi…

— Et, bien sûr, tu ne l'as pas crue ! s'exclama Faye, décidément remontée comme un ressort.

— Ce que je crois n'a aucune importance. C'est de Cam, qu'il s'agit.

— Qu'insinues-tu ? Que ta mère et moi avons une fois par mois des rendez-vous galants ? Cela ne m'étonnerait pas de ta part, Sofia. Mais pour ton information…

— Encore une fois, je ne te demande rien, Faye, coupa la jeune femme excédée. Ce que tu fais ou ne fais pas n'est pas mon problème !

Jamais Sofia n'avait parlé de façon aussi cassante à sa belle-sœur. Mais cette scène, qui venait se greffer de manière totalement inattendue sur la nervosité qu'elle éprouvait déjà, la mettait brusquement hors d'elle. Elle avait déjà assez de mal à se concentrer sur l'objet de son rendez-vous avec Daniel — sans penser au passé — pour ne pas avoir à subir en outre les surprenants débordements de Faye. Malgré elle, elle ne cessait de se revoir quinze ans plus tôt, une nuit de printemps… Elle avait beau se dire qu'elle était ridicule de s'inquiéter, que Daniel avait sans doute oublié cet épisode depuis belle lurette, elle ne pouvait s'empêcher d'être angoissée et mal à l'aise.

— Pas ton problème. Je te reconnais bien là, persifla Faye dont le visage fin s'était durci de façon inhabituelle. De qui te préoccupes-tu donc, sinon de toi-même ? Et encore, tu le fais parfois d'une drôle de façon. Mais si tu collectionnes les conquêtes, dis-toi que ce n'est pas mon cas. Je sais, je suis secrète. J'ai peut-être de bonnes raisons de l'être, figure-toi. Je ne cherche pas seulement à me préserver, mais aussi à préserver ma fille. Ce genre de préoccupation t'échappe sans doute…

Tout à coup, sa voix se brisa et ses yeux bleus s'emplirent de larmes. Faye sentit en même temps la honte l'envahir. Pour l'amour du ciel, que lui arrivait-il ? Comment pouvait-elle dire des choses aussi cruelles ? C'était la faute de ce maudit médecin. Sans le savoir, il avait mis le doigt sur des points trop sensibles de sa personnalité. Oui, elle était faible. Oui, elle avait du mal à agir seule. Mais comme tout être humain, elle souffrait qu'on la mette face à ses défauts, voilà tout. C'était pour cela qu'elle aimait tant David. Il ne la critiquait jamais, ne lui donnait jamais l'impression d'être puérile ou stupide, ne l'obligeait jamais à faire ce qu'elle n'avait pas envie de faire. Comme affronter ses propres démons, par exemple... En fait, il aurait peut-être dû se montrer plus exigeant. Non. *Elle* aurait dû. Pourquoi fallait-il toujours qu'elle s'en remette aux autres pour lui dicter sa conduite ? Pourquoi avait-elle toujours été incapable d'admettre que le meilleur moyen de se libérer du passé était de l'affronter carrément une bonne fois pour toutes ?

Elle savait bien ce qui la poussait brusquement à opérer ce retour sur elle-même, cette espèce d'auto-examen. C'était ce journal... Découvrir que les autres avaient, eux aussi, leurs fardeaux cachés, leurs fantômes à exorciser, qu'elle n'était pas seule à porter un tel poids de honte et de culpabilité, lui ouvrait soudain de nouveaux horizons.

— J'ai terminé un autre cahier, déclara Sofia sans relever sa dernière remarque. Je l'ai mis dans ta chambre. Et... j'ai demandé à Daniel Cavanagh de venir ce soir. Un problème urgent à régler.

— Daniel Cavanagh... N'est-ce pas l'entrepreneur qui doit construire l'autoroute ? demanda Faye d'un air déconcerté. Penses-tu qu'il soit prudent de...

Elle s'interrompit et secoua la tête.

— Excuse-moi, Sofia. Je ne connais pas grand-chose à tout cela, et je crains de ne pouvoir t'apporter mon aide. Je ferais mieux d'aller voir Camilla. Elle est dans sa chambre, je suppose.

— Non. Elle est partie dormir chez une camarade de classe. Jenny l'a accompagnée en voiture tout à l'heure, après le dîner. Elle m'a affirmé que tu serais d'accord, ajouta la jeune femme en voyant sa belle-sœur froncer les sourcils.

— Sans doute, mais...

— Ecoute, Faye : elle va bientôt avoir dix-huit ans. Tu ne peux pas la maintenir éternellement dans un cocon.

Faye lui répondit d'un petit sourire crispé et se dirigea vers l'escalier. Sofia la suivit des yeux, perplexe. Qu'avait-il pu lui arriver pour qu'elle perde ainsi son calme ? Mais, au même instant, le gravier de l'allée crissa sous les roues d'une autre voiture et elle repoussa le « mystère Faye » au fin fond de son esprit.

Pour une fois, elle avait soigneusement planifié le futur et organisé cette entrevue. Elle avait notamment demandé à Jenny d'aller ouvrir, dans l'espoir que la formalité de cet accueil consoliderait son propre pouvoir ; c'était pour cela aussi qu'elle avait invité Daniel à Cottingdean, préférant le rencontrer dans son univers à elle, plutôt que sur un terrain neutre. Elle avait bien besoin de tous ces atouts pour réussir à lui tenir tête, songea-t-elle en l'entendant claquer sa portière. Cet homme-là jouissait d'une formidable réputation dans les milieux d'affaires de la City, non seulement pour son talent de négociateur, mais aussi, chose étonnante, à cause de son intégrité et de son sens de l'honneur.

Etonnante ? Pourquoi donc ? Après tout, elle avait déjà vu ces qualités à l'œuvre la nuit où il l'avait repoussée... C'était bien ce code moral inflexible qui l'avait retenu, alors qu'il la désirait pourtant avec violence. Une violence qui l'avait à peine surprise. Depuis leur première rencontre, bizarrement, elle avait toujours deviné que quelque chose d'obscur les liait à l'insu de Scott. Elle l'avait senti à des regards, des vibrations... Cela l'exaspérait, et néanmoins elle avait compté là-dessus quand elle était venue s'offrir à lui. Elle était tellement convaincue qu'il la prendrait sur-le-champ, sans discuter... Tellement convaincue que s'il le faisait elle réussirait peut-être à se perdre dans l'ardeur de leur étreinte, à oublier un moment sa douleur... Que souhaitait-elle au juste, cette nuit-là ? Brûler son amour désespéré pour Scott au feu du désir de Daniel ?

Le bruit d'un pas gravissant l'escalier du perron la ramena brutalement à la réalité. Elle s'enfuit vers la bibliothèque, mais ne put s'empêcher en passant de s'arrêter un instant devant le grand miroir irlandais accroché au mur, une autre merveille dénichée par sa mère. Le cadre de bois clair, sculpté à la main, était une vraie splendeur. Mais ce n'était pas ce qui l'intéressait pour le moment. Nerveuse, elle vérifia sa coiffure et son maquillage, se demandant si sous cette sophistication Daniel retrouverait la jeune fille éplorée d'alors, avec ses boucles en bataille, ses yeux brillant d'une étrange fièvre, sa bouche tremblante et vulnérable… Non, sûrement pas, conclut-elle. Elle avait trop changé.

Il lui avait fait si mal, cette nuit-là. Si mal qu'elle avait cherché à le blesser autant qu'il l'avait blessée. Comment lui pardonner d'avoir cruellement mis au jour ce qu'elle savait déjà ? Que Scott, en dépit de ses serments d'amour, ne la désirait pas aussi ardemment qu'elle le désirait ? De toutes ses forces, elle avait d'abord repoussé cette idée. Elle s'était dit et répété qu'il avait raison, que sa réserve n'était qu'une preuve de respect, qu'elle devait lui en savoir gré. Elle en avait souffert, mais s'était résignée. Le rejet de Daniel, en revanche, l'avait meurtrie comme un fer rouge. Lorsqu'il l'avait repoussée avec cette violence, cette dureté, elle en avait été profondément bouleversée. Malgré le désir qu'elle lui inspirait, elle en était certaine, il n'avait pas voulu la toucher. Parce qu'elle était « dangereuse », parce qu'elle était de ces femmes, d'après lui, qui étaient nées pour détruire…

Ce verdict lui avait causé un véritable choc. Qui pourrait l'aimer un jour, si elle rebutait les hommes à ce point ? Il lui avait semblé qu'un abîme s'ouvrait sous ses pieds. Elle éprouvait un tel besoin de s'unir à un autre être, de donner et de recevoir… Pétrifiée, elle s'était demandé ce que serait sa vie, si ce bonheur lui était refusé… Par la suite, il est vrai, elle s'était relevée, et avait décidé de faire souffrir autant qu'elle avait souffert.

Dehors, Daniel frappa en utilisant le vieux heurtoir de cuivre. Sofia disparut en hâte, voulant vérifier une dernière fois le décor qu'elle avait mis en place. Sur ses ordres, Jenny avait allumé un feu dans la cheminée, conférant à la pièce chaleur et intimité, une ambiance qui avait pour but de détendre Daniel et de l'amener à baisser sa garde ; il devait se sentir attendu, accueilli avec l'attention réservée à un hôte de marque… Un service en cristal était posé sur un plateau d'argent, accompagné d'une très vieille bouteille de xérès venant de la réserve de l'arrière-grand-père de Sofia, l'une des rares qui avaient échappé au pillage de Kit et de ses amis. En fait, le plateau n'était pas massif ; il s'agissait d'un cadeau offert à Liz par les enfants du village, lorsqu'elle s'était démenée pour que le collège local reste ouvert. Sofia avait souvent ironisé sur cette pièce de peu de valeur, au regard des goûts de sa mère... A présent, elle en mesurait le prix.

Des pas se rapprochaient dans le vestibule... Des voix... Celle de Jenny, légère et chantante, celle de Daniel, grave, posée, extrêmement virile...

L'estomac de Sofia se contracta. Quand la femme de chambre frappa à la lourde porte de chêne, elle se rendit compte avec fureur qu'elle tremblait comme une enfant terrifiée.

Ce n'était pas du tout l'impression qu'elle voulait donner. A dessein, elle avait revêtu ce soir-là sa tenue de combat — un tailleur en prince-de-galles très chic qu'elle réservait à ses entretiens d'affaires, et coupé dans un tissu fabriqué à Cottingdean... La jupe courte révélait ses jolies jambes fuselées, la coupe masculine de la veste rehaussait sa féminité et le charme de son chemisier de soie crème. La soie était l'un de ses points faibles, mais elle la réservait en général à sa lingerie, le seul vrai luxe de sa garde-robe ; la plupart du temps, que ce soit pour travailler ou pour sortir, elle portait un jean et une grande chemise d'homme, agrémentée selon les circonstances d'accessoires différents. C'était la seule tenue dans laquelle elle se sentait vraiment à l'aise. Elle ne la quittait que dans les « grandes occasions » — ou lorsqu'elle venait rendre visite à sa mère qui se montrait assez à cheval sur les principes vestimentaires.

Là encore, autrefois, Sofia trouvait cette attitude mesquine et dépassée. A présent, à la lumière du fameux journal, elle comprenait mieux pourquoi Liz appréciait ce luxe dont elle avait si longtemps été privée...

Soudain, elle se demanda comment elle se comporterait elle-même avec sa fille, si un jour elle en avait une. Saurait-elle surmonter les abîmes qui risquaient de les séparer ? Cette pensée la surprit et la déconcerta. Il y avait si longtemps qu'elle n'avait plus songé à avoir des enfants... En fait, cela remontait à sa séparation d'avec Scott. Curieux qu'elle y pense justement ce soir...

La porte s'ouvrit et brusquement Daniel fut devant elle. Elle s'était persuadée qu'elle ne se laisserait pas émouvoir, que le passé était le passé, qu'après l'avoir revu l'autre soir à la réunion, elle était immunisée contre les souvenirs. Mais dès qu'il s'avança vers elle de son grand pas souple, superbe dans son costume sombre, elle comprit qu'elle s'était lourdement trompée.

Pourquoi, alors qu'elle était plutôt grande, se sentait-elle soudain écrasée par sa stature ? Il était grand, mais pas immense ; et s'il avait les épaules larges, c'était quelque chose qui en général ne l'impressionnait pas, au contraire. Le regardant approcher, elle constata qu'il n'avait encore aucun cheveu gris. Avec une ironie mordante, elle se demanda s'il se teignait. Elle écarta vite cette idée ; ce genre de subterfuge n'était certainement pas de son goût.

En dépit de sa chevelure nette et bien coupée, de ses mains soignées, de ses ongles manucurés, il gardait toujours le teint hâlé et l'apparence physique de quelqu'un qui travaille souvent au grand air. Continuait-il à aider ses ouvriers sur les chantiers, comme il le faisait autrefois ? Scott admirait beaucoup sa simplicité, entre autres qualités. Lorsqu'il lui faisait le panégyrique de son ami, Sofia le raillait avec agacement et déclarait qu'elle n'aimait pas Daniel Cavanagh, elle.

Scott… qu'était-il devenu ? Pensait-il encore à elle, quelquefois ? Elle savait qu'il était marié. Une personne bien intentionnée — mais anonyme — avait pris la peine de lui envoyer un magazine qui relatait son mariage avec la fille d'un riche entrepreneur comme le mariage de l'année… Cela remontait à six ans, et il semblait assez heureux.

Les premiers temps, au cours de ces mois d'enfer qui avaient suivi son départ, elle lui avait écrit, téléphoné. Mais ses lettres étaient toutes revenues sans avoir été ouvertes, ses appels étaient demeurés sans réponse. Une fois, seulement, elle avait reçu une brève missive. Elle était rédigée par Lewis McLaren, qui lui disait que Scott se remettait de son accident et qu'il ne voulait plus entendre parler d'elle.

Puis les années s'étaient égrenées, à la fois vides et tumultueuses, des années dont elle préférait ne pas se souvenir. Elle avait tenté de noyer son désespoir dans les plaisirs terrestres, en particulier ceux de la chair. Le sexe lui avait donné quelques joies, mais elle s'était vite rendu compte que ce n'était pour elle qu'une béquille qui ne guérissait rien. Mieux valait, en fin de compte, regarder les choses en face au lieu de chercher à s'étourdir. A se détruire.

Elle était devenue plus raisonnable, admettant que l'amour sans amour n'était que ruine de l'âme, se montrant plus sélective dans ses relations. Mais les journaux avaient continué à jaser et à lui attribuer bien plus de conquêtes qu'elle n'en faisait en réalité. On lui prêtait une foule d'amants, alors qu'en fait... Oui... En fait, cela faisait bientôt deux ans qu'elle menait une vie de nonne, ou presque. Pourtant, elle savait que certains hommes avaient été fous d'elle, et que certains l'étaient encore. Mais ce n'était pas le cas de Daniel Cavanagh...

Il se tenait maintenant devant elle et la contemplait de ses yeux gris, ces yeux au regard perçant qui la scrutaient avec la même intensité qu'autrefois. Sa poignée de main était toujours aussi ferme, sa bouche aussi sensuelle en dépit du petit sourire froid et réservé qu'il lui décochait.

— Daniel... Je te remercie d'être venu aussi vite. C'est très aimable à toi, déclara-t-elle enfin d'un ton posé.

— Tu ne m'as pas laissé le choix, il me semble.

Son intonation était plus grave, plus mesurée. A l'image de l'homme qu'il était devenu, sans doute... Elle vit qu'il regardait le bureau Chippendale de sa mère, visiblement intéressé.

— Belle pièce...

— Oui, je suppose. J'avoue que je ne connais pas grand-chose aux vieux meubles. Ma mère l'a déniché dans une vente aux enchères en Irlande. Elle adore la brocante et elle a eu la bonne idée de s'y intéresser dans les années 50, alors que la plupart des gens ne pensaient qu'à changer de meubles tous les six mois pour rester dans le vent...

Daniel sourit, amusé. En fait de brocante, il s'agissait de pièces de grande valeur. Et il avait été légèrement déconcerté en entrant, lorsqu'il avait découvert au milieu de ce décor ancien une Sofia qui incarnait à la perfection l'image de la femme d'affaires moderne et dynamique, à l'américaine. La vraie battante, mais dans sa version personnelle, très féminisée…

En lui-même, il se demanda si elle avait choisi pour lui ce chemisier de soie qui soulignait si bien les courbes voluptueuses de ses seins. Il rejeta aussitôt cette idée, peu honnête. Il la connaissait assez pour savoir qu'elle n'avait jamais été délibérément provocatrice. D'ailleurs, elle n'en avait jamais eu besoin.

Suivant le cours de ses pensées, il se demanda si elle était réellement devenue aussi chaste qu'on le disait depuis un certain temps. Si c'était vrai, c'était un sacré changement par rapport aux années où elle changeait d'amant comme de chemise — pour autant que cette réputation ait été justifiée, bien sûr. Et de toute façon, avec elle, il savait qu'on ne pouvait s'en tenir aux apparences ; elle avait toujours eu cette espèce de pureté surprenante, cette droiture qui semblait guider tous ses actes — quoi qu'elle fît.

Il se souvenait encore de la façon dont elle avait remis Scott à sa place, un jour, lorsqu'il avait suggéré qu'ils essaient quelques drogues hallucinogènes en vogue dans les années 70… Elle était montée sur ses grands chevaux, lui assenant un sermon bien senti. Pour sa part, il partageait ses vues. Mais il s'était dit ce jour-là qu'elle deviendrait sans doute une femme dotée d'une force singulière, d'une volonté hors du commun. Et il avait eu la conviction, brusquement, que lorsqu'elle se serait fixé un but ou une idée, aucune influence au monde ne pourrait la faire changer. En tout cas, si elle avait opté pour le célibat, elle avait assurément choisi avant les autres ce qui deviendrait la tendance du moment.

— Alors, quelle est cette question urgente dont tu voulais me parler ? demanda-t-il.

— Je vais te le dire dans un instant. J'ai demandé à Jenny de nous apporter du thé, mais tu préfères peut-être du café…

Il en buvait beaucoup, autrefois, et ce souvenir lui tira un sourire. Néanmoins, il garda la même attitude que Sofia : suave, mais sur la défensive.

— Le thé sera parfait, répondit-il, plongeant les yeux dans son beau regard froid. J'ai évolué, comme la plupart des gens de notre âge. Maintenant, je fais attention à mon régime et je réduis les excitants...

Elle se détourna et lança d'un ton moqueur :

— Mon Dieu, quelle transformation ! Qu'est devenu le bouillant Gallois des collines que j'ai connu autrefois ?

Daniel refusa de se laisser asticoter.

— Nous sommes plus conscients que jadis des risques que nous courons, et nous avons appris à nous protéger. Ce n'est pas ton avis ?

Si elle décela sous ses paroles une quelconque allusion à sa vie sexuelle, elle n'en montra rien. Apparemment, elle avait aussi appris à dominer la rougeur qui enflammait autrefois ses pommettes hautes dès qu'elle était émue ou troublée. Lorsqu'elle pivota de nouveau vers lui, à peine distingua-t-il un éclat un peu plus vif dans ses prunelles vertes. Il n'aurait su dire si c'était de la colère ou de l'amusement, car elle ne répondit pas à sa question.

— Tu as certainement compris l'autre jour que j'avais dû prendre à l'improviste la place de ma mère, lança-t-elle, changeant de sujet. Et si je n'avais pas encore eu le temps d'étudier le dossier à fond...

— A propos, comment va-t-elle ? coupa brusquement Daniel. J'aurais dû te le demander tout de suite.

Il retint un sourire en la voyant hausser ses beaux sourcils sombres, au dessin parfait. Il reconnaissait bien là sa fierté ; de toute évidence, elle estimait qu'une telle familiarité n'était pas de mise entre eux. Autrefois, quand son passé de jeune homme pauvre le tracassait encore, il aurait pris cette attitude comme une offense. Mais la maturité lui avait enseigné à se montrer moins susceptible.

— Son état demeure stable, répondit Sofia d'un ton cassant. Cette question est-elle personnelle, ou de pure forme ? Je veux dire... la connais-tu ?

Immédiatement, elle regretta cette flèche. En l'espace d'une seconde, elle avait oublié ses résolutions et quitté le terrain des affaires pour se replacer sur un plan personnel, pour redevenir une enfant, agressive et vulnérable. Le sourire qui infléchit les lèvres de Daniel l'agaça au plus haut point.

— Prétendre la connaître serait beaucoup dire. La seule fois où je l'ai vue, lors de la première réunion du comité, elle m'est apparue comme quelqu'un de remarquable, mais d'assez complexe…

Il omit de dire que cette rencontre n'avait pas été que formelle et que Liz, ayant reconnu son nom, était venu le trouver à la fin de la séance pour lui parler de sa fille… Souvent, au cours de cette période très sombre qui avait suivi le départ de Scott, il avait téléphoné à Cottingdean pour avoir de ses nouvelles. Et cette longue conversation lui avait éclairé maints aspects surprenants de la personnalité de la jeune femme.

Malgré elle, Sofia ouvrit des yeux ronds. Contre toute logique, l'idée que Daniel ait pu rencontrer Liz ne l'avait pas effleurée un instant. En ce qui la concernait, ils appartenaient à deux univers bien distincts, des mondes séparés surtout par quinze années-lumière… Comme elle restait figée, bouche bée, il se mit à rire.

— Qu'y a-t-il de si extraordinaire ?

Furieuse, elle referma la bouche.

— Excuse-moi. J'avais oublié que tu étais devenu quelqu'un d'important, et que tu consacrais tout ton temps aux relations publiques… A propos… tu ne te contentes pas de construire des autoroutes, n'est-ce pas ? Il paraît que tu t'intéresses aussi aux constructions individuelles ?

Daniel réprima un froncement de sourcils. Il ne voyait pas où elle voulait en venir, mais il eut soudain la conviction que cette question était au centre de sa stratégie.

— Mmm…, acquiesça-t-il d'un ton évasif.

— Tu ne nies donc pas que tu diriges la société Hever Homes ?

Il la regarda fixement et haussa les épaules.

— Je ne vois pas pourquoi je le nierais…

— Vraiment ? riposta la jeune femme, aussi lisse qu'un serpent s'apprêtant à mordre.

En dépit de ses efforts, elle parvenait mal à cacher ses sentiments. Daniel était fasciné par le jeu des émotions qui se reflétaient au fond de ses yeux verts. Elle ne serait jamais une femme d'affaires, pensa-t-il, mi-amusé, mi-attendri. Quand on la connaissait un peu, on pouvait lire en elle à livre ouvert, ou presque.

Soudain, avec une sorte de malaise, il s'avisa qu'il la connaissait même bien trop intimement, pour quelqu'un qui croyait l'avoir chassée de sa vie quinze ans plus tôt. Et il se demanda comment, malgré toutes les aventures qu'elle avait eues, elle pouvait garder l'air si fragile et si vulnérable. Lorsqu'il était entré dans la pièce, la façon dont elle avait esquissé un mouvement de recul ne lui avait pas échappé. Elle avait paru effrayée, comme si sa seule présence la menaçait. Manifestement, elle n'avait pas plus que lui oublié leur dernière rencontre... Mais quel être pétri de contradictions ! Sous son allure sophistiquée, elle n'était toujours qu'une enfant, le cœur et les nerfs à vif. Et cette femme « libre », cette séductrice à la sexualité débridée si l'on en croyait les rumeurs, conservait curieusement l'attitude effarouchée d'une jeune fille apeurée par les hommes. Les hommes en général, ou lui en particulier ?

Il n'aurait su le dire. Un instant, il se demanda comment elle s'était comportée la première fois où elle s'était donnée à un homme. Avait-elle pensé à Scott, à ce moment-là ? S'était-elle offerte avec une passion douloureuse, imaginant qu'elle se trouvait dans les bras de son premier amour ? Avait-elle feint de croire que c'était lui, Scott, et non quelqu'un d'autre, qui venait de lui ravir sa précieuse virginité ? Une flèche d'amertume et de regret le traversa. Il était celui qu'elle avait choisi pour ce sacrifice, et il l'avait repoussée...

Jenny frappa à la porte pour apporter le thé. Elle se retira aussitôt, laissant la jeune femme jouer les hôtesses. Sofia s'exécuta avec cette grâce un peu sauvage qui n'appartenait qu'à elle ; comme autrefois, ses mouvements restaient empreints d'une sorte de timidité, de maladresse attendrissante. Lorsqu'elle prit la lourde théière d'argent, instinctivement il se pencha pour affermir sa main fine. Ses doigts effleurèrent son poignet ; il sentit son pouls battre la chamade.

— Ne me touche pas ! s'écria-t-elle aussitôt d'une voix altérée.

Il plongea les yeux dans les siens et les souvenirs affluèrent, aussi vifs pour l'un que pour l'autre. Se rappelait-elle qu'elle l'avait supplié de lui faire l'amour, quinze ans plus tôt ? Sans nul doute… Lentement, il la lâcha, certain qu'il conserverait le souvenir de ce bref contact longtemps après l'avoir quittée.

— Pourquoi m'as-tu fait venir, Sofia ?

Elle reposa la théière et lui fit signe de se servir lui-même, s'efforçant de recouvrer le contrôle d'une situation qui lui échappait dangereusement.

— C'est très simple, déclara-t-elle. J'ai découvert par hasard que la société Hever Homes avait acheté un certain terrain situé à proximité de la future autoroute, à une époque où personne encore n'était au courant de ce projet. Personne sauf les initiés, bien sûr… Je me demande comment la presse réagirait en apprenant que le très scrupuleux président de cette firme, réputée elle-même pour son intégrité, s'apprête à réaliser grâce à ce terrain des bénéfices aussi malhonnêtes que substantiels… Et surtout, qu'il s'apprête à bafouer la promesse qu'il a faite à l'ancienne propriétaire, en démolissant le manoir d'époque qui s'y trouve pour construire à la place de hideuses villas de luxe en faux style géorgien, ou similaire.

Daniel lui jeta un coup d'œil acéré, mais ne répondit rien. Il continua à boire son thé, puis reposa calmement sa tasse et sa soucoupe. Sofia retint son souffle, s'attendant qu'il se mette en colère, qu'il proteste avec violence, qu'il lui exprime son mépris pour les méthodes qu'elle employait. Il n'en fit rien.

— Je vois que tu n'as pas perdu de temps, observa-t-il d'un ton posé. Qu'attends-tu exactement de moi, Sofia ?

La jeune femme le contempla avec stupeur. Elle n'aurait jamais pensé qu'il resterait aussi imperturbable devant pareille menace. Un moment, elle resta sans voix. Lorsqu'elle reprit enfin la parole, elle se rendit compte que son timbre altéré évoquait plus un enfant quêtant une faveur qu'un vainqueur énonçant les conditions de sa victoire.

— Je veux que tu… Non. Que les Constructions Cavanagh se retirent de ce projet.

Il ne sourcilla même pas.

— Dans quel but ? S'agit-il d'une vengeance personnelle, d'une façon de me faire payer les erreurs du passé… ou d'une motivation plus altruiste ?

Pour la première fois depuis le début de leur entretien, il la vit s'empourprer et eut presque pitié d'elle. A trente-quatre ans, elle avait la peau aussi claire et fine qu'à dix-neuf. Il mourait d'envie de la caresser, de voir si elle était toujours aussi douce, aussi chaude, de la parcourir de ses lèvres pour en retrouver le goût. Il crispa les paupières et le regretta aussitôt, car il fut immédiatement assailli par la vision de son corps nu, de ses bras fins tendus vers lui.

— Comment oses-tu suggérer qu'il y a quoi que ce soit de personnel là-dedans ? Penses-tu vraiment que je sois assez stupide pour garder des rancœurs vieilles de quinze ans, pour accorder encore une importance quelconque à ce qui s'est passé entre nous à ce moment-là ? C'est cette autoroute qui m'importe, Daniel, et je réagirais de la même façon avec n'importe qui. En fait, je préférerais que tu sois un étranger pour moi. Je ne suis peut-être pas ma mère, je n'ai ni son habileté ni ses talents, mais je suis décidée à la remplacer de mon mieux !

Elle s'interrompit un instant pour reprendre son souffle. Ses yeux étincelaient, ses pommettes étaient rouges d'indignation.

— Si tu veux le savoir, quand on m'a mise au courant j'ai pensé qu'il était ridicule de faire tant d'histoires à ce sujet. Après tout, il fallait bien que cette route passe quelque part… Quel que soit son tracé, elle était vouée à causer des torts à quelqu'un. Devait-on épargner Cottingdean plutôt qu'un autre village ? Mais, très vite, j'ai pris la mesure des dégâts qu'elle allait provoquer, et j'ai compris pourquoi les gens d'ici étaient inquiets. C'est alors que j'ai décidé de me battre.

« Nous ne sommes pas une banlieue-dortoir ni un lieu privilégié pour Londoniens aisés à la recherche d'un coin tranquille pour passer le week-end. Nous formons une vraie communauté, depuis toujours, avec des gens qui vivent et travaillent ici, qui veulent pouvoir envisager un avenir pour leurs enfants. A juste titre, ils refusent de voir leur village coupé en deux par une autoroute qui pourrait tout aussi bien passer à quelques kilomètres de leurs maisons. Quand ma mère a été accidentée, elle se trouvait à Londres. Je suppose qu'elle voulait prendre contact avec des gens influents, mais j'ignore lesquels. Tout ce que je peux faire, c'est essayer de gagner du temps en attendant qu'elle se rétablisse. Or j'ai la possibilité d'en gagner grâce à toi. Retire-toi et je me tairai. C'est tout ce que je te demande. »

Elle pinça les lèvres et poursuivit :

— Si je dois garder le silence, sache que ce ne sera pas de bon cœur. Je déteste ce genre de manigances, je les trouve méprisables. Néanmoins je ferai passer l'intérêt de Cottingdean avant mes principes, même si je juge ton procédé ignoble.

Durant cette tirade, elle avait arpenté la pièce d'un pas nerveux. Elle s'arrêta, constatant avec irritation que son corps tremblait autant que sa voix. Daniel la dévisageait, immobile. Ses yeux gris étaient implacables.

— Puis-je te faire remarquer qu'il s'agit d'un chantage ? lança-t-il d'un ton froid.

Sofia se crispa.

— Appelle ça comme tu voudras, cela m'est égal, rétorqua-t-elle avec hauteur. Pour moi, il s'agit seulement d'utiliser les armes dont je dispose. Et tu es mal placé pour me donner des leçons de morale. Ce n'est pas moi qui ai promis à une vieille dame malade de conserver sa maison et de la restaurer pour y vivre.

Daniel s'approcha d'elle. Instinctivement, elle recula d'un pas. Mais quand elle vit son sourire moqueur, sa colère redoubla. Pour qui se prenait-il ? Croyait-il l'intimider ?

— Eh bien ? demanda-t-elle d'une voix agressive.

— J'ai besoin de réfléchir. Laisse-moi un peu de temps.

Sofia fronça les sourcils. Une fois de plus, il la prenait par surprise. Elle s'attendait a une réponse immédiate, dans un sens ou dans l'autre, mais pas à ce genre de tergiversation. Elle plissa les paupières, l'air soupçonneux.

— Combien de temps ?

— Deux jours.

Elle réfléchit un instant puis hocha la tête, sachant qu'il ne servirait à rien de vouloir bousculer les choses. Mais elle se sentait amère, frustrée ; d'une certaine façon, il avait réussi à reprendre les cartes en main et elle se demandait ce qu'il lui réservait.

Une seconde, elle faillit sonner Jenny pour lui demander de le raccompagner. Mais l'éducation que lui avait donnée sa mère fut la plus forte, et elle renonça à cette démonstration d'arrogance. Elle traversa donc le vestibule avec lui. En ouvrant la porte, elle lança d'un ton sec :

— Deux jours, Daniel. Pas un de plus. Ce délai écoulé, je préviendrai la presse.

— Tu peux compter sur moi...

Il descendit quelques marches du perron, puis s'arrêta et se tourna vers elle.

— Au fait... as-tu eu des nouvelles de Scott, ces derniers temps ? Je dois me rendre en Australie d'ici à la fin de l'année et je pense lui rendre visite. Nous continuons à nous écrire une fois par an, la traditionnelle carte de Noël... Il a appelé son fils aîné Daniel, comme moi.

Sofia expira péniblement. L'air jaillissait de ses poumons par saccades, comme un flot de sang jaillissant d'une blessure mortelle. Elle ne répondit pas, et Daniel se remit à descendre.

Tandis qu'elle le regardait disparaître dans l'obscurité, elle pria le ciel qu'il ne se retourne pas, qu'il ne voie pas les larmes qui lui brûlaient les yeux comme de l'acide.

Scott... Maintenant encore, une part d'elle-même continuait à porter son deuil. Elle souffrait toujours de son absence, refusait toujours l'idée de l'avoir perdu à jamais. Cette nostalgie n'avait plus rien de passionné, elle ne le désirait plus — en fait, son désir pour lui s'était curieusement évanoui lors de cette terrible nuit chez Daniel — mais elle avait toujours besoin de lui. Au fil des années, elle n'avait jamais cessé de penser qu'en étant privée de lui, elle était comme privée d'une part d'elle-même. Comme si elle était incomplète...

Ce manque demeurait aussi vivant en elle qu'une blessure inguérissable. C'était son secret, un secret qu'elle n'avait confié à personne. Et pourtant il existait un homme qui la connaissait si bien qu'il avait deviné, d'instinct, comment l'atteindre. Qui lui avait démontré, à l'aide de quelques mots lâchés d'un ton faussement léger, qu'elle n'avait pas de secrets pour lui et qu'elle était à sa merci.

Elle regagna la bibliothèque, tremblante, se demandant quels autres sentiments elle avait trahis à son insu, quelles autres faiblesses elle lui avait révélées sans le vouloir.

Car, plus qu'autrefois encore, Daniel était pour elle dangereux. Très dangereux.

18.

Sofia s'éveilla en sursaut. Des bribes de son cauchemar demeuraient accrochées à sa conscience, tels des lambeaux de brume voilant la réalité. Elle avait rêvé de son enfance, de son père… Elle avait osé crier sa jalousie et sa colère comme elle n'avait jamais pu le faire dans la réalité, entravée qu'elle avait toujours été par la stricte surveillance de sa mère. Mais elle n'en avait retiré aucune satisfaction, au contraire : Edward l'avait regardée avec un mépris blessant, intolérable.

Pourquoi ne l'avait-il jamais aimée comme il avait aimé David ? Parce qu'elle était une fille ? Elle s'était autrefois convaincue que c'était là une raison valable, préférant être rejetée pour son sexe plutôt que pour des carences ou des défauts inhérents à sa personnalité.

Son visage était humide ; elle avait pleuré. Elle s'efforça d'oublier ces images cruelles — et surtout l'instant déconcertant entre tous où le visage de son père s'était brouillé pour laisser place à celui… de Daniel Cavanagh, plein de rancœur et de dérision.

Daniel. Qu'allait-elle faire, s'il ignorait sa menace ? L'idée de le dénoncer à la presse la fit frémir, même si elle pensait qu'il méritait d'être fustigé publiquement pour son manque de probité.

Elle se redressa dans son lit et serra ses genoux contre elle. De toute façon, que sa manœuvre réussisse ou non, elle n'était pas sûre de gagner assez de temps pour permettre à sa mère de reprendre le dossier. Cela l'angoissait terriblement — presque autant que d'avoir affaire à Daniel.

Les raisons pour lesquelles il l'impressionnait à ce point n'étaient pas claires, elle devait le reconnaître. Certes, il y avait le spectre du passé et cette scène difficile à oublier. Mais à l'époque, déjà, il exerçait sur elle une sorte d'ascendant qu'elle comprenait mal, et qu'elle combattait en détestant Daniel de toutes ses forces. Il émanait de lui une virilité beaucoup trop intense à son goût, qui la heurtait et la rendait vulnérable. Comme s'il avait le pouvoir de lui révéler une sensualité qu'elle devinait obscurément, mais dont elle ne voulait surtout pas entendre parler.

La passion lui faisait peur, peut-être parce qu'elle se sentait trop encline à y céder et à s'y brûler les ailes. Il lui semblait que si elle se laissait emporter dans une relation de ce genre, elle y perdrait son indépendance, sa volonté, tout ce qu'elle avait mis des années à conquérir de haute lutte. L'amour qu'elle éprouvait pour Scott, au contraire, était pour elle une sorte de rempart ; par sa pureté, sa candeur, Scott la protégeait de ces pulsions qu'elle percevait en elle et dont la violence l'effrayait. Elle se sentait, à cet égard, bien différente de sa mère, tellement vertueuse, de David et de Faye aussi, dont l'amour était si romantique... En son for intérieur, elle pensait qu'elle ne pourrait jamais leur ressembler et cette espèce de « flétrissure » la tourmentait. Aussi, quand quelqu'un comme Daniel menaçait de rompre les digues qu'elle dressait désespérément contre sa propre nature, de donner libre cours à ces vagues brûlantes qui ne demandaient qu'à déferler, elle ne pouvait réagir que par la haine et la rancœur.

Les hommes auxquels elle s'était donnée par la suite lui avaient servi de palliatifs, d'expédients. Ils lui avaient permis d'assouvir sa sexualité sans pour autant risquer de se détruire comme elle aurait pu le faire avec Daniel. Car avec eux c'était elle qui fixait les règles du jeu, elle, qui choisissait de les prendre et de les laisser. Jamais, en quinze ans, elle n'avait commis l'imprudence de tomber amoureuse, de s'attacher à quelqu'un qui aurait pu la blesser. Elle avait beaucoup trop souffert dans sa vie d'avoir été rejetée ou abandonnée par les êtres qu'elle aimait le plus : son père, sa mère, Scott... Après ces expériences douloureuses, elle s'était prudemment cantonnée à des relations purement physiques qui lui procuraient un plaisir dénué de tout danger émotionnel. Mais depuis deux ou trois ans ce plaisir s'était émoussé, et elle trouvait beaucoup plus de joie à se consacrer à sa carrière.

Un petit sourire flotta sur ses lèvres pleines. Elle était assez contente de ce qu'elle était devenue, en fin de compte. Elle avait appris à s'accepter telle qu'elle était, avec ses défauts et ses qualités, elle avait fini par admettre qu'elle ne serait jamais aussi parfaite et irréprochable que sa mère mais que ce n'était pas un problème. Lorsqu'elle voyait ses anciennes camarades d'université se marier et fonder une famille, elle ne les enviait pas. Elle était une femme libre, indépendante et fière de l'être. L'époque où elle rêvait de partager sa vie avec un compagnon idéal était révolue. Pour elle, la quête assoiffée de l'âme sœur s'était arrêtée avec Scott et elle reconnaissait même aujourd'hui, honnêtement, que s'ils s'étaient mariés elle l'aurait sans doute beaucoup trop dominé. Mais cela n'empêchait pas les quelques mois passés avec lui de subsister dans son souvenir comme une période bénie, un moment de plénitude où elle s'était sentie apaisée, heureuse, complète — et tellement différente de ce qu'elle était en réalité...

Ce qu'elle était au fond, à cette époque déjà, Daniel et lui seul semblait en détenir le secret. Peut-être était-ce pour cela qu'elle s'était jetée à sa tête, cette nuit-là... Déchirée par la douleur et le désespoir, c'était vers lui qu'elle avait tendu les bras, en dépit de tout ce qui les séparait, comme si elle devinait d'instinct...

Furieuse, elle rejeta cette pensée. Qu'allait-elle chercher ? C'était ridicule. Il l'avait repoussée, humiliée, et pendant des années le souvenir de cette soirée l'avait brûlée comme de l'acide tant elle se méprisait de s'être abaissée de la sorte. En un sens, elle devait lui savoir gré d'avoir résisté. S'ils étaient devenus amants cette nuit-là...

Elle frémit, stupéfaite de constater avec quelle netteté son corps et ses sens gardaient encore l'empreinte de ses caresses. Elle revoyait comme si c'était hier les longs doigts hâlés courir sur sa peau nue, éveiller en elle des sensations brûlantes, lui donner une envie irrépressible de le toucher à son tour... Oui, s'il avait cédé elle se serait sans nul doute consumée tout entière dans le feu de cette passion — et c'était une chance qu'il le lui ait épargné. Dans quel abîme de dépendance serait-elle tombée ? Bien des nuits, après celle-là, elle s'était éveillée, tenaillée par une faim brûlante qui lui dévorait le ventre, par un désir fou de poursuivre les caresses ébauchées, de les mener à leur terme. Mais à la longue, par bonheur, elle s'était ressaisie. Elle avait découvert qu'elle était capable de vivre seule, sans lui, qu'elle possédait plus de volonté et de fierté qu'elle ne s'en doutait elle-même.

Elle n'avait besoin de personne. Surtout pas de Daniel Cavanagh. Et si elle l'avait invité chez elle la veille, c'était uniquement parce qu'il pouvait servir ses objectifs. Point final.

Repoussant ses draps d'un geste nerveux, elle se leva. Il était temps de reléguer le passé aux oubliettes et de se concentrer sur le présent. Les tâches ne manquaient pas.

Lorsqu'elle descendit, des voix irritées lui parvinrent ; Faye et Camilla semblaient être en train de se disputer. Etonnée, Sofia s'arrêta sur le seuil de la petite salle à manger et les écouta un moment.

— Je regrette, Camilla, mais je ne suis pas d'accord, déclara Faye d'un ton plus tranchant que d'habitude. Avec tes examens qui approchent…

— Et alors ? Crois-tu vraiment qu'une soirée va m'empêcher de les réussir ? répliqua la jeune fille, cinglante. Arrête ! Tu n'as pas envie que je m'amuse, voilà tout…

— Ce n'est pas vrai et tu le sais, protesta sa mère. Simplement…

— Simplement quoi ? Tous les autres y vont ! Je ne vois vraiment pas pourquoi je n'aurais pas le droit d'y aller aussi !

— Tu ne le vois pas ? Pourtant, cela me semble clair : tu me demandes l'autorisation de te rendre à une fête, mais tu es incapable de me dire où elle doit avoir lieu et avec qui ! Je suis désolée, Camilla, mais je ne peux te permettre de partir avec une bande de jeunes gens dont j'ignore tout. Avec ces affaires de drogue dont on entend parler tous les jours…

— Il ne s'agit pas de ça, maman ! riposta Camilla, rouge de colère. Me prends-tu pour une idiote ? Je me sens tout à fait responsable ! Et puis je te trouve bien puritaine, pour quelqu'un qui a suivi des études dans les années 60 ! A l'époque vous aviez toutes les libertés, et maintenant vous passez votre temps à nous faire des sermons !

Par-dessus la tête de sa fille, Faye adressa un regard suppliant à Sofia. Celle-ci intervint sur un ton calme.

— Ta mère a raison, Cam. Je comprends que tu aies envie de te détendre un peu, mais il serait imprudent de te laisser partir avec des inconnus.

Elle alla se mettre à table, songeant à la façon dont elles avaient changé toutes les trois en si peu de temps. L'accident de Liz avait agi sur elles comme un révélateur — pour ne pas dire un détonateur. Brusquement, l'ambiance était explosive. C'était la première fois que Sofia assistait à une querelle entre la mère et la fille, dont elle avait souvent envié l'entente idyllique. Camilla était sur les nerfs. Quant à Faye, elle ne l'avait jamais vue aussi irritable ; mais sa belle-sœur en paraissait plus humaine, comme si la bulle dans laquelle elle s'abritait depuis si longtemps avait soudain éclaté et la mettait enfin au contact direct de la réalité. Même son expression avait changé, constata la jeune femme en l'observant à la dérobée. Son visage semblait plus coloré, son regard plus vif, ses gestes moins indolents.

— J'aurais dû me douter que tu prendrais la défense de maman, répliqua Camilla d'un ton amer. Si Gran était là, elle comprendrait, elle !

Sa mère intervint, excédée.

— Ne sois pas ridicule, Camilla. Tu sais parfaitement que ta grand-mère n'aurait pas approuvé cette sortie, elle non plus. Je t'en prie, montre-toi raisonnable et pense à tes examens.

— Mes examens ! Tu n'as que ce mot à la bouche, comme si rien d'autre ne comptait pour toi ! Et mon bonheur, alors ? Je ne suis pas comme toi, maman, je n'ai pas envie de passer ma vie, coupée du monde ! Je veux vivre ! J'en ai assez d'étudier sans arrêt, assez de faire toujours ce que l'on me dit de faire. Je vais avoir dix-huit ans, à la fin ! Je ne suis plus une enfant !

— Alors cesse de te conduire comme si tu en étais une.

Sofia soupira. En réagissant ainsi, Faye ne faisait que braquer sa fille contre elle. Ne comprenait-elle pas que Camilla était déstabilisée par l'accident de Liz, qu'elle se comportait ainsi parce qu'elle avait peur et cherchait à s'étourdir ? Néanmoins, quand la jeune fille se leva brutalement en bousculant sa chaise, elle ne put s'empêcher de tressaillir.

— J'aurais dû savoir que tu ne comprendrais pas ! explosa-t-elle, la voix brouillée par les larmes. Mais contrairement à ce que tu penses je suis une adulte, et j'ai le droit de décider de ce qui me convient !

Faye se leva à son tour, les joues rouges de colère.

— Camilla, je t'ordonne de revenir à table ! cria-t-elle à sa fille qui s'enfuyait en courant.

— Laisse-la faire, déclara Sofia. Elle se calmera.

Faye se rassit.

— Je ne comprends pas ce qui lui prend. Elle qui a toujours été si gentille, si docile…

— Peut-être un peu trop, justement, observa Sofia. Les adolescents ont besoin de se rebeller. Si tu veux mon avis, il vaut mieux qu'elle s'exprime.

— Que veux-tu dire ? Me reprocherais-tu de l'avoir brimée, par hasard ? répliqua Faye d'un ton sec.

— Non. Je pense simplement qu'elle sort de l'enfance, que cette transition se passe dans une période difficile pour elle et qu'il faut la comprendre. L'accident de ma mère a bouleversé son univers, tout à coup. Elle a perdu l'un de ses points de repère et cherche à s'en trouver d'autres… Est-ce qu'il est vraiment hors de question qu'elle se rende à la fête ?

— Totalement. Tu as entendu, elle ignore même chez qui ils doivent aller. A moins qu'elle ne veuille pas me le dire… Quoi qu'il en soit, cette histoire me semble douteuse.

— Je vois. Dans ce cas, pourquoi ne pas lui offrir autre chose en échange ? Elle pourrait organiser quelque chose ici, par exemple. Une sorte de défoulement avant les examens… Ce n'est pas la place qui manque, et je suis sûre que Jenny serait ravie de l'aider. Cela la distrairait, lui permettrait de penser à autre chose qu'à ma mère et à ses livres...

— Organiser une fête ici alors que Liz est entre la vie et la mort ? se récria Faye, offusquée. Tu n'y songes pas !

Son ton choqué irrita la jeune femme.

— Bonté divine, Faye, quand te décideras-tu à ouvrir les yeux ? Que Camilla s'amuse un peu ne changera rien à l'état de ma mère. Et il vaut mieux qu'elle se défoule ici, en toute sécurité, plutôt qu'elle s'expose à des situations dangereuses pour elle !

Faye pâlit.

— Est-ce que tu insinues qu'elle pourrait faire une fugue, ou quelque chose dans ce genre ? Voyons, Sofia, c'est absurde. Elle s'est toujours si bien conduite...

Comme sa belle-sœur ne répondait rien, elle reprit d'un ton amer :

— Je suppose que tu me trouves vieux jeu, avec mes principes. Tu ne comprends donc pas que je ne cherche qu'à la protéger ? Que je veux avant tout lui éviter de tomber dans des pièges que...

Elle s'interrompit brusquement, mais sa voix avait pris un accent passionné qui n'avait pas échappé à Sofia.

— Ecoute, Faye. Loin de moi l'idée de te critiquer. Dieu sait qu'à ta place j'aurais sans doute commis toutes les erreurs possibles et imaginables. Je comprends ta position, mais tu ne pourras pas toujours la protéger du monde entier... Au contraire, en agissant ainsi tu risques de la rendre extrêmement vulnérable. Un peu comme un enfant que l'on aurait élevé dans un cocon, à l'abri de tout germe contagieux. Imagine qu'il en sorte brusquement : il attrapera tous les virus qui traînent et sera bien plus malade que s'il avait pu s'y frotter avant... A mon avis, il vaut bien mieux développer les défenses de Camilla, dans tous les domaines. Il est normal qu'une fille de son âge ait envie de sortir et de s'amuser. Donne-lui la possibilité de le faire ici, sans risque, et elle n'éprouvera pas l'envie de courir les expériences dans ton dos.

— Merci, mais je n'ai pas besoin de tes conseils.

Faye se leva, les lèvres pincées, et s'apprêta à quitter la pièce. A l'instant où elle allait sortir, le téléphone sonna. Sofia décrocha sous les yeux inquiets de sa belle-sœur. Lorsqu'une voix féminine annonça d'un ton bref que le Dr Ferguson voulait parler à Mlle Danvers, Sofia se crispa. Les quelques secondes d'attente lui semblèrent interminables. « Mon Dieu, faites qu'elle aille bien, je vous en supplie ! » se répétait-elle en retenant son souffle. Enfin, la voix lasse d'Alaric Ferguson résonna à son oreille.

— Mademoiselle Danvers, je voudrais vous dire un mot au sujet de votre mère…

Sofia crispa les doigts sur l'appareil.

— Voilà : son état nous semble assez bien stabilisé, maintenant, pour que nous puissions tenter l'opération.

Elle aurait voulu parler, mais sa gorge était nouée. Enfin, au prix d'un effort terrible, elle parvint à articuler un mot. Un seul.

— Quand ?

Si seulement elle avait pu voir le médecin… Elle était sûre qu'elle aurait pu lire dans ses yeux s'il croyait vraiment à la réussite de cette tentative, ou s'il ne s'agissait que d'une mesure désespérée.

— Après-demain.

Deux jours… Plus que deux jours, et après…

— Est-ce que je… est-ce que nous pouvons la voir ?

— Oui, mais pas aujourd'hui. Son équilibre est encore trop fragile. Elle a repris conscience, et des visites trop précoces risqueraient de la déstabiliser. Vous pourrez la voir avant l'opération, si vous voulez. Ma secrétaire vous préviendra.

Sofia s'attendait qu'il raccroche, mais il changea brusquement de ton et demanda d'une voix altérée, comme s'il devait faire un effort sur lui-même :

— A propos… j'espère que votre belle-sœur est bien rentrée, hier ?

Sofia, les yeux ronds, contempla Faye. Celle-ci avait dû entendre la question, car elle s'était empourprée violemment.

— Oui… Oui, elle est bien rentrée, répondit-elle sans quitter sa belle-sœur des yeux. Voulez-vous lui parler ?

Faye refusa d'un geste frénétique, tandis que ses iris bleus lançaient des éclairs furieux. A l'autre bout du fil, Alaric Ferguson semblait s'être repris.

— Non, ce n'est pas la peine, déclara-t-il brièvement. Au revoir, mademoiselle Danvers.

Sofia raccrocha en dévisageant Faye avec étonnement. Elle pensait qu'elle allait faire un commentaire, lui donner une explication, mais il n'en fut rien. Très raide, sa belle-sœur gagna la porte en murmurant :

— Ainsi, ils vont opérer… J'espère qu'ils savent ce qu'ils font…

— Moi aussi, acquiesça la jeune femme.

Elle songea à la suite du journal qui attendait dans le tiroir du bureau. Elle éprouvait soudain une envie farouche de lire les cahiers jusqu'au dernier, d'un trait, comme s'il était essentiel qu'elle ait fini avant l'opération de sa mère. Elle aurait le temps de le faire dans la soirée, en attendant un appel improbable de Daniel Cavanagh… Elle ne comptait pas beaucoup sur une réponse imminente de lui ; sans doute préférerait-il la faire patienter jusqu'au lendemain soir.

De nouveau, elle l'imagina avec sa mère et cela lui fit un drôle d'effet. Pourquoi Liz ne l'avait-elle pas informée de leur rencontre ? Cela n'avait rien d'étonnant, en fait ; elles n'avaient pas l'habitude d'échanger des confidences. Une hostilité glacée était le seul sentiment qu'elles partageaient depuis des années. La froideur de Liz l'avait emplie de détresse lorsqu'elle était enfant, puis de colère et de rancœur par la suite. Jamais, au grand jamais, elle n'aurait pu imaginer sous ce masque la jeune femme sensible et passionnée qui apparaissait dans le journal… Si sa mère était aussi tendre, aussi chaleureuse, pourquoi s'était-elle comportée ainsi avec elle ? Elle savait que certaines femmes, parfois, rejetaient malgré elle un de leurs enfants, qu'elles ne parvenaient pas à aimer. Etait-ce ce qui s'était passé ? Mais d'où venait ce rejet ? Pourquoi Liz l'avait-elle toujours tenue à distance ?

Adulte, elle avait souvent tenté d'analyser leur relation ; en désespoir de cause, elle était arrivée à la conclusion qu'elles avaient des personnalités trop différentes pour pouvoir s'entendre et que tout le mal venait de là. Quelle autre explication trouver ? Elle savait qu'elle avait été désirée, puisque sa mère avait subi pour l'avoir les innombrables tourments inhérents à une insémination artificielle. Et désirée pour elle-même, pas seulement pour tenir compagnie à David qui avait déjà dix ans lorsqu'elle était née... Peut-être Liz espérait-elle un second fils ?

A quoi bon remuer une fois de plus toutes ces questions ? se dit-elle. Peut-être trouverait-elle les réponses dans le journal... Peut-être saurait-elle également si elle était vraiment la fille d'Edward, si elle était née de son sperme, et non de celui d'un donneur anonyme... En tout cas, elle ne pouvait s'empêcher de trouver ironique qu'une créature au caractère aussi volcanique qu'elle soit née grâce à des méthodes aussi impersonnelles.

Elle était toujours à table, absorbée dans ses pensées, quand Jenny arriva pour desservir.

— Personne n'a plus faim ? demanda la domestique, jetant un coup d'œil étonné aux assiettes propres de Faye et de Camilla.

— Elles se sont disputées, expliqua Sofia. Et nous avons eu des nouvelles de l'hôpital, Jenny... Ils vont l'opérer dans deux jours. Nous pourrons la voir avant l'opération.

A sa vive surprise, Jenny se pencha sur elle pour l'enlacer. Les femmes la touchaient rarement. Quelque chose en elle, sa réserve, son élégance naturelle, sa sensualité éloignaient plutôt les personnes de son propre sexe. Ce geste inattendu l'émut si profondément qu'elle faillit éclater en sanglots.

— Tout ira bien, Sofia, vous verrez. Votre mère est trop forte pour baisser les bras.

— Je l'espère, Jenny, je l'espère... Je crois que je vais sortir prendre l'air un moment. Si quelqu'un téléphone, dites... dites simplement que je me suis absentée.

Une fois dehors, elle eut envie de prendre sa voiture. Ce fut donc au volant de sa Porsche rutilante qu'elle traversa le village, s'arrêtant au bureau de poste pour y acheter un journal. La petite boutique était bondée, et tout le monde voulut avoir des nouvelles de Liz et l'assurer de sa sympathie. Mais les langues allaient aussi bon train au sujet de l'autoroute, et la jeune femme ne put s'échapper avant près d'une heure.

Elle se sentait nerveuse, d'une humeur fantasque qui lui rappelait les pires moments de son adolescence. Elle n'avait pas envie de rentrer à la maison pour y retrouver les disputes de Faye et de Camilla, mais elle ne voulait pas trop s'éloigner non plus. Qu'espérait-elle ? Que Daniel Cavanagh allait passer à l'improviste ? Il ne fallait pas trop y compter. Et même s'il venait, ce serait uniquement pour lui faire part de sa décision. Qu'est-ce qui lui prenait, de penser ainsi à lui à tout bout de champ ? Est-ce qu'elle s'attendait vraiment qu'il change d'avis à son sujet ? Ce n'était sûrement pas en le faisant chanter qu'elle l'amènerait à l'estimer et à la respecter. Et d'abord, pourquoi souhaiterait-elle son estime et son respect ? Elle ne voulait rien de lui, rien. Pas même la satisfaction de gommer une ancienne blessure d'amour-propre qui la tourmentait toujours.

Elle se remit au volant et démarra sur les chapeaux de roues. Malgré elle, elle se sentait parcourue d'une étrange fièvre. Son pouls battait la chamade, sa peau était brûlante, une boule chaude se formait au creux de son ventre. Et elle savait très bien d'où lui venaient ces émotions. Le seul fait d'imaginer Daniel la désirant comme il l'avait désirée ce soir-là agissait sur elle comme un véritable aphrodisiaque. Ce pouvoir érotique qu'il exerçait encore sur ses sens quinze ans après la mit en rage. « Oublie-le ! » se sermonna-t-elle, furieuse.

Pourtant, en dépit de ses résolutions, elle se retrouva en train de rouler vers le nord du village. Un moment plus tard, elle s'engagea sur le chemin qui menait à la propriété que Daniel avait achetée et s'y arrêta.

En quittant sa voiture, dont le rouge criard jurait dans la nature environnante, elle se demanda avec une pointe de cynisme pourquoi elle avait acheté un engin pareil. Pour prouver qu'elle pouvait se le permettre, qu'elle pouvait conduire comme un homme, qu'elle était capable elle aussi d'apprécier la vitesse ? Tout cela lui semblait bien puéril, tout à coup. Jetant un coup d'œil réprobateur au véhicule, elle se promit de le changer le plus tôt possible. Pourquoi pas pour une Aston Martin gris métallisé ? Cette idée la fit sourire. Elle doutait de pouvoir se permettre un jour un luxe pareil… Elle n'était pas un entrepreneur en vogue, elle !

Souriant toujours, elle s'avança vers le Vieux Manoir envahi par les ronces et les herbes folles. La maison, plus grande que Cottingdean, était dans un triste état. Du temps d'Agnès Hazelby, déjà, elle menaçait sérieusement de s'écrouler. Une aile, ajoutée à l'époque victorienne, avait été à moitié détruite par un incendie et laissée en l'état. Pourtant, en dépit de son apparence délabrée, ce manoir gardait une sorte de charme gouailleur qui inspirait un mélange de tendresse et de respect. Sofia comprenait très bien que la vieille dame ait exigé qu'il fût conservé et restauré. Elle-même déplorerait sa disparition. Et il fallait bien s'y attendre : un tel manoir ne serait certainement pas du goût des riches citadins qui viendraient s'installer ici dans leurs maisons au luxe tapageur…

S'abandonnant à sa mélancolie, elle s'avança dans l'allée. Lorsqu'elle était enfant, elle était fascinée par cette ancienne demeure qui lui semblait beaucoup plus mystérieuse et plus captivante que sa propre maison. A présent, elle comprenait que l'on puisse avoir envie, comme sa mère l'avait fait pour Cottingdean, de rendre à un lieu son âme et sa beauté. C'était l'effet que lui faisait cette maison-là.

Arrivée devant le mur qui bordait le jardin, elle poussa un vieux portail vermoulu et se trouva au milieu d'une véritable jungle d'orties et de mauvaises herbes. On aurait dit un endroit magique, assoupi depuis des années dans l'oubli comme le palais de la Belle au bois dormant… Un sourire amer lui échappa. Daniel n'était sûrement pas le prince charmant qui viendrait tirer la maison de son sommeil ; il en serait plutôt le destructeur.

L'herbe était encore humide de rosée. Son jean était trempé, mais elle était allée trop loin pour reculer. Les bras égratignés par les ronces, cloqués par les orties, elle se lassa soudain de devoir arracher ses cheveux aux épines qui les agrippaient au passage ; excédée, elle prit un bout de ficelle qui traînait dans sa poche et les attacha en une queue-de-cheval sommaire.

Elle arrivait par le côté, face aux restes calcinés de l'aile victorienne ; des poutres noircies se dressaient dans la brume du matin, silhouettes étranges qui donnaient le frisson. On racontait au village qu'après l'incendie les gens étaient venus avec des charrettes, emportant des briques qui avaient servi à édifier de nombreux cottages des environs. Ce spectacle serra le cœur de la jeune femme, qui s'empressa de contourner la maison pour se diriger vers la porte de derrière.

Là aussi, des mauvaises herbes poussaient entre les pavés de la cour et des fenêtres à demi arrachées pendaient lamentablement le long de la façade. Pourtant, quelqu'un avait installé un gros verrou sur la porte de chêne. Sofia l'examina un moment, puis haussa les épaules. Elle avait envie de pénétrer dans la maison et elle y parviendrait ; ce n'étaient pas les verrous de Daniel Cavanagh qui l'en empêcheraient.

Se glisser à l'intérieur par une fenêtre du rez-de-chaussée lui fut facile, même si elle se couvrit de poussière au passage. Cela fait, elle sauta sur les dalles inégales de l'ancienne cuisine. La maison sentait la moisissure et le renfermé ; un vieux fauteuil tout enfoncé ajoutait à cette atmosphère de délabrement et d'abandon. Tandis qu'elle gagnait le vestibule, Sofia s'efforça de ne pas entendre les couinements et les frôlements qui résonnaient sur son passage.

Elle était souvent venue ici, autrefois, accompagnant sa mère qui venait rendre des visites de courtoisie à la vieille Agnès Hazelby. Ces visites lui paraissaient toujours une fête, tant elle était fascinée par la maison et sa propriétaire. Les seules pièces habitées étaient la cuisine, une chambre et un petit salon ; ailleurs, les meubles disparaissaient sous de grandes housses blanches qui leur donnaient l'air de fantômes et accentuaient la tristesse nostalgique de l'endroit.

A présent, les pièces étaient vides ; tous les meubles avaient disparu. Daniel, avec son esprit pratique, s'était sans doute chargé de les faire enlever en prévision du jour où il livrerait les murs à ses bulldozers…

La partie la plus ancienne du manoir, qui remontait aux Tudor, comportait un petit escalier en colimaçon qu'Agnès appelait l'escalier de service. Plus loin, dans l'aile géorgienne, le hall d'entrée était une délicieuse pièce ovale dallée de marbre, autour de laquelle une élégante rampe de fer forgé s'élevait sur quatre étages à la façon d'une guirlande. La jeune femme se rappelait comment, lorsqu'elle était petite, le seul fait de lever la tête vers le plafond si haut lui donnait le vertige. Mais surtout, elle était émerveillée par la fresque qui le décorait, et qui, avec son délicat rebord de plâtre, lui donnait l'apparence d'un médaillon. Sa mère, une fois, lui avait expliqué que cette scène représentait Jupiter surveillant les humains à travers de grosses nuées sombres. Soudain, elle songea avec émotion que sa vocation venait peut-être de là… De ces instants magiques qu'elle avait passés, la tête en l'air, à contempler ce dieu farouche qui dardait ses foudres vers la terre…

La gorge serrée, elle décida de gravir les étages pour se rapprocher le plus possible de la fresque afin de l'étudier de près. Elle avait visité l'Italie et admiré entre autres les plafonds de la chapelle Sixtine, décorés par Michel-Ange. Pourtant, la vue des chefs-d'œuvre de la Renaissance l'avait certainement moins émue que ce vieux morceau de plâtre délabré qui partait en lambeaux, mais qui restait attaché pour elle à l'une des joies les plus pures de son enfance. Curieusement, ce souvenir était bien plus fort à ses yeux que celui de son premier amant.

Son premier amant… Il ne l'avait guère marquée ; elle ne se souvenait même pas de son nom. Les choses auraient sans doute été bien différentes s'il s'était agi de…

Elle se crispa, furieuse d'avoir pu nourrir une telle pensée, et s'engagea dans l'escalier. Celui-ci était aussi délabré que le reste de la maison. Par endroits, la rampe était arrachée et les marches béaient au-dessus du vide. Sur les paliers, le plancher était pourri et rendait la traversée périlleuse. Mais Sofia avançait quand même, irrésistiblement attirée par cette fresque dont l'état pitoyable lui mettait les larmes aux yeux. Et puis d'un seul coup, ce gâchis lui parut d'une tristesse insupportable et elle tourna les talons, décidée à redescendre pour oublier ce qu'elle venait de voir.

Alors qu'elle traversait de nouveau le palier du premier étage, une ancienne galerie arrondie qui suivait gracieusement le contour des murs, elle jeta un coup d'œil en bas et se figea brusquement sur place, le souffle coupé : Daniel Cavanagh était planté au beau milieu du vestibule, la tête levée vers elle.

— Qu'est-ce que tu fais ici ? s'écria-t-elle d'un ton agressif quand elle recouvra l'usage de la parole.

— Pardon de te le rappeler, mais je suis chez moi…, répondit-il avec un calme horripilant.

Sofia le regarda, les yeux écarquillés, puis elle sentit ses joues s'embraser. Comme il s'avançait dans sa direction, une impulsion ridicule la poussa à reculer d'un pas ; il ne pouvait rien lui faire, puisqu'elle se trouvait à deux bons mètres au-dessus de lui… Quoi qu'il en soit, elle trébucha soudain sur des débris de plâtre et perdit l'équilibre. D'instinct, elle tendit la main pour se rattraper à la rampe. Mais celle-ci céda sous son poids et elle se vit tout à coup piquer dans le vide. Horrifiée, elle poussa un cri strident et crispa les paupières pour ne pas regarder le sol de marbre qui montait vers elle ; dans quelques secondes, elle allait s'écraser… Mais au lieu du choc final qu'elle attendait, elle atterrit sur une masse chaude, vivante, et des bras musclés se resserrèrent autour d'elle.

Daniel lâcha un grognement sourd ; l'impact du corps de la jeune femme sur sa poitrine lui avait coupé le souffle. Dès qu'il eut recouvré sa respiration, il se mit à jurer comme un beau diable. Traumatisée, Sofia ouvrit les yeux quand elle sentit qu'il l'aidait à se remettre debout.

— Espèce d'idiote ! cria-t-il. Qu'est-ce qui t'a pris de monter là-haut ? Tu n'as pas vu que cet escalier est impraticable ?

Ivre de soulagement, Sofia rétorqua d'un ton vif :

— C'est ce que tu prétendras pour avoir le droit de démolir la maison, je suppose ?

Daniel l'empoigna par les épaules et la secoua comme un prunier.

— Tu es stupide, ou quoi ? Tu as failli te tuer !

Sofia en avait parfaitement conscience… Cette pensée lui donnait la nausée. Mais elle lutta contre le malaise qu'elle éprouvait et s'écria encore d'un ton moqueur :

— Dommage pour toi que je n'y sois pas arrivée, cela t'aurait débarrassé d'une adversaire gênante. Tu aurais dû y penser avant de t'élancer à mon secours comme un preux chevalier…

— Bonté divine…, grommela-t-il, l'air furieux.

Il enfonçait les doigts dans la chair de ses bras ; elle percevait leur pression à travers l'étoffe de son sweat-shirt. Tout à coup, elle eut l'impression que tout tournait autour d'eux ; elle avait mal au cœur, ses jambes chancelaient. Depuis bien longtemps elle ne s'était pas trouvée aussi faible, aussi vulnérable. Comme elle portait une main à son front, elle sentit quelque chose de chaud et de collant. Regardant ses doigts, elle vit que c'était du sang.

— Ce n'est rien, bougonna Daniel d'une voix rauque. Tu t'es juste égratignée.

Il voulut effleurer sa blessure du bout des doigts, mais Sofia recula d'un bond comme s'il avait voulu la mordre.

Ses yeux verts étaient aussi perçants et cruels que ceux d'un aigle. Couverte de poussière, ses cheveux attachés en queue-de-cheval, elle paraissait jeune et sauvage… Un flot d'émotions oubliées bouillonna brusquement en lui. Elle aurait pu mourir… Il aurait pu la trouver là, gisant sous un tas de décombres, le visage blême comme le soir où elle était venue vers lui pour…

Il s'interdit d'évoquer ces souvenirs, beaucoup trop troublants à son gré. Sofia y pensait aussi. Elle s'écarta encore, ne pouvant supporter de rester aussi près de lui. Malgré elle, une envie terrible la poussait à se laisser aller contre lui, à s'appuyer sur sa poitrine, pour sentir ses bras se refermer sur elle. C'était ridicule.

Face à elle, Daniel la dévisageait. Ses yeux gris étaient fixés sur les siens.

— Tu n'as pas changé, murmura-t-il. Toujours aussi sauvage, aussi farouchement indépendante… Prête à te battre bec et ongles pour ne rien devoir à personne… Que cherches-tu à prouver, Sofia ? Que les hommes ne te font pas peur ? Que tu peux les dominer ? Je plains tes amants. Tu es peut-être une maîtresse remarquable — c'est ce que j'ai entendu dire — mais il est certain aussi que tu prends plaisir à briser, à soumettre…

Sofia blêmit, puis s'empourpra. Plus forte que la colère, une étrange souffrance s'empara d'elle, tout à coup. Comment pouvait-il se tromper à ce point sur son compte ? Certes, elle n'avait rien à faire de son opinion, il pouvait penser ce qu'il voulait. Et pourtant ses paroles l'avaient blessée au plus profond d'elle-même.

Elle voulut se dégager d'un geste brusque, mais il ne la lâcha pas. Furieuse, elle chercha un moyen de lui rendre le mal qu'il venait de lui causer.

— Dans ce cas, tu peux t'estimer heureux de m'avoir repoussée, il y a quinze ans ! C'était à prévoir de la part d'un homme comme toi, qui cherche avant tout à protéger sa précieuse virilité…

Daniel serra les mâchoires.

— Un homme comme moi…, répéta-t-il d'une voix blanche. Je voudrais bien savoir ce qui te permet de dire une chose pareille. Tu ne me connais même pas.

— Parce que tu me connais, peut-être ?

— Mieux que tu ne crois. Je sais très bien ce que tu attends en ce moment, par exemple. C'est *ça* !

Sofia avait déjà été embrassée par un homme en colère, il lui était même arrivé de provoquer sciemment ses amants pour le plaisir de pimenter un peu leurs jeux érotiques, mais brusquement elle eut la sensation de basculer dans un univers inconnu. Figée entre les bras de Daniel, incapable de réagir, elle ne put faire autrement que de subir la pression de sa bouche sur la sienne. Elle était en état de choc. Ce baiser, tout à coup, la renvoyait quinze ans en arrière. La ramenait à une nuit lointaine où elle aurait tout donné pour sentir ces lèvres la punir ainsi.

Enfin, au bout d'un moment, elle émergea de sa torpeur. D'un coup de dents vengeur, elle mordit la bouche de Daniel. Mais au lieu de s'écarter avec un cri de douleur, comme elle s'y attendait, il lui rendit la pareille et mordit férocement sa lèvre inférieure. Un goût de sang lui envahit la bouche. Elle laissa échapper une plainte furieuse et voulut passer le bout de sa langue sur l'endroit meurtri, mais Daniel la devança, promenant doucement la sienne sur sa peau fine. Sofia tressaillit, les nerfs à vif, tandis qu'un désir violent explosait brutalement dans ses veines.

Elle se maudit de sa faiblesse. Jamais elle n'avait éprouvé une attirance aussi incroyable pour un homme. En cet instant, elle savait que s'il l'avait soulevée dans ses bras pour l'allonger sur le sol poussiéreux elle l'aurait laissé faire. Elle avait faim de lui au point d'oublier tout orgueil, tout amour-propre. C'était complètement irrationnel, complètement illogique, mais en dépit de la haine qu'elle ressentait à son égard elle était prête à tout pour assouvir l'envie qui la dévorait. Soudain, son regard croisa le sien ; elle se rendit compte alors, à son vif désarroi, qu'il semblait lire en elle à livre ouvert. Il savait très bien ce qu'elle éprouvait, elle l'aurait juré. Revenant brusquement sur terre, elle se dégagea d'un geste furieux.

— Non, Sofia, attends…, murmura-t-il d'un ton rauque.

Il lui barrait le passage. Que n'aurait-elle pas donné pour échapper à son regard, pour aller se cacher n'importe où, mais c'était impossible. N'ayant pas d'autre choix, sachant qu'il était inutile de feindre une indifférence glacée qui ne les tromperait ni l'un ni l'autre, elle l'affronta, le menton levé.

— Que veux-tu que j'attende ? Que tu te jettes sur moi ? Non, merci, Daniel. De l'eau a coulé sous le pont, en quinze ans. Tu as réussi à me troubler, je ne le nierai pas, mais j'ai changé. Ce que je t'ai demandé alors, je n'ai plus aucune envie de te le demander aujourd'hui.

Peu à peu, elle recouvrait le contrôle d'elle-même. Elle esquissa un pas en avant, espérant qu'il la laisserait passer, mais il la retint par le bras.

— Ecoute, Sofia. Nous...

— Tais-toi ! coupa-t-elle d'une voix cinglante. Entre toi et moi, il n'y a jamais eu de « nous » et il n'y en aura jamais !

— Tu me désires, pourtant.

Elle le fixa, ses yeux verts étincelant de colère et d'impuissance.

— Le désir est une chose, l'amour-propre en est une autre, rétorqua-t-elle d'un ton altéré. Je me suis battue pendant des années pour gagner ma propre estime, Daniel. Aucun homme ne m'a jamais fait l'amour sans que je l'aie décidé. Et si tu espérais mettre ma faiblesse à profit pour me réduire à ta merci, pour m'empêcher de dire la vérité sur tes agissements, alors...

Elle se tut brusquement, frappée par la fureur qui s'était peinte sur le visage tendu de Daniel. Elle était allée trop loin. Prise d'une panique irraisonnée, d'une terreur venue de la nuit des temps, elle voulut le bousculer pour s'échapper. Mais il la saisit par la taille et la souleva de terre pour la plaquer contre le mur le plus proche, l'emprisonnant de sa carrure.

— J'aurais dû faire ça depuis des années, grommela-t-il en abaissant sa bouche vers la sienne. Dieu sait que si je l'avais fait...

Ses mots moururent dans le baiser qu'il lui donna, un baiser qui la fit trembler de la tête aux pieds et réveilla en elle des souvenirs brûlants. De toutes ses forces, elle luttait contre l'idée absurde qu'elle avait toujours attendu cet instant, qu'à travers tous les hommes qui avaient traversé sa vie c'était lui qu'elle n'avait cessé de chercher... Mais cette pensée en amena une autre, celle d'un danger dont elle avait toujours eu obscurément conscience en sa présence. Plus qu'aucun autre, il avait le pouvoir de la déstabiliser, d'amoindrir ses défenses. Et cela, pour rien au monde elle ne voulait l'accepter.

Elle se débattit de nouveau, mais il avait perçu sa vulnérabilité. Et il en profitait, refusant de la laisser partir, insistant pour se frayer un passage entre ses lèvres closes, appuyant son corps musclé contre le sien… Ses gestes étaient tentateurs, terriblement sensuels. La jeune femme se liquéfiait entre ses bras, sa chair la trahissait, désobéissait aux ordres virulents de son esprit. Daniel s'en rendit compte, et un désir violent le parcourut. Il releva la tête et relâcha un peu son étreinte ; il voulait la calmer, la consoler, atténuer par des mots tendres l'amertume qu'il lisait dans ses yeux, lui dire qu'elle n'était pas la seule à se sentir aussi désorientée… Que s'ils en parlaient, peut-être…

Mais Sofia profita de cette brèche pour s'y engouffrer et le repousser de toutes ses forces. Avant qu'il ait eu le temps de réagir, elle se libéra et s'enfuit en courant.

Il la regarda disparaître, immobile et frustré. Il aurait pu la rattraper, la reprendre dans ses bras, l'obliger à céder à ce désir qu'elle refusait d'admettre. Mais il n'avait jamais forcé une femme à faire l'amour avec lui, et ce n'était pas aujourd'hui qu'il allait commencer.

19.

Sofia courut sans s'arrêter jusqu'à sa voiture, dans laquelle elle s'engouffra en trombe. Une fois assise elle verrouilla les portières et engagea la clé de contact, mais elle tremblait trop pour pouvoir conduire. Elle était en nage, et ce n'était pas seulement d'avoir couru, songea-t-elle avec une grimace en essuyant ses mains moites sur son jean. Une peur intense la tenaillait. Elle était assommée par ce qui venait de lui arriver, par la façon dont elle s'était trahie en perdant ainsi le contrôle d'elle-même. Elle n'avait pourtant plus dix-neuf ans !

Au bout d'un moment, elle se décida enfin à démarrer. Elle ne comprenait toujours pas ce qui venait de se produire. Qu'est-ce qui lui avait pris de perdre pied de la sorte ? Elle connaissait suffisamment ses besoins sexuels et ceux des hommes en général pour être en mesure d'éviter ce genre de désastre !

Elle eut beau se dire qu'elle avait été choquée de voir Daniel apparaître aussi soudainement, elle savait bien que cela ne suffisait pas à expliquer son désarroi. Mais en cet instant elle ne se sentait pas la force d'affronter la vérité ; elle préférait remettre à plus tard un examen de conscience qui ne la tentait pas le moins du monde. En outre, elle avait d'autres chats à fouetter.

Un petit sourire cynique lui échappa. Comment aurait-elle pu imaginer que cette histoire d'autoroute aboutirait à une aventure aussi rocambolesque ? Ce n'était pas sa mère qui se serait mise dans une situation pareille…

Furieuse, elle appuya de plus belle sur l'accélérateur comme si le ronflement du moteur pouvait étouffer ses pensées. Elle savait à quoi elle allait occuper sa journée pour se distraire : elle désherberait le jardin. Rien de tel qu'une activité physique soutenue pour oublier Daniel Cavanagh.

Le lendemain matin, en descendant prendre son petit déjeuner, elle découvrit Faye qui faisait les cent pas dans le vestibule, les sourcils froncés. Elle réprima un soupir. Elle n'avait aucune envie d'entendre parler de si bonne heure des problèmes de la mère et de la fille. Néanmoins, elle s'avança et demanda d'un ton poli :

— Quelque chose ne va pas, Faye ?

— Oui… Enfin… non. Je dois sortir, et Camilla est partie faire du cheval. Pourras-tu la prévenir quand elle rentrera ?

Avant que Sofia ait pu ajouter quoi que ce soit, elle remonta au premier d'un pas crispé. La jeune femme la suivit des yeux, perplexe. Qu'est-ce qui lui prenait ? Depuis quelques jours elle n'était plus la même, comme si l'absence de Liz révélait brusquement chez elle des traits de caractère qu'elle n'avait jamais osé montrer…

Songeuse, elle oublia de se rendre dans la salle à manger et se retrouva brusquement devant la porte de la bibliothèque, qu'elle ouvrit avec un soupir de soulagement comme si ce lieu pouvait lui procurer la quiétude et le réconfort dont elle avait besoin. Immédiatement, son regard se porta vers le bureau de sa mère ; elle comprit alors qu'elle cherchait surtout à se protéger du présent — en particulier des événements de la veille — et qu'elle s'était tournée d'instinct vers ce journal comme s'il pouvait lui fournir une panacée à ses problèmes.

Des sons étouffés lui parvenaient du reste de la maison. Jenny passait l'aspirateur quelque part, Faye devait se préparer à sortir pour aller Dieu sait où… Ces activités lui semblaient aussi éloignées d'elle que si elles avaient eu lieu sur une autre planète. S'installant au bureau, elle ouvrit le tiroir fermé à clé qui contenait les cahiers et les passa en revue afin de trouver celui qu'elle voulait. Cela fait, elle se mit à tourner les pages d'une main fébrile — mais pour la première fois le désir de s'extraire de ses propres pensées était plus fort que celui de découvrir de plus amples détails sur la vie de sa mère.

Daniel… Un frisson involontaire la parcourut. Rien qu'en l'évoquant, elle était submergée par son odeur, par le souvenir du contact de sa peau sur la sienne. Sous la colère qu'elle avait éprouvée, l'outrage, le mépris pour elle-même, elle savait que se dissimulait un point douloureux : la conscience de sa faiblesse, le fait qu'elle s'était toujours sentie menacée par cet homme-là entre tous, qu'un piège la guettait qu'il valait mieux ignorer… D'où cet incroyable sentiment d'inéluctabilité qui l'avait laissée sans ressources, la veille, alors qu'elle aurait dû se débattre.

Pendant des années, elle n'avait pas accordé une seule pensée à Daniel. Si on lui avait parlé de lui, sans doute aurait-elle affirmé qu'elle le connaissait à peine… Et cette découverte, tout à coup, la blessait profondément : elle s'était dupée elle-même, alors qu'elle plaçait l'honnêteté au-dessus de tout et qu'elle était encore plus exigeante envers elle-même qu'envers les autres.

Les pages ouvertes devant elle se troublaient. Elle s'obligea farouchement à ajuster sa vision, presque comme si ces lignes représentaient son unique échappatoire hors de son enfer personnel, comme si le fait de parvenir à s'y plonger pouvait par magie la sauver d'une autre noyade. De toute évidence, elle ne pourrait jamais gommer le souvenir de cette rencontre fatidique avec Daniel. A défaut, elle accueillerait comme un baume la possibilité de s'arracher un moment au présent et de recouvrer le temps de quelques heures une relative paix de l'esprit…

Elle fronça les sourcils et fixa les premiers mots.

« *Aujourd'hui, Vic est parti pour l'Australie…* Je l'ai accompagné jusqu'à Southampton. Edward n'a pas voulu venir : depuis quelque temps il trouve les trajets en voiture trop pénibles. Je serais incapable de dire comment Chivers, selon son habitude, a réussi à trouver assez d'essence pour ce voyage. Je ne peux imaginer ce que nous ferions sans lui. Il se montre merveilleux avec Edward que cet été pluvieux et froid a mis à rude épreuve. L'humidité réveille les douleurs de ses amputations. Ian Holmes fait ce qu'il peut, mais, ainsi qu'il me l'a expliqué, s'il commence à prescrire de la morphine, Edward risque de ne plus jamais pouvoir s'en passer. Ce cher Chivers, lui, a trouvé un remède à sa façon : il a entendu dire que l'huile de foie de morue était souveraine contre les rhumatismes. Du coup, il administre chaque matin deux grosses cuillerées de cet infâme breuvage à Edward, qui l'accepte…

« Ian nous répète qu'un chauffage central serait une fort bonne chose pour Edward, et nous conseille de demander des subventions au ministère de la Reconstruction en alléguant les blessures de guerre de mon mari. Mais je doute que ces sommes seraient suffisantes, si elles nous étaient allouées, et de toute manière nous ne pouvons nous permettre de faire l'avance pour acheter le matériel nécessaire. Faute de mieux, Chivers et moi faisons l'impossible pour que la chambre d'Edward et la bibliothèque soient toujours correctement chauffées.

« Chivers — encore — a réussi à nous trouver deux hommes de peine qui travaillent en permanence à Cottingdean. L'un d'eux, Dan Holcombe, est un ancien charpentier de métier qui fait des merveilles dans la maison et les dépendances. L'autre, Sam Oldfield, semble un peu arriéré au premier abord, mais sa force physique est telle qu'il nous soulage grandement, Chivers et moi. En outre, il est d'une gentillesse à toute épreuve et adore David. Il vit au village avec sa mère veuve, et vient travailler ici chaque jour. Dan, en revanche, loge dans une chambre qu'il s'est aménagée au-dessus de l'étable. C'est un homme d'une cinquantaine d'années, très calme, avec un accent londonien prononcé. Il parle peu de lui, et je suppose qu'il a vécu une tragédie personnelle. Apparemment, sa famille aurait été décimée lors du grand bombardement de Londres… Lorsqu'il a été libéré de l'armée, il semble qu'il n'ait pas eu le courage de retourner sur le lieu du drame. »

Liz hésita avant de reposer son stylo. Pour la première fois depuis qu'elle tenait ce journal, elle trouvait difficile de confier ses pensées au papier... Elle lut ce qu'elle avait écrit, puis le relut encore, des ombres au fond des yeux. Du bout des doigts, tremblant légèrement, elle caressa la première ligne : « *Aujourd'hui, Vic est parti pour l'Australie...* »

Etait-ce ce matin seulement qu'ils s'étaient mis en route ensemble ? Vic s'était installé près d'elle à la place du passager, très nerveux dans son costume neuf. Toutes les deux minutes, il tapotait sa poche pour s'assurer qu'il avait bien son billet de bateau et ses différents papiers. Quant à elle, au volant, elle était aussi nerveuse que lui.

Ce n'était pas la conduite qui l'effrayait : lorsqu'elle avait utilisé le reste de son pécule — bien ébréché par les frais de voyage de Vic et la somme réservée à l'acquisition du bélier — pour acheter la petite voiture d'occasion de Ian Holmes, le médecin lui avait aussi appris à conduire. Edward, contrairement à sa première réaction, l'avait encouragée à le faire. Comme elle protestait qu'ils auraient un mal fou à trouver de l'essence, il avait fait valoir que les restrictions ne dureraient pas éternellement et que l'automobile, alors, deviendrait sans doute une nécessité indispensable à la vie moderne.

Liz s'était laissé convaincre et, à sa vive surprise, avait tout de suite éprouvé un grand plaisir à conduire.

Ils étaient donc partis un peu avant l'aube, de façon à arriver avant midi à Southampton ; le bateau devait lever l'ancre à 16 heures et les formalités d'embarquement demandaient du temps. Liz avait bien senti qu'Edward n'était pas très favorable à ce voyage, qu'il aurait préféré laisser Vic partir seul. Elle savait que son mari éprouvait un ressentiment sourd pour le jeune berger depuis la naissance de David. Il était jaloux, comme il l'était d'ailleurs de tous les hommes qu'elle approchait à l'exception de Ian. Il devenait de plus en plus morose, de plus en plus possessif... Mais lorsqu'il arrivait à la jeune femme de se rebeller intérieurement, elle se rappelait en hâte tout ce qu'elle devait à son mari et combien il souffrait moralement et physiquement de ses blessures. Par bonheur, le temps s'était arrangé... Après cet été maussade qui avait empêché Liz de remplir le garde-manger autant qu'elle l'aurait voulu, ses réserves de conserves et de confitures étant moins abondantes que d'habitude, les premiers jours de septembre étaient beaux et chauds.

Ils atteignirent Southampton dans les temps et se dirigèrent aussitôt vers les docks. Là, ils durent se renseigner à plusieurs reprises avant de trouver le bateau de Vic.

— Vous émigrez ? leur demanda un homme, les prenant visiblement pour un couple marié. Je ne peux pas dire que je vous blâme... Il ne reste plus grand-chose, dans ce pays. En tout cas, c'est l'impression qu'on a... Vous partez vous battre pour défendre la patrie et qu'est-ce que vous retrouvez en rentrant ? Le néant... Soit votre femme s'est envolée au bras d'un Yankee, soit elle s'est mise avec quelqu'un d'autre — un type qui n'a pas levé le petit doigt pour protéger l'Angleterre quand celle-ci en avait besoin et qui s'est arrangé en plus pour vous piquer votre boulot !

Cet homme n'avait pas tort, songea Liz en le remerciant et en se remettant prudemment en route à travers les quais encombrés. Un profond malaise agitait le pays. Les gens, désormais, ne se satisfaisaient plus d'obéir sans rien dire. La guerre avait changé bien des choses, et certaines, sans doute, pour toujours.

Le nombre de paquebots et de cargos rangés le long des quais la stupéfia, ainsi que la foule qui grouillait tout autour. Il y avait beaucoup de familles, beaucoup d'enfants et de femmes en pleurs disant un dernier au revoir à quelqu'un qui partait... Liz avait lu dans les journaux et entendu à la TSF que les émigrants étaient innombrables à partir refaire leur vie dans les pays du Commonwealth tels que l'Australie, le Canada, la Nouvelle-Zélande, mais voir tous ces gens sur le point de quitter leur patrie pour toujours la rendait soudain étrangement vulnérable, l'agitait d'une émotion profonde.

Elle essaya d'imaginer ce qu'elle ressentirait si elle devait quitter l'Angleterre de façon définitive, s'arracher à Cottingdean devenu si cher à son cœur... Un frisson la parcourut.

Etait-ce mal d'aimer une maison à ce point ? se demanda-t-elle. De se sentir unie à elle comme si ce lien était indissoluble, comme si cette demeure était son unique port d'attache, une demeure quasi spirituelle ? En général, Liz était pragmatique ; elle se moqua donc de sa stupidité.

Après tout, Cottingdean n'était qu'une maison ; une maison très belle, certes, très précieuse à ses yeux, mais seulement une maison. David, Edward comptaient bien autrement dans sa vie...

Comme ils étaient en avance, elle proposa à Vic d'aller manger quelque chose en ville. Le berger protesta, puis finit par céder devant son insistance. Ils se rendirent donc jusqu'au centre et se garèrent près d'autres voitures, sur un terre-plein dont les ruines avaient été déblayées. Les dégâts causés par les bombardements étaient horribles à voir. Mais, en même temps, Liz fut très étonnée de constater à quel point la reconstruction allait bon train un peu partout. Non loin d'eux, six hommes s'activaient avec une énergie qui lui tira un regard d'envie ; un instant, elle souhaita avoir une troupe aussi vaillante à Cottingdean, pour rebâtir l'ancienne filature...

Ils déjeunèrent en hâte dans un restaurant Joe Lyons. Vic insista pour payer ; avec tact, elle le laissa faire.

Depuis la naissance de David, ils étaient unis par un lien profond. Bien que Vic ait deux ou trois ans de plus qu'elle, Liz le considérait souvent comme le jeune frère qu'elle n'avait pas eu. C'était un être qui parlait peu, et pratiquement jamais de lui-même, mais il suffisait de le regarder avec ses moutons pour percevoir toute la tendresse et la compassion dont il était capable.

Liz savait qu'elle pouvait lui faire totalement confiance pour la mission qu'elle lui avait confiée, mais elle se sentait un peu coupable de le séparer de tout ce qu'il avait toujours connu, de l'envoyer à l'autre bout de la terre dans un pays qui lui était complètement étranger. Même si, en même temps, elle éprouvait aussi une certaine jalousie : elle lui enviait sa liberté, lui en voulait un peu de partir — bien qu'elle ait elle-même décidé ce départ.

Elle avait beau adorer David et Cottingdean, vouer à Edward une reconnaissance sans bornes, il lui arrivait parfois de souhaiter ardemment avoir un peu de temps à elle, afin de pouvoir se retrouver et échapper quelques heures au moins à ses responsabilités — la plus pesante d'entre elles étant Edward. Mais sans lui sa vie et celle de David auraient été tellement différentes... Souvent, quand ce genre de pensée l'effleurait, elle était submergée par une culpabilité et une douleur si aiguës qu'elle se lançait en hâte dans une activité physique susceptible d'absorber toutes ses forces et toute son énergie. Ce n'était pas ce qui lui manquait à Cottingdean. Et il lui fallait bien tout l'amour dont elle était capable pour mener à bien la tâche qu'elle s'était fixée : ressusciter le domaine dans toute sa splendeur.

Chivers et elle avaient déjà réalisé beaucoup de choses — des miracles, disait Ian Holmes. Quand David était né,elle n'aurait certainement jamais imaginé qu'elle disposerait quelques années plus tard, en plus du verger et du potager, d'un jardin d'agrément qui commençait à retrouver sa beauté d'origine. Elle avait été grandement aidée dans cette tâche par Sam, qui, en dépit de son léger handicap mental, semblait posséder une affinité naturelle avec tout ce qui poussait, et connaissait merveilleusement les plantes.

C'était lui qui apportait les boutures et plants nécessaires à la reconstitution des bordures, qui passait des heures à se rompre le dos pour désherber, éliminer les ronces, tailler les églantiers sauvages. Ce jour-là, en rentrant de Southampton, c'était grâce à lui qu'elle avait pu savourer un long moment de paix et de tranquillité dans cet écrin de verdure et de fleurs reconstitué avec science, patience et amour.

Dan, lui, s'activait à l'intérieur. Aidé de Chivers, et grâce aux inépuisables « trouvailles » de ce dernier, il avait exécuté pratiquement toutes les grosses réparations nécessaires. Le toit ne fuyait plus, la chaudière fournissait de nouveau de l'eau chaude, les taches d'humidité commençaient à disparaître des murs. Comme il savait en outre restaurer les plâtres des plafonds, la maison revenait peu à peu à la vie.

Après avoir mangé, ils regagnèrent le port. Tandis qu'ils marchaient vers les quais, Liz se rendit compte que le jeune homme était nerveux. Elle passa machinalement un bras sous le sien et pressa sa manche d'un geste rassurant, un peu comme une sœur ; ce faisant, elle constata à quel point ce corps d'homme était différent de la frêle silhouette d'Edward ou du petit corps potelé de David et elle en éprouva un trouble profond. L'espace d'un instant elle repensa à Kit, chose qui ne lui arrivait presque plus jamais désormais. Elle se rappela l'homme qu'elle avait aimé et un frisson la parcourut tandis que les souvenirs affluaient et qu'elle revivait tout ce qu'elle avait ressenti autrefois quand elle était jeune, passionnée, amoureuse, enfiévrée par le désir...

Aussitôt, elle avait lâché Vic et tourné la tête vers la mer. Ces pensées n'étaient pas de mise pour une femme de son âge, et dans sa situation. Elles étaient d'autant plus ridicules qu'elle n'avait pris aucun plaisir physique aux étreintes de Kit.

Lorsque les passagers furent autorisés à monter à bord, elle accompagna Vic jusqu'à la cabine qu'il devait partager avec un autre homme seul. Après l'avoir aidé à ranger ses affaires dans le minuscule espace disponible, elle remonta avec lui sur le pont. Tous deux étaient silencieux, plongés chacun dans leurs pensées. Ce fut Vic qui reprit la parole le premier.

— Tom Hudson est un bon fermier, déclara-t-il d'un ton anxieux, mais ce ne sera pas comme s'il s'occupait de ses propres bêtes...

— Ne vous inquiétez pas, Vic. Je m'assurerai que le troupeau ne manque de rien.

A cet instant, le haut-parleur émit des craquements et le commandant annonça que les personnes venues accompagner les voyageurs devaient regagner le quai. Vic reconduisit Liz jusqu'à la passerelle. Mais soudain, alors qu'elle se tournait vers lui pour prendre congé et lui souhaiter bonne chance dans sa mission, à sa vive stupeur il la serra brusquement dans ses bras et déposa un baiser maladroit sur ses lèvres.

Il la relâcha aussitôt, cramoisi, avant de détourner les yeux en bafouillant une excuse. Liz était sidérée, et bouleversée par les évocations que le contact de cette bouche d'homme avait réveillées en elle. Muette, elle se demanda s'il n'avait pas inconsciemment perçu son trouble, un moment plus tôt. Sans le vouloir, peut-être lui avait-elle laissé supposer... Elle avala sa salive, furieuse contre elle-même, et s'efforça de reprendre le contrôle de la situation. Avec un petit sourire qu'elle voulait rassurant, elle déclara d'une voix altérée :

— Ce moment est très émouvant pour vous, Vic... Quitter l'Angleterre pour la première fois, c'est une étape...

— Oui.

Il regardait toujours la mer, l'air terriblement gêné. Elle ne pouvait pas le laisser partir ainsi. Elle lui devait trop, à commencer par la vie de David et probablement la sienne. Tendant une main vers lui, elle effleura du bout des doigts son bras crispé.

— Vous allez me manquer, Vic, ajouta-t-elle avec douceur. Mais il serait égoïste de ma part de vous priver de ce voyage. Nous avons tellement besoin de ce bélier... Et puis qui sait ? conclut-elle sur un ton faussement enjoué. Vous nous ramènerez peut-être de Woolonga une jolie fiancée australienne !

Le jeune berger avait recouvré son sourire, mais il rétorqua avec une certaine sécheresse :

— J'ai plus besoin d'un bélier que d'une femme...

Le regard qu'il jeta à Liz l'obligea à détourner les yeux, tremblante. Elle avait déjà vu cette expression sur le visage d'un homme. Elle l'avait prise pour de l'amour, alors... Mais Vic ne pouvait pas, ne devait pas l'aimer. Si jamais il éprouvait ce genre de sentiment, elle serait contrainte de le renvoyer. Or ils avaient trop besoin de lui, à Cottingdean, trop besoin...

Elle crispa les paupières, essayant de chasser de son esprit les visions qui l'assaillaient. Il serait si doux de se laisser aller contre lui, de s'abandonner entre ses bras, de l'entendre lui murmurer que rien ne les empêchait de partir ensemble à la conquête de leur Toison d'or... Que ce voyage serait à eux, rien qu'à eux, que...

Et puis quoi encore ? Qu'ils pouvaient être amants ? Décidément, elle n'avait plus toute sa tête ! N'avait-elle donc rien retenu des leçons du passé ? Elle était une femme mariée, en charge d'un mari invalide et d'un jeune enfant. Une femme mariée qui avait par-dessus le marché choisi de son propre gré une vie de chasteté.

Pourtant, oui, pourtant, tandis qu'elle regardait Vic debout près d'elle, elle ne pouvait s'empêcher de se remémorer la délicatesse de ses gestes lorsqu'il l'avait aidée à mettre David au monde, la douceur de ses mains sur elle, ses attentions et la compréhension pleine de tendresse dont il avait fait preuve. En fait, il y avait tant de choses qu'elle brûlait de lui dire... Les mots lui nouaient la gorge, mais elle savait qu'elle n'avait pas le droit de les prononcer ; car même si l'affection qu'elle éprouvait pour lui était immense, même si elle avait besoin de sa force, de sa présence, elle ne l'aimait pas d'amour. Lui permettre d'espérer autre chose eût été trahir Edward et David, mais surtout le trahir lui-même. Alors, le cœur déchiré par la réserve qu'elle s'imposait, elle lui tendit la main et s'obligea à sourire le plus vaillamment possible.

— Je ferais mieux de descendre. Bon voyage, Vic. Et souvenez-vous : nous comptons sur vous pour nous ramener le meilleur des béliers australiens. J'ai de grands projets pour le troupeau qu'il nous permettra de constituer. Dans quelques années, nous inonderons le monde entier de notre laine.

Vic lui répondit par un petit rire un peu forcé.

— Au revoir, Vic..., murmura-t-elle encore.

Sa voix se cassa. Elle se hissa sur la pointe des pieds et l'embrassa rapidement sur la joue. Puis elle se détourna, et sans un regard en arrière rejoignit le flot des familles qui quittaient le bateau.

Elle n'attendit pas le départ. Tout de suite, elle regagna sa voiture et se remit en route pour Cottingdean. En conduisant elle s'efforça de penser à l'avenir qui l'attendait, et non à ce qu'elle laissait derrière elle. Sa vie, c'étaient son mari, son fils, sa maison, les responsabilités qui y étaient attachées. Elle voulait rentrer chez elle l'esprit et le cœur en paix.

Alors qu'elle traversait un petit village, elle dut s'arrêter pour laisser passer un groupe d'hommes qui portaient un énorme coffre en chêne finement sculpté. Dès qu'elle le vit, elle pensa qu'il serait parfait pour le vestibule de Cottingdean, encore vide. Mue par une impulsion irraisonnée, elle se rangea sur le côté et demanda aux hommes ce qu'ils comptaient faire de ce meuble.

— Nous allons le jeter, répondit l'un d'eux. Cette vieillerie nous encombre depuis des années. Maintenant que la mère est morte, on peut enfin s'en débarrasser…

Le coffre était couvert de crasse et vermoulu par endroits, mais en dépit de son état, Liz voyait déjà ce qu'elle pourrait en tirer. Il était très ancien ; ciré et patiné, il serait superbe.

— Je vous l'achète, déclara-t-elle sans s'octroyer le temps de réfléchir ou d'hésiter. Si vous êtes d'accord, je vous en donnerai cinq livres. Et même six si vous acceptez de le fixer sur le toit de ma voiture.

De toute évidence, l'homme se demandait si elle n'était pas folle. Il lui jeta un coup d'œil soupçonneux.

— Il est tout juste bon à faire du bois à brûler, grommela-t-il. Mais si vous êtes sûre que vous le voulez… Je ne tiens pas que votre mari me le ramène dans quelques jours, vous comprenez…

— Soyez sans crainte, on ne vous le ramènera pas, répondit Liz en tirant quelques billets de son sac.

Elle se félicita qu'Edward ait insisté pour qu'elle prenne un peu d'argent sur elle, pour le cas où elle aurait décidé de passer la nuit à Southampton. Il fallut plus d'une heure aux hommes pour attacher le coffre sur la galerie ; cela fait, Liz les remercia et repartit le cœur gonflé de joie et d'excitation. Tout sentiment de malaise l'avait brusquement abandonnée. Sans le savoir, en acquérant ce coffre, elle venait d'entamer avec les meubles anciens une histoire d'amour qui allait durer toute sa vie. Car même si elle devait dénicher plus tard des antiquités de beaucoup plus grande valeur, jamais son bonheur ne serait aussi grand que ce jour-là.

Vibrante de fierté et de plaisir futur, elle roulait lentement dans la campagne anglaise, fredonnant gaiement tandis que le coffre bringuebalait au-dessus de sa tête.

*
* *

Vic resta absent six mois. Liz n'eut pas le temps de les voir passer tant elle était occupée. David grandissait très vite ; il devenait un petit garçon adorable, très calme, doté d'une telle gentillesse que sa mère le contemplait souvent avec un étonnement émerveillé. Il n'avait vraiment rien de son père. Impossible de déceler en lui la moindre trace de dureté ou de cruauté. C'était un petit être à part, totalement différent de Kit.

Au début, Vic leur écrivit que le propriétaire des fameux béliers de Woolonga se faisait tirer l'oreille pour vendre une de ses bêtes. Liz déduisit de ses lettres que l'éleveur australien était un homme dur, inflexible, qui ne laissait guère de place dans sa vie aux sentiments. Elle eut l'impression aussi que le jeune berger succombait peu à peu à la magie des grands espaces, et elle commença à craindre qu'une fois de retour, la vie au village ne lui paraisse bien morne et bien étriquée. Après tout, Vic était un homme jeune, il avait besoin d'aventure… Et lorsqu'il lui arrivait de penser qu'elle était jeune aussi, elle s'empressait de chasser cette idée.

L'hiver fut rude, mais ils parvinrent néanmoins, en s'y mettant tous, à réduire au minimum les pertes du troupeau. Liz passa des nuits et des nuits à veiller les brebis qui mettaient bas ; elle nouait sa volonté, déterminée à se montrer digne de la confiance de Vic, et quand son courage vacillait il lui suffisait de se rappeler la naissance de David pour recouvrer l'énergie nécessaire à sa tâche.

Bientôt, la cuisine fut envahie par les agneaux qui avaient perdu leur mère. Liz regardait David jouer avec eux, émue par la tendresse qu'il leur témoignait. Le petit garçon semblait deviner d'instinct la souffrance des autres ; et il était capable d'une compassion stupéfiante pour un enfant de cet âge. Parfois, Liz se demandait s'il ne menait pas une existence trop recluse, si elle ne devrait pas lui trouver des compagnons de jeux de son âge ; il passait le plus clair de son temps avec Edward. Mais ils s'entendaient si bien, tous les deux, qu'elle n'avait pas le cœur de les séparer.

Chivers délaissait un peu Edward pour s'occuper des moutons avec elle. L'hiver semblait ne jamais devoir finir. Et puis, soudain, comme Liz désespérait de voir revenir les beaux jours, la neige se mit à fondre, des crocus commencèrent à émailler le jardin, et surtout, surtout, une lettre de Vic annonça son prochain retour avec le bélier tant espéré.

Le jeune homme arriva quelques semaines plus tard, transformé. Il était hâlé, ses épaules s'étaient élargies, et dans son regard bleu brillait la nostalgie des grands espaces. Tranquillement, il prit Liz à part et lui annonça qu'il n'avait pas ramené qu'un bélier…

— C'est vous qui m'avez donné cette idée, déclara-t-il d'un ton calme. Liz devina ce qui allait suivre et sa gorge se serra.

— Vous avez trouvé une femme…, murmura-t-elle.

— Oui. C'est la fille du contremaître de Woolonga. Ce qu'il y a, c'est que… c'est qu'elle a vécu toute sa vie là-bas, et que le bush est quelque chose… d'étrange, de… magique. Moi aussi, j'ai ressenti cette impression.

Il eut un petit sourire attristé.

— Alors voilà… Elle m'a accompagné pour connaître l'Angleterre, mais dès que j'aurai réussi à vous trouver un autre berger, je crois que nous retournerons vivre à Woolonga…

Woolonga, Woolonga ! Ce nom commençait à paraître bien amer à Liz. Elle leva les yeux vers Vic et lut dans son regard tout ce qu'il ne lui disait pas. Oui, elle avait lancé comme une boutade qu'il ramènerait peut-être une fiancée australienne. Mais elle n'en pensait rien… Pas un instant, elle n'avait songé à l'éloigner d'elle, de Cottingdean. Elle avait trop besoin de lui pour envisager de le perdre.

Cette nouvelle la déchirait à plusieurs titres. Il y avait la douleur de la séparation prochaine, à laquelle s'ajoutait celle de se sentir aussi égoïste. Elle n'avait pas le droit de lui demander de rester alors qu'elle n'avait rien à lui offrir — du moins en tant que femme. Et elle avait encore moins le droit d'éprouver ce qu'elle éprouvait en cet instant.

Elle rencontra sa femme deux ou trois jours plus tard. Beth était une petite brune très vive, à la peau hâlée et aux yeux d'un bleu étincelant. Envers Liz, elle montrait un mélange de curiosité et de méfiance, comme si elle jugeait la jeune femme dangereuse pour son mariage ; doublée d'une animosité instinctive vis-à-vis des Danvers, comme si elle supportait mal la déférence que Vic leur témoignait. Elevée dans une société sans classes, elle ne comprenait pas les codes qui présidaient aux rapports sociaux en Angleterre. Le cœur serré, Liz en conclut qu'il valait beaucoup mieux qu'elle ne reste pas ; elles n'auraient jamais réussi à s'entendre.

Fidèle à sa parole, Vic ne voulut pas repartir avant d'avoir trouvé quelqu'un pour le remplacer. Cela lui prit trois mois. A la fin de cette période, Liz n'en pouvait plus d'entendre parler à longueur de journée de Woolonga, du bush, de la station… A en croire Beth, le domaine où elle travaillait était immense — et la vie qu'on y menait décidément beaucoup plus passionnante que la vie à Cottingdean. Liz savait qu'il était ridicule de sa part d'éprouver un tel ressentiment et une telle aversion pour un endroit qu'elle ne connaissait pas, mais c'était plus fort qu'elle. Et elle ne pouvait non plus s'empêcher de penser que la femme de Vic la narguait délibérément.

Un jour, elle se surprit à lancer à Edward d'un ton belliqueux :

— Finalement, je crois que je serai heureuse de voir partir Vic et Beth. J'en ai assez d'entendre sans cesse chanter les louanges de Woolonga.

— Beth a le mal du pays, cela la rend irritable, répondit son mari avec calme. Mais je reconnais qu'elle exagère un peu. Au fond, je pense qu'elle est inquiète ; elle doit redouter que Vic ne change d'avis.

— Elle peut être tranquille, cela n'arrivera pas, répliqua Liz avec acidité.

Elle se rendait compte qu'Edward l'observait avec attention, comme s'il voulait s'assurer qu'elle était sincère. Faisant taire son chagrin, elle ajouta du ton le plus détaché possible :

— Tout compte fait, je pense qu'il vaut mieux qu'il s'en aille. Quel avenir aurait-il eu, ici ? Le berger qu'il nous a trouvé est plus âgé, et plus susceptible de rester avec nous. Il paraît qu'il s'est déjà fort bien habitué à son nouveau poste.

— Mmm… J'espère que tu ne seras pas trop déçue par ce bélier, avec l'argent qu'il t'a coûté. Pour ma part, j'estime que le pays a plus besoin de viande que de laine…

— Pour l'instant, oui. Mais je pense aussi à l'avenir, à l'époque où il n'y aura plus de rationnement et où les gens auront de nouveau envie de luxe et de confort. Nos compatriotes brûlent d'avoir à leur disposition des étoffes de qualité, et les fabricants sont rares. Un jour, j'en suis sûre, la demande dépassera l'offre.

— Et c'est *toi* qui combleras la différence ? Libre à toi de rêver, ma chère… Il est vrai qu'autrefois les laines de Cottingdean étaient réputées, mais cette époque est révolue depuis longtemps. La filature est en ruine, la roue à aubes complètement vermoulue, le bief envahi par les plantes aquatiques… Il n'y a plus ni machines ni main-d'œuvre. Rien… Et avec quoi financer les réparations ? Nous avons à peine de quoi nous abriter et nous nourrir.

— Les temps changent, insista Liz. Tu verras ce que je te dis. Le pays a besoin d'industries nouvelles, les gens auront besoin de ce que nous fabriquerons. Nous trouverons un moyen de tout concilier.

Edward soupira et pinça les lèvres d'un air dédaigneux. Liz sentit monter en elle une immense frustration. Elle nourrissait tant de projets, tant d'espoirs… Ne voyait-il pas qu'elle avait besoin de s'accrocher à quelque chose, de croire en l'avenir, quel qu'il soit ? Bientôt, David n'aurait plus besoin d'elle ; Edward lui-même faisait de plus en plus appel à Chivers pour la vie quotidienne, et se tournait vers Ian Holmes et le pasteur pour se distraire. Elle devait donc trouver de nouveaux buts, de nouvelles raisons d'exister. Et un nouveau défi à relever, pour employer l'énergie qu'elle sentait bouillonner en elle et qui la rendait parfois si nerveuse.

L'incident qui s'était produit avec Vic le jour de son départ lui avait ouvert les yeux sur les pièges qui risquaient un jour ou l'autre de la menacer si elle ne se montrait pas plus prudente, si elle n'avait pas de grands projets pour occuper son temps et ses pensées. A présent, il ne lui suffisait plus de s'épuiser à des tâches physiques pour tomber comme une bûche sur son lit, recrue de fatigue. Bien souvent, elle ne réussissait pas à trouver le sommeil. En outre, les travaux qui restaient à effectuer dans la maison n'étaient plus de son ressort ; ils devraient être accomplis par des professionnels. Il lui fallait donc *à tout prix* trouver autre chose à construire, quelque chose qui ferait renaître de leurs cendres la réputation et le prestige de Cottingdean. Elle voulait bâtir un avenir solide et sain pour le domaine et le village. Puisque les moutons avaient fait leur fortune autrefois, il n'y avait aucune raison pour qu'ils ne la refassent pas aujourd'hui. Et si elle n'avait plus personne avec qui partager ce rêve, une fois Vic parti, eh bien, elle continuerait à rêver seule. Et elle réussirait, se répéta-t-elle avec entêtement.

Elle était convaincue qu'il existait un marché potentiel. Le jour où la demande se réveillerait, elle voulait être prête pour la satisfaire. C'était aussi simple et aussi évident que cela.

Cette fois, lorsqu'elle prit congé de Vic, ce fut au milieu du groupe d'amis qu'elle avait conviés à Cottingdean pour une petite fête d'adieu. Tous leurs voisins étaient là. Comme Edward et elle ne pouvaient se permettre d'acheter un cadeau de prix aux jeunes époux, elle choisit de leur offrir un délicat service à thé en porcelaine déniché au fond d'un placard. Beth lui jeta un coup d'œil méprisant. Mais quand Vic prit les tasses avec précaution dans ses grandes mains calleuses, le cœur de Liz se serra. Il était si tendre, si doux… Elle ne put s'empêcher de se demander ce qui serait arrivé si elle n'avait pas été mariée à Edward. Mais elle *était* mariée à Edward, et c'était une chance extraordinaire pour David. Tant de filles comme elle étaient restées seules, veuves ou abandonnées… Cette pensée la fit frissonner.

Quand vint le moment des adieux, Vic évita de la regarder. Elle savait qu'il agissait pour leur bien à tous les deux, mais le voir partir la déchirait. Sa vie serait tellement moins riche, sans lui… Néanmoins, elle lui souhaita bonne chance du fond du cœur.

Comme s'il devinait sa peine, David vint glisser sa petite main dans la sienne. Sa chair d'enfant était tendre et chaude, mais pour la première fois ce contact ne suffit pas à combler Liz. Elle brûlait tout à coup de sentir sur ses doigts une main forte, solide… une main d'homme.

Elle ravala ses larmes, maudissant sa faiblesse. Elle devait penser à l'avenir. A quoi bon regretter une relation qui ne l'aurait pas satisfaite, de toute façon ? Son expérience avec Kit lui avait bien montré que l'amour charnel n'était pas fait pour elle. Et pourtant il y avait les nuits, ces longues nuits solitaires où elle se tournait et se retournait dans son lit, incapable de dormir, tourmentée par la faim qui habitait son corps. Une faim qu'elle ne comprenait pas, qu'elle ne s'expliquait pas, mais qui la troublait et l'emplissait de honte.

20.

Tandis qu'elle cherchait le cahier suivant, Sofia songea avec une pointe de sarcasme qu'elle était en train de découvrir une nouvelle facette de sa mère : une femme dotée d'un talent inattendu pour le suspense, ou tout au moins le mélodrame... Tout au long du cahier qu'elle venait de terminer, elle avait perçu dans les écrits de Liz une tension grandissante, comme si elle arrivait peu à peu à un tournant capital de son existence. Mais peut-être, en tant que lectrice, cédait-elle tout simplement à la pression des événements présents, dont l'intensité suffisait s'il en était besoin à dramatiser les pages qu'elle était en train de lire...

Comment oublier, en effet, que la jeune Liz du journal était actuellement en train de lutter pour rester en vie ? Et qu'elle-même, Sofia, avait l'impression de plus en plus vive de parvenir à un point crucial de son destin ? Le contexte n'était pas fait pour atténuer le contenu des cahiers... Au fond, c'était peut-être sa propre nervosité et ses problèmes personnels qui lui faisaient mettre dans ces lignes plus de mystère et de secrets qu'elles n'en contenaient réellement.

Néanmoins, une chose était certaine : elle voyait sa mère avec d'autres yeux, maintenant, et compatissait de tout son cœur aux dilemmes qui semblaient s'être posés à elle au début de sa vie. Elle comprenait si bien son trouble, ses désirs, ses besoins... Désirs et besoins qu'Edward était bien en peine de satisfaire.

En s'emparant du volume suivant, elle constata avec un choc qu'il couvrait une période de dix ans... et qu'il contenait donc le moment de sa naissance. Son cœur se mit à battre furieusement dans sa poitrine.

Elle n'avait jamais eu avec sa mère le genre d'intimité qui lui aurait permis de l'interroger sur ses mobiles, de lui demander pourquoi, alors qu'elle était encombrée d'un mari invalide, d'un fils de dix ans, d'une maison à restaurer et maintenant d'une affaire à gérer, elle s'était subitement lancée dans l'aventure périlleuse entre toutes qui consistait à concevoir artificiellement un enfant… Cela semblait d'autant plus mystérieux que cet enfant, par la suite, avait semblé l'embarrasser plus qu'autre chose.

A présent, Sofia savait que la froideur de sa mère à son égard n'était pas due à son tempérament. La Liz de l'époque n'avait rien d'une femme trop réservée, incapable d'extérioriser ses sentiments. Alors pourquoi, durant toute son enfance, avait-elle eu l'impression de ne pas avoir été désirée ? Tout cela semblait vraiment très contradictoire.

Dans son malheur, en tout cas, elle avait eu la chance d'avoir auprès d'elle le meilleur des soutiens, la crème des hommes, David… David capable d'effacer tous les chagrins, de désarmer toutes les colères d'un seul de ses sourires. Devenue adulte, elle avait compris combien ce genre de personne était rare. Mais son frère lui avait fait faux bond lorsqu'elle aurait eu le plus besoin de lui, après l'accident de Scott et son retour en Australie. A cette époque-là, il était mort… Elle s'était retrouvée seule, sans confident, sans appui. David aurait su l'aider, elle en était sûre. Peut-être était-ce parce qu'il n'était plus là, qu'elle s'était tournée instinctivement vers Daniel… Hélas, son besoin éperdu de tendresse s'était alors changé en violence, en agressivité. Il fallait qu'elle passe sa rage et sa douleur sur quelqu'un, et elle avait choisi l'ami de Scott comme victime expiatoire.

Elle fronça les sourcils. Bien sûr, cela n'expliquait pas tout… Il y avait aussi cette espèce d'attirance obscure qu'elle avait toujours éprouvée pour lui, et qu'elle rejetait à cette époque comme quelque chose de coupable et de malsain. Elle avait honte de ces pulsions qui la dépassaient. Si David avait encore été en vie, lui en aurait-elle parlé ? Non, sans doute pas… Malgré l'amour infini qu'elle portait à son frère, elle avait toujours senti que sur le plan de la sexualité ils étaient aussi différents que l'eau et le feu. Pour David, le sexe n'était pas un simple appétit naturel mais un don de Dieu, un acte transcendé par son intention dernière : mettre au monde des enfants. En outre, contrairement à elle, il ne se montrait pas curieux de ce qui motivait les autres et préférait ignorer les recoins les plus sombres de l'âme humaine.

Un instant, elle songea à Faye. Sa belle-sœur s'était-elle interrogée parfois sur son mariage ? Aurait-elle pu finir par se sentir frustrée, à la longue ? De toute évidence, sous son apparence paisible elle cachait une nature passionnée... Une nature que David, apparemment, n'avait pas su ou pas voulu éveiller. Avec ce qu'elle savait de sa mère, à présent, elle était presque certaine que Liz s'en était rendu compte. Sans doute était-ce pour cela qu'elle se montrait si protectrice envers sa belle-fille, et non, comme Sofia l'avait cru jusqu'alors, parce qu'elle appréciait sa vertu et sa modestie par comparaison avec les mœurs dévoyées de sa propre fille...

Brusquement, elle avait honte de l'aveuglement qu'elle avait montré vis-à-vis de Faye. Si elle avait été plus attentive, elle aurait remarqué depuis longtemps cette terreur irraisonnée que semblaient lui inspirer les hommes. Quel secret cachait-elle ? Etait-ce à cause de cette étrange vulnérabilité qu'elle avait choisi d'épouser David, dont la tendresse et la douceur la protégeaient du reste du monde ? Pour cela aussi qu'après sa mort elle était restée aussi farouchement dans le giron de sa belle-mère ? C'était bien possible... Quoi qu'il en soit, la tension qu'elle s'imposait semblait terrible ; cela ne pouvait pas continuer ainsi.

Dès que Faye rentrerait, décida-t-elle, elle lui parlerait. Elle essaierait de savoir ce qui n'allait pas, l'encouragerait à se confier. Après tout, puisque Liz n'était pas là, il fallait que quelqu'un la remplace. Tout à coup, elle mesurait combien elle tenait à sa famille ; beaucoup plus qu'elle n'avait jamais voulu l'admettre. Ses relations avec ses parents avaient pesé très lourd sur toute son existence d'adulte. Mais au lieu de chercher auprès des hommes une compensation à l'amour paternel qui lui avait si cruellement manqué, comme cela arrivait souvent, elle avait fait le contraire : elle n'avait songé qu'à se venger. D'ailleurs, la plupart de ses « victimes » s'étaient pliées assez complaisamment à son jeu. A l'exception de Daniel Cavanagh...

Daniel, encore et toujours lui... Elle avait beau faire, ses pensées la ramenaient sans cesse à lui. Allait-il rappeler, ou ignorerait-il purement et simplement son ultimatum ? Dans ce cas...

Un frisson la parcourut. Elle s'aperçut qu'elle tremblait. Inspirant profondément, elle tourna vivement les pages du journal. Elle refusait de repenser à cette scène ridicule de la veille. Pour rien au monde, elle n'accepterait que ses sens reprennent le dessus et lui ôtent de nouveau son intelligence et sa logique.

Elle se mit à lire avec avidité, passant rapidement sur les détails matériels qui émaillaient les premières pages. Le bélier s'était révélé extraordinaire, sa nombreuse progéniture donnait exactement la laine que Liz attendait. A peine Sofia s'arrêta-t-elle un peu plus longuement sur une phrase très brève, qui trahissait par sa sécheresse les sentiments que Liz refoulait : « Aujourd'hui, nous avons eu des nouvelles de Vic. Beth est enceinte. » Mais elle ne s'apitoyait pas sur elle-même, et Sofia décida de ne pas s'attarder non plus.

Ce journal-là était plein de notes rapides, jetées à la hâte, surtout au cours de l'hiver où Edward avait été victime de la grippe et avait dû être hospitalisé. Au printemps suivant, de nombreux agneaux naquirent. Liz commença à envisager d'acheter un second bélier. Elle espérait toujours rouvrir la filature, mais en attendant elle vendait la laine à une petite manufacture installée au sud de l'Ecosse, et se renseignait auprès du gouvernement pour savoir quelles aides pourraient lui être accordées.

Ainsi qu'elle l'avait prévu, les gens reprenaient espoir en l'avenir. Après ces années sombres vécues au jour le jour, ils se remettaient à faire des projets et se promettaient de donner à leurs enfants tout ce dont ils avaient été privés. Après le temps de la souffrance et de la privation venait une sorte de renaissance. Le marché que Liz avait escompté s'ouvrait peu à peu, et elle avait la conviction qu'il s'ouvrirait encore bien davantage.

Cependant, la résistance qu'elle rencontrait était vive. A sa place, n'importe quelle autre femme moins volontaire et moins entêtée aurait sans doute renoncé. Edward opposait à ses projets le silence buté d'un enfant gâté. Il refusait de l'écouter et elle en éprouvait un malaise grandissant. Sa santé était encore plus précaire depuis sa grippe ; il exigeait des soins constants et se montrait de plus en plus taciturne, surtout lorsqu'il estimait que sa femme ne lui accordait pas assez d'attention. Par chance, David était toujours aussi facile. Presque trop, songeait parfois sa mère avec inquiétude en le comparant aux garçons de son âge. Un jour où elle s'en ouvrait à Ian Holmes, le médecin l'avait rassurée ; le jeune garçon était calme, en effet, mais c'était sa nature. Il aimait être seul et n'était pas du tout malheureux. En outre, avait ajouté Ian, il changerait certainement lorsqu'il serait au collège.

Le collège... Cette question était un autre sujet de discorde entre les deux époux. Edward voulait envoyer David en pension dans un petit établissement privé où il avait fait lui-même ses études. Liz, elle, trouvait qu'à sept ans son fils était bien jeune pour quitter la maison. Mais sur ce point encore tout le monde semblait se liguer contre elle. Louise, la femme du pasteur, assurait qu'elle la comprenait, qu'elle avait eu elle aussi beaucoup de mal à se séparer de ses deux fils, mais que les garçons avaient besoin de discipline et qu'un bon internat était la meilleure des solutions. Quant à Edward, il insistait sur le fait que c'était dans ce genre d'établissement que David se ferait les relations qui lui seraient utiles plus tard dans sa vie d'adulte. Pour la première fois, Liz eut le sentiment que son mari lui faisait subtilement sentir qu'ils n'étaient pas du même monde, et qu'il était plus apte qu'elle à juger de ce qu'il fallait à leur fils.

Lorsqu'elle s'était mariée, l'idée de s'élever dans l'échelle sociale ne l'avait pas effleurée un instant. Mais elle n'était pas idiote : maintenant encore, dans ces années d'après-guerre, les différences entre classes subsistaient. On accordait toujours un respect particulier aux personnes

« bien nées », celles qui possédaient une ascendance convenable et l'accent qui allait avec… Ils mettraient donc David dans ce collège. Ils pouvaient à peine payer les frais de pension et de scolarité, mais elle ferait des économies sur le train de vie de la maison.

Au fond, Liz était forcée d'admettre qu'Edward avait raison. Elle aussi souhaitait le meilleur avenir possible pour leur fils. Et David lui-même ne rechignait pas du tout à l'idée de quitter Cottingdean pour être interne. Il en semblait même assez content. C'était un enfant raisonnable et pragmatique, avec les pieds sur terre. Tendrement, il avait rassuré sa mère ; non, il ne se sentirait pas seul ni malheureux. A l'entendre, on aurait pu croire qu'elle était la plus enfant des deux…

La façon dont elle restait soumise à l'emprise de « ses hommes » en dépit de tout ce qu'elle avait réalisé à Cottingdean la révoltait parfois. Edward continuait à condamner sans ambages son projet de réouverture de la filature. Ce genre d'activité ne convenait pas à une femme, d'après lui. Mais Liz ne pouvait admettre ce verdict qu'elle trouvait injuste. Certes, elle devait beaucoup à son mari ; mais elle avait fait de son mieux pour lui témoigner sa reconnaissance. Grâce à ses efforts, ils ne manquaient de rien ; le potager et le verger leur fournissaient fruits et légumes à volonté, ils engraissaient quelques bêtes pour leur consommation personnelle, les poules leur donnaient des œufs. Au total, ils réussissaient à vivre fort honorablement sur la pension d'Edward et le loyer de leurs terres.

La restauration et l'ameublement de la maison étaient encore loin d'être terminés. Toutefois, grâce au don de Liz pour dénicher les bonnes affaires, leur décor s'agrémentait régulièrement. Depuis le premier achat qu'elle avait effectué en rentrant de Southampton, elle avait passé beaucoup de temps dans diverses ventes aux enchères. Ces heures comptaient parmi les plus heureuses de sa vie.

Sa dernière acquisition consistait en de superbes rideaux de brocart qu'elle avait eus pour presque rien ; elle les avait recoupés, retaillés, et ils ornaient maintenant les fenêtres du salon. Leur ton mordoré et la richesse de leur texture lui avaient donné envie de refaire les murs de la pièce. Dans les livres de la bibliothèque, bien rangés à présent sur les rayonnages restaurés par Chivers, elle avait découvert des informations très intéressantes sur les décors d'origine de la maison. Elle avait appris ainsi que le salon était peint autrefois dans un vert mousse très léger, qui irait à la perfection avec ses nouveaux rideaux. Lorsqu'elle en avait parlé à Chivers, il lui avait déclaré qu'il serait assez aisé de trouver de la détrempe blanche. La teinter serait un autre problème…

Liz ne s'était pas découragée. Intrépide, elle avait commencé à faire des essais de teintures végétales. Ce qu'elle ne disait pas, c'était qu'elle espérait un jour utiliser ses nouvelles connaissances pour teindre les étoffes qu'ils fabriqueraient… Elle gardait à la mémoire les tons discrets des vêtements de lady Jeveson, les bruns doux, les ocres, les rouilles de ces beaux tweeds d'Ecosse qu'elle avait portés autrefois. Ils étaient tellement plus élégants que les couleurs agressives que l'on voyait maintenant ! En elle-même, la jeune femme savait parfaitement ce qu'elle voulait : le meilleur, tout simplement. Seuls des articles de très haute qualité mériteraient de porter l'étiquette « Laines de Cottingdean ».

Un jour, dans une vente aux enchères, elle avait eu une illumination en écoutant parler de riches touristes américains qui lui avaient soufflé sous le nez un magnifique bonheur-du-jour d'époque. La somme qu'ils avaient consacrée à cet achat l'avait fait rêver. Dans quelques années, s'était-elle juré, c'était cette clientèle-là qui lui achèterait ses produits. Son entourage pouvait bien se moquer doucement de ses idées de grandeur ; elle savait qu'elle avait raison. Mais elle se gardait d'attaquer Edward de front ; elle restait prudente, de peur qu'il n'en arrive à lui interdire carrément de poursuivre son but. Après tout, la filature lui appartenait. En outre, elle éprouvait pour lui une véritable affection et répugnait à se disputer avec lui.

Elle aurait été bien étonnée, si elle avait pu savoir à quel point leurs amis et connaissances admiraient sa patience et la dévotion dont elle entourait son mari. Pour elle, c'était normal. Mais Ian Holmes, en particulier, ne cessait de répéter à son épouse que ce n'était pas une vie pour une jeune femme. Lorsque les Danvers étaient arrivés à Cottingdean, il s'était attendu que la nature reprenne ses droits un jour ou l'autre et que Liz finisse par prendre un amant. Il ne l'en aurait pas blâmée, loin de là. C'était une femme remarquable, physiquement comme moralement. Quand il s'était rendu compte qu'elle préférait l'aventure de Cottingdean à une aventure sentimentale, il avait décidé de la soutenir et de persuader Edward de la laisser mener ses plans à bien. Après tout, avait-il déclaré tout de go, une jeune femme en pleine santé avait besoin de dépenser son trop-plein d'énergie. Il fallait qu'elle puisse s'accrocher à des rêves, à des projets. Qu'elle s'adonne à une passion.

A ces mots, Edward lui avait jeté un coup d'œil soupçonneux. Puis, pour la première fois depuis qu'ils étaient amis, il s'était enfermé dans ce silence boudeur que Ian l'avait vu utiliser si souvent au détriment de Liz. Mais il avait bon cœur, au fond ; il était droit, affectueux. Et si sa terreur de voir sa jeune épouse le quitter un jour le rendait quelquefois tyrannique, il était assez honnête pour reconnaître que ses reproches n'étaient absolument pas fondés et que peu d'hommes avaient une femme aussi dévouée. Alors, de mauvais gré, il avait admis qu'un jour peut-être, si leurs finances le leur permettaient, ils pourraient envisager de rouvrir la filature...

Si leurs finances le permettaient... Ce problème préoccupait Liz, mais elle avait ses idées là-dessus aussi. Opiniâtrement, elle s'employait à gagner l'argent nécessaire à son projet. Suivant les conseils de Vic, aidée par son nouveau berger, elle avait entrepris de réaliser, au sein du troupeau actuel, des croisements savants qui leur permettaient d'obtenir des béliers de qualité — non pour produire la laine qu'elle réservait à son propre usage, mais pour engendrer des agneaux de boucherie dont la viande était soudain très recherchée.

Après les privations de la guerre, les consommateurs devenaient exigeants ; ils voulaient mieux manger, satisfaire leur palais sans sacrifier au plaisir des yeux. Alors la jeune femme, avec cette intelligence visionnaire qui la caractérisait, avait décidé de leur donner ce qu'ils attendaient. Dorénavant, elle courait les foires avec ses jeunes béliers pour les présenter aux concours agricoles. Au début, Edward s'était mis en colère ; un « aristocrate » ne s'abaissait pas à ce genre d'activité... Mais Liz, subtilement, lui avait rappelé que l'élevage était depuis toujours une grande tradition anglaise et qu'améliorer le patrimoine ovin du pays n'avait rien de déshonorant.

Edward avait fini par céder. Lentement, prudemment, Liz et son berger avaient entrepris de se construire une réputation. Maintenant, ils ne comptaient plus les prix remportés par leurs bêtes. Un de leurs béliers avait même reçu la récompense suprême, la médaille d'or du meilleur élevage, et Liz comptait sur la vente des futurs rejetons mâles pour accroître généreusement son pécule et réunir les capitaux dont elle avait besoin.

En secret, elle allait souvent rôder autour de la filature en ruine pour évaluer les chances de réussite de ce projet. Son seul point fort, elle devait bien le reconnaître, était son emplacement ; l'usine se trouvait au milieu du village, dans une région où le travail était difficile à trouver. Pour cette raison et elle seule, le gouvernement accepterait sans doute de la soutenir. Les hommes qui s'étaient battus pour le pays acceptaient mal de se retrouver sans emploi, sans argent. N'importe quel entrepreneur capable de fournir des emplois se plaçait dès le départ dans une position gagnante, surtout au cœur d'une zone rurale.

Edward, à présent, la laissait faire. Avec sa diplomatie habituelle, elle lui avait abandonné la paternité du projet ; officiellement, c'était lui qui avait décidé de rouvrir la filature. La jeune femme se comportait comme le simple porte-parole de son mari, courant les banques et les autorités pour trouver des appuis. Déjà, ses démarches commençaient à porter leurs fruits. Ian, qui lui avait fourni quelques introductions capitales, admirait son courage et son savoir-faire et lui souhaitait de tout cœur de réussir. Il fallait bien que cette pauvre petite se distraie d'une façon ou d'une autre, maintenant que David était parti. Quant à Edward...

Le médecin, qui se rendait à Cottingdean pour ausculter son patient comme il avait coutume de le faire deux ou trois fois par an, fronça les sourcils. Les accès dépressifs du malade, de plus en plus fréquents, l'inquiétaient. Et ils l'inquiétaient d'autant plus qu'Edward refusait catégoriquement de reconnaître son état. A plusieurs reprises, Ian avait essayé de lui suggérer qu'il devrait passer quelque temps dans une maison de repos, un de ces établissements créés tout spécialement pour les soldats victimes comme lui de la guerre. Ce changement serait excellent aussi bien pour lui que pour Liz, avait-il insisté. Mais Edward n'avait pas voulu entendre parler d'un tel séjour.

Pourtant, il devenait de plus en plus pénible à supporter pour sa femme. Elle se montrait toujours d'une douceur et d'une patience remarquables, mais plusieurs fois Ian avait assisté à des scènes qui l'avaient révolté. Un jour ou l'autre, il faudrait bien qu'il en parle à Edward, qu'il lui dise à quel point sa jalousie était ridicule et injuste. Pour un peu, il aurait souhaité que Liz le trompe.

Ce jour-là, ce fut Chivers qui l'accueillit. Liz s'était absentée pour un rendez-vous, lui expliqua-t-il. Pour une fois, l'ordonnance d'Edward semblait avoir perdu son flegme habituel. Il paraissait perturbé, malheureux. Juste avant d'introduire Ian dans la bibliothèque, il lui demanda d'un ton hésitant :

— Docteur, pourrais-je vous dire un mot ?

Le médecin lui jeta un coup d'œil intrigué.

— Oui, bien sûr, Chivers. Qu'y a-t-il ?

— Eh bien… il s'agit du commandant, docteur, répondit le petit homme avec une mine attristée. Voilà… depuis quelque temps, son humeur ne s'est pas arrangée. Oh, je sais qu'on ne peut pas lui en vouloir, qu'il souffre souvent le martyre, mais… ça ne peut plus durer comme ça.

Il s'interrompit, l'air gêné.

— Je suppose que ce n'est pas moi qui devrais vous en parler… Seulement Madame est trop bonne. Elle supporte tout sans rien dire, et…

— Que s'est-il passé exactement, Chivers ? demanda Ian d'une voix tendue.

Le cœur serré, il attendit une réponse qu'il devinait déjà. Chivers haussa les épaules.

— C'est délicat à expliquer… Nous savons tous que dans ces moments-là les paroles du commandant dépassent ses pensées, qu'après il regrette ce qu'il a pu dire, mais tout de même… Si vous voulez que je sois franc, docteur, je trouve qu'il dit parfois des choses qu'une dame ne devrait pas entendre. Et ce n'est pas tout… L'autre soir, comme elle rentrait un peu tard d'une réunion, il s'est mis dans une colère noire. M. David et moi l'avons entendu crier. C'était horrible.

Il pinça les lèvres.

— Je n'ai pas l'habitude de me montrer indiscret, docteur, mais cette fois j'ai pensé que je devais aller voir ce qui se passait. Quand je suis entré… j'ai vu Madame penchée sur Monsieur. J'ai cru qu'il l'embrassait… Mais quand elle s'est relevée, je me suis rendu compte qu'il serrait son cou entre ses deux mains et qu'il lui faisait mal. C'était… épouvantable, docteur.

Il avala sa salive.

— Madame… Madame m'a fait promettre de ne rien dire à personne. Elle a déclaré qu'il s'était égaré un moment, sans plus. Mais le lendemain matin j'ai vu qu'elle avait le cou tout noir. Pendant près d'une semaine, elle a dû porter un foulard. Je vous le répète, cela ne peut plus continuer. Monsieur devient trop jaloux. Alors je me demandais… si vous pouviez faire quelque chose. Lui parler, peut-être…

L'air mal à l'aise, il baissa les yeux.

— J'espère que vous ne m'en voudrez pas de vous avoir parlé aussi franchement, docteur… Je ne savais plus que faire. Avec Madame qui refuse toujours de se plaindre…

— Vous avez très bien fait, Chivers. D'ailleurs, je me doutais un peu que cela risquait d'arriver. C'est vrai, ce pauvre Edward souffre beaucoup. Je vais lui parler. Depuis peu, il y a sur le marché de nouveaux médicaments qui pourront peut-être améliorer son état. Je pense aussi depuis longtemps qu'un séjour en maison de repos lui ferait le plus grand bien, ainsi qu'à Liz, mais il est têtu comme un âne.

— En tout cas, si un jour il devait perdre Madame cela le tuerait…, murmura le pauvre Chivers qui semblait bouleversé. Elle est merveilleuse avec lui. Une vraie sainte…

Une sainte peut-être, mais aussi une jeune femme en pleine santé qui n'avait pas encore trente ans, pensa Ian en ouvrant la porte de la bibliothèque. Si Edward ne devenait pas plus raisonnable, s'il n'endiguait pas sa violence, il risquait fort de précipiter ce qu'il redoutait tant…

Comme il s'y attendait, son malade refusa une fois de plus de quitter Cottingdean — ne fût-ce que pour une semaine. Il s'agita dans son fauteuil, serrant et desserrant les poings, l'air furieux. Oui, cette violence devenait inquiétante. Mais il n'était pas question d'aborder le problème de front ; il risquerait encore de s'en prendre à sa femme. Mieux valait lui parler à elle, en fin de compte, et voir ce qu'il était possible de faire. En attendant, Ian s'en tint prudemment au domaine de la souffrance physique et des médicaments. Mais Edward ne fut pas dupe.

— Pourquoi toutes ces questions ? explosa-t-il au bout d'un moment. Liz s'est plainte de moi, c'est ça ? Depuis quelque temps, elle ne pense plus qu'à sa maudite filature…

— Vous savez bien que c'est faux, Edward. Non, Liz ne m'a rien dit. Simplement, dans votre cas, il est normal qu'au bout d'un certain temps les analgésiques deviennent moins efficaces. Votre corps s'y habitue. Il faut donc trouver d'autres remèdes. Et si seulement vous acceptiez de partir quelque temps…

— Non, non et non ! Je ne quitterai cette maison que dans mon cercueil, c'est compris ? rétorqua Edward d'un ton farouche. Je suis ici chez moi et j'ai l'intention d'y rester.

— C'est votre droit, mais vous devriez vous souvenir d'une chose, Edward : si vous *pouvez* rester ici, c'est grâce à Liz et aux soins dont elle vous entoure.

La façon dont Edward rougit et se crispa l'emplit de pitié. Lui rappeler son état de dépendance était peut-être cruel, mais cela devait être dit.

— Je vais vous laisser réfléchir à ma proposition, conclut calmement le médecin. Nous en reparlerons plus tard.

— C'est tout réfléchi, répliqua Edward d'une voix furieuse.

Au moment où Ian traversait le vestibule pour sortir, Liz arriva. Elle avait l'air fatigué, les traits tirés. Mais dès qu'elle l'aperçut, son visage s'illumina d'un sourire chaleureux.

— Ian ! Je suis contente de vous voir. J'ai bien cru que j'allais vous manquer. Comment va Edward ? demanda-t-elle d'un ton anxieux. Il souffre tellement, depuis quelque temps... Je suis très inquiète à son sujet.

Elle lui offrait l'ouverture dont il avait besoin.

— Je sais, répondit-il. Ecoutez, Liz... j'aimerais vous parler un instant. Avez-vous quelques minutes à m'accor-der ?

Si Liz avait eu le temps de se préparer à cet entretien, sans doute se serait-elle tenue sur ses gardes. Mais là, en offrant à Ian de venir s'asseoir un moment avec elle dans le salon, elle ne s'attendait pas du tout à ce qui allait suivre.

— Moi aussi, je suis très inquiet au sujet d'Edward, déclara d'emblée le médecin. Non, rassurez-vous, pas d'un point de vue physique, s'empressa-t-il d'ajouter en voyant le regard de la jeune femme s'assombrir. De ce côté-là, il se porte bien mieux que nous n'aurions jamais pu l'espérer et c'est en grande partie grâce à vous, Liz. C'est son état... émotionnel, qui me préoccupe. Les douleurs qu'il doit supporter le rendent irritable. Je vais essayer un nouveau traitement, mais d'ici là... je me fais du souci pour vous.

Comme elle se crispait, il reprit d'une voix douce :

— Ce que vous avez réalisé est magnifique, Liz. A tous points de vue. Seulement... vous êtes jeune, et belle, et il est naturel qu'Edward...

Liz s'était violemment empourprée.

— Si vous voulez savoir si j'ai trompé mon mari, coupa-t-elle d'un ton vif, la réponse est non, Ian. En fait, je ne suis pas très portée sur les choses du sexe. Je le sais depuis des années, depuis… mon aventure avec Kit, le père de David. Il… il était mon premier amant. Il n'y en a pas eu d'autre depuis.

Elle se mordit la lèvre. Malgré sa gêne, elle s'obligeait à regarder le médecin dans les yeux.

— Je savais parfaitement à quoi je m'engageais en épousant Edward. Je ne l'ai jamais regretté. Il m'est très difficile de vous parler ainsi, Ian. Il n'est jamais agréable de reconnaître ses… tares, n'est-ce pas ? Mais croyez-moi, en ce qui concerne l'amour physique… je suis bien placée pour savoir qu'il me manque quelque chose. Apparemment, je… suis incapable de répondre aux caresses d'un homme.

Ian la considérait avec un mélange de colère et de pitié. Le peu qu'il savait de Kit Danvers et de sa réputation suffisait à l'éclairer. Il était très en avance sur son temps dans certains domaines ; non seulement il respectait et admirait les femmes en général, mais il éprouvait une affection particulière pour Liz. Le fait qu'elle se croie frigide, alors qu'elle ne l'était sans doute aucunement, le révulsait. Il secoua la tête.

— A mon avis, Liz, vous ne souffrez d'aucune tare, comme vous dites. Vous endossez simplement depuis des années la responsabilité de quelqu'un d'autre…

Comme elle le regardait d'un air ahuri, il expliqua calmement :

— Non seulement l'éducation que votre tante vous a donnée a dû jouer un grand rôle là-dedans, mais je suis *sûr* que Kit s'est mal comporté avec vous. Quel âge aviez-vous, quand vous avez conçu David ? Dix-huit ans ?

— Dix-sept, répondit-elle d'une voix hésitante, les sourcils froncés.
Ian soupira. Dix-sept ans… Encore une enfant, ou presque. Kit, lui, devait en avoir près de trente. Et ce n'était pas l'expérience qui lui manquait. S'il l'avait voulu, il aurait pu lui révéler en douceur les mystères de sa propre sexualité. Mais ce n'était pas le genre d'homme à prendre en compte les besoins et les sentiments de ses partenaires. Il était cruel, cynique et ne pensait qu'à lui.

— Rassurez-vous, Liz, je vous connais assez pour savoir qu'il ne vous manque rien. Le seul fautif est Kit.

La jeune femme s'agita nerveusement dans son fauteuil.

— J'y ai bien pensé, mais... il ne serait pas honnête de l'accuser de tous les maux, déclara-t-elle d'une voix altérée. Après tout, durant toutes ces années, je... je n'ai jamais...

Elle s'interrompit, écarlate. Elle avait du mal à aborder des questions aussi intimes, même avec Ian qu'elle connaissait depuis des années.

— Vous n'avez jamais quoi ? Désiré un autre homme ? Jamais ? insista le médecin.

Liz rougit de plus belle, se demandant s'il pouvait deviner le trouble qui la tenait parfois éveillée, la nuit, quand son corps tendu semblait brûler d'un besoin inconnu.

— Je n'ai jamais eu envie d'avoir une relation sexuelle, répondit-elle d'un ton mal assuré.

— Vous voulez dire que vous ne vous êtes jamais *permis* d'en avoir envie, ce qui est bien différent..., rectifia Ian avec acuité. Je ne veux pas vous choquer ou vous embarrasser, Liz, au contraire. Mais je crains qu'Edward n'ait pas plus conscience que vous de ces besoins, et qu'il ne finisse par retourner contre vous la frustration et l'amertume qu'il éprouve. Quel que soit le drame qu'il vit, la violence physique est inacceptable.

Il la vit se raidir. Sa réaction confirmait amplement les dires de Chivers.

— Il devient si jaloux..., murmura-t-elle. Je ne comprends pas. Je ne lui ai pourtant jamais donné le moindre motif de méfiance, de...

Elle jeta au médecin un regard suppliant.

— C'est pourtant clair, ma chère petite. Il vous *aime.* Il éprouve tous les sentiments et toutes les pulsions d'un homme passionnément amoureux, sans pouvoir vous prouver son amour. Alors, évidemment, il redoute comme la peste qu'un autre homme ne prenne sa place...

Cette fois, Liz avait pâli.

— Mais c'est... c'est...

— C'est injuste et cruel, je sais, mais les hommes sont ainsi, déclara Ian d'un ton sec. Il s'agit de pulsions incontrôlables, au-delà de la raison et de la logique. Nous sommes tous jaloux vis-à-vis de la femme que nous avons choisie pour compagne. Dans le cas d'Edward, cette jalousie naturelle risque de prendre des proportions démesurées. Je pense qu'une séparation temporaire vous ferait grand bien à tous les deux, mais…

— Il ne voudra jamais.

— Je sais. Pourtant, il faudra bien trouver un moyen de le calmer, de l'amener à comprendre qu'il se comporte d'une façon irrationnelle. Je vous l'ai dit, cette violence ne peut pas durer. Et cette union ne peut pas vous rendre heureuse, Liz, ajouta-t-il avec un soupir.

— Je suis la femme d'Edward, rétorqua-t-elle avec raideur. Je lui dois tant, Ian… Plus que vous ne pouvez imaginer. Si je le quittais…

— Si vous le quittiez, son univers s'écroulerait, c'est certain. Mais vous, Liz, qu'allez-vous devenir ? A force de faire toujours passer les besoins des autres avant les vôtres, je crains que vous ne finissiez par vous oublier complètement. Et ce n'est pas sain non plus.

— Que suggérez-vous ? Que je le quitte pour prendre un amant ? lança-t-elle en jetant un regard plein d'amertume au médecin. Même si je le voulais, je ne le pourrais pas. David est là, lui aussi ! Quant à Edward… il ne peut se contrôler, le pauvre homme. Si vous saviez comme il est bouleversé, quand il mesure ce qu'il m'a dit ou ce qu'il m'a fait…

Elle mordit sa lèvre qui tremblait.

— Il a besoin de moi, Ian. Je ne peux pas l'abandonner.

— Très bien. Mais souvenez-vous que je suis là aussi, si *vous* avez besoin de moi. Et je ne désespère pas de le convaincre de partir quelque temps, pour que vous puissiez vous reposer un peu.

En repartant au volant de sa voiture, Ian se demanda s'il n'avait pas fait plus de mal que de bien, en fin de compte. Peut-être aurait-il mieux valu maintenir Liz dans l'ignorance, lui laisser croire qu'elle n'était pas faite pour l'amour, plutôt que de lui révéler aussi crûment le cynisme de ce Kit… Mais cette idée le révulsait. Son devoir de médecin était de dire la vérité ; il ne se sentait pas le droit de la tromper aussi cruellement sur elle-même.

Après son départ, Liz resta longtemps immobile sur le perron, les yeux perdus dans le jardin. Se pouvait-il que Ian ait raison au sujet de Kit ? Oui, c'était fort probable… Mais cela n'avait plus aucune importance, de toute façon. Elle était liée à Edward, maintenant, et elle l'aimait. Pas comme un homme, certes, et encore moins comme un amant, mais comme un être dépendant qui souffrait physiquement et moralement. Elle était bouleversée que Ian ait deviné sa violence à son encontre, car elle savait combien Edward lui-même regrettait ces moments d'agression lorsqu'il recouvrait son calme. Il était si malheureux d'abîmer ainsi leur union…

Doux Edward, tendre Edward qui n'aurait jamais été capable de blesser qui que ce soit en temps normal… Toutefois, comme tout le monde, il possédait un côté plus sombre. Qu'y pouvait-il, si l'usure de la douleur révélait parfois cet aspect caché de sa personnalité ? Elle poussa un soupir. Il fallait qu'elle rentre. Edward allait se demander où elle était.

Durant un certain temps, les choses s'améliorèrent. Edward se montra plus calme, moins critique, et Liz put lui parler de ses projets sans qu'il s'exclame aussitôt qu'elle faisait passer la filature avant David et lui. Pour sa part, elle avait repoussé au fin fond de son esprit les révélations de Ian concernant sa sexualité. A quoi bon y penser ? Elle n'avait aucune raison d'accorder de l'importance à ce genre de chose.

Les travaux de remise en état avaient commencé à la filature. Désormais, la jeune femme ne se cachait plus pour lire les journaux économiques ; elle en discutait avec son mari, ignorant ses accès de bouderie, essayant de l'intéresser à ce qu'elle faisait. Scrupuleusement, elle s'efforçait de l'impliquer dans chaque étape de la rénovation.

Il fallait trouver un directeur technique, un homme capable de surveiller la production et les installations, de former de la main-d'œuvre spécialisée et de comprendre les objectifs qu'elle s'était fixés. Le meilleur endroit pour cela était sans aucun doute une ancienne région textile touchée par le chômage, comme le Lancashire ou le sud de l'Ecosse. Après en avoir longuement parlé avec Edward et ses banquiers, Liz avait décidé de passer des annonces dans les journaux locaux.

Le nombre de réponses qu'ils reçurent raviva de plus belle les doutes d'Edward. Si tous ces gens qualifiés se retrouvaient sans travail, cela prouvait que l'industrie textile était vraiment en piteux état... En outre, on fabriquait des étoffes bien meilleur marché à l'étranger ; comment Liz pouvait-elle espérer vendre ses produits au prix élevé qu'elle prévoyait ?

— Nous les vendrons en Amérique, répétait inlassablement la jeune femme quand il lui exprimait ses craintes. Et partout où les gens ont à la fois de l'argent et le désir d'acheter des articles de luxe.

Edward la regardait fixement, stupéfait. Qu'était devenue la jeune fille timide qu'il avait connue à l'hôpital ? Cette enfant terrifiée qui dépendait tellement de lui, autrefois ? Maintenant, c'était lui qui avait besoin d'elle ; cette pensée le taraudait, rouvrait sans cesse des blessures qui refusaient de cicatriser.

Sofia connaissait par cœur l'histoire de la filature. Les gens qui avaient travaillé pour Liz à cette époque la lui avaient assez racontée. Aussi, se mit-elle à sauter des paragraphes entiers pour arriver plus vite à l'année de sa conception.

Jusque-là, elle n'avait encore rien découvert qui puisse lui expliquer pourquoi sa mère, en cette période tellement mouvementée pour elle, avait pu éprouver l'envie subite de mettre un deuxième enfant au monde. Et elle ne comprenait toujours pas ce qui avait pu pousser Liz, si pudique, à jouer les cobayes dans un domaine de la science encore si mal maîtrisé dans ces années-là...

Elle venait de terminer une page relatant les vacances de David et ses excellents résultats scolaires, quand soudain le téléphone la fit sursauter. Aussitôt, une vague de panique la submergea. Avant même de décrocher, elle était sûre d'entendre la voix de Daniel à l'autre bout du fil. Mais le fait d'y être préparée ne l'empêcha pas d'être paralysée au point de ne pouvoir articuler un mot... Furieuse, elle se demanda comment il pouvait paraître si calme, si... indifférent, alors que son propre système nerveux menaçait d'exploser. Le souvenir de leur dernière rencontre provoquait en elle un chaos d'émotions.

Elle s'efforça d'oublier les intonations charmeuses de sa voix chaude pour se concentrer sur ce qu'il disait. Comme il lui demandait des nouvelles de sa mère, elle coupa d'un ton sec :

— Ta décision, Daniel.

Il y eut un bref silence et son cœur s'emballa de plus belle.

— Je suis navré, mais je ne suis pas encore en mesure de t'annoncer quoi que ce soit, répondit-il enfin. Il me faut un peu plus de temps. Quarante-huit heures au moins...

Quarante-huit heures ? D'ici là, sa mère aurait été opérée. Cette histoire d'autoroute n'aurait peut-être plus la moindre importance. Sans Liz, il était évident que la campagne tomberait à l'eau ; livrés à eux-mêmes, les villageois ne réussiraient jamais à s'opposer avec assez de force à ce projet.

— Sofia, tu es toujours là ?

Son ton inquiet la déstabilisa un instant, mais elle se reprit aussitôt. Qu'allait-elle imaginer ? Il se souciait d'elle comme d'une guigne.

— Oui, je suis toujours là, répondit-elle froidement. Et ma menace est sérieuse, Daniel.

— Je n'en ai jamais douté. Tu sembles oublier que je te connais, Sofia.

Elle se raidit. Elle aurait voulu protester, se récrier qu'il se vantait un peu trop, mais elle ne put le faire. A défaut de mieux, elle se contenta de rectifier d'une voix glaciale :

— Tu veux dire que tu me *connaissais*... J'ai changé, en quinze ans.

Il ne releva pas sa remarque.

— Accorde-moi quarante-huit heures, Sofia, et je te recontacterai pour t'informer de ce qui a été décidé, reprit-il d'un ton calme. Je ne suis pas seul en cause. Je dois consulter...

— C'est entendu, Daniel. Quarante-huit heures, coupa-t-elle avec impatience.

En raccrochant, elle se demanda si elle avait bien fait de lui céder, si en agissant ainsi elle n'avait pas perdu l'avantage que lui avait donné son attaque surprise. Daniel, de son côté, était décontenancé — et presque déçu qu'elle ait accédé si vite à sa requête. Qu'espérait-il ? Une nouvelle passe d'armes, pour le plaisir de la garder plus longtemps au téléphone ?

Sofia était son talon d'Achille, et cette faiblesse l'obsédait. La veille… Il écarta cette pensée. A quoi bon s'attarder là-dessus ? Elle lui avait dit fort clairement ce qu'elle pensait de l'espèce de chimie qui se produisait entre eux, et il ne pouvait lui donner tort. A sa place, sans doute aurait-il rejeté avec la même force une union sexuelle dépouillée de toute tendresse, de tout sentiment. Mais il n'était pas à sa place, justement. Et de son côté, ajouta-t-il avec un petit sourire lugubre, les sentiments étaient loin d'être absents…

Il ne se faisait aucune illusion sur la réaction de Sofia s'il avait la sottise de lui avouer la vérité. Il avait entendu raconter comment elle traitait ses amants malheureux, et n'avait aucune envie de rejoindre cette cohorte de martyrs. Depuis des années, il s'était habitué à l'aimer sans espoir. Il se serait bien passé de cet amour qui l'entravait et le faisait souffrir, mais comme le disait le proverbe, « il faut bien endurer ce qu'on ne peut soigner… » Il se sentait dans la situation d'un rhumatisant chronique ; certains jours la douleur lui laissait un peu de répit, d'autres elle le taraudait sans merci et effaçait tout le reste. Mais il avait appris à vivre avec — même si cet apprentissage avait été long et pénible.

Quarante-huit heures. Si la rumeur dont il avait eu vent était exacte, ce délai passé la menace de Sofia n'aurait plus lieu d'être.

Il l'aimait, mais avec une profondeur et une intensité qui dépassaient de beaucoup la satisfaction immédiate d'une simple pulsion sexuelle. Depuis combien d'années s'était-il rendu compte qu'il n'éprouvait pas pour elle qu'un désir physique ? Quand l'avait-il compris ? Pendant que Scott était à l'hôpital ou avant ? Est-ce que la chose ne s'était pas mise en route à son insu dès le premier jour, dès l'instant où il avait posé les yeux sur elle pour la première fois ?

Ces questions l'agaçaient, mais en dépit des problèmes personnels qui pouvaient le tourmenter il avait une société à gérer… Il n'était plus un gamin, capable de rêvasser en vain pendant des heures à une femme qui ne ferait sans doute jamais partie de sa vie — en tout cas de la façon qu'il souhaitait. Mais il avait quand même été assez stupide pour imaginer, pendant qu'il lui parlait au téléphone, l'enfant qu'ils auraient pu avoir ensemble…

Secouant la tête, il railla sa folie et se concentra sur les dossiers ouverts devant lui.

Après l'interruption de Daniel, il fallut plus d'une heure à Sofia pour parvenir à se concentrer de nouveau sur le journal de sa mère. Elle s'était donné l'excuse de son petit déjeuner manqué pour se rendre dans la cuisine et prendre un café. De retour dans la bibliothèque, elle avait arpenté la pièce d'un pas nerveux. Elle se sentait en ébullition. Que lui arrivait-il, à la fin ? Elle se comportait comme… comme…

Comme une femme amoureuse.

Mais non, c'était ridicule. Dès que cette idée l'eut effleurée, elle la rejeta avec un frisson et crispa les paupières, furieuse. Qu'allait-elle chercher ? Ce qu'elle éprouvait pour Daniel était simple : du désir, et rien d'autre. D'ailleurs, c'était tout ce qu'elle s'était autorisée à ressentir pour un homme depuis…

De nouveau, elle coupa court à ses pensées. D'un geste brusque, elle retourna s'asseoir au bureau et reprit sa lecture.

L'été s'était bien passé. L'élevage de Cottingdean devenait renommé dans tout le pays pour ses béliers, et sous la conduite du nouveau directeur la filature commençait à produire la laine souhaitée par Liz. David travaillait toujours aussi bien au collège, et même si son goût pour la solitude continuait à tracasser sa mère il semblait heureux.

Edward lui-même allait mieux ; Ian lui avait trouvé un nouveau calmant qui apaisait grandement ses souffrances, et il avait pris l'habitude de passer ses après-midi assis dans le jardin. Du coup, il avait bien meilleure mine. Dégagée des tensions qui pesaient sur elle depuis tant d'années, Liz se sentait flotter dans un bien-être délicieux ; mais ce changement lui avait paru si étrange, au début, qu'elle avait eu du mal à s'y habituer.

Pourtant, si son mari était beaucoup moins pénible à vivre, il était toujours aussi jaloux. Et s'il lui accordait désormais une entière confiance pour la filature, il n'en était pas de même pour les hommes qu'elle pouvait rencontrer...

Maintenant que son entreprise se révélait viable, ses anciens détracteurs ne tarissaient pas d'éloges à son sujet. L'an prochain, elle pensait aller plus loin encore dans ses réalisations et affronter enfin le marché nord-américain. Mais avant d'en parler à Edward elle voulait être sûre de n'avoir rien négligé. Il lui fallait trouver un représentant sur place, quelqu'un qui connaîtrait bien les méthodes commerciales américaines, qui croirait autant qu'elle en l'avenir des Laines de Cottingdean et en qui elle pourrait placer toute sa confiance. Elle soupira, coupant distraitement quelques roses fanées. L'idéal serait qu'elle se rende elle-même là-bas, bien sûr... Mais elle savait qu'il ne pouvait en être question.

Ce fut pleine de ce merveilleux sentiment de quiétude qu'elle raccompagna David au collège pour la rentrée. Tout allait bien, pour l'instant tout au moins. Elle parvenait même à lire les rares lettres de Vic sans nostalgie, sans revenir sur ce qui aurait pu exister en d'autres circonstances. En bref, elle était heureuse.

Quand Sheila Holmes parlait d'elle à son mari, s'extasiant sur tout ce qu'elle avait réussi, Ian l'approuvait ; il estimait Liz et la respectait. Cependant, il ne pouvait s'empêcher d'ajouter avec une pointe d'acidité bien masculine que la sexualité faisait des prodiges, lorsqu'elle ne pouvait s'exprimer normalement. Et qu'il aurait mieux valu pour Liz qu'elle puisse mener une « vraie » vie de femme...

Quoi que le médecin puisse en penser, Liz s'estimait satisfaite de son existence. Elle prit son temps pour effectuer le trajet jusqu'au collège de David, savourant ces quelques heures de solitude avec son fils. Ils s'arrêtèrent pour déjeuner dans une auberge confortable, au bord d'une rivière. Après avoir quitté le jeune garçon, qui allait sur ses dix ans, elle découvrit avec étonnement qu'elle avait les larmes aux yeux. En fait, elle ne se considérait pas comme une femme très maternelle ; elle aimait David, bien sûr, mais il n'y avait rien de plus facile… Tout le monde l'aimait. Ce qui était sûr, c'était qu'elle ne reportait plus sur lui cette passion intense éprouvée les premiers temps, quand elle le considérait avant tout comme l'enfant de Kit.

De l'adoration qu'elle avait vouée au bel aviateur dans sa jeunesse, il ne lui restait plus que dégoût et soulagement. Soulagement qu'il ait disparu si tôt de leur vie. Par ailleurs, David semblait plus proche d'Edward que d'elle-même ; peut-être parce qu'il l'avait éduqué, sans doute aussi parce qu'ils étaient tous les deux des hommes issus du même sang. Elle aimait les voir ensemble ; elle était heureuse que son mari n'ait jamais montré le moindre ressentiment vis-à-vis du jeune garçon. L'amour qu'Edward lui portait la comblait.

En ces premiers jours d'automne ils bénéficiaient d'un temps superbe, un véritable été indien. Ce matin-là, craignant d'être en retard, Liz avait laissé ses cheveux blonds flotter sur ses épaules au lieu de les serrer en ce chignon strict qu'elle avait adopté depuis qu'elle était « chef d'entreprise ». Cette coiffure, à son avis, lui conférait dignité et autorité. Edward ne l'appréciait pas, mais elle passait outre. En revanche, sachant combien les hommes étaient sensibles à l'élégance féminine, pour plaire à son fils elle avait revêtu sa plus jolie robe : un modèle de *Vogue* qu'elle avait confectionné elle-même dans un beau piqué de coton blanc et jaune, et qui était à la dernière mode parisienne avec son encolure en V, son corsage ajusté, ses manches courtes en forme de capuchon et sa jupe arrondie qui mettait en valeur sa taille fine.

Pour les rares occasions dans lesquelles elle devait « s'habiller », elle avait acheté pour compléter sa tenue une grande capeline assortie et de merveilleux gants blancs qui lui montaient jusqu'au coude, une véritable extravagance… Elle ne les portait pas aujourd'hui, mais elle avait mis l'ensemble au complet pour la distribution des prix à la fin de l'année scolaire précédente et un camarade de David lui avait déclaré avec admiration qu'elle était « absolument superbe ».

Elle eut un petit sourire crispé. Quelle femme était-elle, pour savourer ainsi les compliments d'un petit garçon ? Mais c'étaient les seuls qu'elle pouvait accepter. Elle était mariée, mère de famille, et si le bonheur qu'elle connaissait maintenant lui avait coûté sa vie de femme elle estimait que le prix à payer n'était vraiment pas trop cher. En fait, chaque fois qu'elle se trouvait confrontée à la concupiscence masculine — ce qui heureusement ne lui arrivait pas souvent — elle éprouvait une répulsion immédiate, presque de la peur, et se souvenait aussitôt avec un frisson de la façon dont Kit s'était emparé d'elle.

Non… Elle ne regrettait rien. Quelquefois, peut-être, lorsqu'elle apercevait des amoureux en train de s'embrasser ou d'échanger un regard attendri, elle avait l'impression d'un vide douloureux au plus profond d'elle-même. Toutefois, elle ne s'attardait jamais sur ce genre de réaction. A quoi bon, de toute façon ? Son mari et son fils avaient bien plus besoin d'elle qu'elle n'avait besoin d'un bref moment de plaisir avec un inconnu…

Tandis qu'elle traversait le village, elle savoura la chaleur de cette fin d'après-midi de septembre qui nimbait Cottingdean d'une douceur dorée. Elle nota en passant que les mûres sauvages, dans les buissons, étaient noires et juteuses. Si elle n'avait pas porté sa seule robe correcte, elle se serait arrêtée pour en ramasser et préparer un délicieux crumble pour le dîner d'Edward.

Au moment de s'engager dans l'allée, elle aperçut rangée devant la maison une voiture inconnue ; c'était une Ford flambant neuve, à la carrosserie étincelante, qui faisait paraître sa petite Morris encore plus fatiguée qu'elle ne l'était déjà. Elle fronça les sourcils, se demandant à qui elle pouvait bien appartenir. Ils recevaient rarement des visites à l'improviste, et un léger frisson d'appréhension la parcourut.

Sans savoir pourquoi, au lieu de passer par-derrière comme d'habitude elle choisit d'entrer par le perron. L'inconnu devait se trouver dans la bibliothèque, avec Edward. Effectivement, en pénétrant dans le vestibule elle entendit un bruit de voix dans la grande pièce dont la porte était ouverte. Celle d'Edward était lasse et tendue, celle du visiteur forte et vigoureuse, très masculine, avec un accent qu'elle ne put identifier.

Elle entra. Immédiatement, Edward lui parut très fatigué. Tassé dans son fauteuil, frêle et voûté, il offrait un contraste saisissant avec le grand homme brun et robuste qui se leva pour la saluer. Des yeux d'un vert lumineux se fixèrent sur elle et l'examinèrent, non comme un homme examine une femme, nota-t-elle distraitement, mais d'une façon distante, réservée, presque indifférente.

— Chérie, je te présente Lewis McLaren, déclara Edward. M. McLaren arrive d'Australie et doit passer quelque temps en Angleterre. Il a eu envie de nous connaître et de voir comment se comporte son bélier.

Lewis McLaren, le patron de Vic, le maître de Woolonga... L'homme à qui elle devait la prospérité de son troupeau et la renaissance de la filature. Liz lui jeta un regard hésitant, assez froid.

— Monsieur McLaren...

Il la fixait toujours. Sa bouche prit un pli amer, et Liz se demanda ce qu'elle avait bien pu faire pour mériter la dureté qui se lisait à présent dans ses étonnants yeux verts. Il lui tendit la main. Elle la toucha brièvement, presque à contrecœur. Mais quand ses longs doigts hâlés et calleux effleurèrent les siens, une étrange émotion la traversa ; elle fut brusquement et douloureusement consciente de sa santé, de sa robustesse, de sa virilité — tout ce qui faisait ressortir si cruellement l'infirmité d'Edward.

Elle s'empressa de chasser cette idée. Elle était fatiguée et nerveuse, voilà tout... Nerveuse de sentir le regard d'Edward posé sur elle comme pour tester sa réaction à leur visiteur.

— Alors, David est bien rentré ? lui demanda son mari.

Il se tourna vers Lewis McLaren, le visage rayonnant de fierté.

— David est notre fils. Un garçon merveilleux… Avez-vous des enfants, monsieur McLaren ?

— Non… Non, je n'en ai pas.

Ces mots avaient été lâchés d'un ton amer, farouche, et accompagnés d'une crispation assez terrible de sa bouche et de sa mâchoire. Cette réponse surprit Liz, qui fronça les sourcils. Dans l'une de ses dernières lettres, Vic disait que son patron était marié et que sa femme attendait un enfant… Apparemment, quelque chose était arrivé. Mais de toute évidence Lewis McLaren n'avait pas la moindre envie de parler de sa vie privée.

Avec tact, elle détourna la conversation — en prenant soin de garder ses distances avec leur visiteur. De toute manière, il lui facilitait la tâche. Il se montrait poli, mais ne semblait même pas la considérer comme une femme.

Liz en était soulagée ; les crises de jalousie d'Edward lui étaient de plus en plus insupportables. Désormais, elles étaient la seule ombre à son bonheur. Malgré son nouveau traitement, il était encore victime d'accès dépressifs qui le rendaient violent et injuste. La semaine précédente, il l'avait accusée de se lasser de lui et de leur mariage. Ensuite, comme toujours, il s'était effondré en larmes et accroché à elle tel un enfant, la suppliant de ne pas le quitter. Ces scènes éprouvaient durement la jeune femme, mais elle se doutait qu'elles devaient éprouver son mari bien davantage encore.

Sofia reposa le journal et regarda dans le vide, abasourdie. *Lewis McLaren !* Le père de Scott ! Pas une fois, elle ne s'était doutée que sa mère le connaissait. Et comment cette idée aurait-elle pu l'effleurer ? Ils vivaient à plusieurs dizaines de milliers de kilomètres les uns des autres… Bien sûr, elle savait que sa mère avait acheté son premier bélier en Australie ; mais elle n'avait jamais songé à associer Woolonga à Scott, jamais deviné qu'il pouvait s'agir de sa maison. Quand il parlait de chez lui, il disait toujours « le domaine ».

Elle ne comprenait pas que Liz ne lui ait rien dit, surtout lorsqu'elle avait amené Scott à Cottingdean et qu'elle le lui avait présenté. Le choc que lui causait cette découverte faisait battre son cœur plus fort, ravivait les blessures et les trahisons du passé. Brusquement, la perspective qu'elle avait de sa propre vie s'en trouvait changée. C'était comme si elle tournait au coin d'une rue familière et découvrait soudain devant elle un paysage déformé, étranger.

— Sofia ! Sofia ! Oh, Dieu merci tu es là... Est-ce que tu peux venir ? Maman vient de rentrer et elle est dans un état...

Sofia fronça les sourcils et regarda à contrecœur sa nièce qui venait de faire irruption dans la pièce, le visage écarlate, les yeux brillants de larmes et de peur. Que disait-elle ? Quelque chose à propos de sa mère... de Faye. Aussitôt, elle bondit sur ses pieds.

— Dès qu'elle est arrivée, elle est montée dans sa chambre en courant, reprit la jeune fille d'une voix étranglée par la panique. Et elle pleurait. Elle pleurait vraiment ! Ça ne lui arrive jamais. Sofia, il faut que tu fasses quelque chose...

Faire quelque chose... Mais quoi ? Si sa mère avait été là, elle aurait su tout de suite comment réagir. Mais Liz n'était pas là. Elle était...

Coupant court à ses pensées, Sofia caressa les boucles emmêlées de Camilla ; leur douceur la surprit et l'emplit d'une étrange émotion. Ses cheveux étaient aussi soyeux que ceux d'un bébé. Une vague de nostalgie la submergea. Si Daniel avait accepté de lui faire l'amour, quinze ans plus tôt, elle aurait peut-être un enfant, elle aussi... Son enfant.

Durant toute sa vie d'adulte, elle s'était juré de ne jamais fonder une famille ; elle était convaincue de ne pas avoir la fibre maternelle et n'avait jamais éprouvé la moindre envie de « s'accomplir » de cette façon-là. La maternité ne lui semblait vraiment pas la meilleure manière de s'épanouir. Pour elle, en tout cas. Et voilà qu'elle regrettait tout à coup, physiquement, de ne pas avoir eu d'enfant d'un homme qui n'avait même pas été son amant. Etait-ce une simple réaction biologique, ou autre chose ?

— Viens vite, insista Camilla. Dépêche-toi, je t'en prie. Je ne l'ai encore jamais vue comme ça. Décidément, on dirait que tout a changé, depuis que Gran a eu cet accident. Rien ne va plus, tout à coup…

Sofia ne put s'empêcher de penser qu'en dépit de sa majorité toute proche sa nièce réagissait en enfant gâtée, qui ne supportait pas de voir son univers bouleversé. Mais il était vrai que le changement survenu chez sa mère en l'espace de quelques jours avait de quoi la déstabiliser. Brusquement, Faye se comportait plus comme une adolescente révoltée que comme la mère de famille calme et posée qu'elle avait toujours paru être.

L'angoisse de Camilla finit néanmoins par se communiquer à elle, et elle s'élança vers le premier. Faye était dans sa chambre. Sofia frappa à la porte fermée, puis chuchota à l'oreille de sa nièce :

— Ecoute… si tu descendais demander à Jenny de nous préparer du thé ? Je pense que cela ferait du bien à ta mère.

— Tu veux dire que je ferais mieux de disparaître, c'est ça ? rétorqua vivement Camilla.

— Peut-être… Si Faye est bouleversée à ce point…

— Tu crois qu'elle n'a pas envie que je sache ce qui ne va pas ?

— C'est possible.

Sofia attendit que Camilla soit partie, après quoi elle ouvrit la porte et entra. Sa belle-sœur était assise sur son lit, la tête dans les mains, le corps secoué par des sanglots silencieux. D'instinct, la jeune femme s'agenouilla près d'elle et posa une main sur son épaule.

— Faye, qu'y a-t-il ? demanda-t-elle doucement. Qu'est-ce qui ne va pas ?

Faye leva la tête et lui jeta un regard terrible, tellement halluciné qu'un instant Sofia épouvantée se demanda si elle n'avait pas perdu l'esprit. Puis elle cligna des paupières et son expression perdit un peu de sa sauvagerie.

— Qu'est-ce qui ne va pas ? répéta-t-elle d'un ton qui frisait l'hystérie. Oh rien, rien de grave… J'ai passé l'après-midi à regarder mourir ma mère, voilà tout… C'est plutôt bien, non ? J'attendais ce moment depuis vingt-cinq ans, et même plus ! Je devrais rire, m'amuser, sauter de joie ! Elle est morte ! Je suis enfin libre ! N'est-ce pas merveilleux ?

Soudain, elle s'affaissa sur elle-même.

— Mon Dieu, Sofia, je ne sais pas ce qui me prend de me comporter ainsi… Je ne me reconnais plus, depuis quelque temps. Peut-être que je lui ressemble plus que je ne l'aurais cru… Peut-être que je vais mourir folle, moi aussi… Oh, Dieu…

Sofia l'avait écoutée, sidérée.

— Calme-toi, Faye. Ecoute-moi, supplia-t-elle. Apparemment, tu as subi un choc énorme. Veux-tu en parler ? Cela te soulagerait, j'en suis sûre.

— En parler ? persifla Faye, la bouche amère. Si tu savais toutes les fois où j'ai rêvé de le hurler au monde entier, de crier sur les toits ce que je ressentais, de dire que je n'étais pas coupable, que je n'y étais pour rien, que je ne savais pas !

Elle se remit à sangloter, de terribles sanglots secs qui déchiraient la poitrine de Sofia.

— Arrête, Faye… C'est fini, maintenant, murmura la jeune femme.

— Oui, c'est fini… Mon cauchemar est fini, grâce au ciel… Ne t'inquiète pas, je vais bien. C'est juste la réaction. J'attendais sa mort depuis si longtemps… Mais je crois qu'au fond j'avais l'impression qu'elle ne mourrait jamais. Et je n'aurais jamais pensé que j'en éprouverais une telle… douleur.

Elle regardait droit devant elle, les yeux vagues, comme si le passé défilait sous ses yeux.

— Tu crois savoir ce que c'est que de haïr sa mère, n'est-ce pas ? demanda-t-elle soudain d'un ton amer. Tu en es loin, Sofia, bien loin… Et quand tu penses que Liz a détruit ta vie, ce n'est rien… rien à côté de ce que la mienne m'a fait. Imagine…, continua-t-elle d'une voix tremblante. Imagine une femme qui laisse entrer son mari dans la chambre de sa fille, la nuit… Qui le laisse violer une enfant de six ans…

Sofia la dévisageait, livide, les yeux écarquillés par l'horreur. Elle ne parvenait plus à penser à rien. Elle était juste capable de remercier le ciel d'avoir éloigné Camilla.

— Tu es choquée, hein ? Je te dégoûte ? reprit sa belle-sœur. Tu te demandes sans doute si je ne fabule pas ? Est-ce que tu penses aussi que je l'ai encouragé, provoqué, comme les autres ?

Sofia secoua la tête.

— Non, Faye, non… Je crois ce que tu me dis, murmura-t-elle d'une voix faible. C'est atroce…

Il ne lui venait pas à l'idée de douter des paroles de sa belle-sœur, tant l'évidence l'aveuglait tout à coup. C'était comme si une clé venait brusquement de tourner dans une serrure, ouvrant une porte sur un univers tellement laid, tellement tourmenté qu'elle aurait voulu continuer à en ignorer l'existence. Mais le mal était fait ; elle ne pouvait revenir en arrière, à présent. Manifestement, Faye éprouvait le besoin de parler, de se délivrer de ces souvenirs qui l'empoisonnaient. Et comme elle était la seule personne à pouvoir l'écouter, elle se devait de le faire.

D'une voix qui ressemblait étrangement à celle de sa mère, tout à coup, elle suggéra doucement :

— Si tu me racontais tout, Faye ? Depuis le début ?

21.

Faye prit une grande inspiration et commença son récit... Depuis le matin, où elle avait reçu un appel téléphonique de la maison de santé l'informant que sa mère était dans un état critique, elle avait lutté sans répit pour réprimer les sentiments qui bouillonnaient en elle. A présent, enfin, elle pouvait se libérer et laisser échapper les mots terribles qui l'étouffaient.

Assise près d'elle, Sofia l'écoutait, tendue. Malgré son émotion, Faye ne put s'empêcher de remarquer à quel point la jeune femme avait changé, depuis l'accident de Liz. Son visage s'était adouci, humanisé... Elle avait perdu ce masque glacé qui durcissait si souvent ses traits, et semblait plus jeune, plus vulnérable. Brusquement, elle découvrait en elle une personne capable d'attention, de compassion. L'amie dont elle avait toujours rêvé, alors qu'elle avait parfois tant redouté ses jugements.

Elle parlait lentement, cherchant ses mots, dévidant d'une voix morne ces années d'angoisse et de misère. Quand Camilla frappa pour leur apporter le thé, Sofia alla à sa rencontre et lui prit le plateau des mains ; la jeune fille, voyant que sa mère s'était calmée, courut à elle et l'étreignit avec une tendresse que sa tante ne put s'empêcher d'envier. Puis Faye déclara d'un ton ferme :

— Je vais mieux, Cam. Tu devrais aller faire tes devoirs, maintenant. N'oublie pas que tes examens approchent.

— Mes devoirs, mes examens ! On dirait qu'il n'y a que cela qui compte ! protesta l'adolescente.

Mais c'était surtout pour la forme ; au fond, de toute évidence, elle était soulagée de voir sa mère redevenue elle-même. Faye tapa dans ses mains d'un geste autoritaire.

— Allez, au travail ! Il faut que tu prennes un peu d'avance, chérie. Quand Liz aura été opérée, nous allons passer beaucoup de temps à l'hôpital.

— Est-ce que vous croyez qu'elle va guérir ?

— Nous n'en savons rien, Cam. Une seule chose est sûre : elle ne peut être entre de meilleures mains. Pour le reste… il faut espérer.

Sofia approuva cette réponse sensée, qui ne berçait pas la jeune fille de fausses illusions. Faye, enfin, semblait décidée à la traiter en adulte. Quand Camilla eut refermé la porte à regret, les deux femmes restèrent silencieuses un moment. Sofia, sans même réfléchir, se mit à servir le thé. Elle tendait une tasse à sa belle-sœur, quand celle-ci éclata soudain d'un rire nerveux.

— Qu'y a-t-il ? demanda-t-elle, redoutant une nouvelle crise d'hystérie.

— Rien. Mais tu m'as tellement fait penser à Liz, tout à coup… Et tu n'as pas renversé une seule goutte, pour une fois.

La jeune femme inspecta d'un œil incrédule la nappe de dentelle, immaculée.

— Ça alors ! C'est bien la première fois que cela m'arrive…

Brusquement son regard s'assombrit, et Faye devina ce qu'elle était en train de penser. Elle posa une main sur la sienne.

— Ne t'inquiète pas, déclara-t-elle d'un ton rassurant. Il n'y a pas de quoi te tourmenter et y voir un signe quelconque concernant Liz. Ce n'est pas demain qu'elle te laissera sa place, crois-moi. Ne me demande pas comment je le sais, c'est ainsi. J'ai la certitude qu'elle va guérir.

Soudain, elle s'empourpra et prit un air embarrassé.

— C'est peut-être étrange, mais toute la journée… j'ai eu l'impression que David se tenait près de moi. Comme s'il m'épaulait et guidait tous mes gestes… Et si tu savais ce qu'il m'a amenée à faire…

Sofia lui jeta un coup d'œil intrigué ; elle rougit de plus belle.

— Je ne sais pas si je peux te le dire…

— Vas-y, déclara Sofia. Si quelqu'un peut tout entendre, c'est moi… Mais après ce que tu viens de me révéler, je me demande vraiment ce qui peut te gêner à ce point.

Faye baissa les yeux.

— Tu n'es pas au bout de tes surprises…

Elle déglutit péniblement.

— Voilà… Tu as compris, je suppose, qu'après le traumatisme que j'avais subi dans mon enfance et mon adolescence je n'ai jamais pu être une femme « normale »… Par bonheur j'ai rencontré David, pour qui les choses de la chair ne comptaient pas beaucoup non plus. Nous nous aimions très fort, mais notre entente était d'un autre ordre. Si nous n'avions pas tous les deux désiré des enfants, je pense… que nous aurions parfaitement pu vivre comme frère et sœur. Et de toute façon il fallait des héritiers pour Cottingdean. Cela comptait tellement pour Edward…

Tout à coup elle s'interrompit, l'air confus, et se mordit la lèvre.

— Oh, pardon, Sofia… Je ne voulais pas dire… Enfin… Je sais que *tes* enfants auraient pu, eux aussi, hériter du domaine, mais…

— Inutile de prendre des gants avec moi, Faye, rétorqua la jeune femme d'une voix coupante. Je ne me suis jamais fait aucune illusion à ce sujet. Mon père ne m'a jamais aimée, bien que j'aie tout fait quand j'étais enfant pour attirer son attention. Quant à ma mère… je n'ai toujours pas compris pourquoi elle m'a eue.

— Elle t'aime, Sofia.

— Crois-tu ? répliqua la jeune femme avec un petit sourire amer.

— Oui, je le crois. Et si tu veux le savoir…, ajouta-t-elle d'un ton songeur, je me suis souvent demandé si au fond elle ne te préférait pas secrètement à David.

Sofia haussa les sourcils, l'air sceptique.

— Là, vraiment, je crois que tu fabules, ma chère. David était la prunelle de leurs yeux. Et cela n'a rien d'étonnant, quand on l'a connu. Il possédait toutes les qualités.

— Oui… Sais-tu qu'on le surnommait « le saint », à l'université ? C'était méchant, mais je crois qu'il y avait du vrai. J'ai si souvent eu l'impression de ne pouvoir lui arriver à la cheville…

— Et moi qui me demandais pourquoi tu ne t'étais jamais remariée, coupa Sofia. Je comprends, maintenant. Mais j'avoue que j'étais perplexe. Tu es une si jolie femme…

Faye rougit de nouveau et émit une protestation embarrassée.

— Si, je t'assure, insista Sofia. D'ailleurs, je ne suis pas la seule à le penser. Le chirurgien qui suit ma mère a le béguin pour toi, c'est évident.

— Alaric Ferguson ?

— Parfaitement, répondit la jeune femme sans relever le fait qu'en l'appelant ainsi sa belle-sœur s'était trahie. En dépit de son air fatigué il est bel homme, et très sexy.

— Les hommes sexy, tu sais…

— Oh, pardon, Faye, j'oubliais…

Faye secoua la tête.

— Ne t'excuse pas, il n'y a pas de quoi. D'autant plus que cet après-midi… C'est ce que je voulais te dire. Je ne sais pas ce que tu vas penser de moi, mais j'éprouve le besoin de t'en parler. Quand je suis sortie de la maison de santé après avoir fermé les yeux de ma mère, je me suis sentie brusquement… délivrée, comme si un fardeau terrible avait été ôté de mes épaules. Vois-tu, pendant des années maman ne m'a jamais reconnue. Pas une seule fois, depuis qu'elle avait sombré dans la folie pour fuir des souvenirs trop durs je n'ai pu parler avec elle. De cela aussi, je lui en ai voulu. Terriblement. Elle était « à l'abri », pas moi… Et puis soudain, avant de mourir, elle a brusquement repris conscience. Elle m'a regardée… avec désespoir, comme si elle me suppliait de lui pardonner. Et puis elle a prononcé mon nom… C'est à cet instant que j'ai senti David près de moi. Grâce à lui, j'ai compris qu'il ne tenait qu'à moi d'absoudre ma mère du bout des lèvres, sans le penser, ou au contraire de lui pardonner vraiment, du fond du cœur, afin qu'elle puisse partir en paix. C'est ce que j'ai fait…

Elle se tut un moment, la gorge nouée par l'émotion.

— Il m'est impossible de te décrire ce que j'ai ressenti en cet instant. C'était… terrible et merveilleux à la fois. J'ai plongé les yeux dans les siens, incapable de dire un mot, mais je sais qu'elle a compris. Alors soudain j'ai eu l'impression qu'une lumière aveuglante inondait toute la chambre et m'envahissait moi aussi, me réchauffait. Je me suis sentie euphorique, comme si d'un seul coup ma vie redevenait belle, claire… propre. Quelques minutes plus tard, elle était morte.

Sofia se rendit compte qu'elle avait les larmes aux yeux.

Sans réfléchir, elle ouvrit les bras. Faye répondit à son appel et elles restèrent un long moment enlacées, se berçant l'une l'autre, partageant des sentiments si forts qu'elles en tremblaient. Puis Faye se dégagea et reprit d'une voix altérée, sans regarder sa belle-sœur :

— Mais ce n'est pas tout… Tu vas certainement être choquée, comme je l'ai été moi-même. Je te disais donc qu'en sortant de la maison de santé j'étais pleine d'une joie merveilleuse. Je me suis mise à marcher longtemps, pendant des kilomètres. A la fin, je suis arrivée sur une plage et je me suis assise face à la mer, à regarder la marée. Je me sentais si unie au monde, à la nature, qu'il me semblait que le flux et le reflux de l'eau m'habitaient tout entière. Un homme se trouvait non loin, avec son chien. Un homme ordinaire, entre deux âges, ni beau ni laid.

« Il a dû penser que j'étais suicidaire, car il s'est approché de moi pour me demander si je n'avais besoin de rien. Je lui ai répondu que non, que j'allais bien, mais brusquement — je ne sais pas pourquoi — je me suis mise à pleurer. Il a insisté pour rester avec moi et il s'est mis à me parler… Je lui ai dit que je venais de perdre ma mère ; il savait ce que c'était, sa femme était morte d'un cancer au début de l'année et ils n'avaient pas d'enfants. Juste le chien. Il avait une Thermos de café, il m'en a offert une tasse. Puis il m'a appris qu'il habitait Fellingham, qu'il était enseignant, et il m'a demandé si je voulais venir me reposer un moment chez lui. Sa proposition n'avait rien d'ambigu ; il voulait m'aider, sans plus. Comme je ne me sentais pas prête à reprendre ma voiture et à rentrer ici, j'ai accepté…

« Sa maison était agréable, petite mais très bien entretenue. Et pourtant elle semblait étrangement vide. Dans le salon il y avait des photographies de sa femme. Il m'a expliqué que depuis sa mort il ne dormait plus dans leur chambre, parce qu'il ne supportait pas d'être seul dans leur lit. Alors… je ne sais pas ce qui m'a pris, Sofia. Vraiment, je ne le sais pas. Mais à ce moment-là je l'ai regardé, et tout à coup je me suis entendue lui demander s'il voulait faire l'amour avec moi… »

Elle rougit, son regard se troubla.

— Je ne devrais pas te raconter ça, mais…

— Si, tu dois me le raconter. Et je ne suis absolument pas choquée, Faye, au contraire. Comment a-t-il réagi ? A-t-il accepté ?

— Eh bien… oui, il a accepté. Au début, il a été déconcerté et cela se comprend ! Je ne lui avais rien dit de moi, ni de David, mais je crois qu'il a senti tout de suite après qu'il ne s'agissait pas d'un caprice de mère de famille désœuvrée. D'une certaine façon, c'était un peu comme si le destin me l'avait envoyé…

Elle jeta un regard de défi à sa belle-sœur.

— Tu penses sans doute que je me cherche une excuse facile, mais ce n'était pas ça du tout.

— Non, Faye. Je sais que tu n'es pas le genre de femme à courir les aventures. Tu n'as pas besoin de te justifier.

— Oui, c'est vrai… Je crois bien qu'à quarante et un ans je suis la femme la plus inexpérimentée sexuellement que l'on puisse trouver. Ou plutôt je l'étais…

De nouveau, elle s'empourpra.

— C'était bien ? demanda Sofia avec un sourire plein d'affection.

— Bien ? Mieux que ça… C'était… merveilleux. Je n'aurais jamais pensé, jamais imaginé… En bref, ces deux ou trois heures ont été la révélation de ma vie.

Sofia se garda de lui dire ce qu'elle pensait : qu'elle était dans un tel état de tension, avec les nerfs à fleur de peau, que ce résultat était prévisible… Mais pour rien au monde elle n'aurait voulu lui gâcher sa « découverte ».

— Je suis très heureuse pour toi, Faye, déclara-t-elle simplement. Comptes-tu le revoir ?

Faye eut un haut-le-corps.

— Le revoir ? Tu n'y songes pas ! Non… Il n'est pas question d'une liaison entre nous. C'était une sorte de parenthèse, très belle et très douce, mais cela n'ira pas plus loin. Nous en avons parlé et nous sommes d'accord. Pour lui aussi, cet après-midi a été comme un nouveau départ. C'était la première fois qu'il faisait l'amour depuis la mort de sa femme. Il m'a dit que je l'avais ramené à la vie… Moi, il m'a carrément fait naître. Si tu savais ! ajouta-t-elle, les yeux brillants. Jamais encore je n'avais éprouvé de vrai désir physique pour un homme. J'aimais David de toutes mes forces, mais tant de choses faisaient barrage entre lui et moi… Tandis que là… je me suis sentie femme pour la première fois. C'est comme si un élément manquant s'était brusquement mis en place, me permettant enfin d'être complète. J'avais envie de rire et de pleurer en même temps. C'était… prodigieux.

Elle secoua la tête, le visage illuminé comme un enfant à son premier Noël.

— Il m'a fait le plus beau cadeau du monde.

— Un cadeau qui pourrait avoir des conséquences, remarqua Sofia. Je suppose que tu n'as pas pris de précautions ?

Faye fronça les sourcils.

— Tu veux dire… que je pourrais être enceinte ? Non. Je ne risque rien. Il ne peut pas avoir d'enfants. Mais à part ça, je crois que nous avons fait tout ce qui était possible et imaginable, reprit-elle avec l'air espiègle d'une petite fille qui vient de faire la plus belle bêtise de sa vie. C'est vraiment incroyable…

Sofia éclata de rire. Elle était ravie pour elle, et en même temps un peu jalouse… Jalouse de sa candeur, de son innocence, de cette joie toute neuve qui irradiait de tout son être. Brusquement, elle se sentait très vieille, usée, privée à jamais de ces découvertes merveilleuses. Elle savait que Faye pourrait mener la vie la plus dépravée possible, elle garderait toujours cet air angélique qui la rendait si attirante. C'était une vraie femme, pleine de douceur et de mystère. Tellement différente d'elle, avec cette sensualité agressive qu'elle ne pouvait dissimuler…

— Je me sentais tellement bien avec lui, Sofia, il me donnait un tel sentiment de sécurité… Et en même temps j'étais si fière de mon corps, pour une fois, si libre… Mais surtout, il y avait le plaisir de savoir que c'était moi qui avais décidé de le séduire, pour moi, et non pour lui… Tout à coup j'ai eu l'impression d'être toute-puissante. C'était extraordinaire.

Sofia baissa la tête avec un petit sourire crispé. Elle aussi connaissait cette sensation. C'était même la seule qu'elle ait jamais connue avec un homme — Daniel excepté. Avec lui, au contraire, elle s'était sentie faible, vulnérable, apeurée.

— Quand nous nous sommes quittés, reprit Faye qui semblait ne plus pouvoir s'arrêter, nous nous sommes dit adieu en sachant que nos chemins ne se croiseraient plus. Et tu sais quoi ? Ne te moque pas de moi, surtout… Aussi invraisemblable et aussi amoral que cela puisse paraître, j'aurais juré que c'était David qui m'avait fait ce cadeau. Comme pour me remercier d'avoir pardonné à ma mère…

Plus terre à terre, Sofia aurait plutôt dit que Faye avait réagi tout naturellement à la disparition du poids terrible qui l'écrasait depuis tant d'années. Mais une fois de plus elle se tut. Elle ne souhaitait pas ternir le bonheur de sa belle-sœur. Elle avait bien le droit d'être heureuse, après le calvaire abominable qu'elle avait supporté… A ce souvenir, elle ne put s'empêcher de frémir. Comment imaginer qu'un tel monstre ait pu exister ? Et plus encore, qu'une mère, même faible, même impuissante, ait abandonné son enfant dans une situation aussi horrible ? Elle ne parvenait pas à le comprendre. Cela dépassait l'entendement. Un instant elle se représenta une petite fille de six ans, une adorable petite brune aux yeux gris qui ressemblait étrangement à Daniel Cavanagh, et elle crispa les paupières, incapable de supporter une telle vision. Si une telle chose lui était arrivée, elle aurait fait n'importe quoi pour délivrer son enfant.

La violence de ses émotions la fit trembler. Déconcertée, elle se dit qu'elle ne se serait jamais crue aussi protectrice, ni aussi maternelle. Mais depuis quelque temps, curieusement, ces fantasmes de maternité l'obsédaient. Après tout, songea-t-elle, il n'était pas trop tard pour avoir ce bébé qu'elle avait refusé jusque-là. Daniel n'était pas indifférent à son charme, même si cette attirance n'était motivée que par la colère et un désir de vengeance. Pourquoi n'aurait-elle pas un enfant de lui ? Sans qu'il en sache rien, bien sûr...

Quand elle se rendit compte de la pente que prenaient ses pensées, elle en fut atterrée. Que lui arrivait-il ? Comment pouvait-elle envisager un mensonge pareil, elle qui considérait l'honnêteté comme la première des vertus ? Elle perdait vraiment la tête. Décider une chose pareille serait la pire des injustices vis-à-vis de cet enfant. Un jour, il voudrait savoir qui était son père... Et ce jour-là, il la regarderait sans doute avec le même mépris glacial, le même dégoût que Daniel. Elle ne pouvait supporter cette idée.

Soudain, elle s'aperçut que Faye la regardait d'un air anxieux.

— Je t'ai choquée ? demanda-t-elle.

— Non, au contraire. Il se trouve que je t'envie..., répondit Sofia avec franchise. Tu n'aurais pas noté l'adresse de ce merveilleux amant, par hasard ? ajouta-t-elle d'un ton malicieux.

Faye ouvrit des yeux ronds, puis comprit qu'elle plaisantait et se mit à rire. Elle secoua la tête.

— Non. Et je n'ai aucune intention de devenir une habituée de ce genre de rencontre, rassure-toi.

— Tant mieux, tu risquerais de t'en lasser très vite. Mais si tu souhaites trouver un amant plus sérieux, je te répète que tu n'as qu'un mot à dire et ce médecin te tombera dans les bras... Je mettrais ma main au feu qu'il est amoureux de toi. Il avait l'air très inquiet à ton sujet, l'autre jour, au téléphone...

Faye haussa une épaule.

— Il se trouvait par hasard à Fellingham la dernière fois où je suis allée voir ma mère, et il m'a aperçue prostrée dans ma voiture, en état de choc... Il a essayé de me parler, de me questionner, mais j'étais si bouleversée que je l'ai rabroué de belle manière, le pauvre homme...

— Eh bien, tu peux être sûre qu'il serait très heureux de te pardonner, si tu lui en donnais l'occasion.

Contrairement à ce qu'elle attendait, sa belle-sœur ne protesta pas.

— Il n'est pas mal, en effet..., murmura-t-elle d'un air songeur.

— Pas mal du tout, même !

Soudain, Faye redevint semblable à ce qu'elle avait toujours été.

— Oh, Sofia, te rends-tu compte de ce que nous sommes en train de dire ? Quand je pense que Liz est entre la vie et la mort... C'est horrible.

— Si tu veux mon avis, ma mère serait la première à te dire de penser à toi d'abord. Elle sait combien tu tiens à elle, Faye. Ce n'est pas parce que nous plaisantons ensemble que tu manques à un quelconque devoir envers elle, au contraire...

Elle nota le regard étonné que sa belle-sœur lui lançait et ne put s'empêcher de rougir, confuse.

— Je sais... J'ai changé d'attitude à son égard, depuis quelque temps. Je crois que c'est l'effet de ce journal... Il m'oblige à la voir d'une façon tellement différente... Chaque page ou presque me révèle une surprise. Par exemple, j'ai appris aujourd'hui qu'elle connaissait Lewis McLaren avant même que je sois née. C'est incroyable, non ?

— Lewis McLaren ? Le père de Scott ? demanda Faye, ahurie.

— Oui. Mais elle ne m'a jamais dit un mot à ce sujet, même quand j'ai amené Scott ici.

— Elle avait peut-être oublié, suggéra Faye. Elle rencontre tellement de monde... Où l'avait-elle connu ? Dans un dîner ?

— Non, pas du tout... Il est venu ici l'année qui a précédé ma naissance. Je ne m'étais jamais doutée que Woolonga, le domaine où elle avait acheté son premier bélier, était celui du père de Scott.

Scott n'avait jamais mentionné ce nom. Quant à ma mère, elle n'avait jamais mentionné non plus le nom du propriétaire.

— Sans doute n'y avait-elle pas accordé d'importance, reprit Faye, visiblement surprise par l'intérêt que la jeune femme semblait donner à ce détail.

Sofia aurait aimé la croire, mais elle commençait à trop bien connaître sa mère pour s'en tenir à cette hypothèse. Les quelques mots par lesquels Liz avait décrit sa première entrevue avec Lewis McLaren lui semblaient extrêmement révélateurs. Le père de Scott n'avait pas été un visiteur comme un autre ; c'était quelqu'un face à qui sa mère avait réagi d'une manière très vive, très intime.

Brusquement, elle fut impatiente de retrouver le journal et ses secrets. Jetant un coup d'œil à sa belle-sœur, elle se rendit compte qu'elle était remise de ses émotions. Elle réfléchit un instant, puis risqua d'un ton calme :

— Tu sais, je me demande si ce ne serait pas une bonne chose que tu parles à Camilla comme tu viens de me parler. Pas de cet après-midi, bien sûr, mais de ton enfance... Elle est désorientée, en ce moment. Elle se sent exclue, et très seule. Savoir que tu lui fais confiance, que tu la traites en adulte et que tu la juges capable de partager ce secret avec toi serait d'un grand réconfort pour elle ; si tu le fais, surtout en ce moment, elle s'en souviendra toute sa vie. Sinon, elle croira que tu l'aimes moins ou que tu la considères comme une enfant.

— Je l'aime de tout mon cœur, tu le sais bien. Mais je veux avant tout la protéger, lui éviter...

— Elle n'est plus une petite fille, Faye. C'est presque une femme. Laisse-la grandir.

— Je ne peux pas lui avouer ça maintenant, alors qu'elle est déjà tellement inquiète au sujet de Liz !

— Au contraire. Ce genre de confidence est exactement ce qu'il lui faut actuellement — même si c'est loin d'être quelque chose d'agréable. Elle est comme nous toutes : elle a besoin de se fixer sur autre chose que l'opération de mère... A ce propos, j'appellerai l'hôpital un peu plus tard pour m'assurer que rien n'a changé.

— Alaric n'a-t-il pas dit qu'il nous préviendrait en cas de modification ?

— Si, mais j'ai quand même envie d'appeler. Juste pour savoir si tout va bien. Et… je suis désolée de te demander ça un soir pareil, Faye, mais je préférerais me passer de dîner. J'ai presque fini un cahier du journal et j'aimerais le terminer.

— Bien sûr…, acquiesça Faye. Pour ma part, j'ai pris beaucoup de retard. Je crois qu'au fond je redoutais cette incursion dans le passé, à cause de David, de son accident et de tout le reste. Ne te gêne pas pour nous ; je vais aller parler à Camilla.

Elle regarda Sofia s'éloigner de sa démarche élégante et racée et se demanda si sa belle-sœur avait conscience du changement qui s'était produit en elle depuis l'accident de sa mère. Elle avait perdu cette dureté qui la rendait si intimidante, d'habitude ; pour un peu, elle aurait presque paru fragile et vulnérable.

Faye fronça les sourcils, inquiète pour elle. Puis elle songea à sa fille et réfléchit au conseil que Sofia venait de lui donner. Cet aveu n'aurait rien de facile… Pendant des années, elle avait tout fait pour protéger Camilla, pour la tenir à l'écart de ces ombres terribles et menaçantes. L'idée de rompre ce silence la terrifiait. Mais Sofia avait raison : une faille était en train de se creuser entre elles. Camilla passait par des périodes de bouderie et de rébellion de plus en plus fréquentes, se plaignant d'être négligée. Il était temps de lui rendre sa confiance.

En se levant, elle ressentit une courbature douloureuse et un petit frisson la parcourut tandis qu'elle se remémorait la façon dont elle avait passé l'après-midi. Elle n'éprouvait ni honte ni remords — seulement un délicieux sentiment de plénitude. Une joie secrète l'habitait ; elle se sentait merveilleusement femme, enfin, et savait qu'elle était désormais à l'abri du passé. Elle n'oublierait jamais ce qui lui était arrivé, bien sûr, mais à présent elle était délivrée. L'idée que la plus belle moitié de sa vie l'attendait encore l'emplissait d'un bonheur infini. Elle ne deviendrait jamais une femme « légère », les aventures sans lendemain ne la tentaient pas ; mais savoir qu'elle était capable maintenant de vivre pleinement une relation amoureuse avec un homme était quelque chose de fabuleux.

Elle quitta sa chambre. Il fallait absolument qu'elle aille trouver Camilla avant que son courage ne l'abandonne.

22.

Une fois dans la bibliothèque, bien qu'elle fût très impatiente de retrouver le journal de Liz, Sofia hésita un instant avant de se remettre à lire. Plus elle approchait du moment de sa conception, plus son appréhension grandissait. Allait-elle enfin savoir pourquoi ses parents ne l'aimaient pas ? Cette idée la terrifiait.

Elle s'assit au bureau, prit le cahier, le reposa avec un frisson. Se levant d'un bond, elle arpenta la pièce pendant quelques secondes, puis revint s'installer devant le journal et se traita d'idiote. De quoi avait-elle si peur ? C'était ridicule. Cette fois, elle empoigna le volume et chercha la page où elle s'était arrêtée.

Lewis McLaren avait perçu la tension qui s'était installée dans la pièce dès que Liz Danvers avait paru. Intrigué, il la regarda avec un peu plus d'attention. Pour une femme d'une telle beauté, elle semblait bien peu sûre d'elle. Le coup d'œil anxieux qu'elle avait jeté à son mari en entrant ne lui avait pas échappé. Que craignait-elle ?

La curiosité inattendue qu'il éprouvait à l'égard de cette étrangère le fit se crisper. Depuis des mois, il se désintéressait de tout ce qui l'entourait. C'était son médecin qui lui avait suggéré un voyage à l'étranger, alléguant qu'il avait besoin de prendre ses distances par rapport à ce qui était arrivé. Il avait donc décidé de se rendre en Angleterre ; Vic, non sans une certaine réticence, lui avait glissé qu'il pourrait peut-être passer par Cottingdean pour voir le troupeau.

Il avait senti à l'intonation de son berger combien son pays natal lui manquait, et s'était demandé un instant pourquoi le jeune homme avait choisi de s'exiler à des milliers de kilomètres de chez lui. Beth, elle, n'avait pas gardé une impression très favorable de l'Angleterre et des Danvers. D'après les commentaires, assez acerbes, qu'elle en avait faits, Lewis s'était imaginé Liz plus âgée, plus sèche ; en tout cas très différente de cette toute jeune femme à qui ses manières hésitantes et timides donnaient un air d'adolescente.

Le fait qu'il s'intéresse de nouveau à quelqu'un prouvait peut-être que le Dr Forbes avait raison, en fin de compte... Il était probable que l'éloignement l'aiderait un peu à se remettre. Mais jusqu'à présent, justement, il n'avait pas eu envie de guérir. A quoi bon ? La perte de sa femme et de son fils était un événement qu'il ne pourrait jamais dépasser, jamais oublier.

Soudain, il se rendit compte qu'Edward Danvers lui demandait combien de temps il pensait rester en Angleterre. L'hostilité qui perçait dans la voix de son hôte lui fit froncer les sourcils. Lorsqu'il était arrivé, Edward l'avait reçu assez chaleureusement — lui semblait-il. Néanmoins, son attitude avait changé dès que sa femme avait pénétré dans la pièce.

Quel couple étrange formaient cet homme usé, invalide, et cette jeune femme dans tout l'éclat de sa beauté... A les voir, la jalousie d'Edward se comprenait fort bien. Pourtant ils étaient mariés depuis près de dix ans et demeuraient très unis, à ce qu'il avait cru comprendre ; Beth elle-même avait été obligée d'admettre la dévotion avec laquelle Liz Danvers entourait son mari.

Plus tard, en réfléchissant, il se demanda pourquoi, à la question d'Edward, il avait répondu spontanément :

— Oh, un bon moment, je pense... J'ai pas mal de visites à effectuer par ici, et Vic m'a assuré qu'à partir de Cottingdean, je pourrais rayonner un peu partout. Je suis passé à l'auberge, qui m'a paru très propre et très confortable. J'y resterai quelque temps.

En réalité, sa première intention avait été de passer une seule nuit au village, et de repartir dès qu'il aurait pu transmettre aux Danvers les amitiés de Vic. Simple visite de politesse, en somme… Mais il était exact que le jeune berger lui avait décrit Cottingdean comme une bonne base pour ses visites, et il supposait que l'aubergiste ne ferait aucune difficulté pour l'héberger plus longtemps. Que lui arrivait-il, tout à coup ? Sa réaction le surprenait ; peut-être était-elle due au fait que pour la première fois depuis le drame il réussissait à penser à quelqu'un d'autre qu'à Elaine et Alistair, et que cette diversion était la bienvenue. Il n'aurait su dire si c'était la beauté de Liz Danvers ou son attitude craintive qui avait tout d'abord attiré son attention ; mais à partir du moment où il s'était mis à l'étudier, il n'avait plus pu en détourner son regard ni ses pensées.

— J'espérais aussi avoir l'occasion de voir votre troupeau, reprit-il en s'adressant à Edward, bien qu'il sût que les moutons et tout ce qui les concernait étaient du ressort de son épouse.

Edward s'agita nerveusement dans son fauteuil.

— Le troupeau ? C'est le domaine de Liz, répondit-il d'un ton abrupt. Cependant, je doute qu'elle puisse voler assez de temps à sa précieuse filature pour vous emmener le voir.

— Nous louons des herbages pour l'été, intervint la jeune femme. Les moutons se trouvent dans les collines, à plusieurs kilomètres d'ici.

— Je n'ai nul besoin de vous déranger, rétorqua Lewis. Si vous pouviez simplement m'indiquer où trouver les bêtes et me donner un mot d'introduction pour votre berger…

— Oui, oui, bien sûr, acquiesça Liz. Veuillez m'excuser un instant, je vous prie. Je m'en occupe tout de suite.

Lewis s'obligea à ne pas la regarder sortir, et fut surpris de l'effort que cela lui demanda. Son mari, en revanche, la suivit des yeux avec une expression aussi sombre que possessive.

Elle ne s'absenta pas longtemps. A son retour, elle tendit à Lewis une lettre destinée au berger et une petite note rédigée d'une belle écriture régulière. Il la remercia d'un ton gentil et bref. La référence d'Edward à la filature avait encore accru la curiosité de l'Australien au sujet de la jeune femme, mais il sentit que ses questions seraient malvenues et se contenta de prendre congé. Une fois dans sa voiture, il songea de nouveau qu'ils formaient un couple étrange, et pas seulement à cause de leur différence d'âge. La tension perceptible qui régnait entre eux et l'espèce de peur qui se lisait dans les yeux de Liz contrastaient avec l'image harmonieuse que Vic lui avait donnée de leur mariage.

Dès qu'elle fut seule avec Edward, Liz lança d'une voix qu'elle voulait pleine d'entrain :

— David se fait grand, maintenant. C'est un vrai petit homme...

Elle avait conscience du malaise qui flottait dans la pièce, et l'angoisse lui crispait l'estomac. Elle était à la fois furieuse contre Edward qui avait si mal reçu Lewis McLaren et emplie de pitié à son égard. L'éclat qui suivit ne la surprit pas ; elle s'y attendait.

— Qu'y a-t-il entre ce McLaren et toi, Liz ? explosa brutalement son mari. Et ne me mens pas, je t'en prie. J'ai vu la façon dont il te dévorait des yeux. Où l'as-tu rencontré ?

— Edward, s'il te plaît..., implora la jeune femme. Je n'ai *jamais* rencontré Lewis McLaren avant aujourd'hui, tu le sais bien ! Il arrive à peine d'Australie.

Elle avait les larmes aux yeux ; chaque fois, ces crises de rage lui mettaient les nerfs à vif.

— Tu mens, répliqua Edward avec rudesse. Je ne suis pas stupide, ma chère. Je vois très bien ce qui se passe. Tu as une liaison avec lui, n'est-ce pas ? Tu n'es qu'une...

Il se montait peu à peu la tête ; Liz savait que ce monologue paranoïaque allait culminer comme d'habitude en une explosion de violence. Elle ne souhaitait qu'une chose : ouvrir la porte et quitter la pièce. Mais elle était retenue à la fois par sa fierté de femme et par la pitié que lui inspirait le véritable Edward — pas ce malade dément qui lui hurlait des injures, mais l'homme malheureux, torturé par la souffrance. Si elle appelait Chivers, comme elle brûlait de le faire, elle devrait reconnaître qu'elle ne parvenait plus à contrôler la situation, qu'elle n'était plus capable d'affronter l'hostilité et la jalousie de son mari. Et cela, elle le refusait, même si les crises d'Edward, de plus en plus fréquentes, la brisaient. Cette fois, en plus, il l'accusait d'avoir une liaison, et elle ne pouvait laisser passer sans réagir une accusation aussi grave qu'inattendue.

— Edward, je t'en prie..., intervint-elle en s'efforçant de garder son calme, mais consciente de rester prudemment à bonne distance de lui. Comment peux-tu m'accuser d'une chose pareille ? Je ne connais même pas ce M. McLaren. Pour moi, il n'est qu'un étranger.

— Un étranger ? De qui te moques-tu ? Pourquoi a-t-il décidé de rester à Cottingdean, si tu dis vrai ? Et pourquoi est-il venu ici ? Que lui as-tu écrit dans ce billet, hein ?

— Edward ! Tu sais *parfaitement* ce que je lui ai écrit. Je lui ai indiqué comment se rendre aux herbages, rien de plus !

— Tu mens ! Je ne te crois pas !

Il hurlait. Liz frémit en le voyant se retourner d'un geste brusque vers son bureau, puis chasser de la main le jeu d'échecs qui était posé dessus. Il avait une force considérable dans les bras ; les pièces s'abattirent sur le parquet dans un fracas épouvantable.

Le bruit avait dû parvenir aux oreilles de Chivers, car une minute plus tard, il frappa et entra précipitamment dans la pièce, jetant un coup d'œil inquiet à la jeune femme.

— Qui vous a appelé, espèce d'abruti ? cria Edward. Sortez !

Liz jeta un regard implorant au petit homme, le suppliant d'obéir. Elle ne supportait pas que quelqu'un d'autre qu'elle voie son mari dans cet état-là, pas même leur fidèle domestique. Mais c'était de plus en plus difficile à éviter. Elle avait même le plus grand mal à cacher ces scènes à David, et cela lui déchirait le cœur. Pour rien au monde elle ne voulait que leur fils en vienne à juger Edward. L'affection qu'ils partageaient était si précieuse... En dehors de ces terribles moments, il était un père merveilleux. Bien meilleur que n'aurait pu l'être Kit... Ce jour-là, pour la première fois, elle fut heureuse de l'absence du jeune garçon.

— On vous demande au téléphone, madame, déclara Chivers d'un air imperturbable.

Au téléphone… C'était sans doute la filature, se dit Liz. Ils avaient des problèmes avec l'une des machines. Elle lança un regard inquiet à Edward, mais il avait détourné la tête et fixait d'un air absent les pièces d'échecs répandues sur le sol, comme s'il se demandait ce qu'elles faisaient là. Chivers entreprenait déjà de les ramasser. L'orage était passé… au moins pour cette fois, songea la jeune femme avec lassitude avant de sortir. Plus tard viendraient les pleurs, les remords, les lamentations — toute cette douleur qu'elle trouvait encore plus pénible à supporter que ces explosions de colère. Ian avait raison, songea-t-elle. Une séparation de quelques jours leur serait bénéfique. Mais comment le persuader qu'elle avait besoin de partir ? Tout de suite, il imaginerait le pire. Il se sentirait trahi, abandonné. Et elle avait beau aspirer à cette paix comme à une oasis, elle ne pouvait l'exiger au détriment d'Edward et de sa tranquillité d'esprit.

Lorsqu'elle prit le récepteur dans le salon, il n'y avait personne en ligne. Elle fit part de son étonnement à Chi-ers, qui lui répondit d'un air dégagé :

— Ils ont dû raccrocher, madame.

Elle le soupçonna d'avoir inventé ce prétexte pour l'arracher à la vindicte d'Edward. Elle soupira. Une migraine la guettait, ses yeux la brûlaient désagréablement. Une heure de jardinage l'aiderait à oublier sa tension, décida-t-elle. Là-bas, au moins, personne ne la dérangerait.

Une fois au milieu de ses massifs de fleurs, elle se rendit compte qu'elle s'était trompée. Quelqu'un se glissait malgré elle dans ses pensées, quelqu'un qui n'avait aucun droit d'y être, et c'était Lewis McLaren. Lorsqu'elle s'en avisa, elle se redressa, tremblante. Que lui arrivait-il ? Elle ne devait pas penser à lui, et encore moins le comparer à Edward. Pourtant, elle ne pouvait s'empêcher de se rappeler la façon dont son propre corps avait réagi lorsque leurs doigts s'étaient effleurés. Que signifiait cette réaction ? « Arrête ! se dit-elle. Cesse d'imaginer n'importe quoi. » Ce n'était pas parce qu'Edward avait inventé Dieu sait quelle histoire ridicule qu'il fallait croire… De nouveau elle se raidit, furieuse contre elle-même. Le tremblement nerveux qui la secouait refusait de disparaître. Ce n'était pas possible ! Elle ne pouvait pas broder de cette manière sur une rencontre qui n'avait duré que quelques minutes, et avec un homme marié, de surcroît !

Marié… Elle s'accroupit sur ses talons, et s'avisa tout à coup qu'elle était en train de pleurer. Oui, Lewis McLaren était marié. Et elle était sûre que sa femme ne devait pas dormir seule, elle… Qu'elle ne se posait certainement aucune question sur sa sexualité, sur sa capacité à rendre un homme heureux… Bonté divine ! Qu'est-ce qui la poussait à formuler ce genre de pensée ? Mais si les McLaren étaient aussi unis que les lettres de Vic le laissaient supposer, pourquoi ne voyageaient-ils pas ensemble ? En fait, elle n'en savait rien… Peut-être que sa femme était restée à l'auberge, après tout. Peut-être qu'elle n'avait pas eu envie de l'accompagner chez eux…

Dommage qu'elle ne l'ait pas fait, songea-t-elle. Si elle était venue avec son mari, Edward n'aurait pas eu ces idées ridicules. Quant à elle… Eh bien oui, elle n'aurait pas été aussi troublée par le contact de ses doigts, elle n'aurait pas ressenti ce frisson incroyable et merveilleux, elle ne l'aurait pas vu comme… comme un amant potentiel.

Le grand mot était lâché. Elle pleurait pour de bon, à présent, et les larmes ruisselaient sur son visage. Il fallait qu'elle arrête ça, qu'elle se remette au travail, qu'elle s'épuise à la tâche jusqu'à ce qu'elle n'ait plus la force de penser, jusqu'à ce qu'elle oublie l'existence de ce Lewis McLaren et les rêves dangereux qu'il lui inspirait.

Pendant trois jours, elle y parvint presque. Pourtant, ce ne fut pas facile ; l'arrivée d'un étranger dans un aussi petit village mettait tout le monde en émoi, et les commentaires allaient bon train. En outre, l'Australien semblait avoir conquis tous ceux qui l'avaient rencontré.

Il n'était pas revenu les voir. Liz se répétait que cela valait mieux, qu'elle en était contente, mais lorsqu'elle s'éveillait en pleine nuit, trempée de sueur, la crispation douloureuse de son ventre ne lui laissait aucune illusion sur les rêves qu'elle venait de faire… Et quand elle essayait de chasser les visions érotiques qui l'assaillaient malgré elle,

elle avait du mal à ne pas reconnaître en son mystérieux partenaire l'homme de chair et de sang qui les avait suscitées.

Dans ses moments de faiblesse, elle se disait qu'après tout elle ne lésait personne, qu'elle avait bien le droit de rêver de temps en temps. Pourtant la culpabilité la tenaillait, les émotions et les désirs qu'elle sentait bouillonner en elle la terrifiaient. Alors, désespérément, elle souhaitait revenir à cette époque bénie où elle ignorait encore les abîmes de sa propre sexualité et où elle se croyait frigide. Et elle s'étourdissait en travaillant.

Cinq jours après la visite de Lewis McLaren, elle s'éveilla en se rappelant brusquement qu'elle devait aller voir son berger, ainsi qu'elle le faisait deux fois par mois. En vue de cette escapade en plein air, elle revêtit une tenue simple et confortable : une vieille jupe de tweed, un pull assorti, de gros brodequins. Puis, comme on annonçait de la pluie et que la température s'était rafraîchie, elle prit une veste de laine.

Depuis sa dernière crise, Edward était calme, presque apathique. Liz commençait à être habituée à ces changements d'humeur. Elle alla l'embrasser avant de partir, tout en souhaitant que la médecine fasse encore de nouveaux progrès pour alléger son martyre.

Le trajet jusqu'aux herbages n'était pas bien long en voiture, mais elle le trouvait toujours très agréable. Les petites routes de campagne étaient désertes ; de part et d'autre, les couleurs vives et contrastées des champs la fascinaient, ainsi que les jeux d'ombre et de lumière qui animaient les collines quand des nuages passaient devant le soleil.

C'était superbe. Chaque fois qu'elle admirait ce paysage paisible, intemporel, Liz ne pouvait s'empêcher d'évoquer les milliers d'êtres humains qui l'avaient contemplé avant elle — et qui le contempleraient encore après. La force et la beauté de la nature la subjuguaient. Dans ces instants-là, elle avait la sensation d'appartenir à une immense chaîne humaine, dans laquelle elle n'était qu'un infime maillon. David serait le suivant, après lui il y aurait ses enfants et ses petits-enfants... La vie lui avait apporté tant de choses. Elle devait être reconnaissante à son destin, au lieu de désirer en vain quelque chose qu'elle n'avait pas le droit d'avoir et qu'elle n'aurait jamais.

Comme elle ne pouvait aller jusqu'au bout en voiture, elle se gara le long de la route et entreprit de gravir la colline. Elle devrait marcher un bon moment, mais cela ne l'ennuyait pas, au contraire. Quand elle eut noué un foulard sur sa tête et enfilé sa veste, elle s'élança d'un bon pas. Le vent qui soufflait avait chassé les nuages ; le ciel était bleu, le soleil la réchauffait de ses rayons.

Loin au-dessus d'elle, un faucon planait. Il décrivait des cercles patients, guettant sa proie. Liz s'arrêta un instant pour le regarder. Il piqua brusquement vers le sol, en direction d'un champ de blé, et la jeune femme ne put s'empêcher de plaindre la petite créature qui allait se retrouver entre ses serres. Mais en même temps elle était fascinée par sa beauté, par la grâce et la précision de son vol. Lorsqu'il reprit son envol, elle se retourna un instant pour contempler le paysage qu'elle avait laissé derrière elle. C'est alors qu'elle aperçut une silhouette venant vers elle ; un homme, tête nue, ses cheveux bruns soulevés par le vent…

Immédiatement, son cœur battit plus vite. Elle l'avait reconnu d'instinct, comme si son âme et son cœur n'attendaient que lui. Quand il cria son nom, elle distingua son accent australien.

Le bon sens lui dit qu'elle ne devait surtout pas s'arrêter et le laisser parvenir à sa hauteur, mais bien sûr elle fit le contraire… Elle resta figée sur place, le regard fixé sur lui, hypnotisée par ses propres sentiments comme le petit mammifère avait dû l'être un instant plus tôt par le faucon qui plongeait sur lui.

— Quelle coïncidence ! s'écria Lewis avec un grand sourire, tandis qu'il arrivait près d'elle.

Il mentait. C'était sa deuxième visite au troupeau, et lors de sa première conversation avec le berger il avait soigneusement noté le jour où Liz devait venir le voir… Il s'était sermonné, se répétant que cette histoire était une folie, que la curiosité était une chose, qu'il était peut-être bon pour lui d'oublier un moment Elaine et Alistair, mais que poursuivre Liz Danvers de ses assiduités en était une autre… Et pourtant, en dépit des avertissements que lui lançait son instinct, il n'avait pu résister. D'ailleurs, il devait bien reconnaître que la jeune femme ne lui inspirait pas que de la curiosité, loin de là…

Ce matin-là, elle semblait plus jeune que jamais. Il savait par Vic qu'elle n'avait que cinq ans de moins que lui, donc vingt-huit ou vingt-neuf ans, mais elle en paraissait beaucoup moins. En s'approchant d'elle il se laissa charmer par la perfection de son visage, la régularité de ses traits, la finesse de sa peau, la blancheur laiteuse de son teint, si rare sous le soleil australien. Combien de fois Elaine s'était-elle plainte de ce climat torride qui lui brûlait la peau et, selon elle, la vieillissait avant l'âge… Elle détestait le bush, détestait Woolonga, le détestait même lui, parfois. En tout cas, c'était ce qu'elle prétendait. Malheureusement, il n'avait pas su l'écouter, pas su l'entendre. S'il s'était montré plus attentif, peut-être serait-elle encore en vie — et leur fils avec elle.

Son médecin lui avait dit et répété qu'il ne devait pas s'accuser, qu'il n'avait rien à gagner en s'apitoyant sur lui-même, que cela ne les ressusciterait pas. Il devait accepter le fait qu'Elaine, malgré sa force de caractère, était une femme hypersensible que la naissance de leur enfant avait affaiblie et déprimée. Cela arrivait fréquemment. Il n'avait aucune raison de se tenir pour coupable, lui avait seriné Ralph Forbes pendant des semaines. Mais comment se sentir innocent ?

Elle n'avait jamais eu envie de l'épouser. Elle le lui avait dit, mais on ne leur avait pas laissé le choix. Leur mariage avait été arrangé par leurs pères, deux hommes indomptables habitués à donner des ordres, et qui avaient décidé d'unir leurs immenses domaines.

Elaine adorait son père, lui vouait une admiration sans bornes. C'était pour lui et lui seul qu'elle avait accepté ce mariage. Le malheur avait voulu qu'il fût tué dans un accident d'avion, le petit avion privé que pilotait Philip McLaren, son père à lui… Après sa mort, Elaine s'était repliée sur elle-même ; elle en voulait au père de Lewis, mort lui aussi, et à travers lui, à Lewis lui-même. Peu après le drame, elle avait perdu leur premier enfant.

Pendant les trois ans qui avaient suivi sa fausse couche, elle avait interdit à son mari de la toucher. Il avait tout essayé, tendresse, persuasion, prières, se demandant si elle se rendait compte que leur union le frustrait autant qu'elle. Mais ils étaient mariés, un divorce était hors de question, et il fallait à tout prix un héritier pour Woolonga… Alors, à bout d'arguments, il avait dû employer la force. Ce souvenir le laissait encore frissonnant de dégoût. Un soir il s'était arrangé pour la faire boire, puis l'avait transportée sur leur lit dans un état semi-comateux. Là, il l'avait dévêtue et s'était emparé de son corps sans réaction, faisant appel à toute sa volonté pour perpétrer cet acte contre nature.

Après coup, elle l'avait insulté, l'avait accusé une fois de plus d'avoir tué son père et son premier enfant. Il avait tenté de lui dire que c'était faux, qu'il pleurait lui aussi leur bébé, mais elle n'avait rien voulu entendre. Le bush la rendait presque folle. C'était une terre dure, exigeante, cruelle, un univers d'hommes sans pitié pour les femmes qui devaient les accompagner. Pour résister, celles-ci devaient être très fortes et beaucoup aimer leur mari.

Elaine n'était pas dans ce cas. Elle était devenue fragile, vulnérable, et Lewis n'avait éprouvé aucun plaisir à renouer leur relation physique. Mais il le fallait, pour Woolonga. Il avait espéré qu'un deuxième enfant aiderait Elaine à surmonter sa douleur, à oublier ce chagrin obsessionnel lié à la mort de son père et de leur premier bébé. Quand ils avaient découvert qu'elle était enceinte, il avait cru un moment ses souhaits exaucés.

Pendant sa grossesse, elle avait recouvré une certaine joie de vivre. Elle s'était préparée à la naissance avec une vigueur et un enthousiasme qui l'avaient rassuré. Leur mariage ne serait certes jamais l'union totale et quasi spirituelle dont il avait rêvé autrefois, en jeune homme idéaliste qu'il était, mais s'il ne pouvait l'aimer passionnément, au moins pouvait-il chérir et respecter en elle la mère de leurs enfants. C'était ce qu'il s'était dit à ce moment-là, et comme la vie rude qu'il menait ne lui laissait pas le loisir de se perdre en introspection, il en était resté à cette disposition.

*
* *

Par pure nervosité, parce qu'elle était effrayée de ses propres sentiments et craignait de les révéler, Liz lui demanda dès qu'il l'eut rejointe :

— Et votre femme, monsieur McLaren ? Ne vous a-t-elle pas accompagné ?

— Ma femme est morte, répondit-il avec brusquerie.

Aussitôt après, voyant son expression choquée, il se reprit.

— Excusez-moi, j'ai été un peu abrupt.

— Vous excuser, vous ? rétorqua la jeune femme en tournant vers la colline son visage livide, parce qu'elle ne se sentait pas la force de le regarder. C'est moi qui suis désolée... Je ne me doutais vraiment pas... Vic nous avait écrit que vous étiez marié, mais il ne nous a jamais dit...

Pourquoi était-il venu en Angleterre ? se demandait-elle, bouleversée. Pour oublier ? Il avait dû beaucoup l'aimer... A quoi ressemblait-elle ? Sans doute était-elle grande, sportive, bronzée, avec des cheveux magnifiques lâchés en une crinière sauvage...

— Je ne l'aimais pas, déclara Lewis. Je ne l'ai jamais aimée. Je n'aurais pas dû l'épouser.

Il avait parlé d'un ton calme, posé, et ses paroles traversèrent Liz comme une onde de choc. Elle le regarda. Il se tenait immobile, très droit ; son profil se découpait sur le bleu du ciel. Elle ne s'était pas aperçue qu'il était aussi grand. Mais la première fois qu'elle l'avait vu, elle se tenait plus loin de lui... Des pensées saugrenues se bousculaient dans son esprit. Elle songeait que sa veste de tweed lui allait à merveille, qu'il était incroyablement viril, plein de force et de vitalité. Elle aimait l'implantation de ses cheveux, la façon dont ils bouclaient sur sa nuque, le long de son cou ferme et bronzé.

— Elle s'est tuée, reprit Lewis McLaren. Et elle a tué notre enfant avec elle...

Il s'exprimait toujours d'une voix tranquille, sans hâte, articulant ces mots avec soin comme s'ils lui étaient étrangers, comme s'il les prononçait pour la première fois... Et soudain Liz eut la certitude que c'était bien ça, qu'il ne les avait encore jamais dits à personne, qu'elle était la première à qui il confiait cette tragédie qui avait endeuillé sa vie.

— Je m'estime responsable, continua-t-il sans la regarder. J'aurais dû me rendre compte, voir ce qui n'allait pas.

Liz, spontanément, s'assit dans l'herbe et tapota le sol pour l'inviter à la rejoindre.

— Parlez-moi d'elle, dit-elle doucement.

L'ancienne Liz, la Liz qu'elle était autrefois, n'aurait jamais osé faire un tel geste et s'immiscer ainsi dans la vie privée de quelqu'un d'autre. Mais tout à coup elle se sentait différente, neuve, prête à offrir à cet inconnu le secours dont il avait besoin.

Il s'assit près d'elle et se mit à parler sans rien omettre, la fixant droit dans les yeux pour s'accuser d'avoir négligé sa femme.

— Pendant qu'elle attendait Alistair, elle semblait heureuse... Mais j'étais tout de même inquiet, à cause de sa première fausse couche, et je l'ai emmenée passer les trois derniers mois chez sa tante, à Melbourne. La vie citadine lui a tellement plu qu'elle a eu du mal à se réadapter à Woolonga, par la suite, malgré la présence de notre fils qu'elle adorait. Un jour, alors qu'il avait six semaines, elle est partie avec lui à la rivière où nous avions l'habitude de nous baigner.

Il s'interrompit un instant, la gorge serrée.

— On les a trouvés tous les deux dans la soirée, noyés. Elaine... m'avait laissé une lettre. Puisque je lui avais volé son enfant, disait-elle, elle avait décidé de me voler le mien.

Sa voix se brisa. Des larmes plein les yeux, Liz répondit à l'élan qui la portait vers lui et passa un bras autour de sa taille pour le consoler, le berçant contre elle tandis qu'il pleurait. Cela lui semblait aussi naturel que si elle l'avait fait toute sa vie ; une conviction étrange l'habitait, celle que le destin leur avait fixé ce rendez-vous, que quelque chose de plus fort qu'eux les unissait et que même si elle avait voulu résister elle ne l'aurait pas pu. Elle se sentait soudain en accord avec elle-même et avec l'univers tout entier, portée par la musique du monde, comme si elle venait enfin de trouver la moitié qui lui manquait depuis toujours, comme si pour la première fois de sa vie elle était complète.

C'était merveilleux et terrible à la fois, car elle savait en même temps que cet homme fait pour elle, cet homme déchiré qui lui faisait enfin découvrir le véritable amour, bien différent de ce qu'elle avait éprouvé pour Kit dans l'aveuglement de sa jeunesse, cet homme-là ne pourrait jamais être à elle... Sa propre vie était faite, établie, impossible à changer. Le poids de ses devoirs et de ses responsabilités, qu'elle le veuille ou non, l'emportait sur son bonheur.

Lorsqu'il releva la tête pour la regarder, elle lut dans ses yeux ce qu'elle savait déjà.

— Comment est-ce arrivé ? murmura-t-il. Comment avons-nous fait pour nous trouver enfin ? Oh, Liz, quand je pense que nous aurions pu nous manquer...

— Peut-être aurait-il mieux valu...

Il secoua la tête.

— Non, ne dis pas ça. Et n'essaie pas non plus de me maintenir que tu n'éprouves pas la même chose que moi. C'est trop clair, trop évident.

Elle devait l'arrêter. Le laisser continuer ne pourrait qu'ajouter à la souffrance qui, de toute façon, les attendait.

— Je suis mariée, lui rappela-t-elle d'une voix altérée. J'ai un mari, un fils...

— Tu es à moi, depuis toujours et jusqu'à la fin des temps. Je crois que je l'ai pressenti à l'instant où je t'ai vue. Et je t'ai menti, tout à l'heure. Je ne suis pas ici par hasard. Je savais que tu devais venir aujourd'hui. Ne me repousse pas, je t'en conjure. Et ne me dis pas que tu aimes Edward, je ne te croirai pas.

— C'est pourtant vrai, déclara-t-elle tristement.

23.

— Liz !

Le cri de Lewis l'atteignit au plus profond d'elle-même. Un instant, elle se perdit dans le vert lumineux de ses prunelles, elle contempla avec adoration les petites rides claires qui striaient sa peau hâlée autour de ses yeux. Quand sa main ferme se posa sur les siennes, elle frémit. Immédiatement, elle comprit que si elle lui permettait de l'aimer, si elle acceptait ses caresses et l'union de leurs corps, ce serait pour toujours ; après, elle n'aurait plus la force de s'arracher à lui.

— Liz, je t'en supplie, ne trahis pas notre amour… C'est la plus belle chose qui me soit arrivée.

Quand il l'embrassa, son cœur se gonfla d'une joie douloureuse. C'était un baiser très tendre, très doux, empreint d'une véritable vénération. Malgré elle, Liz répondit à son appel. La tendresse fit place à la passion, et elle se retrouva blottie contre lui dans un cocon de chaleur et d'amour. Aller plus loin, céder au désir qui les embrasait eût été la chose la plus simple du monde. Non, pas la plus simple. La plus juste, la plus vraie.

Mais tandis que son cœur revendiquait soudain avec force ce droit à une parcelle de bonheur, sa conscience, son éducation, son sens du devoir protestaient cruellement. Elle ne pouvait pas trahir Edward et David. C'était impossible. Pas même pour cet être merveilleux qui la comblait totalement, et qu'elle aimerait jusqu'à la fin des temps.

Elle se dégagea, éperdue de chagrin, et caressa tendrement son visage.

— Je ne peux pas, Lewis. Je n'ai pas le droit.

Il la contempla longuement. Ils étaient toujours enlacés et elle sentait leurs deux cœurs battre à l'unisson, comme s'ils ne faisaient déjà qu'un.

— As-tu le droit de refuser cet amour que le ciel nous envoie ? demanda-t-il enfin d'une voix vibrante de désespoir. Je ne le pense pas. Viens avec moi en Australie, Liz. Emmène David…

En larmes, elle secoua la tête.

— Edward ne l'acceptera jamais, Lewis. Et je ne peux les quitter, ils ont trop besoin de moi.

— Moi aussi, j'ai besoin de toi ! J'ai besoin de toi, Liz ! Oh, Dieu… tu ne peux savoir à quel point.

Si, elle le savait. Elle éprouvait le même désespoir que lui. Mais elle n'avait pas le choix. Elle avait choisi son destin une fois pour toutes en épousant Edward, elle devait s'y tenir.

— Je dois partir, murmura-t-elle en se levant. Le berger va se demander ce que je fais. Je t'en prie, ne m'accompagne pas.

— Je ne renoncerai pas, rétorqua-t-il d'un ton farouche. Je ne renoncerai jamais, Liz. Jamais.

Tandis qu'elle gravissait la pente en courant, Liz ne se retourna pas. Pas même lorsqu'elle entendit sa voiture démarrer dans un vrombissement furieux. Ce fut seulement lorsqu'elle arriva au sommet qu'elle s'aperçut qu'elle pleurait.

— Est-ce que vous allez bien, Liz ?

La jeune femme se força à sourire à Colin Hedley, son directeur technique. Ils avaient passé la matinée à vérifier des comptes, et dans l'après-midi ils devaient recevoir ensemble un acheteur d'un grand magasin de Londres. En fait, elle n'allait pas bien du tout. Depuis trois semaines, date de sa dernière rencontre avec Lewis McLaren, elle n'avait pratiquement pas dormi.

L'Australien était encore au village, et deux ou trois fois il était passé chez elle pour la voir. Chaque fois, elle avait refusé de le recevoir. Pourtant, ce n'était pas l'envie qui lui en manquait… Et même si elle l'avait physiquement banni de sa présence, en pensée il ne la quittait pas un instant.

Le jour, elle se tuait au travail dans l'espoir de se fatiguer suffisamment pour trouver le sommeil une fois couchée. Mais dès qu'elle était dans son lit, elle redoutait de s'endormir, de crainte qu'il ne lui apparaisse dans ses rêves. Elle avait perdu du poids, de grands cernes mauves soulignaient ses yeux. L'inquiétude de son compagnon était tout à fait justifiée, mais elle lui mentit.

— Mais oui, Colin, je vais bien, répondit-elle. Je suis juste un peu fatiguée.

— Si vous rentriez vous reposer, dans ce cas ? Je peux très bien recevoir cet acheteur tout seul ; en fait, il ne vient que pour renouveler une commande.

Liz réfléchit un instant. Soudain, la vision de son jardin lui apparut, et elle éprouva une envie folle d'aller s'immerger au milieu de ses fleurs, de sentir sous ses doigts le contact de la terre meuble, de respirer le parfum des roses et des feuilles qui commençaient à tomber.

L'espace de quelques secondes elle imagina un autre jardin, des plantes luxuriantes poussant dans une terre rouge et âpre, sous un ciel trop bleu et un soleil trop ardent. Woolonga… Là-bas aussi, elle pourrait avoir un jardin. Si elle acceptait de partir avec Lewis… Aussitôt, elle chassa cette idée importune.

— Merci, Colin. J'accepte votre proposition. Et félicitez ce M. Smith de ma part, je vous prie ; lors de ma dernière visite à Londres, j'ai beaucoup aimé la façon dont ils présentaient nos coupons.

Ainsi qu'elle l'avait prévu depuis le début, les tweeds et flanelles de Cottingdean remportaient partout un franc succès, appréciés qu'ils étaient pour leur moelleux, leur confort, leur solidité et la délicatesse de leurs tons assourdis, merveilleusement évocateurs de la nature dont ils étaient issus. Ce succès mérité permettait à Liz de pratiquer des prix élevés et la récompensait chaque jour de ses efforts. Pourtant, ce jour-là, ce fut avec soulagement qu'elle reprit le chemin de chez elle.

Dès qu'elle aperçut la maison dorée par le soleil de midi, elle éprouva comme toujours un intense sentiment de bonheur et de plénitude.

Certes, c'était une plénitude bien différente de celle qu'elle avait ressentie dans les bras de Lewis... Mais chaque fois qu'elle redécouvrait Cottingdean, son œuvre, sa passion, elle éprouvait le sentiment exaltant de faire partie de la chaîne des hommes, d'avoir posé sa propre pierre dans l'immense mosaïque de l'humanité.

Dès qu'elle eut rangé sa voiture, elle contourna la maison pour passer entre les bordures de lavande qui cernaient les pelouses. Sa longue jupe étroite, ornée d'un pli creux à l'arrière, était de la même teinte que les touffes odorantes dont le parfum poivré montait autour d'elle. C'était un modèle de Christian Dior qu'elle avait copié dans *Vogue,* une fois de plus, et taillé dans un tweed de sa propre fabrication. Pour l'accompagner, elle avait acheté à Bath de ravissants escarpins assortis — une folie — et un chemisier de crêpe ivoire que la brise, en cet instant, plaquait sur sa poitrine ronde.

Elle se pencha vers une plate-bande pour arracher des mauvaises herbes, se demandant distraitement si Edward avait déjà déjeuné. Il avait peu d'appétit, ces derniers temps, et de nouveau son humeur se faisait orageuse. Quand Ian lui parlait de ces crises de jalousie répétées, elle défendait son mari, comme toujours, même si sa violence physique l'effrayait de plus en plus. La dernière fois qu'il avait porté la main sur elle, elle en avait gardé des traces pendant plus d'une semaine...

Ce souvenir désagréable lui tira un froncement de sourcils. Soudain, levant les yeux vers les fenêtres de la bibliothèque, elle s'aperçut qu'Edward l'observait. Un frisson la parcourut et elle se raidit involontairement. Elle ne pouvait distinguer son visage, mais elle devinait à son attitude qu'il était dans un de ses mauvais jours

Un instant, elle eut envie de l'ignorer et de rester seule avec ses fleurs, savourant ce moment de paix dont elle avait tant besoin. Mais elle s'en voulut aussitôt de son égoïsme. Luttant contre ses propres désirs, elle décida d'aller le chercher pour lui permettre de profiter du beau temps.

Elle entra dans la maison, n'accordant pour une fois aucun regard aux lambris patinés, aux meubles cirés, aux tapis anciens et aux belles tentures soyeuses qui faisaient sa fierté et l'emplissaient toujours d'une joie presque enfantine. Peu à peu, les vastes pièces se garnissaient d'objets qu'elle achetait toujours sur un coup de cœur dans les ventes aux enchères, qui étaient sa passion, sans accorder la moindre importance à leur valeur marchande. Si son goût très sûr l'amenait à se constituer progressivement un véritable capital, elle s'en moquait. Ces éléments de son décor étaient pour elle des compagnons tendrement aimés, au même titre que son jardin, sa maison, son troupeau, son usine et toutes les personnes qui dépendaient de près ou de loin de sa responsabilité.

Lorsqu'elle pénétra dans la bibliothèque, l'air renfrogné de son mari lui serra le cœur. Il ne lui adressa pas un mot, mais elle fit taire sa contrariété et entreprit de lui parler gaiement, tout en le poussant dans le jardin avec un entrain qu'elle était loin d'éprouver.

Quand elle l'eut installé au soleil, sous la tonnelle, elle remonta se changer dans sa chambre. Puis, vêtue d'une vieille jupe et d'un chemisier en coton, elle prit ses outils de jardinage et retourna le rejoindre.

Tandis qu'elle désherbait l'allée, elle sentait peser derrière elle la présence boudeuse de son mari. Sa rancœur et sa jalousie étaient presque tangibles. Brusquement, elle regretta de ne pas être restée seule.

— Il paraît que ce maudit Australien est encore là…, déclara soudain Edward d'un ton acide.

Liz se raidit, heureuse qu'il ne pût voir la rougeur qui envahissait son visage.

— Oui, c'est ce que j'ai entendu dire, répondit-elle le plus platement possible.

— Il est encore venu te voir, ce matin.

La jeune femme retint son souffle. Ainsi Lewis persistait, malgré ses refus répétés… Mais elle se félicitait de s'être montrée ferme avec lui. Elle n'aurait pas eu la force d'affronter Edward en lui avouant la vérité, pas plus qu'elle n'aurait supporté de le tromper et de lui mentir, songea-t-elle avec lassitude. Déjà, alors qu'elle n'avait rien à se reprocher, la voix déplaisante de son mari lui faisait passer un frisson dans le dos. Partir, briser le foyer de David, faire le malheur de ces deux êtres qui dépendaient totalement d'elle était une idée qu'elle ne pouvait supporter.

— Il te désire, c'est évident, reprit Edward avec une joie mauvaise.

Cette attaque directe était si inattendue que Liz se retourna, interloquée.

— Edward ! Comment peux-tu…

— Il te désire, répéta son mari comme s'il ne l'avait pas entendue. Et tu le désires aussi, ce qui est tout à fait normal. Après tout, c'est un homme entier, lui, qui peut te donner ce que je n'ai jamais pu t'offrir. Mais tu es ma femme, Liz…

C'était plus fort qu'elle. En dépit des accusations qu'il lui lançait, Liz ne pouvait supporter de le voir souffrir. Sans réfléchir, elle se releva et marcha jusqu'à lui pour poser une main rassurante sur son bras.

— Et je n'accepterai jamais qu'il te possède, grommela Edward, les dents serrées. Ni lui, ni un autre. Je ne veux pas que ma femme se conduise comme une putain… une traînée…

Une veine gonflée battait sur sa tempe ; trop tard, Liz se rendit compte qu'il allait encore l'agresser. Brusquement, il se détendit comme un ressort et porta les mains à son cou, lui serrant la gorge avec une telle force qu'elle ne put se dégager.

— Non, non, je te tuerai avant, Liz…, murmura-t-il d'une voix rauque. Tu entends ? Je te tuerai… Oh, je sais bien qu'après ça on me pendra, mais qu'importe ? De toute façon, je ne fais que pourrir dans la prison de mon propre corps… Plus jamais je ne pourrai être un homme, un vrai, capable d'aimer et de désirer. Comme ceux que tu entraînes dans ton lit pour y prendre ma place. Qui sont-ils, Liz ? Dis-le-moi ! Je veux savoir leur nom !

Il la secouait, les doigts crispés sur sa trachée. Même si elle avait voulu répondre, elle ne l'aurait pas pu. Une sorte de brouillard rouge se déployait devant ses yeux ; autour d'elle, le monde lui semblait couvert de sang. Loin, très loin, elle entendait la voix d'Edward qui continuait à l'agonir d'injures. Elle ne pouvait plus respirer, sa poitrine lui semblait sur le point d'exploser. C'était une douleur terrible, insupportable… Sans cesse, elle se sentait sombrer puis reprendre conscience. Elle allait mourir… Elle allait mourir, mais ce n'était pas grave. Ce serait moins douloureux que cette souffrance indicible qui la déchirait.

Et soudain, alors que le brouillard rouge devenait noir, elle entendit la voix de Lewis hurler son nom. Il y eut un bruit de course, puis d'un seul coup, miraculeusement, alors qu'elle ne l'espérait plus, les doigts d'Edward lâchèrent son cou. Elle s'effondra sur le gravier de l'allée, tentant péniblement d'inhaler de l'air frais, et aperçut Lewis, penché sur elle, qui criait comme un fou :

— Chivers, appelez le médecin, vite ! Dépêchez-vous, il n'y a pas une seconde à perdre ! Quant à vous, ajouta-t-il en se tournant vers Edward, il faut vous enfermer : vous êtes un assassin.

Elle tenta de se redresser, de protester, de lui dire qu'Edward n'était pas responsable, mais les mots ne purent franchir sa gorge meurtrie. Des sanglots résonnaient non loin d'elle, maintenant. Au bout d'un moment, elle comprit que c'était son mari qui pleurait comme un enfant, et sa terreur fit place à de la pitié. Pauvre Edward… Il n'y pouvait rien.

Elle ferma les yeux. Elle se sentait fatiguée, si fatiguée… Elle n'avait qu'une envie : qu'on la laisse là, allongée dans l'allée. Elle gisait toujours dans la même position, à demi inconsciente, quand Chivers revint en courant.

— Le docteur arrive…, annonça-t-il, haletant. Je crois que je ferais bien de remonter le commandant dans sa chambre…

— C'est ça, rentrez-le, déclara Lewis d'une voix sèche.

Le spectacle désolant qu'offrait le malade, recroquevillé sur lui-même comme un enfant puni, ne réussissait pas à l'apitoyer ; sa colère était trop vive. S'il n'était pas arrivé à ce moment-là… S'il n'avait pas décidé d'enfreindre les consignes de Liz lui condamnant sa porte… Edward Danvers l'aurait tuée, il en était certain. D'ailleurs, rien ne prouvait qu'elle était tirée d'affaire.

Il s'agenouilla près d'elle, la prenant doucement dans ses bras pour la serrer contre lui. Il se mit à murmurer son nom, encore et encore, tout en embrassant les marques sombres qui marbraient son cou. Bonté divine… Elle devait quitter cet homme, maintenant. Il fallait qu'il soit fou, pour l'avoir violentée ainsi…

Quand Ian arriva, très inquiet, Chivers l'accueillit avec un visage cendreux et lui expliqua en quelques mots ce qui s'était passé. Le médecin lui tapota gentiment l'épaule.

— Comment va Edward ? demanda-t-il.

— Comme toujours après ses crises, docteur… Je lui ai donné deux somnifères et je l'ai mis au lit. Il devrait dormir pendant dix bonnes heures, au moins…

— Parfait. Et Liz, où est-elle ?

— Dans le jardin. Je crois qu'elle s'est évanouie.

A ces mots, Ian le bouscula pour se ruer vers la jeune femme. Pourvu qu'elle ne soit qu'évanouie…, pensait-il. A en juger par la description de Chivers, le pire avait fort bien pu arriver.

Quand Liz ouvrit les yeux, elle était dans les bras de Lewis. En le voyant penché sur elle, ses yeux verts fixés sur son visage, elle se dit que le paradis devait ressembler à ça… Elle était si bien, blottie contre lui ; elle se sentait tellement rassurée, tellement protégée… Elle aurait voulu ne jamais quitter le havre de ses bras, la chaleur de son corps. Mais quand un bruit de pas résonna dans l'allée, elle revint à la réalité et s'écarta de lui.

— Liz, ma chère Liz, comment vous sentez-vous ?

Ian s'agenouilla près d'elle, mais ce fut Lewis qui répondit à sa place :

— Comment voulez-vous qu'elle se sente ? lança-t-il d'un ton mordant. Ce dément a failli la tuer !

— Je vais bien, Ian…, murmura la jeune femme. C'est fini maintenant…

— Mais non, elle ne va pas bien ! Regardez-la ! Quelques secondes de plus, et elle…

Liz jeta un regard suppliant au médecin.

— Edward ne l'a pas fait exprès, Ian… Vous le savez bien…

Le médecin secoua la tête.

— Je connais votre bon cœur, Liz, mais cette fois Edward a dépassé les bornes. Si M. McLaren n'était pas arrivé à l'improviste… Ecoutez-moi, mon petit : que vous le vouliez ou non, je vais faire hospitaliser Edward. Il devient indispensable de lui administrer des calmants plus puissants, et cela doit se faire sous contrôle médical. Ne vous inquiétez pas pour lui ; vous pourrez aller le voir aussi souvent que vous le voudrez.

— Il va être si malheureux ! protesta-t-elle faiblement.

— C'est un homme adulte, ma chère, pas un enfant. Et réfléchissez un instant : qui vous dit qu'un jour il n'agressera pas quelqu'un d'autre que vous ? Chivers, David, ou même un étranger… Vous avez le droit de jouer avec votre propre vie, mais pas avec celle des autres.

Il s'en voulait de se montrer aussi dur, mais il le fallait. En la voyant pâlir, il comprit que ses paroles avaient porté.

— Pourquoi n'allez-vous pas le voir ? demanda Liz dans un souffle. Il a besoin de vous, Ian…

— Chivers a fait le nécessaire, il dort. Quant à vous, il faudrait vous transporter dans votre chambre pour que je vous examine. Si M. McLaren pouvait vous porter jusque-là…

— Oh non !

La violence de sa réaction fit froncer les sourcils au médecin.

— Non, ce n'est pas la peine, reprit-elle plus doucement. Je peux marcher.

— Comme vous voudrez…

Elle se mit debout, mais dut s'appuyer sur Lewis pour monter l'escalier. Quand elle fut dans sa chambre, Ian demanda à l'Australien de les laisser. L'examen terminé, il s'assit sur le lit et déclara d'un air sombre :

— Vous avez beaucoup de chance d'être encore en vie, Liz… Et Edward a beaucoup de chance aussi d'être envoyé à l'hôpital, et non en prison… Votre gorge est très enflammée. Vous allez avoir du mal à parler pendant quelques jours. En outre, il faut absolument que vous preniez du repos ; votre corps a besoin de se remettre du choc que vous venez de subir. Pour ce qui est d'Edward, je vais m'occuper tout de suite de son admission. Puis-je utiliser votre téléphone ?

— Vous êtes sûr de ne pouvoir le soigner ici ? protesta Liz, l'air suppliant.

— Absolument sûr. Je ne céderai pas sur ce point. Si jamais Edward tuait quelqu'un, vous ou une autre personne, j'en serais responsable. Et pardonnez-moi, mais je ne tiens pas à avoir une mort sur la conscience. Ne vous faites aucun souci pour lui ; je vais l'accompagner, et quand il se réveillera je lui expliquerai tout.

Comme elle s'apprêtait à parler, il l'interrompit d'un signe.

— Ne dites rien, ménagez votre gorge. En outre, je sais ce que vous allez me dire… Mais pour une fois votre mari devra se débrouiller sans vous. Je vous ordonne de rester au lit. S'il le faut, je demanderai même à Chivers de vous enfermer dans votre chambre. C'est compris ?

Elle hocha la tête, et il lui sourit en regagnant la porte. Au rez-de-chaussée, il trouva Lewis en train de faire les cent pas dans la bibliothèque.

— Comment va-t-elle ? demanda-t-il aussitôt.

— Sa gorge est joliment meurtrie et elle est en état de choc, évidemment, mais par bonheur il n'y aura pas de séquelles.

— Pas de séquelles…, répéta Lewis d'un air furieux. Savez-vous ce qu'il a voulu faire ? Il a voulu la *tuer* !

— Je sais, acquiesça calmement le médecin.

Il y eut un long silence. Lewis n'osait pas regarder le médecin en face, de peur de trahir ses sentiments pour Liz. Si cela n'avait tenu qu'à lui, il aurait volontiers crié son amour sur les toits. Mais il devait penser à elle, à sa réputation… Soudain, pourtant, il n'y tint plus et explosa :

— Mais sapristi, pourquoi diable reste-t-elle avec lui ? Pourquoi ?

— Parce qu'il a besoin d'elle…

— Besoin d'elle, vraiment ! Songeait-il à cela quand il essayait de l'étrangler ?

— Ecoutez..., déclara Ian d'une voix douce. Je crois que je devrais vous expliquer certaines choses. Asseyez-vous un instant.

Lewis obéit à contrecœur. Il était encore sous le choc du spectacle terrifiant auquel il avait assisté, et ne pouvait s'ôter de l'esprit le tableau d'Edward livide, les yeux luisants de haine, s'acharnant sur sa femme avec une ardeur de maniaque. Lentement, posément, le médecin entreprit de lui raconter l'histoire de Liz et d'Edward.

— Vous savez pourquoi elle se sent aussi redevable envers lui, maintenant. En fait, je me demande ce qui m'a poussé à vous confier tout cela... Mais j'aime beaucoup Liz, et...

Il s'interrompit avec un soupir, haussant les épaules. Que pouvait-il ajouter ? Qu'il souhaitait ardemment qu'elle soit heureuse, qu'elle connaisse enfin une vraie vie de femme, la vie à laquelle elle avait droit ? Qu'il comptait sur cet homme qui la désirait d'une façon aussi évidente pour lui donner un peu de bonheur ?

— Je ne peux pas vous en dire plus, conclut-il enfin d'un ton las. Je vais appeler l'hôpital et faire emmener Edward sur-le-champ. J'espère trouver un traitement qui le libérera enfin de ces accès de dépression... Ce n'est pas facile pour lui non plus, vous savez... Il l'aime. Il l'aime à la folie...

— Au point de la tuer, acheva Lewis d'une voix crispée. En tout cas, je ne pourrai jamais oublier cette scène.

— Cela ne se reproduira plus, affirma Ian. J'ai demandé à Chivers de préparer une tasse de thé pour Liz, et d'y dissoudre un somnifère. Si je lui demandais de le prendre, elle n'accepterait pas. Il faut pourtant qu'elle dorme ; son organisme a besoin de repos après le traumatisme qu'il a subi.

— Je vais rester à son chevet, déclara Lewis.

Ian le regarda longuement, puis il hocha la tête et alla appeler l'hôpital. Un quart d'heure plus tard, une ambulance arrivait pour emmener Edward.

24.

Liz s'éveilla en sursaut, pour s'apercevoir aussitôt que la lumière qui perçait à travers les rideaux de sa chambre n'était pas celle de l'aurore, mais qu'il faisait plein jour. Tout de suite après, elle découvrit une silhouette immobile assise près de son lit et eut un mouvement d'effroi.

— Edward ? demanda-t-elle d'une voix tendue par la panique.

— Non, Liz, ce n'est pas Edward. C'est moi, Lewis.

Immédiatement, toute crainte disparut et elle fut envahie par un immense soulagement, par une joie sans fin. La noirceur de son angoisse se changea comme par magie en or pur, l'or du bonheur et du ravissement. Mais cela lui tira un frisson : ces émotions-là étaient dangereuses, interdites.

— Edward est à l'hôpital, reprit Lewis en se levant pour s'approcher d'elle. Votre médecin l'a fait admettre sur-le-champ. Pour ma part, j'estime que sa place serait plutôt en prison… Mon Dieu, Liz… Quand je pense qu'il t'aurait *tuée*, si je…

— Non, coupa la jeune femme d'une voix faible. Non, il n'aurait jamais fait une chose pareille.

— Crois-tu ? Moi je suis persuadé du contraire. Bon sang, Liz, pourquoi restes-tu avec lui ? Ce n'est pas un mari pour toi. Et tu ne l'aimes pas comme tu le prétends ; j'ai vu ton expression à l'instant, quand tu as cru qu'il était près de toi.

Liz tressaillit et pâlit. Sa gorge lui faisait terriblement mal ; elle était gonflée, à vif. Jamais, de toute sa vie, elle ne s'était sentie aussi fatiguée. Des larmes lui brûlaient les paupières. Plus que tout au monde, elle aurait voulu pouvoir tendre la main vers cet homme qui la dévorait des yeux, lui dire à quel point elle l'aimait, le supplier de la prendre dans ses bras et de l'emmener loin d'Edward, loin de ce cauchemar. Mais c'était impossible. Si elle le faisait, elle savait qu'ils devraient porter jusqu'à la fin de leur existence le poids de sa culpabilité.

Au fond, elle se sentait responsable des crises de jalousie d'Edward. Elle aurait dû se rendre compte plus tôt qu'il l'aimait avec passion, et que cette passion impossible à exprimer était terriblement dangereuse. En outre, elle savait bien qu'elle avait envenimé la situation en lui refusant la tendresse d'une vraie femme, les marques d'amour physique qui auraient pu alléger sa souffrance.

— Je suis désolé, déclara Lewis d'un ton altéré. Je n'aurais pas dû te parler ainsi. Je me conduis comme Edward, ou même pire...

— Non..., murmura Liz. Tu as raison, je n'aurais pas dû l'épouser... Mais ma vie était si compliquée, à cette époque-là...

— Je sais, coupa Lewis. Ian m'a tout raconté.

— Je ne cherche pas à me disculper... Mais si j'avais deviné les sentiments qu'Edward me portait...

— Comment aurais-tu pu les deviner ? Tu n'étais qu'une enfant ! C'est lui qui t'a trompée ! Sans parler de ce Kit, le père de David... Tu penses toujours à lui, je suppose ?

Comme tous les amoureux, Lewis était jaloux de son passé. Mais il dut voir à son regard sombre qu'elle n'éprouvait plus aucun sentiment tendre pour le père de son enfant. Et elle le lui confirma pour le rassurer.

— Non. J'ai cru l'aimer, c'est vrai, mais je m'en suis détachée depuis longtemps. Et je n'ai plus aimé personne après lui. Mon mariage avec Edward me satisfait.

« Menteuse, lui susurra une petite voix. Il t'a peut-être satisfaite, mais ce n'est plus vrai aujourd'hui. » Elle frissonna sous ses draps.

— Te satisfait..., répéta Lewis d'une voix crispée. Comment peux-tu dire une chose pareille, alors qu'il est capable de vouloir te supprimer ?

Liz ramena ses genoux contre elle et cacha son visage dans ses mains. Elle tremblait de tous ses membres. Elle ne voulait plus penser à cette scène horrible. Elle voulait oublier l'impression épouvantable de terreur et d'impuissance qu'elle avait ressentie quand elle avait compris qu'elle ne pourrait se libérer des mains d'Edward.

— Oh, Liz, ma chérie… Je t'en prie, calme-toi…

Elle sentit le lit s'enfoncer sous le poids de Lewis. Il la prit dans ses bras, la serra contre lui, se mit à la bercer tendrement et à lui murmurer ces mots d'amour dont elle était assoiffée, et qu'aucun homme encore ne lui avait jamais dits. Tandis qu'il embrassait doucement son visage, qu'il lui caressait les cheveux, elle pensait avec frénésie qu'elle devait l'arrêter, qu'il fallait à tout prix l'empêcher d'aller plus loin. Mais ses gestes étaient empreints d'une telle douceur, d'une telle chaleur, d'un tel amour que ses sens affamés refusaient d'écouter les ordres de son cerveau.

Au lieu de lui demander de partir, de mettre fin à ce moment qui ne pourrait que la faire souffrir davantage encore, lorsqu'il ne serait plus là, elle se blottit contre son cou et lui confia ses peines, ses joies, et même ses craintes. Pour finir, d'une voix hésitante, elle lui avoua la plus cruelle de toutes : celle de ne pas être une vraie femme… A ces mots, Lewis se raidit.

— Si tu me dis cela en espérant que je vais m'écarter de toi, ma chérie, tu te trompes…, déclara-t-il d'un ton grave. Je t'aime, je te désire. Toi tout entière, telle que tu es…

Il repoussa les mèches blondes qui tombaient sur son front et la regarda dans les yeux.

— Quitte Edward, mon amour. Quitte-le tout de suite, supplia-t-il d'une voix altérée. Viens avec moi, laisse-moi prendre soin de toi.

Un bref instant — un instant de folie —, Liz hésita et fut tentée de saisir au vol cette chance unique de bonheur. Un bonheur dont elle n'aurait jamais osé rêver, et qui valait largement tous les sacrifices… Mais elle revint très vite à la raison.

— Je ne peux pas, Lewis. Essaie de comprendre…

— Je comprends que je t'aime et que tu m'aimes, répliqua-t-il avec violence. Je le lis dans tes yeux, je le sens aux battements de ton cœur dès que je te touche. Nous n'avons pas le droit de refuser cet amour, Liz. Nous sommes faits l'un pour l'autre, nous devions nous rencontrer. Le pire des péchés serait de nier cette évidence, de rester avec Edward alors que tu ne l'aimes pas.

Elle ferma les yeux, en proie à une douleur sans fond. Elle aurait tout donné pour pouvoir l'écouter, lui obéir. A dix-sept ans, sans doute aurait-elle tout quitté pour lui. Mais elle en avait douze de plus… Elle était épouse, mère — et elle était devenue plus sage.

Quand elle rouvrit les paupières pour le regarder, sa souffrance s'accrut encore. Elle l'aimerait jusqu'à la fin de ses jours, elle en avait la certitude. Et soudain, les larmes aux yeux, elle effleura sa tête brune en se demandant pourquoi le destin avait la cruauté de lui offrir cet amour qu'elle ne pouvait accepter.

— Je te l'ai déjà dit, murmura-t-elle. Je n'ai pas le droit de quitter Edward. Je lui dois trop.

Il la contempla, ivre de rage et de douleur. Il allait protester, mais le désespoir qui se lisait dans les yeux de Liz le retint, ainsi que les marques atroces qui marbraient son cou mince, et il se maudit de son égoïsme.

— Pour l'instant, chérie, tu dois surtout te reposer. Ton médecin a insisté. Il a laissé un somnifère.

Elle secoua la tête.

— Non, je n'en veux pas. J'aurais plutôt envie d'une tasse de lait chaud…

Elle savait qu'elle devait lui demander, lui ordonner de partir. Après tout, il n'avait aucune raison de rester ; Chivers pouvait s'occuper d'elle, et dès le lendemain elle reprendrait ses activités. Il faudrait qu'elle téléphone à Ian, qu'elle aille voir Edward à l'hôpital… Cette idée la traumatisait, mais que faire d'autre ? Il aurait encore plus besoin d'elle, après cette épreuve. Et elle refusait de l'abandonner à son sort, non pas à cause de ce que les gens pourraient penser, mais à cause de ce qu'elle penserait d'elle-même.

— Je descends te chercher ce lait, déclara doucement Lewis. Ne t'avise pas de quitter ce lit en mon absence. Ordre du médecin.

En se levant, il vit qu'elle tournait la tête pour le suivre des yeux, et sa gorge lui apparut, noire et enflée. Une telle fureur s'empara de lui en cet instant que si Edward s'était trouvé dans la pièce il eût été capable de le tuer. Comment, comment avait-il pu la maltraiter ainsi ?

Spontanément, il tendit la main vers elle et caressa les marques sombres du bout des doigts. Liz frémit et ferma les yeux. Alors il se pencha sur elle et posa ses lèvres, tendrement, sur chacun des horribles hématomes. Elle tremblait... Il se redressa, la contempla un moment, puis répéta à mi-voix :

— Je descends préparer ton lait.

Dès qu'il reviendrait, se dit Liz quand il eut quitté la pièce, elle lui demanderait de partir. Mais elle porta une main à son cou, effleurant les endroits où il avait posé ses lèvres, et un flot de sensations intenses l'envahit, dominant toute raison et toute logique. Il aurait fallu qu'elle se lève, qu'elle s'habille, qu'elle s'arme contre lui pour le renvoyer, mais elle se sentait si lasse...

Quand Lewis revint, elle était profondément endormie. Il la regarda un moment, puis posa le plateau et reprit place dans le fauteuil installé à son chevet. Il fallait qu'il la persuade qu'elle ne devait rien à son mari, qu'elle était libre de partir. Il le fallait à tout prix, car il était bien décidé à ne pas rentrer en Australie sans elle et son fils. L'après-midi était avancé... Elle ne tarderait pas à se réveiller.

Liz rêvait. Elle était dans son jardin, au-dessus d'elle le soleil était clair et chaud, elle se sentait bien... Puis soudain une ombre obscurcit le soleil. Elle leva les yeux et vit Edward qui s'approchait d'elle, l'air menaçant, les mains tendues, une telle haine au fond des yeux qu'elle poussa un cri de terreur. Ses doigts s'avançaient vers son cou, la touchaient, s'incrustaient dans sa chair... Un hurlement lui échappa et elle s'éveilla, en nage.

Lewis, qui s'était assoupi, fut tiré de son sommeil par ce cri d'horreur. Immédiatement, il bondit sur ses pieds et se précipita vers Liz pour la prendre dans ses bras, l'arrachant à moitié à ses draps. Le crépuscule avait noyé la chambre dans une douce pénombre. Serrant son fin visage contre son épaule, il passa une main sous ses cheveux, sur sa nuque chaude, et lui chuchota à l'oreille des mots rassurants.

Liz était si soulagée d'avoir échappé à ce cauchemar qu'elle oublia toute prudence et se laissa aller contre lui, tremblante. Il promenait ses lèvres sur sa tempe, sur sa pommette. Elle s'écarta pour le regarder dans les yeux.

— Liz…, murmura-t-il d'une voix rauque.

Son émotion la pénétra jusqu'au plus profond d'elle-même. Elle ne devait pas… Il ne fallait pas… Mais il était déjà trop tard, la bouche de Lewis était sur la sienne, et elle entrouvrit les lèvres pour répondre à son baiser… Un baiser qui dura une éternité et l'emporta aussitôt dans un univers merveilleux, hors du temps et de l'espace, un univers de douceur et de tendresse qu'elle n'aurait jamais pu soupçonner. Transportée de bonheur, elle avait l'impression que son corps se liquéfiait, qu'un feu délicieux courait dans ses veines. Très vite, elle oublia sa gêne et se livra à des caresses maladroites et pleines de candeur, comme s'il était son premier amant. Ce qu'il était, en fait…

Lewis prenait possession de son corps sans hâte, sans précipitation, savourant l'émerveillement qui se lisait dans les yeux pervenche de Liz. Il la dévêtait peu à peu, avec une vénération pleine de tendresse, accompagnant ses gestes de baisers sur sa gorge, sur son cou, sur l'artère qui battait fiévreusement sous sa peau claire et trahissait son trouble. La pièce était plongée dans l'ombre, et il apprit d'abord à la connaître sans la voir, rien qu'en la touchant. Quand ses mains s'emparèrent de sa taille fine, il la sentit se crisper.

— Ne crains rien…, chuchota-t-il. Je ne te ferai aucun mal.

— Je sais, répondit Liz. Ce n'est pas ce qui m'inquiète. J'ai surtout peur… de te décevoir.

Elle ferma les yeux, n'osant pas le regarder. Elle n'avait pas le droit de faire ce qu'elle faisait. Elle était mariée, elle était la femme d'un autre. Pourtant, en cet instant, elle savait qu'elle serait morte de chagrin si Lewis l'avait quittée.

— Tu ne me décevras pas, mon amour. C'est impossible, affirma-t-il, ravalant sa compassion et la colère que lui inspirait le personnage cynique qui lui avait laissé croire qu'elle était frigide. Je t'aime, tu m'aimes, rien d'autre ne doit compter.

Il l'aimait, elle l'aimait... Ces mots étaient interdits, ces émotions défendues. Néanmoins, quand il s'écarta d'elle pour se dévêtir à son tour, Liz ne put s'empêcher de le contempler avec avidité. Elle percevait sa chaleur, son odeur... Lorsqu'il s'allongea près d'elle et que leurs corps se touchèrent, elle mesura combien sa chair était affamée de ce contact merveilleux. Au moindre geste de Lewis, il lui semblait que ses nerfs à vif s'enflammaient. Elle vibrait tout entière... Soudain, elle lui effleura l'épaule d'une main hésitante.

— Je voudrais te toucher, murmura-t-elle. Te caresser... C'est la première fois, tu sais...

— Oh, Liz...

Il enfouit son visage au creux de son cou, bouleversé. Puis, lentement, il prit ses doigts délicats entre les siens et les promena sur sa peau, sur son ventre, sur son sexe tendu par le désir. Elle gémit de bonheur, subjuguée. Alors Lewis glissa sur elle et saisit entre ses lèvres la pointe d'un de ses seins, lui faisant découvrir des délices qu'elle n'avait jamais connus. Comment avait-elle pu croire qu'elle était froide ? se demandait-il, contenant l'ardeur qui le poussait vers elle. Elle était fraîche, candide, sans la moindre expérience, mais ses réactions prouvaient assez la passion qui couvait en elle... C'était une amoureuse, une vraie, qui savait d'instinct comment s'offrir à un homme et le satisfaire. Elle était merveilleuse. Il aurait voulu la dévorer de baisers, couvrir de sa bouche chaque parcelle de son corps, la posséder si totalement qu'elle ne pourrait jamais l'oublier.

Poussant une plainte de plaisir, Liz tendit les bras pour l'attirer à elle.

— Attends, mon amour. Pas encore..., chuchota-t-il. Un peu de patience, et je te promets que tu seras comblée...

Il se mit à l'embrasser, descendant le long de son ventre. Liz, affolée, voulut le retenir. Mais il ne la laissa pas faire et persista dans son dessein, faisant naître en elle un trouble si fort, si enivrant qu'elle ne put retenir un cri de surprise. Elle aurait voulu l'arrêter, et en même temps elle souhaitait qu'il ne s'arrête jamais... Tandis qu'elle luttait de toutes ses forces pour garder le contrôle d'elle-même, terrifiée et transportée à la fois, elle sentit monter en elle une sorte de vertige incroyable, un tourbillon de plaisir qui l'emportait plus haut, toujours plus haut, qui la détachait de la terre, qui... Et soudain cette tension insupportable explosa d'un coup, lui arrachant un cri rauque, tandis que le monde tournait autour d'elle. Elle retomba sur l'oreiller, tremblante comme une feuille, abasourdie. Lewis la prit dans ses bras et la caressa tendrement.

— Mais tu n'as pas... nous n'avons pas..., balbutia-t-elle, en proie à un étonnement sans bornes.

— Sois tranquille, le reste va suivre, déclara-t-il avec un sourire attendri.

Il la tourna vers lui, imprimant son corps brûlant dans le sien, et elle s'ajusta contre lui pour l'accueillir en elle. Ce fut alors le bonheur suprême, un tumulte de sensations extraordinaires qui mêlaient le plaisir physique à quelque chose d'autre, beaucoup plus fort encore, beaucoup plus puissant, le sentiment prodigieux de ne faire plus qu'un avec un autre être, d'être unie à lui d'une façon si intime, si totale que sa chair, elle en était certaine, garderait à jamais l'empreinte de cette union. Elle cria son nom et il lui répondit d'une voix sourde, secoué d'un long frisson qui les laissa anéantis. Un moment plus tard, alors qu'ils reposaient l'un contre l'autre, Lewis s'écarta pour la regarder ; lorsqu'il vit les larmes qui roulaient sur ses joues, il se raidit.

— Liz, quelque chose ne va pas ? Est-ce que je t'ai fait mal ? demanda-t-il avec inquiétude. Elle secoua la tête.

— Oh non... Non, tu ne m'as pas fait mal... Mais je n'aurais jamais cru qu'une chose pareille puisse exister. C'était merveilleux, Lewis. Merveilleux...

Il lui prit une main et embrassa chacun de ses doigts.

— Pour moi aussi, chérie. Tu vois, c'est le miracle accompli par le véritable amour... le meilleur des alchimistes ; il transforme le plomb de la chair en or. Il nous transporte dans un autre monde, fait de nous des surhommes...

Ils se remirent aussitôt à s'aimer, lentement, avec passion, et cette fois Liz prit l'initiative. Elle caressa Lewis aussi intimement qu'il l'avait caressée, hésitante au début, puis s'enhardissant au fur et à mesure qu'elle percevait le plaisir qu'elle lui donnait. Une nouvelle fois, la plénitude de leur entente les emporta vers des cimes insoupçonnées. Puis, repus et brisés, ils s'endormirent enlacés.

Liz s'éveilla une première fois juste avant l'aube. Sans bruit, elle se souleva sur un coude pour contempler Lewis endormi. Elle voulait imprimer dans sa mémoire chaque détail de son corps, de son visage, car elle savait que ces souvenirs seraient tout ce qu'elle pourrait garder de lui. Son cœur aurait beau crier son amour, sa vie aurait beau s'éteindre avec son départ, il faudrait qu'ils se séparent.

Lorsqu'elle s'éveilla pour la deuxième fois, Lewis la tenait dans ses bras et la contemplait avec adoration.

— Je t'aime, murmura-t-il en l'embrassant. Je t'aime plus que je n'aurais cru pouvoir aimer quelqu'un. Tu es à moi, Liz. Je vais te ramener à Woolonga avec David.

Elle se raidit aussitôt.

— Je ne peux pas partir, Lewis.

— Si, tu le peux. Et tu le feras. Personne ne comprendrait que tu restes avec Edward après ce qu'il t'a fait subir. Cet homme est dangereux, Liz. N'importe quel tribunal t'accordera le divorce sans discuter.

Divorcer... Ce mot la fit frémir. Soudain glacée, elle reprit conscience de la réalité.

— Il faut que j'aille le voir, dit-elle dans un souffle. Je ne peux pas le quitter comme ça...

Une terrible confusion l'habitait. Son cœur, son corps, ses sens lui criaient d'écouter Lewis, de partir avec lui. Oui, Edward avait changé. Cette fois, il lui avait fait vraiment peur. Elle avait lu dans ses yeux hagards qu'il voulait la tuer. Mais elle était sa femme… Elle était sa femme, et elle avait un amant !

— Je ne te laisserai pas rester avec lui, reprit Lewis d'un ton ferme. C'est *moi* que tu aimes.

Il avait raison, songea-t-elle pendant qu'il se rendait à la salle de bains pour se rhabiller. Elle l'aimait, elle l'aimait vraiment. Mais elle avait beau souhaiter plus que tout au monde ne plus le quitter, la pensée de ce qui arriverait à Edward si elle demandait le divorce l'obsédait.

Ian arriva alors qu'ils finissaient de prendre le petit déjeuner que Chivers leur avait servi. Tandis qu'il les saluait, Liz se demanda s'il pouvait lire dans ses yeux ce qui s'était passé entre eux. Mais cela n'avait plus d'importance. Elle n'éprouvait plus aucune culpabilité. Après tout, son corps était à elle, et sa faculté d'aimer aussi.

Son corps peut-être, mais sa fidélité, ses devoirs d'épouse ? Elle se mordit la lèvre, refusant d'écouter plus longtemps sa conscience.

— Comment… va Edward ? demanda-t-elle au médecin.

— Il est assommé par les calmants, mais bourrelé de remords quand même… Il a demandé à vous voir.

— Pour quoi faire ? intervint Lewis d'un ton furieux. Pour essayer une nouvelle fois de la tuer ? Regardez sa gorge ! Regardez ce que ce monstre lui a fait !

Ian contempla la jeune femme avec affection.

— Désolé, Liz, j'aurais dû vous demander comment vous vous sentez.

— Aussi bien que possible, même si j'ai l'impression d'avoir avalé du carton. Mais parlez-moi d'Edward. Dans quel état est-il vraiment ?

Ian haussa les épaules.

— Physiquement, il n'y a rien à dire. Emotionnellement, c'est une autre histoire… Vous savez combien il déteste être éloigné de cette maison. Si vous voulez lui rendre visite, je vous accompagnerai. Mais de toute façon vous n'avez plus rien à craindre, maintenant. Il est hors d'état de nuire.

Liz faillit lui dire qu'elle ne pouvait supporter l'idée de revoir son mari, qu'elle voulait l'oublier, tourner le dos à la vie tourmentée qu'elle avait menée avec lui et marcher avec Lewis vers le soleil, la lumière, l'amour... Mais elle savait bien que ces mots ne pouvaient être prononcés. Quoi qu'elle décide par la suite, quoi qu'elle fasse, elle devait au moins rendre une dernière visite à Edward. Malgré le mal qu'il lui avait fait, elle ne pouvait s'empêcher d'être inquiète pour lui.

Près d'elle, Lewis réprima un geste dans sa direction. Elle percevait son amour, son inquiétude. C'était un homme merveilleux, droit et bon. Elle l'avait pressenti lorsqu'il lui avait parlé de sa femme, de son enfant, et son intuition s'était encore renforcée au cours de leur étreinte sublime. Avec lui elle serait aimée, protégée, choyée. Femme pour la première fois de sa vie. Le ciel pouvait-il lui demander de renoncer à cet amour qu'il lui avait envoyé de façon si inattendue ?

Ian attendait sa réponse. Elle le regarda, et lut dans ses yeux sombres qu'il avait deviné ce qui était en jeu. Il la contemplait avec compassion et bonté, mais aussi avec tristesse.

— J'irai voir Edward, déclara-t-elle, ignorant la protestation étouffée de Lewis. Mais j'irai le voir seule.

Soudain, sa lèvre se mit à trembler.

— Que va-t-il lui arriver, Ian ? Je veux dire...

Le médecin soupira.

— Ce qui l'attend n'est pas gai, Liz. Désormais, il devra vivre sous tranquillisant en permanence. Et n'importe quel individu soumis trop longtemps à des drogues, quelles qu'elles soient, est susceptible d'en subir les effets secondaires... Il risque de vivre dans un état de semi-léthargie. Mais ne vous inquiétez pas ; je serai là pour le suivre et l'aider.

Un frisson parcourut la jeune femme. Quand Ian fut parti, elle se tourna vers Lewis, les larmes aux yeux. Il la prit tendrement dans ses bras et la réconforta.

— Je sais ce que tu éprouves, mon amour… Néanmoins, tu ne dois pas laisser la pitié que t'inspire ton mari détruire notre vie. Si tu restais avec lui, tu serais réduite à un rôle d'infirmière, sans plus. Cela peut sembler cruel, mais…

— Je comprends ce que tu essaies de me dire, coupa Liz, mais c'est plus fort que moi, Lewis. Je ne peux pas l'abandonner.

— Non seulement tu le peux, mais tu le dois. Pour nous. Tu lui as déjà rendu au centuple ce qu'il a fait pour toi. Ecoute : si tu tiens vraiment à le voir, j'irai avec toi.

Elle secoua la tête.

— Non, Lewis. Je dois y aller seule.

Il se redressa.

— Je crois que je ferais mieux de rentrer à l'auberge, à présent. Ils doivent se demander où je suis passé. Il était normal que je reste avec toi hier soir, mais à l'avenir… nous devrons être prudents, Liz. Tant que tu seras l'épouse d'Edward, au moins légalement… je garderai mes distances. Je sais que cela a l'air ridicule après ce qui s'est passé cette nuit, mais j'ai des principes, ajouta-t-il en souriant quand il la vit rougir.

Tendrement, il lui caressa la joue.

— Tu ne m'en veux pas ?

— Non, au contraire…, répondit-elle d'une voix altérée. Je pense la même chose que toi.

— Dans ce cas, nous sommes d'accord. Tant que la procédure du divorce n'aura pas été entamée et que tu ne seras pas libre de quitter ton mari, nous essaierons de ne pas nous rencontrer en privé.

— Cela ne sera pas difficile, déclara Liz d'un ton lugubre. Avec la filature et les visites à l'hôpital, je serai bien occupée…

Elle remarqua son expression crispée et posa une main sur sa manche.

— Lewis… tu me comprends, n'est-ce pas ?

— Oui, je te comprends. Mais cela ne m'empêche pas d'avoir peur. Tu es tellement sensible, chérie… Je redoute qu'il ne trouve un moyen de te retenir.

Liz ferma les yeux sans dire un mot. Qu'aurait-elle pu répondre ? La même terreur l'habitait, mortelle.

Deux heures plus tard, quand elle pénétra dans la chambre d'Edward, le regard qu'il lui lança lui rappela un vieux chien perdu qu'elle avait trouvé errant un jour près de la filature, affamé, et qu'elle avait recueilli... Une immense pitié la submergea lorsqu'elle le vit se redresser péniblement sur son lit et tendre les mains vers elle, le visage illuminé de joie et de soulagement.

— Liz... Enfin, tu es là... Je ne veux pas rester ici, chérie. Je veux rentrer à la maison. Dis-leur que je veux rentrer. Ils ne m'écoutent pas.

Il se mit à trembler et s'affala sur lui-même, en pleurs. Un terrible sentiment d'impuissance et de désespoir s'empara de la jeune femme. Lui annoncer de but en blanc qu'elle voulait le quitter était impossible ; elle ne pouvait pas lui faire une chose pareille. Un instant, une idée folle la traversa : qu'est-ce qui l'empêchait de quitter cette chambre, d'aller chercher David au collège et de disparaître sans un mot, laissant Cottingdean derrière elle pour aller rebâtir ailleurs une nouvelle vie ? Rien... sauf sa conscience.

En rentrant chez elle en voiture, elle se demanda comment Lewis allait réagir en apprenant qu'elle n'avait pas eu le courage de parler à Edward. Il l'attendait devant la maison. Au début il se mit en colère, puis, quand il vit à quel point elle était bouleversée, il poussa un grognement et la serra contre lui, lui répétant qu'il l'aimait, qu'il la désirait, qu'il détestait la voir souffrir.

— Laisse-moi un peu de temps, supplia Liz.

— D'accord, mon amour, pour rien au monde je ne voudrais te faire de mal, mais ne vois-tu pas qu'il serait plus simple de rompre tout de suite, pendant que la situation s'y prête ?

— Je ne peux pas..., gémit-elle. C'est trop dur. Oh, Lewis, si tu l'avais vu ce matin...

Elle se mit à pleurer. Lewis la berça sur sa poitrine, incapable de partager sa compassion pour cet homme qui était à ses yeux aussi pervers que dangereux.

Une semaine passa, durant laquelle Edward resta à l'hôpital. Liz allait le voir tous les jours et tous les jours il la suppliait comme un enfant de le faire rentrer à Cottingdean. Sa détresse était si grande qu'elle repartait chaque fois sans avoir eu le cœur de lui parler. Et de toute façon, comment aurait-elle pu le quitter dans un tel état ? C'était impensable. Il fallait attendre qu'il se remette.

Lewis, patient au début, commençait à se montrer irritable. Il se demandait si Liz l'aimait autant qu'elle le prétendait, et elle ne pouvait lui en vouloir. Elle essayait de le rassurer, mais ne réussissait qu'à accroître son ressentiment à l'égard d'Edward.

— Je t'aime, Liz ! Je veux que tu sois ma femme ! répétait-il. Si tu éprouvais la même chose pour moi, tu quitterais ton mari, quoi qu'il pût t'en coûter.

— Comme tu aurais abandonné ta femme dans la même situation ? rétorqua Liz, un jour.

— Oui. Oui, je l'aurais quittée. Bien sûr…

Il s'interrompit, pour reprendre aussitôt avec violence :

— A quoi bon discuter, de toute façon ? Nous ne faisons que tourner en rond. Edward rentre demain. Je déteste en arriver là, Liz, mais tu ne me laisses pas le choix : ou tu lui annonces *demain* que tu le quittes, ou… ou je devrai en conclure que tu ne m'aimes pas autant que tu le dis.

— Oh, Lewis… Ne me fais pas ça, je t'en prie. Ce n'est pas moi qui suis en cause. C'est Edward…

— Edward, Edward, toujours Edward ! Et nous, Liz ? Et moi ? Ne crois-tu pas que je souffre aussi ? Que j'ai mal ? Que je suis terrifié à l'idée de te perdre ? Je te donne vingt-quatre heures. Pas une de plus. D'ici là, à toi de décider si tu veux rester avec moi ou avec lui.

Après son départ, Liz resta longtemps immobile, les yeux perdus dans le vague, incapable de voir autre chose que le visage de Lewis, altéré par la souffrance. Elle l'aimait. Elle désirait de toutes ses forces vivre avec lui. Mais comment oublier Edward, Edward qui la regardait d'un air si suppliant, qui criait son nom dès qu'elle s'éloignait de lui ? Edward qui serait là demain…

Cette nuit-là, elle dormit à peine, hantée par des cauchemars. Au matin, elle était épuisée et tendue. Elle alla couper des fleurs fraîches dans le jardin pour en faire un bouquet ; au moment où elle rentrait, le téléphone sonna. Immédiatement son cœur bondit dans sa poitrine, ses doigts se mirent à trembler. Mais ce n'était pas Lewis. Tandis qu'elle répondait distraitement à son interlocuteur, elle sentit la douleur qui lui pesait sur la poitrine s'intensifier. Elle avait tant besoin de voir Lewis, d'être avec lui, de vivre avec lui… C'était son plus cher désir, mais elle n'était pas libre. Elle n'avait pas le droit de faire souffrir les autres pour être heureuse.

Quand l'ambulance arriva et que les infirmiers installèrent Edward dans son fauteuil roulant, elle eut un choc en le voyant si affaibli, si amaigri. Pendant un instant elle contempla son mari ; et ce fut comme si des bandes d'acier lui enserraient le cœur et le corps, tant sa douleur était intense. Puis elle se rendit compte qu'il la regardait et elle se contraignit à le rejoindre en souriant. Dès qu'elle fut près de lui, il lui agrippa la main.

— Ne les laisse plus m'emmener, Liz, jamais ! supplia-t-il.

Le changement qui s'était produit en lui la bouleversa. Il n'était plus un homme malade, mais un enfant dépendant. Etait-ce dû aux médicaments, ou ce changement était-il plus profond ? En frissonnant, elle songea à l'ultimatum de Lewis. Plus que quelques heures…

Un peu plus tard, après avoir installé son mari dans son lit et pris avec lui le thé préparé par Chivers, elle ne put en supporter davantage et courut se réfugier dans sa chambre. Là, elle se jeta à plat ventre sur son lit et se mit à sangloter. Si seulement il lui suffisait de fermer les yeux pour que tout s'arrange, pour que tous ses problèmes disparaissent…

Au bout d'une heure, Chivers vint frapper à sa porte. Il semblait très inquiet.

— C'est le commandant, madame... Il ne va pas bien...

— Pas bien ? Qu'y a-t-il ? Que lui est-il arrivé ?

— Il a de la fièvre.

Aussitôt, Liz se rua dans la chambre d'Edward. Il était très rouge, ses yeux brillaient anormalement dans son visage émacié.

— Il faut appeler Ian, déclara la jeune femme.

Quand le médecin eut examiné le malade, il annonça d'un ton grave qu'à son avis Edward avait attrapé un virus de gastro-entérite qui sévissait à l'hôpital.

— Normalement un adulte de l'âge d'Edward aurait résisté, ajouta-t-il, mais il est si faible...

A son expression, Liz comprit qu'il était inquiet. Pendant qu'ils parlaient, le téléphone sonna. Cette fois c'était Lewis, sans aucun doute, songea-t-elle avec angoisse ; mais elle ne put se résoudre à lui répondre en présence de Ian, et ne décrocha pas.

— Il va avoir besoin de soins constants, poursuivit le médecin. Si vous voulez que je vous trouve quelqu'un...

Liz refusa d'un signe de tête.

— Non, Ian. Chivers et moi parviendrons à nous arranger. Edward est assez choqué comme cela...

— Oui. Cette hospitalisation était nécessaire pour doser son traitement, mais je reconnais qu'elle l'a beaucoup éprouvé.

Toute la nuit, Liz et Chivers se relayèrent au chevet du malade qui délirait. Quand l'aube arriva, la jeune femme était épuisée — et accablée par le désespoir. Maintenant, elle ne pouvait plus hésiter ; quitter Edward était impensable. Sans elle, il ne pourrait rester seul à Cottingdean et serait obligé d'entrer dans un établissement spécialisé. S'il survivait à leur séparation...

Des larmes amères lui brûlaient la gorge. D'un geste las, elle se leva. Il fallait qu'elle aille trouver Lewis.

La mort dans l'âme, elle lui téléphona. Ils convinrent de se retrouver loin du village, dans un endroit tranquille où ils ne risquaient pas d'être vus. Comme si le temps avait voulu se mettre au diapason de son humeur, une bruine glacée noyait le paysage, obscurci par une brume grise.

Lorsqu'elle arriva, Lewis était déjà là. Dès qu'elle descendit de sa voiture, il s'avança vers elle.

— Alors, tu lui as parlé ? demanda-t-il d'un ton crispé.

Elle secoua la tête.

— Je n'ai pas pu, Lewis... Il est très malade. Ian pense...

— Je me moque de ce que ton médecin peut penser ! C'est de toi et moi qu'il s'agit, Liz ! Que dois-je faire ? Continuer à tourner en rond ici ? Combien de temps devrai-je attendre, à ton avis ? Une semaine ? Un mois ? Un an ? Dix ans ?

Son ton amer et sarcastique blessa la jeune femme, mais elle s'attendait à cette colère. Elle la comprenait même.

— Non, Lewis, je ne te demanderai pas d'attendre...

Elle inspira profondément et le regarda en face, avant de lancer d'un ton bref :

— C'est fini, Lewis... Je ne peux pas quitter Edward. J'en suis sûre, à présent. J'ai beau... t'aimer plus que je n'ai jamais aimé personne, je ne peux pas l'abandonner.

Elle lut sur son visage tendu le choc qu'elle lui avait causé. Il resta un moment silencieux, comme s'il cherchait à comprendre le sens des paroles qu'elle venait de prononcer, puis il s'exclama d'une voix furieuse :

— Tu veux dire que tu ne *veux pas* le quitter ! Bon sang, Liz, est-ce que tu te rends compte ? Pourquoi me fais-tu une chose pareille ? *Pourquoi ?*

— Il a besoin de moi, répondit-elle d'une voix tremblante.

— Besoin de toi... Moi aussi, j'ai besoin de toi !

Il l'avait prise par les épaules et s'était mis à la secouer.

— J'ai besoin de toi, tu m'entends ?

Liz sentit que des larmes lui montaient aux yeux. Si elle n'en finissait pas très vite, elle allait craquer.

— Pas de la même façon, s'obligea-t-elle à déclarer d'un ton calme. Réfléchis, Lewis : si je quittais Edward maintenant, je me le reprocherais toute ma vie. Que nous le voulions ou non, cela finirait par abîmer notre relation, notre amour. Je ne peux pas supporter cette idée… Tu mérites une femme qui pourra se donner à toi complètement, sans arrière-pensée. Ce ne sera jamais mon cas…

— En revanche tu pourras vivre avec Edward en sachant que tu m'as sacrifié, moi ! Je ne compte donc pas pour toi, Liz ? Est-ce que tu te moques de ce que je peux ressentir ?

Elle faillit protester, lui crier son amour et sa peine, mais elle se retint. A quoi bon prolonger leur souffrance ?

— Qu'attends-tu de moi ? répéta Lewis d'une voix âpre. Que je m'installe dans les environs pour quémander de temps en temps quelques heures que tu voleras à ton cher Edward ? Je ne suis pas un chien réclamant des miettes, Liz. C'est tout ou rien.

Elle se sentait fiévreuse, malade. S'il la prenait dans ses bras, s'il l'embrassait, s'il la soulevait de terre pour l'emporter de force avec lui… Mais non. Même s'il faisait cela, même s'il lui ôtait le poids de la décision à prendre, elle ne pourrait le suivre.

— Donc tu l'as choisi, reprit Lewis avec amertume. Tu l'aimes plus que moi, en dépit de tout… Tu m'as menti, n'est-ce pas ? Tu ne tenais pas à moi autant que tu le disais ? Je suis sûr que ta maison elle-même compte plus que moi. Tu n'as fait que te jouer de moi.

Ces paroles lui lacéraient le cœur. Pourtant, par amour pour lui, elle ne nia pas. Elle lui rendrait service en le laissant sur cette impression. Pour rien au monde elle ne voulait qu'il passe le reste de ses jours à la regretter.

— Peut-être…, murmura-t-elle.

Le regard qu'il lui jeta fut terrible.

— Un jeu, rien d'autre… Une passade… Quand je pense que j'ai cru un moment…

Liz resta silencieuse, à l'écouter vider toute la rancœur et la souffrance qu'il avait sur le cœur. Chacun de ses mots la clouait sur sa croix, mais c'était l'offrande qu'elle lui faisait pour qu'un jour il puisse guérir, l'oublier, aimer une autre femme…

Finalement, il pivota sur ses talons en lui criant avec férocité :

— Tu es impitoyable, Liz. Je n'ai pas l'habitude de souhaiter le malheur des autres, mais pour une fois je souhaite qu'un jour tu rencontres quelqu'un qui te détruise autant que tu me détruis en ce moment. Et tu sais quoi ? Je plains ton mari, en fin de compte.

Là-dessus il regagna sa voiture et démarra en trombe. Liz le regarda partir sans bouger, sans pleurer. Lorsqu'il eut disparu dans le brouillard, elle rejoignit sa propre voiture et se mit au volant, conduisant lentement et prudemment. Elle était brisée, déchirée. Son cœur et son âme n'étaient plus qu'un chaos, mais elle avait le devoir de le cacher. Elle devait trouver la force de supporter sa douleur en silence, seule. Elle avait fait ce qu'elle avait à faire. Il n'y avait pas à y revenir.

Plus tard, elle pensa que si Edward n'avait pas été aussi malade elle aurait sans doute cédé ; elle serait allée trouver Lewis et l'aurait supplié de l'attendre un peu, le temps que son mari se rétablisse. Mais quand il alla mieux et qu'elle put se libérer enfin une demi-heure d'affilée, elle découvrit que Lewis était parti sans rien dire de ses projets.

Ces dernières semaines de veille et d'inquiétude l'avaient épuisée. Le matin, en se levant, elle était souvent malade. Au début, elle pensa que ces malaises provenaient de la fatigue et du chagrin qu'elle refoulait. Puis un jour elle dut se rendre à l'évidence : elle attendait un enfant. Un enfant qu'elle ne pourrait pas garder, malgré le désir qu'elle en avait…

Les jours qui suivirent furent pour elle un véritable enfer. Elle aimait de toutes ses forces ce bébé qui grandissait dans son ventre, la seule chose qui lui restait de Lewis. Chaque jour, elle repoussait les démarches qu'elle aurait déjà dû entreprendre en vue d'un avortement. Elle savait qu'elle devrait s'y résoudre bientôt. C'était son châtiment, pensait-elle. Et, pendant qu'elle se minait, pendant qu'elle maigrissait et pâlissait, Edward, lui, reprenait des forces… Ian lui rendait de fréquentes visites, complimentant la jeune femme sur ses efforts et sur le résultat qu'elle avait obtenu. Un vrai miracle. Mais en même temps il s'inquiétait pour elle.

Un matin, comme il arrivait de bonne heure, il la trouva agenouillée dans l'allée, arrachant des mauvaises herbes avec une étrange frénésie. En s'approchant, il se rendit compte que ses épaules étaient secouées de sanglots.

— Liz ! s'exclama-t-il. Que se passe-t-il, mon enfant ?

En lui-même, il avait déjà tiré ses conclusions : il se doutait qu'il y avait eu quelque chose entre elle et Lewis McLaren, et aurait juré qu'elle avait renoncé à l'Australien par devoir envers Edward. Mais quand elle se tourna vers lui, en larmes, et lui jeta avec violence : « Je suis enceinte ! »

Il ne put cacher le choc qu'elle venait de lui causer.

— Je sais…, reprit-elle d'un ton amer. Cela n'aurait pas dû arriver, mais c'est ainsi.

Ian la regarda, embarrassé.

— Est-ce que… est-ce que McLaren le sait ?

— Non, et je n'ai pas l'intention de le lui faire savoir. C'est mon problème, Ian. Je veux avorter.

Le médecin blêmit.

— En êtes-vous sûre, Liz ? Ne voulez-vous pas garder cet enfant ?

— Si, je veux le garder ! J'y tiens comme à la prunelle de mes yeux ! répondit-elle, les joues ruisselantes de larmes. Mais comment puis-je demander une chose pareille à Edward, après David ? Cela le tuerait. Non. Il faut que vous m'indiquiez quelqu'un, Ian.

Ian se tut, livide.

— Laissez-moi un peu de temps, dit-il enfin. Je vous tiendrai au courant. Mais ne faites rien d'ici là, promis ?

Elle hocha la tête, bouleversée.

Quand Ian la quitta, sa décision était prise : il allait parler à Edward. C'était la seule solution possible à ses yeux. A son habitude, il se montra direct et terre à terre. Loin de s'apitoyer sur son malade, qui reçut la nouvelle avec une terrible émotion, il fit valoir que Liz s'était montrée extraordinaire avec lui pendant plus de dix ans et qu'il lui devait estime et gratitude. Finalement, après bien des discussions, Edward accepta de reconnaître l'enfant comme le sien. Mais la jalousie le dévorait. Il refusa de savoir qui était le père, et mit à son consentement la condition expresse que ce « bâtard » serait exclu de la succession de Cottingdean. Enfin, pour faire taire les mauvaises langues et préserver son amour-propre, Ian lui suggéra de faire savoir d'ici à trois ou quatre mois qu'ayant décidé d'avoir un autre enfant, Liz et lui avaient eu recours à l'insémination artificielle... Ils pourraient justifier le retard avec lequel ils annonceraient la nouvelle par leurs craintes d'un échec possible.

Tout se déroula exactement selon ce plan. Pas une fois, sauf pour annoncer l'heureux événement lors d'un dîner, Edward ne fit référence à la grossesse de sa femme. Liz percevait sa rancœur, sa jalousie. Elle comprit très vite qu'en dépit de l'amour immense que lui inspirait l'enfant à venir, elle devrait sans cesse se tenir sur ses gardes pour ne pas heurter la susceptibilité de son mari. Et bien qu'Edward se montrât maintenant moins violent, elle décida aussi, pour protéger son bébé, qu'elle ne le laisserait jamais seul avec son mari.

Se priver ainsi des joies de la maternité lui coûtait terriblement, d'autant que cet enfant-là lui était encore plus cher que David parce qu'il avait été conçu dans l'amour, un amour merveilleux et partagé. Mais leur salut était à ce prix...

Au début de sa grossesse, elle avait reçu une lettre de Lewis la suppliant de lui pardonner sa colère et ses insultes, et d'accepter de venir vivre avec lui en Australie. La tentation avait été si forte, son désespoir si grand, qu'elle s'était obligée à lui répondre sur-le-champ, lui interdisant de lui écrire de nouveau et lui déclarant avec dureté qu'elle avait apprécié leur brève rencontre mais que pour elle l'épisode était clos. C'était une lettre cruelle, terrible, mais nécessaire. Il ne devait surtout pas se douter qu'elle l'aimait toujours, sinon il risquerait de l'attendre pendant des années et gâcherait sa vie pour elle. Pourtant, le rejoindre et élever leur enfant avec lui aurait été à ses yeux la plus sublime des joies...

Le 30 juillet au matin, les douleurs commencèrent. Liz, qui avait décidé d'accoucher chez elle, prévint aussitôt Ian et la sage-femme. Lorsqu'elle mit au monde une adorable petite fille aux cheveux d'un roux sombre, qui ressemblait terriblement à Lewis, elle crut son bonheur sans limites. Mais quelques minutes plus tard les douleurs reprirent, et un petit garçon que l'on n'attendait pas fit à son tour son entrée dans le monde...

Liz connut alors les minutes les plus cruelles et les plus émouvantes de toute sa vie. Elle refusa que l'on prévienne Edward tout de suite, afin de passer un long moment seule avec ses jumeaux, ce cadeau si précieux que lui avait fait Lewis. Son cœur de mère débordait d'amour pour eux deux, mais la petite fille, si c'était possible, lui était encore plus chère. Elle lui rappelait tellement Lewis...

Elle décida d'appeler le garçon Nicholas, et la fille Sofia parce que la grand-mère de Lewis portait ce prénom, synonyme de sagesse et de raison. Trois semaines plus tard, Edward décida d'annoncer leur naissance dans le *Times,* et malgré sa contrariété Liz fut obligée de céder. Elle devait bien cette satisfaction d'amour-propre à son mari... Elle lui avait promis que les jumeaux ne connaîtraient jamais la vérité sur leur conception, et qu'elle ne reverrait jamais leur père. Edward lui avait finalement demandé qui il était, et elle le lui avait révélé, après quoi ils n'avaient plus jamais abordé le sujet.

Bien sûr, elle pensait souvent à Lewis et se demandait ce qu'il faisait, où il était. Sans doute se trouvait-il en Australie, à présent. Elle l'imaginait à Woolonga, dans ce décor que Vic lui avait si bien décrit, et son cœur saignait. En fait, elle ne pouvait se tromper plus lourdement. Lewis avait prolongé son séjour en Angleterre. Amer, plein de rancune envers cette femme qui lui avait laissé croire qu'elle l'aimait, il passait quelques jours chez des amis à Londres. Et un matin, par un de ces hasards dont le destin est si friand, en lisant le *Times* il découvrit le faire-part annonçant à l'Angleterre tout entière que deux enfants étaient nés au commandant Edward Danvers.

Il comprit tout de suite la vérité. Dans les premières minutes, il eut peine à croire à l'énormité de ce mensonge, de cette trahison. On lui avait volé ses enfants, la chair de sa chair... Un autre homme, un homme qu'il exécrait les proclamait comme siens à la face du monde. C'était plus qu'il n'en pouvait supporter. Sans réfléchir, il partit aussitôt pour Cottingdean.

Ce jour-là, autre coïncidence, Liz avait dû se rendre à l'hôpital pour y faire passer une radio à Edward, qui souffrait d'une inflammation des poumons. Quand Lewis se présenta à la porte d'entrée, il fut reçu par une certaine Mme Palmer, la femme d'un ouvrier de la filature, qui avait elle-même des enfants et venait garder les jumeaux de temps à autre. Elle le reconnut tout de suite et l'accueillit avec chaleur, car elle l'avait toujours trouvé très séduisant et fort sympathique.

Peu après, lorsqu'il lui demanda à voir les bébés, elle trouva sa requête un peu étrange ; les hommes, en général, ne s'intéressaient guère aux nourrissons... Mais elle pensa qu'il était curieux de les découvrir à cause de la façon révolutionnaire dont ils avaient été conçus, et elle le conduisit dans la chambre claire et ensoleillée où ils dormaient. Puis elle s'excusa et le laissa seul un moment : elle voulait trouver Chivers pour lui demander de préparer du thé.

Lorsqu'il se retrouva seul avec ses enfants, Lewis les contempla fixement, dans un état proche de la transe. Des jumeaux, des jumeaux qui étaient à lui... La fille était rousse, elle avait des yeux vifs, du même vert que les siens ; et elle bougeait sans arrêt. Le garçon était plus calme, plus sérieux. Son fils... Mû par une impulsion irrépressible, il se pencha sur son berceau et le prit dans ses bras. Nicholas... Le fils miraculeux venu remplacer celui qu'il avait perdu, et qui aurait dû hériter de Woolonga... Ces enfants étaient les siens et il n'en aurait jamais d'autres, car après Liz il avait décidé de ne pas se remarier. Ce petit garçon devait être élevé en Australie, sur le domaine. Sa place était là-bas.

Aussitôt, sans prendre le temps de mesurer les conséquences de son acte, il décida de l'emmener avec lui. Il quitta la maison en coup de vent, remonta dans sa voiture, regagna Londres et se dirigea tout droit vers l'aéroport. Un avion pour Sydney devait décoller dans l'heure qui suivait. Il acheta un billet, se félicitant d'avoir fait porter Alistair sur son passeport, et monta à bord avec le bébé. C'était son enfant, personne n'avait le droit de le lui enlever. Peut-être n'aurait-il jamais le bonheur de vivre avec Liz, mais au moins il aurait leur enfant. Ou plutôt un de leurs enfants. Un instant, il se reprocha avec colère de ne pas avoir pris les deux, de ne pas avoir emmené aussi sa fille. Mais il était trop tard, maintenant. Les dés étaient jetés.

Quand Mme Palmer s'aperçut de la disparition de Nicholas, elle fut prise de panique. Au lieu d'alerter Liz tout de suite, elle chercha d'abord l'enfant dans tous les recoins de la maison. En vain, bien sûr... A son retour, Liz fut terrassée par la nouvelle. Lewis était revenu, il lui avait pris son enfant... Edward, le regard mauvais, lui promit qu'ils allaient rattraper ce McLaren. Mais lorsqu'ils prévinrent la police sous le sceau du secret, l'officier leur fit remarquer qu'ils ne pouvaient pas grand-chose contre l'Australien, d'autant plus que la naissance des jumeaux n'avait pas encore été déclarée et qu'on ne pouvait nier la paternité de McLaren. En outre, s'ils tenaient vraiment à lancer des poursuites, l'histoire risquerait de créer un beau scandale. Mieux valait essayer de la régler à l'amiable.

Quelques jours plus tard, Liz reçut une lettre de Lewis lui annonçant qu'il était décidé à garder son fils, et la prévenant que si elle tentait quoi que ce soit pour le reprendre il rendrait l'affaire publique. Liz se résigna, la mort dans l'âme. Les Palmer furent éloignés de Cottingdean avec une retraite confortable, et l'on annonça officiellement le décès de Nicholas. Comme il avait toujours été de santé plus fragile que sa sœur, la nouvelle ne surprit personne. Et quand Liz commença à maigrir, rongée par le chagrin, on y vit un signe qui confirmait ce deuil, et personne ne songea à le mettre en doute. A dater de ce moment-là, elle reporta sur Sofia tout l'amour dont elle était capable — se privant des caresses et des baisers maternels pour la protéger de la jalousie d'Edward. Quand ce dernier mourut, dix-huit ans plus tard, elle garda son secret.

25.

Lorsqu'elle arriva à la fin de la page, Sofia se rendit compte qu'elle pleurait.

— Oh, mon Dieu, mon Dieu…, balbutia-t-elle, enfouissant son visage dans ses mains.

Toutes ces années d'ignorance, toutes ces années où elle avait cru que sa mère ne l'aimait pas alors qu'elle ne songeait qu'à la protéger… Toutes ces années durant lesquelles Liz avait dû supporter seule le poids terrible de ce silence… C'était effarant.

Soudain, elle prit le journal et courut jusqu'à la porte, l'ouvrant en coup de vent.

— Faye ! Faye ! appela-t-elle.

Sa belle-sœur arriva précipitamment, alarmée par ses cris. Trop bouleversée pour lui expliquer la situation, Sofia ne put que lui tendre le journal et lui demander d'une voix altérée :

— Lis ça… là… tout de suite. Dépêche-toi, je t'en prie…

Pendant que sa belle-sœur lui obéissait, abasourdie, elle se mit à arpenter la pièce d'un pas nerveux. Enfin, Faye tourna la dernière page et reposa le journal, les yeux écarquillés.

— Tu n'as jamais rien su, n'est-ce pas ?

Sofia secoua la tête.

— Non. Et toi ?

— Moi non plus. C'est incroyable… Quand je pense au fardeau que ta mère a porté pendant plus de trente ans… Et moi qui ai encore ajouté mes tourments aux siens, dans mon égoïsme ! Je comprends maintenant pourquoi ton père… pourquoi Edward a réagi aussi violemment à la mort de David.

— Oui, acquiesça tristement Sofia. Moi aussi… En fait, tout devient parfaitement clair, tout à coup. Imagines-tu le drame qu'elle a dû traverser, quand je lui ai appris que j'étais amoureuse de Scott ?

Elle ferma les yeux un instant.

— C'est vraiment stupéfiant. Mon frère, mon frère jumeau… Comment s'étonner que je me sois sentie aussi proche de lui, aussi désemparée lorsqu'on nous a séparés ? Je me demande s'il sait, lui. Si… Lewis McLaren…

Elle ne pouvait se résoudre à l'appeler son père. C'était trop nouveau, trop douloureux. Elle songea à ces moments atroces dans les couloirs de l'hôpital… A ce dernier soir où elle avait enfin obtenu le droit de voir Scott… Il savait, lui, et il n'avait même pas essayé de lui parler.

— Il va falloir le prévenir, déclara brusquement Faye. Au sujet de Liz, je veux dire.

Sofia la regarda, médusée.

— Prévenir Lewis ? Mais il n'en a sûrement aucune envie ! Il est peut-être remarié !

— Je ne parlais pas de Lewis, rectifia sa belle-sœur. Je pensais à Scott. Après tout, Liz est sa mère ; il a le droit de savoir qu'elle est entre la vie et la mort.

Sofia se raidit. Ses pupilles s'élargirent, la faisant paraître étrangement vulnérable.

— Oui. Oui, tu as raison, acquiesça-t-elle enfin d'une voix mal assurée. Elle est sa mère aussi… Oh, mon Dieu… C'est tellement soudain ! Je n'arrive pas à le croire… Dire que je lui ai amené Scott à la maison…

Elle baissa la tête, anéantie. Faye contempla ses épais cheveux roux, se demandant si elle avait conscience qu'en cet instant, pourtant capital pour elle, elle ne pensait qu'à sa mère.

— A mon avis, reprit-elle, Scott doit être au courant. Lewis a dû lui apprendre la vérité, lorsqu'il a fallu vous séparer. C'était le moyen le plus radical de l'empêcher de te revoir.

— C'est possible, je ne sais pas… Depuis quelques minutes, j'ai l'impression de ne plus rien savoir. Je me suis tellement trompée pendant des années… J'étais tellement persuadée que maman ne m'aimait pas, qu'elle n'aimait que David…

— Et pendant tout ce temps-là c'était toi qu'elle préférait. Je te l'ai dit, à plusieurs reprises j'en ai eu l'intuition. Mais quelle torture elle a dû subir ! Ne pas pouvoir te montrer sa tendresse de peur d'être séparée de toi, tu te rends compte ?

— Oui, acquiesça Sofia d'une voix sourde. Cela a dû être terrible. Et je ne lui ai certainement pas facilité les choses…

Elle regarda sa belle-sœur.

— Penses-tu vraiment que nous devions prévenir Scott ?

— Oui, je le pense. Mais je me demande comment faire… Une lettre mettra plusieurs jours.

— Si nous lui téléphonions ?

— Tu as raison, ce serait la meilleure solution. Mais nous n'avons pas le numéro.

Il y eut un silence, puis Sofia avoua d'un air gêné :

— Je l'ai, moi.

Faye lui jeta un regard compatissant.

— Est-ce que tu l'aimes encore ? demanda-t-elle doucement.

Sofia secoua la tête.

— Non, rassure-toi. Il y a longtemps que je ne l'aime plus comme un fiancé, heureusement… Mais il me manque encore terriblement. Je comprends mieux pourquoi, à présent… On dit que les jumeaux sont unis par un lien invisible ; j'en ai la conviction, maintenant. Et pourtant je n'ai jamais imaginé que je pouvais avoir eu un autre frère. Quand je pense que j'aurais pu l'apprendre incidemment, par quelqu'un du village…

— Ta mère a dû le redouter aussi. Mais, apparemment, personne ne parlait jamais de la « mort » de Nicholas, pour ne pas raviver son chagrin. Et les gens devaient penser que tu étais au courant…

— Pauvre Chivers, murmura Sofia avec un frisson. Ce secret a dû lui peser, à lui aussi. Mais il était tellement loyal envers mes parents… Quel âge avais-je quand il est mort, déjà ? Vingt-trois ans… Oui, c'est ça. Il n'a pas survécu longtemps à mon… à Edward.

Elle se secoua pour revenir à l'instant présent.

— Bon. Je monte chercher ce numéro dans ma chambre. J'espère que tu dis vrai et que Scott est au courant, lui, car sinon nous allons lui causer un drôle de choc. Tu es bien sûre qu'il faut…

— Oui, insista Faye. Ta mère aura besoin de tout le réconfort que nous pourrons lui prodiguer, après l'opération. Quand elle reviendra à elle et qu'elle verra ses deux enfants à son chevet…

— Tu as raison, murmura Sofia. J'y vais.

Elle retrouva sans peine le vieil agenda qu'elle avait toujours conservé, sans savoir pourquoi. En le contemplant, elle se souvint de la dernière fois où elle l'avait ouvert pour appeler Scott, et où on lui avait répondu sèchement que M. Scott McLaren ne voulait plus entendre parler d'elle…

Cela avait été terrible. Avec effroi, elle songea que Scott et elle avaient été bien près de commettre l'irréparable. Grâce au ciel, Liz et Lewis étaient intervenus à temps ! Que serait-il advenu s'ils étaient allés jusqu'au bout de leur amour ? Elle frissonna, glacée par cette pensée. Elle n'aurait jamais pu supporter la révélation qui lui était faite aujourd'hui. Jamais… C'était à ses parents, à sa mère et à son père, qu'elle devait d'avoir été sauvée.

Lewis McLaren, son père… Pour la première fois, elle se demanda ce qu'il avait pu ressentir lorsqu'il avait de nouveau entendu Liz après tant d'années. Lorsqu'il avait appris de sa bouche, au bout de dix-neuf ans, que leurs enfants étaient amoureux l'un de l'autre… Un nouveau frisson la parcourut. Un goût âpre lui montait dans la gorge. Elle ne devait pas pleurer. Pas maintenant. Il y avait trop de choses à faire.

Elle redescendit en hâte au rez-de-chaussée, serrant l'agenda sur son cœur, puis elle le tendit à Faye.

— Pardon de te demander ça, mais je crois qu'il va falloir que tu appelles…, dit-elle. C'est au-dessus de mes forces. Je…

Elle s'interrompit, surprise par l'arrivée de sa nièce. Camilla s'arrêta sur le seuil et les contempla tour à tour, l'air inquiet. Sofia eut un petit sourire crispé. Visiblement, la jeune fille était sensible à l'atmosphère électrique qui régnait dans la pièce depuis plus d'une heure. Les émotions qui s'étaient agitées là étaient si fortes qu'elles en étaient presque palpables.

— Que se passe-t-il ? demanda-t-elle avec angoisse. Est-ce que Gran…

— Non, tout va bien, répondit sa mère. Remonte dans ta chambre, chérie.

— Attends…, intervint Sofia. Je crois que nous devrions tout lui expliquer. Si tu veux mon avis, il y a eu beaucoup trop de secrets dans cette famille, pendant trop longtemps. Il est temps d'en finir.

— M'expliquer quoi ? demanda Camilla, sur la défensive.

Lentement, posément, Sofia entreprit de lui raconter ce qu'elle venait d'apprendre. Au bout d'un moment, la jeune fille se laissa tomber dans un fauteuil, abasourdie.

— Tu as un frère jumeau ? s'exclama-t-elle. Bonté divine… Est-ce qu'il le sait, lui ? Est-ce qu'il te ressemble ?

— Du calme, Camilla. Garde ces questions pour plus tard, déclara Faye d'un ton ferme. Sofia vient d'avoir un choc, il faut lui laisser le temps de se remettre. Veux-tu que j'appelle tout de suite, Sofia ?

Sofia hocha la tête, très pâle.

— Oui, murmura-t-elle. Vas-y…

Brusquement, elle avait une envie folle de quitter la pièce en courant. Si jamais Scott ne savait rien, s'il ne *voulait pas* savoir, ce serait terrible. Et son père ? Comment allait-il réagir, lui ? L'angoisse qu'elle éprouvait l'étouffait.

Tandis que Faye composait le numéro, elle lui tourna le dos. Elle avait la bouche sèche, une crampe lui nouait l'estomac. Elle entendit sa belle-sœur se racler la gorge, comme si elle avait le trac. Puis elle demanda d'une voix ferme :

— Pourrais-je parler à M. Scott McLaren, je vous prie ? De la part de Mme Faye Danvers… J'appelle d'Angleterre. Oui, je reste en ligne, merci.

Couvrant l'appareil de sa main, elle se tourna vers Sofia et dit rapidement :

— La gouvernante est allée l'appeler. Il se trouve dans son bureau.

— D'après ce qu'il m'avait dit, chuchota Sofia, l'exploitation est grande…

Elle se tut quand Faye fronça les sourcils et se remit à écouter. Aussi clairement que si elle tenait elle-même le récepteur, elle entendit une voix grave et brève annoncer :

— Ici McLaren.

Ce n'était pas Scott, elle en était sûre. C'était son père. Faye hésita.

— Monsieur Lewis McLaren ? J'aurais aimé parler à votre fils.

Il y eut un silence, et Faye reprit avec courage :

— Monsieur McLaren… vous ne me connaissez pas, mais je suis sûre que vous avez reconnu mon nom. Je suis la belle-fille de Liz Danvers. Liz a été renversée par une voiture, il y a quelques jours, et on doit l'opérer demain d'un caillot au cerveau…

Elle s'interrompit, laissant parler Lewis.

« Non, elle n'est pas perdue, mais il s'agit d'une opération majeure. Juste après l'accident, alors qu'elle était encore consciente, elle… elle nous a demandé de lire son journal intime. Je veux parler de Sofia, de ma fille et de moi-même. Or Sofia et moi venons de découvrir… que Scott est son fils. Alors nous avons pensé… nous avons cru bon… de le prévenir.

« Oui, le chirurgien nous a assuré qu'elle était assez forte pour supporter l'opération. Depuis plusieurs jours elle est sous calmants, afin que son corps surmonte le traumatisme de l'accident. Ils espéraient pouvoir dissoudre le caillot sans avoir recours à la chirurgie, mais cela se révèle impossible…

« Dans quel hôpital ? St. Giles, à Londres. Oui, il a une excellente réputation. Et Sofia et moi avons toute confiance dans le chirurgien. On doit l'opérer demain.

« Pardon ? Retarder l'opération de vingt-quatre heures ? Je ne pense vraiment pas que ce soit… »

Brusquement, elle fronça les sourcils et tendit l'appareil à Sofia.

— Il veut te parler, murmura-t-elle.

Lui parler, à *elle* ? Sofia eut soudain l'impression d'être figée sur place, incapable de bouger ou de parler. Elle était littéralement pétrifiée. Il fallut que sa nièce la pousse doucement en avant pour qu'elle se décide à prendre le téléphone, les pupilles dilatées par l'appréhension, le visage exsangue. Lorsqu'elle pressa l'écouteur contre son oreille, la voix inconnue de Lewis lui parvint, très virile et visiblement émue.

— Sofia, es-tu là ?

— Oui, je suis là…, gémit-elle dans une espèce de coassement étranglé.

— Ici Lewis McLaren… Ton père…, ajouta-t-il après un bref silence. Scott et moi allons prendre le premier avion possible pour Londres ; il ne faut pas qu'ils opèrent avant notre arrivée, tu m'entends ? Il *faut* qu'ils nous attendent. Bon sang, Liz… Je n'arrive pas à croire qu'elle soit dans cet état… Sofia, tu m'entends ?

— Oui… Oui, j'entends. Quel délai faut-il demander ?

— Vingt-quatre heures tout au plus. Cela suffira.

— Vous venez tous les deux ?

Lewis marqua de nouveau une pause, puis il déclara d'un ton bourru, altéré par l'émotion :

— Oui, tous les deux.

Alors, brusquement, Sofia comprit qu'en dépit de la façon dont ils s'étaient séparés, Lewis aimait toujours sa mère. Et elle se sentit soudain très proche de lui, bien plus proche qu'elle ne l'avait jamais été d'Edward. Apparemment, elle lui ressemblait beaucoup.

Comme s'il devinait son trouble et son inquiétude, Lewis ajouta d'une voix douce, presque tendre :

— Ne t'inquiète pas, Sofia. Nous serons là à temps. Arrange-toi juste pour qu'ils attendent vingt-quatre heures. Je veux absolument voir ce chirurgien avant l'opération, et m'assurer que ta mère est entre les meilleures mains possible.

Autrefois, Sofia se serait rebiffée. L'autre Sofia — la Sofia qu'elle était avant d'avoir entrepris ce long voyage dans le passé de sa mère — n'aurait jamais accepté que ce quasi-étranger se montre aussi autoritaire, qu'il mette aussi visiblement en doute sa capacité et celle de Faye à juger des soins reçus par Liz. Mais, à présent, elle avait appris grâce à sa mère à ne pas juger les gens sur l'apparence, à deviner sous leurs gestes ou leurs paroles les vrais mobiles qui les animaient. Et elle percevait sous les ordres de Lewis McLaren son besoin désespéré de sauver celle qu'il aimait. Aussi répondit-elle avec calme, sans s'emporter.

— Je parlerai au chirurgien. Mais il risque de ne pas être content...

Elle marqua une pause, puis ne put s'empêcher de poser la question qui lui brûlait les lèvres :

— Et Scott ? Est-ce que... est-ce qu'il est heureux ?

Un silence tendu s'installa sur la ligne.

— Oui, répondit enfin son père. Oui, il est très heureux. Il est marié et il a deux beaux garçons. J'ai dû lui dire la vérité, à l'époque... Lui expliquer pourquoi il ne pouvait rien y avoir entre lui et toi.

Sofia fut incapable de prononcer un mot.

— Je suis désolé de t'avoir fait souffrir ainsi, reprit Lewis. Ta mère et moi... ainsi qu'Edward... avons choisi ce qui nous paraissait la meilleure solution pour vous deux.

Il s'interrompit un instant.

— Dès que nous serons à Londres, je t'appellerai. Où seras-tu ?

— Ici, je suppose. A la maison.

Elle lui indiqua le numéro. Alors qu'elle allait raccrocher, Lewis ajouta d'un ton crispé :

— Je n'ai jamais cessé d'aimer Liz, tu sais... Depuis qu'elle m'a repoussé, il ne s'est pas passé un jour sans que je pense à elle. Et à toi.

J'aurais tout donné pour vous avoir avec moi. Mais elle m'a préféré Edward…

— Non. Vous… tu te trompes, protesta Sofia d'une voix heurtée. Elle ne t'a jamais préféré Edward. C'était autre chose… Elle ne se sentait pas le droit de l'abandonner. Il lui semblait qu'elle lui devait…

— Qu'elle lui devait quoi ? Son bonheur ? Nos enfants ?

Sofia sentait sa révolte, son amertume, face à tout ce bonheur perdu, et sa gorge se serra. Oh oui, elle était bien la fille de Lewis McLaren… Combien de fois sa mère n'avait-elle pas dû se sentir déchirée, en le reconnaissant en elle ?

Lorsqu'elle reposa le récepteur, elle pleurait à chaudes larmes. Sans un mot, Faye vint la prendre dans ses bras et la serra contre elle. Puis Camilla vint se joindre à elles, et les trois femmes restèrent enlacées un long moment, unies plus que jamais dans l'émotion bouleversante qu'elles partageaient. Ce fut Sofia qui réagit la première.

— Il faut appeler l'hôpital, déclara-t-elle. Faye… est-ce que je peux encore te demander de le faire pour moi ?

— Oui, bien sûr. Si tu montais te reposer un moment dans ta chambre ? Après tous ces chocs que tu viens de vivre…

— Non, je préfère rester ici et m'occuper pour me distraire. Je crois que je vais répondre à toutes les lettres qui sont arrivées pour demander des nouvelles de ma mère. Je savais qu'elle avait beaucoup de relations, mais à ce point…

— Elle est très populaire. Partout où elle passe, tout le monde l'aime et l'apprécie.

— Oui… Mais je me demande si elle a songé quelquefois à tout ce qu'elle avait perdu, en refusant de suivre mon père…

— Connaissant Liz, tu peux en être certaine. Et quelle femme amoureuse ne l'aurait pas su ?

— C'est vrai, acquiesça doucement Sofia.

Ainsi que Faye s'y attendait, Alaric Ferguson réagit très mal à sa requête. D'abord incrédule, puis furieux, il finit par céder devant ses arguments. Et Faye, pour la première fois de sa vie, goûta le plaisir de soumettre un homme à son bon vouloir… Car il était troublé, elle l'aurait juré. Cette pensée la laissa songeuse. Sofia lui avait dit qu'il la trouvait à son goût. Apparemment, elle ne s'était pas trompée ; et cette perspective lui plaisait assez.

Les sourcils froncés, Daniel contemplait son téléphone muet. La réponse qu'il attendait n'arrivait toujours pas. Pourtant, il fallait absolument qu'il soit fixé avant la fin de l'ultimatum imposé par Sofia. C'était pour cela qu'il lui avait demandé un délai supplémentaire.

Ses propres réactions l'étonnaient lui-même. Comment pouvait-il être assez naïf pour croire que cette nouvelle changerait quelque chose à l'attitude de Sofia envers lui ? Car il savait bien ce qu'il espérait, au fond : qu'elle oublierait ses griefs, qu'ils parviendraient enfin à se parler sans animosité, et peut-être même... Non. Il n'osait pas imaginer autre chose. D'ailleurs, il ne la voulait pas seulement dans son lit. Il la voulait *dans sa vie.*

Oui, il devait bien reconnaître qu'elle l'obsédait, se dit-il non sans une certaine dérision. Et que cette obsession durait depuis plus de quinze ans. En fait, il ne faisait pas que la désirer, il l'aimait...

Le téléphone sonna enfin et il décrocha. C'était l'appel qu'il attendait. Quand il raccrocha, il songea qu'il avait bien fait de cultiver sa relation privilégiée avec Helen Ordman, même si la possessivité de la jeune femme l'avait souvent agacé. Quelquefois, elle lui avait presque inspiré de la pitié ; elle était séduisante, elle avait « réussi », mais elle faisait partie de ces femmes qui pensent que leur charme doit leur valoir un traitement de faveur dans l'existence, et il ne supportait pas ce sexisme à rebours. Helen cherchait de toute évidence un mari ou un amant riche et célèbre, et cette espèce de chasse à l'homme le rebutait. Il ne pouvait s'empêcher de la comparer à Sofia, si indépendante, si fière, si réservée... La plupart du temps, en tout cas. Car lors de leur dernière rencontre, l'étrange façon dont elle s'était laissée aller avec lui, et tout ce qu'elle lui avait révélé malgré elle, l'avait considérablement ébranlé.

Son cœur s'accéléra à ce souvenir. Il avait été stupide de ne pas profiter de la situation. Mais qu'aurait-il gagné à la posséder ainsi ? Ce n'était pas le genre de relation qu'il souhaitait entre eux. Certes, il la désirait ; il rêvait d'elle à en devenir fou. Mais il voulait autre chose d'elle qu'une reddition amère et furieuse. Il ne souhaitait pas la dominer, la maîtriser, ni même utiliser contre elle l'attirance qu'il lui inspirait ; il voulait qu'elle vienne à lui librement, de son plein gré, sans avoir à se départir de sa fierté. Il voulait qu'elle se donne à lui par amour. Autant désirer la lune, conclut-il avec aigreur. Car s'il espérait qu'elle lui offre un jour son cœur sur un plateau, il pouvait toujours attendre. Mais cela ne l'empêchait pas de rêver...

En roulant vers Cottingdean, il se demanda comment elle allait accueillir la nouvelle qu'il lui apportait. Elle ne s'attendait certainement pas à le voir ; et elle serait à coup sûr nerveuse et tendue, à cause de sa mère. Il pria le ciel que Liz se rétablisse ; il éprouvait pour elle estime et admiration. Lorsqu'il l'avait rencontrée, il n'avait pu s'empêcher de se demander comment une femme aussi charmante, aussi posée, avait pu engendrer un être aussi volcanique que Sofia.

Lorsqu'il arriva en vue de la maison, celle-ci lui parut étrangement silencieuse. Pourtant, toutes les fenêtres semblaient allumées. Une appréhension le saisit. Pourvu que Liz... Spontanément, il leva les yeux vers le premier étage. La chambre de Sofia devait être l'une de ces pièces. Il aurait aimé pouvoir y entrer, savoir comment elle était décorée... Cette pensée lui tira un sourire railleur. Il se comportait comme un collégien amoureux...

Ce fut Faye qui vint lui ouvrir. Quand il demanda à voir Sofia, elle fronça les sourcils. La jeune femme se trouvait encore dans la bibliothèque, devant le bureau de sa mère. La dernière fois qu'elle lui avait jeté un coup d'œil, elle était pelotonnée dans le fauteuil, profondément endormie. La réveiller lui fendait le cœur.

— Je crains que Sofia ne puisse vous recevoir pour l'instant, répondit-elle.

Daniel ignora sa remarque et s'avança dans le vestibule, l'obligeant à lui livrer passage. Contrariée, elle referma la porte derrière lui.

— Si, elle me recevra. Elle m'attend.

Faye jeta un coup d'œil perplexe vers la porte de la bibliothèque. Daniel s'en aperçut.

— Elle est ici ? demanda-t-il. Ne vous dérangez pas, je peux entrer tout seul.

— Non, attendez ! protesta Faye.

Mais Daniel était déjà entré. Vaincue, elle abandonna la partie.

Sofia était roulée en boule dans un grand fauteuil, une main sous sa joue, et elle dormait comme une enfant. Une enfant qui avait pleuré, nota-t-il en s'approchant, et en remarquant les traces de mascara qui marbraient ses joues. Il allait se pencher sur elle, attendri, quand il aperçut soudain les photos qui jonchaient le tapis autour d'elle. Son cœur bondit dans sa poitrine : Scott, elle pensait encore à Scott… Furieux, il faillit jeter les clichés dans la cheminée.

Mais à ce moment-là elle tressaillit et ouvrit les paupières. Elle sursauta violemment en le voyant.

— Daniel ! Que fais-tu là ?

— Je suis venu t'apporter ma réponse, répondit-il d'un ton acide. Tu as gagné, ma chère : l'autoroute est déviée.

26.

Sofia le regarda, les yeux écarquillés.

— Qu'est-ce que tu dis ?

— Tu as bien compris. Ton précieux village est épargné. D'ailleurs, il n'a jamais craint grand-chose. Mais tu étais tellement focalisée sur la bataille que tu *me* livrais que rien d'autre ne comptait, n'est-ce pas ? Tu ne devrais plus prendre les choses à cœur de cette manière, Sofia. Il est temps que tu deviennes adulte.

Ses yeux gris se posèrent sur les photos qui l'avaient mis en rage et sa bouche prit un pli amer.

— Ce conseil vaut également pour ta vie amoureuse. Sapristi, quand vas-tu te décider à oublier le passé ? Scott est *marié,* il a des enfants !

Sofia le contemplait, ahurie. Il était jaloux de Scott ! Une intense émotion l'envahit, si forte qu'elle faillit tendre la main vers lui. Elle se retint à temps.

— Tu ne comprends pas, Daniel. Scott est…

— Tais-toi, je t'en prie. La comédie a assez duré.

— Daniel…

Elle avait tant de choses à lui dire, à lui expliquer. Tant de secrets à partager avec lui… Les mots tremblaient sur ses lèvres. Il aurait suffi d'un petit encouragement de lui pour qu'elle lui livre son cœur. Mais il lui tourna le dos, glacial.

— Je m'en vais. Désolé de t'avoir dérangée dans l'évocation larmoyante de tes souvenirs. Au revoir, Sofia.

Ces paroles avaient tout d'un adieu. Il allait partir, quitter sa vie à jamais. C'était fini. Et soudain, avec un choc, elle se rendit compte de ce qu'elle allait perdre : ce qu'elle avait de plus précieux, tout simplement… Elle allait perdre l'homme qu'elle aimait, et avec lui son unique chance de bonheur. Au moment où elle allait l'arrêter, le retenir, Faye arriva et lui annonça :

— Tout est arrangé, Sofia. Ils retardent l'opération de vingt-quatre heures.

Daniel était déjà dans le vestibule. Une seconde de plus, et il aurait disparu. Elle voulut se lancer à sa poursuite, mais elle ne put bouger ; ses pieds étaient comme cloués au sol. Au prix d'un suprême effort, elle parvint enfin à courir vers la porte ; mais à l'instant où elle l'atteignit, la voiture démarrait dans l'allée.

Elle se détourna, livide.

— Sofia, qu'y a-t-il ? s'exclama Faye.

— Rien, répondit-elle, le cœur lourd. Rien du tout.

— Je n'arrive pas à le croire, Scott… même maintenant. Quand je pense que pendant toutes ces années tu ne m'as rien dit…

— Je *ne pouvais pas* te le dire. J'avais donné ma parole à papa de ne plus jamais prendre contact avec toi. En outre, j'étais persuadé que ta mère… notre mère t'avait mise au courant. Mais quand j'ai su que tu avais appelé, tu ne peux pas savoir…

— Mon frère, murmura Sofia avec tendresse. Mon jumeau… Je comprends maintenant pourquoi je me suis toujours sentie si proche de toi.

— Moi aussi. Et c'était peut-être encore pis pour moi, parce que je savais que tu étais ma sœur. J'avais une telle envie d'être avec toi…

— Quand je pense que tu es marié et père de famille ! s'exclama soudain la jeune femme avec un rire proche des larmes. Et que j'ai des neveux !

Ils étaient tous réunis à Cottingdean. Scott et Lewis étaient arrivés la veille au soir, et depuis cet instant, Lewis avait tout pris en main.

Sofia, elle, avait aussitôt compris pourquoi sa mère avait tant aimé le bel Australien… Il était merveilleux : solide, viril, plein d'énergie et de volonté, même à l'âge qu'il avait aujourd'hui — soixante-huit ans. Quel contraste il devait offrir avec Edward, dans sa jeunesse ! Et quelle torture avait dû endurer Liz, quand elle avait décidé de renoncer à lui pour rester auprès de son mari… Non, pas « avait dû ». *Avait…* Sa souffrance ressortait tellement bien de son journal… Soudain, la jeune femme décida que son père devait absolument lire ces pages avant de partir pour l'hôpital.

Alaric Ferguson avait insisté sur le fait qu'ils n'avaient pas besoin de venir avant la fin de l'opération, mais Lewis s'était montré intraitable : il tenait absolument à y aller. Voyant son anxiété, l'inquiétude qui brillait dans ses yeux, Sofia avait décrété qu'il irait seul. De toute évidence, il avait besoin de se retrouver en tête à tête avec Liz. Elle n'avait pas le cœur de le priver de ce moment de solitude avec elle. Après tout il était son père, elle était sa fille, même si cette relation était encore hésitante… et restait obscurcie par le souvenir du passé.

Lewis s'en alla trois heures avant le moment fixé pour l'opération. Sofia le regarda partir avec un mélange d'envie et d'angoisse. Mais Scott était là, Scott qui l'entourait tendrement de son bras pour la réconforter. Elle se sentait si bien, avec lui, et tellement à l'aise… La facilité avec laquelle elle s'était coulée dans leur nouvelle relation la stupéfiait. Lorsqu'ils étaient ensemble, elle éprouvait une merveilleuse sensation de paix, de sérénité. Et cela creusait encore l'abîme qui séparait cette relation de ses sentiments pour Daniel…

A l'époque, déjà, alors qu'elle se croyait amoureuse de Scott elle était attirée par Daniel. Sans doute l'aimait-elle déjà, mais l'intensité de ce qu'elle éprouvait pour Scott lui avait dissimulé la vérité… Brusquement, elle eut envie de faire cet aveu à son frère, et n'hésita qu'un instant. Sa mine ahurie la fit éclater de rire.

— Tu *aimes* Daniel Cavanagh ? s'exclama-t-il. Qu'est-ce que tu me racontes ? Vous n'avez jamais pu vous supporter !

— Rassure-toi, lui ne m'aime pas, précisa-t-elle. Ce qui ne l'empêche pas de me désirer…

Immédiatement, Scott prit un air outragé qui amusa Sofia et redoubla son hilarité.

— Sofia ! Comment oses-tu dire des choses pareilles ? Daniel a beau être mon ami, je ne permettrai jamais…

— Quoi ? Que je couche avec lui ? coupa-t-elle, espiègle. Je suis une femme adulte, Scott, plus une enfant. Mais tu as raison. Ce que j'éprouve pour Daniel est trop fort pour que je me permette d'avoir avec lui une relation purement sexuelle. J'en sortirais brisée. Je crois que je supporterais très mal qu'il me rejette, une fois l'aventure terminée.

Elle plissa le nez.

— J'ai si souvent souffert d'être rejetée, quand j'étais enfant…

Scott la serra plus étroitement contre lui.

— Je sais… C'est pour cela que j'aurais tant aimé pouvoir te donner ma tendresse, quand j'ai appris la vérité. Ce que je ne comprends pas, c'est pourquoi… maman ne t'a rien dit, après la mort d'Edward.

Sofia haussa les épaules.

— Je me le suis demandé aussi, mais je crois que j'ai compris. Nous nous entendions si mal — par ma faute — que je ne lui ai pas souvent laissé l'occasion de me faire des confidences… Je mesure à présent combien ce silence a dû la faire souffrir. En revanche, je ne vois toujours pas pourquoi… papa n'est pas revenu vers elle, quand Edward est mort. S'il tenait à elle autant qu'il le paraît…

— Oui, il tenait à elle. Il n'a jamais cessé de l'aimer. Mais il avait sa fierté. Elle avait été très dure avec lui. A mon avis, il s'est dit que désormais c'était à elle de faire le premier pas, s'ils devaient se retrouver un jour. Sans doute n'a-t-il jamais osé espérer qu'elle accepterait de le voir revenir de lui-même…

— Il est pourtant là, aujourd'hui.

— N'aurais-tu pas fait la même chose, à sa place ?

Ils se turent, absorbés par leur tristesse. Sofia, en elle-même, se demandait si de grandir avec son frère aurait fait d'elle quelqu'un de différent…

Aurait-elle été plus stable, plus douce, moins émotive ? Non, sans doute pas, conclut-elle. Au contraire, elle l'aurait certainement bousculé, dominé, étouffé sous sa jalousie excessive... Mais à présent elle avait mûri, compris beaucoup de choses, et elle était mieux à même d'apprécier leur relation. Elle pouvait admettre, sans se sentir lésée ou frustrée, que Scott avait besoin de nouer d'autres liens avec d'autres personnes, leur père, sa femme, ses enfants, et c'était très bien ainsi. Mais quand elle l'entendait parler avec tendresse et fierté d'Averil et de leurs fils, elle ne pouvait s'empêcher de penser à Daniel. Daniel qui était parti sans vouloir l'écouter, sans lui permettre de se justifier à propos de Scott...

Ses yeux s'obscurcirent ; son cœur lui semblait de plomb, tout à coup. Elle aurait tellement voulu qu'il soit près d'elle en cet instant, qu'il partage avec elle son bonheur et son angoisse, ses joies et ses craintes... Cette pensée la fit regarder Scott avec une émotion profonde.

— Ta femme et tes enfants te manquent, n'est-ce pas ? demanda-t-elle d'une voix altérée.

Il lui sourit tendrement, comme pour la remercier du cadeau qu'elle lui faisait en acceptant de le partager avec d'autres.

— Je voulais qu'ils m'accompagnent, mais Averil a refusé. Elle a pensé que nous avions besoin de nous retrouver seuls, papa, maman, toi et moi... Mais elle t'envoie toute son affection. Quant aux garçons, ils brûlent d'envie de te connaître. Ils sont fous de joie à l'idée d'avoir une tante.

— Moi aussi, je suis impatiente de les connaître. Est-ce que... mère est au courant ? ajouta-t-elle, soudain plus grave. Je veux dire... est-ce qu'elle sait que tu es marié, qu'elle a des petits-fils ?

A cette idée, son cœur se serra. Elle imagina le martyre de sa mère, privée de son fils et de ses petits-enfants.

— Oui, répondit doucement Scott. Elle le sait, mais elle ne les a jamais vus.

Il haussa les épaules.

— Les choses étaient tellement délicates entre papa et elle... Il était si amer... Je n'ai pas voulu lui causer davantage de peine en reprenant contact avec elle.

— Mais vous étiez d'accord tous les trois pour me tenir dans l'ignorance, remarqua Sofia avec une pointe d'amertume.

Pourtant elle ne leur en voulait pas vraiment. Le passé était le passé, et ils avaient sans doute pris la meilleure décision possible. Si elle avait connu la vérité plus tôt, avant d'avoir eu la chance de découvrir la vraie personnalité de sa mère, elle n'aurait sûrement pas mesuré sa souffrance, ses sacrifices. Elle se serait dressée contre elle, comme d'habitude, lui refusant amour et compréhension… Et elle aurait exigé de Scott une relation bien trop intense, bien trop pesante, pour compenser le manque affectif dont elle avait souffert tout au long de sa jeunesse. En fin de compte, peut-être auraient-ils fini par se brouiller ou par se détruire.

Daniel le lui avait bien dit, autrefois. Quand elle l'avait accusé de se réjouir du départ de Scott, il lui avait rétorqué brutalement qu'elle était immature, qu'elle attendait du jeune homme qu'il compense tous les torts dont elle s'estimait victime, qu'il joue tous les rôles à la fois. Alors qu'en réalité elle n'avait besoin que d'une seule chose : devenir adulte et s'accepter enfin telle qu'elle était…

Elle avait été furieuse, ce jour-là. Mais elle reconnaissait aujourd'hui qu'il ne s'était pas trompé. Un petit sourire crispé lui échappa. Si on lui avait dit qu'un jour, assise près de Scott, elle souhaiterait aussi ardemment être avec Daniel, elle ne l'aurait jamais cru. Ce qui montrait à quel point elle se connaissait mal, et connaissait mal les autres…

Et cependant, en dehors de ce manque douloureux, elle se sentait mieux qu'elle n'avait jamais été. Elle était enfin en paix avec elle-même et avec ceux qu'elle aimait. Elle n'éprouvait plus pour sa mère qu'amour, compassion, respect et admiration. Ses sentiments pour son père étaient évidemment plus mélangés. Il avait cru à la trahison de Liz, l'avait fait souffrir… Mais il avait beaucoup souffert lui-même, et elle était mal placée pour le juger. Quand elle avait vu son expression bouleversée, au terme de la lecture du journal intime de Liz, elle avait compris à quel point il regrettait ses erreurs. Et surtout, à travers toutes ces épreuves, son amour pour elle n'avait jamais faibli.

Oui, elle se sentait en paix. Il ne lui manquait plus que Daniel pour être totalement heureuse. Et pas seulement sa présence physique, mais aussi sa tendresse, son appui, son amour… Il lui semblait que son cœur pleurait, tant elle avait besoin de lui. Elle l'aimait de toutes ses forces, de toute son âme.

Quelque temps plus tôt, elle n'aurait pas mesuré le prix d'un tel amour. Elle n'aurait pas compris ce qu'il signifiait, ce qu'il représentait. Maintenant elle savait. Et sans doute, à la place de sa mère, n'aurait-elle jamais eu le courage d'y renoncer… Un frisson la parcourut à cette idée.

— Quelqu'un t'a marché sur les pieds ? demanda Scott en plaisantant.

— Je pensais à mère… et j'admirais sa force de caractère. Elle est formidable, Scott. Elle a vraiment aimé notre père, et elle l'aime probablement encore. Mais elle se sentait tellement redevable envers Edward…

— Je sais. Tu oublies que j'ai lu son journal, moi aussi.

— C'est vrai. Quand aurons-nous des nouvelles, à ton avis ? Elle doit être sortie de la salle d'opération, à présent…

— Non, pas tout à fait. L'opération devait durer six heures. Encore une heure à attendre.

— Pourvu qu'elle vive, Scott ! Je ne supporterais pas qu'elle meure maintenant. J'ai tant de choses à lui dire, à lui demander…

— Encore faudra-t-il que papa te laisse l'approcher, observa son frère en souriant. Je crois qu'il a pas mal de retard à rattraper, lui aussi…

Le téléphone sonna alors qu'ils étaient tous réunis dans le salon, tentant de faire honneur au dîner froid que Jenny leur avait préparé. Faye s'empara en toute hâte du récepteur.

— Tout va bien, leur dit-elle dès qu'elle fut rassurée. Liz a merveilleusement supporté l'opération. Elle est en salle de réanimation et nous pouvons aller la voir. Mais d'après Alaric elle n'est pas encore tout à fait réveillée, et elle ne nous reconnaîtra certainement pas.

Ils partirent aussitôt pour l'hôpital, et Sofia confia le volant à son frère.

— Sincèrement, je ne me sens pas en état de conduire, avoua-t-elle. Merci de prendre le relais. C'est du courage quand on pense à ce qui t'est arrivé la dernière fois que tu as voulu m'emmener quelque part…

Le sourire que lui adressa Scott la réconforta ; visiblement, il lui avait pardonné depuis longtemps l'imprudence qui avait failli lui être fatale.

Un peu plus tard, alors qu'ils se rendaient à pied du parking à l'hôpital, ils passèrent près d'un kiosque à journaux et la manchette d'un quotidien du soir frappa Sofia de plein fouet. Abasourdie, elle lut : « Le président des Constructions Cavanagh démissionne en plein mandat. » Immédiatement, elle acheta un journal. Scott, qui s'était arrêté pour l'attendre, lui jeta un coup d'œil surpris.

— C'est Daniel…, déclara-t-elle d'une voix blanche. Je crois qu'il a des problèmes. Je t'expliquerai plus tard.

Une terrible angoisse la tenaillait, mêlée de remords épouvantables. Daniel, obligé de donner sa démission après avoir obtenu la déviation de l'autoroute… Pas un instant, quand il lui avait annoncé la nouvelle, elle n'avait songé aux difficultés que cela avait pu lui poser. Peut-être avait-il compromis l'équilibre financier de son entreprise… En tout cas, même si elle ne pouvait regretter la victoire de Cottingdean, elle aurait tout donné pour que ce triomphe ne mît pas Daniel dans l'embarras ni ne le fît souffrir.

Après le bruit de la circulation, le silence de l'hôpital avait quelque chose d'angoissant. Il régnait dans le couloir qui menait à la salle de réanimation une tension presque tangible ; entre ces murs se déroulait le combat le plus crucial de tous, le combat entre la vie et la mort, et cela se sentait.

Liz se trouvait dans une petite chambre isolée. Lorsqu'ils entrèrent, Lewis était à son chevet. Il vint à leur rencontre, une expression mi-hagarde mi-extasiée sur le visage.

— Elle m'a reconnu ! dit-il d'une voix brisée par l'émotion. Elle est revenue à elle un instant et elle m'a reconnu…

Il avait les larmes aux yeux.

— On lui a administré un calmant, mais elle ne devrait pas tarder à se réveiller pour de bon. J'ai parlé au chirurgien : maintenant que le caillot a été enlevé, il pense qu'elle a toutes les chances de se remettre complètement. Ce n'est plus qu'une question de temps…

— Pouvons-nous la voir ? demanda Sofia d'un ton anxieux.

— Oui, mais quelques minutes seulement. Il ne faut pas la fatiguer.

Une fois de plus, Sofia songea avec quelle facilité elle acceptait les ordres de son père… Elle trouvait ses manières autoritaires amusantes, presque attendrissantes.

Liz avait les yeux fermés. Immobile sous ses draps immaculés, elle semblait si frêle, si petite… Ce spectacle rappela à Sofia le premier jour où elle l'avait vue ainsi, et où elle s'était rendu compte que sa mère était mortelle. Comme alors, elle fut submergée par une vague d'amour et de crainte. Mais à présent ces sentiments étaient tempérés par sa nouvelle maturité. Il lui avait fallu si longtemps pour devenir enfin raisonnable… Sa mère avait dû montrer beaucoup de patience, beaucoup de tolérance… Et tous ces efforts représentaient autant de preuves d'amour.

Elle s'approcha et posa une main sur la sienne.

— Je t'aime, maman…, chuchota-t-elle d'une voix hésitante, retrouvant ce mot tendre qu'elle n'avait plus employé depuis son enfance.

Il lui sembla que les doigts de Liz frémissaient légèrement sous les siens. Sofia se raidit et scruta avidement son visage ; elle sentit son cœur bondir dans sa poitrine quand elle la vit battre des paupières. Puis Liz ouvrit les yeux et Sofia se retrouva face à ce regard gris si familier. Pour la première fois il ne lui sembla ni froid ni réprobateur, mais plein de tendresse et d'inquiétude.

— Je t'aime, maman, répéta-t-elle à mi-voix. Mais si tu oses nous rejouer un tour pareil, je ne te le pardonnerai jamais.

Plus tard, lorsqu'ils quittèrent l'hôpital en laissant Lewis au chevet de Liz, Sofia annonça à Scott qu'elle ne rentrait pas avec eux.

— J'ai… quelque chose à faire, déclara-t-elle en posant les yeux sur le journal qu'elle tenait à la main.

Scott comprit tout de suite.

— Tu veux aller voir Daniel ? A cette heure-ci ?

Elle hocha la tête. A cet instant, Faye intervint ; elle semblait interloquée.

— Tu vas voir Daniel Cavanagh ? s'exclama-t-elle. Mais… je croyais que tu le détestais !

— Je le déteste à peu près autant que tu détestes Alaric Ferguson, si tu vois ce que je veux dire…

Elles échangèrent un regard complice, qui eût été impossible entre elles quelques jours plus tôt, avant cette espèce de voyage initiatique auquel les avait conviées Liz. Camilla leur jeta un coup d'œil surpris, mais elle ne dit rien. Elle était trop heureuse de savoir sa grand-mère hors de danger. En outre, elle avait désormais des rêves plein la tête. Non seulement l'histoire d'amour de Lewis et Liz lui semblait merveilleusement romantique, mais elle espérait bien partir un jour ou l'autre pour l'Australie…

Sofia prit congé d'eux et héla un taxi. Scott avait raison, il était très tard. Et si Daniel était déjà couché ? Cette idée la troubla, fit courir un frisson délicieux dans tout son corps. Elle se sentait chaude, douce, tendre, habitée par une merveilleuse attente. « Arrête, se sermonna-t-elle. Tu vas le voir pour lui offrir tes excuses et tes explications, rien d'autre. Tu te rends chez lui en amie… Et encore, tu n'es même pas sûre qu'il veuille t'ouvrir la porte… »

Il lui ouvrit, mais parut stupéfait de la découvrir sur le seuil de sa porte.

— Sofia ! Que diable fais-tu ici ?

— J'ai vu ça..., déclara-t-elle en lui montrant le journal. Oh, Daniel, si tu savais combien je suis désolée... Est-ce qu'on t'a obligé à démissionner à cause du Vieux Manoir ?

Il ouvrit des yeux ronds.

— M'obliger à démissionner ? répéta-t-il dans un éclat de rire. Tu as cru qu'on m'avait forcé la main ? Non, Sofia, rassure-toi, j'ai pris cette décision tout seul et j'en avais envie depuis longtemps. Mes responsabilités commençaient à me peser et je n'appréciais guère de passer mes journées derrière un bureau. Cela me posait un problème moral vis-à-vis de mon père, je ne le nie pas, mais pour finir j'ai décidé d'être moi-même et je pense qu'il m'aurait approuvé.

Sofia était abasourdie. Il semblait à l'aise, détendu, bien plus heureux que les dernières fois où elle l'avait vu. Visiblement, il n'avait besoin ni de son soutien, ni de sa sollicitude. Une fois de plus, son impulsivité l'avait conduite à se ridiculiser...

— Tu vas t'arrêter de travailler ? demanda-t-elle, pantoise.

— Je le pourrais, la vente de mes actions me le permettrait largement. Mais j'ai besoin de rester en activité. Je me contenterai désormais de faire ce qui me plaît, de construire de petits immeubles et des maisons à mon goût. Et je tiens aussi à garder du temps pour moi, ajouta-t-il en la regardant dans les yeux. Je suis décidé à me marier, à fonder une famille... Pourquoi es-tu venue, Sofia ?

27.

Sofia le dévisagea, médusée, ouvrant et refermant la bouche sans pouvoir articuler un son. Oui, *pourquoi* était-elle venue ? Cela lui semblait tellement stupide, à présent…

— Tu t'es brusquement rendu compte que tu perdais ton temps et ta vie à fantasmer au sujet de Scott, c'est ça ? reprit Daniel avec cynisme. Tu as compris qu'il te fallait quelqu'un d'autre, un amant de chair et de sang ?

Elle s'empourpra, furieuse.

— Tu te trompes complètement, mon cher. Pour ton information, sache…

Elle s'interrompit aussitôt et changea de tactique.

— Pourquoi avais-tu acheté cette maison, au fait ? Tu peux me le dire, à présent.

— Pas pour réaliser des bénéfices, comme tu m'as fait l'affront de le croire, répondit-il d'une voix coupante. Je l'ai achetée parce que j'ai envie d'y vivre, tout simplement. Si tu avais mené ton enquête avec plus de soin, tu te serais aperçue que je l'avais achetée à mon nom, et non pour le compte de Hever Homes. Mais n'essaie pas de dévier la conversation : pourquoi es-tu ici ?

— Ce n'est pas pour coucher avec toi, si c'est ce que tu penses, répliqua la jeune femme d'un ton pincé.

— Vraiment ? demanda-t-il plus doucement.

Il fit un pas vers elle, et elle recula d'autant.

— Pourquoi trembles-tu ainsi, Sofia ?

— Parce que... parce que je suis en colère, voilà tout ! Tu as le don de me faire sortir de mes gonds !

— En colère..., murmura-t-il sans la quitter des yeux. N'as-tu pas l'impression d'avoir passé la majeure partie de ton existence en colère ? Et es-tu bien sûre qu'il s'agit de colère, cette fois ?

— Evidemment, que j'en suis sûre ! Si je passe ma vie dans cet état, comme tu le prétends, je suis bien placée pour le savoir !

Il se tenait si près d'elle qu'elle sentait son souffle sur ses cheveux. Si elle fermait les yeux, si elle se laissait aller... Un frisson la secoua. Elle n'était pas venue pour ça. En outre, Daniel la méprisait ouvertement. Elle recula encore et déclara de la voix la plus ferme possible :

— Excuse-moi de t'avoir dérangé. Apparemment, j'ai fait une erreur. Maintenant il faut que je parte, si je veux attraper le dernier train.

— Le dernier train ? répéta Daniel, les sourcils froncés. Et ta voiture ?

— Je suis venue avec Scott. Nous nous sommes rendus ensemble à l'hôpital, mais ensuite je l'ai laissé avec Faye pour...

Elle s'interrompit brusquement, s'avisant de ce qu'elle venait de dire. Daniel avait blêmi.

— *Scott ?* s'exclama-t-il. Scott est ici ?

— Oui, il est à Cottingdean. Attends, Daniel, écoute-moi...

Elle posa une main sur son bras, atterrée par le regard dégoûté qu'il lui jetait.

— Que j'écoute quoi ? s'enquit-il d'une voix blanche. Le récit de tes nouvelles prouesses ? Tu as réussi à l'arracher à sa femme, c'est ça ? Bon sang, Sofia, quand admettras-tu que ce n'est pas l'homme qu'il te faut ?

— Parce que toi tu l'es, je suppose ? rétorqua-t-elle, le fusillant de ses yeux verts. Mon Dieu, Daniel, ce que tu peux être arrogant... Comment oses-tu me condamner sans savoir ?

— Sans savoir ! Comme si je ne savais pas avec quel entêtement tu le poursuis, alors que tout prouve dans ton attitude que c'est moi que tu désires ! Bonté divine, Sofia, quand te décideras-tu.

— A coucher avec toi ? persifla la jeune femme, hors d'elle. Jamais, tu m'entends ? Jamais !

Elle pivota sur ses talons et commença à s'éloigner, non sans s'être retournée une dernière fois pour lui lancer d'une voix tremblante :

— Sache que Scott est mon *frère,* Daniel. Mon frère jumeau...

A son vif désarroi, elle constata alors que les larmes lui nouaient la gorge, lui brûlaient les yeux.

— Oh, et puis zut ! gémit-elle en s'enfuyant dans le couloir.

— Qu'est-ce que... Qu'est-ce que tu viens de dire ? cria Daniel derrière elle.

Elle ne voulait pas lui répondre, elle ne voulait pas rester une minute de plus. Pourtant, malgré elle, elle se retourna encore et lança en reniflant comme une petite fille :

— Tu m'as bien entendue. Scott est mon frère jumeau.

Alors, comme s'il comprenait brusquement sa détresse et ce qu'elle cherchait à lui dire, Daniel se rua vers elle et la prit dans ses bras. Il la berça contre lui, la serrant à l'étouffer, lui offrant enfin l'abri, la douceur, la tendresse qu'elle réclamait de façon éperdue depuis qu'elle était au monde. Et elle sanglota sur son épaule comme une enfant perdue.

— Tu ne peux pas savoir..., murmura-t-elle entre deux sanglots. Tout cela a été si brutal pour moi... Cette découverte, l'opération de maman, l'hôpital...

— Mon Dieu, Sofia ! Et moi qui... Est-ce que tu as vraiment cru que j'avais dû démissionner à cause de toi ?

Elle perçut son intonation amusée et se raidit aussitôt.

— Parfaitement, je l'ai cru ! lança-t-elle d'une voix sèche. Je ne suis pas venue quémander ta pitié ni ta sympathie, Daniel. Ni rien d'autre. Tu m'attires peut-être physiquement, mais je suis tout de même capable d'éprouver d'autres émotions que le simple désir ! Mais pourquoi me croirais-tu ? ajouta-t-elle avec amertume. Tu m'as toujours tellement mal jugée... Pourtant je suis venue ce soir te présenter mes excuses, tu m'entends ? Parce que j'étais inquiète pour toi !

Elle redressa le menton, les mâchoires crispées, et le regarda droit dans les yeux.

— Et si tu veux *tout* savoir, je me sentais concernée par ce qui t'arrive parce que je t'aime. Tout simplement. Comme une idiote, j'ai pensé que tu avais peut-être besoin de quelqu'un, de quelqu'un capable de t'apporter autre chose que du plaisir... Mais tu n'as pas besoin de moi, n'est-ce pas ? Tu n'as besoin de personne ! Adieu, Daniel. Je me suis assez ridiculisée pour ce soir.

Avant qu'il ait pu réagir, elle s'était enfuie en courant. Et le temps qu'il s'élance derrière elle pour la rattraper, elle était dans la rue, et avait déjà hélé un taxi.

— J'ai besoin de toi, petite idiote..., hurla-t-il tandis que la voiture démarrait. J'ai besoin de toi et je t'aime !

Le lendemain, il téléphona à quatre reprises à Cottingdean, mais elle refusa chaque fois de lui parler. Il brûlait d'envie d'aller la rejoindre et de l'épouser sur-le-champ, afin qu'elle ne puisse plus jamais lui échapper. Mais il était en pleine négociation concernant la reprise de la société, et il ne pouvait fuir ses responsabilités. Il n'avait plus l'âge de se comporter comme un adolescent. Si seulement il avait réagi plus vite la veille, se répétait-il sans cesse. S'il l'avait embrassée, s'il l'avait gardée avec lui pour la nuit... A cette idée, son corps réagit de façon significative et il lâcha un grognement contrarié. Ce n'était pas le moment de se laisser aller à ce genre de fantasme, se sermonna-t-il. La réunion du conseil d'administration qui l'attendait était la plus délicate de toute sa carrière. Il avait beau se consumer d'impatience, sa vie privée devait attendre. Au moins quelques jours. Mais il savait déjà que ce laps de temps lui semblerait aussi long qu'une éternité.

— Qu'est-ce qui ne va pas, chérie ? Tu sembles bien pensive...

Sofia sourit à sa mère. Liz, Lewis, Scott et elle étaient pour quatre semaines aux Caraïbes, quatre semaines qui permettraient à l'opérée de se remettre complètement et à leur famille toute neuve de se souder. Ils étaient installés dans la luxueuse villa d'un ami de Lewis et coulaient des heures exquises. Sofia, une fois de plus, avait admiré l'abnégation et la générosité de sa belle-sœur, qui avait accepté sans rechigner d'être privée aussi longtemps de son mari. Averil était merveilleuse. Elles s'étaient parlé au téléphone, et la femme de Scott lui avait répété avec quelle impatience ils les attendaient tous à Woolonga. Y compris Faye et Camilla, bien sûr...

Pour l'instant, ils étaient encore en vacances, et Sofia savourait le climat de tendresse et d'amour qui l'entourait. Elle s'émerveillait de l'amour qui régnait maintenant entre eux quatre, entre Liz et Lewis, entre Scott et sa femme, même si cela lui rendait aussi plus cruels l'absence de Daniel et le vide de sa propre existence.

— Tu penses à Daniel ? insista doucement Liz.

Elles n'avaient plus de secret l'une pour l'autre, à présent. Liz n'avait plus à cacher son amour pour sa fille unique, cette enfant si précieuse à son cœur, si semblable à son père. Tendrement, elle écarta une mèche de cheveux roux qui tombait sur son front têtu.

— Tu l'aimes beaucoup, n'est-ce pas ?

— Beaucoup trop, admit Sofia avec amertume. Mais même s'il m'aimait aussi — ce qui n'est pas le cas —je me demande si je serais heureuse avec lui. Mes sentiments sont trop intenses ; cela me rend vulnérable.

— Il ne faut jamais avoir peur d'aimer, Sofia.

La jeune femme regarda sa mère en souriant.

— Tu n'as jamais regretté d'avoir aimé papa, toi ?

— Non, jamais. Parce que si je ne l'avais pas aimé, je ne t'aurais pas conçue. Pourtant cela a été dur, parfois... Scott et lui me manquaient tellement... Mais j'avais des nouvelles de ton frère une fois par an, Edward m'avait accordé cette faveur. Grâce à ton père, je savais qu'il grandissait bien, qu'il était heureux. Et je t'avais, toi, mon plus cher trésor — même si je redoutais chaque jour d'être séparée de toi.

— Je sais..., murmura Sofia, les larmes aux yeux.

— Nous allons bientôt rentrer, reprit Liz d'une voix apaisante. Plus que quelques jours à attendre.

Sofia se mit à rire.

— Vous allez provoquer une vraie révolution, en annonçant votre mariage ! Tu sais, je suis triste que tu t'en ailles, même si j'en suis heureuse pour toi. Et je me demande si je saurai te remplacer, pour la maison et la filature…

— Tu en es parfaitement capable. Mais n'es-tu pas contrariée à l'idée que Cottingdean revienne un jour à Camilla ?

Sofia secoua la tête.

— Pas du tout, au contraire. N'oublie pas que j'ai ma propre carrière… Et puis Camilla est une vraie Danvers, elle. La fille de David…

Liz lui sourit, émue.

— Je t'aime, chérie.

— Et toi, est-ce que l'idée de tout quitter ne t'inquiète pas, au bout de tant d'années d'efforts et de travail ?

— Oui et non… J'ai fait tout ce qui était en mon pouvoir. A présent, il est temps que des mains plus jeunes reprennent les rênes. Cottingdean avait besoin de moi. En tant qu'épouse d'Edward, j'ai rempli mon rôle. Mais personne n'est indispensable, tu le sais bien…

— Si, toi. Et je me demande vraiment si je…

— Tu seras à la hauteur, crois-moi. Si nous allions rejoindre nos hommes, à présent ? Ils doivent se demander ce que nous faisons.

— Tu veux dire que papa ne supporte pas d'être séparé de toi plus de dix minutes, c'est ça ? demanda Sofia d'un ton espiègle.

Elle comprenait beaucoup mieux son père, à présent, et l'aimait tendrement. Comme elle se comprenait mieux elle-même… Ce mois de rêve resterait toujours pour elle un merveilleux souvenir. Mais elle avait beau être heureuse pour ses parents, pour Scott et sa famille, elle ne pouvait s'empêcher de se sentir terriblement seule. Pourquoi fallait-il donc qu'elle aime encore un homme qui ne pouvait l'aimer ? Pourquoi fallait-il toujours qu'elle se retrouve dans la même situation, aimant désespérément quelqu'un qui la rejetait ? Cette idée la déprima, et elle décida de la chasser.

*
* *

Ils reprirent l'avion quatre jours plus tard. A leur arrivée en Angleterre, l'aéroport d'Heathrow était bondé. Faye était venue les attendre avec Camilla. La jeune fille semblait surexcitée, et jetait sans cesse à sa tante des coups d'œil brillants de malice. Entre deux embrassades, elle confia à Sofia que sa mère était sortie avec Alaric Ferguson, et que le chirurgien était fou d'elle…

— Et toi, il te plaît ? demanda Sofia.

— Ça va…, répondit Camilla avec un haussement d'épaules.

Mais il était évident que les changements survenus dans sa vie depuis quelque temps la ravissaient. Tout le monde, apparemment, nageait dans le bonheur, songea Sofia avec une ombre d'amertume. Sauf elle…

A cet instant, elle leva les yeux et eut un haut-le-corps : Daniel se tenait non loin de leur groupe et la regardait. Elle lui rendit son regard, craintive, vulnérable, le dévisageant comme s'il était tombé de la lune. Daniel… Que faisait-il ici ? Partait-il en voyage ?

Elle parcourut la salle des yeux. Apparemment, il ne faisait pas la queue devant un guichet. Et il n'avait pas de bagages… Soudain, Liz posa une main sur son bras et la poussa doucement vers lui.

— Va le trouver, Sofia.

Aller le trouver ? Elle voulut protester, mais aucun son ne sortit de sa gorge nouée. Puis elle se rendit compte tout à coup que sa mère avait disparu, ainsi que le reste de la famille. Elle était seule en face de Daniel, complètement désorientée, avec l'impression d'être projetée dans un univers irréel. Et elle gardait les yeux rivés sur lui, incapable de faire autre chose, incapable de bouger. Daniel la regardait aussi, immobile, comme s'il attendait quelque chose.

— Daniel…, supplia-t-elle, des larmes dans la voix. Daniel…

Elle esquissa un pas, puis un autre, et soudain elle se retrouva dans ses bras.

— Enfin…, murmura-t-il d'un ton rauque. Enfin… Sapristi, Sofia, sais-tu depuis combien de temps j'attends que tu prononces mon prénom de cette façon ?

Elle leva les yeux vers lui, tandis que ses mains avides allaient et venaient le long de son dos avec délice.

— De quelle façon ? demanda-t-elle, flottant dans un rêve merveilleux.

— Comme si tu venais brusquement de découvrir que tu ne pouvais plus vivre sans moi… Bonté divine… c'était le paradis. Te voir courir vers moi le cœur dans les yeux, t'offrant à moi pour la vie entière…

— Rien que ça ! riposta Sofia, malicieuse. Qu'est-ce qui te permet de croire une chose pareille ?

— Est-ce que tu m'aimes ? demanda-t-il doucement, quand il l'eut embrassée à en perdre le souffle.

— Est-ce si important pour toi ?

— C'est ce qu'il y a de plus important au monde… Je t'aime, Sofia. Je t'aime depuis quinze ans et je veux t'épouser. Je veux passer le reste de mes jours avec toi. C'est oui ?

— Oui, Daniel… Oui à tout. Je veux vivre avec toi, répondit-elle en l'embrassant à son tour. Mais comment savais-tu que nous rentrions aujourd'hui ?

— Faye a fini par avouer. Je lui ai fait vivre un enfer, tu sais ? Mais elle ne m'a révélé l'heure de votre arrivée que lorsque je lui ai assuré, affirmé, juré que je t'aimais plus que tout au monde. C'est un sacré caractère, ta belle-sœur.

— C'est vrai…

— Alors tu m'épouses, vraiment ?

Elle lui décocha un sourire de séductrice patentée, mais dans ses yeux si verts brillaient un amour infini, et la joie d'un enfant qui a enfin trouvé son port d'attache après des années d'errance et de souffrance. Avec émotion il se souvint de cette nuit où elle s'était offerte à lui pour la première fois dans la nudité de sa douleur.

— Je ne sais pas encore, monsieur Cavanagh. Après tout nous nous connaissons si peu ! Nous ne savons même pas si nous allons nous entendre au lit…

— Serait-ce une proposition, mademoiselle Danvers ?

— A vous de juger…, répondit-elle d'une voix altérée.

Il sut qu'elle se rappelait aussi ce moment terrible où il l'avait rejetée, ce moment qui avait pesé si lourd sur leur vie, et il la serra plus fort dans ses bras.

— Viens, mon amour. Viens, je vais te montrer…

Ce fut encore plus doux, plus intense, plus merveilleux que tout ce qu'elle avait pu imaginer. Pas seulement parce que Daniel était un amant magnifique, pas même parce que l'entente de leurs corps était telle que la moindre caresse les transportait de bonheur, mais parce qu'elle l'aimait, parce qu'il l'aimait, parce que pour la première fois de sa vie elle éprouvait dans les bras d'un homme autre chose qu'un simple plaisir physique.

— Je t'aime, Daniel Cavanagh, murmura-t-elle contre sa peau moite, douce comme du satin.

Elle se sentait telle une adolescente découvrant l'amour, et ne pouvait se lasser de prononcer ces mots magiques.

— Moi aussi, je t'aime, chuchota Daniel en retour. Tu es la première femme que j'aie jamais eu envie de garder une nuit entière dans mes bras. La seule femme que j'aie jamais eu envie d'aimer…

— Menteur, rétorqua-t-elle d'une voix endormie. Tu n'avais pas du tout envie de m'aimer, au début. Ni après…

— C'est vrai. Je me suis débattu comme un beau diable, quand j'ai compris ce qui m'arrivait.

— Moi aussi. Mais les batailles sont terminées, maintenant.

Elle sentit son corps s'agiter contre le sien et elle se redressa, inquiète. Il riait…

— Tu crois ça ? lança-t-il. Nous continuerons à nous battre toute notre vie, Sofia… Mais nous nous aimerons aussi jusqu'à la fin de nos jours. Amour, querelles, partage… Nous avons toujours été faits l'un pour l'autre, toi et moi. Seulement nous étions trop bêtes pour vouloir l'admettre.

— Je t'aime, Daniel. Jamais je n'aurais pensé que je dirais ces mots à un homme, un jour…

— Surtout pas à moi, n'est-ce pas ?
— Surtout pas à toi. La vie réserve de drôles de surprises !
— Hilarantes…, murmura Daniel en l'embrassant tendrement. Je t'aime, Sofia. Tout pourra changer dans nos vies, sauf ça.
Elle plongea les yeux dans les siens et sut qu'il était totalement sincère. Quoi qu'il arrive, cet amour serait toujours là pour la soutenir, l'aider, la réconforter, la rendre pleinement heureuse. Elle dessina sa bouche du bout du doigt, puis l'embrassa à son tour.
— Daniel, ne penses-tu pas que je devrais commencer à tenir un journal ? chuchota-t-elle contre ses lèvres.
— Si tu veux, mon amour, mais pas tout de suite, certainement pas tout de suite, répondit-il en l'attirant contre lui.

DANS LA MÊME COLLECTION
Par ordre alphabétique d'auteur

BARBARA BRETTON	*Le lien brisé*
WINSLOW ELLIOT	*L'innocence du mal*
TESS GERRITSEN	*Présumée coupable*
HEATHER GRAHAM	*L'invitation*
HEATHER GRAHAM	*L'ennemi sans visage*
KATHRYN HARVEY	*La clé du passé*
CHRISTIANE HEGGAN	*Miami Confidential*
GWEN HUNTER	*Faux diagnostic*
PENNY JORDAN	*De mémoire de femme*
PENNY JORDAN	*La femme bafouée*
R.J. KAISER	*Qui a tué Jane Doe ?*
ALEX KAVA	*Sang Froid*
ALEX KAVA	*Le Collectionneur*
MEG O'BRIEN	*Le piège*
MEG O'BRIEN	*En lettres de sang*
EMILIE RICHARDS	*Le refuge irlandais*
EMILIE RICHARDS	*Mémoires de Louisiane*
EMILIE RICHARDS	*Le testament des Gerritsen*
NORA ROBERTS	*Le cercle brisé*
NORA ROBERTS	*Possession*
NORA ROBERTS	*Et vos péchés seront pardonnés*
NORA ROBERTS	*Tabous*
NORA ROBERTS	*Coupable innocence*

.../...

DANS LA MÊME COLLECTION
Par ordre alphabétique d'auteur

FRANCIS ROE	*L'engrenage*
FRANCIS ROE	*Soins intensifs*
ERICA SPINDLER	*Rapt*
ERICA SPINDLER	*Black Rose*
ERICA SPINDLER	*Le venin*
CHARLOTTE VALE ALLEN	*L'enfance volée*

6 NOUVEAUTÉS À PARAÎTRE EN MARS 2005

MIRA

Cet ouvrage a été composé et mis en pages
par les *éditions* Harlequin

imprimé sur CAMERON par

BUSSIÈRE
GROUPE CPI

à Saint-Amand-Montrond (Cher) en décembre 2004

Imprimé en France
Dépôt légal : janvier 2005
N° d'édition : 10994 — N° d'impression : 044594/1